A la recherche du temps perdu

[法国]M.普鲁斯特 著

U0959448

MARCEL PROUST

追忆似水年华

第四卷

所多玛和蛾摩拉

徐和瑾 译

凤凰出版传媒集团 译林出版社

图书在版编目（CIP）数据

追忆似水年华．第4卷，所多玛和蛾摩拉／（法）普鲁斯特（Proust, M.）著；徐和瑾译．—南京：译林出版社，2014.8（2025.10重印）
ISBN 978-7-5447-1317-7

Ⅰ.①追… Ⅱ.①普… ②徐… Ⅲ.①长篇小说－法国－现代 Ⅳ.①I565.45

中国版本图书馆CIP数据核字（2014）第012674号

感谢Mireille Naturel女士提供帮助，并向法国普鲁斯特之友协会致以谢意。

追忆似水年华（第四卷）：所多玛和蛾摩拉［法国］马塞尔·普鲁斯特／著　徐和瑾／译

责任编辑　唐洋洋
特约编辑　张媛媛
责任印制　董　虎

原文出版　Flammarion，1987
出版发行　译林出版社
地　　址　南京市湖南路1号A楼
邮　　箱　yilin@yilin.com
网　　址　www.yilin.com
市场热线　025-86633278
排　　版　南京展望文化发展有限公司
印　　刷　江苏凤凰盐城印刷有限公司
开　　本　880毫米×1230毫米　1/32
印　　张　23.5
插　　页　12
版　　次　2014年8月第1版
印　　次　2025年10月第15次印刷
书　　号　ISBN 978-7-5447-1317-7
定　　价　（精装本）58.00元

版权所有·侵权必究
译林版图书若有印装错误可向出版社调换。质量热线：025-83658316

奥尔良圣十字大教堂

在我面前是古代建筑，是奥尔良大教堂一"景"，这座教堂是法国最丑陋的教堂，看着会眼睛疲劳。⇨第 13 页

吉罗代的《皮格马利翁和该拉忒亚》

这个该拉忒亚，她刚刚醒来，处于无意识的男人的身体之中。⇨第 23 页

协和广场上卢克索的方尖碑

时间已是九点多了，但夏日仍滞留在协和广场上，把卢克索的方尖碑照得如同玫瑰色牛轧糖。⇨第 37 页

德塔伊的《梦》

德·维尔米夫人给《梦》的作者找了个座位，就像刚才朝他转过身来那样灵活。⇨第 39 页

罗马平乔山公园

时间一长，大家在平乔山上发现，日尔曼丈夫已具有意大利人的精细，而意大利裔王妃则具有德国人的粗鲁。⇨第 50 页

帕拉丁公主

德·沃古贝尔夫人造就了这种后天获得或命中注定的类型，其不朽的形象为帕拉丁公主。→第 51 页

左 惠斯勒画的罗贝尔·德·蒙泰斯鸠肖像，题为《黑色和金色的和谐》

右 马耳他宗教骑士团白黑红三釉色十字章

我尽情欣赏他那件燕尾服故作简朴之美，衣服的装饰很不显眼[……]但看起来却具有惠斯勒黑色和白色的“和谐”风格；不如说是黑色、白色和红色的和谐，因为德·夏吕斯先生宽阔的衣襟饰带上佩戴着马耳他宗教骑士团白黑红三釉色十字章。⇨第 57 页

圣克卢花园里的大喷泉，是根据达盖尔银版法照片制作的铜版画

当时，我只是想去观赏于贝尔·罗贝尔笔下的著名喷泉。⇨第60页

伦勃朗的《西克斯市长》

他说时显得伤心，又有点气愤，但同时使这种表情略带严肃，因此具有伦勃朗画中某些人物温和而又大度的魅力，西克斯市长就是如此。⇨第 85 页

乔尔乔涅《田园音乐会》

“我从未见到过这样漂亮的女人。”——“我想她很像乔尔乔涅的画中人？”——“简直就是乔尔乔涅的画中人！”⇨第 102 页

纳蒂埃画的玛丽–安娜·德·马伊(沙托鲁公爵夫人)的寓意肖像画

“如果不是这样雍容华贵和具有杀伤力的女神，纳蒂埃就不想去画。”⇨第114页

布歇的《劫持欧罗巴》

她坐在博韦的扶手椅上，椅子的面料展现《劫持欧罗巴》。⇨第 147 页

巴克斯特画的尼任斯基的海报

这时，俄罗斯芭蕾舞盛况空前，巴克斯特、尼任斯基、伯努瓦以及斯特拉文斯基的天才名扬天下。⇨第 149 页

法尔科内的雕塑《浴女》

拱门下面有一座小小的塑像，据说是法尔科内的作品，表现的是泉神，而神像也确实终年渗水。⇨第 158 页

哈德良别墅一景

确实，它们在城堡周围囊括了周围地区、海滩或森林最美丽的“景观”，这些地方在看到时因距离远而缩得很小，如同哈德良把各地著名建筑物缩小后建在自己的别墅之中。⇨第 425 页

莫罗的《赫西奥德和缪斯》

我认出这是为埃尔斯蒂尔两幅出色的水彩画提供背景的山景和海景，一幅是《诗人遇到缪斯》，另一幅是《青年遇到肯托洛伊》。⇨第 452 页

目 录

第四卷

所多玛和蛾摩拉

所多玛和蛾摩拉(一)[①]

阴阳人首次出现，他们是未被天火毁灭的所多玛居民的后裔[②]。

“女人自有蛾摩拉，
男人则有所多玛。”
阿尔弗雷德·德·维尼[③]

我们知道，我刚才已经讲过，我那天（盖尔芒特王妃举办晚会那天）拜访了公爵和公爵夫人，早在那天之前，我曾窥伺他们回来，却同时有了一个发现，这发现虽说只跟德·夏吕斯先生有关，却极其重要，因此，我在赋予其应有的地位和重要性之前，一直未加报道[④]。我已说过，我放弃了屋子上面的美妙而舒适的观察点，在那里可看到通往布雷基尼府的山坡[⑤]，山坡起伏，被弗雷古侯爵家车库上的玫瑰色角塔装饰成欢快的意大利风格。我想到公爵和公爵夫人即将回府，认为守在楼梯上更加方便。放弃那制高点，我

① 法国七星丛书版该标题为“一”。

② 这个标题系作者在伽里玛出版社二校样上所加。

③ 出自维尼的诗《参孙的愤怒》第78行，载其身后出版的诗集《命运集》。

④ 参见本书第三卷第607页。

⑤ 参见本书第三卷第606—607页。

觉得有点可惜。但那时是午饭以后，我就不必过于惋惜，因为我不能像上午那样，看到一个个小人构成的画面，那是布雷基尼和特雷姆公馆的跟班，因距离远而变得极其微小，他们手拿鸡毛掸子，在一张张宽阔、透明的云母片之间慢慢攀登陡坡，而云母片仿佛在红色框架上露出笑脸。我没有地质学家的观察能力，至少可以像植物学家那样观赏，就从楼梯上方的百叶窗观看公爵夫人的小灌木以及珍贵植物，它们被放在院子里，如同即将成婚的年轻恋人被赶出家门，我于是心里在想，不大会来光顾的昆虫，是否会像命中注定那样，恰巧前来看望这自愿委身却无人问津的雌蕊[①]。好奇心使我的胆子越来越大，我于是下楼，一直走到底楼窗前，只见窗子也开着，百叶窗只是半开半闭。我清楚地听到朱皮安准备出门的声音，我待在窗帘后面，不会被他发现，就纹丝不动地待着，后因怕被德·夏吕斯先生发现，才突然闪到一边，只见德·夏吕斯先生正慢慢地穿过院子，前往德·维尔帕里齐夫人家，他大腹便便，头发花白，在明亮的阳光下显得苍老。德·维尔帕里齐夫人身体不适（是因为挂念着菲埃布瓦侯爵患病[②]，而德·夏吕斯先生已跟他闹翻，两人如同死敌），德·夏吕斯先生就去看望，但这个时间去，也许是他平生第一次。因为盖尔芒特家族成员别具一格，他们不是遵照社交生活的习俗，而是根据个人的习惯加以改变（他们认为个人的习惯并非是社交界的习惯，因此可以用来羞辱社交界习俗这种毫无价值的东西，譬如说德·马桑特夫人就没有固定的接待日，她每天上午十点到十二点都接待女友），这个时间，男爵则用于阅读或做寻找古玩之类的事情，他只在下午四点到六点出门拜访。到六点钟他去赛马俱乐部或林园散步。过了一会儿，我又往后退，以免被朱皮安看到；他即将去办公室上班，要到吃晚饭时才

---

① 参见本书第三卷第539—541页。

② 这事至今是谜。

回来，而且不是每天都回来，他侄女带着女徒弟到乡下的女顾客家去缝制连衣裙，已有一个星期。然后，我确信无人会看到我，就决定不再挪位，我怕奇迹一旦出现，会错失良机，无法看到几乎不会来的昆虫出现，这昆虫（要克服重重障碍，不远万里前来，还面对各种逆境和危险）是遥远的地方派来的使者，来看望这雌蕊，而雌蕊则一直在苦苦等待。我知道这种等待并非不如雄花消极，雄花里的雄蕊会自动转向，使昆虫容易找到；同样，这里的雌花见昆虫来了，会卖弄风情地弓起花柱，使昆虫更容易钻入花内，就像欲火中烧的虚伪少女，用难以觉察的动作迎上前去①。植物界的规律也受到越来越高级的规律制约。一只昆虫来访，带来另一朵花的花粉，对一朵花的授粉通常是必要的，因为自花传粉如同一个家族里不断近亲结婚，会导致退化和不孕②，而由昆虫进行异花授粉，则会使同一品种的后代具有前辈所没有的活力③。然而，这种进步可能会过于迅速，这一品种就发育过多；正如抗毒素用来防治疾病，甲状腺制约我们发胖，失败惩罚骄傲，疲倦约束欢娱，睡眠消除疲倦，同样，一种特殊的自花传粉也会及时如螺丝拧紧般加以制止，使生命力过于旺盛的花恢复正常。我的思考顺着一种思路推进，对此我将在下文中阐述，我已从花卉的明显花招中得出结论，用来解释文学作品中意识不到的部分，正在这时，我看到德·夏吕斯先生从侯爵夫人家里出来。他进去只有几分钟时间。也许他从这位年老的亲戚那里得知，或者只是从一个仆人那里得知，德·维尔帕里齐夫人只是略有不适，现已大为好转，甚至完全康复。此时此刻，德·夏吕斯先生以为无人在看他，就在阳光下眯着眼睛，他

---

① 关于雄蕊和雌蕊的神秘结合，作者参阅了梅特林克的散文集《花的智慧》。参见谭立德译《花的智慧》，漓江出版社，1997 年，第 129 页。

② 即"自花不孕性"，亦称"自花不实"，指某些植物在自然条件下，以本株或同一品种的异株花粉授粉时，不能受精或结实很差的现象。

③ 自花传粉的坏处和异花授粉的好处，均参阅梅特林克的《花的智慧》。

刚才因热情的交谈和意志的力量而面孔紧绷,显出虚假的活力,这时紧张和活力均已消失。他脸色如大理石般苍白,鼻子挺拔,秀气的脸不再因固执的目光而显出有损于塑像美的异样表情。他不仅是盖尔芒特家族成员,而且仿佛已是他这位帕拉梅德十五在贡布雷小教堂里的塑像。然而,整个家族的总体脸型,在德·夏吕斯先生脸上显出的秀美却更有灵气,尤其是更加温柔。我为他感到遗憾,是因为他平时装得如此粗暴,古怪得令人讨厌,而且老是说三道四,冷酷无情,动辄发怒,狂妄自大,我感到遗憾,是因为他在粗暴的外表下隐藏着和蔼和善良,他从德·维尔帕里齐夫人家出来时,我看到他脸上自然而然地流露出这种和蔼和善良。他在阳光下眨着眼睛,似乎是在微笑,我看到他的脸如此平静,仿佛是他的真实面貌,就觉得看到了一种深情和温柔,我不禁在想,德·夏吕斯先生要是得知有人在看他,一定会十分生气,因为这个男人对男子气魄情有独钟并自鸣得意,在他看来其他人都有令人讨厌的娘娘腔,但他却使我看出,他一时间显出的面貌、表情和微笑,活像是一个女人。

我正要再次挪动,以免被他看到,但已经来不及了,而且也没有必要。我看到了什么!他们肯定从未在这个院子里相遇过(德·夏吕斯先生只在下午前往盖尔芒特公馆,而这时朱皮安正在办公室里),这时他们俩打了个照面,男爵突然睁大眯着的眼睛,全神贯注地看着过去做背心的裁缝站在店铺门口,而朱皮安看到德·夏吕斯先生,则突然驻足不前,如同生根的植物,并用赞叹的神色观赏着快要年老的男爵的丰腴体态。但更令人惊讶的是,德·夏吕斯先生改变姿势之后,朱皮安的姿势也立即改变,以跟对方相称,仿佛在遵循一种秘密艺术的规律。男爵现在设法掩盖自己的感觉,他虽说装出无动于衷的样子,在走远时仍显得无可奈何,他走去走来,目光茫然,仿佛想最大限度显示他明眸之美,就显得自命不凡、漫不经心而又滑稽可笑。然而,朱皮安立刻改变了我平时看到的谦卑、和善的神色，这时跟男爵完全相称，只见他抬起脑袋，显出自负的仪态，放肆而又奇特地把手叉在腰上，并翘起屁股，摆出卖弄风情的样子，活像兰花在引诱凑巧飞来的熊蜂。我想不到他竟会显出如此讨厌的模样。但我也并未想到，他竟能在哑剧中即兴扮演自己的角色（虽然他第一次遇到德·夏吕斯先生），而这场哑剧仿佛是经过长时间的排练；这种完美的演技，只有在国外遇到自己的同胞时才能自然而然地发挥出来，因为跟同胞有着天然的默契，传达思想情感的语言相同，双方即使素未谋面也会如此。

尽管如此，这个场面并非完全滑稽可笑，其中还有奇特的成分，或者可说是自然的成分，使人有美不胜收之感。德·夏吕斯先生徒劳无益地显出冷淡的神色，他心不在焉地垂下眼皮，却又不时抬起，并朝朱皮安投去注视的目光。但是（也许是因为他觉得这场戏不能没完没了地在这个地方演下去，也许是因为到以后自会明白的某些原因，也许是因为感到世上任何事情都转瞬即逝，因此就希望手到擒来，因此任何恋爱场面都十分动人），德·夏吕斯先生每看朱皮安一眼，都要让目光捎上一句话，因此，他这种目光跟我们平常看一个不大熟悉的人或陌生人的目光截然不同；他目不转睛地盯着朱皮安看，就像要说："恕我冒昧，但您背上拖着一根长长的白线"，或者要说："我不会看错，您想必也是苏黎世人，我觉得常常在古玩店里看到您。"就这样，每隔两分钟，德·夏吕斯先生就用秋波向朱皮安清楚地提出同样的问题，如同贝多芬询问的乐句，每隔一段时间就会频繁再现，并配以繁多的准备，用来引出一个新的动机、变调和"主题再现"①。但是，德·夏吕斯先生和朱皮安的目光之美，恰恰是因为他们的目光并非以达成某事为目的，至少暂时如此。这种美，我第一次看到男爵和朱皮安展现出

① 普鲁斯特也许想到他越来越喜欢的贝多芬的几首四重奏，或是贝多芬第五交响曲开头部分和第六交响曲快板中的主题再现。

来。在他们各自的眼睛里,出现的不是苏黎世的天空,而是某个东方城市的天空,我这时尚未猜出这城市的名称。不论是哪个地点吸引了德·夏吕斯先生和裁缝,他们似乎已经达成协议,这些无用的目光只是礼节性的前奏,如同结婚前的订婚宴。跟自然界更为接近的是——这种比喻自然会数目众多,因为同一个男人,在被人仔细察看几分钟的时间里,会先后变成男人、人鸟或人虫等——他们就像两只鸟,一雄一雌,雄鸟要凑上前来,雌鸟朱皮安对这种花招置之不理,她看着新朋友毫不惊讶,漫不经心地凝视着,这种目光也许使对方更加摸不着头脑,但既然雄鸟采取了主动,这种目光也唯一有效,因此她只是梳理自己的羽毛。最后,朱皮安感到显得无动于衷还不管用,而这时离确信自己已征服对方,能让对方追逐、爱恋,就只差一步之遥,于是,朱皮安决定去上班,并走出大门。不过,他是在回首观望两三次之后,才消失在街上,男爵失去了他的踪影,气得浑身发抖(但仍自命不凡地吹着口哨,对门房喊了声“再见”,而门房喝得半醉,在厨房的工作间招待客人,没有听到男爵的话),急忙跑到街上去追他。德·夏吕斯先生像大熊蜂那样叫着,飞快地走出大门,而另一只真正的熊蜂则进入院子。又有谁知道这是否是兰花长时间等待的熊蜂,给她送来让她怀孕的罕见花粉?但我漫不经心地注视着这昆虫的嬉戏,因为几分钟后,我更加注意朱皮安(他也许是为了来拿他后来拿走的一只包,德·夏吕斯先生的出现使他激动得忘了拿包,也许只是因为一个更加合情合理的原因),朱皮安又回来了,后面跟着男爵。男爵决定把事情了却,就向裁缝借火,但立刻指出:“我向您借火,但发现忘了带雪茄。”殷勤好客的规律压倒了卖弄风情的规则。“请进,您要什么,都会给您。”裁缝说时,倨傲的表情变为喜悦。铺子的门在他们进去后又关上,我再也听不到任何声音。我已看不到那只熊蜂,不知道它是否是兰花需要的昆虫,但我不再怀疑,一只十分罕见的昆虫和一朵囚徒般的花卉有可能奇迹般地结合在一起;德·夏吕斯先生(这两种难得的巧合不管如何,在此只是对它们进行比较,丝毫不想将其视作科学发现,即把植物学的某些规律跟有时被妄称为同性恋的事相提并论)多年来进入这幢房屋,只是在朱皮安不在这里的时候,但这次恰巧因德·维尔帕里齐夫人身体欠佳,他才遇到了这个裁缝,有了他,也就有了一些人给男爵之流带来的好运,在下文中可以看到,这些人比朱皮安不知要年轻、漂亮多少倍,这是生来就是为满足男爵之流的淫欲的男人,即只爱老先生的男人。

刚才说的事,我只是在几分钟后才弄明白,因为真实中存在着无法看到的种种特殊情况,要等到某个时机出现,才能把这些看不见的情况从真实中显示出来。不管怎样,此时此刻,我已听不到过去的裁缝和男爵说的话,感到十分烦恼。我此刻想到,这待租的工场跟朱皮安的铺子只隔着薄板[1]。我要进入工场,只要上楼来到我们家的套间,走进厨房,从后楼梯下楼一直走到地窖,从院子下面穿过,来到工场的地下室——几个月前,木匠还在那儿堆放细木护墙板,而朱皮安则准备在那里放煤——然后登上几级台阶就来到工场里面。这样,我走的路隐蔽安全,不会被人看到。这办法最为谨慎。但我并未采用,而是在院子里贴墙绕行,设法不让人看到。我没有被人看到,现在回想起来,主要是因为当时凑巧无人,而不是因为我灵活。从地窖走可以说万无一失,但我却作出如此冒失的决定,现在看可能有三个原因,也许当时是因为其中一个原因。首先是因为我迫不及待。其次也许是对蒙茹万的场景有着模糊的记忆,当时我躲在樊特伊小姐的窗前[2]。确实,我看这种戏时总是极不谨慎,而且令人难以置信,仿佛要看到这种事揭示出来,只能付出代价,做出冒险的行为,虽说这种行为秘而不宣。最后这

① 即木匠的工场。参见本书第三卷第 387 页。

② 参见本书第一卷第 159 页。

第三个原因，因显得幼稚，我几乎不敢承认，但我十分清楚，这在不知不觉中有着决定性的作用。为了领会——也为了否定——圣卢的军事原则，我曾详细了解布尔人的战争[①]，并因此重读了过去探险和旅游的故事。这些故事使我兴致勃勃，我就把它们用于日常生活之中，使自己勇气倍增。我发病时，一连几天几夜都无法睡着，而且还不能躺下，不能吃喝，我在精疲力竭、十分难受之时，认为自己的病永远无法好转，但在这时，我就想起故事中的游客，因误吃毒草而倒在沙滩上，身上的衣服被海水浸湿，因发高烧而浑身哆嗦，但过了两天却感到身体好转，就继续摸索着上路，去寻找也许要吃人肉的土著居民。他们的榜样使我精神振奋，重新产生希望，并为自己一时间的悲观失望感到羞愧。想到布尔人面前有英国军队，在必须穿过无防御工事的地区以回到矮树丛时不怕暴露自己，我心里就想："我倒不相信我会更加胆怯，战场不过是我们自己的院子，我已在德雷福斯案件时毫不畏惧地多次参加决斗，我现在要担心的唯一冷箭，只是邻居的目光，而他们除了朝院子观看之外，还有别的事情要做。"

我进入工场，走路尽量蹑手蹑脚，我知道，朱皮安的铺子里只要有点声音，我在工场里就能听到，我于是心里在想，朱皮安和德·夏吕斯先生真是冒失，他们的运气实在是好。

我不敢动弹。盖尔芒特家的马夫趁主人不在家，肯定把一直放在车库里的梯子搬到我所在的工场。我如登上梯子，就能打开气窗，听得一清二楚，如同待在朱皮安的铺子里。但我怕弄出声音。另外，这样做也没有必要。我花了几分钟时间才进入工场，但我不必因此而后悔。我起初听到朱皮安的铺子里响起的只是模糊不清的声音，我由此断定，他们说话不多。确实，这声音十分粗重，如果不是在每次响起时都由呻吟发出一个更高的八度音，我准会

① 参见本书第三卷第553页注⑤。

认为隔壁有人要杀人，而在事后，凶手和复活的受害人都洗了澡，以清除杀人的痕迹。后来我从中得出结论，有一件事跟痛苦一样会发出嘈杂的声音，那就是淫乐，尤其是淫乐后——不用担心会怀上孩子，这里不会发生这种情况，虽说《圣徒传》里有令人难以置信的例子①——立刻想要保持清洁。大约过了半个小时（在这段时间里，我已轻手轻脚地爬上梯子，以便透过我并未打开的气窗观看），两人开始说话。朱皮安执意不要德·夏吕斯先生给他的钱。

半小时后，德·夏吕斯先生走出铺子。"您下巴干吗剃得精光?"朱皮安柔声柔气地对男爵说。"漂亮的小胡子，多好看。"——"呸！真恶心。"男爵回答道。说完，男爵仍待在门口，向朱皮安询问街区的情况。"您是否知道街角上的栗子店老板，不是左面那个，那家伙太丑，是右面街角那个黑大个？还有对面的药店老板，有个骑自行车的伙计，很讨人喜欢，是帮他送药的。"这些问题想必使朱皮安生气，只见他像卖弄风情的女子，见情人另找新欢就怀恨在心，这时挺起身子回答道："我看您见异思迁。"这责备说出时，语气痛苦、冷淡而又矫饰，显然使德·夏吕斯先生心软，他要消除自己的好奇所产生的不良印象，就柔声柔气地对朱皮安说话，声音低得我听不清楚，想必是在请求，让他们在铺子里再待一会儿，裁缝听了感动，痛苦随之消失，因为他仔细察看男爵，只见花白头发下的脸丰腴而又红润，就露出愉悦的神色，仿佛自尊心完全得到了满足，就决定满足德·夏吕斯先生对他朱皮安提出的要求，只是先说了些不大高雅的话，如"您屁股真大！"他笑容满面，十分激动，既傲慢又感激地对男爵说："好的，行，大孩子！"

---

① 埃米尔·马勒在《十三世纪法国宗教艺术》（1898）一书中，用整整一章的篇幅谈论圣徒传的历史及其对法国艺术史的影响。在谈到雅克·德·沃拉金（约 1229—1298）的《圣徒传》对中世纪肖像学的影响时，他引述了尼禄的一则轶闻。尼禄曾跟他的一个被解放的男奴结婚，并要御医让他生育。据说他服用春药后生出一只青蛙，养在宫中。

“我再次谈到有轨电车司机的事[1],”德·夏吕斯先生固执地接着说道,“是因为不管怎样,在回家时都会有点用处。我有时确实像打扮成普通商人的哈里发那样走遍巴格达[2],屈尊俯就地跟随一个模样讨人喜欢的美人。”我在此提出的看法,跟我曾对贝戈特有过的看法相同。如果他有朝一日要出庭回答问题,他决不会说出旨在说服法官的话,而是说出贝戈特那样的话,就是他因其特殊的文学气质自然会想到并觉得喜欢说的话。同样,德·夏吕斯先生跟裁缝说话的言语,和他跟他那个圈子的社交界人士说话的言语相同,甚至还会将口头语加以夸大,这是因为他竭力想克服自己的胆怯,就显出过于傲慢的样子,或是他因胆怯而无法克制自己(在你面前的不是你这个圈子里的人,你就会更加局促不安),他的本性就必定会暴露无遗,正如德·盖尔芒特夫人所说,他确实生性傲慢,有点疯狂。“为跟踪这美人,”他继续说道,“我就像教书先生,就像漂亮的青年医生,跟着这小美人一起跳上有轨电车,我们用阴性名词来称呼此人,只是按语法规则行事(譬如谈起一位亲王就会问:殿下是否身体安康?)[3]。她要换车,我就买一张怪怪的‘转车票’,上面有号码,也许带有瘟疫病菌,虽说要还给我,但号码并非总是一号!我就这样换车,甚至要换三四次‘车’。我有时晚上十一点滞留在奥尔良火车站,但必须回家!只要从奥尔良

① 这里不是“再次谈到”,而是第一次谈到。可能指朱皮安介绍他认识的公共汽车司机兼售票员。

② 指《一千零一夜》中哈里发何鲁纳·拉施德的故事,加朗法译本题为《哈里发何鲁纳·拉施德的奇遇》(加尼埃—弗拉马里翁版,第三卷第179—183页),马德吕斯法译本为《拉施德在巴格达桥上的奇遇》(罗贝尔·拉丰丛书版,第二卷第647—694页)。哈里发和宰相化装成商人,在巴格达闲逛,在桥上遇到一盲人乞讨,他给盲人一枚金币,盲人却拉住他,非要他打盲人耳光。后又在广场上看到人群围观,只见一人骑着牝马拼命鞭打,并在一条街上看到一幢新的楼房。他把盲人、骑牝马者和楼房主人都叫到宫中,他们就依次说出自己的故事。

③ “阴性名词”此处指 la personne(人)。法语中 Altcsse(殿下)也是阴性名词。

火车站回去就好！但有一次，我没能跟人家说上话，竟一直来到奥尔良，乘的是一节丑陋的车厢，在称为'行李网架'的三角形工艺品之间，可看到沿线主要杰出建筑物的照片。车厢里只有一个座位空着，在我面前是古代建筑，是奥尔良大教堂①一'景'，这座教堂是法国最丑陋的教堂，看着会眼睛疲劳，但我又不能不看，这就像有人非要我盯着看蘸水钢笔透明笔杆上玻璃球里的教堂塔楼，看得眼睛发炎。我跟年轻的美人同时在奥布雷②下车，唉，她的家人（我想到这个人的种种缺点，却并未想到有家室之累的缺点）在站台上等她！我等着回巴黎的列车到来，唯一的安慰只有普瓦捷的狄安娜的屋子③。她曾迷倒我的一位王族祖先，但我更喜欢活的美人。正因为如此，为消除独自回去的烦恼，我就想认识卧铺车厢的一个列车员或是公共汽车的一个司机。不过，您可别生气，"男爵作出结论，"这都是趣味问题。譬如说，对社交界青年，我丝毫不想占有他们的肉体，但我在触及他们之后才会平静，不是说在肉体上触及，而是触动他们的心弦。只要一个年轻人不再对我的书信置之不理，而是不断给我写信，他就在精神上受我摆布，我就心里平静，如果我不是很快为另一个青年操心，我至少会心平气和。这相当奇怪，对吗？谈到社交界青年，在常来这里的青年中间，您是否有熟人？"——"没有，我的宝贝。啊！有的，是个棕发男子，身材高大，戴单片眼镜，总是面带笑容，善于随机应

① 奥尔良是法国中央大区首府、卢瓦雷省省会。奥尔良大教堂即圣十字大教堂，是哥特式教堂，建于十七世纪和十八世纪，于1829年竣工。中央钟楼尖顶借鉴亚眠大教堂，建于1858年。为纪念解救奥尔良的圣女贞德，在教堂唱诗班北侧专设贞德小祭台。

② 奥布雷是卢瓦雷省铁路列车编组站和调车场，位于奥尔良市北部。

③ 指奥尔良的卡比公馆，是文艺复兴时期的建筑，1548年为奥尔良律师菲利浦·卡比建造。据说普瓦捷的狄安娜曾于1549年在此居住。1825年改为奥尔良历史博物馆。1940年6月在德军轰炸下被烧毁。普瓦捷的狄安娜（1499—1566）是法王亨利二世（1519—1559）的情妇。

变。”——“我不知道您说的是哪位。”朱皮安又对此人做些描绘，但德·夏吕斯先生还是想不出是谁，因为他并不知道，这位过去的裁缝师傅属于一种人，这种人比大家认为的要多，他们对不太熟悉的人，见过后连头发的颜色也记不清楚。但我知道朱皮安的这种弱点，知道他说的棕发应该是金发，我觉得他描绘的外貌显然跟沙泰勒罗小公爵完全相符。“回过头来谈并非出身平民的青年，”男爵继续说道，“目前，我被一个奇特的小子弄得晕头转向，他是个聪明的小市民，却对我蛮横无礼。他决没有想到我是非同寻常的大人物，也不知道他自己像孤菌那样微不足道。不过，这并不重要，这个小傻瓜可以随心所欲地在我庄严的主教袍前大喊大叫。”——“主教！”朱皮安大声说道，他对德·夏吕斯先生刚才说的最后几句话没有听懂，但听到“主教”二字不由目瞪口呆。“这跟宗教可没有关系。”朱皮安说。“我的家族出过三位教皇①，”德·夏吕斯先生回答道，“有权身穿红袍，是因为有红衣主教的职衔，我叔公是红衣主教，他侄女把公爵的爵位传给我的祖父，这爵位就被继承下来。我看出您对隐喻听不懂，对法国历史漠不关心。另外，”他补充道，也许不是作出结论，而是用来提醒，“这些年轻人对我避而远之，当然是由于害怕，因为只有尊敬才能让他们闭上嘴巴，并大声对我说出他们爱我，他们要对我有这种吸引力，就要有显赫的社会地位。不过，他们装出无动于衷的样子，也许会产生适得其反的效果。但他们愚蠢地装出这种样子，时间一长就会使我感到恶心。就在您比较熟悉的阶层中举个例子吧。我公馆装修时，为了使公爵夫人们不要因争夺一种荣誉而相互嫉妒，就是能说她们有幸让我借住她们公馆的荣誉，我就到大家都能住的‘公馆’

① 可能指美第奇家族的三位教皇，即利奥十世（1513—1521 年在位）、克雷芒七世（1523—1534 年在位）和利奥十一世（1605 年在位）。德·夏吕斯先生因布永家族而成为美第奇家族的后裔。

去住了几天。旅馆里那个楼层有个服务员，熟悉后我让他当有趣而又可爱的‘穿猎装号衣的跟班’，给我挂门帘，但他对我的提议置若罔闻。后来，我十分恼火，为向他证明我并无邪念，便派人给他送去一大笔钱，只要他上楼到我房间里跟我说五分钟话。但我空等了一回。于是，我对他厌恶至极，出去就走边门，不想看到这小混蛋的嘴脸。后来我获悉，我的信他一封也没有收到，都中途给人截走，第一封信给那个楼层一个嫉妒的服务员拿走，第二封信被白天值班的正派门房拿走，第三封信则被值夜班的门房拿走，他喜欢那年轻人，在月神狄安娜起来时就跟他睡觉。但是，我对他仍然十分厌恶，即使有人把这个穿猎装号衣的跟班像猎物那样放在银盘上给我送来，我也会拒不接受，而且还恶心得要吐。唉，真是倒霉，我们谈了重要的事情，可现在，我们之间的关系已经结束，我指望的事也就完了。但是，您可以帮我大忙，给拉上关系；再说，不，只有这个想法才使我有点兴奋，我感到事情完全没有结束。”

这场戏一开始，我睁大的眼睛就已看出，德·夏吕斯先生身上发生了巨大变化，这变化彻底而又迅速，仿佛他被魔杖触及。此前我一直没有看出，是因为弄不明白，也并未亲眼目睹。恶习（大家这样说是因为方便），每个人的恶习，跟此人形影不离，如同守护神那样，你不知道他在，就看不到他。善良、狡诈、名称和社交关系，都不会让人发现，总是隐藏着随身携带。尤利西斯起初也没有认出雅典娜①。但神与神之间会立刻认出对方，人与人之间也能很快看出对方，因此德·夏吕斯先生就被朱皮安一眼看出。在此之前，我待在德·夏吕斯先生面前，如同心不在焉之人，在孕妇面前未能发现她身体臃肿，即使她微笑着反复跟他说“是的，我现在有点累”，他仍然不知趣地问她：“您到底哪里不舒服？”直到有人

① 荷马史诗《奥德赛》中，奥德修斯（即罗马神话中的尤利西斯）回到伊塔卡时，女神雅典娜变为牧羊少年，然后对他显身，并要他去杀死他妻子的那些求婚人。

跟他说“她怀孕了”，他才突然发现她挺着肚子，从此就只注意她的肚子。真可谓理智开眼，知错醒悟。

有些人不喜欢把他们认识的夏吕斯式的先生们看作这种规律的实例，这些人在很长一段时间里也并未对他们怀疑，直到有一天，这个跟其他人相同的人，在平淡的外表上显示出以前一直无法看到的墨水书写的字体，展现出古希腊人喜爱的词语，这些人要相信周围的世界在他们最初看来是不加掩饰的，完全没有这世界赋予有教养的人们的千百种装饰，就只须回想起他们在生活中有多少次即将做出蠢事。某个男人的脸上没有写字，这些人也就无法看出他是一个女人的兄弟、未婚夫或情人，谈到这个女人时想要说：“真是雌老虎！”但在这时，幸好旁边的人在他们耳边低声说了句话，他们才没有把这几个字说出口。如同墙上显出**弥尼、提客勒、毗勒斯**[①]这几个字，这时立即出现这样的话：他是这女人的兄弟、未婚夫或情人，不能在他面前称她为“雌老虎”。光是这新的看法就会产生一系列重新组合，过去对她家里其他成员的看法有了补充，这时会收回或重新提出。德·夏吕斯先生身上的另一个人与他合在一起也是枉然，这个人使他跟其他男人不同，如同半人半马怪物身上的马，这个人跟男爵徒然地合为一体，我以前却一直没有发现。现在，抽象化为具体，这个人最终被人识破，就立刻失去隐身能力，德·夏吕斯先生也就脱胎换骨，面目一新，因此，不仅是他的脸和他声音的鲜明对照，而且还有他过去跟我时好时坏的关系，我以前一直感到无法理解，现在却变得一清二楚、一目了然，这就像一个句子，如把其中的字随意拆开，就不能表示任何意思，

---

① 伯沙撒王为一千大臣设摆盛筵，吩咐将他父亲尼布甲尼撒从耶路撒冷殿中所掠的金银器皿拿来。忽见有人的指头在墙上写下“弥尼、提客勒、毗勒斯”。但以理对王解释道，弥尼就是神已经数算你国的年日到此完毕，提客勒就是你被称在天平里显出你的亏欠，毗勒斯就是你的国分裂，归于玛代人和波斯人。当夜，伯沙撒王被杀。详见《旧约·但以理书》第五章。

而这些字如按次序重新排列，这句话就能表达一种思想，你永远不会忘记。

另外，我此刻恍然大悟：为何刚才看到德·夏吕斯先生从德·维尔帕里齐夫人家出来，觉得他样子像女人：他确实是女人！他属于一个族类，这种人不像他们显示的那样矛盾百出，他们想要有男子气概，恰恰是因为他们具有女人的气质，他们在生活中只是外表上跟其他男子相同；在观察世上万物的眼睛里，每个人都在眼球表面刻有一个身影，在他们这种人眼里，刻下的不是仙女的倩影，而是美男子的身影。他们这个族类被人咒骂，靠欺骗和发伪誓生活，因为他们知道自己的欲望可耻，会受到惩罚，是不可告人的秘密，但却会使所有人的生活十分甜蜜；他们得背弃上帝，即使是基督教徒，在作为被告出庭受审时，也必须面对基督并以基督的名义为自己辩护，认为这是对他们生活的诽谤；他们是没有母亲的孤儿，对母亲只好撒谎，甚至在给母亲合上双眼时也是如此；他们是没有友谊的朋友，虽说他们的魅力常常得到承认，会使人产生友情，他们的心地往往善良，会感到这种友情；但是，靠谎言才勉强维持的良好关系，是否能称为友谊？即使他们因此会产生信任与真诚的愿望，他们也会厌恶地放弃这种关系，除非他们遇到一个为人公正、富于同情心的人，但这个人因一种习惯心理对他们看走眼，会把供认不讳的恶习看作情感，虽说这种情感跟他格格不入，这就像有些法官，更容易把凶杀罪加在性欲倒错者身上，把叛国罪加在犹太人头上，原因是想到了原罪和这个种族的本性。总之——至少是根据我当时由此得到的第一个理论，我们就会看到，这一理论将在以后改变，而如果他们用来观察和生活的那种幻想，未能阻止他们的眼睛看到这种矛盾，这种理论准会使他们暴跳如雷——他们是情人，却几乎不可能有这种爱情，爱情的希望使他们有力量忍受种种风险和孤独，因为他们所爱的恰恰是毫无女人特征的男子，是并非性欲倒错的男子，所以不可能喜欢他们；因此，如果他们不能用金钱买到真正的男人，如果他们最终不能把给他们卖淫的性欲倒错者想象成真正的男子，那么，他们的欲望就永远无法得到满足。在罪恶被发现之后，他们的名声不堪一击，他们的自由转瞬即逝；他们的地位也摇摆不定，就像那位诗人，前一天晚上还在各家沙龙受到款待，在伦敦所有的剧院里受到热烈欢迎，但到第二天却无容身之屋，找不到睡觉的枕头①，只好像参孙②那样做推磨的苦役，并像他那样说：

这两种性别都将分别消亡③

在厄运降临之日，大多数人都会对受害者深表同情，就像犹太人同情德雷福斯那样，但如情况相反，他们就不会得到他们同类的同情，有时则得不到社会的同情，他们的同类看到他们的真面目后感到厌恶，他们的真面目在镜子里照出，使他们不再感到舒服，因为照出了他们以前不想在自己身上看到的各种瑕疵，并使他们明白，他们所说的爱（他们还玩弄词语，并从社交意义来看，把诗歌、绘画、音乐、马术和苦行所能添加的概念都称之为爱）并非出自他们选择的一种美的理想，而是出自一种不治之症；他们如同犹太人（只有少数几个人只愿跟他们那种人交往，嘴里总是说些礼貌用语和常开的玩笑），相互间互不来往，寻求的是他们的冤家对头，是不想跟他们交往的人，并原谅这些人的粗暴拒绝，而见这些人客气相待就欣喜若狂；但他们也跟自己的同类联合在一起，那是在遭

---

① 指英国作家奥斯卡·王尔德（1854—1900），1895 年因同性恋行为暴露，被判服苦役两年。1897 年来到巴黎，用法文撰写独幕剧《莎乐美》，题献给法国女演员莎拉·贝恩哈特。

② 据《旧约·士师记》，参孙是力大无比的勇士，以色列第 75 代士师。非利士人收买他的情妇大利拉。她从参孙口中探出他力大无穷的原因，就趁他睡觉时剃去他的头发。他被非利士人制服，被挖去眼睛，在监狱里推磨。在非利士人给他们的神献祭时，参孙求耶稣再赐给他一次力量，然后用双手各抱一根柱子，倾覆神室，与敌人同归于尽。

③ 出自维尼的诗《参孙的愤怒》第 80 行。这诗句说明参孙对女人的失望。

到众人排斥、蒙受耻辱之后，在受到类似对以色列的迫害之后，他们最终会具有一个种族在体质和道德上的种种特点，这些特点有时非常出色，但往往十分可怕，他们（虽然看到，有人参与更多却更像敌对种族，从表面上看不大像同性恋，就对更像同性恋的人竭尽讽刺挖苦之能事）在跟自己同类的经常交往中感到精神舒畅，甚至觉得这些人的存在是一种依靠，因此，他们一方面否认他们同属一个种族（这个词本身就是极大的侮辱），另一方面，对得以掩盖自己属于这一种族的那些人，却乐于揭开其真面目，他们这样做不是想伤害那些人，因为他们并不厌恶这种事，而是想表示道歉，他们如同医生研究阑尾炎那样寻根究底，研究性欲倒错追溯到古代历史，他们高兴地告诉大家，苏格拉底是他们中的一员，如同犹太教徒说耶稣是犹太人，却并未想到，同性恋如属正常，就不存在不正常的事，就像基督诞生之前并不存在反基督教者，他们也没有想到，只有耻辱才产生罪恶，因为耻辱只能使那些不受任何说教、任何范例和任何惩罚影响的人继续存在，那些人具有一种特殊的禀性，使其他人感到厌恶（虽说他们会同时具有高尚的道德），而且厌恶的程度超过对偷窃、暴行和背信弃义等恶习的厌恶，这些恶习更容易被理解，因此也更能被常人原谅；他们组成一种共济会式的团体，却比共济会规模更大，效率更高，而且不大容易受到怀疑，因为这种团体的基础是趣味相同，需要相同，习惯相同，所冒风险相同，最初尝试、掌握的知识、进行的交易、使用的词汇也都相同，这个团体的成员不希望相互认识，但会根据自然或习惯的动作、有意或无意的动作立刻认出对方，这些动作告诉乞丐，他给关上车门的那位大贵人是其同类，告诉当父亲的，他女儿的未婚夫是其同类，告诉病人、忏悔者和打官司的人，他们去找的医生、神甫和律师是其同类；他们都迫不得已地保守自己的秘密，但了解其他同类的部分秘密，而其他人却并未怀疑，因此，在他们看来，难以置信的艳情小说都真实可信，因为在跟时代不符的这种浪漫生活中，大使是苦役犯的朋友，而亲王因贵族教育而具有胆战心惊的小市民不会有的潇洒风度，在走出公爵夫人的府邸之后，却去跟流氓商谈；他们是人类群体中受到排斥的部分，但十分重要，他们在他们不在的地方受到怀疑，在未被认出的地方炫耀自己，肆无忌惮，逍遥法外；他们到处都有同伙，在老百姓里，在军队里，在神殿里，在苦役监里，在王位上都有；他们中至少大部分人是如此，跟另一种族的人亲密相处，过着既温馨又危险的生活，他们挑逗对方，开玩笑般跟他们谈论自己的恶习，仿佛这并非是他们的恶习，这种玩笑开起来容易，是因为其他人不辨真假或虚情假意，并能持续多年，直至丑闻暴露，这些驯兽者被猛兽吞噬；而在此之前，他们被迫掩盖自己的生活，把目光从他们喜欢看的地方移开，移到他们不喜欢看的地方，并把他们词汇中的许多形容词从阳性变为阴性，这是社会的约束，跟他们内心的约束相比微不足道，他们的恶习或词义不确切的名称强加给他们的内心约束，并非是针对其他人，而是针对他们自己，使他们感到这不是一种恶习。但有些人更加实际，更加匆忙，没有时间去搞交易，不能抛弃简单的生活，而要少花时间就得进行合作，于是形成两种群体，第二种群体完全由他们这种人组成。

这使来自外省的穷人感到惊讶，他们无依无靠，只有勃勃野心，指望有朝一日成为著名医生或律师，他们的思想还缺乏主见，他们的身体还缺乏风度，但希望很快能装饰得漂亮，如同他们将为拉丁区的小房间购置家具，因为他们会发现和仿效已在实用而又重要的职业中“成名”的人们，他们也想跻身于这种职业出名；这些人在不知不觉中继承了特殊的爱好，如同对绘画和音乐的盲目喜爱，这种爱好也许是他们的唯一特点，根深蒂固，专横跋扈，会在某些晚上迫使他们缺席某个有益于他们职业生涯的聚会，而参加聚会的一些人，正是他们在言谈、思考、衣着和打扮方面刻意模仿的对象。在他们的街区，他们只跟同学、老师或某个已成名并成为保荐者的同乡交往，但他们很快发现，其他一些年轻人因共同的特殊爱好而跟他们接近，这就像在一个小城市里，二年级[1]教师和公证人成了朋友，是因为他们都喜爱室内乐或中世纪的象牙雕刻；他们对用来消遣的事物，有着同样的追求功利的本能，有着同样的专业精神，即在他们的职业生涯中起指导作用的本能和精神，他们的这种本能和精神，会在外行不会应邀参加的活动中再现，外行只能参加古老鼻烟盒、日本铜版画和珍稀花卉的业余爱好者参加的活动，在他们参加的活动中，由于有学习的乐趣和交流的益处以及害怕竞争，因此跟邮票市场一样，既有专家们的情投意合，又有收藏家们的疯狂争夺。另外，他们在咖啡馆里有自己的餐桌，但无人知道这是哪种聚会，弄不清楚是钓鱼协会的聚会、编辑部秘书的聚会还是安德尔省同乡的聚会，只见他们西装笔挺，神色持重、冷淡，对时髦青年只敢偷偷看上一眼，这些“花花公子”在几米远的地方大声吹嘘自己的情妇，他们中有些人欣赏这些青年，却不敢抬头观看，二十年之后，他们中一些人即将进入某个研究院，另一些人则成为社交圈子里的元老，到那时他们才知道，当时最有魅力的人，即现在头发花白的胖子夏吕斯，其实跟他们相同，只是他处于另一个社交界，具有另一种外部特征，使用他们不知道的暗号，而正是这种区别使他们看走了眼。但是，现在的团体多少有所进步；由于“左翼联盟”跟“社会主义联盟”不同，某个门德尔松音乐协会跟圣乐学校[2]不同，因此在某些晚上，在另一张餐桌旁坐着激进分子，他们衣袖里戴着手镯，有时脖子上挂着项链，他们目光咄咄逼人，笑声时大时小，还相互抚摸，一帮中学生见了赶紧逃之夭夭，侍者对他们招待时彬彬有礼，但心里却愤愤不平，这就像他晚上招待德雷福斯派，如果捞不到小费，准会去叫警察。

---

① 即法国高中第一年。

② 参见本书第三卷第 27 页注①。

这些专业组织，聪明人在思想中将其跟单恋者的嗜好对立起来①，从一方面来看，他们并未过于弄虚作假，因为他们只是在这方面模仿单恋者，而单恋者认为，跟有组织的淫乐的最大区别，莫过于他们的爱情不被常人理解，而且被认为有点虚假，因为这些人属于不同的阶级，他们既要适应各种不同的生理类型，又要适应病理或社会演变的不同阶段。事实上，单恋者几乎都会在有朝一日加入这种组织，有时只是因为厌倦或贪图方便（就像最激烈的反对者最终在家里装上电话，接待耶拿家的人或去波坦商店②购物）。不过，他们在这种组织中通常不大受欢迎，因为他们的生活比较纯洁，又缺乏经验，并沉湎于幻想之中，因此身上明显带有女性的特殊性格，而那些行家却竭力消除这种性格。必须承认，在这些新成员中，有些人的娘娘腔并非只是隐藏在男人的身体里面，而是丑陋地显露出来，他们会歇斯底里地激动得痉挛，会尖声笑得手脚抽搐，他们跟普通人完全不同，活像眼圈发黑的猴子，目光忧郁，脚有悬钩，却身穿无尾常礼服，戴着黑色领带；因此，这些新成员在淫荡成性的人看来，与其交往会使自己名誉受损，他们就很难被人接纳；但是，他们还是被人接受，于是，他们享受到种种便利条件，商业和大企业用这种条件改变了个人的生活，使他们能得到各种用品，这种用品在此前因价格昂贵而无法得到甚至难以找到，而现在他们却大量拥有，即拥有以前只有他们无法在广大人群中看到的东西。但是，即使摆脱困难的方法众多，社会的约束对某些人来说仍是过于沉重的负担，他们主要是在思想上尚未受到约束，认为他们那种爱情极为罕见。对有些人，我们暂且不谈，这些人因嗜好特殊，自以为比女人高超，他们蔑视女人，把同性恋看作才华出众

① 普鲁斯特把同性恋分为两类：一类“专业”，有多个伴侣，另一类“单恋”，只有一个伴侣。

② 即费利克斯—波坦食品杂货商店，位于巴黎马尔泽尔布大道45—47号。

者的特权和辉煌时代的特点，他们想分享自己的爱好，不是去找生来有这种嗜好的人，就像生来喜欢吗啡的吗啡瘾者，而是去找跟这种嗜好相称的人，其热情和布道相仿，如同有些人鼓吹犹太复国主义，鼓动拒服兵役，宣传圣西门主义、吃素和无政府主义。有些男人早上躺在床上被人看到时，露出女人般美妙的面孔，这表情有普遍性，是女性的象征；头发本身就是证明，像女人头发那样弯曲，伸直时如发辫般自然地落到面颊之上，使人惊叹地看到，这少妇、少女，这个该拉忒亚[①]，她刚刚醒来，处于无意识的男人的身体之中，她囚禁在这身体里，不用别人教她，就能巧妙地利用这牢笼的微小出口，来获取她生命的必需品。当然啰，这容貌秀美的青年男子不会说"我是女人"。即使他因种种可能的原因跟一个女人一起生活，他也会否认自己是女人，并会向她发誓，他从未跟男人发生关系。让她瞧瞧他，只见他像我们刚才展示的那样，身穿睡衣躺在床上，双臂裸露，黑发遮盖裸露的脖子：这睡衣变成了女式短上衣，这张脸变成西班牙美女的脸。情妇对看到的真相十分害怕，这景象比话语和行为更加真实，而行为即使尚未做出，也定将加以证实，因为人人都会去做自己喜欢的事，如果这个人不是过于淫荡，他就会在异性中寻找乐趣。对同性恋来说，恶习的养成并非始于交友之时（因为交友的原因实在太多），而是始于喜欢跟女人厮混之时。我们刚才描绘的青年男子显然是女人，因此，女人们欲火中烧时看着他（除非有一种特殊爱好）会感到失望，如同在莎士比亚的喜剧中，女人们对女扮男装的姑娘会感到失望。同样是欺骗，即使性欲倒错者也知道，他预料到男装一旦脱掉，女人定会失望，他还感到，看错性别是产生奇特诗意的巨大根源。另外，对于苛求的情妇（如果她不是蛾摩拉的女人），他不承认"我是女人"也是徒劳，

---

① 据希腊神话，塞浦路斯国王皮格马利翁善雕刻，爱上自己所雕少女像。爱神阿芙洛狄特见他爱情真挚，就给雕像以生命，成该拉忒亚，使两人结为夫妇。

他身体里的女人，虽然没有意识到，却是显而易见，而且既狡猾又灵活，像攀援植物般执着地寻找男性器官。只要看看落在白色枕头上的鬈发就会明白，如果这青年男子不听父母之言，晚上不由自主地溜出家门，他决不是去找女人。他的情妇可以惩罚他，把他关起来，但到第二天，这个阴阳人会设法爱上一个男人，就像牵牛花会把卷须伸到放有十字镐或耙子的地方[①]。我们欣赏这男人脸上动人的优雅，以及在和蔼可亲中显出男人所没有的妩媚和自然，但我们得知这青年去找拳击手，又为何会感到遗憾？这是同一现实的不同方面。我们厌恶的男人极其动人，比所有优雅的人都要动人，因为他显示了人性的一种无意识的美妙努力：通过他本人来承认性别，即使性别有种种欺骗，这种承认也显然是未明言的努力，想要逃到因社会最初的错误而被置于远离他的地方。有些人在儿童时代十分羞怯，不大关心他们所获得的是何种肉体乐趣，只要他们能把这乐趣带给一张男人的脸。而另一些人，也许感觉更加强烈，非要给他们的肉体乐趣定位。这些人直言不讳，可能会使常人反感。他们也许不是完全生活在土卫[②]的影响之下，因为在他们看来，女人并非像被前一种人那样完全排除在外，在前一种人看来，女人存在于世只是为了谈话、卖弄风情和精神恋爱。但后一种人寻找的是喜欢女人的女人，这种女人会给他们带来一个青年男子，并因他们要跟这青年男子待在一起而增添乐趣；此外，他们可以用同样的方式，跟她们一起得到跟一个男人在一起的乐趣。由

---

① 梅特林克在《花的智慧》中这样描写牵牛花："我们中只要在乡下生活过的人，常常会赞赏它们的本能，即爬山虎或牵牛花会把卷须伸到靠在墙上的耙或锹的柄上。如把耙挪动位置，第二天，植物的卷须会完全转过来，重新找到那个耙。"参见中译本，谭立德译，漓江出版社，1997 年，第 130 页。

② 这里显然指荷兰科学家惠更斯于 1655 年发现的土卫六。但据古老的占星术，影响同性恋和性欲倒错的是土星本身。普鲁斯特及其朋友比贝斯库兄弟、费纳隆和乔治·德·洛里斯，均把同性恋称为"受土星影响者"。

此产生的结果是，对于喜欢前一种人的男人来说，嫉妒只会因他们跟一个男人一起得到的乐趣而引起，只有这种乐趣才会被他们看成不忠，因为他们心里不想跟女人谈情说爱，他们只是把跟女人谈情说爱作为一种习俗，并给自己保留结婚的可能，他们很少去想这种爱情会有什么乐趣，因此他们无法容忍他们喜欢的男人品尝这种乐趣，而后一种人则往往会因他们跟女人的爱情而引起嫉妒。因为他们在跟那些喜欢女人的女人的关系中扮演了女人的角色，而那个女人同时给予他们的几乎是他们能从男人身上得到的乐趣，因此，嫉妒的男友痛苦地感到，他喜爱的男人竟跟那假小子缠在一起，与此同时，他感到这男人几乎要跟他脱离关系，因为在那些女人看来，这男人有他自己不知道的气质，是一种女人。我们也不谈那些狂热的青年，他们有一种孩子气，为了戏弄朋友、顶撞父母，喜欢挑选看上去像裙袍的服装，喜欢搽口红、画睫毛；对这些人我们暂且不提，因为我们会在以后谈到他们，到那时他们将会因自己的喜好而痛苦难熬，终身都像新教徒般穿朴素的衣服，以纠正以前的错误，但毫无用处，他们当时是魔鬼缠身，如同圣日尔曼区的年轻妇女，过着丑闻百出的生活，把一切习俗置于脑后，嘲笑自己的家庭，直到有一天，她们才开始走上坡路，虽然坚持不懈地走，却无法上去，而当初她们觉得下坡是多么有趣[①]，她们觉得下坡有趣，或者不如说她们无法阻止自己下坡。最后，我们到以后再谈跟蛾摩拉缔结条约的男人。我们等德·夏吕斯先生认识他们之后再来谈。我们暂且不谈所有这些男人，他们不管属于哪一类，都将在以后各自登场，在结束这首次议论之时，我们只是谈一下刚才说起的单恋者。他们以为自己的恶习与众不同，因此在发现之后就过上离群索居的生活，而在此前，他们长期有这种恶习却并不知道，只是有恶习的时间比其他人更长。因为在开始时，谁也不知道自

---

① 法国七星丛书版中，没有“当初她们觉得下坡是多么有趣”这句话。

己性欲倒错，不管是诗人、故作风雅者还是恶人都是如此。某个中学男生看了爱情诗歌或淫秽图画，如跟一个男同学挤在一起，就会觉得他对这个同学的欲望跟对女人的欲望完全相同。他阅读拉法耶特夫人、拉辛、波德莱尔、瓦尔特·司各特①的作品，知道自己感到的是何种欲望，但这时他还缺乏自我观察的能力，看不出其中有他自己独特的感情，不知道对象不同也会有相同的感情，也不知道他想要得到的是罗伯·罗伊，而不是狄安娜·弗农②，这样的话，他又怎么会觉得自己与众不同？许多人先是因自卫的本能而小心谨慎，然后用智力才看得更加清楚，他们房间里的镜子和墙壁上都饰有女演员彩色石印画片；他们作诗如下：

> "人世间我只爱克洛埃③，
> 她美如天仙，她满头金发，
> 我心里洋溢着爱。"

为此，这些人在人生的开端，是否必须具有一种将来不会再有的嗜好，就像儿童的金色鬈发，以后会变成明显的棕色？又有谁知道，女人的照片是否是弄虚作假的开始，同时也是对其他性欲倒错者惧怕的开端？但是，单恋者恰恰因弄虚作假而感到痛苦。也许另一个移民地里犹太人的例子说服力还不够，无法解释教育对他们的影响多么微不足道，他们又是如何故态复萌，也许不是去干像自杀那样残忍的事（不管你如何提防，这些疯子都会故伎重演，投

---

① 司各特（1771—1832），英国诗人、小说家，以历史小说著称。主要作品有《威弗利》、《拉默穆尔的未婚妻》、《艾凡赫》、《昆丁·达威特》、《珀思的漂亮女儿》等。

② 罗伯·罗伊是司各特的小说《罗伯·罗伊》（1817）中的人物，是苏格兰的绿林好汉，他成全了狄安娜·弗农和弗朗西斯·奥斯巴尔迪斯通的爱情。

③ 克洛埃在希腊语中意为"幼苗"、"嫩绿"，是希腊神话中谷物女神得墨忒尔的名字。

河被人救起后又去服毒，或是搞到一支手枪等等），而是重新去过一种生活，并享受必然会有的乐趣，但另一类男人不能理解、无法想象并厌恶这种乐趣，另外，他们也会因这种生活风险常在、耻辱终身而感到惧怕。要对他们进行描绘，也许不必联想到未被驯化的野兽，而是去想被认为已经驯化却仍然狮气十足的幼狮，至少可以联想到黑人，他们对白人的舒适生活十分失望，情愿去过危机四伏的原始生活，并享受其闻所未闻的乐趣。当他们发现自己已无法自欺欺人时，他们就迁居乡间，因恐惧变态行为或害怕诱惑而躲避同类（他们认为数目不多），又因羞耻而躲避其他人。他们永远无法真正成熟，不能消除忧郁的心情，有时在一个夜晚无月的星期天，在一条小道上漫步，一直走到十字路口，只见住在附近城堡里的一个童年时的朋友在那里等待他们，虽说事先没有约好。于是，在这漆黑的夜晚，他们一句话也不说，又开始像过去那样在草地上淫乐。平时，他们相互串门，说些无关紧要的话，闭口不谈发生过的事，仿佛他们什么事也没有做过，也不会再去做任何事情，只是在他们的相互关系中多了点冷淡、讽刺、生气和怨恨，有时还有仇恨。然后，邻居骑马和骑骡进行艰难的旅行，登上险峰，夜宿雪地；他的朋友认为自己的恶习源于软弱的性格和深居简出的生活，知道他的朋友现处身于海拔几千米的高山，身心得到解放，已戒除这种恶习。果然，他的朋友结婚了。但被抛弃者的毛病并未治好（虽然我们将会看到，性欲倒错的毛病也有治好的例子）。他要求送牛奶的伙计早上送到厨房，并亲自从伙计手里接过新鲜奶油，到了晚上，如果被欲火弄得焦躁不安，他就会神志不清，甚至去为迷路的醉鬼指路，帮瞎子整理衣服。有些性欲倒错者的生活，有时也许会发生变化，他们的恶习（大家都这样说）不会再成为他们的一种习惯；但任何事物都不会消失：藏匿的首饰自会找到；病人尿量减少，是因为出汗较多，但排泄总是在进行。有一天，这位同性恋失去了一个年轻的表弟，这痛苦难以用安慰来减轻，您由此可以得知，他的欲望通过爱来宣泄，这种爱也许纯洁，想得到的是尊重，而不是肉体占有，这就像一笔预算，总数不变，但有些开支已划到另一年度结算。有些病人得了荨麻疹，他们通常的身体不适却在一时间消失殆尽，同样，性欲倒错者对年轻亲戚的纯洁的爱，似乎会通过转移，暂时被一些习惯所替代，而这些习惯将会在有朝一日再次成为被取代和治好的恶习。

然而，单恋者已婚的邻居回来了；他只好邀请朋友夫妇共进午餐，看到朋友的年轻妻子秀色可餐，丈夫对她温情脉脉，就对过去的事感到羞耻。朋友的妻子已有身孕，得早早回家，留下她丈夫一人；她丈夫要回家时，请朋友送他一程，开始时朋友丝毫没有怀疑，但走到十字路口，却被那即将做父亲的登山健儿一声不吭地推倒在草地上。于是，他们又开始交往，直到有一天，少妇的一个表兄弟搬到离那里不远的地方居住，从此之后，她丈夫就一直跟这个表兄弟一起散步。如果被抛弃者晚上前来，想要跟他亲近，他就火冒三丈，气愤地推开对方，并埋怨对方竟无法预感到自己现已令人厌烦。但有一天，不忠的邻居叫一个陌生人来看他这个被抛弃者，他正好忙得无法分身，不能接待这陌生人，他事后才领悟到陌生人的来意。

于是，单恋者过着无精打采的生活。他只有一种乐趣，那就是前往附近的海滨浴场，向一位铁路职员打听消息。但铁路职员得到晋升，被派到法国另一端去工作；单恋者无法再去向他打听火车的时刻和一等车厢的票价，在回到自己的塔楼像格丽雪达[①]那样

① 格丽雪达是薄伽丘《十日谈》第十天第十个故事中的人物，是忠贞、贤惠的妻子的象征。萨卢佐侯爵圭蒂耶里在下属再三恳求下，娶牧羊女格丽雪达为妻，生一女一子。侯爵为考验妻子，佯称先后将子女处死，后又把她逐回娘家，并说准备另娶新娘，却暗中把子女接回，但妻子始终百依百顺，忠贞不渝，最后被丈夫接回，从此侯爵对她宠爱有加。参见方平、王科一译本，上海译文出版社，1988 年，第 952—966 页。

遐想之前，在海滩上久久滞留，如同奇特的安德洛墨达①，任何阿尔戈英雄②都不会前来解救，又如不育的水母，在沙滩上慢慢死去，有时他在火车出站之前，懒洋洋地待在站台上，对一群旅客看上一眼，这目光在另一类人看来显得冷淡、傲慢或漫不经心，却像某些昆虫为吸引同类而炫耀自己的闪光，或像某些花卉为引来昆虫授粉而奉献的花蜜，罕见的爱好者决不会看错，这嗜好过于奇特，又极难满足，现在见有人送上门来，当然会一眼看出，这就像来了同行，我们的专家就能用奇特的语言跟他说话；对这种语言，月台上衣衫褴褛之徒，最多装出感兴趣的样子，但只是为了得到赏钱，就像有些人到法兰西公学听梵文教师在没有听众的教室里讲课，只是为了取暖。水母！兰花！我只是凭本能行事时，巴尔贝克的水母使我感到厌恶；但我如能像米什莱③那样，用博物学和美学的观点来对它进行观察，就能看到美妙的天蓝色花簇。它们丝绒般透明的花瓣，不就像海里淡紫色的兰花？如同许多动植物，如同可用来提炼香草香料的植物——这种植物因雄蕊和雌蕊被隔膜隔开，如无蜂鸟或某些小蜜蜂传播花粉，如不进行人工授粉，就会不育——德·夏吕斯先生（这里"授粉"一词应取其抽象含义，因为从具体含义看，男性之间的结合不会生育，不过，并非无关紧要的是，一个人能得到他可能品尝到的唯一乐趣，"世上任何人"都能

---

① 参见本书第一卷第132页注①。

② 阿尔戈英雄是希腊神话中一群英雄，由伊阿宋率领，同乘快艇阿尔戈号，历尽艰险去海外觅取金羊毛。这里指救出被绑在海边岩石上的安德洛墨达的珀尔修斯，但珀尔修斯并非阿尔戈英雄。

③ 米什莱在《海》(1861)一书中对留在沙滩上的水母作了充满诗意的描写："那儿有几只贝类，完全缩进壳里，停在没水处受罪。它们中间还伏着完全展开的伞形活物，没有外壳，毫无护体，人称'美杜莎'，相当不准确。如此迷人的生物，为什么有这种可怕的名称？[……]这些水母躯体硕大，全身白色，刚抛上岸时很美，犹如多枝水晶大吊灯，由辉映的阳光装饰了许多宝石。"(参见该书中译本，李玉民译，上海人民出版社，2011年，第101页、第103页)米什莱，请参见本书第三卷第299页注①。

把“他悦耳的声音、激情或香味”给予某个人[1]),德·夏吕斯先生堪称异乎寻常的人物,这种人虽说数目众多,但要满足性欲——这对其他人来说易如反掌——却要同时具备许多条件,因此是机会难得。对德·夏吕斯先生这样的男人来说,相互妥协的情况因淫乐的需要会逐渐出现,而且也能预感到,但只好满足于半推半就,而相互真心爱恋,除了常人也会遇到的有时是不可克服的巨大困难之外,他们还会遇到特殊的困难,那就是对众人来说已十分罕见的机会,对他们却变得绝无仅有,但他们如能喜结良缘或天赐良缘,他们的幸福就会远远超过正常的恋人,并显出某些异乎寻常、精心挑选和极其必要的特点。凯普莱特和蒙太古这两个家族[2]的仇恨,跟被克服的种种障碍以及爱情的罕见机遇被大自然特地排除相比,可说是微不足道,后来,一位过去做背心的裁缝,准备循规蹈矩地去办公室上班,却看到一位大腹便便、五十来岁的先生,不禁赞赏得摇头晃脑;这对罗密欧和朱丽叶有充分理由认为,他们相爱并非因一时冲动,而是因两人气质完全相同而一见钟情,不仅仅他们两人的气质相同,而且他们的始祖代代相传的气质相同,因此,附在他们身上的人,在他们出生之前就已属于他们,并用一种力量把他们吸引,这种力量跟驾驭种种世界的力量类似,而我们是在这些世界中度过自己的前生。德·夏吕斯先生分散了我的注意力,我因此没去观看,不知熊蜂是否把兰花盼望已久的花粉带去,兰花能受粉只是因为罕见的巧合,也可称为一种奇迹。但是,我刚才看到的也是奇迹,几乎属于同一类型,而且同样妙趣横生。我如用这一观点来看这次相遇,就会觉得其中的一切都美不胜收。大自然想出种种异乎寻常的办法,使昆虫不得不给花卉授粉,而花卉

① 参见雨果《心声集》第11首诗的前几行:“既然这世上任何人/都能把他悦耳的声音、激情或香味/给予某个人[……]”

② 即莎士比亚悲剧《罗密欧与朱丽叶》中维罗纳的两个家族,罗密欧和朱丽叶分属蒙太古和凯普莱特家族。

如没有昆虫也无法授粉，因为雄花离雌花太远，授粉如借助风力，花粉就会轻而易举地脱离雄花，不费吹灰之力就被雌花获得，因无须吸引昆虫，就不必分泌花蜜，也不需要有引诱昆虫的亮丽花冠，授粉如要保证花卉得到所需的花粉，即只能使这种花结果的花粉，就要使其分泌出一种排斥其他花粉的液体，这些办法如跟性欲倒错者亚类的生活相比，并未使我感到更为奇妙，他们的生活用于保证日渐衰老的性欲倒错者的性爱乐趣：这些男人并不被所有男人吸引，而是通过对应和协调的现象，即类似调节**千屈菜**[①]那样花柱异长的三型花授粉的现象，只是被年龄比他们大得多的男人所吸引。刚才朱皮安为我提供了这一亚类的一个例子，这例子并不像其他例子那样激动人心，虽说十分罕见，任何人类植物标本采集者和任何道德植物学家却都能观察到，并看到一个孱弱的小伙子，在等待五十来岁、身体强壮的肥胖男子向他示爱，而对其他年轻男子的示爱却无动于衷，这就像**黄花九轮草**[②]的短柱雌雄同株花仍不结果，因为它们只能由其他**黄花九轮草**的短柱花来授粉，但同时又高兴地接受黄花九轮草长柱花的花粉[③]。至于德·夏吕斯先生，我后来明白，他有各种不同的结合，其中某些结合次数众多，转瞬即逝，快得几乎无法看出，特别是两位角色平时没有接触，因此使人想起花园里一些花卉，用附近一朵花的花粉受精，却永远不会碰

---

① 千屈菜亦称“水柳”、“对叶莲”，多年生草本。夏季开花，花紫色，总状花序顶生。花柱异长，有短、中、长三种类型，雄蕊也有长、中、短三种类型。

② 黄花九轮草亦称“莲香报春花”，属报春花科，多年生草本。花序伞形或花单生；花异形，自根茎处抽出，花萼钟状，具五棱，着花多达三十余朵；花冠黄色，中央有橙色斑点。

③ 1862 年，达尔文发表著作，论述兰科植物的授粉。该书于 1870 年译成法文，书名为《论兰科植物由昆虫授粉以及杂交的良好结果》。在另一部名为《论同一种植物中花卉的不同形状》(1878 年译成法文)的著作中，达尔文描写了像千屈菜这样花柱异长的三型花植物的授粉(第四章)。达尔文的第三本著作名为《论植物界异花授粉和同花授粉的效果》，其中谈到黄花九轮草(第六章)。

到这朵花。某种人确实存在，他只要把他们请到家里，用花言巧语让他们待上几个小时，这样，他如在某次见面时欲火中烧，欲望就能得到满足。只是说说话，两人就结合了，就像纤毛虫纲动物的结合[①]那样轻而易举。有时，他也许有过这种事，就像那天晚上我在参加盖尔芒特府的晚宴后被他叫去那样[②]，男爵得到了满足，是因为他把来客痛斥了一顿，就像有些花卉，依靠花茎的弹性把花粉射到远处的昆虫身上，这昆虫就稀里糊涂地成了同谋。德·夏吕斯先生从受人驾御变为驾御别人，感到不安消除，心里平静，立刻觉得客人不再是他之所欲，就将其打发走。总之，性欲倒错之所以产生，是因为性欲倒错者跟女人过于相像，无法跟女人发生有益的关系，因此符合一条上乘的规律，根据这一规律，许多雌雄同株的花都不结果，这就是自花授粉不育的规律。确实，性欲倒错者在寻找男性时，往往喜欢跟他们一样有娘娘腔的性欲倒错者。但只要他们不是女性，他们身上虽有女性的胚胎，却无法使用，许多雌雄同株的花就是如此，甚至某些像蜗牛那样的雌雄同体动物也是如此，它们无法自我授粉或授精，但可以由其他雌雄同株植物或雌雄同体动物来授粉或授精。因此，性欲倒错者乐意把自己跟古代东方国家或古希腊的黄金时代联系起来，他们还会追溯到更遥远的时代，即还没有雌雄异株植物和单性动物的探索时代，或追溯到雌雄同株或同体的初期，当时，男性器官的某些雏形出现在女性机体中，女性器官的某些雏形出现在男性机体中，现在似乎还保留这些现象的痕迹。朱皮安和德·夏吕斯先生的手势，我起初无法理解，

① 纤毛虫纲是原生动物门的一纲。除无性分裂生殖外，还行两个体暂时靠拢、交换一部分核质的接合生殖（有性生殖）。

② 参见本书第三卷第584—598页。

并感到有趣，觉得像达尔文所说，如同所谓菊科[①]的花向昆虫做出引诱的动作，它们翘起头状花序上的小花，更远的地方也能看到，又如某种花柱异长的花，把雄蕊转过来并使其弯曲，以便为昆虫打开通道，或是给昆虫撒上花粉，甚至干脆用芳香的花蜜，就像亮丽的花冠，此刻正吸引着院子里的昆虫。从那天起，德·夏吕斯先生改变了拜访德·维尔帕里齐夫人的时间，这不是因为他无法用更好的办法在别处跟朱皮安见面，而是因为跟我一样，下午的阳光和灌木丛里的花卉已使他触景生情。另外，他不仅向德·维尔帕里齐夫人和盖尔芒特公爵夫人推荐朱皮安的铺子，还向一帮显赫的顾客推荐，这些顾客更喜欢年轻的绣花女工，因为有几位女士不听他的推荐，或者只是晚去了一步，就受到男爵的严厉报复，这是要杀鸡儆猴，或者是因为她们激怒了他，并反对他凌驾于他人之上；他使朱皮安的地位越来越有利可图，并最终把他聘为秘书，赋予他优越的条件，这点我们将会在下文中看到。“啊！这个朱皮安，真有福气。”弗朗索瓦丝老是这样说。她有一种倾向，会贬低或夸大善行，这要看这种善行是对她有利还是对别人有利。不过对这件事，她不用夸大，也不会嫉妒，因为她真心喜欢朱皮安。“啊！男爵这个人真好，”她补充道，“实在是好，实在虔诚，实在体面。要是我有女儿待嫁，要是我家里有钱，我准会毫不犹豫地把她嫁给男爵。”——“但是，弗朗索瓦丝，”我母亲温和地说，“这姑娘会有许多丈夫。您想想，您已把她许配给了朱皮安。”——“啊！当然啰，”弗朗索瓦丝回答道，“因为这又是一个会让女人幸福的男人。有钱人和可怜的穷人不用区分开来，这跟人的本性毫无关系。男

---

① 菊科属双子叶植物纲。为种子植物中最大的一科。一年生或多年生草本，很少为乔木。叶互生、对生或轮生，无托叶。花两性或单性。平时所看到的所谓一朵菊花，实际上是一个头状花序（或称篮状花序），外包以一至数列苞片构成的“总苞”，总苞内有全是管状花或全是舌状花，有中央是管状花（亦称“盘花”），而外围是舌状花（亦称“缘花”）；花冠管状或舌状，雄蕊四或五枚，花药合生而环绕花柱。

爵和朱皮安，就是同一类人。”

不过，我当时在首次发现这种事时，大大夸大了这种精心选择的结合的选择性。当然啰，任何跟德·夏吕斯先生相同的人都非同寻常，因为即使此人不会向可能有的种种生活妥协，他也主要在另一类男人中寻求爱情，即主要找喜欢女人的男人（因此这个男人决不会爱他）；我刚才在院子里看到朱皮安围着德·夏吕斯先生转，如同兰花向熊蜂示爱，其实跟我刚才的看法相反，这种非同寻常、被人埋怨的人有一大群，就像大家将在本书中看到的那样，其原因会在本书末尾揭示，这种人自己也在抱怨他们人数过多，而不是太少。因为据《创世记》，两个天使坐在所多玛城门口，以了解其居民是否都在干那种事，干那种事的叫声已被上帝听到，但上帝不应该派这两个天使去，对此我们只会感到高兴，上帝理应把这个差事交给所多玛的一个居民。这个人有种种借口，如“我有六个孩子，我有两个情妇，等等”，但这些借口决不会使上帝自愿放下发火焰的剑[①]，并从轻发落；上帝会回答说：“不错，你妻子受到嫉妒的折磨。但这些女人毕竟不是你在蛾摩拉挑选，你常跟希伯伦[②]的一个牧人同寝。”上帝会立即让他返回即将被硫磺和火毁灭的城市。与此相反，他们听任所多玛所有可耻的居民逃跑，即使看到一个小青年，并像罗得的妻子那样回头观看，却不会像她那样变成盐柱[③]。因此，他们的后裔人数众多，并保留这一习惯动作，就像那些放荡女子，装作在观看橱窗里的鞋子，却会朝一个男大学生转过头去。所多玛居民的这些后裔人数众多，可以用《创世记》中

---

① 在《旧约·创世记》中，发火焰的剑并未出现在所多玛毁灭时，而是出现在亚当和夏娃被逐出伊甸园时（第三章第24节）。

② 希伯伦是耶路撒冷南部的古城。参见本书第一卷第93页注①。

③ 据《旧约·创世记》，亚伯拉罕的侄子罗得，在所多玛被毁灭时得到天使相助而幸免。出逃时，神告诉他不可回头看，但他妻子不听，回头一看，结果变成一根盐柱（第十九章第26节）。

另一节文字来描述:“人若能数算地上的尘沙,才能数算你的后裔[①]。”他们定居在大地各处,从事各种职业,轻而易举地进入最封闭的俱乐部,如有一个所多玛居民后裔未被接纳,在投票箱里放黑球表示反对的大多是所多玛居民后裔,但他们跟祖先一样撒谎,刻意指责同性恋,因为他们的祖先靠撒谎才得以逃离被诅咒的城市。他们可能会在有朝一日回到那里。当然啰,他们在各国都有自己的东方式群体,有文化,懂音乐,喜欢讲别人坏话,这些人既有可爱的优点,又有令人无法忍受的缺点。在下文中,大家会对他们有更加深入的了解,但我们想暂且提请大家注意,不要去犯致命的错误,那就是不要仿效对犹太复国运动的鼓励,去发起所多玛重建运动。然而,所多玛居民后裔即使来到这座城市,也会立刻离开,以免被看作该市居民,并会娶妻结婚,在其他城市包养情妇,另外也会在那些城市进行各种体面的娱乐活动。他们只会在迫不得已之时前往所多玛,到那时,他们的城市会空无一人,饥饿会使饿狼走出树林,也就是说,到那时,该市的情况会跟伦敦、柏林、罗马、彼得格勒[②]或巴黎大致相同。

不管怎样,我那天在拜访公爵夫人之前,并未想到这么多,而是感到遗憾,因为注视朱皮安和夏吕斯结合,也许就未能看到熊蜂给花卉授粉。

---

① 参见《旧约·创世记》第十三章第16节。该节全文如下:“我也要使你的后裔如同地上的尘沙那样多。人若能数算地上的尘沙,才能数算你的后裔。”

② 圣彼得堡于1914年改名为彼得格勒,1924—1991年称为列宁格勒。

所多玛和蛾摩拉(二)

第一章

德·夏吕斯先生在社交界。一位医生。德·沃古贝尔夫人脸上的特征。德·阿帕雄夫人、于贝尔·罗贝尔画的喷泉水柱和弗拉基米尔大公的愉悦。德·阿蒙古夫人、德·西特里夫人、德·圣欧韦尔特夫人等。斯万和盖尔芒特亲王之间的有趣谈话。阿尔贝蒂娜听电话。我第二次即最后一次在巴尔贝克逗留前的拜访。到达巴尔贝克。心灵的间歇。

盖尔芒特王妃府的晚会,我不能肯定是否受到邀请,因此并不急于前往,就无所事事地待在外面,但夏日似乎也跟我一样,并不急于移位。时间已是九点多了,但夏日仍滞留在协和广场上,把卢克索的方尖碑①照得如同玫瑰色牛轧糖。后来,它又改变方尖碑的色彩,将其变成一种金属物质,这方尖碑不但变得更加珍贵,而且显得如同薄片,仿佛可以弯曲。在想象之中,这精美的珍宝仿佛已被弯曲,也许有点变样。这时,月亮已在天空出现,如同精心剥

---

① 卢克索是埃及城市,位于尼罗河畔。古城底比斯遗址现在位于该市。阿蒙霍特普三世(前 1417—前 1397)在此建造阿蒙神庙,拉美西斯二世(前 1304—1237)时神庙扩建,并在神庙两侧竖立两座方尖碑。1831 年,埃及总督穆罕默德·阿里把这两座方尖碑送给法国,但只有其中一座于 1833 年底送到巴黎,1836 年竖立在协和广场上。

出的一瓣橘子，虽说表面有点破损。但再过一些时间，它会变得像用金子铸成，而且十分坚硬。一颗小星星非常可怜，独自缩在它后面，将成为孤月的唯一女伴，而月亮则保护女友，但更加勇往直前，挥舞着所向披靡的东方武器，即那把宽阔而美妙的弯月金刀。

在盖尔芒特王妃府门口，我遇到沙泰勒罗公爵；我这时已经忘记，半小时前我一直在担心自己不请自来，而且不久之后还会担心。人会担心，有时却因分心而忘记危险，在危险早已过去后才想起自己的担心。我向年轻的公爵问好，然后进入府邸。但我在此首先得指出一个微不足道的情况，这情况有助于理解其后即将发生的一件事。

那天晚上如同前几天晚上，有个人非常想念沙泰勒罗公爵，但并不知道他的身份，此人是德·盖尔芒特夫人的传达（当时称为“号房”）。德·沙泰勒罗先生是王妃的表弟，根本算不上她的至交，他是第一次受到她沙龙的接待。他的父母十年来一直跟王妃不和，半个月前才重归于好，那天晚上，他们因有要事不在巴黎，就派儿子代表出席。然而，几天以前，王妃的传达在香榭丽舍大街跟一个青年萍水相逢，觉得这青年迷人，但无法弄清其身份。倒不是因为这青年既不和蔼又不慷慨。这传达想到，给予一位如此年轻的先生的种种宠爱，现在反倒由他来享受。但是，德·沙泰勒罗先生既胆小怕事，又十分冒失；他决定不公开自己的身份，主要是因为不知道对方的底细；如果他知道对方的底细，也许会更加害怕，虽说他如此害怕毫无道理。他只是使对方认为他是英国人，但他对传达慷慨大方，又使对方十分快乐，传达想再次跟他相会，就对他提出种种热情洋溢的问题，两人沿着加布里埃尔大街走着，公爵始终只回答一句话：“I do not speak French.（我不会讲法语。）”

盖尔芒特公爵因堂弟之母的出身，仍然装出在盖尔芒特—巴伐利亚王妃的沙龙里发现了库弗瓦西埃家族的些许痕迹[①],虽然如此,大家还是普遍认为这位夫人有首创精神,而且聪慧过人,其创新在这个圈子绝无仅有。晚宴后,不管其后的晚会多么重要,盖尔芒特王妃府里的座位,总是安排得十分巧妙,形成一个个小组,如有必要,则相互间背对背互不干扰。王妃在此时显出其社交意识,仿佛她喜欢就在其中一个组就坐。另外,她不怕指名道姓,把另一小组的成员吸引过来。譬如说,她要提请德塔伊先生[②]注意——他自然会欣然同意——德·维尔米夫人坐在另一组,背对着他,她的脖子是多么漂亮,这时,王妃会毫不犹豫地大声说:"德·维尔米夫人,大画家德塔伊先生正在欣赏您的脖子。"德·维尔米夫人觉得,这是在直接请她参加谈话,就用经常骑马而练就的灵敏动作,慢慢地把座椅转了四分之三圈,几乎跟王妃正面相对,却又丝毫没有打扰左右两边的客人。"您不认识德塔伊先生?"女主人问道,她觉得这位女客虽然敏捷而又谨慎地转过身来,却还做得不够。"我不认识,但我知道他的作品。"德·维尔米夫人回答道,面露尊敬的神色,显得非常动人,而且说得十分得体,众人听了羡慕,与此同时,她对这位被王妃指名道姓,但尚未向她正式介绍的著名画家,打了个几乎难以察觉的招呼。"来,德塔伊先生,"王妃说,"我把您介绍给德·维尔米夫人。"于是,德·维尔米夫人给《梦》的作者找了个座位,就像刚才朝他转过身来那样灵活。而王妃把一把椅子移到自己前面坐下;她叫唤德·维尔米夫人只是找个借口,以便离开第一组人,她已按规定在那里待了十分钟,并将在第二组待上同样长的时间。在三刻钟的时间里,她已光顾各个小组,而每到一个小组都是即兴之举,欣然而去,但主要目

---

① 普鲁斯特在本书第三卷《盖尔芒特那边》中,对库弗瓦西埃家族和盖尔芒特家族进行了比较(第 461—473 页)。

② 德塔伊(1848—1912),法国画家。他的作品《梦》(1888)表现战役后在露营地睡着的士兵。参见本书第三卷第 448 页注①。

的是为了显示“一位贵夫人善于接待客人”，而且是多么自然。但在此时此刻，晚会的客人们开始陆续到来，女主人已端坐在离大门不远的地方，只见她身体挺直，神气十足，跟王后的气派相差无几，两眼如炽热的木炭闪闪发光，她一边是两位并不漂亮的殿下，另一边是西班牙大使夫人。

我排队排在比我早到的几位客人后面。王妃就在眼前，在众多美女之中，她的美貌显然并非是我想起这次晚会的唯一原因。但女主人的脸完美无缺，如同一枚漂亮的像章，对我来说值得纪念。王妃在举办一次晚会的前几天，要是遇到她邀请的客人，通常会对他们说：“您一定会来，是吗？”仿佛她很想跟他们说话。但实际情况恰恰相反，他们一旦来到她面前，她却对他们无话可说，只是坐在那里，暂时中断跟两位殿下和大使夫人的闲谈，在对来客表示感谢时说“承蒙光临”，这并不是因为她认为客人赴会是善意的表示，而是为了进一步表现她的善意，说完后，她立刻把客人打发走，并补充道：“您会看到德·盖尔芒特先生在花园门口。”这样，客人前去参观，她也落得清静。对有些客人，她连一句话也不说，只是向他们展示她两只缟玛瑙般美妙的眼睛，仿佛他们是专程来参观宝石展览。

在我前面进去的是沙泰勒罗公爵。

客厅里的人都对他微笑，向他招手问好，公爵要一一还礼，因此没有看到传达。但传达立刻就认出了他。他的身份，传达一直很想知道，如今在片刻之后，他就将如愿以偿。传达问两天前遇到的“英国人”，该通报何人大驾光临，此时此刻，他不仅心里激动，而且怨自己冒失、粗俗。他似乎即将对众人（他们却对此毫无觉察）揭示一个秘密，而他发现了这个秘密，并公布于众，理应受到遣责。听到客人回答说“沙泰勒罗公爵”，他感到十分自豪，一时间竟激动得说不出话来。公爵看了看他，一眼把他认出，觉得自己名声败坏，但这时仆人已镇静下来，对来客的纹章了如指掌，就自行对客人过于谦虚的称呼作了补充，用既有职业力量又有私交柔情的声音大声通报："沙泰勒罗公爵殿下大人到！"现在轮到我了，要对我进行通报。我当时在全神贯注地观赏女主人，而她还没有看到我，因此我并未想到，这身穿黑衣、活像刽子手的传达，对我来说会是多么可怕——虽说跟德·沙泰勒罗先生害怕的原因并不相同——只见他被一群仆役簇拥，他们身穿华丽号衣，个个身强体壮，如看到有人闯入，立刻会将其擒获并赶出门外。传达问我的姓名，我不由自主地对他说出，如同死囚犯让人把脑袋搁在木砧上。他立刻威风凛凛地把头抬起，我想请他不要大声通报，因为如未被邀请，我的面子就得以保全，而如我真的已被邀请，保全的则是王妃的面子，但他却已大声报出那些令人不安的音节，其声音之响，足以震动公馆的拱顶。

著名的赫胥黎[①]（其侄子目前在英国文学界占有主导地位）曾说，他的一个女病人不敢再去社交界，因为在别人用彬彬有礼的手势请她入座时，她常常看到这扶手椅上已坐着一位老先生。她确信无疑的是，请她入座的手势和坐着的老先生都可能是幻影，因为别人决不可能请她坐到有人坐着的扶手椅上！赫胥黎为治好她的病，硬要她回到晚会上，她一时间犹豫不决，十分难受，心里在想，别人对她做出的热情手势是真有其事，还是一种幻觉，她要是信以为真，就会在众目睽睽之下坐到一位有血肉之躯的先生的腿上。她一时间举棋不定，非常难受。我此刻也许更加难受。我听到自己的名字雷鸣般响起，如同在预告灾难即将发生，但为了表明我真心诚意而来，仿佛心中全无怀疑，我立刻神色坚定地朝王妃走去。

---

① 指托马斯·亨利·赫胥黎（1825—1895），英国生物学家、古生物学家、医生，比较解剖学和生物学教授，著有许多科普读物，宣传达尔文进化论。作家奥尔德斯·伦纳德·赫胥黎（1894—1963），著有《针锋相对》、《猿与本质》、《知觉之门》等作品，曾在1919年11月7日的《雅典娜神庙》杂志上撰文介绍《在花季少女倩影下》。作家赫胥黎是生物学家赫胥黎的孙子，而不是像普鲁斯特所说是侄子。

我走到离她几步远的地方，她看到了我，我不再怀疑自己被人愚弄，是因为我看到她不像接待其他客人时那样仍然坐着，而是站起来朝我走来。我立刻像赫胥黎的女病人那样，宽慰地松了口气，因为女病人决定坐到扶手椅上，发现无人坐着，这才明白那老先生是幻影。这时，王妃微笑着向我伸出了手。她站立片刻，是对我特殊的恩惠，如同马雷伯一节诗的最后一句所说：

为向他们表示敬意，天使们全体起立①。

她表示抱歉，说公爵夫人未到，仿佛公爵夫人不在，我会感到无聊。为了向我问好，她握住我的手，十分优雅地围着我转了一圈，我觉得自己也随之旋转。我觉得她如同科蒂荣舞②的领舞女郎，很可能会把象牙尖柄手杖或手表交到我手上。但实际上，她并未把这种东西给我，仿佛她不是在跳波士顿舞，而是在听贝多芬一首神圣的四重奏，她担心会打扰雄壮的曲调，就停止了谈话，或者在开始谈话之前，她喜洋洋地看着我进来，只是告诉我亲王现在何处。

我离她而去，不敢再走到她的身边，我感到她对我无话可说，感到这身材修长的漂亮贵妇，其高贵如同众多傲然登上断头台的贵夫人，虽说真心诚意，却不敢把蜜里萨酒③给我喝，只能把她已

---

① 马雷伯（1555—1628），法国诗人、文学批评家。古典主义文学理论创始人之一。在《对德波特的看法》一文中阐述其文学理论，主张唯理论，认为诗歌应偏重理性，要求有严格的音律和诗韵。其作品身后汇编成《马雷伯文集》出版。这里的诗句出自长诗《圣彼得的眼泪》（1587）第240行，描写伯利恒城的无辜婴儿被犹太王希律杀害后在天堂受到欢迎："他们年幼的心里，不知道有多么高兴，/看到上帝就在面前，伸手等着他们来临，/为向他们表示敬意，天使们全体起立！"

② 科蒂荣舞是十九世纪舞会上流行的花样复杂的舞蹈，作为结束晚会之用。领头跳的一对从大量规定舞步中选择动作，其余的人就跟着这样跳。

③ 蜜里萨酒是一种药酒，具有镇痉和镇静作用。

对我说过两遍的话再说一遍:“您会在花园里找到亲王。”然而,走到亲王身边,就会感到我的怀疑又以另一种形式再现。

不管怎样,都必须找个人给我引见。这时,听到有个声音比所有谈话都响,那就是德·夏吕斯先生口若悬河的闲聊,他正在跟他刚认识的西多尼亚公爵大人说话。从对方的言论可看出,从对方的怪癖也可看出。德·夏吕斯先生和德·西多尼亚先生都一眼看出对方的怪癖,那就是他们在社交界都喜欢滔滔不绝地说话,决不允许别人打断。他们立刻看出,这怪癖如同一首著名的十四行诗[①]所说,是一种不可救药的毛病,他们于是作出决定,但不是闭口不谈,而是各说各的,根本不管对方说些什么。因此这混杂的噪声随之响起,而在莫里哀的喜剧中,则是几个人物同时在讲不同的事情[②]。男爵声音宏亮,而且确信自己占据上风,能把德·西多尼亚先生的微弱声音压下去;但对方并不气馁,每当德·夏吕斯先生停下休息,在这短暂的时间里就只听到西班牙大贵族的低语声,只见他镇定自若地继续其长篇大论。我本想请德·夏吕斯先生把我引见给盖尔芒特亲王,但我担心(其原因数不胜数)他会对我生气。我对他实在是忘恩负义,对他提出要帮助我的建议再次置之脑后,自从那天晚上他热情地把我送回家[③]之后,我还没有给他写过信。不过,我并未把后来发生的事作为不写信的借口,就是当天下午我看到朱皮安和他之间发生的事。当时我丝毫没有这方面的怀疑。确实,在不久以前,我父母责备我懒,迟迟未给德·夏吕斯先生写信,我听了勃然大怒,责怪他们要我接受有失体面的建议。

---

① 指费利克斯·阿维尔的十四行诗《我失去的时间》的第三行,该诗前四行为:“我灵魂有其秘密,我生活有其神秘:/永恒的爱在想象的时刻出现。/痛苦无法消除,我因此不能说出,/而造成这痛苦的女人,却始终对此一无所知。”

② 如《无病呻吟》中阿尔冈和贾法如的谈话。参见《莫里哀喜剧选》(下册),仲恢译,人民文学出版社,1981 年,第 352—353 页。

③ 参见本书第三卷第 594—598 页。

但是，我只是因为生气，想说出他们最不喜欢听的话，才作出这种骗人的回答。实际上，对男爵的建议，我丝毫没有想到会有色情乃至情感方面的目的。我对父母这样说，纯粹是胡说八道。但有的时候，我们确实能未卜先知，我们以为说的是谎话，却恰恰说出了未来的现实。

德·夏吕斯先生也许已原谅我并未对他表示感谢。但他会生气，则是因为我今晚出现在盖尔芒特王妃府，如同不久前出现在他堂妹家里，这样显然是在嘲讽他庄严的声明："只有依靠我才能进入这些沙龙。"错误严重，也许是无法补赎的罪孽，那就是我没有走一级级上去的正路。德·夏吕斯先生清楚地知道，他雷鸣般的声音，是用来对付不听他指挥的人，或是他怀恨在心的人，但在许多人看来，不管这雷鸣显得如何怒气冲冲，现在已开始变成纸上霹雳，已无力把任何人从任何地方赶走。但他也许认为，他威力虽说减弱，却依然强大，在我这样初出茅庐的青年看来仍然威力不减。因此，我认为在一次晚会上请他帮忙不是十分合适，因为光是我出席晚会这件事，就似乎是在否定和讽刺他的自命不凡。

这时，我被一个人挡住去路，此人相当俗气，那就是 E 教授。他在盖尔芒特王妃府看到我感到意外。我在这里见到他也同样感到奇怪，因为像他这种人，从未有人在王妃府上见到过，后来也无人见到。他不久前给亲王看病，亲王得的是感染性肺炎，现已康复，德·盖尔芒特夫人对他特别感激，就破例请他参加晚会。他在这些客厅里无人认识，却又不能像死神的使者那样老是独自游荡，所以认出我后，他平生第一次感到有千言万语要对我说，这样他就能泰然自若，这是他走到我跟前的原因之一。还有另一个原因。他对一件事非常重视，那就是做到从不误诊。然而，他收到的信件实在太多，因此病人如果只在他那里看过一次病，他就记不大清楚，不知道病人的病情发展是否跟他的诊断相符。大家也许还没有忘记，我外婆发病时，我曾在那天晚上把她带到他家里去看病，当时他叫女仆在礼服翻领上开好挂许多勋章的饰孔[①]。时光流逝，他再也记不得当时是否有人给他送去讣告。"您外婆大人已经去世，是吗？"他对我说，这声音几乎是确信无疑，但仍在消除微弱的疑虑。"啊！确实如此！当时，我刚看到她，我的诊断就十分悲观，我记得十分清楚。"

就这样，E教授初次得知或者说再次得知我外婆去世的消息，我说出这事时应该称赞他，也就是称赞全体医务人员，但并未显出满意的样子，也许毫无满意的感觉。医生们失误众多。他们通常对摄生法持乐观态度，而对最终的疗效则持悲观态度。"喝葡萄酒？少喝一点，对您不会有坏处，总体上说这有强身作用……床第之欢？这只是人的一种机能。您可以有，但不能过多，您要听清楚。凡事过头就错。"这样，就不用饮水和禁欲，也就无法起死回生，但对病人来说，却是多大的诱惑！不过，如果病人心脏有什么毛病，或者有蛋白尿等疾病，他就活不长久。即使是严重的功能性障碍，也会想当然归结为癌症，那就不必再给病人看病，反正这病无法医治。于是，病人只好给自己制定严格的饮食制度，身体也就康复，至少是活了下来，医生原以为这病人早已安息在拉雪兹神甫公墓，却在歌剧院大街见到病人跟他打招呼，他自然把这脱帽致敬看作讽刺挖苦、傲慢无礼的举动。病人在他面前走过，毫无恶意可言，却使他跟重罪法庭庭长一样气愤，两年前，庭长对一个在街上看热闹的人宣判死刑，但这死刑犯似乎毫无惧色。一般说来，医生们（当然不是指所有医生，我们在思想里排除少数出色的医生）对自己的诊断错误更加不满和生气，而对诊断正确倒不会十分高兴。正因为如此，E教授见自己诊断并未错误，心里不管有多么得意，也只是伤心地跟我谈起我们家遭受的不幸。他不想敷衍几句了事，因为谈话使他镇定自若，使他有待在那里的理由。他对我谈起

① 参见本书第三卷第332页。

近来天气炎热，虽说他有文化教养，可以用纯正的法语跟我说话，他却这样对我说："体温过高，您不感到难受?"这是因为自莫里哀那时起，医学知识有了些许进步，但在术语方面却毫无进展。只见对方又补充道："在这种天气，必须避免在过热的客厅里引起的出汗。您回家后，要是想喝点什么，就可以以热治热。"（意思当然是喝热的饮料。）

想到我外婆是怎样去世的，这话题就使我感到兴趣，我最近看了一位大学者写的一本书，书中提到出汗对肾脏有害，因为这时通过皮肤来排除平时从其他渠道排泄的东西。我埋怨这酷热的天气，我外婆就是在这种天气死的，我真想归罪于这种天气。我并未把自己的想法告诉 E 大夫，但他自己对我说："天气这样炎热，出汗很多，但好处是肾脏随之减轻负担。"医学显然不是严密的科学。

E 教授缠着我，就是不想离开我。但我刚看到沃古贝尔侯爵后退一步，从右面和左面对盖尔芒特王妃深深鞠躬施礼。德·诺布瓦先生最近介绍我跟他认识，我希望他能把我引荐给这里的男主人。因本卷篇幅有限，笔者无法在此解释，德·沃古贝尔先生因年轻时的哪些偶然事情，才能在社交界被视为凤毛麟角（也许是独一无二），这种人在所多玛被称为能跟德·夏吕斯先生"推心置腹"①。但是，我们派到狄奥多西国王那里的这位大使，即使也有男爵的某些缺点，跟男爵相比却是相形见绌。他显得极其温柔，多愁善感，却十分幼稚，时而对人同情，时而对人憎恨，于是，他想要讨好别人，却又感到害怕——这也是想象出来的——即使不是怕被人瞧不起，至少是怕自己暴露，这就使他在男爵面前相形见绌。

---

① 德·夏吕斯先生和德·沃古贝尔先生以前的风流韵事，曾出现在手稿之中。圣卢在对主人公介绍他舅舅的青年时代时，曾提到德·沃古贝尔先生，但并未指名道姓（参见本书第二卷第 326 页）。在修改的打字稿上，对德·沃古贝尔先生的出现重新撰写，写的时间是 1921 年夏天。

德·沃古贝尔先生生性纯洁，喜欢柏拉图式精神恋爱（他身怀雄心壮志，到了报考大学的年龄之后，就牺牲一切床第之欢，只搞精神恋爱），特别是他毫无智慧可言，显得滑稽可笑，不过，他仍然显示出爱恨无常的特点。德·夏吕斯先生对人赞扬毫无节制，说起话来又口若悬河，还要添加妙不可言而又尖酸刻薄的讽刺，表明他永远是铁骨铮铮的男子汉；德·沃古贝尔先生恰恰相反，他对人表示好感，用词平淡无奇，既像社会底层的下等人，又像上流社会人士和官员，而对人指责（通常像男爵那样纯属杜撰）时则恶言恶语，说起来没完没了，又毫不风趣，这跟大使半年前说过，以后也许还会说的话截然不同，使人听了更加难受：这变化有规律可循，德·沃古贝尔先生人生中的不同阶段，也就具有跟天文学相仿的诗意，不过，即使没有这种诗意，他也比任何人都像一种天体。

他作为还礼，也对我道了晚安，但丝毫没有德·夏吕斯先生道晚安的魅力。德·沃古贝尔先生道晚安，除了他自以为具有社交界和外交界特点的各种风姿之外，还显得像个舞伴，身手矫健，面带微笑，一方面，他似乎对自己的生活心满意足，但心里却因无法晋升并可能会退休而暗自苦恼，另一方面，他显得年轻、迷人，有阳刚之气，但同时却看到自己脸上已出现皱纹，他甚至不敢再去照镜子，希望这张脸依然迷人。这并非因为他真的想征服别人，只要想到这点他就害怕，因为有流言蜚语，会引起议论，会有人讹诈。他开始寻欢作乐时几乎是个孩子，但从他想进入奥塞滨河街①并希望步步高升那天起，他便完全禁欲，这时，他活像笼中野兽，总是东张西望，目光显得害怕、贪婪而又愚蠢。他愚蠢至极，甚至没有想到他少年时那帮流里流气的朋友已不是小伙子，因此听到报贩对

① 法国外交部所在地。参见本书第二卷第27页注①。

他叫喊"《新闻报》[①]!",他不是因欲火中烧而激动,而是吓得浑身颤抖,以为被人认出,有人跟踪。

德·沃古贝尔先生为忘恩负义的奥塞滨河街牺牲了床第之欢,由于没有这种欢乐,他仍想取悦于人,感情会突然冲动。谁也不知道他给部里写了多少封信(使用了多少阴谋诡计,又提取了多少德·沃古贝尔夫人的信用担保,他夫人腰圆体壮,出身高贵,样子像男人,而她丈夫却庸庸碌碌,因此大家都认为她精明强干,当大使的其实是她),目的是让一个毫无长处的小伙子到他的使馆来工作,却又提不出任何正当的理由。确实,在几个月或几年之后,这个微不足道的随员虽说毫无恶意,但只要他对上司显得冷淡,上司就认为被他看不起或被他背叛,就会歇斯底里地对他严惩,而以前则是歇斯底里地给他恩惠。他闹得天翻地覆,要让部里把这随员调回去,政务司司长每天都收到一封信:"您还等什么,为什么还不把这狡诈之徒从我这里调走?教训他一下,是为了他好。他需要过一些苦日子。"因此,他在狄奥多西国王那里当大使并不愉快。但在其他方面,由于德·沃古贝尔先生像社交界人士那样通情达理,因此他不愧为法国政府最优秀的驻外使节之一。后来接替他职务的是一位激进派人士,被认为十分高明,又博学多才,但法国和这位国王统治的国家之间很快就爆发战争。

德·沃古贝尔先生跟德·夏吕斯先生一样,不喜欢首先向别人问好。他们都情愿"还礼",因为他们总是怕对方离开他们之后会听到别人说他们的闲话,否则,他们准会主动跟对方握手。看到我,德·沃古贝尔先生决不会想到这个问题,我就走上前去,首先向他施礼,即使只是因为他是我的长辈。他对我还了礼,显出赞叹

---

① 《新闻报》为日报,于1836年至1885年发行,1888年重新发行时持布朗热主义观点,直至1928年,后于1934年至1935年发行。

而又欣喜的神色，眼珠不断转动，仿佛两边都有不准吃的苜蓿[①]。我心里在想，应该先请他把我介绍给德·沃古贝尔夫人，然而再请他把我引见给亲王，因此我准备待会儿再跟他谈亲王的事。他想到要介绍我跟他妻子认识，为他们夫妇俩感到十分高兴，就迈着坚定的步伐带我朝侯爵夫人走去。走到她跟前后，他用手势和目光指着我，尽可能表现出他的敬意，却默不作声，几秒钟后就生龙活虎般独自离去，让我跟他妻子单独待在一起。她立刻向我伸出了手，但不知是对谁作出这友好表示，而我这时看出，德·沃古贝尔先生忘了我的姓名，也许根本没有把我认出，但出于礼貌又不想对我承认，结果这次介绍就成了一出哑剧。因此，我并未有所进展；这位女士连我的姓名都不知道，怎么能让她把我引见给这里的男主人？另外，我也只好跟德·沃古贝尔夫人闲聊一会儿。我心里烦恼，有两个原因。我不想在这晚会上待很长时间，因为我已跟阿尔贝蒂娜说好（我给她订了个包厢观看《淮德拉》），让她来看我，时间稍早于午夜十二点。当然啰，我对她毫无爱恋之心，我今晚请她来，完全是出于肉欲，而在这一年的大伏天，解除束缚的肉欲，更乐于借助于味觉器官来满足，尤其想寻找清凉。除了少女的吻，还想喝橘子汁，洗个澡，甚至想观赏给天空解渴的月亮，那月亮活像剥了皮的多汁橘子。不过，我想待在阿尔贝蒂娜身边——她使我想起清凉的波浪——是要摆脱许多迷人的面孔必定会给我留下的遗憾（因为王妃举办晚会，既请少女也请夫人）。其次，德·沃古贝尔夫人十分肥胖，她的脸跟波旁家族成员一样，神色阴郁，毫无迷人之处。

在部里，大家都毫无恶意地说，这对夫妻，是丈夫穿裙子，妻子穿裤子。然而，这话里蕴涵的真实情况，并非常人所能全部看出。

---

① 苜蓿亦称“紫苜蓿”，多年生宿根草本。由中亚细亚引入。我国北方栽种甚广。为重要牧草和绿肥兼用作物。

德·沃古贝尔夫人是个男人。她生来如此，或是后来变成我看到的那样，都毫不重要，因为无论是哪种情况，都是大自然最为激动人心的奇迹，而且使人类跟花卉相像，这第二种情况尤其如此。在第一种情况中——假设德·沃古贝尔夫人将来一直像男子汉那样粗壮——大自然使用既恶毒又仁慈的花招，使姑娘具有虚假的男人外表。那少年不喜欢女人，又想改掉自己的嗜好，很高兴找到一个好办法，那就是看中一个像菜市场搬运工那样粗壮的未婚妻。如果情况相反，这女人起先没有男子的特征，而是逐渐形成，以取悦丈夫，甚至是在无意中用一种模拟的方法形成，就像有些花卉，使自己具有昆虫的外形来引诱昆虫。她恨自己不被爱恋，恨自己不是男人，却因此具有男子的特征。即使不是我们所说的情况，有多少对完全正常的夫妻，最终变得彼此相像，有时甚至互换优点，这种事又有谁没有发现？比洛亲王①是德国前首相，他娶了意大利女人为妻。时间一长，大家在平乔山②上发现，日尔曼丈夫已具有意大利人的精细，而意大利裔王妃则具有德国人的粗鲁。我们所说的规律也有奇特的例子，大家都知道一位杰出的法国外交官③，他的原籍只是用其姓氏来显示，这是东方国家最著名的姓氏之一。他成年、衰老后，就显出他是东方人，这点从未有人怀疑过，别人看到他，都觉得他戴上土耳其帽更加合适。

---

① 即伯恩哈德·冯·比洛亲王（1849—1929），德国政治家，曾任威廉二世的首相（1900—1909），1915 年任德国驻罗马大使。他于 1886 年娶玛利亚·贝卡德利为妻。他在罗马度过晚年，并在那里去世。

② 平乔山位于罗马，建有公园，是散步、游览之处。

③ 指莫里斯·帕莱奥洛格（1859—1944），法国外交官、作家。曾先后出使丹吉尔、罗马、德国、东方国家、朝鲜和保加利亚。第一次世界大战爆发前不久任驻圣彼得堡大使，直至 1917 年。1921—1922 年发表《大战期间的沙俄》。另著有长篇小说。1928 年当选为法兰西语文学院院士。他曾解释说，帕莱奥洛格（Paléologue，意为“古语言学家”）不是表示一种职业，而是一著名姓氏，该家族成员是拜占庭皇帝的直系后裔。其实，他的家人原籍保加利亚，后定居君士坦丁堡，他父亲在那里改姓帕莱奥洛格。

我们刚才谈了因遗传而变得粗壮的体形，现在回过来谈这位大使全然不知的风俗，德·沃古贝尔夫人造就了这种后天获得或命中注定的类型，其不朽的形象为帕拉丁公主①，公主总是身穿马装，她从丈夫那里获得的不仅是阳刚之气，而且还有不爱女人的男人所具有的缺点，她在信件中大发议论，揭露路易十四宫廷中大贵族之间乌七八糟的关系。德·沃古贝尔夫人这样的女人，样子像男人还有一个原因，那就是她们被丈夫抛弃，并以此为耻，因此，她们身上的女性特点逐渐消失。她们最终具有丈夫所没有的优缺点。她们的丈夫越来越轻浮，越来越像女人，越来越不知趣，而她们却变得毫无魅力，成为美德的象征，而这些美德，本应由丈夫表现出来。

耻辱、厌倦和愤怒留下的痕迹，使德·沃古贝尔夫人端正的面孔显得黯然失色。唉，我感到她在兴致勃勃地打量着我，如同在打量德·沃古贝尔先生喜欢的小伙子，她是多么想变成这样的年轻人，因为她丈夫正在逐渐衰老，更喜欢青年。她注视着我，如同外省人在时新服饰用品商店的目录上看到，画在上面的美女穿着十分合身的连衣裙套装（其实每一页都画着同一个人，但因姿势不同、服装各异，就使人产生错觉，以为是不同的人）。我如同植物，把德·沃古贝尔夫人吸引过来，吸引力十分巨大，只见夫人把我手臂一把抓住，请我陪她去喝一杯橘子汁。但我急忙挣脱她的手，说我马上要走，可我还没有请人把我引见给这里的男主人。

这时，我离花园门口的距离不远，男主人正在那里跟几个人说话。但这段距离使我感到十分害怕，即使走这段路要始终置身于

---

① 即夏洛特—伊丽莎白·德·巴伐利亚（1652—1722），帕拉丁选帝侯卡尔·路德维希（1617—1680）之女，1671 年嫁给路易十四的弟弟奥尔良公爵。她的第二个儿子腓力·德·奥尔良在路易十四去世后摄政。她样子像男人，有文化素养，在书信中揭示凡尔赛宫廷生活的细节和大贵族的同性恋嗜好。其书信集译成法文，题为《婚前为帕拉丁公主的奥尔良公爵夫人书信全集》（1857 年，夏庞蒂埃出版社）。

火海之中，我也不会如此害怕。

花园里有许多女士，我觉得可以请她们给我引见，她们在那里装出极其赞赏的样子，其实是不知该干些什么。这种晚会一般都提前举行，稍后见效，要到第二天才有现实意义，到那时，晚会才会引起未被邀请之人的注意。名副其实的作家，不像许多文人那样有愚蠢的自尊心，在读到一位一直对他十分欣赏的评论家写的文章时，看到文中提到一些平庸作者的名字，却没有提到他的名字，就不会再看下去，即使文章的主题会使他感到惊讶，因为他有书要写。可是，一位社交界女士无所事事，如看到《费加罗报》刊登消息，说“昨天盖尔芒特亲王和王妃举行盛大晚会，以及诸如此类的事”，她就会惊叫起来：“怎么！三天前我还跟玛丽—吉尔贝聊了一个小时，她竟对此只字不提！”于是，她就绞尽脑汁，想知道自己可能做过什么对不起盖尔芒特家的事。这里应该告诉大家，王妃举办的晚会，有时不仅使未受邀请者十分惊讶，也使被邀请者大吃一惊。因为德·盖尔芒特夫人的晚会有时会在别人以为不大会举办的时候突然举办，并邀请一些被她遗忘多年的客人。而社交界人士几乎都是鼠目寸光，他们对其他人评价的标准，是对方是否对他们好，他们受到邀请就喜欢对方，未受到邀请就讨厌对方。这些人认为，他们虽说是王妃的朋友，但如王妃确实没有邀请他们，那往往是因为王妃怕“帕拉梅德”不满，因为他已经把这些人逐出门外。因此，我可以肯定，她没有跟德·夏吕斯先生谈起我，否则的话，我就不可能来参加晚会。这时，德·夏吕斯先生在花园门前，站在德国大使①旁边，靠在通往公馆的大楼梯栏杆上，虽说男爵被他的三四个女崇拜者团团围住，客人们也得前去向他问好。他一一答礼，并用他们的姓名称呼。可听到他接连说出：“晚上好，杜·阿泽先生；晚上好，德·拉图杜潘—维克洛兹夫人；晚上好，

① 指拉多林亲王(1841—1917)，曾任德国驻巴黎大使(1900—1910)。

德·拉图杜潘—古维内夫人[①];晚上好,菲利贝尔;晚上好,亲爱的大使夫人,等等。”这样就响起持续不断而又刺耳的说话声,但被他友善的叮嘱或询问(他总是不听回答)所打断,德·夏吕斯先生说出时语气温柔而又做作,既表示冷淡,又显得厚道:“可别让小姑娘着凉,花园里总有点潮湿。晚上好,德·布朗特夫人[②];晚上好,德·梅克伦堡夫人[③]。姑娘来了吗?她是否穿了那条迷人的玫瑰色连衣裙?晚上好,圣杰朗。”当然啰,这姿态中也带有傲气,德·夏吕斯先生知道自己是盖尔芒特家族成员,在这次晚会上具有主导地位。但他有的不仅仅是傲气,在具有审美才能的人看来,这盛会如不是在社交界人士家里举行,而是展现在卡尔帕乔[④]或韦罗内塞[⑤]的一幅画上,那么,“盛会”这两个字就具有豪华和有趣的含义。作为德国亲王的德·夏吕斯先生,甚至更可能会想象出《汤豪舍》中举办的盛会,他是郡主,在瓦尔特堡门口对每位客人说句屈尊俯就的客套话,而客人们进入城堡或花园时,迎接他们的是著名“进行曲”无数次重复的漫长乐句[⑥]。

然而,我得作出决定。我看到树下有几位女士,多少有点认识,但她们似乎模样变了,因为她们此刻是在王妃府,而不是在王妃的堂嫂家里,还因为我看到她们不是坐在萨克森盘子前面,而是坐在一棵栗树的树荫下面。优雅的环境不会有任何影响。即使这

---

① 拉图杜潘—古维内侯爵夫人婚前为加布里埃尔·德·克莱蒙·托内尔,拉图杜潘—维克洛兹伯爵夫人婚前为玛丽—路易丝·德·夏多布里昂。

② 这里指婚前为玛格丽特·施奈德的布朗特侯爵夫人。另有娘家姓塞萨克的布朗特侯爵夫人,是孟德斯鸠的婶婶,圣西蒙在一篇仿作中提到。

③ 圣西蒙曾提到梅克伦堡家族,特别提到该家族中的伊丽莎白·德·蒙莫朗西—布特维尔,即沙蒂永公爵夫人,后为梅克伦堡公爵夫人。弗拉基米尔大公夫人(1854—1920)婚前为梅克伦堡女公爵。

④ 参见本书第一卷第177页注②。

⑤ 参见本书第二卷第216页注①。

⑥ 这里是指瓦格纳的三幕歌剧《汤豪舍》(1845)中举办的歌咏比赛会。在第二幕,“进行曲”宣布歌手们到来,参加骑士们比武,并在郡主主持下唱起恋诗。

里的优雅跟“奥丽娅娜”家相比显得微不足道,我仍然会感到局促不安。如果我们客厅里的电灯熄灭,得点上油灯,我们就会觉得全都变了样。我不再举棋不定,是因为德·苏弗雷夫人①。“晚上好,”她朝我走来时对我说,“您是否有很长时间没看到盖尔芒特公爵夫人了?”她说这种话时,善于用一种语调,以证明她说这话并非愚蠢,不像有些人不知该说些什么,跟您攀谈时总要先提到双方都认识的一个人,而且往往跟此人交情不深。相反,她目光如一根纤细的导线,意思是说:“您别以为我没有把您认出。您是我在盖尔芒特公爵夫人家看到过的青年。我记得一清二楚。”这句话看来愚蠢却用心良苦,在我头上张开保护网,但遗憾的是,这保护网极不坚固,我刚想利用,它就化为乌有。德·苏弗雷夫人为别人向权贵求情时有一种诀窍,那就是在求情者看来她是在举荐,但在权贵看来却并非如此,因此,她具有双重意义的举动,使求情者欠下她的人情债,而她却丝毫不欠权贵的人情。这位夫人对我青睐,使我受到鼓励,就请她把我引见给德·盖尔芒特先生,她见男主人的目光一时间没有转向我们,就像慈母般抓住我的肩膀,并对着亲王微笑,可亲王在此刻已把脸转了过去,无法看到她,她就把我朝亲王推了过去,她自以为这动作是对我保护,其实却是存心把事情搞砸,使我几乎像开始时那样一筹莫展。这就是社交界人士的卑怯。

另一位夫人更加卑怯,只见她这时来向我问好,并用我的姓氏称呼我。我一面跟她说话,一面竭力想出她的姓氏;我清楚地记得曾跟她共进晚餐,并记得她说过的一些话。我虽说把注意力集中到存留这些记忆的区域,却无法在其中找到她的姓氏。然而,这姓名确实是在那里。我的思想如同跟它玩起一种游戏,以便确定其外形,并了解这姓氏的第一个字母,最终将其完全弄清。但白费力

① 据圣西蒙说,苏弗雷家族在德·卢瓦大人于1715年去世后消失。

气，我基本上感觉到它的大小和重量，但它的形状，我每当跟这蜷缩在黑暗中的黑魆魆囚徒进行对照，心里就会想："不是这样的。"当然啰，我的思想可以创造出最难记的姓氏。可惜不是要创造，而是要再现。思想活动如果不受真实的限制，那就全都轻而易举。这时，我必须服从于真实。最后，这姓氏突然完全现身："德·阿帕雄夫人。"我说它现身错了，因为我觉得它并非自己来到我的面前。有关这位夫人的众多淡薄记忆，也是我不断求助的对象（用一些激励的话，譬如说："噢，这位夫人是德·苏弗雷夫人的朋友，她对维克多·雨果的评论十分幼稚，还对这位诗人的作品感到惊恐[①]"），但我并不认为，在我和她的姓氏之间晃动的这些记忆，都对她姓氏的显现起到某种作用。这规模巨大的"捉迷藏"是在记忆中进行，目的是找到一个姓氏，在这场游戏中并没有使用逐次逼近的方法。起先我们一无所见，然后突然出现确切的姓氏，跟我们以为猜到的姓氏截然不同。但显现在我们面前的并非是这个姓氏。不，我倒认为，随着时间的流逝，我们在生活中渐渐远离可清楚看到一个姓氏的区域，而我通过锻炼自己的意志力和注意力，使我内心的目光更加锐利，我突然透过半明半暗的区域，终于看得一清二楚。不管怎样，即使从遗忘到记得存在着过渡阶段，这些过渡也是在无意识中进行。因为在找到正确的姓氏之前，我们在过渡阶段看到的一个个姓氏全都虚假，根本无法使我们接近正确的姓氏。这些名称甚至不能算姓氏，往往只是几个辅音，而且这些辅音在找到的姓氏中不见踪迹。另外，思想从虚无到真实的活动神秘莫测，这些虚假的辅音可能是探路的拐棍，笨拙地伸到前面摸索，帮助我们找到正确的姓氏。读者可能会说："这些都跟这位夫人缺乏善意毫不相干，但既然您谈了这么长的时间，作者先生，那就

---

① 是她在盖尔芒特公爵夫人的晚宴上对维克多·雨果的议论，请参见本书第三卷第511—520页。

请允许我再浪费您一分钟的时间来对您说，像您这样（或者像您书中的主人公那样，如果这主人公不是您）年轻就已如此健忘，连您十分熟悉的一位夫人的姓都记不住，实在令人伤心。”这确实叫人非常伤心，读者先生。这甚至比您想象的还要令人难受，因为在这时感到，姓氏和词语将从思想的清晰区域消失的时间已经来临，到那时，就不能再在心里想出自己最熟悉的那些人的姓名。这确实令人伤心，从青年时代起，就得苦思冥想，以想起熟人的姓名。但如果记不住的只是一些十分生疏并自然会忘记的名字，就不想花力气去回想，那么，这种记忆缺损倒不是毫无好处。“有哪些好处，请讲。”啊，先生，这是因为只有毛病才能让人发现、了解和分析没有毛病时无法了解的机制。一个人每天晚上一头倒在床上，第二天醒来和起床前一无所见，这个人即使不想对睡眠作出重大发现，是否至少想对睡眠发表管锥之见？他几乎不知道自己是在睡觉。稍有失眠并非无益，这样就能观赏睡眠，在黑夜中投射一点亮光。不会遗忘的记忆，并不能对记忆现象的研究有巨大促进。“那么，德·阿帕雄夫人最终是否会把您引见给亲王？”没有，请别作声，让我继续往下说。

德·阿帕雄夫人比德·苏弗雷夫人更加卑怯，但她的卑怯更加情有可原。她自知在社交界能量不大，并因跟盖尔芒特公爵有过一段私情而更加减弱，在被公爵抛弃之后又受到最后的打击。我请她把我引见给亲王，使她顿时情绪不佳，因此就默无一言，但她以为沉默就能表示没有听到我的话，未免有点幼稚。她甚至没有察觉到她已气得眉头紧皱。也许她已经觉察到，就毫不在乎地继续沉默，并借此给我一个教训，要我行事审慎，但又不显得过于粗暴，我的意思是说，这教训无声无息，但其说服力却并未因此而减弱。

另外，德·阿帕雄夫人这时十分生气，众多目光正注视着一个文艺复兴时期式样的阳台，阳台角上并未饰有当时流行的巨大雕像，却俯瞰着并不比这种雕像逊色的美女，那就是叙尔吉—勒迪克公爵夫人，她刚在巴赞·德·盖尔芒特的心中取代德·阿帕雄夫人。她因夜晚清凉而身披轻薄的白色罗纱，只见她身体柔软，像胜利女神般往前伸出。我只好去向德·夏吕斯先生求助，他已回到楼下一个房间，这房间通向花园。这时（他装出全神贯注的样子，独自在打一盘本该四人玩的惠斯特牌，这样，他就不会显出对别人视而不见的样子），我尽情欣赏他那件燕尾服故作简朴之美，衣服的装饰很不显眼，只有裁缝才能看出，但看起来却具有惠斯勒黑色和白色的"和谐"风格①；不如说是黑色、白色和红色的和谐，因为德·夏吕斯先生宽阔的衣襟饰带上佩戴着马耳他宗教骑士团白黑红三釉色十字章②。这时，男爵的牌戏被德·加拉东夫人打断，她领着侄子库弗瓦西埃子爵，那青年脸蛋漂亮，显得放肆。"我的兄弟，"德·加拉东夫人说，"请允许我向您介绍我的侄子阿达尔贝。阿达尔贝，你知道大名鼎鼎的帕拉梅德叔叔，就是你经常听人说起的叔叔。"——"晚上好，德·加拉东夫人。"德·夏吕斯先生回答道。接着他又说了一句，但并未正眼去看那年轻人："晚上好，先生"，说时显出暴躁的样子，声音蛮横无理，在场的人都惊讶得目瞪口呆。也许是因为德·夏吕斯先生知道，德·加拉东夫人对他的生活作风心有怀疑，有一次她想取乐，就在话里影射此事，因此，他干脆先堵住她的嘴，免得她以后添油加醋，说他对她侄子的接待如何热情，与此同时，他十分清楚地表明，他对年轻人不感兴趣；也许他并不认为这个阿达尔贝会毕恭毕敬地回答他婶婶的话；也许他想在以后跟这个如此可爱的侄子一起寻欢作乐，这时先给小青年一点颜色看看，这就像君主们在采取外交行动之前，先用军事行

① 惠斯勒曾画有罗贝尔·德·蒙泰斯鸠（夏吕斯男爵的原型之一）的肖像，题为《黑色和金色的和谐》（1891）。

② 马耳他骑士团，参见本书第三卷第609页注②。马耳他骑士团的十字章为金质，上白釉色，十字共有八个尖角，饰带黑色，带武器的盾形上有红色斑点。

动作为后盾。

要德·夏吕斯先生同意我的请求，把我引见给亲王，并不像我想象的那样困难。一方面，在最近二十年里，这位堂吉诃德已经跟许多风车（往往是他认为对他不好的亲戚）战斗过，他已经多次把所谓“不受欢迎的人”从盖尔芒特家族某些成员的邀请名单中删除，因此，盖尔芒特家族的这些成员开始担心会跟他们喜欢的朋友全都闹翻，怕这些朋友跟他们永远断绝往来，也怕失去他们有兴趣交往的某些新朋友，而这只是因为要迎合一位连襟或表兄原因不明的深仇大恨，这位连襟或表兄有可能要大家为他而抛弃妻子、兄弟和子女①。德·夏吕斯先生比盖尔芒特家族的其他成员更加聪明，发现别人对他的排他行为已是半奉半违，他想到未来，担心有朝一日被排斥在外的是他自己，于是就开始为保全自己而作出部分牺牲，正如人们所说，开始“降低要价”。另外，他即使有能力让他厌恶的家伙在几个月或几年的时间里过着同样的生活——他决不会允许有人对此人发出邀请，并对阻止他这样做的人的身份毫不在乎，甚至会赤膊上阵跟王后对抗——然而，他因火冒三丈的次数过多，火力未免分散、减弱。“傻瓜，混蛋！得让他规矩点，把他扫到阴沟洞里去，可惜他进洞后会毒化城市。”他经常这样咆哮，即使独自在家也是如此，那是因为读到一封他认为不礼貌的信件，或是想起别人转告他的一句话。但他对另一个傻瓜发怒，会消除对前一个人的怒气，只要这一个人显得对他礼貌，他就把发怒的事置之脑后，因为毕竟时间不长，不会在心里记恨。因此，他虽说见到我不会开心，但我要是求他把我引见给亲王，他也许会答应，可我却因心存顾忌而想出了馊主意，我生怕他认为我是混进王府的，

---

① 据《新约·马太福音》，耶稣说：“你们不要想我来，是叫地上太平。我来，并不是叫地上太平，乃是叫地上动刀兵。因为我来，是叫人与父亲生疏，女儿与母亲生疏，媳妇与婆婆生疏。人的仇敌，就是自己家里的人。”（第十章第34—37节）

要靠他的帮忙才能留下,就又说了一句:“您知道,我跟他们很熟悉,刚才王妃对我很客气。”——“好啊,您跟他们熟悉,干吗还要我给您引见?”他有气无力地对我回答道,并把背转向我,继续装作跟教廷大使、德国大使和我不认识的一个人打牌。

这时,从埃吉永公爵以前饲养珍稀动物的花园里,一种用鼻子吸气的声音穿过一扇扇敞开的门,传到了我的耳边,这声音似乎要把园内的优雅全部吸尽。这声音已离我很近,我于是朝传来的方向走去,耳边随之响起德·布雷奥泰先生轻轻问候的“晚安”声,这不像磨刀时铁器裂口的声音,更不像毁坏庄稼的野猪崽的叫声,而像是可当救星之人的声音。他不像德·苏弗雷夫人那样有权有势,也不像她那样生性不愿助人,他跟亲王在一起时,决不会像德·阿帕雄夫人那样拘谨,但他对我在盖尔芒特圈子里的地位也许估计过高,可能比我了解到的还高,然而,在最初几秒钟里,我要引起他的注意有点困难,因为他鼻翼抖动,鼻孔张开,东张西望,单片眼镜后的眼睛好奇地圆睁,仿佛前面放着五百幅杰作。但他听到我的请求后就欣然同意,带我朝亲王走去,把我向亲王引见,显出讲究虚礼而又粗俗、贪吃的模样,仿佛他在推荐花式糕点时给他端来了一盘。盖尔芒特公爵高兴时待人和蔼、友好,热忱而又随和,但我觉得亲王恰恰相反,对人的态度极不自然,庄重而又傲慢。他对我勉强一笑,一本正经地叫我“先生”。我经常听到公爵嘲笑他堂弟的傲慢。亲王对我说了几句话,语气冷淡而又严肃,跟巴赞说话时截然不同,但我立刻看出,真正傲慢的恰恰是你初次拜访时就对你“平等相待”的公爵,而两人中真正谦逊的反倒是亲王。我从他审慎的举止中看到一种更为高尚的情感,我不是说对人平等相待,这对他来说是不可思议的事,但至少是对下等人应有的尊重,这就像在所有等级森严的圈子里,譬如说在法院或医学院,总检察长或“院长”知道自己身居高位,虽说显出老派人物的傲慢,内心却十分谦逊,跟他们熟悉之后,还会看出他们心地善良,而一些新派人物，装出亲热的样子跟你嘻嘻哈哈，其实在谦逊和善良方面也许还不如老派人物。“您是否打算继承父业？”他问我时冷淡中不乏兴趣。我扼要地作了回答，我知道他提这个问题只是出于礼貌，说完后立即走开，让他接待新到的客人。

我看到了斯万，想跟他说话，但此时此刻，我发现盖尔芒特亲王不是站在那里听奥黛特的丈夫向他道晚安，而是立刻以抽水泵的巨大吸力，把斯万拉到花园里面，据有些人说，甚至“要把斯万赶出大门”。

社交界人士全都心不在焉，我到第三天才从报上得知，一支捷克管弦乐队整个晚上都在那里演出，另外还不时燃放孟加拉烟火，但在当时，我只是想去观赏于贝尔·罗贝尔笔下的著名喷泉[①]。

喷泉位于林中空地，周围是漂亮树木，其中许多树木跟喷泉一样古老。喷泉坐落在空地边上，从远处看，只见喷泉身材苗条，纹丝不动，轮廓分明，微风吹来时，只见羽饰般摇曳的苍白水柱飘落得更加轻盈。十八世纪使喷泉的身材变得更为优雅，但也确定了喷出水柱的风格，似乎消除了它的活力。从远处看，你会觉得这是艺术品，而不是水柱。一片潮湿的云一直积聚在喷泉顶端，保持着这个时代的特点，如同凡尔赛宫周围的空中聚集云层。但走到近前，你会看到它如同建造古代宫殿的石块，有着预先设计好的形状，但喷出的水柱不断更新，虽说想按照建筑师原先的命令行事，但在准确执行命令时却像在违反命令，只见千百股水分散喷出，只有远看才觉得是一个水柱。这水柱其实也往往被洒落的水弄断，而从远处看，我觉得水柱不会弯曲，是稠密的物体，在持续不断地喷出。你稍稍走近就会看到，这看来呈线状的水柱之所以持续不

---

① 盖尔芒特王妃府花园里的喷泉，曾在本书第三卷中提到(第 619 页)。对喷泉的描写，显然借鉴圣克卢花园里的喷泉。法国画家于贝尔·罗贝尔(1733—1808)表现喷泉的画作有《圣克卢的花园》、《喷泉》等。蒙泰斯鸠—费藏萨克侯爵曾于 1909 年出售《喷泉》。

断，是因为在它的各个点上，在所有可能断裂的地方，都会有同样的水流进入，从侧面补充进来，而且比第一股水流喷得更高，而在精疲力竭之时，则有第三股水流来替代。在近处，可看到一些水滴无力地从水柱上掉落下来，掉落时跟上升的水滴迎面相遇，有时被撞得粉碎，落到因不断喷水而形成的空气涡流之中，在空中飘浮，然后落入水池。这些水滴犹豫不决，往下掉落，跟坚挺、有力的水柱形成鲜明的对照，并产生无精打采的水汽，把水柱遮盖得模模糊糊，这些水滴上方有一片椭圆形的云，由千百个小水滴聚成，但看上去像镀了一层不褪色的褐金，这片云坚不可摧，看似纹丝不动，却在迅速上升，跟天上的云彩欢聚一堂。可惜的是，只要有一阵风吹来，它就会歪歪斜斜地落到地上；有时，一股水流桀骜不驯，朝不同方向喷出，观看的人群如不小心，没跟它保持恰当的距离，就会被淋得浑身湿透。

这种小事故只是在起风时发生，其中一个事故使人相当扫兴。有人让德·阿帕雄夫人相信盖尔芒特公爵已到，其实公爵尚未到来，并说他这时跟德·叙尔吉夫人一起在玫瑰色大理石长廊，去长廊要经过喷水池石护栏旁的两排空心柱廊。然而，德·阿帕雄夫人即将走进其中一个柱廊时，一股强烈的热风把水柱刮弯，使这位美丽的夫人全身淋湿，水从她袒胸的低领流到连衣裙里面，她浑身湿透，如同被人推到水里去洗澡。这时，在离她不远处响起有节奏的嗥叫声，十分响亮，一个军的官兵都能听到，但叫声时而拖长，仿佛不是在对全军发出，而是依次对每个师或旅发出；那是弗拉基米尔大公[①]，他看到德·阿帕雄夫人被淋湿，就放声大笑，他事后老喜欢说，这是他一生中看到的最开心的一件事。有几个好心人对这个莫斯科人指出，他也许应该说句安慰的话，这女人听了会喜

① 弗拉基米尔大公(1847—1909)是俄国沙皇亚历山大二世的第二个儿子，是末代沙皇尼古拉二世的叔叔，曾跟妻子玛丽·帕夫洛夫娜一起长期在巴黎居住。

欢，但这个女人虽说年过四十，却只是用披巾擦干身上的水，没有求助于任何人就自行走开，听任水柱调皮地落到喷水池的石护栏上，而大公心地善良，觉得自己理应说上几句，他对军人们发出的最后几声大笑刚刚停止，便立刻响起比第一次更为响亮的嗥叫声。"好样的，老太太①！"他拍着手大声说道，如同在剧院里那样。德·阿帕雄夫人听到别人说她这样年纪却依然灵活，并不感到高兴。这时有人对她说话，但被喷泉的水柱声压住，而水柱声又被大公雷鸣般的声音盖住，只听到此人说："我觉得大公殿下对您说了什么话。"——"没有！是对德·苏弗雷夫人说的。"她回答道。

我穿过一座座花园，走上楼梯，楼梯上不见亲王的踪影，他已跟斯万一起离开，聚集在德·夏吕斯先生周围的客人则越来越多，如同路易十四不在凡尔赛宫，王弟殿下的客人就会增多②。我上楼时被男爵叫住，我身后的两位女士和一个年轻人则走到近前向他问好。

"在这儿见到您，真好。"他对我说，并向我伸出了手。"晚上好，德·拉特雷穆伊夫人，晚上好，亲爱的埃尔米妮。"但他也许想起，他刚才曾以盖尔芒特公馆主人的身份跟我说话，就想故作姿态，对于他不满意却又无法阻止的事情显出满意的样子，但他又有大老爷的肆无忌惮，高兴起来如同歇斯底里发作，因此这满意就像是在极尽讽刺挖苦之能事。"这样真好，"他继续说道，"但特别是十分滑稽。"他随之放声大笑，既表示高兴，又表示人类的语言无

① 保罗·莫朗听普鲁斯特说，这话是弗拉基米尔大公的弟弟帕维尔大公在为法国女演员巴尔黛小姐的演出鼓掌时所说。

② 路易十四的大弟是在圣克卢城堡接待客人，而客人们则在晚饭后从巴黎或凡尔赛来此见他。王弟在圣克卢拥有城堡，城堡有漂亮的大楼梯通向花园，花园里有1699年建成的人工瀑布和喷泉。小说中对盖尔芒特王妃府的描写，跟圣克卢城堡有许多相似之处。另外，德·夏吕斯先生和王弟也有相像之处，他们对社会地位和礼仪的了解，在家族中都首屈一指。

法表达这种心情。有些人知道他这个人难以接近，而且会“出口伤人”，就好奇地跟他亲近，却随即拔腿就跑，走得极其匆忙，几乎不顾体面。“啊，请别生气，”他轻轻地拍着我的肩膀对我说，“您知道，我很喜欢您。晚上好，昂蒂奥什；晚上好，路易—勒内。您是否去看过喷泉？”他对我问道，那口气与其说是询问，不如说是确认。“非常漂亮，对吧？非常美妙。当然啰，还可以搞得更好，只要把有些东西去掉，要是这样，在法国就是独一无二。不过，像现在这样，已属于最佳作品。布雷奥泰准会对您说，这上面不该挂彩灯，他是想让人忘记，这馊主意是他出的。但总的来说，他只是使它稍微难看点。把一件杰作弄得难看，可要比创造杰作难得多。另外，我们当时就依稀感到，布雷奥泰不如于贝尔·罗贝尔能干。”

我又跟客人们一起回到公馆。“我可爱的堂嫂奥丽娅娜，您已有好久没有看到了吧？”王妃问我。她刚离开大门口那把扶手椅，这时跟我一起回到客厅。“她今晚会来的，我今天下午见到过她。”女主人补充道。“她答应过要来。另外，我觉得您星期四要跟我们俩一起在使馆跟意大利王后[1]共进晚宴。届时各位殿下都会来赴宴，准会十分吓人。”但这些殿下丝毫也吓不倒盖尔芒特王妃，她客厅里的殿下比比皆是，她说“我那些小科堡”，如同在说“我那些小狗”。因此，德·盖尔芒特夫人说“准会十分吓人”，纯粹是在瞎说，在社交界人士身上，瞎说的嗜好比虚荣心更胜一筹。她对她家谱的了解，还不如中学历史教师。在谈到她那些朋友时，她喜欢让人知道，她对别人给他们起的绰号了如指掌。她问我下

① 黑山公主海伦（1872—1953）于1896年嫁给那不勒斯亲王（1869—1947）。亲王于1900年即位，成为意大利最后一代国王，称为维克托·伊曼纽尔三世。1922年墨索里尼掌权后，他成为傀儡。但同盟国于1943年在西西里岛登陆后，他把墨索里尼逮捕。战后他放弃一切权力，任命王储翁贝托为摄政。

星期是否要到经常被称为“苹果”的波姆利埃尔侯爵夫人[1]家去吃晚饭，听到我说不去，她沉默了片刻。然后，她只是情不自禁地想炫耀自己无所不知，结果却显出她平庸无奇，跟常人毫无区别，只见她补充道：“那‘苹果’可是讨人喜欢的女人！”

王妃在跟我闲聊时，盖尔芒特公爵和公爵夫人恰巧进来！但我无法立刻迎上前去，因为我被土耳其大使夫人拦住去路，她抓住我的手臂，指着我刚离开的女主人大声说道：“啊！这王妃，多美的女人！是超群绝伦！我感到，我要是男人，”她补充道，话里稍有东方式的低俗和淫荡，“定将把终身献给这天仙般的佳人。”我回答说，她确实迷人，但我跟她的堂嫂公爵夫人更加熟悉。“这毫无关系，”大使夫人对我说，“奥丽娅娜是社交界的迷人女子，其风趣取自梅梅和巴巴尔，而玛丽—吉尔贝则是个**人物**。”

我一直不喜欢别人把自己的看法强加于我，非要我对熟悉的人持某种看法。而土耳其大使夫人也毫无理由，无法对盖尔芒特公爵夫人的才能提出比我更为可信的看法。另一方面，我对大使夫人感到恼火，是因为一个普通的熟人乃至一位朋友的缺点，对我们来说是真正的毒药，幸好我们都服用“解毒剂”。但是，不用搬来进行科学比较的任何仪器，也不用谈论抗原过敏性，我们就能这样说：在我们友好的关系或纯属社交性的关系中，存在着一种敌意的毛病，虽说暂时治好，却会不时复发。只要人们“自然”，我们通常很少因这些毒药而痛苦。土耳其大使夫人用“巴巴尔”和“梅梅”来称呼她不熟悉的人，就使“解毒剂”停止生效，而在平时，解毒剂使我能够忍受毒药的毒性。她使我生气，但我不应该如此，因为她对我这样说，不是想使我认为她是“梅梅”的好友，而是因为她匆匆学会，以为这是当地的习俗，才这样称呼这些贵族老爷。她只是上了几个月的课，并没有一个年级一个年级地学上去。但我

① 原文为 Marquise de la Pommelière，法语中 pomme 意为“苹果”。

经过仔细考虑，认为我不喜欢待在大使夫人身边，还有另一个原因。不久以前，在“奥丽娅娜”家中，这个外交人物仿佛理由充分，神情严肃地对我说，盖尔芒特王妃简直使她反感。我觉得还是别再想她态度转变的原因为好：她态度转变，是因为应邀参加了今晚的盛会。大使夫人对我说，盖尔芒特王妃是国色天香，这完全是她的心里话。她一直是这样想的。但在此之前，她从未受到王妃邀请，就觉得对方既然不邀请，她就应该在原则上做出主动谢绝的姿态。现在她受到了邀请，而且以后也很可能被邀请，她就可以毫无拘束地表达自己的好感。要说明人们对别人看法的主要原因，根本不需要用情场失意或政界受挫来解释。人的看法游移不定，接受或拒绝邀请就能使其改变。另外，正如跟我一起察看一个个客厅的盖尔芒特公爵夫人所说，土耳其大使夫人“干得很好”。她特别有用。社交界的真正明星都已懒得现身。有兴趣跟他们谋面之人，往往要前往另一半球，明星们在那里几乎是形影相吊。但像土耳其大使夫人那样的女人，刚刚跻身于社交界，就不会错失良机，而是到处去出风头。她们对这种称之为晚会或交际会的演出有用，这种演出，她们哪怕像垂死的病人那样让人拉着走也会去参加。她们是配角，但晚会的主人总是可以指望她们会来参加，因为她们劲头十足，从不错过一次晚会。那些愚蠢的年轻人不知道假明星的底细，把她们看作优雅的社交王后，因此要给他们上课解释，他们不知道的斯唐迪什夫人①，在坐垫上画画，远离社交界，却为何也是像杜多维尔公爵夫人②那样的贵夫人。

---

① 亨利·斯唐迪什夫人(1847—1933)婚前为海伦·德·珀吕斯德卡尔，普鲁斯特在格雷菲勒夫人带他去看戏时，于1912年5月跟她认识，他在给罗贝尔·德·比利的信中把她称为“任期七年的优雅女士”。

② 杜多维尔公爵的爵位属于罗什富科家族三个旁系中的一支。苏斯泰纳·德·杜多维尔公爵先娶波利尼亚克公主约朗德(1855年去世)为妻，后娶利涅公主玛丽(1898年去世)为妻，而他活到1908年。

在日常生活中，盖尔芒特公爵夫人的眼睛漫不经心，有点忧郁，她眼睛里闪现智慧的光芒，只是在向一位朋友问好之时，仿佛这位朋友就是一句风趣话、一种迷人的揶揄或一道美味的佳肴，行家听了或吃到之后，脸上就显出妙不可言的愉悦表情。但是，在盛大晚会上，她要问候的人过多，她觉得每次问候后都得把智慧的光芒消除就过于疲劳。一个文学爱好者去剧院观看一位戏剧大师的新作，为表明自己肯定会度过愉快的夜晚，就在把衣帽交给女引座员后，用嘴唇显出机敏的微笑，用神采奕奕的目光表示狡黠的赞赏；同样，公爵夫人一到，就会使整个晚会显得光彩夺目。奥丽娅娜脱下晚礼服的外套，外套呈华丽的提埃坡罗①红，脱下后显出活像颈圈的红宝石项链，然后，她这位社交界女士，像女裁缝那样迅速而又仔细地把她的裙子最后看了一遍，确信自己的眼睛跟身上的其他珠宝一样光彩照人。几个像德·让维尔先生②那样的"直言不讳"者急忙朝公爵走去，想不让他进来："您难道不知道可怜的玛玛已气息奄奄？医生刚给他服了药。"但毫无用处。"我知道，我知道。"德·盖尔芒特先生一面回答，一面把那个讨厌的家伙推开，以便进去。"吃了临终圣餐，效果奇佳。"他微笑着补充道，因为他高兴地想到亲王的晚会后要举行化装舞会，他已决定参加。"我们不希望别人知道我们已经回来。"公爵夫人对我说。她没有料到王妃已经使这话失去意义，因为王妃对我说，她见到过堂嫂，堂嫂答应会来。公爵一直盯着妻子看，时间长达五分钟之久，使她十分难受，然后他说："我已把您有过的疑虑对奥丽娅娜说了。"现在她看到这疑虑毫无根据，就不必采取任何措施加以消除，于是，她就说这疑虑十分荒唐，有好一阵子都拿我来开玩笑。

---

① 提埃坡罗（1696—1770）为意大利画家。参见本书第二卷第114页注②。

② 法国七星丛书版中为 M. de Jouville（德·茹维尔先生），据称是依据修改的打字稿。

“您总以为自己没有受到邀请，真是瞎想！再说，还有我呢。您难道认为我没法让我堂弟妇请您去做客？”我得说句公道话：她后来经常为我做的事，比这件事要难得多；不过，我当时只是认为，她说这话，是说我过于小心谨慎。我开始领会贵族表示友好的有声或无声言语的真正价值，可喜的亲热表示，对有自卑感的人无疑是抚慰的香膏，但不会把自卑感完全消除，因为一旦消除，这种亲热也就没有必要表示出来。“您即使不比我们强，也跟我们旗鼓相当。”盖尔芒特夫妇的所作所为，似乎都在说这种话，而且出乎你的想象，说得极其好听，不过是为了让你喜爱和欣赏，而不是让你信以为真；这种虚假的亲热，说穿了就是他们所说的有教养；对这种亲热信以为真，那就是没有教养。另外，在不久以前，我在这方面上了一课，使我最终学到十分确切的知识，知道贵族亲热的某些形式的适用范围和使用限制。那是在蒙莫朗西公爵夫人为英国女王举办的一次下午聚会上；有一小帮人排队去吃冷餐，女王挽着盖尔芒特公爵的手臂走在前头。我正在这时到来。公爵见到后就在离我至少有四十米开外的地方，不断用另一只手跟我打招呼表示友好，仿佛向我表示，我可以毫不畏惧地走到他面前，而决不会被人当作三明治吃掉。但我已开始对宫廷语言有了深入了解，因此连一步也没有往他那边走，而是在离他四十米远的地方，对他深深鞠了一躬，但面无笑容，仿佛是对刚认识的人施礼，然后继续朝相反的方向走我的路。我这样施礼，盖尔芒特夫妇十分赞赏，我即使写出一部杰作，他们也不会这样称道。这样施礼，不仅公爵看在眼里——虽说那天他要对五百多人还礼——而且公爵夫人也看得一清二楚，她在遇到我母亲后把这事跟她说了，但并未说我做错，也没有说我理应朝公爵走去。她对我母亲说，她丈夫对我的施礼赞不绝口，说这施礼真可谓意味深长。大家不断列举这施礼的种种优点，却对最珍贵的优点只字未提，那就是临事审慎，大家也对我大加夸奖，但我心里明白，这与其说是对过去的奖赏，不如说是对将来的指导，就像一位校长体贴地对学生们说："别忘了，亲爱的孩子们，这些奖品与其说是奖给你们，不如说是奖给你们的家长，让他们下一学年再送你们来上学。"德·马桑特夫人就是这样，每当其他阶层的人来到她那个圈子，她就要在此人面前夸奖那些审慎的人，说"要找他们的时候准能找到，而在其他时候，他们不会让你想到"，这就像间接告诉一个身上发臭的仆人，洗澡对健康十分有益。

德·盖尔芒特夫人离开门厅之前，我跟她说话，这时我听到一种特殊的说话声，这种声音我以后会毫无差错地听出。当时是德·沃古贝尔先生跟德·夏吕斯先生说话的声音。一位临床医生不需要被观察的病人把衬衫撩起，也不需要听诊他的呼吸，只要听到他说话的声音就已足够。此后，我在沙龙里多次因听到一个人的语调或笑声而感到惊讶，此人虽说确切地模仿其职业语言或他那个圈子里的举止，装出庄重高雅或粗俗随便的样子，但我的耳朵练达，如同调音师对音域无所不知，只要听到他用走调的声音说话，就知道"这是夏吕斯式的人物"。这时，一个使馆的全体人员走了过来，他们都对德·夏吕斯先生施礼。虽说我在那天（就是我看到德·夏吕斯先生和朱皮安在一起的那天）才发现这类毛病，但要作出诊断，我不需要提问，也不需要听诊。但是，跟德·夏吕斯先生说话的德·沃古贝尔先生，却显出犹豫不决的样子。然而，经历了似懂非懂的少年时代之后，他理应知道自己想要什么。性欲倒错者以为世上只有自己一人属于此类，但到后来却走到另一个极端，认为正常人才是绝无仅有的例外。但是，德·沃古贝尔先生野心勃勃却又胆小怕事，早已不再享受他喜欢的这种乐趣。外交生涯使他的生活走上循规蹈矩的道路。而在政治学学校的苦读，也使他从二十几岁起就开始过基督徒纯洁无瑕的生活。不过，任何感觉器官一旦不用，就会失去其活力并逐渐萎缩，因此，德·沃古贝尔先生就像文明人不再具有洞穴人那样的体力和听力，也失去了德·夏吕斯先生很少出错的那种特殊洞察力；在正式宴会上，无论在巴黎还是在国外，这位全权公使甚至再也无法看出那些身穿制服的人实际上就是他的同类。德·夏吕斯先生听到别人说出他的嗜好会勃然大怒，但他总是喜欢说出别人的名字，这时他说了几个人的名字，德·沃古贝尔先生听了惊喜交集。这不是因为他过了这么多年之后还想交桃花运。而是这种突如其来的揭秘，如同拉辛悲剧中的揭秘，使亚他利雅和押尼珥[①]得知约阿施[②]跟大卫是同一种族，得知身为王后的以斯帖是犹太佬的女儿[③]，同样，这种揭秘使某某公使团或外交部某个部门的面貌变得截然不同，回想起来就觉得这些宫殿就像耶路撒冷圣殿或苏萨的王宫那样神秘莫测。这个使馆的年轻人都来跟德·夏吕斯先生握手，德·沃古贝尔先生见到之后，显出赞赏的神色，如同《以斯帖》中的以利丝大声说道：

天哪！冰清玉洁的佳丽如此众多，
从四面八方蜂拥到我眼前。
而可爱的脸蛋上又是羞色尽现[④]！

接着，他想得到更多“情报”，就微笑着对德·夏吕斯先生看了一眼，色迷迷的目光是在傻乎乎地询问。“啊，毫无疑问。”德·夏吕斯先生就像满腹经纶的学者，在跟愚昧无知的蠢货说话。德·沃古贝尔先生的两只眼睛，立刻死死盯着那些年轻秘书，德·夏吕斯先生见了十分恼火，而某国驻法大使也是这方面的老手，那

---

① 押尼珥（公元前十一世纪），以色列王的将军，拉辛《亚他利雅》中的人物。

② 约阿施为以色列王。参见本书第一卷第110页注①。

③ 在《亚他利雅》第五幕第五场中，约阿德告诉亚他利雅和押尼珥，约阿施跟大卫同族。在《以斯帖》第一幕第一场中，以斯帖对以利丝说，她父母是犹太人。

④ 参见《以斯帖》第一幕第二场。

些秘书当然并非随意挑出。德·沃古贝尔先生一声不吭，我只是看着他的目光。我从童年时代起就能用古典作品的语言来表达哪怕是无声的表情和动作，这时就让德·沃古贝尔先生的眼睛说出诗句，就是以斯帖对以利丝说，末底改[①]对信仰的宗教虔诚，非要把信仰跟他相同的侍女安排在王后身边。

> 但他对我们民族热爱，
> 这宫殿里就来了许多锡永姑娘，
> 她们是娇柔的鲜花，在命运之风中东倒西歪，
> 像我一样被吹到异国他乡。
> 在见不到门外汉的地方，
> 他（出色的大使）用自己的学识和关心对她们培养[②]。

最后，德·沃古贝尔先生终于开口说话，而不再用目光说话。"又有谁知道，"他伤感地说，"相同的事是否存在于我出使的国家？"——"很有可能，"德·夏吕斯先生回答道，"始于狄奥多西国王，虽说我对他的实际情况一无所知。"——"噢！决不可能！"——"那么，他就不该显出这种样子。他有点矫揉造作，是那种'娘娘腔'，我最讨厌那种人。我真不敢跟他一起走在街上。另外，您应该十分了解他是怎样的人，他可是赫赫有名。"——"您完全错看了他。他还很迷人。在跟法国签署协定那天，国王还抱吻了我。我从未这样激动过。"——"当时您该对他说出自己的欲望。"——"啊！天哪，他只要有一点怀疑，那将是多么可怕！但我在这方面并不害怕。"我听到了这些话，因为我离他们不远，我不

---

① 末底改是以斯帖的叔叔。参见本书第三卷第393页注①和③。

② 参见《以斯帖》第一幕第一场。这话由以斯帖说出，第一个诗句为："但我对我们民族热爱……"普鲁斯特在引述时做了改动。

禁默默背诵：

国王至今仍不知我是何人，
这秘密一直让我守口如瓶①。

这对话时而无声时而有声，只持续了片刻时间，我只是跟盖尔芒特公爵夫人在客厅里走了几步，这时，公爵夫人被一位娇艳而又矮小的棕发女士拦住去路：

“我很想去看您。邓南遮②在一个包厢里看到了您，他给 T 王妃写了封信，说他从未见到过如此漂亮的女人。只要能跟您说上十分钟的话，他愿意献出自己的一生。不管怎样，即便您不能见面或不愿见面，那封信都在我的手中。您得给我定个约会的时间。有些事秘密，我不能在这儿明说。我看您没有把我认出，”她朝我转过身来补充道，“我是在帕尔马公主府上（但我从未去过）认识您的。俄国沙皇希望您父亲能被派到彼得堡去。要是您星期二能来，伊斯沃尔斯基③也会在那儿，他会跟您谈论此事。我有一份礼物要送给您，亲爱的，”她转向公爵夫人说，“这份礼物，我谁也不送，只送给您。那是易卜生④三部剧作的手稿，是他让老看护给我送来的。我给自己留了一部，其余两部送给您。”

盖尔芒特公爵并未对这份礼物感到喜出望外。他吃不准易卜

① 出自《以斯帖》第一幕第一场，原文为：“国王至今仍不知我是何人：/上天派来安排我命运之人，/还要我对这秘密守口如瓶。”

② 邓南遮（1863—1938），意大利作家。早年作品描写贫民的艰苦生活。后在军队服役，拥护法西斯主义，效忠墨索里尼，获“亲王”称号。创作中宣扬唯美主义、颓废主义和尼采的超人哲学，鼓吹帝国主义战争。主要作品有诗集《新歌》、《赞歌》，剧本《琪珴康陶》，小说《玫瑰三部曲》（即《欢乐》、《无辜者》和《死亡的胜利》）等。

③ 即亚历山大·帕夫洛维奇·伊斯沃尔斯基（1856—1919），俄国外交官，曾任俄国驻巴黎大使（1910—1917）。

④ 易卜生（1828—1906）是挪威剧作家。参见本书第三卷第 290 页注②。

生或邓南遮现在是死是活，但他已看到一些小说家和剧作家来拜访他的妻子，并把她写入自己的作品。社交界人士喜欢把书籍想象成一种立方体，其中一个面揭开，作家就迫不及待地把认识的人全都“塞进去”。这显然不是正大光明的做法，这些也只是微不足道的小人。当然啰，“顺便”见见他们也不会感到乏味，因为借助于他们，你在看书或看文章时会了解其中的“内幕”，就可以“揭开假面具”。不管怎样，最明智的做法是看已故作家的作品。德·盖尔芒特先生认为，只有在《高卢人报》[①]上写悼念文章的那位先生做事“恰如其分”。他至少会把德·盖尔芒特先生的名字置于要人中间，“尤其”是在公爵报名参加的葬礼的参加者名单上。如果公爵不希望自己的名字列入，他就不去报名参加，而是给死者家属寄一封唁函，以表示沉痛哀悼。如果死者家属在报上刊登“发来唁函的有盖尔芒特公爵等人”的消息，那不是社会新闻编辑的过错，而是死者的儿子、兄弟或父亲的错误，公爵把这种人称之为野心家，并就此跟他们一刀两断（他对那些短语的意思弄不大清楚，就说跟他们“发生纠葛”）。尽管如此，公爵听到易卜生和邓南遮的名字，又不知道他们是死是活，就眉头紧皱，他跟我们离得不是很远，不会听不到蒂莫莱昂·德·阿蒙古夫人形形色色的奉承话。她是迷人的女人，才貌双全，光凭其才能或美貌，就足以使人倾倒。但她并非出身于她现在生活的上流社会，起初只向往进入文学沙龙，跟大作家交往，先后成为每位大作家的女友——绝不是情妇，她品行十分端正——这些作家把手稿全都给她，为她写书，她因偶然的机会涉足圣日尔曼区，而文学方面的这些优越条件，则使她在该区游刃有余。现在，她有了地位，不需要施展其他魅力，只要她露面，其魅力自然展现。但她一贯忙于周旋，耍弄手腕，为人效劳，因此，虽说现在已没有必要这样做，她仍然乐此不疲。她

---

① 参见本书第二卷第465页注①。

总是有国家机密要向你透露，总是有权贵要介绍给你，总是有大师的水彩画可赠送给你。这些毫无必要的诱惑，都有点虚假的成分，但她的一生因此成为一部复杂而又绚丽的喜剧。确实，她能促成省长和将军的任命。

盖尔芒特公爵夫人跟我一起走时，她的眼睛让蓝色光芒在前面游荡，但漂泊不定，以避开她不想结交的人们，她有时在远处就能猜到，这些人是危险的暗礁。我们在客人的两堵人墙之间往前走，这些人明知永远无法成为"奥丽娅娜"的朋友，却把她看作奇珍异宝，无论如何也要指给妻子看："于絮尔，快来看看德·盖尔芒特夫人，她正在跟那个青年说话。"看到这种情形就会感到，他们简直要爬到椅子上，以看得更加清楚，仿佛在观看七月十四日阅兵或颁发赛马大奖[①]。这并非因为盖尔芒特公爵夫人的沙龙比她堂弟妇的沙龙更有贵族气派，而是因为公爵夫人的常客，王妃从不邀请，主要是因为她丈夫的缘故。王妃从未接待过阿尔丰斯·德·罗特希尔德夫人[②]，这位夫人跟奥丽娅娜一样，是德·拉特雷穆伊夫人[③]和德·萨冈夫人[④]的知心朋友，并经常去奥丽娅娜家做

---

① 指巴黎赛马大奖，自1863年起，比赛在位于巴黎布洛涅林园的隆尚赛马场举行，在尚蒂伊的赛马俱乐部大奖赛两星期后举行，在1909年是在六月的第二个星期天举行，此后则在六月的最后一个星期天举行。

② 指阿尔丰斯·德·罗特希尔德男爵（1827—1905）之妻。男爵是法兰西银行董事、法国北方铁路董事会董事长、法兰西美术学院院士。参见本书第三卷第307页注②和第529页。

③ 拉特雷穆伊公爵夫人，婚前为玛格丽特·杜夏泰尔，嫁给夏尔·德·拉特雷穆伊公爵（1838—1911）。公爵是斯万的原型夏尔·阿斯的朋友，1899年入选法兰西金石学和文学学院。

④ 即萨冈王妃，婚前为让娜—玛格丽特·塞耶尔，1858年嫁给夏尔·纪尧姆·博宗·德·塔列朗—佩里戈尔（1832—1910），即萨冈亲王。他的外甥博尼·德·卡斯泰拉纳是普鲁斯特的朋友。

客。还有希施男爵[1]也是如此，威尔士亲王把他带到公爵夫人家里，而不是带到王妃府上，因为王妃不会喜欢他，另外，波拿巴派或共和派的几位著名人士也是如此，公爵夫人对他们感兴趣，但亲王是坚定的保皇派，决不会接待他们。他的反犹主义也是坚持不懈，不会对任何优雅屈服，不管这种优雅如何真实可信。斯万是他的老朋友，在盖尔芒特家族中，只有他叫这位朋友斯万，而不是叫夏尔，因为他知道斯万的祖母是新教徒，嫁给了一个犹太人，但曾是贝里公爵[2]的情妇。他接待斯万，是因为他常常试图相信斯万的父亲是亲王的私生子这一传说。这个传说其实靠不住，但如果真有此事，由于斯万的父亲是天主教徒，同时又是波旁家族成员和女天主教徒之子，那么，斯万就是纯粹的天主教徒。

"怎么，您没有见到过这种富丽堂皇？"公爵夫人谈到我们所在的公馆时对我说。但她在赞赏她堂弟妇的"宫殿"之后，急忙作了补充，说她更喜欢"自己的草窝"，说草窝比宫殿好千百倍。"在这儿，**参观**起来确实好看。但有些卧室里发生过许多重大历史事件，我要是必须睡在里面，准会得忧郁症死去。就像给人遗忘之后，被关在布卢瓦城堡、枫丹白露城堡乃至卢浮宫，排忧解愁的唯一办法就是对自己说：我是待在莫纳尔德斯基[3]被杀害的房间里。这就像洋甘菊茶剂，不能解决问题。瞧，德·圣欧韦尔特夫人来了。我们刚才是在她家吃的晚饭。她明天要举办每年一次的盛会，我以为她已经上床睡了。她不会错过一次晚会。要是这次晚

---

① 即莫里斯·德·希施男爵（1831—1896），犹太裔巴伐利亚金融家，兴办铁路致富，从事慈善事业，救助受迫害的犹太人。

② 参见本书第三卷第563页注③。

③ 瑞典王后克里斯蒂娜（1626—1689）于1654年退位后，曾两次在枫丹白露城堡居住，在第二次居住（1657年10月10日至1658年2月23日）时发现她的马厩总管也是她的情夫莫纳尔德斯基侯爵跟法国结盟，犯有叛国罪，就于1657年11月10日下令将其在该地处死。这件事使年轻的路易十四和首相马萨林感到十分尴尬，但法国王室宽恕了这位前女王。

会在乡下举行，她准会乘马车前往，决不会不去。”

其实，德·圣欧韦尔特夫人今晚来参加晚会，不是因为她不想错过别人举办的一次晚会，而是为了保证她自己举办的晚会能够成功，她是来招募最后一批参加者，从某种程度上说，则是 in extremis（在最后一刻）检阅明天将光彩夺目地行进在她的花园招待会上的队伍。多少年来，圣欧韦尔特府晚会的客人，跟往昔相比早已相形见绌。盖尔芒特圈子里的著名女士，当时是凤毛麟角，但因受到这家女主人的热情接待，就逐渐带来自己的女友。与此同时，德·圣欧韦尔特夫人的情况也在逐渐变化，但朝着相反的方向发展，她对高雅社交界的无名之辈，邀请的人数逐年减少。这次看不到这位，下一次看不到那位。在一段时间里，使用的是“分炉烤面包”的办法，用这种办法，可以举办一些秘密聚会，邀请被排斥在外的人来此自娱自乐，这样就不会把他们跟高雅之士一起请来。他们又有什么可以抱怨呢？他们不是有［panem et circenses（面包和马戏表演①）］花式糕点和优美的音乐节目吗？因此，现在的情况在某种程度上跟过去相对称，想当初，圣欧韦尔特沙龙刚开张时，两位流亡的公爵夫人如同两根女像柱，支撑着摇摇欲坠的沙龙顶棚，但近年来，你在漂亮的客人中只看到两个截然不同的人，那就是德·康布勒梅老夫人和一位建筑师的妻子，后者声音悦耳，大家常常不禁要请她唱歌。她们俩在德·圣欧韦尔特夫人家的客人中也没有一个熟人，她们为女友们的消失感到伤心，觉得自己在那里碍手碍脚，她们就像两只未能及时迁徙的燕子，随时会被冻死。因此，她们在第二年没有受到邀请，德·弗朗克托夫人②为她那位

---

① 这是古罗马诗人尤维纳利斯（约60—约140）的名言。他在讽刺诗中批评罗马人只关心吃喝和免费观看演出。参见《尤维纳利斯讽刺诗集》法文版第十卷第 78—81 行。

② 即弗朗克托子爵夫人，德·康布勒梅夫人的表妹。参见本书第一卷第 328—336 页。

酷爱音乐的表姐求情,但未能得到明确的答复,对方只是说:“要是喜欢音乐,随时都可以进来听,这又不是犯罪!”德·康布勒梅夫人觉得这种邀请不够热情,也就没去。

德·圣欧韦尔特夫人使自己的沙龙脱胎换骨,把一个麻风病人聚集的地方变成贵夫人云集的场所(这沙龙最近的面貌,显得极其优雅),因此大家可能会感到惊讶,她第二天就要举办本季节最为光彩夺目的晚会,难道还需要在晚会前夕来到此地,向她的队伍发出最后的召唤?但这是因为圣欧韦尔特沙龙只是在有些人眼里地位显赫,这些人的社交生活仅仅是阅读《高卢人报》或《费加罗报》上对下午聚会或晚会的报道,但从未参加过任何一次聚会。这些“社交界人士”只是从报上来了解社交界,只要在报道中提到英国、奥地利等国的大使夫人,提到于泽斯公爵夫人①、拉特雷穆伊公爵夫人等人,就认为圣欧韦尔特沙龙在巴黎首屈一指,其实却属于末流。这并非因为这些报道谎话连篇。列举的大多数人士确实出席了聚会。不过,这些贵客大驾光临,都是女主人再三恳求、一再示好并提供帮助的结果,他们人人都觉得自己出席是给了德·圣欧韦尔特夫人大大的面子。这种沙龙,大家与其说趋之若鹜,不如说退避三舍,可以说,大家是迫不得已去帮忙的,因此,这种沙龙只能使“社交新闻栏”的女读者产生错觉。这种新闻在报道一次真正高雅的晚会时插入上述晚会,其女主人能请到所有公爵夫人,她们也都渴望自己“被选中”,但女主人只请了两三位,而且不让报上刊登客人的姓名。这些女人并不了解或轻视广告在今天所具有的威力,她们对西班牙王后来说是优雅女士,却不为民众

① 当时可能指安娜·德·罗什舒阿尔—莫特马尔(1847—1933),其丈夫为埃马纽埃尔·德·克吕索尔,是第十二代于泽斯公爵,于 1878 年去世。她是小说家、诗人、雕塑家,能驾驶游艇,喜欢打猎,是女权主义者。也可能指年轻的于泽斯公爵夫人,婚前名叫泰蕾丝·德·吕伊纳,其丈夫路易在哥哥雅克于1893 年去世后获于泽斯公爵爵位。这位于泽斯公爵,曾在本书第二卷第 305 页中提到。

知晓，因为西班牙王后知道她们的底细，而民众却对她们知之甚少。

德·圣欧韦尔特夫人不是这种女人，她是采蜜好手，来为第二天“采集”所有已邀请的客人。德·夏吕斯先生未被邀请，他一直拒绝去她家做客。但他跟许多人闹翻过，因此德·圣欧韦尔特夫人可以用性格不合来解释没邀请他。

当然啰，如果此事只跟奥丽娅娜有关，德·圣欧韦尔特夫人可以不必来此，只是邀请均由她口头发出，而对方接受邀请时虽说显得妩媚动人，其实却是虚情假意，这方面表演得最为出色的莫过于那些院士，候选人从他们家里走出来时十分感激，不怀疑他们会投他一票。但此事并非只跟她一人有关。阿格里真托亲王会来吗？还有德·迪福尔夫人？为以防不测，德·圣欧韦尔特夫人认为她亲自出马更为妥当；她对一些人来软的，对另一些人来硬的，她对所有人都暗中透露，说届时的娱乐活动难以想象，简直是空前绝后，并向每个人保证，会在她家遇到他们想要见到或需要见到的人物。她每年一次担任的这种职务，跟古代某些法官的职务相像，她要在第二天举办本季节规模最大的花园招待会，并因此具有临时性权力。她的邀请名单已经确定，并且不再更改，因此，她走遍王妃的各个客厅，走得十分缓慢，以便依次在每个人的耳边说出：“您明天可别忘了我。”这时，她如果看到一个要避开的丑八怪或某个乡绅，就在刹那间高傲地把目光移开，但仍然面带微笑，这种乡绅因是中学同窗而被请到“吉尔贝”家里，但丝毫不会给她的花园招待会增辉生色。她情愿不跟这种人说话，这样在事后就可以说：“我是口头邀请的，可惜没遇到您。”这位想法天真的圣欧韦尔特家族成员，这时用眼睛到处搜索，在出席王妃晚会的客人中进行“挑选”。她自以为如此行事，就成了货真价实的盖尔芒特公爵夫人。

在此必须指出，盖尔芒特公爵夫人也并非像大家认为的那样，会轻易向别人问好和微笑。在某种程度上，她既不问好也不微笑，无疑是故意为之。“她让我讨厌，”她说，“难道我非要花一个小时的时间来跟她谈她的晚会？”

这时，有一位头发乌黑的公爵夫人走过，她丑陋而又笨拙，行为有点出轨，虽未被逐出社交界，却已被几个优雅的朋友排斥在外。“啊！”德·盖尔芒特夫人低声说道，“这里竟接待这种货色！”她的目光就像能一眼看出的行家，这时看到拿给她看的竟是赝品。德·盖尔芒特夫人只是看到这个女士全身一半有瑕疵，脸上又长满黑毛痣，就看出这次晚会档次不高。她跟这位女士一起长大，但已跟她断绝一切来往；对方跟她施礼，她只是点点头，显得十分冷淡。“我不明白，”她对我说，仿佛在表示歉意，“玛丽—吉尔贝在邀请我们的同时怎么又请了这种人渣。可以说，这里三教九流都有。梅拉妮·普塔莱斯①家里安排得要好得多。她要是喜欢，可以在家里召开东正教最高会议和奥拉托利会②会议，但她至少不会在这些日子让我们登门拜访。”③

但在许多人看来，她因为胆怯，怕丈夫因不希望她接待艺术家之类的事情而大吵大闹（玛丽—吉尔贝保护众多艺术家，因此得多加小心，别让某个德国著名女歌唱家来跟她说话），同时也对民族主义感到害怕，而她像德·夏吕斯先生一样，具有盖尔芒特家族的精神，用社交界的观点来蔑视民族主义（现在，为颂扬总参谋

---

① 即普塔莱斯伯爵夫人（约1832—1914），拿破仑三世的妻子欧仁妮皇后的宫廷女官。参见本书第三卷第130页注①。

② 奥拉托利会是天主教两个性质相似的在俗司铎修会。一个以罗马为中心，另一个以法国为中心。圣菲力普·内里奥拉托利会由菲力普·内里在1575年创立于罗马，下属兼收神长和在俗人员的奥拉托利小兄弟会。该会总部设在罗马，另外在意大利、西班牙、英格兰等地都有重要机构。耶稣和无原罪圣母奥拉托利会通称贝律尔会，1611年由法国人贝律尔创立于法国，其主要工作为培训司铎。巴黎的奥拉托利会修道院位于里沃利街145号，拿破仑于1811年拨给新教徒使用。

③ 法国七星丛书版后面接排，不另起一行。

部，有人竟把一个平民出身的将军看得比某些公爵还高），但是她又自知思想并不正统，就对民族主义作出巨大让步，因此她在这反犹太主义的圈子里，怕主动跟斯万握手。在这件事上，她很快放下心来，因为她已得知，亲王没让斯万进门，并跟斯万发生了“某种争执”，她就不用在众目睽睽之下跟“可怜的夏尔”说话，她情愿在私下里对他关心体贴。

“这个女人又是谁呢？”德·盖尔芒特夫人看到一位矮小的女士及其丈夫对她深深鞠躬，不禁大声问道。这女士样子有点古怪，身穿黑裙，十分简朴，活像穷人。她没有认出对方，就这样傲慢地说，并像受到冒犯似的挺起身子，看了看对方却并未还礼：“这个人是谁，巴赞？”她神色惊讶地问。而与此同时，德·盖尔芒特先生为补救奥丽娅娜的失礼，立即对那位女士施礼，并跟她丈夫握手。“这可是德·肖斯皮埃尔夫人①，您刚才太失礼了。”——“可我不知道什么肖斯皮埃尔。”——“这是尚利沃老太太的侄子。”——“这些事我都不知道。那女的是谁，她干吗对我施礼？”——“您只知道问，这是德·夏勒瓦尔夫人的女儿，昂利埃特·蒙莫朗西。”——“啊！我跟她母亲很熟，她当时既迷人又风趣。那些人我都不认识，她怎么跟他们做了亲家？您说她叫德·肖斯皮埃尔夫人？”她说时慢慢拼读出这个姓，显出询问的样子，仿佛怕读错。公爵用冷冷的目光看了她一眼。“您似乎认为，姓肖斯皮埃尔滑稽可笑，其实并非如此！老肖斯皮埃尔是我刚才说的德·夏勒瓦尔夫人②以及德·塞纳古夫人和梅勒罗子爵夫人的兄弟。他们是体面人。”——“啊！行了。”公爵夫人大声说道。她像驯兽女郎，看到野兽的凶残目光，决不愿显出害怕的样子。“巴赞，您让我高兴。我不知道您从哪里找出这些姓氏，但我还是要向

---

① 她是本书第一卷第344页中提到的肖斯皮埃尔的儿媳妇。

② 从这里所说的亲戚关系来看，应该是德·尚利沃夫人。

您表示祝贺。我虽然不知道肖斯皮埃尔这个姓，但我读过巴尔扎克的书，读过的并非只有您一人，我还读过拉比什①的作品。我欣赏尚利沃，不讨厌夏勒瓦尔，但我承认杜·梅勒罗最好。另外，我们得承认，肖斯皮埃尔也不坏。您把这些全都搜集到了，真了不起。您想写一本书，"她对我说，"就应该记住夏勒瓦尔和杜·梅勒罗。您无法找到更棒的。"——"他这样只会吃官司，被关进监狱；您在给他出馊主意，奥丽娅娜。"——"他要是想请人出馊主意，特别是想按馊主意行事，我倒希望他能得到更年轻的人帮忙。不过他只想写书，并不想干坏事！"这时，在离我们相当远的地方，一位美丽而又高傲的少妇渐渐引人注目，只见她身穿白色罗纱连衣裙，全身饰有宝石。德·盖尔芒特夫人看了她一眼，看到她在对一群人说话，这些人被她的优雅所吸引。"您妹妹最漂亮，到哪里都是这样；她今晚真迷人。"她在一把椅子上坐下，并对走过的希梅亲王②说。德·弗罗贝维尔上校（他叔叔是德·弗罗贝维尔将军）跟德·布雷奥泰先生一起在我们旁边坐了下来，而德·沃古贝尔先生摇摇晃晃（他过于礼貌，在打网球时也是如此，击球前要反复征得高贵的对手同意，因此输球是不可避免的事），又回到了德·夏吕斯先生身边（他此前几乎被莫莱伯爵夫人的宽大裙子完全遮住，在所有女人中间，他只对这位夫人表示赞赏），而正在此时，另一个驻巴黎外交使团的多名成员在对男爵施礼。德·沃古贝尔先生看到一位年轻秘书显得特别聪明，就面带微笑地盯着德·夏吕斯先生看，这微笑显然在提出一个问题。德·夏吕斯先生也许本想连累某个人，但这时看到别人笑中有话、话中只有此意的微笑，觉得自己受到牵连，感到十分恼火。"我对此一无所知，

---

① 拉比什（1815—1888），法国剧作家。参见本书第一卷第286页注①。

② 即雅克·德·里凯，希梅亲王和卡拉曼亲王（1836—1892），曾任比利时外交大臣。他娶玛丽·德·蒙泰斯鸠—费藏萨克为妻。他们的长女就是格雷菲勒伯爵夫人，即文中提到的约瑟夫的妹妹，约瑟夫在父亲死后获希梅亲王称号。

请您把好奇心留作自用。您的好奇心只会使我浑身发冷。另外，在特殊情况下，您无疑在干头等蠢事。我觉得这年轻人完全不是那种人。”这时，德·夏吕斯先生因被一个蠢货揭穿而感到恼火，因此说的不是真话。如果男爵说的是真话，那么，这位秘书在这个使馆里一定是个例外。这使馆确实由各式各样的人组成，有好多人极其庸俗，因此，如果你要了解选择这些人是出于何种动机，你就只能发现性欲倒错这个原因。任命一位大使来领导这个类似小型所多玛城的外交使团，但大使偏偏喜欢女人，而且喜欢得像演活报剧那样夸张而又滑稽，指挥这帮同性恋规规矩矩地照章办事，似乎遵循了相反相成的法则。虽说一目了然，但他仍不相信有同性恋。他立刻加以证实，把自己的妹妹嫁给一位代办，他误以为这代办喜欢追逐女人。从此，他变得有点碍手碍脚，不久之后被新大使取而代之，这样就保证全体使馆人员嗜好相同。其他使馆想跟这个使馆决一雌雄，却无法从它手里夺走桂冠（就像在高中优等生会考中，某所高级中学总是独占鳌头），直至十几年后，一些趣味不同的随员进入这嗜好完全相同的群体，另一使馆才终于一马当先，夺走这臭名昭著的桂冠。

德·盖尔芒特夫人不用担心要跟斯万说话，就放下心来，她只有一种好奇心，想知道斯万跟男主人谈了些什么。“您知道谈的是什么事情？”公爵对德·布雷奥泰先生问道。“我听说，”德·布雷奥泰先生回答道，“是作家贝戈特让演员在他们家演了一出短剧的事。那短剧演得妙极了。但是，演员似乎装扮成吉尔贝的模样，贝戈特先生也确实想对他进行描绘。”——“啊，要是看到有人模仿吉尔贝，那就太好玩了。”公爵夫人说时显出遐想般的微笑。“是因为这短剧的演出，”德·布雷奥泰先生继续说道，说时伸出啮齿动物般的下巴，“吉尔贝才要求斯万作出解释，而斯万的回答大家都觉得非常风趣：‘不过，扮演得跟您一点儿也不像，您要比那个样子滑稽得多！’另外，据说那短剧演得妙极了。莫莱夫人看了乐不可支。"——"怎么,莫莱夫人去了?"公爵夫人惊讶地问。"啊! 这事看来是梅梅安排的。这种事,最后总是在这种地方发生。会有那么一天,大伙儿全都去了,而我原则上不想去凑热闹,我自甘寂寞,独自待在自己的草窝里。"德·布雷奥泰先生跟他们谈起此事之后,盖尔芒特公爵夫人正如大家所见(即使不是对斯万的沙龙,至少是对片刻之后遇到斯万的假设),已经采取了新的观点。"您对我们所作的解释,"德·弗罗贝维尔上校对德·布雷奥泰先生说,"纯属捏造。我了解情况,有其原因。亲王简直是在对斯万破口大骂,并像我们父辈所说,是要让斯万知道,既然斯万表明这种看法,那以后就别在他家里现身。据我看,我叔叔吉贝尔完全正确,不仅骂得对,而且在半年多以前就该跟这个货真价实的德雷福斯派一刀两断。"

可怜的德·沃古贝尔先生,这次就像动作迟缓的网球手打出有气无力的网球,又被人直接打了回去,他被"打到"盖尔芒特公爵夫人面前,就向她致意。但奥丽娅娜对他十分冷淡,因为她深信他那个圈子里的外交官、政治家全都是傻瓜。

最近一段时间,社交界青睐军人,德·弗罗贝维尔先生因此获益匪浅。可惜他所娶之妻,虽说确实是盖尔芒特家的亲戚,却极其穷困,而他自己也已家境败落,因此几乎没有朋友,像他这种人,通常被人冷落,要等到亲戚有红白喜事时才会受到邀请。于是,他们确实活像在领上流社会的圣餐,就像名义上的天主教徒,每年只有一次能走到圣餐台前。如果不是德·圣欧韦尔特夫人念着她对已故的德·弗罗贝维尔将军旧日的情分,尽力帮助这对夫妇,给他们的两个小女儿送穿的并供她们玩乐,他们家的物质生活就会十分清苦。然而,上校虽说被认为是善良青年,却并未有感恩的念头。他见恩人府上富丽堂皇,又定期大肆张扬,心里十分羡慕。每年一次的花园招待会,对他及其妻子和孩子们来说是一种美妙的乐趣,是纵有千金也决不愿错过的好事,但想到德·圣欧韦尔特夫人会因此感到高兴和自豪，这乐趣就未免黯然失色。各报都刊登花园招待会即将举办的消息，并在详细介绍之后，又像马基雅弗利那样做了狡猾的补充："关于这次美妙的盛会，我们以后再作报道。"接连几天，报上对衣着服饰进行了详细的补充介绍，弗罗贝维尔夫妇看到这些报道感到十分难受，他们很少有这种乐趣，也知道在这次下午聚会时能过得快活，但却每年都希望天公不作美，使招待会无法成功举办，于是就常常观看晴雨表，幸灾乐祸地想象暴雨降临、聚会告吹的情况。

"我不跟您谈政治，弗罗贝维尔，"德·盖尔芒特先生说，"而是谈斯万的事，我可以直截了当地说，他对我们这样做卑鄙无耻。以前在社交界，他受到我们和沙特尔公爵①的保护，现在有人对我说，他是公开的德雷福斯派。我以前决不会相信他是这种人，我觉得他是精明的美食家，讲究实际，又是收藏家、古书迷，而且是赛马俱乐部会员，是个大家都尊重的人，他对好商店如数家珍，会把最好的波尔图葡萄酒送给我们喝，他是艺术爱好者，又是一家之主。啊！我给骗了。我不是说我自己，我已是众所周知的老头，我的看法算不了什么，我就像老叫花子，但光是对奥丽娅娜，他就不该这样做，他应该公开谴责犹太人，以及那个罪犯的小集团。"

"是的，我妻子一直对他十分友好，"公爵接着说道，他显然认为，不管你心里对德雷福斯的罪行持何种看法，但认为他犯有叛国罪，无疑是你对自己在圣日尔曼区受到接待的一种感谢，"他应该跟那些人分道扬镳。您可以去问奥丽娅娜，她确实对他十分友好。"公爵夫人认为，天真而又平静的语调会使她的话显得更加动人和真实，就用小学生般的声音说话，仿佛她嘴里说出的都是真话，只是眼睛里显出些许忧伤："这可是真的，我对夏尔一片真情，我没有任何理由要加以隐瞒！"——"啊，您看，这可不是我叫她说

① 参见本书第一卷第311页注①。

的。你对他这样，他竟如此忘恩负义，站在德雷福斯一边！”

“说到德雷福斯派，”我说，“听说冯亲王也是这一派。”——“啊！您跟我谈起他，正是太好了，”德·盖尔芒特先生大声说道，“我差点儿忘了，他请我星期一去吃晚饭。但是，他是否是德雷福斯派，我根本就无所谓，因为他是外国人。我对此毫不在乎。对法国人来说，那就是另一回事了。不错，斯万是犹太人。但在此之前——请原谅，弗罗贝维尔——我却怯懦地认为犹太人也可以成为法国人，我说的是体面的犹太人，是社交界人士。而斯万以前完全是这种人。唉！他现在迫使我承认我看错了，因为他现在支持那个德雷福斯（德雷福斯无论是否有罪，都决不是斯万那个圈子里的人，斯万也决不会跟他相遇），反对接纳他并把他当作自己人的那个社会。没什么可说的，我们过去都充当斯万的担保人，我甚至可以担保他跟我一样爱国。啊！他对我们是以怨报德。我承认自己从未想到他会这样。我把他想得太好了。他有才智（当然是他那种人的才智）。我现在十分清楚，他当时那桩不光彩的婚姻，说明他已丧失理智。啊，您是否知道，斯万的婚姻曾使有个人十分难受？那就是我的妻子。奥丽娅娜往往像我说的那样，装出无动于衷的样子。但在心里，她的感受极其强烈。”德·盖尔芒特夫人很高兴听到对她性格的这种分析，并显出谦虚的样子，她一声不吭，是因为谨慎地接受这种赞美，但主要是怕打断他的话。德·盖尔芒特先生哪怕对这个话题谈上一个小时，她也会纹丝不动地听着，仿佛是在给她奏乐。“啊，我记得，她听到斯万结婚的消息后，感到自己在生气；她觉得我们对他那么好，他这样做实在不像话。她当时很爱斯万，感到十分伤心。是不是这样，奥丽娅娜？”德·盖尔芒特夫人觉得，在这件事上，她应该回答如此直截了当提出的询问，这样就能不露声色地认可她感到已经说完的称赞。她语气羞怯而又纯朴，显出“心领神会”的样子，用温柔而又持重的声音说道：“是的，巴赞说得不错。”——“不过，这并不是一回事儿。您又有什么办法呢？爱就是爱嘛，虽说我认为爱应该有某种界线。对一个年轻人，一个毛孩子，因想入非非而误入歧途，我是会原谅的。但斯万是个聪明人，他老成持重，是绘画的行家，是沙特尔公爵和吉贝尔家的常客！”但德·盖尔芒特先生说出这些话的语气却十分友好，丝毫没有他平时往往表现出的俗气。他说时显得伤心，又有点气愤，但同时使这种表情略带严肃，因此具有伦勃朗画中某些人物温和而又大度的魅力，西克斯市长就是如此。可以感到，在公爵看来，斯万在德雷福斯案件上的表现并不道德，实在是毋庸置疑的事，他对此感到伤心，如同做父亲的看到自己的一个孩子，辜负了他作出巨大牺牲才受到的良好教育，存心毁掉他为孩子创造的美好前程，做出了家里的规矩或看法所不能容忍的荒唐事，败坏了受人尊敬的姓氏的名声。想当初，德·盖尔芒特先生得知圣卢是德雷福斯派，确实没有像现在这样惊愕和痛苦。首先，他认为他外甥是误入歧途的青年，在改邪归正之前，做出任何事情都不足为怪，而斯万用德·盖尔芒特先生的话来说是“沉着冷静，具有头等的地位”。其次，而且主要是，至今已过了相当长的时间，在这段时间里，从历史的观点来看，发生的事情似乎已部分证明德雷福斯派的观点正确，但反德雷福斯派的反对却更加激烈，并从最初纯粹的政治力量变成一股社会力量。现在，军国主义和爱国主义的问题，以及社会中掀起的愤怒浪潮，已经具有暴风雨初起时也不会有的巨大力量。“您看，”德·盖尔芒特先生接着说，“即使从斯万那些亲爱的犹太人的角度来看，由于他完全支持他们，他也干了一件蠢事，而且后患无穷。他证明他们都是秘密聚集在一起，在某种程度上是迫不得已地在支持他们民族中的一个人，即使他们并不认识此人。这是一种公害。我们显然过于宽容，而斯万的错误影响更大，是因为他受人尊敬，甚至受到款待，几乎是大家熟悉的唯一一位犹太人。大家心里会想：Ab uno disce omnes（罪恶见一知百[①])。”(他及时想到这句恰如其分的话,感到洋洋得意,在这位被背叛的大老爷阴郁的脸上,立即显出自豪的微笑。)

我很想知道亲王和斯万之间到底发生了什么事,如果斯万尚未离开晚会,我也想见他一面。我对公爵夫人说出了这个愿望,她听了对我回答说:“我可以告诉您,我不是特别想见到他,因为刚才在德·圣欧韦尔特家里,有人对我说,他似乎希望我能在他临死前结识他的妻子和女儿。天哪,他要是病了,我会十分难受,但我首先希望他的病没有这样严重。另外,这也不能算是理由,因为这事要办成实在是太容易了。一位毫无才华的作家只会说:‘请投我一票,让我进法兰西语文学院,因为我妻子就要死了,我想最后给她一个惊喜。’要是必须认识所有垂死之人,那就再也不会有沙龙了。我的马车夫也许会来求我:‘我女儿病得很重,请设法让帕尔马公主接待我。’我爱夏尔,要是拒绝他,我会十分难受,正因为如此,我才情愿对他避而远之,使他无法对我提出这个请求。我衷心希望他还不像他所说的那样是垂死之人,但是,如果真的这样,那也不是我去结识这两个女人的时候,她们使我失去了我最可爱的朋友,时间长达十五年之久的朋友,而且,他还会对我置之不理,我甚至不能借此机会见他一面,因为他那时已经死了!”

这时,德·布雷奥泰先生仍然在想刚才德·弗罗贝维尔上校说他的话纯属捏造这件事。“我并不怀疑您说的事情十分可靠,亲爱的朋友,”他说,“但我相信我说的事来源可靠。那是拉图尔·德·奥弗涅亲王告诉我的。”[②]

“我感到惊讶,您这样知识渊博,竟然还在说拉图尔·德·奥弗涅亲王,”德·盖尔芒特先生打断了他的话,“您知道,他根本就

---

① 引自古罗马诗人维吉尔《埃涅阿斯记》第二卷第65—66行:“请听希腊人的奸诈,/罪恶见一知百。”

② 法国七星丛书版后面接排,不另起一行。

不是亲王。这个家族只剩下一个成员，那就是奥丽娅娜的叔叔布永公爵。”①

“是德·维尔帕里齐夫人的弟弟?”我想起她当姑娘时姓布永，就这样问。“不错。奥丽娅娜，德·朗布勒萨克夫人在跟您打招呼。”②确实，不时可看到朗布勒萨克公爵夫人微微一笑，这微笑如同流星，飞向她认出的一个熟人后随之消失。但这微笑并非是用明确的无声语言主动确认，而是几乎立即消失在一种并非因认出某人而产生的欣喜之中，与此同时，她的头微微点了一下，就像在恬静地为人祝福，使人想起一位有气无力的高级教士，在点头为一群领圣体的女信徒祝福。德·朗布勒萨克夫人根本就不是高级教士。但我已知道这种表示认出人的特殊方式，虽说这种方式早已过时。在贡布雷和巴黎，我外婆的所有女友在社交聚会时都习惯用这种方式打招呼，她们显出天使般的神色，就像教堂里举扬圣体时或在葬礼时看到一个熟人，有气无力地问好，最后以祈祷结束。这时，德·盖尔芒特先生的一句话，对我所说的亲属关系作了补充。“但您已经看到过布永公爵。”德·盖尔芒特先生对我说。“今天下午，他走出我书房时您正好进来，是身穿白衣的矮个子先生③。”原来是那个被我看成贡布雷小市民的人，我现在仔细回想起来，才觉得他和德·维尔帕里齐夫人相像。德·朗布勒萨克夫人和我外婆的女友们都用过时的方式打招呼，使我开始产生兴趣，因为这向我表明，在狭小而又封闭的阶层，无论是小市民还是大贵族，陈旧的行为方式依然存在，使我们能像考古学家那样发现阿兰

① 法国七星丛书版后面接排，不另起一行。

② 法国七星丛书版后面另起一行。

③ 参见本书第三卷第607—608页。

古子爵[1]和路易莎·皮热[2]时代的教育及其反映的精神风貌。现在,一个贡布雷小市民和跟他同龄的布永公爵外貌完全相同这件事,使我更加体会到(我以前在一张达盖尔银版照片[3]上看到,圣卢的外公拉罗什富科公爵[4]在衣着、神态和风度上跟我姑公完全相同,曾感到十分惊讶),社会阶层乃至个人是有差别的,但过了一段时间回过来看,却觉得同一时期的人完全相同。其实,服饰相似以及脸上反映出时代精神,对一个人来说极其重要,而他所属的社会等级,只是对他的自尊心以及在其他人想象中占据重要地位,要看出路易—菲力浦时代的大贵族跟同时代的资产者的区别,并不比前者跟路易十五时代的大贵族的区别来得大,也不需要走遍卢浮宫的条条画廊。

这时,受盖尔芒特王妃保护的一位巴伐利亚长发乐师,对奥丽娅娜施了礼。她点头还礼,但公爵不认识他,看到此人相貌古怪,就认为必然臭名昭著,而他妻子却跟这种人打招呼,不禁勃然大怒,就朝她转过身去,面孔铁板,似乎在问:“这怪人是谁?”可怜的德·盖尔芒特夫人处境相当尴尬,如果乐师对这个受丈夫折磨的妻子有所怜悯,他就应该尽快走开。但他周围都是公爵这个圈子的老朋友,他默默施礼也许是因为他们在场的缘故,并表明他对公爵夫人施礼理所当然,他跟她并非素昧平生,他也许想从公爵对他

---

① 即夏尔—维克多·普列沃,阿兰古子爵(1789—1856),法国作家。主要作品有长篇小说《孤独者》(1821)。七月革命后撰写历史小说,抨击新政权,如《查理五世时期的叛乱》(1832)、《啤酒酿造大王》(1834)等。另著有悲剧《围攻巴黎》(1826)。

② 路易莎·皮热(1810—1889),法国女诗人、音乐家。曾在各沙龙演唱她作的抒情歌曲和小调。阿兰古子爵和路易莎·皮热的时代就是七月王朝时代(1830—1848)。

③ 即雅克·达盖尔(1787—1851),法国发明家。1837 年发明达盖尔银版法照相术,曝光只需 20—30 分钟,是世界上第一个成功的摄影方法。

④ 在这部小说中,盖尔芒特家族跟拉罗什富科家族是亲戚。被认为是圣卢的外公的拉罗什富科公爵,似为埃默里·德·拉罗什富科的父亲,即盖尔芒特亲王的原型之一,以及加布里埃尔·德·拉罗什富科的祖父,即圣卢的原型之一。

的当众侮辱中解脱出来,也许在本应按理智行事之时,他听从突然产生的一种模糊而又强烈的错误想法,想要一丝不苟地按礼仪行事,于是,乐师走到德·盖尔芒特夫人近前,并对她说:“公爵夫人,我请您赏光把我引见给公爵。”德·盖尔芒特夫人听了十分尴尬。她丈夫虽说有外遇,她毕竟还是盖尔芒特公爵夫人,不会剥夺自己的权利,有权把她熟悉的人引见给她丈夫。“巴赞,”她说,“请允许我向您介绍德·赫韦克先生。”①

“我不是问您明天是否去德·圣欧韦尔特夫人家。”德·弗罗贝维尔上校对德·盖尔芒特夫人说,以消除德·赫韦克先生不合时宜的请求所造成的沉闷气氛。“巴黎的名人都会去。”这时,盖尔芒特公爵如同铁板一块,转身面对不知趣的乐师,他身躯高大,默无一言,怒目而视,如同在打雷的朱庇特,一动不动地站了几秒钟时间,两眼发出愤怒和惊讶的光芒,头发拳曲,仿佛从火山口喷出。然后,他由于只有在冲动时才能进行合乎要求的施礼,就显出挑衅的架势,似乎向所有在场的人表明,他并不认识这位巴伐利亚乐师,然后他把戴着白手套的双手放在背后,上身往前倾斜,向乐师深深地鞠了一躬,这鞠躬突然而又猛烈,表示既惊讶又愤慨,吓得乐师在鞠躬还礼时颤抖着往后退,以免对方的脑袋重重地撞到他的肚子。“但我明天正好不在巴黎。”公爵夫人对德·弗罗贝维尔上校回答道。“我要告诉您(这事我不该承认),我活到这把年纪,却还没有见识过蒙福尔拉莫里教堂的彩画玻璃窗②。这说不过去,但确实如此。为消除这种错误的无知,我决定明天去看看。”德·布雷奥泰先生露出狡黠的微笑。他其实心里明白,公爵夫人活到这把年纪还没有见识过蒙福尔拉莫里教堂的彩画玻璃

---

① 法国七星丛书版后面接排,不另起一行。

② 蒙福尔拉莫里是法国伊夫林省市镇。建有文艺复兴时期哥特式圣彼得教堂,教堂里设有一组十六世纪漂亮的彩画玻璃窗,其中一扇表现匈牙利的圣伊丽莎白的圣迹。

窗，说明这次艺术参观并不是突然变得迫切的一次"紧急"补救，既然可以推迟二十五年之久，那就完全可以毫无风险地再推迟二十四个小时。公爵夫人制订的这个计划，只是以盖尔芒特家族的方式颁布法令，宣称圣欧韦尔特沙龙决不是真正高雅的府邸，邀请你去那里，只是想在《高卢人报》的报道中用你的光临来加以炫耀，这府邸将给你不会在其中看到的那些或那个女人盖上"极其高雅"的印记。德·布雷奥泰先生感到微妙的乐趣，这时又像社交界人士那样，看到德·盖尔芒特夫人做出他们因地位低下而无法仿效的事情，增添了一种诗意的愉悦，但只要看到这种情景，他们就会哑然失笑，这就像跟土地相依为命的农民，看到比他们自由、富裕的人们从他头顶上一跃而过，但这种微妙的乐趣，跟德·弗罗贝维尔先生立即感到的那种不动声色的欣喜毫无相同之处。

德·弗罗贝维尔先生竭力不让别人听到他笑，结果弄得自己满脸通红，活像公鸡，虽然如此，他说话仍因咯咯地笑而不时中断，只见他用怜悯的口吻大声说道："哦！可怜的圣欧韦尔特婶婶，她准会难受得生病！不！可怜的女人不会有公爵夫人这个贵客光临，该是多大的打击，这足以要她的命！"他补充道，说时捧腹大笑。他在狂喜中不禁跺脚、搓手。德·盖尔芒特夫人用眼睛和嘴角对德·弗罗贝维尔先生淡然一笑，她欣赏的是善良的意图，而不是难以忍受的烦扰，因此最后决定离他而去。[①]"您听好，我只好跟您道晚安告别了。"她说着站起身来，显出迫不得已的忧郁神情，仿佛对她来说并不愉快。她两只蓝眼睛似乎在发出咒语，声音如轻柔的音乐，使人想起仙女富有诗意的抱怨。"巴赞要我去看看玛丽。"其实，她听弗罗贝维尔说话已感到厌倦，他对她要去蒙福尔拉莫里表示羡慕不已，而她清楚地知道，他是第一次听说那里的彩画玻璃窗，另外，他也决不会放弃圣欧韦尔特家的下午聚会。

---

① 法国七星丛书版后面另起一行。

“再见，我才跟您说了几句话，社交界就是这样，再说，大家都不跟对方说自己想说的话，生活中到处都是这样。但愿死后会好一点。至少不用再袒胸露肩。谁又会知道呢？也许有人会在盛大聚会上展现身上的白骨和蛆虫。为什么不会呢？啊，您看看朗皮永大妈，您是否觉得她那种样子跟套着开口裙的骨架有很大区别？不错，她什么权利都有，因为她至少已是百岁老人。我初入社交界时，她已经是个丑八怪，我不愿对这种人施礼。我以为她早已归天；她要表演给我们看，这也许是她来此的唯一目的。给人印象深刻，如同礼拜仪式。真像是 Campo - Santo①（公墓）！”公爵夫人离开了弗罗贝维尔，但他又走到近前：“我想跟您说最后一句话。”她有点生气，就傲慢地问：“还有什么要说？”他怕她最后一刻改变主意，不想去蒙福尔拉莫里：“这事我不敢对您说，是因为德·圣欧韦尔特夫人的缘故，是为了不让她难受，但您既然不打算去她家，我就可以对您说，我为您感到高兴，因为她家里有人得了麻疹！”——“哦！天哪！”奥丽娅娜说，她就怕生病。“但对我来说，这毫无关系，我已经得过麻疹。一个人不可能得两次麻疹。”——“那是医生说的，我认识的一些人甚至得过四次。总之，您知道就行了。”至于他自己，这种纯属杜撰的麻疹，他要是真的得了，而且卧床不起，他才会忍痛错过盼望了好几个月的圣欧韦尔特府聚会。他会高兴地在那里见识许多优雅的事！但更大的乐趣则是看到其中有些事给办砸，尤其高兴的是可以大肆吹嘘曾见到这些优雅的事，对这些事夸大其辞，或是纯属杜撰，并对办砸的事深表惋惜。

我乘公爵夫人换座位之际，也站起身来，准备去吸烟室打听斯万的消息。“巴巴尔跟我说的话，您一句也别信。”她对我说。“小

---

① 法国七星丛书版为 Camposanto。专指比萨的巨型公墓，1278 年起开始建造，饰有著名壁画，1360 年后的两百年里绘制，但在 1944 年的轰炸中严重损坏。佛罗伦萨画家伯诺佐·戈佐利曾参加壁画的绘制。盖尔芒特公爵夫人暗指无名氏画家的作品《死神的胜利》、《最后的审判》和《地狱》。

莫莱夫人决不会去那儿。他们跟我们说这种事，只是为了引起我们注意。他们不接待任何来访，也没有得到任何地方的邀请。他自己也承认：‘我们俩独自待在家里炉火旁边。’他老是说**我们**，但不是像国王那样，而是把他妻子也算进去，我就不多说了。我可是对此了如指掌。”公爵夫人做了补充。她和我跟两个年轻人迎面相遇，他们长得十分漂亮，却又美得各有千秋，但美貌都出自同一个女人。这是盖尔芒特公爵的新情妇德·叙尔吉夫人的两个儿子。他们都焕发出他们母亲无懈可击的美丽光彩，但每个人都只有其中的一种美。一个儿子的身体有男子气概，但线条优美，继承了德·叙尔吉夫人王族般庄重的仪容，母亲和这个儿子的面颊都像大理石般光洁，白里透红，近橙红色，但又洁白无瑕；但他的兄弟额头像希腊人，鼻子优美，脖子如同雕像，目光漫无边际；因此，他们的美貌出自两种不同的礼物，女神把礼物分别施与两人，这两种美貌使人高兴地想到，美出自于他们自身之外；可以这样说，他们母亲的主要特点，已在这两个不同的身体上表现出来；一个年轻人展现母亲的身材和肤色，另一个再现她的目光，就像有些神祇，只有朱庇特的力量或密涅瓦的美貌。兄弟俩对德·盖尔芒特先生十分尊重，称他为“我们父母的好友”，但哥哥认为还是小心谨慎为好，不要去对公爵夫人施礼，他虽说不知其中的原因，但知道公爵夫人对他母亲怀有敌意，因此看到我们，就微微把头转开。弟弟总是模仿哥哥，因为他生性愚钝，而且眼睛近视，不敢有自己的看法，脑袋就跟哥哥转成同一角度，于是，两个人一前一后，朝娱乐室走去，如同寓意画中的两个人物。

我走到娱乐室时，被西特里侯爵夫人拦住去路，她仍然漂亮，但几乎已是启齿露沫之人。她出身相当高贵，四处寻觅后最终嫁给德·西特里先生，成就了这种门当户对的名门婚姻，西特里的曾祖母是奥马尔—洛林。但她在心满意足之后，因生性不能容人，就立刻对上流社会人士感到厌恶，但又不完全排斥社交生活。在晚会上，她不仅对众人冷嘲热讽，而且讽刺得十分尖刻，她觉得讥笑还不能解气，就用喉咙发出嘘声："啊！"她指着刚离开我，这时已走远的德·盖尔芒特夫人对我说："我感到惊讶的是，她连这种生活也能过。"她说出这句话时，是否像义愤填膺的女圣徒，对异教徒不能自觉服从真理或对无政府主义者喜欢杀戮而感到惊讶？不管怎么说，这种突如其来的呼叫毫无道理。首先，德·盖尔芒特夫人"所过的生活"，跟德·西特里夫人的生活（除了后者发脾气之外）可说是大同小异。德·西特里夫人惊讶地看到公爵夫人竟能作出这种难以忍受的牺牲，参加玛丽—吉尔贝的晚会。在特殊情况下也得承认，德·西特里夫人非常喜欢王妃，而王妃也确实十分善良，夫人知道，参加王妃的晚会使王妃十分高兴。为参加这次晚会，她取消了跟一位舞蹈女演员的约会，她认为这位演员有才能，能使她了解俄罗斯舞蹈的秘密。德·西特里夫人看到奥丽娅娜向某个男客或女客问好，就恼羞成怒，但毫无道理可言，另一个原因是德·盖尔芒特夫人身上患的疾病跟德·西特里夫人相同，虽说病情要轻得多。另外，大家都知道，她生下来就已落下病根。最后，德·盖尔芒特夫人比德·西特里夫人聪明，更有权表现出这种虚无主义（不光是社交上的虚无主义），但是，有些品质确实使你能忍受别人的缺点，不会使你因此而感到难受；一般来说，博学多才的人不会像蠢人那样去注意别人干的蠢事。我们已详细描述公爵夫人的这种才智，因此大家可以相信，即使她并非才智过人，至少有一种才智，能（像翻译家那样）灵活使用不同的句法形式。然而，德·西特里夫人似乎丝毫没有这种才智，没有资格去蔑视跟她相同的品质。她认为其他人全都愚蠢，但从她的谈话和书信来看，她甚至还不如她不屑一顾的那些人。另外，她还有强烈的摧毁欲望，在她跟社交界几乎断绝来往的那段时间里，她寻求的种种乐趣，都先后被她可怕的力量全部摧毁。她离开晚会去参加音乐会时会说："您喜爱听这种音乐？啊！天哪，这要看是在什么时候。

这又会多么无聊！啊！贝多芬，胡子讨厌！”对瓦格纳，后来对弗朗克[1]和德彪西[2]，她甚至不屑说“胡子讨厌”，而只是像理发师那样用手在脸上一刮。不久之后，什么都变得无聊。“美好的事物，是多么无聊。啊！绘画作品，你看了会发疯……你说得真好，写信是多么无聊。”最后，她对我们宣称，生活像刮胡子那样讨厌，真不知道她从哪里找到这种比喻。

我第一次在盖尔芒特公爵夫人府吃晚饭时，她曾跟我谈起这娱乐室，娱乐室亦称吸烟室，地砖饰有图案，陈设三脚家具，室内有神祇像和动物像朝你注视，一个个斯芬克司卧伏在座椅扶手上，尤其是那张大理石面或瓷釉镶嵌面的大桌子，饰有象征性符号，或多或少是在模仿伊特鲁里亚和埃及的艺术风格，不知是否是因为公爵夫人跟我说的话，这娱乐室给我的印象是活像巫术室。德·夏吕斯先生坐在那张光彩夺目的占卜桌旁的坐具上，不触摸一张纸牌，对周围发生的一切毫无感觉，因此没有发现我进来，他活像一位巫师，正集中其全部毅力和推理能力来进行占卜。他不仅像坐在三脚坐具上的皮提亚[3]，两只眼睛仿佛夺眶而出，而且为使他那要求纹丝不动的工作不受任何干扰，他（如同一位计算者，在没有解出计算题之前，不想做其他任何事情）把叼在嘴上的雪茄搁置一边，没有心思再去抽烟。看到他前面那把扶手椅的两个扶手上蹲着两位神祇，你就会认为男爵在试图解开斯芬克司之谜，要不然

---

① 弗朗克（1822—1890），法国作曲家、管风琴家。原籍比利时。主要作品有钢琴曲《前奏、圣咏与赋格》、钢琴与乐队《交响变奏曲》、《d 小调交响曲》、《小提琴和钢琴奏鸣曲》，以及清唱剧《至福》等。丹第、肖松等人都是他的学生，并以他为中心形成法国乐派。

② 德彪西（1862—1918），法国作曲家。开创音乐上的印象派。主要作品有管弦乐《牧神午后前奏曲》、《意象》，歌剧《佩利亚斯和梅丽桑德》，管弦乐组曲《夜曲》、《大海》，钢琴曲《欢乐岛》、《儿童乐园》、《版画集》、《意象集》、《前奏曲集》等。论著有《不从兴趣出发的克罗士先生》。

③ 皮提亚是特尔斐城阿波罗神庙中宣示阿波罗神谕的女祭司。

就是解俄狄浦斯年轻时的谜,俄狄浦斯当时正坐在德·夏吕斯先生坐下来玩牌的那种扶手椅上。然而,德·夏吕斯先生全神贯注地注视的形象,其实并不是人们通常钻研的 more geometrico(几何图形),而是由年轻的叙尔吉侯爵的脸部线条提供的形象;这形象被德·夏吕斯先生聚精会神地观看,似乎像个菱形词,像是谜语,或像一道代数题,他则想解开谜底或解出这道题。在他面前,女预言者的神谕和刻在摩西十诫板上的文字,似乎难以理解,但即将使老巫师知道,这年轻人命中注定会朝哪个方向发展。突然,他发现我看着他,就抬起头来,仿佛从梦中醒来,并红着脸对我微笑。这时,德·叙尔吉夫人的另一个儿子,来到正在打牌的兄弟身旁看他的牌。德·夏吕斯先生从我这里得知他们是亲兄弟,脸上不禁露出赞叹的神色,这是因为同一家庭创造出两个如此光彩夺目却又截然不同的杰作。要是得知德·叙尔吉—勒迪克夫人的两个儿子不仅同母而且同父,男爵准会更加赞赏。朱庇特的子女各不相同,是因为他先娶墨提斯[①]为妻,本该生出聪慧的子女,然而又先后娶忒弥斯[②]、欧律诺墨[③]、摩涅莫绪涅[④]和勒托[⑤]为妻,最后才跟朱诺结为夫妻。但是,德·叙尔吉夫人所生的两个儿子同父,又都继承了她的美貌,却美得各有千秋。

我最终高兴地看到斯万走进这房间,房间很大,因此他起初没

---

① 在希腊神话中,墨提斯是俄刻阿诺斯和忒堤斯之女。宙斯(即朱庇特)的第一个妻子。她告诉宙斯,她将生一女,将比宙斯强大。宙斯听了非常害怕,就把她吞进肚里。墨提斯生产时,宙斯头痛异常,就请赫淮斯托斯给他劈开脑袋,雅典娜全身披戴铠甲从中生出。

② 忒弥斯是希腊神话中掌管法律和正义的女神,乌拉诺斯和该亚的女儿。她和宙斯生时序女神。

③ 欧律诺墨是俄刻阿诺斯的女儿,和宙斯生美惠三女神。

④ 摩涅莫绪涅是希腊神话中记忆女神,乌拉诺斯和该亚的女儿。宙斯化作牧人和她生了缪斯。

⑤ 勒托是提坦巨人科俄斯和福柏的女儿,被宙斯所爱,生孪生兄妹阿波罗和阿尔忒弥斯(狩猎女神)。

看到我。我喜中有愁，这种忧愁也许其他客人不会有，但在他们心里可说是被镇住，因为即将来临的死神以意想不到的奇特形象出现，用老百姓的话来说，死神已出现在脸上。大家惊讶得几乎要得罪人，惊讶中混杂着不知趣的好奇和残忍，并在既放心又不安地反躬自省[既是Suave mari magno(见别人遭难窃喜[①])，又是memento quia pulvis(记住，你本是尘土，仍要归于尘土[②])，罗贝尔准会这样说]，目光顿时全都停留在这张脸上，其面颊被病魔折磨得深凹，如同缺损的月亮，除了斯万照镜子的这个角度之外，从其他任何角度来看，他的面颊已死气沉沉，如同薄薄的布景，只是因观众的视错觉才显得厚实。也许是因为他面颊凹陷，不能使鼻子显得瘦小，也许是因为动脉硬化症也是一种中毒现象，会像喝醉酒那样使鼻子通红，或像服用吗啡后使其变形，斯万那只鸡胸驼背人物般的鼻子，长期来因他的脸讨人喜欢而不大显眼，现在却显得奇大无比，如同深红色肿瘤，更像是希伯来老头，而不像好奇的瓦卢瓦家族成员[③]。另外，在这生命的最后时日，他身上展现得更加明显的也许是种族的体貌特征，与此同时，在思想上跟其他犹太人团结一致的感情也更加清晰，这种团结，斯万似乎已在自己一生中忘却，却因致命的疾病、德雷福斯案件和反犹主义宣传的接连出现而在他记忆中重现。有些犹太人十分精明，而且是高雅的社交界人士，在他们身上储备着两个人，都待在后台，以便在他们生活中的某个时刻登台表演，就像在一出戏中，一个是粗人，一个是先知。斯万已到了先知的年龄。当然啰，他的脸受到疾病的折磨，脸上一段段组织如融化的冰块般消失，一片片组织掉落，他的模样有了很大变化。

---

① 引自古罗马诗人卢克莱修的哲学长诗《物性论》第二卷前两行诗。第二卷前四行诗为："广阔大海狂风掀巨浪，/岸边见别人遭难窃喜。/这并非是幸灾乐祸，/而是庆幸自己幸免于难。"

② 引自《旧约·创世记》第三章第19节。

③ 瓦卢瓦王朝于1328年至1589年统治法国。

但我感到十分惊讶的是,他的变化跟我相比实在太大。他是个优秀人物,又有学问,我遇到他决不会感到厌烦,但我现在弄不清楚,我以前怎么会把他看得这样神秘,看到他出现在香榭丽舍大街,我的心就怦怦直跳,因此,我不敢走近他那件绸缎夹里的披风,我走到他居住的套间门口,每当要去按门铃,我心里就感到极其不安和害怕;现在,这一切不仅在他住宅消失,而且在他身上消失,我想到跟他谈话是否会感到愉快,但这种想法丝毫也不会影响我的神经系统。

另外,从那天下午我在盖尔芒特公爵的书房里见到他之后,只过了几个小时的时间,但他却有了这么大的变化。他是否真的跟亲王吵过,并因此感到难受?这种假设没有必要。一个重病人,只要让他花一点力气,他很快就会觉得不堪忍受。他已经感到疲劳,现在又要忍受晚会的闷热,面孔就变了样,脸色发青,就像过熟的梨或快变质的奶在不到一天的时间里所发生的变化。另外,斯万的头发已是稀稀拉拉,正如德·盖尔芒特夫人所说,需要请皮毛加工师傅进行整修,那样子像是用防虫蛀的樟脑油浸过,但浸得并不透彻。我正要穿过吸烟室去跟斯万说话,不巧的是一只手拍在我的肩上:“你好,亲爱的,我在巴黎,要待四十八个小时。我去了你家,他们对我说你在这儿,多亏你在,我舅妈才有幸看到我来参加她的晚会。”那是圣卢。我告诉他,我觉得这幢住宅非常漂亮。“不错,这堪称历史建筑。可我觉得在这儿令人扫兴。咱们别待在我舅舅帕拉梅德旁边,否则我们就会被他缠住。莫莱夫人(此刻正受到他的青睐)刚走,他现在心神不定。看来确实赏心悦目:他跟她寸步不离,把她送上马车后才离开。我并不怨我舅舅,只是觉得滑稽可笑,我家里的监护顾问团,一直对我严加管教,但其中恰恰有亲戚经常制造出爆炸性新闻,而在花天酒地方面首屈一指的当属我舅舅夏吕斯,他是我的监督监护人,但他玩过的女人跟唐璜一样多,而且到了他这把年纪还不肯悬崖勒马。有一个时候,他们要给我指定一个法律顾问。我此刻在想，要是这些老色鬼聚在一起开会研究我这件事，并把我叫来进行道德教育，责备我让母亲难受，他们想必会相视而笑。你只要看看这监督顾问团的成员名单，就知道他们显然特意挑选那些玩弄女性的高手。”关于德·夏吕斯先生的事，这里暂且不谈，但我的朋友对他舅舅的事感到惊讶，我倒觉得不是很有道理，而是因为其他原因，这些原因以后还会在我思想中发生变化，罗贝尔错误地认为奇怪的是，竟会让以前做过不理智的事或现在仍在做这种事的亲戚来给年轻人进行道德教育。

如果原因仅仅是返祖现象和家族成员的相似性，那么，教训外甥的舅舅跟家里叫他去教训的外甥，不可避免地会犯同样的错误。舅舅在教训时毫不虚伪，他跟其他人一样，错误地认为每当情况发生变化，那就是“另一回事了”，这些人因此保留了艺术上、政治上和其他方面的一些错误，并没有发现这是同样的错误，在十年前被视为真理，那是对他们批判的另一画派的看法，是对他们认为应该憎恨的另一政治事件的看法，而现在他们改变了看法，却又并不承认，而是用新的方法来进行掩饰。另外，即使舅舅的错误跟外甥的错误不同，遗传性在某种程度上仍可能是其中的原因，因为结果并非如同复制品酷似原件，总是跟原因相像，即使舅舅犯的错误更大，他也完全可以认为并没有那么严重。

德·夏吕斯先生不久前曾怒气冲冲地教训过罗贝尔，罗贝尔当时还不知道舅舅的真正嗜好，但即使男爵在教训时痛斥他自己的嗜好，他也可能是完全出于真心，并根据社交界人士的观点，认为罗贝尔比他的罪孽重千百倍。罗贝尔在舅舅受家里委托要他明白事理时，不是差点儿要被他那个圈子逐出门外？他不是差点儿要被赶出赛马俱乐部？他为了一个极其下贱的女人挥金如土，跟一些作家、演员和犹太人交上朋友，而这些人没有一个是社交界人士，他的看法跟卖国贼完全相同，他使所有亲朋好友感到痛心，他不是因此而成为众人的笑柄？他这种骇人听闻的生活，丝毫不能跟德·夏吕斯先生的生活相提并论，后者在此之前不仅能维护他这个盖尔芒特家族成员的地位，而且还能使其地位提高，他在社交界享有绝对的特权，在最为高雅的圈子里深受欢迎和赞扬，他娶了一位十分出色的波旁公主为妻，使她得到幸福，并在自己的回忆中对她顶礼膜拜[①]，他比其他社交界人士更加热忱而又真实，因而就有了贤夫和孝子的美名。

“你是否能肯定德·夏吕斯先生有过这么多情妇？”我这样问，当然不是居心不良，想把我无意中发现的秘密告诉罗贝尔，但我听到他肯定而又自负地坚持错误之见，心里未免感到恼火。他只是耸耸肩作为回答，认为我提的问题幼稚。“不过，我并不指责他这样做，我觉得他完全有道理。”接着，他开始对我概述一种理论，在巴尔贝克时，这种理论会使他反感（在那里，他不仅谴责渔色之徒，而且认为死刑是惩罚这种罪行唯一恰当的办法）。这是因为他当时还在恋爱和嫉妒。他甚至对我赞扬打炮屋：“只有在那里，你才能找到合脚的鞋子，我们团里称之为样板。”他不再像在巴尔贝克时那样，我提到这种地方他就反感，我现在听他这样说，就告诉他布洛克曾带我去见识过这种地方[②]，但罗贝尔对我回答说，布洛克去的地方想必“极其清苦，是穷人的天堂”。“那倒未必，不过，那是在什么地方？”我含糊其辞，因为我想起，罗贝尔曾十分喜爱的拉结，正是在那里卖身，一个金路易一次。“不管怎样，我会让你见识高级得多的地方，那里有非常漂亮的女人。”他听到我想请他尽快带我去他熟悉的妓院，比布洛克带我去的那家高级得多的妓院，就表示真诚的歉意，说他这次无法办到，因为他

---

① 在盖尔芒特夫人的晚宴上，帕尔马公主曾说夏吕斯男爵在妻子死后对她顶礼膜拜。参见本书第三卷第531页。

② 《在花季少女倩影下》中，布洛克曾带主人公去一家打炮屋。参见该卷第149—151页。

第二天就要离开这里。“我下次来一定办到。”他说。“你会看到，甚至还有妙龄少女。”他补充时显出神秘的脸色。“有个年轻小姐……我觉得姓德·奥热维尔，确切的情况，以后再告诉你，那小姐的父母都很体面，母亲的娘家跟拉克鲁瓦—莱韦克[1]家族多少有点亲戚关系，他们是社会精英，如果没有弄错，甚至是我舅妈奥丽娅娜的远亲。另外，只要见到那姑娘，你就会感到她是体面人家的闺女（我感到罗贝尔的说话声中，一时间显出盖尔芒特家族守护神的影子，如一团云般在高空飘过，并未停留）。我觉得这是件美妙的事情。她父母一直生病，无法照管她。天哪，那姑娘是在消遣，我指望你能让那姑娘玩得开心！”——“哦！那你什么时候再来？”——“我不知道，如果你不是非要公爵夫人不可（公爵夫人的称号对贵族来说是表示地位特别显赫的唯一称号，就像老百姓说的公主），还有另一种女人，那就是普特布斯夫人的首席贴身女仆。”

这时，德·叙尔吉夫人走进娱乐室来找两个儿子。一见到她，德·夏吕斯先生就亲热地迎上前去，侯爵夫人感到惊喜，因为她以为男爵会对她冷若冰霜，男爵总是以奥丽娅娜的保护人自居，而且是家族中唯一的保护人——这家族对公爵的要求过于迁就，是因为他继承了遗产，还因为对公爵夫人的嫉妒——他对哥哥的情妇毫不宽容，对她们疏而远之。因此，即使男爵像德·叙尔吉夫人害怕的那样对她态度冷淡，她也完全能理解其中的原因，但她根本就没有想到他会对她热情相待。他赞不绝口地跟她谈起雅凯[2]以前为她画的肖像。他的赞扬达到了狂热的地步，其部分原因是他感兴趣，不想让侯爵夫人离他而去，是为了“牵制她”，就像罗贝尔谈

[1] 原文为 La Croix-l'Évêque（主教十字架）。利雪主教在前往他任职的城市途中，突然在一牧场去世，人们立即在该地立一十字架，称为 Crux episcopi（主教十字架），现为主教牧场，位于利雪和主教桥之间。

[2] 居斯塔夫·雅凯（1846—1909），法国肖像画家。

到敌军时所说，要迫使敌军留在某一点上作战，但这种热情可能也是出于真心。既然大家都喜欢赞扬两个儿子像德·叙尔吉夫人那样有着王后般的仪态，并酷似她的眼睛，那么，男爵就可以反过来感到另一种乐趣，那就是发现这些妩媚之处都集中在他们母亲身上，如同集中在一幅肖像画上，这肖像画本身不会使人产生欲望，但会产生对美的欣赏，并因此唤起人们的欲望。这些欲望反过来使雅凯的肖像画具有一种淫荡的魅力，而此时此刻，男爵真想把这幅肖像画弄到手，以便对叙尔吉家两个年轻人容貌的来龙去脉进行研究。

"你看，我没有夸大其辞吧。"罗贝尔对我说。"你看看我舅舅对德·叙尔吉夫人巴结的样子。即使在这儿，我也感到奇怪。奥丽娅娜要是知道了，准会怒不可遏。老实说，女人有的是，何必急于去讨好这个女人。"他补充道。他就像所有不在恋爱的人那样，认为一个人选中心上人，要经过慎重考虑，依据各人喜欢的品质和条件。另外，罗贝尔一方面误以为舅舅沉湎女色，另一方面对德·夏吕斯先生怀恨在心，谈起他时往往过于轻率。当某个人的外甥，不可能总是不受影响。一种遗传的习惯迟早会通过此人遗传下来。我们可以陈列出一整套肖像，并以德国喜剧《舅舅和外甥》[①]为标题，剧中的舅舅小心翼翼，但并非故意为之，要让外甥最终跟自己相像。我还要说一句，如果这套肖像中没有另一些舅舅，即跟外甥没有真正血统关系而只是外甥媳妇的舅舅，那么，这套肖像就不完整。像夏吕斯那样的先生们确实相信，唯有他们才是好丈夫，

---

① 指三幕喜剧《外甥被误认为舅舅》。剧作原由法国作家路易—伯努瓦·皮卡尔(1769—1828)于1791年创作，题名为《还是孪生兄弟》，1803年席勒根据此剧改编，并改用此名。席勒的剧作曾多次在法国出版，题为《舅舅和外甥》，或译成《是舅舅还是外甥》。至于皮卡尔的《还是孪生兄弟》，则是借鉴让—弗朗索瓦·勒尼亚尔的《孪生兄弟》，后者则借鉴古罗马喜剧作家普劳图斯的同名喜剧。参见本书第二卷第140页注①。

另外，一个女人只有对他们才不会嫉妒，而他们出于对外甥女的爱，通常也会把她嫁给夏吕斯式的人物。这就使这张相似的网变得错综复杂。而因为喜爱外甥女，有时也会喜爱她的未婚夫。这种婚姻并不罕见，往往被称为美满姻缘。

“我们刚才在说什么？啊！是说那个高个子的金发女郎，普特布斯夫人的贴身女仆。她也喜欢女人，但我觉得你不会在意，我可以对你说实话，我从未见到过这样漂亮的女人。”——“我想她很像乔尔乔涅[①]的画中人?”——“简直就是乔尔乔涅的画中人！啊！我要是有时间待在巴黎，有多少美妙的事情可做！然后，再去搞一个。你看，爱情嘛，就是一场有趣的玩笑，我可是已看清楚了。”我很快就惊讶地发现，他对文学的看法也已完全改变，而我们上一次见面时，我觉得他看透的只是一部分搞文学的人（“他们几乎是一伙流氓。”他曾对我这样说，这可以用他理所当然对拉结的某些朋友的仇恨来解释。这些朋友确实曾对拉结肯定地说，如果她听任“另一个种族的男人”罗贝尔来影响她，她就永远不会有才能，他们还在他为他们举行的晚宴上，跟她一起当面对他冷嘲热讽）。不过，罗贝尔对文学的喜爱，其实十分肤浅，也并非出自真心，只是他对拉结的爱的一种衍生物，一旦他对拉结的爱消失殆尽，他对纵欲的人们的厌恶，以及对女性的贞节像教规般的尊敬，也同时消失得一干二净。

“那两个年轻人样子真怪。您看，他们打牌热情而又好奇，侯爵夫人。”德·夏吕斯先生对德·叙尔吉夫人指着她的两个儿子说，仿佛完全不知道他们是谁。“想必是两个东方人，他们有某些特征，也许是土耳其人。”他补充道，既想证实他那装模作样的天

---

① 乔尔乔涅是意大利画家。参见本书第三卷第444页注①。在普鲁斯特的时代，乔尔乔涅式的美是指他的作品《田园音乐会》中的两个女人。该画现藏卢浮宫，通常认为是乔尔乔涅所作。但当今的绘画史研究者对此有分歧，有人认为是提香的作品，也有人认为乔尔乔涅先画，但由提香完成。

真无邪，又想表明一种模糊的反感，当反感在其后转为亲热时，则说明亲热是因为他们是德·叙尔吉夫人的儿子，而且只是在男爵得知他们是她的儿子之后才开始显得亲热。德·夏吕斯先生的傲慢是上天所赐，他也乐于表现出来，他也许是乘他假装不知道这两个年轻人姓名的短暂时机来取乐，并戏弄德·叙尔吉夫人，跟平时那样讽刺挖苦，就像史嘉本利用主人乔装打扮的机会，把他痛打了一顿①。

"他们是我的儿子。"德·叙尔吉夫人红着脸说，她只要更加精明，而不必更加贞洁，就不会脸红。如果这样，她就会看出，德·夏吕斯先生对一个年轻人显得无动于衷或冷嘲热讽并不真诚，就像他对一位女士表面赞赏，不能表示他内心的真实想法。他可以对一位女士没完没了地说出极其动听的奉承话，但她会感到嫉妒的是，他一面跟她说话，一面却朝一个男人观看，然后又装出没有看到他的样子。因为这种目光跟德·夏吕斯先生观看女人的目光不同；这是出自内心深处的特殊目光，即使在晚会上，也会不由自主、自然而然地投到小伙子身上，就像裁缝不由自主去看服装，表明了他的职业。

"哦！真是奇怪。"德·夏吕斯先生回答时仍有点傲慢，并装出他的思想兜了个大圈子才看出真相的样子，而这真相又跟他假装想出的真相截然不同。"可我并不认识他们。"他补充道。他怕自己表现出的反感有点过分，并担心因此会使侯爵夫人打消念头，不把两个儿子介绍给他。"您是否愿意让我把他们给您作个介绍？"德·叙尔吉夫人羞怯地问道。"啊，天哪！哪里的话，我当然愿意，我这个人对这么年轻的人来说也许不是十分有趣。"德·夏

---

① 在莫里哀的喜剧《史嘉本的诡计》第三幕第二场中，史嘉本要主人吉隆特钻进口袋以躲避武士，然后把他痛打一顿，但最后被吉隆特发现，史嘉本只好逃走。参见《莫里哀喜剧选》下册，万新译，人民文学出版社，1981 年，第 208—213 页。

吕斯先生说时神色犹豫而又冷淡，仿佛在逼着自己显得礼貌。[①]

“阿尼尔夫，维克蒂尼安，快过来。”德·叙尔吉夫人说。维克蒂尼安果断地站了起来。阿尼尔夫只是看着哥哥，顺从地跟随其后。

“现在轮到她的两个儿子了。”罗贝尔对我说，“真是要笑死人了。甚至对家里的狗，他也要极力讨它喜欢[②]。我舅舅讨厌小白脸，因此这就更加滑稽。你看，他听他们说话多么一本正经。要是我想把他们介绍给他，他准会把我赶走。你听着，我得去向奥丽娅娜问好。我在巴黎待的时间这么短，得在这儿见到所有该见的人，省得我一个个去他们家放名片。”[③]

“他们显得多有教养，举止又多么优雅。”德·夏吕斯先生这时说。“您这样看？”德·叙尔吉夫人回答时十分高兴。

斯万看到了我，就走到圣卢和我面前。他虽然像犹太人那样喜欢快活，但更像社交界人士那样喜欢开玩笑。“晚上好。”他对我们说。“天哪！我们三个人凑在一起，别人会以为是在开工会会议。人家差点儿就要去找出纳！”他没有发现德·博泽弗耶先生就在他后面，并听到了他的话。将军不由皱起眉头。我们听到德·夏吕斯先生在我们近旁说话。“怎么？您名叫维克蒂尼安，跟《古物陈列室》里一样[④]。”男爵这样说，是想跟这两个年轻人多谈一会儿。“是巴尔扎克的书，是的。”叙尔吉家的大儿子回答道。

---

① 法国七星丛书版后面接排，不另起一行。

② 引自莫里哀喜剧《女博士》第一幕第三场。亨丽爱德在谈到她母亲崇拜的风雅士脱利索丹先生时对格里党特说：“为了不致引起任何方面的反对，他甚至对家里的狗也要极力讨它喜欢。”参见《莫里哀喜剧选》下册，乐歌译，人民文学出版社，1981 年，第 235 页。

③ 法国七星丛书版后面接排，不另起一行。

④ 巴尔扎克的小说《古物陈列室》属“外省生活场景”。书中主人公是年轻的伯爵维克蒂尼安·德·埃斯格里尼翁。他父亲埃斯格里尼翁侯爵只接待血统无可非议的贵族，因此当地的自由党人把他的客厅戏称为“古物陈列室”。

这位小说家的作品，他连一行文字也没有读过，但几天前他的老师对他说，他的名字跟德·埃斯格里尼翁的名字相同。德·叙尔吉夫人见儿子才智出众，德·夏吕斯先生又钦佩他如此博学，心里非常高兴。

“听说卢贝[1]完全同意我们的看法，这消息来自可靠的渠道。”斯万对圣卢说，但这次声音更轻，以免被将军听到。自从德雷福斯案件成为斯万主要关心的事情后，他妻子的那些共和派朋友就变得更加有用。“我跟您说这件事，是因为我知道，您跟我们完全走在一起。”

“不过还没有这样彻底，您完全错了。”罗贝尔回答道。“这件事本身就没搞好，我后悔自己陷了进去。我其实跟这事毫不相干。如要重新开始，我会袖手旁观。我是当兵的，当然首先要拥护军队。如果你要跟斯万先生一起待一会儿，我待会儿再来找你，我去我舅妈那里。”但我看到他是去跟德·昂布勒萨克小姐说话，心里就感到难受，因为我想到他曾骗我，否认他们俩可能订婚[2]。我心里平静下来，是我后来得知，他是半小时前才由德·马桑特夫人介绍给德·昂布勒萨克小姐，她希望促成这门婚事，因为昂布勒萨克家很有钱。

“终于，”德·夏吕斯先生对德·叙尔吉夫人说，“我找到了一个有文化的年轻人，他读过不少书，知道巴尔扎克是谁。我遇到他格外高兴，是因为这种人在我的同辈中和我们的亲友中已是凤毛麟角。”他补充道，并特别强调这些词。盖尔芒特家族成员在盛大聚会的场合，跟“出身名门”的人们待在一起，特别是跟“出身”不很高贵但他们想见到并能够奉承的人们待在一起，他们徒劳地装

---

① 埃米尔·卢贝（1838—1929），法国政治家，在费利克斯·福尔去世后当选为法兰西共和国总统（1899—1906）。他主张重审德雷福斯案件。1899年，德雷福斯在雷恩再次被判有罪，卢贝随即对他特赦。

② 参见本书第三卷第97页。

出对所有人一视同仁的样子,但一有机会,他们就会毫不犹豫地说出家族的陈年旧事。“过去,”男爵接着说道,“贵族是指在智慧和勇气方面最出色的人士。然而,我现在看到了一个人,他在我们中第一个知道维克蒂尼安·德·埃斯格里尼翁是谁。我说‘第一个’说错了。还有一个姓波利尼亚克的和一个姓蒙泰斯鸠的也知道[1]。”德·夏吕斯先生补充道。他知道提到这两位只会使侯爵夫人欣喜若狂。“另外,您的两个儿子跟祖辈相像,他们的外公拥有十八世纪的一套著名藏品。我可以把我收藏的那套拿给您看,如果您哪一天愿意赏光,来我家吃午饭。”他对那年轻的维克蒂尼安说。“我给您看的是《古物陈列室》的一个有趣版本,上面有巴尔扎克的亲笔修改。我把两位维克蒂尼安作一比较,会感到十分高兴。”

我无法决定离开斯万。他已精疲力竭,这病人的身体如同曲颈甑,可看到里面的化学反应。他脸上全是普鲁士蓝[2]小斑点,看上去不像活人,并散发出一种气味,就像中学里做完“实验”后在“实验室”里闻到的那种十分难闻的气味。我问他是否跟盖尔芒特亲王进行过长时间的谈话,是否愿意把谈话的情况告诉我。“愿意,”他对我说,“但您先到德·夏吕斯先生和德·叙尔吉夫人身边去待一会儿,我在这儿等您。”

确实,德·夏吕斯先生觉得房间里太热,就对德·叙尔吉夫人提议到另一个房间去坐一会儿,但没有请她的两个儿子一起去,而是要我去作陪。这样,他在对他们引诱之后,装出不再对他们感兴趣的样子。他请我是给我做个顺水人情,因为德·叙尔吉—勒迪克夫人非常不受欢迎。

---

① 可能指埃德蒙·德·波利尼亚克亲王和罗贝尔·德·蒙泰斯鸠伯爵。

② 普鲁士蓝是三价铁盐和亚铁氰化钾反应所得的蓝色沉淀。工业上亦称“铁蓝”或“华蓝”,主要用于油漆和油墨工业。

真是不巧，我们刚刚在一个十分拥挤的门口坐下，男爵的嘲笑对象德·圣欧韦尔特夫人就走了过来。也许是为了掩盖她使德·夏吕斯先生产生的不良感觉，或是为了在大庭广众之中对这种感觉表示蔑视，特别是为了表明她跟他亲切交谈的那位女士关系密切，她就既友好又傲慢地向这位出了名的美人问好，对方也还了礼，但面带讥讽的微笑，用眼角看了看德·夏吕斯先生。但门洞十分狭窄，德·圣欧韦尔特夫人站在我们后面，想要继续寻找第二天的客人，却给堵在那里，难以脱身，这真是千载难逢的良机，德·夏吕斯先生想要在两个年轻人的母亲面前炫耀他大肆冷嘲热讽的本领，当然不会错过这种机会。我在无意中对他提出一个愚蠢的问题，给他提供了奏响凯歌的机会，可怜的德·圣欧韦尔特夫人在我们后面几乎无法动弹，他的话当然是一字不漏地听到。"您是否相信？这位冒失的年轻人，"他对德·叙尔吉夫人指着我说，"丝毫没考虑到应该隐瞒这类需要，竟问我是否会去德·圣欧韦尔特夫人家，我想这无疑是问我是否会去拉肚子。不管怎样，我都会找一个更舒服的地方去方便，而不会去这样一个人家，如果我没有记错的话，此人庆祝百岁大寿时，我开始出入社交界，但不是去这个人家里。那么，听谁的话比听这个人的话更有意思呢？有多少历史往事，是在第一帝国时期和王朝复辟时期亲眼所见和亲身经历，又有多少隐秘的故事，自然毫无'神圣'可言，但想必'不堪入耳'，只要相信这女人依然在扭动屁股欢蹦乱跳。我不会去向这个人询问那些引人入胜的时代，是因为我嗅觉器官灵敏。只要这位女士站在旁边就已足够。我心里突然在想：'哦！天哪，有人挖了我的粪坑。'其实只是侯爵夫人为了邀请客人，刚把嘴巴张开而已。您要知道，我要是不幸去了她家，那粪坑就会越来越大，变成巨大的蓄粪池。但她有个神秘的姓氏，她虽说早已过了金婚的日子，我却总是会兴高采烈地想起那句被称为'没落'的愚蠢的诗句：'啊！

绿，我的灵魂在那天有多绿[1]……'但我必须要有一种更加特殊的绿。有人对我说，那不知疲倦的女人到处奔波，要举办花园招待会，我把它称为'请到阴沟一游'。您是否要去那里溅上一身泥浆？"他对德·叙尔吉夫人问道，这次她却感到为难。她想在男爵面前装出不去的样子，但又知道自己情愿少活几天，也不想错过圣欧韦尔特家的花园招待会，于是，她就用两边不得罪的办法，也就是显出模棱两可的态度。这种态度看上去就像愚蠢的艺术爱好者，又像斤斤计较的裁缝，因此，德·夏吕斯先生虽然想让她高兴，但也不怕得罪她，就笑了起来，以向她表明："我才不信呢。"

"我向来欣赏办事胸有成竹的人，"她说，"可我经常在最后一刻取消约会。一条夏天穿的连衣裙，都会使事情改变。我会凭一时间出现的灵感行事。"

从我来说，我对德·夏吕斯先生刚才说的那番可恶的话感到气愤。我真想为举办花园招待会的这位女士说许多好话。不幸的是，在社交界如同在政界那样，受害者总是胆小怕事，对迫害者长时间怀恨在心。德·圣欧韦尔特夫人总算从我们堵住的门洞里挤了出去，走过时无意中稍稍碰到了男爵，就产生故作风雅的本能反应，心中的气愤随之消失殆尽，甚至希望能进行有关的谈话，而这想必并非是首次尝试："哦！请原谅，德·夏吕斯先生，但愿没有把您碰疼。"她大声说道，仿佛跪倒在主人面前。德·夏吕斯先生的回答只是露出揶揄的大笑，并说了声"晚安"，仿佛侯爵夫人对他施礼之后，他才发现她待在那里，因此这"晚安"是对她的另一种侮辱。最后，德·圣欧韦尔特夫人显得极其卑躬屈膝，连我也为她难受，她走到我的身边，把我拉到一边，在我耳边说道："我对

---

① 引自模仿象征主义作品的诗集《没落：颓废的诗》，作者为加布里埃尔·维凯尔和亨利·博克莱尔，以安德烈·弗卢佩特的笔名于1885年发表。这里引述的诗句取自诗歌《绿小调交响曲，苹果绿题材的变奏曲》："如果强烈的欲望已经消失，/那是因为门已打开。/啊！绿，绿，我的灵魂/在那天有多绿！"

德·夏吕斯先生到底做了什么事？据说我在他看来不大漂亮。”她说时放声大笑。我仍然显得严肃。一方面，我觉得她做法愚蠢，她似乎认为或要别人认为没有人像她这样漂亮。另一方面，有些人说话虽然并不有趣，却总是要开怀大笑，既然他们自己笑得这么开心，我们也就不必去凑这个热闹。

“另一些人说，他生气是因为我没有邀请他。但他不大鼓励我这样做。他似乎在跟我赌气（我觉得这样说还太轻）。您设法把事情弄清楚，明天来告诉我。他要是感到内疚，想陪您来，您就带他一起来。对任何罪孽都要宽恕。这样我还会感到十分高兴，是因为德·叙尔吉夫人，这事会使她感到为难。我让您自由决定。您对这种事的嗅觉最为灵敏，我不想让人觉得是在苦苦哀求客人上门。不管怎样，我全靠您了。”

我想到斯万等我一定等累了。另外，我不想太晚回家，是因为阿尔贝蒂娜的缘故，于是，我就向德·叙尔吉夫人和德·夏吕斯先生告辞，来到娱乐室找我生病的朋友。我问他，他在花园里对亲王说的话，是否真的像德·布雷奥泰先生（我没有说出他的名字）对我们转述的那样，涉及贝戈特的一部短剧。他听了哈哈大笑：“没有一个字是真的，一个字也没有，纯属杜撰，而且也十分愚蠢。这一代年轻人胡言乱语，真是闻所未闻。我不问您这话是谁对您说的，但在我们这样一个小圈子里，要顺藤摸瓜，弄清楚是怎么编造出来的，确实会十分有趣。另外，亲王跟我说的话，怎么会使大家都感兴趣？大家都非常好奇。可我从来也不好奇，除非是在我恋爱和嫉妒的时候。这真让我大开眼界！您是否嫉妒？”我对斯万说，我从未感到嫉妒，甚至不知嫉妒为何物。“啊，好！我向您祝贺。稍有嫉妒，还不是非常讨厌，这是从两个方面来看。一方面，是因为可以使不好奇的人去关心其他人的生活，或者至少是关心另一个人的生活。另一方面，是因为这样你就能清楚地感到一种乐趣，那就是占有女人、跟女人一起上车，不让女人独自出去的乐趣。但只有在开始嫉妒或嫉妒几乎消除时才能这样。而在嫉妒之时,则是极其可怕的折磨。另外,即使是我对您说的两种乐趣,我应该对您说,我自己品尝到的并不多:第一种乐趣不多,是因为我性格的问题,不善于进行深入的思考;而第二种乐趣,是因为当时的情况,是女人的问题,我是说我曾嫉妒的一些女人。但这无关紧要。即使我们现在不再喜欢这些东西,我们对以前曾喜欢过这些东西也不会完全无动于衷,因为总会有一些理由,只是其他人没有看出而已。对这些感情的记忆,我们感到只存在于我们的思想之中;我们要看到这种记忆,必须回到自己的思想之中。请您别过于嘲笑这句唯心主义的话,但我想说,我过去很爱生活,很爱艺术。啊！现在我太累了,不能再跟其他人一起生活,我以前有过的纯属个人的感情,是所有收藏者的嗜好,在我看来非常珍贵。我向自己敞开心扉,犹如打开橱窗,看到心爱之物如此之多,其他人决不会见到。对这种收藏品,我现在要比对其他东西更加喜爱,我在想,有点像马萨林[①]喜欢书籍,但也没有任何忧虑,要是失去了这一切,准会让人十分烦恼。现在来说说跟亲王的谈话,这事我只会告诉一个人,那就是您。"我听他说话时,受到德·夏吕斯先生谈话的干扰,男爵回到了娱乐室,在离我们很近的地方喋喋不休地聊天。"您也看书？您在干什么?"他对阿尼尔夫伯爵问道,但伯爵连巴尔扎克的名字也不知道。伯爵眼睛近视,看到的东西都很小,使他仿佛看得很远,因此,一座希腊神祇雕像中罕见的诗意,在他眼里如同遥远而又神秘的星星。

"先生,我们到花园里去走走,好吗?"我对斯万说。这时,阿尼尔夫伯爵在用发音错误的声音说话,似乎表明他至少在智力上

---

① 朱尔·马萨林(1602—1661),法国首相(1643—1661),枢机主教。首相任内继续执行黎塞留的政策,对内巩固专制王权,对外积极扩张,进行一系列战争,与英国结盟,加强了法国在欧洲的地位。

还没有完全发育好，他确切地对德·夏吕斯先生作出殷勤而又幼稚的回答：“哦！我嘛，不如说是高尔夫球、网球、足球、跑步，尤其是马球。”这就像密涅瓦[1]，到了某个城市就不再是智慧女神，而是用了分身术，一部分化成体育和马术之神，即“马术雅典娜”。他还去圣莫里茨[2]滑雪，因为特里同之女帕拉斯[3]常登高峰，追赶骑士[4]。“啊！”德·夏吕斯先生回答时面带高傲的微笑，如同知识分子，不屑掩饰自己的冷嘲热讽，而且感到自己比别人高超，非常瞧不起并不愚蠢的人们的才智，几乎把他们跟最愚蠢的人们一视同仁，除非这些人能以另一种方式使他感到愉悦。跟阿尼尔夫说话时，德·夏吕斯先生觉得是在赋予他一种大家都应该羡慕和承认的优越地位。“不，”斯万对我回答道，“我太累了，走不动，我们还是找一个角落坐下，我已经站不住了。”确实如此，然而，谈话开始之后，他恢复了几分活力。这是因为在确实十分疲倦时，特别是神经过敏的人，一部分的精力取决于是否注意，而且只有用记忆才能保持下来。人只要害怕疲倦，就会突然感到疲倦，而要消除疲倦，只需将其忘却。当然啰，斯万并非完全是不知疲倦的疲倦者，这种人来时脸色憔悴，萎靡不振，连站也站不住，但谈起话来就又精神焕发，如同插在水中之花，可以在几小时的时间里从自己的话里汲取力量，不过他们却无法把这种力量传给听他们说话的人，这时，

---

① 参见本书第二卷第51页注⑥。

② 圣莫里茨位于瑞士东南部格劳宾登州，四周有壮丽的阿尔卑斯山峰，是世界最著名的冬季运动中心之一。1928年和1948年曾在此举行冬季奥运会。

③ 特里同是希腊神话中人身鱼尾海神，帕拉斯是他的女儿，在游戏时被雅典娜意外杀死。后来雅典娜自称帕拉斯或帕拉斯·雅典娜。

④ 这里借鉴古希腊诗人赫西奥德的《俄尔甫斯颂歌》中的《雅典娜的香味》，曾由勒孔特·德·利尔于1869年译成法语发表：“帕拉斯，你是伟大的宙斯唯一令人尊敬的女儿，你是幸运的女神，神勇无比，你大名鼎鼎，在战斗中令人振奋，你走遍高峰和绿树成荫的高山，你喜欢武器，也喜欢树林，你使人思想混乱，惊慌失措，你让人进行体力锻炼，[……]你追赶骑士，特里同之女，[……]！”

说话者越来越感到自己神志清醒，而听话者却越来越显出疲惫的样子。但斯万属于强有力的犹太种族，富有生命力，在种族与死亡抗争时，仿佛个体全都参与其中。就像这种族因受迫害而患病，他们每个人都身患自己特有的疾病，他们在生命垂危的可怕时刻，持续不断地挣扎，弥留的时间会长得难以想象：你看到先知般的小胡子上面，只有硕大的鼻子张大以吸进最后几口气，然后进行例行的祈祷，远房亲戚准时开始列队行进，动作机械地往前走，就像亚述一个柱顶盘中楣上行进的队伍。

我们走过去坐下，在离开德·夏吕斯先生、两个年轻的叙尔吉及其母亲那帮人之前，斯万不由睁大眼睛，久久地注视她的胸衣，那目光内行而又淫荡。他戴上单片眼镜，以便看得更加清楚，他在跟我说话时，不时朝这位女士那边看上一眼。“我跟亲王的谈话，”他在我们坐定后对我说，“我一字一句都告诉您，如果您还记得我刚才对您说的话，您就会知道，我为何把此事只说给您一个人听。另外还有一个原因，您有朝一日自会知道。‘亲爱的斯万’，盖尔芒特亲王对我说，‘如果您觉得我一段时间以来在回避您，那就请您原谅。（这点我丝毫也没有发现，因为我有病，自己也在回避大家。）首先，我听说，而且我也清楚地预料到，您在那桩使国家分裂的不幸案件中的观点跟我截然不同。然而，如果您在我面前宣传自己的观点，我就会极其难受。我神经非常过敏，王妃在两年前听她妹夫黑森大公[①]说德雷福斯是无罪的，她不光进行了激烈的反驳，但她怕我生气，就没有跟我提起过此事。几乎在同一个时期，瑞典亲王来到巴黎，他也许听说欧仁妮皇后是德雷福斯派[②]，但误以为皇后是我的王妃（这种混淆真是奇特，您一定也会这样

---

① 指古斯塔夫（1858—1950），是瑞典国王奥斯卡二世（1829—1907）和索菲娅·德·拿骚公爵夫人（1836—1913）的长子。

② 欧仁妮·德·蒙蒂霍·德·古斯南（1826—1920）于1853年嫁给拿破仑三世。她确实是德雷福斯派。

说，竟把我妻子这样高贵的女子跟那个西班牙女人混为一谈，那女人的出身远不如人们说的那样高贵，而且嫁给了波拿巴家一个普通的男人），就对她说：'王妃殿下，我见到您感到双重的喜悦，因为我知道您对德雷福斯案件的看法跟我相同，我对此并不感到奇怪，因为殿下是巴伐利亚人。'亲王的话得到了如下回答：'阁下，我现在只是法国王妃，我的想法跟我所有的同胞相同。'然而，亲爱的斯万，大约在一年半前，我跟德·博泽弗耶将军谈话后产生怀疑，认为在案件审理中不是犯了错误，而是有严重的违法现象。"

我们的谈话（斯万不希望别人听到他说的事情）被德·夏吕斯先生的声音打断，他（并不把我们放在眼里）送德·叙尔吉夫人出去时走到我们旁边并停下脚步，想让她多待一会儿，这也许是因为她的两个儿子，或者是因为盖尔芒特家族成员有一种愿望，不希望看到现在的时刻就此结束，这种愿望使他们长时间处于一种焦虑而又消极的状态。斯万在稍后对我谈到这方面的情况，使我觉得叙尔吉—勒迪克这个姓氏所具有的诗意消失殆尽。叙尔吉—勒迪克侯爵夫人跟她的堂兄叙尔吉伯爵相比，在社交界的地位要高得多，姻亲也显赫得多，而伯爵在自己的领地里过着穷困的生活。但是，这姓氏后面的"勒迪克"[1]，并不像我所认为的那样说明家族的起源，也不像我想象的那样跟"布尔拉贝"[2]、"布瓦勒鲁瓦"[3]等姓氏相近。这只是在王朝复辟时期，一位叙尔吉伯爵娶了工业巨头的千金为妻，这巨头是勒迪克先生，其父是化学产品制造商，当时是法国首富，为法国贵族院议员。国王查理十世把这对夫妻所生的儿子封为叙尔吉—勒迪克侯爵，因为家族已拥有叙尔吉侯爵爵位。虽然加上了资产者的姓，这个支族因拥有巨大家产，仍能跟

---

① 原文为 le Duc，意为"公爵"。

② 原文为 Bourg-l' Abbé，意为"修道院长镇"。

③ 原文为 Bois-le-Rois，意为"国王林"。

王国里最显赫的家族联姻。现在这位叙尔吉—勒迪克侯爵夫人出身高贵,本可获得最高贵的地位。但她在邪恶的魔鬼①驱使下,瞧不起现成的地位,就逃离丈夫的家,过上荒淫无耻的生活。她二十岁时,瞧不起拜倒在她石榴裙下的社交界,但到了三十岁,社交界却对她避而远之,十年来,除了罕见的几位忠实女友,已无人再跟她打招呼,于是,她就进行艰苦的努力,把她出生时拥有的东西一件件夺回来(这种失而复得并不罕见)。

对于她那些大贵族亲戚,她过去翻脸不认人,现在是他们不认她这个亲戚,她原可以跟他们一起回忆童年的往事,使他们跟她重归于好,但她却不愿有这样的乐趣。她说出这种话,是为了掩盖她的故作风雅,她在撒谎,但也许不像她自己认为的那样。"巴赞,是我的全部青春!"她在他回到她身边的那天说。不错,在某种程度上确实如此。但是,她选他做情人,是估计错误。因为盖尔芒特公爵夫人的所有女友都站在公爵夫人一边,这样,德·叙尔吉夫人就将再次从她费了九牛二虎之力爬上来的高坡上滑下去。"那么!"德·夏吕斯先生正在跟她说话,以延长谈话的时间,"您就在那幅美丽的肖像下面代我表示敬意。这肖像好吗?它现在怎样了?"——"但是,"德·叙尔吉夫人回答道,"您知道它已不在我这儿:我丈夫并不满意。"——"不满意!不满意一幅当代杰作,能跟纳蒂埃的《沙托鲁公爵夫人》②媲美的作品,再说,如果不是这样雍容华贵和具有杀伤力的女神,纳蒂埃就不想去画。哦!小巧的蓝

① "邪恶的魔鬼"是美国作家爱伦·坡短篇小说集《新怪异故事集》第一篇故事的标题,该书曾由波德莱尔译成法语。

② 玛丽—安娜·德·马伊是拉图内尔侯爵夫人和沙托鲁公爵夫人(1717—1744),路易第三·德·马伊之女,1734 年嫁给路易·德·拉图内尔侯爵。1740 年丈夫去世,在两年时间里曾是路易十五的情妇。马萨林公爵夫人于1740 年请让—马克·纳蒂埃(1685—1766)替她的两个表妹弗拉瓦古尔侯爵夫人和拉图内尔侯爵夫人画寓意肖像画,分别题名为《寂静》和《黎明》。原画没有保存下来,但能见到复制品。此外,纳蒂埃还替沙托鲁夫人画过其他几幅寓意肖像画。

领！弗美尔画的织物，技术也不见得更加高超，我们别说得声音太响，以免斯万攻击我们，为他最喜欢的画家、代尔夫特的大师报仇雪恨。"侯爵夫人转过身子微微一笑，向站起来对她施礼的斯万伸出了手。但是，也许是因为斯万上了年纪，对别人的看法毫不在乎，使他思想上失去了毅力，也许是因为欲望强烈，掩饰欲望的力量因此削弱，使他失去了克制自己的体力，因此，斯万握住侯爵夫人的手时，立刻从上方就近看到她的胸部，并朝胸衣里投入专注、认真、凝神和近于关心的目光，他的鼻子闻到这女人的芳香，陶醉得抽动起来，如同一只蝴蝶，准备飞落到依稀看到的花卉上。突然间，他从晕头转向中清醒过来，而德·叙尔吉夫人虽然感到尴尬，仍不禁屏住深深的呼吸，欲望有时会有强大的感染力。"画家感到生气，"她对德·夏吕斯先生说，"把画拿了回去。有人说这幅肖像现在狄安娜·德·圣欧韦尔特家里。"——"我决不会相信，"男爵回答道，"一幅杰作竟会在情趣如此低俗的人手里。"

"他在跟她谈她的肖像画。关于这幅肖像画，我可以跟夏吕斯谈得一样出色。"斯万对我说时，装出慢条斯理而又流里流气的语调，目光注视着这对渐渐远去的男女。"而且我谈得肯定会比夏吕斯更加开心。"他补充道。我问他，别人对德·夏吕斯先生的议论是否属实，我这样问是在说两个谎，因为我即使不知道别人对他有什么议论，我从今天下午起就清楚地知道，我想说的事完全属实。斯万耸了耸肩，仿佛我喜欢信口雌黄。"就是说，他是令人愉快的朋友。但我要补充一点，这纯粹是精神上的愉悦。他比别人更容易动感情，就是这样；另外，他跟女人在一起决不会做出过分的事情，这就难免使人相信您想说的那种荒谬的流言蜚语。夏吕斯也许很喜欢他那些男友，但您要相信，那种喜欢只是停留在他的脑子里和心里。最后，我们也许可以有两秒钟的安宁。当时，盖尔芒特亲王继续说道：'我要向您承认，我想到在审理这个案件的过程中可能有违法行为，就感到极其难受，是因为我对军队崇敬，这点您是知道的;我后来又跟将军谈了此事,唉!我对这件事就不再有任何疑问。我可以坦率地对您说,关于这些事,我甚至丝毫也没有想到过,一个无辜的人竟会遭受这种奇耻大辱的痛苦。但是,我想到办案中有违法行为,心里受到折磨,就开始研究我以前不想看的材料,一些疑问就此萦绕在我脑中,不仅涉及违法,而且涉及无辜。我觉得不应该把这事告诉王妃。上帝可以为我作证,她已成为跟我一样地道的法国人。不管怎样,自从我娶她为妻以来,我一直满腔热忱地向她展现我们法兰西的锦绣河山,以及它的军队,这在我看来是它最为光彩夺目的组成部分,而现在要我向她说出我的怀疑,虽说只涉及几名军官,我仍然痛苦得难以启齿。但是,我出身军人家庭,我不愿相信一些军官竟会弄错。我又跟博泽弗耶谈起此事,他对我承认,有人策划了罪恶的阴谋,应该受到谴责,那份备忘录也许不是德雷福斯所写,但有确凿证据可证明他有罪。那就是亨利拿到的这份文件①。几天后,得知这文件是伪造的。从此之后,我就瞒着王妃,开始每天看《世纪报》②和《震旦报》③;我很快就疑虑全消,无法入睡。我对我们的朋友修道院长普瓦雷诉说我精神上的痛苦,我惊讶地发现他同样确信德雷福斯无罪,于是,我请他为德雷福斯及其不幸的妻子和孩子们做弥撒。在此期间,我有一天上午去了王妃的房间,看到她的贴身女仆在把手里的一件东西藏起来。我笑着问她是什么东西,她不由脸红,但不愿告诉我。我对妻子非常信任,这件事使我十分烦恼(王妃无疑也是

---

① 这备忘录是受雇于法国情报局的巴斯蒂安女士在德国驻法使馆的武官施瓦茨科彭的文件中发现,发现时已被撕成六片,于1894年9月底交到亨利手中。经过粘贴,这份文件显示法国军队中有人叛国。参见本书第三卷第240页注④。

② 《世纪报》于1836年至1927年出版,1892年居伊约任社长,他支持重审德雷福斯案件。

③ 《震旦报》创办于1897年,属德雷福斯派,克列孟梭为该报主要撰稿人。左拉于1898年1月13日在该报发表《我控诉》一文。

如此,她的女仆想必把这件事告诉了她),因为那天吃午饭时,我亲爱的玛丽几乎没跟我说话。我在那天问普瓦雷修道院长,是否能在第二天为我给德雷福斯做弥撒。'啊,好了!"斯万低声说出后就不吭声了。

我抬起了头,看到盖尔芒特公爵正朝我们走来。"请原谅打扰了你们,孩子们。我的孩子,"他对我说,"我受奥丽娅娜之托来找您。玛丽和吉尔贝请她留下来跟他们一起吃夜宵,只请了五六个人,有黑森王妃、德·利涅夫人、德·塔兰托夫人、德·谢弗勒兹夫人、阿伦贝格公爵夫人①。遗憾的是我们不能留下,因为我们要去参加一个小型化装舞会。"我听着,但每当我们在确定的时间有事要办,我们就会委派我们身体里善于做这种事的一个人来注意时间,并及时通知我们。体内的这个办事员按我在几小时前提出的要求提请我的注意,说此刻远离我思想的阿尔贝蒂娜,看完戏后会立刻去我家。因此,我也不想留下来吃夜宵。这不是因为我待在盖尔芒特王妃府感到不愉快。人可以有多种乐趣。真正的乐趣是人可以为此牺牲另一种乐趣。但这后一种乐趣如果显而易见,或者唯有它才显而易见,就有可能取代前一种乐趣,使嫉妒者放下心来,或使他们产生错误的看法,对社交界的看法则被引入歧途。然而,只要有些许快乐或痛苦,我们就会为另一种乐趣牺牲这种乐趣。有时,第三种乐趣更加深沉却也更为重要,在我们眼里还不存在,只有在令人遗憾和气馁时,才使我们感到它潜伏在我们身上。但我们以后追求的正是这种乐趣。这里举个十分平常的例子,一个军人在和平时期,会为爱情牺牲交际生活,但战争爆发之后(甚至不需要列举爱国的责任感),他就会为更加强烈的战斗激情牺牲爱情。虽然斯万说很高兴把他的事说给我听,但我清楚地感到,由于时间已晚,他身体又不舒服,他跟我谈话十分疲劳,就像有些

① 阿伦贝格家族原为拉马克家族的支族,十六世纪并入利涅家族。

人知道，熬夜和过于疲劳无疑是在玩命，因此回到家里十分后悔，如同刚刚挥霍无度的浪子，但到第二天，他们仍会挥金如土。身体虚弱到某种程度，不管是因为年迈或者患病，任何牺牲睡眠得到的乐趣，任何打乱生活习惯的做法，都会变成一种烦恼。谈话者继续在谈，是出于礼貌，是因为兴奋，但他知道，他可以睡着的时间已过，也知道随之而来的失眠和疲倦会使他后悔不已。另外，即使暂时的乐趣已经消失，但由于体力和精力消耗过多，身体和思想就无法愉快地享受对话者感到的那种乐趣。这身体和思想就像你动身或搬家那天的套间，在里面接待客人成了沉重的负担，你坐在行李箱上，眼睛却盯着挂钟观看。“终于只剩下我们俩了。”斯万对我说。“我不知道自己讲到哪儿了。我是不是对您说了，亲王问普瓦雷修道院长，是否能为他给德雷福斯做弥撒。‘不行’，修道院长回答我说(“我对您讲‘我’，”斯万对我说，“是因为亲王是对我这样说的，您明白吗?”)，‘因为明天上午已经有人请我为他做弥撒。’——‘怎么’，我对他说，‘除我之外还有一个天主教徒相信他无罪?’——‘应该这样认为。’——‘那另一位相信他无罪想必比我要晚。’——‘但那位教徒已多次请我做过弥撒，而那时您还认为德雷福斯有罪。’——‘啊！我看那一定不是我们圈子里的人。’——‘恰恰相反！’——‘我们中间真的有德雷福斯派?您使我感到惊讶。这凤毛麟角之人，我要是认识，真想跟他倾诉衷肠。’——‘您认识。’——‘他叫什么名字?’——‘盖尔芒特王妃。’——‘我以前怕伤害我爱妻的民族主义观点和法兰西信念，而她则怕动摇我的宗教观念和爱国情感。但从她这方面来说，她的想法跟我一样，虽说出现这种想法要比我早。她女仆在我走进她房间时藏起来的东西，就是女仆每天为她去买的《震旦报》。亲爱的斯万，从那时起我就在想，我要是对您说，我在这件事上的想法跟您多么相似，您一定会感到高兴；请原谅我没有早一点把这件事告诉您。如果您想到我以前对王妃保持沉默，您就不会感到惊讶，那是因为当时跟您想法一样，我才回避您，而如果跟您想法不同，我就不会这样。因为当时只要谈到这个话题，我就感到极其难受。我越是相信错误已犯下，甚至已犯下罪行，我就越是因对军队的爱而心痛如绞。我可能会认为，即使您的想法跟我相同，您也决不会像我这样痛苦，但有一天有人对我说，您坚决反对辱骂军队，反对德雷福斯派跟辱骂者结盟。这就促使我下了决心，我承认，我对您老实说出我对某些军官的看法，感到十分痛苦，好在这种军官人数不多，但我感到宽慰的是，我不用再对您避而远之，特别是您现在清楚地感到，我当初会有另一种看法，是因为我对作出的判决的法律依据毫不怀疑。我一旦有了一点疑问，就只能希望出现一件事，那就是纠正错误。'我向您承认，盖尔芒特亲王的这番话使我深受感动。如果您跟我一样了解他，如果您知道他回心转意要花费多大力气，您就会对他赞赏有加，而他也受之无愧。另外，对他的看法，我并不感到惊讶，他的性格极其耿直！"斯万此刻忘记，当天下午，他对我说的话完全不同，当时他说，对德雷福斯案件的看法，是受到祖传旧习的制约。他最多认为智慧是个例外，因为在圣卢身上，智慧最终战胜了祖传旧习，使他成为德雷福斯派。然而，他刚才看到这种胜利时间短暂，看到圣卢又转入另一阵营。因此，他现在认为起作用的是性格耿直，而不是他下午认为的智慧。其实，我们事后总会发现，我们的反对者站在他们那一边也有一定道理，但不是因为他们那边可能有正确之处，并发现有些人跟我们看法相同，是因为智慧或耿直在起作用，如果他们的思想品质过于低下，无法使用，那就是智慧在起作用，如果他们的洞察力差，那么他们就会因耿直而具有这种看法。

现在，斯万认为跟他看法相同的人全都聪明，他的老朋友盖尔芒特亲王和我的同学布洛克就是如此，他以前一直把布洛克排斥在外，现在则请布洛克共进午餐。斯万使布洛克很感兴趣，因为他对布洛克说，盖尔芒特亲王是德雷福斯派。"得请亲王在我们为皮卡尔的请愿书上签名；签上他这样的大名，准会作用巨大。”但是，斯万既有犹太人的强烈信念，又有社交界人士的稳重和圆滑，而且都已成为他的习惯，到晚年已无法改变，因此他不准布洛克把请愿书寄给亲王签名，即使是布洛克自发寄去也不行。“他是不会签名的，不要强人所难。”斯万反复这样说。“他十分可爱，千里迢迢才走到我们这儿。他会对我们非常有用。他要是在您的请愿书上签了名，就会在亲朋好友心目中名誉扫地，就会因我们而受到惩罚，也许会后悔说出知心话，以后就不会说了。”再说，斯万也拒不签名，他认为他那犹太人的名字会产生不良效果。另外，即使他同意有关重审的所有看法，他也丝毫不想加入反军国主义运动。他佩戴以前从未戴过的勋章，那是他青年时代在七〇年当国民别动队员时获得的，并在遗嘱上追加条款，跟先前的条文相反，要求在去世后对他的荣誉勋位骑士勋章致以军礼。这就使一个骑兵连聚集在贡布雷教堂周围，以前，弗朗索瓦丝一想到会爆发战争，就因担心他们的未来而哭泣。总之，斯万拒绝在布洛克的请愿书上签名，因此，即使他在许多人眼里是狂热的德雷福斯派，我的老同学仍认为他是温和派，受民族主义思想毒害，是个民族主义分子。

斯万离开我时没跟我握手，这样他就不必在这厅里跟大家一一握手告别，因为他在厅里的朋友实在太多，但他对我说：“您应该来看看您的朋友吉尔贝特。她真的长大了，而且也变了，您也许认不出她了。您来她会非常高兴！”我已不再喜欢吉尔贝特。她对我来说如同死者，曾被长时间哀悼，然后就被遗忘，即使她死而复生，她也无法进入不再是为她安排的生活之中。我不想再去看她，甚至不愿向她表明我不想见她，而我以前爱她时，曾每天暗中决定，一旦不再爱她，就向她表明不去见她。

因此，对于吉尔贝特，我不想再装出一心想跟她见面的样子，只是因为出现“不以我意志为转移”的情况才没能见到，而这种情况也确实只因我无意加以阻止而经常出现，这至少造成某种后果，我非但没有勉强接受斯万的邀请，而且在离开他前，非要他答应把我以前无法去看他女儿，以后恐怕也无法去看她的意外情况详细地跟她解释清楚。“另外，我待会儿回家后就给她写信。”我补充道。“但您得跟她说，这可是一封恐吓信，因为一两个月以后，我就完全自由了，她会吓得发抖，因为我会经常去您家，去的次数甚至会跟以前一样多。”

在让斯万离开前，我跟他谈起他的健康状况。“不，还没有坏到这种程度。”他对我回答道。“不过，正像我刚才对您说的那样，我现在相当疲倦，并已准备逆来顺受，接受可能发生的事。只是我得承认，如果死在德雷福斯案件结案之前，就会死不瞑目。那些混账王八蛋，都是诡计多端。我并不怀疑他们最终会被打败，但他们势力很大，处处都有人支持。什么事都可能功败垂成。我真想活到那个时候，亲眼看到德雷福斯和皮卡尔中校得到平反[①]。”

斯万走后，我又回到大客厅，盖尔芒特王妃就在那里，我当时并不知道，我以后会跟她成为好朋友。我最初并未看出她对德·夏吕斯先生的爱恋。我只是发现，从某个时期起，男爵对盖尔芒特王妃丝毫没有他经常对别人抱有的那种敌意，同时仍然对她这样喜爱，也许还更加喜爱，但每当有人跟他谈起王妃，他却显出不高兴和生气的样子。他在列出共进午餐的好友名单时，不再加入她的名字。

确实，在此之前，我曾听到一个心怀叵测的社交界人士说王妃完全变了，说她爱上了德·夏吕斯先生，但我觉得这种诽谤十分荒谬，并感到气愤。我已惊讶地发现，我在谈跟我有关的一件事时，如果德·夏吕斯先生插话，王妃就立刻朝这狭小的瞄准器槽观看，

---

① 德雷福斯于1906年7月得到平反。最高法院宣布雷恩法庭的判决无效，并下令恢复德雷福斯的军阶和职衔。皮卡尔同时得到平反，并晋升为准将，三个月后被任命为陆军部长。

这就像病人，在听到我们谈我们自己的事情时，当然是心不在焉、无精打采，但他突然听出一个名称是他所患的疾病，就既有兴趣又感到高兴。王妃出现这种情况，是在我对她说出这样的话时："正好德·夏吕斯先生告诉我……"她重又握紧已放松的注意力缰绳。有一次，我在她面前说，德·夏吕斯先生此刻对某个人有着相当强烈的感情，这时我惊讶地看到，王妃的眼睛里出现转瞬即逝的异样表情，如同留下一道裂痕，这是因为我们的谈话在无意中触动了听话者的一种想法，这种想法秘而不宣，不会用词语表达出来，而是在顷刻间从被我们搅动的心灵深处上升到目光变质的表面。但是，即使我的话使王妃受到触动，我也想不出是如何触动的。

另外，不久之后，她开始跟我谈论德·夏吕斯先生，而且几乎不拐弯抹角。她也提到极少数人对男爵散布的流言蜚语，不过只是被看作无中生有、荒诞不经的恶言恶语。但另一方面，她也说："我认为，一个女人如果爱上像帕拉梅德那样才华出众的男子，就应该具有远大的目光，并有足够的献身精神，才能从整体上接受和理解他的真实面貌，才能尊重他的自由自在和异想天开，才能设法为他排忧解难。"然而，盖尔芒特王妃虽说言辞如此模糊不清，却揭示了她想要赞美的事物，而且她的方式跟德·夏吕斯先生有时使用的方式完全相同。有些人在此前无法确定人们的流言蜚语是否是对夏吕斯的污蔑，我曾多次听到夏吕斯对这些人说："我这个人一生中盛衰众多，各种各样的人都见到过，见到过小偷也见到过国王，我甚至可以说有点偏爱小偷，我追求过各种形色的美，以及诸如此类的事。"这些话他认为说得巧妙，否定了无人怀疑曾流传过的流言蜚语（或是出于爱好、讲究分寸或追求真实，他说出了唯有他认为微不足道的部分事实），完全消除了一些人对他的怀疑，却也使那些尚未怀疑过的人开始对他产生怀疑。因为在各种窝藏中，最危险的莫过于在罪犯的思想中窝藏错误。他心里总是感到这错误，就无法想象这错误通常鲜为人知，无法想象彻头彻尾的谎话很容易被人相信，因此也就无法看出，在他自以为无可指摘的话中，开始说实话会使别人认为有几分真实。另外，他如守口如瓶也十分错误，因为在上流社会，有恶习就会得到支持和纵容，一座城堡里如得知两姐妹相爱并非只出于姐妹之情，就在布置城堡时大动干戈，让两姐妹睡在相邻的房间。但是，我突然发现，王妃的爱情是因为一件特殊的事情，我在此不想细说，因为这件事跟另一传说有关，据说德·夏吕斯先生情愿让一位王后去死，也不愿跟理发师失约，那理发师给他烫头发，是为了给一个公共汽车售票员看，在售票员面前，德·夏吕斯先生不可思议地感到局促不安①。不过，为了结束王妃的爱情这件事，我们来说说是哪件小事擦亮了我的眼睛。有一天，我独自跟她坐在马车上。马车驶到一个邮局门口，她让车停下。那天她没带跟班。她从手笼里半遮半掩地拿出一封信，要下车把信扔进信箱。我想拦住她，她稍稍挣脱，这时我们都已清楚自己的第一个动作有问题，她的动作似乎要保护秘密却未能保住，而我的动作阻碍她保守秘密，显得不大知趣。她很快恢复镇静。她突然满脸通红，把信递给了我，我不敢不接，但在扔进信箱时，我无意中看到是写给德·夏吕斯先生的信。

现在再回过头来谈我第一次参加的王妃府晚会。我去跟她告辞，因为她堂兄和堂嫂带我出去，而且十分匆忙。然而，德·盖尔芒特先生想跟他堂弟告辞。德·叙尔吉夫人站在一扇门旁，正好告诉公爵，说德·夏吕斯先生对她和她的两个儿子和蔼可亲，他弟弟这样亲热，而且是有这种想法后第一次如此亲热，使巴赞深受感动，在他心中唤起家族的感情，这种感情决不会长期处于沉睡状态。我们向王妃告辞时，他没有特意对德·夏吕斯先生表示感谢，

---

① 普鲁斯特在手稿中有一大段文字讲述盖尔芒特王妃对夏吕斯的热烈爱情。一天晚上，王妃再三请夏吕斯去看她，但夏吕斯跟一个有轨电车售票员有约会，没去看她，王妃在绝望中服毒自杀。

但向弟弟表达了自己的一片深情，也许他确实难以克制这种感情，也许是为了使男爵想起，他今晚的这种行为，做哥哥的不会看不到，这就像要使以后产生有益的记忆联想，我们就给用后腿直立的狗吃糖。“啊！小弟，”公爵说时拦住德·夏吕斯先生，并亲热地把他搂住，“在哥哥面前走过，怎么连招呼也不打一个。我现在见不到你了，梅梅，你不知道我有多么想念。我刚找到可怜的妈妈以前写的一些信，这些信全都对你含情脉脉。”——“谢谢，巴赞。”德·夏吕斯先生回答时声音骤变，他谈到母亲总是心里激动。“你应该作出决定，让我给你在盖尔芒特安置一幢房屋。”公爵继续说道。“看到兄弟俩这样亲热，真让人高兴。”王妃对奥丽娅娜说。“啊！我觉得这样的兄弟不多。我以后邀请您跟他一起来做客。”王妃向我许诺。“您跟他相处不错？……但他们之间又能说些什么？”她声音不安地补充道，因为她听到他们的只言片语。她总是有点嫉妒德·盖尔芒特先生在跟弟弟谈到过去的事时那样开心，而谈到过去的事，公爵有点要避开自己的妻子。她看到他们兄弟俩这样高兴地待在一起，感到自己无法抑制强烈的好奇心，就走到他们身边，但她的到来并未使他们感到高兴。那天晚上，除了这种常有的嫉妒之外，还有另一种嫉妒。因为德·叙尔吉夫人已告诉德·盖尔芒特先生，说他弟弟对她十分亲热，希望他对弟弟表示感谢，与此同时，盖尔芒特夫妇的一些忠实好友觉得应该把一件事告诉公爵夫人，那就是他们看到她丈夫的情妇跟她的小叔子单独待在一起。德·盖尔芒特夫人因此感到十分痛苦。“你想想，我们过去在盖尔芒特是多么快乐。”公爵接着对德·夏吕斯先生说。“要是你夏天有时能来那儿，我们又可以过上我们这种愉快的生活。你还记得，古尔沃老爹[①]曾说：‘帕斯卡为何令人困惑？因为

① 古尔沃老爹是夏吕斯和盖尔芒特公爵以前的老师。普鲁斯特曾在中学二年级（高中第一年）时留级，他于1885—1887年在孔多塞中学的语文老师是古尔博先生。

他自己……自己……’”——“困惑……”德·夏吕斯先生说时像在回答老师的问题。“那帕斯卡为何自己困惑？因为他令人……因为他令人……”——“困惑。”——“很好，您答得对，您一定会得到好分数，公爵夫人会奖给您一本汉语词典。”——“要是我没有记错，亲爱的梅梅，埃尔韦·德·圣但尼[①]给你带回来的那只古瓷大花瓶，我至今犹在眼前。你曾吓唬我们说，要到中国去生活一辈子，你对那个国家是多么喜欢；你当时已喜欢长途跋涉。啊！你这个人别出心裁，因为我们可以说，你从未有过众人的嗜好……”但是，公爵刚把这句话说出口，他的脸就涨得红如太阳，因为他即使不知道弟弟的生活作风，至少知道弟弟的名声。他从来不跟弟弟谈论这种事，现在说出似乎涉及此事的话，就感到尴尬，但因显得尴尬，他就觉得更加尴尬。沉默片刻之后，他为了使人忘记最后这句话，就说：“谁知道呢，你以前也许爱上了一个中国女子，后来又喜欢许多白种女郎，要博得她们的芳心，据我看，你今晚跟一位女士说话，她感到十分高兴。她对你心都醉了。”公爵本来不打算提到德·叙尔吉夫人，但他刚才说错了话，脑子里杂乱无章，就想到近在眼前的女士，而她恰恰是不该谈到的女人，虽然她要他这样说。这时，德·夏吕斯先生已发现哥哥脸红。罪犯听到别人在他们面前提到他们认为没有犯下的罪行，不愿意显出局促不安的样子，并觉得应该继续这种危险的谈话，德·夏吕斯先生也是如此，他对公爵回答道：“我为此感到十分高兴，但我还是想回过来谈你前面那句话，我觉得那句话极其正确。你说我从未有过众人的想法，这非常正确，你说我有特殊的嗜好。”——“不对。”德·盖尔芒特先生否认道，他确实没有说过这种话，也许并不相信他弟弟真的

---

① 埃尔韦·德·圣但尼侯爵（1823—1892），法国作家、汉学家。1874 年任法兰西公学汉语教授，1878 年当选为法兰西金石学和文学学院院士。著有《遐想和引导遐想的方法》一书，曾影响超现实主义作家安德烈·布勒东。

有这种嗜好。另外,他弟弟行为古怪,不管怎么说都令人怀疑或使人感到神秘莫测,会损害男爵的显赫地位,他是否认为自己因此有权来折磨弟弟?再说,公爵感到弟弟的这种地位对他那些情妇会有帮助,心想最好还是用宽容的态度来回报弟弟;即使他此刻已获悉弟弟有某种“特殊的”私情,但因希望获得弟弟的支持,这种希望又跟往事的虔诚回忆联系在一起,因此,德·盖尔芒特先生会置之度外,视而不见,需要时还会伸出援手。“啊,巴赞,晚安,帕拉梅德,”公爵夫人再也无法忍受,说时既恼火又好奇,“如果你们决定在这儿度过夜晚的时间,我们最好还是留下来吃夜宵。你们已让玛丽和我站了半个小时。”公爵给了弟弟意味深长的拥抱后离开了他,我们三人就从王妃府的大楼梯上走下来。

在楼梯最高几个梯级两边站着几对夫妇,在等他们的马车驶过来。公爵夫人独自直挺挺地站在楼梯左侧,她丈夫和我站在她左右两边,她已穿上提埃坡罗红的外套,领子用红宝石搭扣紧紧扣住,那些男男女女都目不转睛地盯着她看,想要看出她优雅和美丽的秘密。德·加拉东夫人在等待自己的马车,她跟德·盖尔芒特夫人站在同一个梯级上,是在右侧,她早已不指望她的表妹会来拜访她,因此转过身去,装出没有看到表妹的样子,特别是不想让人看出她表妹没跟她打招呼。德·加拉东夫人情绪十分低落,因为跟她在一起的几位先生觉得应该跟她谈起奥丽娅娜。她回答他们说:“我丝毫也不想见到她,不过我刚才看到了她,她开始见老了;看来她也难逃这一关。这话巴赞也说过。当然啰,这点我理解,因为她并不聪明,人又坏得出奇,穿得怪里怪气,因此她清楚地感到,一旦人老珠黄,她就长处全无。”

我已穿上外套,德·盖尔芒特先生跟我一起下楼时责备了我,当时天气虽热,但他怕会转凉。他们那一代贵族,都或多或少受到过迪庞卢主教大人[①]教育思想的影响,法语讲得十分蹩脚(卡斯泰拉纳家族[②]成员除外),因此公爵这样表达自己的想法:“出来前最好别穿外套,至少**一般论断如此**。”我现在回想起那天出来时的全过程,如果没有看错,我觉得曾看到萨冈亲王[③]在那个楼梯上,他仿佛是从画框里脱颖而出的肖像,这应该是他参加的最后一次社交晚会,当时他脱帽向公爵夫人致意,只见他戴着白手套的手,把大礼帽转了一大圈,这跟上衣饰孔上的栀子花相映成趣,但使人感到惊讶的是,这并非是旧制度时流行的羽毛毡帽,跟这位大贵族的脸一模一样的好几位祖先都戴这种毡帽。他只在公爵夫人身边停留片刻,但他在顷刻间摆出的种种姿态,足以构成一幅幅生动的画面,如同一个历史场景。另外,由于他已在此后去世,我在他生前只见过他这一面,他对我来说已成为历史人物,至少是社交史上的人物,我有时想起我认识的一位女士和一位男士是他的妹妹和侄子,就不免感到惊讶。

我们下楼时,一位女士正在上楼,她一脸倦容,跟她相称,看上去有四十来岁,虽说实际年龄更大。这是奥尔维耶王妃,据说是帕尔马公爵的私生女[④],她声音甜美,隐约露出奥地利口音。她往上走,身材高大,身体前倾,身穿白色印花真丝连衣裙,在鞍辔般的钻石和蓝宝石项链下面,优美的胸部疲惫不堪地起伏不定。她不断点头,犹如国王的良种牝马,似乎因价值连城却又十分沉重的珠宝

---

① 费利克斯·迪庞卢(1802—1878),奥尔良主教。他十分关心教会中学的教育工作,1844—1850 年参加为争取教育自由的斗争,促使 1850 年通过法卢提出的《教育法》,使各级学校在相当程度上受到天主教会的控制和影响。参见本书第三卷第 194 页注④。

② 这个家族起源于十一世纪。普鲁斯特是博尼·德·卡斯泰拉纳伯爵的朋友。参见本书第二卷第 212 页注③。

③ 萨冈亲王是博尼·德·卡斯泰拉纳伯爵的伯父,于 1910 年去世。参见本书第二卷第 212 页注①。

④ 埃尔韦·德·圣但尼侯爵夫人是最后一位执政的帕尔马亲王的私生女。

串成的笼头而感到难受，她向各处投以温柔而又迷人的目光，呈现的蓝色开始逐渐变淡，却显得更加亲热，对离去的大多数客人，她都友好地点头致意。“您来得真是时候，波莱特！”公爵夫人说道。“啊，我真是遗憾！我真的无法脱身。”奥尔维耶王妃回答道。这种话她是从盖尔芒特公爵夫人那儿学来的，但说出的语调温柔而又自然，并显得真诚，这是因为如此温柔的声音，具有遥远的条顿口音的铿锵有力。她显然在暗示生活错综复杂，又说来话长，而不是庸俗地提到晚会，虽说她来此之前已参加了好几个晚会。但是，她来得如此之晚，并非因为那些晚会。盖尔芒特亲王曾在漫长的年月里不准他妻子接待德·奥尔维耶夫人，但在禁令解除之后，德·奥尔维耶夫人只是送去名片以表示对邀请的答复，使人感到她并非迫不及待想去赴会。用这种方法应付了两三年之后，她才登门拜访，但去得很晚，仿佛看完戏才去。这样一来，她就给人以一种印象，那就是她对晚会毫不在乎，也不想在晚会上现身，她只是来看望亲王夫妇，只是出于好感为他们而来，来时四分之三的客人都已离开，她就能“更好地享受跟他们相聚的乐趣”。“奥丽娅娜确实已落到极其下贱的地步。”德·加拉东夫人喃喃地抱怨道。“我弄不懂巴赞为什么会让她跟德·奥尔维耶夫人说话。德·加拉东先生是不会允许我这样做的。”而我却看出德·奥尔维耶夫人就是那个女人，她常在盖尔芒特府附近久久地朝我投来忧郁的目光，然而转过身去，在商店的玻璃橱窗前停了下来[1]。德·盖尔芒特夫人把我向她作了介绍，德·奥尔维耶夫人显得迷人，但不冷不热。她用温柔的眼睛看了看我，就像看所有人那样……但我以后如遇到她，就再也不会看到她似乎要委身于人的示爱表示。有一种特殊的目光，似乎表示认出了你，一个青年男子决不会从某些女人以及某些男人的脸上看到，要等到他们认识你之后，并知道你

---

① 参见本书第三卷第388页。

跟他们有一些共同的朋友，他们才会对你投以这种目光。

仆人通报，马车已驶过来。德·盖尔芒特夫人把红裙提起，她下楼和上车时就是如此，但她也许内疚，或想让别人开心，特别是想利用马车未到的短暂时间，乘她依然内疚之时去做一件如此厌烦的事，就对德·加拉东夫人看了一眼，接着，仿佛刚看到她，就灵机一动，在下楼前走到梯级右侧她那喜出望外的表姐面前，并向她伸出了手。“好久不见。”公爵夫人对她这样说，以免进一步解释这句话似乎包含的种种遗憾和正当理由，然后神色畏怯地转向公爵，这时公爵已跟我一起下楼朝马车走去，看到他妻子朝德·加拉东夫人那边走去，使其他马车无法驶过来，感到十分生气。“奥丽娅娜还是非常漂亮！”德·加拉东夫人说。“大家都说我们关系冷淡，我听了觉得可笑，可能有一些原因，使我们多年没有来往，但我们没必要让别人知道是什么原因，我们有许多共同的回忆，不可能永远分开，她清楚地知道，她爱我胜过她每天见到但地位比她低下的许多人。”德·加拉东夫人确实像那种被人看不起的情郎，拼命想让别人相信，他们的佳丽喜爱他们胜过她宠爱的男人。接着（她在谈论盖尔芒特公爵夫人时赞不绝口，根本不考虑这跟她刚才说的话相互矛盾），她婉转地表明，公爵夫人完全掌握行为准则，使她在社交界显得十分优雅，现在她的服饰美妙无比，不但令人赞赏，而且使人嫉妒，但她应该能在下楼梯时消除别人的嫉妒之心。“您至少得注意，别弄湿了您的鞋子。”（这时已下起了小阵雨）公爵说时，还在为等她而恼火。

在回去的路上，因四轮双座马车的车厢很小，盖尔芒特公爵夫人的红鞋就必然跟我的脚离得很近，她怕碰到我的脚，就对公爵说：“这年轻人会像我不记得是哪张漫画上那样，只好对我说：‘夫人，您就立刻对我说您爱我，但您别这样踩我的脚。’”不过，我这时根本不是在想德·盖尔芒特夫人。自从圣卢跟我谈起一个在打炮屋卖淫的名门闺秀和普特布斯男爵夫人的女仆之后，两个阶层的众多美女每天使我产生的欲望，归结为这两个合而为一的女子；一方面是平凡而又漂亮的女子，是名门望族的端庄女仆，她们傲气十足，谈到公爵夫人就说“我们”，另一方面是那些姑娘，即使我未曾看到她们乘车或步行经过，但只要在报道舞会的消息上看到她们的芳名，我就会爱上她们，并仔细查阅她们避暑的城堡年鉴（我往往会因城堡名称相似而弄错），我于是遐想联翩，依次去西部平原、北部沙丘和南部松林小住。但是，我根据圣卢对我描述的理想美女，把世上所有美妙女子融为一体，以塑造出轻佻姑娘和普特布斯夫人的女仆，却是白费力气，因为这两个可占有的美女，只要尚未见到她们的芳容，我就无法了解她们的个性。那几个月里我主要对这些姑娘有欲望，我徒劳地苦思冥想，要想出圣卢跟我谈到的姑娘是什么模样，又是什么人，而在有几个月里，我偏爱一个女仆，即普特布斯夫人的女仆。但是，转瞬即逝的美女是如此之多，我惴惴不安地想把她们弄到手，却往往连她们的姓名也不知道，要找到她们十分困难，认识她们就更加困难，也许无法把她们征服，因此一直心烦意乱，但现在却心平如镜，因为我已在这批分散各处、转瞬即逝而又无名无姓的美女之中，挑选出两个优秀典型，她们都有自己的体貌特征，我至少有把握在我想要的时候得到她们。我推迟享受这双重乐趣的时刻，如同推迟工作的时刻，但我肯定能在想要的时候得到这种乐趣，我也就几乎不去索取，这就像安眠药片，只要在伸手可及之处，就不必服用便能入睡。我在这世上只想要两个女人，我当然不能想象出她们的容貌，但圣卢已把她们的姓名告诉了我，并说明她们全都百依百顺。因此，他刚才说的话给我的想象力出了难题，但从另一方面说，也使我的意志力得到愉悦的松弛和持久的休息。

“嗳！”公爵夫人对我说，“除了您说的那些舞会之外，我是否还能帮您什么忙？您是否想到哪家沙龙，希望我给您引见？”我对她回答说，我唯一想去的那家沙龙，怕她觉得太不优雅。“是哪家?”她问时声音吓人而又沙哑,几乎没把嘴张开。“普特布斯男爵夫人。”这一次,她装出确实生气的样子。“啊!想不到竟是这家,我觉得您是在嘲笑我。我甚至不知道自己是怎么听说这个悍妇的姓的。这是社会渣滓。这就像您要我把您介绍给我的服饰用品店老板娘。那也不行,因为我的服饰用品店老板娘十分迷人。您真是有点疯了,可怜的孩子。不管怎样,我求您了,对我介绍给您的那些人要有礼貌,先给他们送上名片,然后登门拜访,别跟他们谈起普特布斯男爵夫人,他们不认识。”我问她,德·奥尔维耶夫人是否有点轻佻。“哦!完全不是,您弄错了,她可能有点假装正经。是不是这样,巴赞?”——“是的,不管怎样,我觉得从未有过任何关于她的流言蜚语。”公爵说。

“您不想跟我们一起去参加化装舞会?”公爵问我。“我可以把威尼斯外套借给您,我知道有个人,会对此感到非常高兴,当然首先高兴的是奥丽娅娜,这是不用说的,我说的是帕尔马公主。她一直在为您大唱赞歌,总是用您来发誓。您运气好——她有点成熟了——她可是十分腼腆的女人。不然的话,她肯定会让您当她的侍从骑士,我年轻时大家都这么说,那是贵妇人的一种男伴。”

我不想去参加化装舞会,而想跟阿尔贝蒂娜见面。因此我谢绝了。马车停下,跟班请人把大门打开,那几匹马开始踢蹬前蹄,直至大门完全打开,于是马车驶进院子。“再见。”公爵对我说。“我有时后悔跟玛丽如此接近,”公爵夫人对我说,“因为我即使很爱她,仍希望跟她见面的次数稍为少些。但是,我从未像今晚那样后悔跟她待在一起,因为这样一来,我跟您待在一起的时间就已如此之少。”——“好了,奥丽娅娜,别说了。”公爵夫人本想请我到他们家坐一会儿。但我说不能去了,因为有个姑娘马上要来家里看我,公爵夫人听了大笑起来,公爵也笑了。“您挑选奇特的时间接待客人。”她对我说。“好了,亲爱的,我们得抓紧时间。”德·盖尔芒特先生对妻子说。“现在十二点差一刻,我们还得去化装……”

这时，他看到两位手拿拐杖的夫人严守在他家门口，她们不怕夜里天黑，硬是从山上下来，以阻止丑闻发生。“巴赞，我们怕您在化装舞会上被人看到，就一定要告诉您：可怜的阿马尼安一小时前刚刚去世[①]。”公爵一时间惊慌失措。他眼看这妙不可言的化装舞会就要泡汤，这两个令人厌恶的山野女人，恰恰在这时来把德·奥斯蒙先生去世的消息告诉他。但他很快恢复镇静，就对两位表姐说了话，话里既表示他绝不放弃娱乐的决心，也表明他没有能力正确使用法语表达方法：“他死了！不，那是夸大其词，那是夸大其词[②]！”然后，他不再去答理这两个亲戚，她们手拿铁头登山杖，要连夜上山回家，而他急忙向贴身男仆打听情况；“我的头盔送来了吗？”——“送来了，公爵先生。”——“上面是否有透气小孔？哦，我可不想给闷死！”——“有的，公爵先生。”——“啊！真是天杀的，今晚多灾多难。奥丽娅娜，我忘了问巴巴尔，您是否能穿那双翘头鞋！”——“亲爱的，喜歌剧院的服装师已经来了，他会告诉您的。我嘛，我觉得这跟您的马刺无法相配。”——“我们去找服装师。”公爵说。“再见，孩子，但我还是想请您进去，看看我们试穿化装服，让您开心。我们以后再谈，快到半夜十二点了，我们决不能迟到，要在晚会开始前赶到。”

我也急于离开德·盖尔芒特先生和夫人。《淮德拉》在将近十一点半时结束。即使加上过来的时间，阿尔贝蒂娜也应该到了。我直接去问弗朗索瓦丝：“阿尔贝蒂娜小姐来了吗？”——“没人

---

① 主人公那天下午到盖尔芒特公爵和公爵夫人家里去拜访时，遇到锡利斯特拉王妃以及德·普拉萨克夫人和德·特雷姆夫人，她们从山上的布雷基尼公馆下来，把盖尔芒特公爵的表兄阿玛尼安·德·奥斯蒙已气息奄奄的消息告诉公爵。参见本书第三卷第609—610页。

② 据说，这是埃默里·德·拉罗什富科在罗贝尔·德·蒙泰斯鸠的哥哥贡特朗去世时说的话。

来过。”[1]

天哪，这就是说谁也不会来了！我感到焦急不安，现在，我更希望阿尔贝蒂娜会来，因为无法确定她是否会来。[2]

弗朗索瓦丝也感到烦恼，但原因截然不同。她刚让女儿在餐桌旁坐下，准备让她品尝美味夜宵。但她听到我回来，眼看来不及撤下碗碟，也无法拿起针线，装出是在干活，而不是在吃夜宵，就对我说：“她刚喝了一匙汤，我硬要她吸点骨头汁。”她这样说，是要让我觉得她女儿只吃了一点东西，仿佛多吃了才不对似的。即使在吃午饭或晚饭时，如果我犯下进入厨房的错误，弗朗索瓦丝也会装出已经吃完的样子，甚至辩解般地说“我刚想吃一**块**”或“一**口**”。但我很快就放下心来，因为我看到桌上放着许多菜肴，弗朗索瓦丝因我突然进来没有防备，就像做坏事的人那样——她当然不是坏人——没来得及把这些菜拿走。然后，她补充道：“好了，你去睡吧，你今天这样已经干得够多的了（因为她希望我们觉得她女儿没有增加我们任何花费，过着贫困的生活，而且还在拼命为我们干活）。你在厨房里只会碍手碍脚，尤其是妨碍先生等待客人来访。那你就上楼去吧。”她接着说，仿佛她只好使用自己的威信赶女儿上去睡觉，而女儿既然吃不成夜宵，待在这儿也只是做做样子，我要是再待上五分钟，她自己也会逃之夭夭。弗朗索瓦丝朝我转过身来，用她那漂亮而又略带个性的大众法语说：“先生没看到她困得脸像被刀割。”我感到高兴的是，不用跟弗朗索瓦丝的女儿说话。

我已说过，弗朗索瓦丝出生在小村庄，离她母亲的故乡很近，但土质、种的庄稼和方言都不相同，特别是居民的某些风俗习惯更不相同。因此，“卖肉的”女人和弗朗索瓦丝的侄女的关系很不好，但她们有个共同之处，那就是出去买东西时，总要到“姐妹家”

---

[1][2] 法国七星丛书版后面接排，不另起一行。

或“表姐妹家”去待上几个小时，谈起来没完没了，把出来办什么事也忘得一干二净，她们回来时如果问她们：“那么，诺普瓦侯爵先生是否能在六点一刻接见客人？”她们甚至不是拍拍自己的脑门说：“啊！我忘了”，而是说：“啊！我没听出先生是问我这件事，我以为只要去向他问好。”她们对我们在一小时前说的事如此“装聋作哑”，但她们一旦听到姐妹或表姐妹说的话，就无法从她们脑子里抹去。譬如说，卖肉的女人曾听说英国人在七〇年跟普鲁士人同时跟我们打仗（我曾徒劳地解释说这不是真的），她每隔三个星期就会在谈话中对我说；“这是因为英国人在七〇年跟普鲁士人同时跟我们打仗。”——“可我已跟您说过一百遍，您弄错了。”她的回答表明，她的信念毫不动摇：“不管怎样，这不是怨恨他们的理由。七〇年以来，事情早已过去，等等。”还有一次，她宣扬要跟英国打仗，听到我反对她就说：“当然啰，最好还是不要打仗；但既然不得不打，最好还是马上就打。我姐妹下午解释说，自从七〇年英国人跟我们打仗以来，签订的贸易协定使我们破产。等到把他们打败以后，英国人要进入法国，就得付三百法郎入境费，跟我们现在去英国一样。”

这个小村庄的居民对人十分真挚，但他们说起话来，骨子里却十分固执，决不让别人打断，万一有人打断他们的话，他们就会在其后接连说上二十遍，最终使他们的话像巴赫的一首赋格曲那样具有不可动摇的牢固性，这就是他们的个性，村庄里的居民不足五百，道路两边种有栗树、柳树，还有种土豆和甜菜的农田。

弗朗索瓦丝的女儿恰恰相反，她自以为是摩登妇女，已走出古老的乡间小道，说的是巴黎切口，说话时不会错过开玩笑的任何机会。她听弗朗索瓦丝说我刚从一位王妃的府邸回来，就说：“啊！准是个傻瓜王妃。”她看到我在等客人，就假装以为我名叫夏尔。我自然回答说不是，这样她就能说“啊！我以为是这样！我在想 Charles attend［夏尔在等，跟 charlatan（江湖骗子）同音］。”这种玩笑，情趣实在不高。她见阿尔贝蒂娜迟迟未到，就安慰我说："我想您等她会永远等下去。她不会来了。啊！我们今天这帮小白脸！"我听了当然不会毫不在乎。

因此，她的话跟她母亲说的不同，但更加有趣的是，她母亲的话也跟她外婆说的不同，她外婆出生在松林巴约[①]，跟弗朗索瓦丝的家乡近在咫尺。然而，两地的方言略有不同，如同两地的景色。弗朗索瓦丝母亲的家乡沿山坡下至隘谷，到处植有柳树。相反，法国有个小地方离那里很远，说的话几乎跟梅塞格利兹的方言完全相同。我在感到厌烦的同时有了这个发现。我有一次看到弗朗索瓦丝在跟这幢屋子里的一个侍女高谈阔论，侍女是那个地方的人，说的是那个地方的方言。她们几乎能完全听懂对方的话，但我却完全听不懂她们的话，她们知道我听不懂，却仍然不停地说，觉得她们的出生地虽然如此遥远，却像同乡一样，感到十分高兴，因此，即使在我面前说这种外语，不想让我听懂，也会得到我的谅解。这种对语言地理学和女仆间友谊的生动活泼的研究，每星期都要在厨房里进行，而我却并未感到丝毫的乐趣。

每当院子的大门打开，女门房就按开关，让楼梯的灯照亮，因为房客都已回家，我就立刻离开厨房，回到候见室坐下，并朝我们套间的玻璃门观看，门帘稍窄，没能把门完全遮住，这时，楼梯上光线半明半暗，门缝里渗进一道垂直的微光。这微光如突然变成金黄，那是因为阿尔贝蒂娜刚走进大楼，两分钟后就能来到我的身旁，在这深更半夜，别人不可能来访。我待在那里，眼睛盯着那道垂直光线，但光线却依然暗淡；我往前俯下身子，以确信看得清楚；但我看来看去也看不出有什么变化，那道暗淡的垂直光线，并未像我热切希望的那样使我欣喜若狂，而我如看到那光线突然有了意味深长的魔力，变成一条明亮的金光，准会十分高兴。这是在对阿

---

① 松林巴约是厄尔—卢瓦省的村庄，在伊利埃附近。

尔贝蒂娜感到不安，而在盖尔芒特王妃的晚会上，我想到她的时间还不到三分钟！但我想起以前等待其他姑娘时的感觉，特别是等待迟迟未到的吉尔贝特的感觉，我想到可能会失去肉体上的愉悦，就会在精神上感到巨大的痛苦。

我只好回到自己的房间。弗朗索瓦丝随之而来。她觉得我已从晚会归来，上衣饰孔上不需要再插玫瑰花，就要把它取下。她这个动作向我表明，阿尔贝蒂娜不会来了，并迫使我承认，我是为了她才想显得优雅，我因此感到恼火，就猛烈挣脱，结果把花弄皱，而弗朗索瓦丝却对我说："让我取下来不是更好，也不会弄得这样坏"，这无疑使我火上加油。另外，她说什么我都会恼火。在等待之时，你因想望之人没有到来而十分痛苦，无法容忍另一人待在你的身旁。

弗朗索瓦丝走出我的房间后，我心里在想，我现在是否想对阿尔贝蒂娜献殷勤，而我以前却很不知趣，晚上让她再来跟我亲热抚摸，有好几次没刮胡子，而且是好几天没刮。我感到她没把我放在心上，让我形单影只。阿尔贝蒂娜要是再来，对我来说可是最美好的事情，我要把房间布置得更加漂亮，就在几年后第一次又在我床边的桌上摆出饰有绿松石的书袋，那是吉尔贝特请人给我做的，用来存放贝戈特的那本小册子[①]，有很长一段时间，我睡觉时都把那本书放在身边，放在玛瑙球旁边。阿尔贝蒂娜还没来，她这时待在我不知道的"别处"，一定觉得更加舒服，想到这点，我同样感到痛苦，虽说我在一小时前曾对斯万说我不会嫉妒，而我女友要是来我这里更勤，我就会产生一种焦虑，想要知道她在哪里跟谁一起度过这段时间。时间太晚，我不敢派人去阿尔贝蒂娜家里，但我想她也许跟几位女友在一家咖啡馆里吃夜宵，希望她会想到给我打电话，于是我就转动转换开关，让电话接到我房间里，并切断这时通常连

① 即贝戈特论拉辛的小册子。参见本书第一卷第403页。

接邮局和门房的线路。在通到弗朗索瓦丝房间的小走廊里装个听筒会更加方便,也不大会打扰别人,但却毫无用处。人类文明的进步会使每个人表现出不容置疑的优点,使朋友们觉得这进步更加可贵,但也会使每个人表现出新的恶习,使朋友们感到这进步更加无法容忍。因此,爱迪生的这一发明[①]使弗朗索瓦丝又多了个缺点,那就是不管电话多么有用,不管情况多么迫切,她都拒不使用。别人要教她打电话,她就设法逃走,就像有些人怕种牛痘。因此,电话就装在我房间里,而为了不打扰我的父母,电话铃声就由转盘的声音取而代之。我怕听不到转盘的声音,就一动不动地待着。我静止不动,并自几个月以来第一次听到挂钟的滴答声。弗朗索瓦丝进来整理东西。她跟我说话,但我讨厌这种谈话,这平庸、单调的谈话持续不断,我的心情却时刻都在变化,从担心转为焦虑,从焦虑变成完全失望。我感到只好跟她含糊其词说几句表示满意的话,但我脸上的表情却截然不同,显得十分痛苦,使我认为自己因患风湿病而难受,以解释我为何装出无动于衷的样子,同时又显出这种痛苦的表情;另外,弗朗索瓦丝虽然低声说话(并非是因为阿尔贝蒂娜,她认为阿尔贝蒂娜会来的时间早已过去),但我还是怕她的说话声会使我听不到救命般的来电声,这来电声也许不会再响起。弗朗索瓦丝终于去睡觉了;我软硬兼施把她打发走,使她离开时发出的声响不要盖住来电的声音。我又开始倾听和痛苦;我们在等待时,用耳朵捕捉声音,传到思想,进行审查和分析,然后把分析结果传到心灵,这两种传递十分迅速,我们无法感到传递的时间,我们似乎直接用自己的心灵倾听。

我受到折磨,是因为不断产生一种愿望,这愿望越来越焦虑不安,却总是未能如愿以偿,那就是想听到来电的声音;痛苦在我独

---

① 电话并非由托马斯·爱迪生(1847—1931)发明,而是由他的同胞亚历山大·格雷厄姆·贝尔(1847—1922)发明。

自焦虑不安时沿着螺旋线升到了顶点，这时，夜晚拥挤的巴黎突然跟我接近，我突然在我书橱旁边听到从巴黎深处传来的声音，是机械发出的美妙声音，如同《特里斯坦》中围巾的挥动声或牧童的芦笛声[①]，这是电话的转盘声。我冲了过去，是阿尔贝蒂娜打来的电话。“这么晚给您打电话，没打扰您吧？”——“没有……”我说时克制住内心的喜悦，她说太晚，无疑是说她这么晚还来表示道歉，而不是因为她不会来了。“您来吗？”我问时用一种无所谓的口气。“那就……不来了，如果您不是非要我来。”

我的一部分自我已在阿尔贝蒂娜身上，而另一部分也想与其会合。她非来不可，但我起初并未对她明言；我们已经在通电话，我想总可以在最后一刻迫使她来我家，或是让我去她家。“是的，我在离我家很近的地方，”她说，“离您的家可有十万八千里；我没有看清楚您的短信。我刚才又拿出来看了，我怕您还在等我。”我感到她在撒谎，现在是我在生气，我更想打扰她，而不是想见到她，我想逼她过来。但是，我先要拒绝我在片刻之后想得到的东西。她这时在哪儿？她的说话声中混杂着其他声响：自行车的喇叭声、女人的歌声以及远处军乐队的演奏声，跟她悦耳的声音同样清晰，仿佛向我表明，阿尔贝蒂娜在现时的环境中离我近在咫尺，但她如同一块泥土，如要挖掉，就得把周围的禾木科植物一起拔除。我听到的声响也在干扰她的听觉，使她无法全神贯注；真实的细节，跟主题无关，本身也毫无用处，却是不可或缺的工具，能向我们展现奇迹的真相；简洁而又迷人的描述，展现了巴黎的某个街道，一个陌生的晚会，被清楚而又无情地勾画出来，这是阿尔贝蒂娜在看完《淮德拉》之后无法来我家的原因。“我先要对您说，这不是为了

---

① 在瓦格纳的三幕歌剧《特里斯坦与依索尔德》中，挥动围巾是依索尔德对特里斯坦发出的信号（第二幕第一场），牧童的芦笛声则告诉垂死的特里斯坦，依索尔德的船已经开出（第三幕第一场）。

要您来，因为在这个时候，您来会使我很不方便……”我对她说，“我困得要命。另外，情况还十分复杂。我要对您说，我的信不可能使人误会。您也回答说一言为定。那么，如果您没有看懂，您又是怎么理解的？”——“我说过一言为定，只是我记不大清楚约定的是什么事。我看出您生气了，我感到烦恼。我后悔去看了《淮德拉》。我当初要是知道会有这么多麻烦……”她补充道，就像有些人，做错了一件事，却要装模作样，认为别人怪他们做错的是另一件事。“《淮德拉》跟我不满毫无关系，因为是我请您去看的。”——“那么，您是在怪我啰，可惜，今天晚上时间太晚，否则，我就到您家去，但我明天或后天一定去向您道歉。”——“哦！不，阿尔贝蒂娜，我求您了，您已让我浪费了一个晚上，您至少得在以后几天让我安宁。我两三个星期里都没空。您听好，您因为我们都觉得对方在生气而感到烦恼，其实您这样也许没错，如果是这样，既然我已经等到您这么晚，而您也还在外面，那么，疲劳归疲劳，我还是希望您马上就来，我去喝点咖啡提提神。”——“是否能推迟到明天？因为有困难……”这种推托的话说了出来，仿佛她不会来了，我听到后感到，她这张柔滑的脸，在巴尔贝克时已使我每天都向往一个时刻，那就是望着九月份淡紫色的大海，待在这朵玫瑰色鲜花旁边，于是，再见到这张脸的愿望，跟一种完全不同的环境痛苦地融合在一起。对一个人有这种强烈的需要，我是在贡布雷从母亲那里体会到的，我甚至想到要死，因为她让弗朗索瓦丝告诉我，她不能到楼上来。感情在过去作出这种努力，是想跟另一个人融为一体，而时间较近的一次努力，就只有一种淫荡的目的，想得到海滩上一朵有粉红肉色的鲜花，这种努力的结果，往往只是形成新的化合物，但存在的时间只有片刻之久。至少在那天晚上，这两种元素在很长一段时间里依然呈离解状态。但是，我在电话里听到最后一句话时，就已开始看出，阿尔贝蒂娜的生活跟我相距（当然不是具体的距离）十分遥远，因此我必须始终进行精疲力竭的探索，才能把她控制住，此外，她把自己包装得如同乡间堡垒，为更加安全起见，甚至如同后来大家通常所说的伪装堡垒。另外，阿尔贝蒂娜虽说生活在较高的社会阶层，却属于一种人，女门房答应你的送信人把信转交给这样的女子，但后来有一天，你发现你在外面遇到并答应给她写信的女子，恰恰就是女门房本人。因此，她正是住在她告诉你的住宅里，不过是住在门房（而这幢住宅，是个小小的打炮屋，女门房则是鸨母），而且[1]，她告诉你地址的那幢楼，一些同谋知道她在那里，但不会把她的秘密告诉你，有人会把你的信从那里送到她手里，但她不住在那里，最多只是把一些衣物留在那里。这种人的生活情况，只能用短短五六行字写出，因此，你想要见这个女人，或者想了解她的情况，就前来敲门，但不是太右就是太左，不是太前就是太后，你会在几个月甚至几年的时间里对此一无所知。对阿尔贝蒂娜来说，我感到决不会了解到她的任何情况，众多真实的细节和虚假的事实混杂在一起，我就决不能弄清。而且永远如此，除非把她关进监狱（但可能越狱），直到她死去。那天晚上，这种信念只是使我心中感到不安，但我在不安中感到战栗，如同长期痛苦的先兆。

“不行，”我回答道，“我已经跟您说过，我以后三个星期都没空，明天或者另一天都是这样。”——“好吧，那么……我就赶紧过来……真讨厌，因为我在一位女友家里，她嘛……”我感到，她并不认为我会接受她来我家的提议，因此这提议并非出自真心，我就想逼她作出决定。“您的女友，这跟我又有什么关系？您来还是不来，这是您的事，不是我请您来，是您对我提出要来。”——“您可别生气，我马上跳上一辆出租马车，十分钟后就能到您家里。”这时，夜深的巴黎传来无形的信息，一直传到我的房间，测定远处一个人的行驶里程，这第一次报喜之后，将要出现的是阿尔贝蒂

① 法国七星丛书版为：或者是。

娜，我以前在巴尔贝克的天空下跟她认识，大旅馆的侍者们在摆餐具时，被夕阳的光线照得眼花缭乱，当时玻璃窗全都打开，黄昏的气息在不知不觉中从最后一批散步者滞留的海滩自由地进入宽畅的餐厅，第一批来吃晚饭的客人尚未就座，而在柜台后面的镜子里，可看到船体的红色反光，并久久地映照出最后一班驶向里弗贝尔的渡船排出的灰烟反光。我不再去想阿尔贝蒂娜迟到的原因，这时，弗朗索瓦丝走进我的房间对我说："阿尔贝蒂娜小姐来了。"我回答时连头也没动，只是为了假装不知此事："阿尔贝蒂娜小姐怎么来得这么晚？"我随即朝弗朗索瓦丝抬起眼睛，仿佛感到好奇，想知道她的回答是否会证实我的问题显得真诚，但我既钦佩又气愤地发现，弗朗索瓦丝技艺高超，可以跟能让无生命的衣服和脸部轮廓说话的贝尔玛一比高下，她能用胸衣、头发以及脖子来开导别人，她把白发全都梳到上面，当作出生证来展示，而脖子则因疲劳和顺从而弯曲。它们在为她抱怨，说她这么大年纪，深更半夜被人吵醒，从暖和的床上起来，只好在匆忙中穿好衣服，有可能会胸部发炎。因此，我怕因阿尔贝蒂娜晚来而面露抱歉的神色，就说："不管怎样，她来了我很高兴，真是太好了。"说时显出内心的喜悦。但是，这喜悦未能长时间完美无缺，因为我听到弗朗索瓦丝的回答。她没有丝毫的抱怨，甚至竭力克制住无法忍住的咳嗽，她只是把披肩披上，仿佛觉得冷，先是把她对阿尔贝蒂娜说的话全都告诉我，没有把她向阿尔贝蒂娜打听她姨妈情况的事漏掉。"我正是这么说的，先生当时担心小姐不会来了，因为这不是来访的时间，天很快就要亮了。她大概在什么地方玩得开心，因为她不仅对我说，让先生久等，她心里难受，她还显出目空一切的样子对我回答说：'迟来总比不来好！'"接着，弗朗索瓦丝又说了两句使我心痛的话："她这样说，是把自己给卖了。她也许想躲起来，但是……"

我听了不是感到十分惊讶。我刚才说过，弗朗索瓦丝在让她办事时,即使不是把她说过的添油加醋的话告诉我们,也很少说出我们想听到的回答。但是,虽说她破例向我们转述我们的朋友说过的话,不管朋友的话多么简短,她通常仍然会根据需要,设法用她认为这些朋友在说出这些话时的表情和声调,使他们的话显得有点伤人。在迫不得已时,她会忍受我们派她去购物的一家商店老板的侮辱,这种侮辱也许是她想象出来的,侮辱虽然是针对她的,但她代表我们去购物,用我们的名义说话,所以最终受侮辱的还是我们,这就是她忍受侮辱的原因。如果这样,那就只好对她回答说,是她理解错了,得了被迫害妄想症,不是所有的商人都联合起来跟她作对。另外,商人们感情如何,我毫不介意。但说到阿尔贝蒂娜的感情,那就是另一回事了。弗朗索瓦丝又把"迟来总比不来好!"这句挖苦话说了一遍,使我立刻想到阿尔贝蒂娜的那些朋友,她在他们的圈子里度过夜晚的时间,想必比跟我在一起更加愉快。"她很滑稽,戴着一顶扁扁的小帽,眼睛大大的,看上去滑稽可笑,特别是她穿的那件外套,全都被虫蛀坏,早该送到'破布店'去修补。我觉得她好笑。"弗朗索瓦丝补充道,仿佛在嘲笑阿尔贝蒂娜,她很少跟我有相同的印象,就觉得需要使我了解她的印象。我甚至不想表明,我知道她的笑意味着蔑视与嘲笑,但为了针尖对麦芒,我虽然不知道她说的是怎样一顶小帽,仍然对弗朗索瓦丝回答道:"您说的'扁扁的小帽',可是十分迷人……"——"就是说一钱不值。"弗朗索瓦丝说时公开表示她确实蔑视。于是,我(用温柔而又缓慢的语调,使我虚假的回答不表示我在气愤,而表示我说的是实话,另外,我也不浪费时间,以免阿尔贝蒂娜久等)对弗朗索瓦丝说出如下残忍的话。"您很善良,"我虚情假意地对她说,"您很亲切,您有千百种优点,但您的水平仍像您刚来巴黎时那样,您对服饰的了解是这样,在法语发音和避免诵读错误方面也是这样。"这种责备特别愚蠢,因为我们以正确发音为自豪的那些法语词,其实本身就是高卢人的嘴在读拉丁语词或撒克逊语词时犯的“诵读错误”，我们的语言只是其他几种语言的错误发音。活的语言的精髓，法语的未来与过去，才是我在弗朗索瓦丝的错误中应该感兴趣的东西。把“织补店”说成“破布店”，难道不是跟鲸和长颈鹿那样幸存下来的远古动物一样有趣，并向我们展示动物所经历的各个阶段？我补充道：“既然您这么多年都没有学会，那您就永远都学不会。您不用担心，您仍然可以成为十分正直的人，仍可以做出美味的牛肉冻和其他许多佳肴。那顶帽子您觉得普通，却是按盖尔芒特王妃一顶帽子的式样制作，花了五百法郎。另外，我打算以后再送一顶更漂亮的帽子给阿尔贝蒂娜小姐。”我知道，弗朗索瓦丝最烦恼的是，我把钱花在她不喜欢的人身上。她回答了我几句话，但因她突然喘气而听不大清楚。后来我得知她患有心脏病，就对自己以前这样反驳她，从不放弃这种残忍而又无益的乐趣，感到十分后悔。弗朗索瓦丝讨厌阿尔贝蒂娜，还因为阿尔贝蒂娜穷，无法具有我在弗朗索瓦丝眼里的那种优越地位。每当我受到德·维尔帕里齐夫人的邀请，弗朗索瓦丝总是露出善意的微笑。相反，她因阿尔贝蒂娜从不回请而感到气愤。我最终只好杜撰阿尔贝蒂娜给我送的礼物，但弗朗索瓦丝压根儿也不相信这些礼物的存在。请客吃饭方面这种有来无往的交往，使弗朗索瓦丝尤其感到恼火。阿尔贝蒂娜接受我妈妈的邀请来吃晚饭，而我们却没有受到邦唐夫人的邀请（邦唐夫人一年中有半年不在巴黎，因为她丈夫对部里感到厌烦，就像以前那样接受了一些“兼职”），她就感到我女友粗俗，并背诵贡布雷流行的一段顺口溜，间接加以抨击：

“我们吃我的面包。”
“我想吃。”
“我们吃你的面包。”
“我不饿。”

我装出非要写信的样子。“您给谁写信?”阿尔贝蒂娜进来时问我。“给我一位漂亮的女友吉尔贝特·斯万写信。您不认识她?”——“不认识。”我没有就晚上的事对阿尔贝蒂娜提出问题,我觉得我会责怪她,而这时已是深更半夜,我们已没有时间和好如初,不能接吻和相互抚摸。而这是我从第一分钟起就想做的事。此外,我虽说已稍稍平静下来,但并未感到高兴。期待之人来到后,仍像等待时那样迷失方向,不知东西南北,使我们心里无法安宁,不能把意中人的到来看作这样一种愉悦,因此就无法品尝到任何愉悦。阿尔贝蒂娜就在这儿,我不知所措的神经却依然烦躁不安,仍像在等待她时那样。“我想好好亲您一下,阿尔贝蒂娜[①]。”——“随您怎么亲。”她十分亲切地对我说。我从未看到她这样漂亮。“再亲一下?”——“您要知道,这使我非常、非常高兴。”——“我比您高兴千倍。”她对我回答道。“哦!您的钱包真漂亮!”——“那就拿去,我给您留作纪念。”——“您太好了……”你要是在想到钟爱的女人时,尽量做到像你以后不再爱她时那样,那么,你浪漫的毛病就会彻底根除。吉尔贝特送的书袋和玛瑙球以前之所以珍贵,纯粹是因为我当时的心理状态,而我现在看来,这书袋和玛瑙球十分普通。

我问阿尔贝蒂娜是否想喝点什么。“我好像看到这儿有橘子和水。”她对我说。“太好了。”这样,我在亲吻她时品尝到了一种清凉,我觉得比盖尔芒特王妃府喝到的清凉饮料还要好吃。把橘子汁榨在水中,我在喝时渐渐感受到橘子成熟的秘密生气,它对属于动物界的人体的某些状态产生有益的作用,它无法把生命赋予人体,但能通过浇灌的手法对人体有益,这水果揭出上百种秘密,是对我的感觉揭出,而不是对我的智力揭出。

---

① 暗指主人公第一次跟阿尔贝蒂娜亲吻。参见本书第三卷第 377—378 页。

阿尔贝蒂娜走后，我想起曾答应斯万给吉尔贝特写信，觉得最好还是马上就写。但我写时毫无激情可言，写最后一行如同在做无聊的作业，在信封上写下吉尔贝特·斯万的姓名，而在以前，我在一本本练习簿上写满她的姓名，觉得仿佛是在跟她通信。这是因为以前这姓名是我在写，而现在，这个任务已被习惯转交给做这事的众多秘书之一。这秘书能平静地写出吉尔贝特的姓名，因为他最近才被习惯安排在我这里，最近才开始为我办事，他不认识吉尔贝特，只是听说而已，而听到的话跟现实毫无关系，因为他曾听到我谈起过她，知道她是我以前爱恋的少女。

我不能怪她冷淡。现在面对她的我，是了解她过去的最佳"见证"：书袋和玛瑙球只是说明，我现在对阿尔贝蒂娜的感情，就是我以前对吉尔贝特的感情，而且任何人都会这样，只要没有让这些物品上闪现出内心欲火的反光。可是现在，我感到一种新的困惑，削弱了事物和话语的真正力量。阿尔贝蒂娜再次对我表示感谢时说："我多么喜欢绿松石！"我对她回答说："别让它们死去！"说出这话，仿佛把我们未来的友谊托付给了宝石，但未来的友谊却未能使阿尔贝蒂娜产生感情，如同以前无法保存我和吉尔贝特的感情。

在这个时期，出现了一种现象，之所以值得一提，只是因为这种现象在所有重要的历史时期都会出现。我给吉尔贝特写信时，德·盖尔芒特先生刚从化装舞会回来，还戴着面具，他想到第二天非得要正式服丧，就决定提前一星期去进行温泉疗养。三星期后，公爵从温泉回来（我要把后来的事提前说出，是因为我刚写好给吉尔贝特的信），他那些朋友看到他最初对德雷福斯案件无动于衷，后来却成了狂热的反德雷福斯派，但这时听到他对他们的回答（仿佛温泉疗养不仅对膀胱有治疗作用），却惊讶得目瞪口呆。他说："那么，案件必将重审，他将被宣告无罪。不能对毫无罪证的人判刑。你们是否见过像弗罗贝维尔那样的傻瓜？一个军官，叫法国人去屠杀，还说这是战争。真是奇特的时代。”事情是这样的。在温泉疗养期间，盖尔芒特公爵认识了三位迷人的女士（一位意大利王妃及其两个姑娘）。公爵听到她们议论看的几本书和娱乐场上演的一出戏，就知道这三个女人才智出众，据他说，他的才能无法跟她们相比。正因为如此，王妃请他去打桥牌，他感到格外高兴。他刚到她的住所，就直截了当地对她称赞反德雷福斯派的观点：“那么，不会再有人跟我们提起要重审众所周知的德雷福斯了。”但他感到十分惊讶的是，他听到王妃和她的两个姑娘回答说：“重审从未像现在这样迫在眉睫。可不能把什么坏事都没干的人一直关在苦役监里。”——“啊？啊？”公爵先是结结巴巴地说，就像发现了一个奇特的绰号，在这屋里是用来取笑一个他以前一直认为聪明的人。但在几天之后，因为怯懦和想要模仿，就朝一位大艺术家叫喊：“嗨！约约特[①]”，但不知为什么这样叫，只是听到在这屋里是这样叫他的，公爵虽说对这种新的习俗还不大习惯，但还是说：“确实，没有指控他的任何罪证！”这三位迷人的女士觉得他转变得还不够快，就对他稍加敲打：“其实，任何聪明人都不认为有任何罪证。”每当有“铁证如山”的事实来指控德雷福斯，公爵认为可用来改变这三位迷人女士的立场，就向她们宣布，可她们听了哈哈大笑，并以十分巧妙的辩证法，毫不费力地向他表明，这证据非但毫无价值，而且滑稽可笑。因此，公爵回到巴黎，就成了狂热的德雷福斯派。当然啰，我们并不认为这三位迷人的女士在这件事上充当真理的使者。但应该指出，每隔十年，一个真正有信念的男子，会看到一对聪明的夫妇或一个迷人的女子进入他的社交圈子，几个月后，他就会因他们而完全改变自己的看法。在这方

① 指法国画家乔治·克莱兰（1843—1919），曾为女演员萨拉·伯恩哈特画像，并为巴黎歌剧院的楼梯做最后的装饰。他在左拉发表《我控诉》后第二天在请愿书上签名。他在勒梅尔夫人家的绰号是“约特”或“约约特”。

面，许多国家的表现跟这个真诚的男子相同，许多国家曾受别国的影响，对某国的人民恨之入骨，但半年后，这些国家的感情却起了变化，并推倒了它们之间的联盟。

有一段时间，我不再见到阿尔贝蒂娜，德·盖尔芒特夫人也不会使我遐想联翩，我就继续去看望其他天仙般的美女，光顾她们的洞府，因为洞府和仙女无法分离，犹如软体动物长出了贝壳的珍珠层或珐琅质，却藏在贝壳里面，它介壳中的棱柱层[①]也是如此。我无法对这些女士归类，这问题微不足道，不仅难以解答，而且难以提出。说到女士前得先谈仙境般的公馆。有一位女士在夏天的几个月里总是在午饭后接待客人；到达她家之前，就得把出租马车的顶篷盖上，因为这骄阳如同火烤，我稍稍想起，就印象深刻。我只是觉得是去王后大街[②]；这种聚会，讲求实际的人也许会不屑一顾，而我在参加聚会之前，却真的像周游意大利那样，已是赞不绝口，并感到十分愉悦，那公馆因此永远留在我的记忆之中。另外，由于夏天午后十分炎热，那位女士就把底楼一个个宽敞的长方形客厅里的百叶窗全都严实地关上，她则在那里接待客人。我起先认不大出女主人及其客人，甚至连盖尔芒特公爵夫人也认不出来，她用沙哑的声音叫我过去坐在她的旁边，她坐在博韦的扶手椅上，椅子的面料展现《劫持欧罗巴》[③]。然后，我看到墙上饰有十八世纪的巨幅挂毯，表现一艘艘桅杆上饰有蜀葵的船只，我站在船只下方，如同置身于宫殿之中，但不是塞纳河畔的宫邸，而是海洋之河畔尼普顿的宫殿，盖尔芒特公爵夫人待在那里，如同河神一般。我要是把跟这客厅不同的其他客厅都一一列举，就会没完没了地说

---

① 介壳亦称“贝壳”，通常分三层，外为角质层，防酸类侵蚀；中为棱柱层，由钙质棱柱体构成；内为珍珠层，由钙质和壳质（珍珠质）构成。

② 这条大街沿着塞纳河从协和广场延伸到大宫和发现宫。

③ 《劫持欧罗巴》由法国画家弗朗索瓦·布歇于1747年绘制，路易十五购买，原件现藏卢浮宫，复制品用来制作挂毯草图。

下去。举这个例子足以表明,我在对社交界进行评论时,往往加入诗情画意的印象,但在作总体评价时却总是对这种印象不加考虑,因此,我在评价一个沙龙的优点时,增加的优点总是错误的。

当然啰,错误的原因远不止这些,但在我动身去巴尔贝克之前(倒霉的是,我得再次去那里,也是最后一次去那里①),我没有时间描绘社交界,这种描绘会在很久之后作出。这里只是说我给吉尔贝特写信的原因,除了这第一个错误的原因(我的生活相当轻浮,使人认为我喜欢社交界)之外,由于写信似乎表明我又想回到斯万夫妇身边,因此奥黛特还可以加上第二个同样错误的原因。这是因为这个沙龙正在变得十分高雅。我在此之前一直在想,社交界在同一个人看来会有不同的面貌,譬如说一位女士以前不认识任何人,现在却到所有人家里去拜访,而另一位女士以前具有高居临下的地位,现在却到处受到冷落,这种盛衰,大家只是看成纯粹是个人的遭遇,这就像在同一个社会里,在交易所进行投机买卖之后,不时会有人因破产而引起轰动,或有人出乎意料地发财致富。然而,情况不止是这样。在某种程度上,社交界的活动(远不如艺术运动、政治危机以及种种演变,使大众的趣味依次转向观念剧、印象派绘画、复杂的德国音乐、简洁的俄国音乐,或是转向社会的思想、正义的思想、教会的反应和爱国主义的崛起)是上述活动的遥远反映,但反映得不全面、不确定,模糊不清而且变幻不定。因此,即使是沙龙也不能被描绘得静止不变,而在此之前,这种静止不变的描绘一直能用于特征的研究,而特征也应该会被带入跟历史相近的运动之中。喜新使社交界人士或多或少带有真诚的愿望,想在他们经常出入并能了解思想变化的社交圈子里了解这种变化,使他们更喜欢某个至今为止一直默默无闻的女主人,因为她

① 主人公第三次去巴尔贝克,是在去意大利旅游之后。参见本书第六卷《阿尔贝蒂娜失踪》。

代表着崭新而又高超的精神追求，而这种追求在长期统治社交界的那些女人身上已如凋谢的花朵黯然失色，由于他们对那些女人的长处和短处已一清二楚，因此她们就不会再使他们遐想联翩。这样，每个时代就化身为几个新的女人和一个新的女性群体，她们跟当时能激发起新的好奇心的事密切相关，而她们穿戴的服饰，仿佛只是在当时才表现为出自最近重大事件的一种陌生类型，这些美女的魅力在每一届新的执政府和每一届新的督政府时都无法抗拒。但是，这些新的女主人往往只是像某些政治家那样，虽说是第一个内阁的成员，却在四十年里无法敲开任何一家的大门，这些女人不为社交界所知，在很长一段时间里找不到更好的客人，就只好接待几个"罕见的知己"。当然啰，情况并非一直如此，这时，俄罗斯芭蕾舞盛况空前①，巴克斯特②、尼任斯基③、伯努瓦④以及斯特拉文斯基⑤的天才名扬天下，这些新出现的伟人的年轻教母尤别

---

① 俄罗斯芭蕾舞团于1909年5月18日在巴黎的夏特莱剧院首演。普鲁斯特于1910年6月4日跟雷纳多·哈恩和让—路易·沃杜瓦耶一起观看了《天方夜谭》在巴黎的首演。沃杜瓦耶于1910年7月15日在《巴黎评论》上撰文评论俄罗斯芭蕾舞团的演出。从1911年起，普鲁斯特经常观看尼仁斯基的演出和巴克斯特设计的服装。

② 参见本书第二卷第521页注①。

③ 瓦茨拉夫·尼任斯基(1890—1950)，俄国当时最著名的舞蹈演员。他参加俄罗斯芭蕾舞团第一次赴巴黎和伦敦的巡回演出，主要演米哈伊尔·福金的独幕舞剧《仙女们》(1909)。1910年主演福金的舞剧《天方夜谭》和《狂欢节》，后又演《玫瑰幽灵》。1912年演出德彪西的《一个农牧神的午后》。

④ 亚历山大·尼古拉耶维奇·伯努瓦(1870—1960)，俄国画家、艺术史家。1909起俄罗斯芭蕾舞团在巴黎演出时任布景设计师。《彼得鲁什卡》(1911)的布景设计为其杰作。

⑤ 伊戈尔·斯特拉文斯基(1882—1971)，俄裔作曲家，先后入法国籍和美国籍。他随俄罗斯芭蕾舞团来到巴黎，应贾吉列夫之请为《火鸟》(1910)、《彼得鲁什卡》(1911)和《春之祭》谱曲，后者在1913年轰动巴黎。

列季耶夫王妃[1]随之露面，她头戴摇摇晃晃的硕大羽饰帽，巴黎女子从未见过，都想仿效，我们可以认为，这人间尤物是俄罗斯舞蹈演员在他们无数的行装中带来，如同他们最贵重的珍宝；但是，这些"俄罗斯人"每次演出时，在她的台侧包厢里，我们看到坐在她身边的女人真像仙女，但在此之前一直不为贵族阶层所知，那就是维尔迪兰夫人，社交界人士轻易地认为，她是跟随贾吉列夫[2]的芭蕾舞团于不久前到达，但我们可以对他们回答说，这位女士已在各个时期出现过，她经历种种变化，这种变化之所以不同，是因为最终使她首次获得确定无疑的成功，而且成功的步伐越来越快，而这种成功老板娘曾长期等待却始终无法如愿以偿。至于斯万夫人，她所代表的新颖，确实不具有受众人注目的特点。她的沙龙在一个男子周围形成，这男子行将就木，他在才华枯竭之时，几乎是突然从默默无闻变为名满天下。贝戈特的作品受到广大读者的喜爱。他整个白天都待在斯万夫人家里，在那里被人炫耀[3]，斯万夫人则常在某个要人耳边低语："我一定跟他说，他会为您写一篇文章。"另外，文章他确实能写，甚至给斯万夫人写了一出短剧。他离死亡更近，但身体状态却比他来我家了解我外婆病情时略有好转。这是因为身体的巨大病痛迫使他饮食有规律。疾病是人最愿意倾听的良医：对善良和知识，我们只是许诺而已，但对痛苦，我们会俯首帖耳。

---

① 玛丽亚—索菲娅，人称米茜娅·戈杰布斯卡（1872—1950），于1893年嫁给塔代·纳塔松，后于1905年和1920年先后嫁给阿尔弗雷德·爱德华兹和何塞—马里亚·塞尔特。她曾于1907年8月来到卡堡，当时普鲁斯特也在那里度假。据乔治·佩因特的《马塞尔·普鲁斯特》（1966），她是尤别列季耶夫王妃的原型（第二卷第203—204页）。

② 谢尔盖·贾吉列夫（1872—1929），艺术批评家，是俄罗斯芭蕾舞团创办者和团长，1909年起率领该团在西欧巡回演出。

③ 阿纳托尔·法朗士是贝戈特的原型之一，他是阿尔芒·德·卡亚韦夫人沙龙里的贵客，也是她的情人。

当然啰，维尔迪兰夫妇的小宗派，现在的吸引力要比斯万夫人的沙龙大得多，斯万夫人的沙龙有点民族主义的味道，还有更多的文学色彩，首先是贝戈特的色彩。而小宗派确实是一次已极其激烈而又漫长的政治危机即德雷福斯案件的活跃的中心。但是，社交界人士大多竭力反对重审此案，因此，德雷福斯派的沙龙似乎不可能存在，如同以前不可能存在支持巴黎公社的沙龙。卡普拉罗拉王妃在她举办的一次大型展览会上认识了维尔迪兰夫人，此后对维尔迪兰夫人进行了长时间的拜访，想使几个引人注目的人物脱离小宗派，把他们拉到她的沙龙里来，在拜访时，王妃（对盖尔芒特公爵夫人做了小动作）改变了自己的看法，宣称她这个圈子里的人愚蠢，维尔迪兰夫人则认为她这样说十分勇敢。但是，她的勇敢后来表现得实在过分，竟在持民族主义观点的女士们怒不可遏的目光下，在巴尔贝克赛艇比赛时跟维尔迪兰夫人打招呼。至于斯万夫人，反德雷福斯派反而对她的“正统思想”感到满意，另外，她又嫁给了犹太人，因此更加值得称道。尽管如此，从未去过她家的人仍然认为，她接待的只是几个默默无闻的犹太人和贝戈特的几个学生。这样，大家就把比斯万夫人地位高的几个女人列在社会阶层的最低一级，这也许是因为她们的出身，也许是因为她们不喜欢在城里吃晚饭，也不喜欢参加晚会，从不在晚会上露面，大家有这种错误的想法，是以为她们并未受到邀请，这也许是因为她们从不提起她们在社交界的朋友，而只是谈论文学艺术，或者是因为客人们对她们登门拜访时毫不张扬，而在有客人来访时，为了不使别人感到过于张扬，她们就秘而不宣地接待客人，总之，原因数以千计，最终都使她们中的某一位，在某些人眼里成了无人接待的女人。奥黛特的情况就是如此。德·埃皮努瓦夫人[①]有一次想给“法兰西祖国联盟[②]”捐款，得去见奥黛特，她就像要走进她的服饰用品女商人店里一样，觉得肯定只能看到一些她不但瞧不起而且还不认识的面孔，但门一打开，她不禁呆若木鸡，站在原地无法动弹，因为她看到的不是她想象的那种客厅，而是神奇的厅堂，只见几个光彩夺目的配角，有的半躺在长沙发上，有的坐在扶手椅上，在用小名叫唤女主人，幸亏这里像幻梦剧那样情景瞬息万变，使她认出这些配角都是殿下或公爵夫人，连她埃皮努瓦王妃也很难把她们请到自己家里，此时此刻，在奥黛特的亲切目光之下，迪洛侯爵[③]、路易·德·蒂雷纳伯爵[④]、博盖塞亲王[⑤]和埃斯特雷公爵[⑥]暂时充当宫廷面包总管和司酒官，给她们端上橘子汁和花式糕点。埃皮努瓦王妃在不知不觉中把社交界的品质置于这些人体之中，于是就只好改变她对斯万夫人的看法，把她看成优雅的女性。女人不在报上披露自己的真实生活，而不知道她们所过的真实生活，就会使某些状况（这能使各家沙龙显得形式多样）被蒙上

---

① 在圣西蒙《回忆录》中常提到伊丽莎白·德·洛林—利勒博讷，即德·科梅西绅士的女儿德·科梅西小姐，她因嫁给路易第一·德·默伦即埃皮努瓦亲王而成为王妃。

② 法兰西祖国联盟成员为反德雷福斯派知识分子，成立于1898年12月31日，以对抗人权联盟。法兰西祖国联盟由科佩、勒梅特尔、布吕纳介和巴雷斯领导，在捍卫军队和祖国的斗争中很快取得巨大成功，有22位法兰西语文学院院士参加了该组织。联盟的成立大会在埃默里·德·拉罗什富科伯爵夫人的妹妹凯尔森伯爵夫人的客厅里举行。

③ 阿尔芒·德·迪洛·塔勒芒侯爵是赛马俱乐部会员，是夏尔·阿斯、路易·德·蒂雷纳和威尔士亲王（后为爱德华七世）的好友。

④ 迪洛侯爵和路易·德·蒂雷纳伯爵以及沃弗勒朗子爵和画家爱德华·德塔伊，都是梅拉妮伯爵夫人即梅拉妮·德·普塔莱斯在宫中的侍臣。

⑤ 乔凡尼·博盖塞亲王（1855—1918）于1902年娶阿莉丝·德·里凯即卡拉芒—希梅伯爵夫人为妻。他是罗贝尔·德·菲茨—詹姆斯伯爵夫人家的常客。

⑥ 埃斯特雷公爵（1863—1907）即夏尔·德·拉罗什富科子爵，是索斯泰纳·德·拉罗什富科—杜多维尔公爵的长子。

一层神秘的面纱。在奥黛特这方面,开始时几个上流社会男子想要认识贝戈特,就到她家里来吃晚饭,相互间毫不拘束。她最近掌握了分寸,对此没有张扬,他们在这里也许想起了小核心,在分裂出来之后,奥黛特一直保持着小核心的传统,摆好餐具,以及诸如此类的事。奥黛特带他们去看引人注目的"首场演出",跟贝戈特一起去看,但作家最终被累垮。他们跟自己圈子里的几个女人谈起她,这些女人可能对如此新奇的事感到兴趣。她们确信,既然奥黛特是贝戈特的好朋友,她就会或多或少地参与他作品的创作,并认为她比圣日尔曼区最出色的女人还要聪明千倍,出于同样的原因,她们把政治上的全部希望寄托于某些坚定的共和派,如杜梅先生①和德夏内尔先生②,她们知道,如把法国交给常在她们家里吃饭的夏雷特③、杜多维尔④之流的保皇派去治理,国家就会坠入深渊。奥黛特的地位有了这种变化,她处事还是十分低调,她的地位因此更加稳固,提高得也更快,但不让公众有丝毫觉察,而公众往往根据《高卢人报》的社交专栏来了解一家沙龙的兴衰;有一天,贝戈特的一部剧作在极其优雅的剧场进行彩排,是为慈善事业举行义演,结果真的出现了戏剧性的变化,大家在舞台对面的包厢即

---

① 保罗·杜梅(1857—1932),法国政治家。1888 年任激进派议员。曾任财政部长(1895—1896,1921—1922)、印度支那总督(1896—1902)等职。1931 年当选为法兰西第三共和国总统。次年被俄国无政府主义者戈尔古洛夫枪杀。

② 参见本书第二卷第 9 页注②。

③ 弗朗索瓦·阿塔纳兹·夏雷特·德·拉孔特里(1763—1796),法国旺代保皇党人,1793 年领导旺代叛乱。叛乱失败后,于 1795 年 6 月在莫尔比昂省南部的基伯龙登陆,被奥什将军逮捕,被判死刑,在南特执行。他的家族仍拥护波旁王朝长系,如夏雷特男爵(1832 年生)。

④ 昂布瓦兹·波利卡普·德·拉罗什富科,即杜多维尔公爵(1765—1841),1822 年任邮政总督,后任王室大臣,1827 年国民自卫军解散时辞职。他的儿子路易·弗朗索瓦·索斯泰纳(1785—1864)是极端保皇派政治家。后者第二个儿子索斯泰纳·德·杜多维尔(1825—1908)于 1871 年 2 月 8 日当选为国民议会议员,是保皇派最积极的成员之一,曾出任法国驻英国大使(1873—1874)。

剧作者的包厢里看到，有两位夫人进来坐在斯万夫人旁边，一位是德·马桑特夫人，另一位是在盖尔芒特公爵夫人渐渐销声匿迹时（公爵夫人已对荣誉感到厌烦，别人稍作努力就能把她压倒）正在成为当时的时髦女子和社交界王后的莫莱夫人。“我们还没有想到她的地位已开始上升时，”大家看到莫莱伯爵夫人走进那包厢时对奥黛特是这样想的，“她已经跨越了最后一级。”①

因此，斯万夫人可能认为，我接近她的女儿是故作风雅。②

奥黛特虽说身边坐着光彩夺目的女友，却仍在全神贯注地看戏，仿佛她来这里只是为了看戏，同样，她以前穿越林园，是为了健康，为了活动身体。一些男人以前对她并不殷勤，这时来到楼厅，不顾打扰众人来跟她握手，以便接近她周围的高贵圈子。她面带微笑，与其说是讽刺，不如说是和蔼可亲的表示，并耐心回答他们的问题，显得比你想象的还要平静，也许是出于真心，这种表情只是说明，平时的关系亲密无间，却又谨慎地加以掩盖，到这么晚的时候才展现出来。这三位女士吸引了众人的目光，而贝戈特则在她们后面，被阿格里真托亲王、路易·德·蒂雷纳伯爵和布雷奥泰侯爵围在中间。一些男人到处受到接待，就只能靠猎奇来提高自己的地位，这就不难理解，为什么他们心甘情愿对一位以智力超群著称的女主人倾倒，希望能在她那里遇到所有受欢迎的剧作家和小说家，为什么他们认为这样显示自己的价值，比盖尔芒特王妃府举办的晚会更加刺激和生动，王妃府的晚会没有任何演出，也没有新的魅力，多少年来一次次办下来，跟我们如此详细地描写过的晚会可说是大同小异。在那个上流社会，在盖尔芒特夫妇的圈子里——大家对它的兴趣已有所减弱——新的精神风尚在娱乐方面的表现并不符合他们的形象，如贝戈特为斯万夫人所写的那些短

①② 法国七星丛书版后面接排，不另起一行。

小作品，如维尔迪兰夫人家里的聚会，真像是公安委员会[1]在召开会议（如果社交界对德雷福斯案件发生了兴趣），她家里经常聚集着皮卡尔、克列孟梭[2]，左拉、雷纳克[3]和拉博里[4]。

吉尔贝特对母亲地位的提高也有帮助，因为斯万的一位叔父刚给这姑娘留下近八千万遗产，使圣日尔曼区开始打她的主意。不利的一面是，斯万虽说行将就木，却仍持有德雷福斯派观点，但这事对他妻子没有害处，甚至还帮了她的忙。这对她无害，是因为大家说："他是老糊涂，是蠢货，我们别去管他，只有他妻子重要，她可迷人呢。"斯万的德雷福斯派观点甚至对奥黛特有用。如让她放任自流，她也许会不由自主地主动接近时髦女子，并因此会断送自己。但在她拖着丈夫去圣日尔曼区吃晚饭时，斯万总是态度坚决地待在一边，只要看到奥黛特被人介绍给一位民族主义女士，他就会毫无顾忌地大声说："啊，奥黛特，您疯了，我请您安静地待着。您让人介绍给仇视犹太人的家伙，是一种阿谀奉承的表现。我不准您这样干。"社交界人士是人人追逐的对象，对如此傲慢和缺乏教养的人当然看不惯。他们第一次看到有人自以为比他们"高明"。大家在传说斯万的这种抱怨，于是折角名片像雪片般飞到奥黛特家里。她去拜访德·阿帕雄夫人，如同掀起一场好奇的运动，活跃而又友好。"我把她介绍给您，您没有感到厌烦吧。"德·阿帕雄夫人总是这样说。"她非常讨人喜欢。是玛丽·德·马桑特介绍我跟她认识的。"——"不，恰恰相反，听说她秀外慧中。

---

① 公安委员会，即救国委员会，是法国资产阶级革命时期由国民公会创立的一个重要权力机构。1793 年 4 月 6 日成立，起初大部分成员由吉伦特派组成。7 月 10 日改组，成为雅各宾派专政的决策中心和领导机构，控制国家机关和军队，实际上是法国的革命政府。1794 年热月政变后再次改组，权力大为削弱。1795 年 10 月 26 日与国民公会同时解散。

② 参见本书第三卷第 256 页注③和第 310 页注③。

③ 参见本书第三卷第 250 页注③。

④ 参见本书第三卷第 395 页注②。

我却想见到她，请告诉我她住哪儿。”德·阿帕雄夫人对斯万夫人说，前两天在她家里玩得很开心，并且很高兴为了她而甩掉德·圣欧韦尔特夫人。这确实如此，因为更喜欢斯万夫人，是一种聪明的表现，就像去听音乐会而不去茶会。但是，德·圣欧韦尔特夫人在跟奥黛特同时去拜访德·阿帕雄夫人时，由于德·圣欧韦尔特夫人非常故作风雅，德·阿帕雄夫人虽说对她十分傲慢，却又看重她举办的招待会，因此没有把奥黛特介绍给她，使她弄不清奥黛特是什么人。侯爵夫人心里在想，这可能是一位王妃，平时深居简出，所以她从未见到过，就延长拜访的时间，间接回答奥黛特的话，但德·阿帕雄夫人依然一意孤行。德·圣欧韦尔特夫人吃了败仗走后，女主人对奥黛特说：“我没有把您介绍给她，是因为大家不大喜欢去她家，她请的客人比比皆是；您要是受到邀请，就再也无法摆脱。”——“哦，这倒没关系。”奥黛特有点遗憾地说。但她保持着一种想法，那就是大家都不喜欢到德·圣欧韦尔特夫人家里去，在某种程度上也确实如此，于是她得出结论，认为自己的地位要比德·圣欧韦尔特夫人高得多，虽说后者地位很高，而奥黛特却毫无地位可言。

然而，她并未意识到这点，虽说德·盖尔芒特夫人的女友都跟德·阿帕雄夫人有联系，但她在邀请斯万夫人时，奥黛特却神态谨慎地说：“我去德·阿帕雄夫人家，你们会认为我很老套；这使我感到不舒服，是因为德·盖尔芒特夫人（但她并不认识）的缘故。”那些杰出的男士认为，斯万夫人认识的社交界人士不多，是因为她想必是一位高傲的女子，也许是大音乐家，对她登门拜访，会获得一种极其时髦的称号，如同公爵成为理学博士。而那些一无所长的女士被奥黛特吸引，原因却截然不同；她们听说奥黛特常去科洛纳[1]音乐会，并声称喜欢瓦格纳，因此认为她想必是“爱开玩笑的女人”，就迫不及待地想跟她认识。但是，她们自己的地位并不稳固，担心在大庭广众之下显示她们跟奥黛特有交往，会使自己的名声受到影响，因此，如果在一次义演的音乐会上看到斯万夫人，她们就转过头去，认为决不能在德·罗什舒阿夫人的目光下跟一个很可能去过拜罗伊特而生活放荡的女人打招呼。[2] 每个人都会因拜访的主人不同而变得不同。即使谈不上是仙女洞府里发生的奇妙变化，在斯万夫人的沙龙里，德·布雷奥泰先生突然身价倍增，是因为平时聚在他身边的那些人都不在，是因为他待在那里显得心满意足，就像没出去参加聚会，而是戴上圆框眼镜，闭门阅读《两世界评论》，是因为他来看望奥黛特，似乎完成了神秘的仪式，正因为这些原因，德·布雷奥泰先生仿佛判若两人。我会作出巨大的努力，以了解蒙莫朗西—卢森堡公爵夫人会在新的圈子里发生哪些变化。但她这样的人，别人决不能把奥黛特介绍给她。德·蒙莫朗西夫人对奥丽娅娜要比奥丽娅娜对她宽厚得多，她对我谈起德·盖尔芒特夫人，使我感到十分惊讶：“她认识一些风趣的人，大家都喜欢她；我觉得她如果再坚持下去，就能搞成自己的沙龙。实际情况是她不想要，她做得很对，她这样很高兴，大家都在找她。”如果说德·盖尔芒特夫人没有“沙龙”，那么，什么才算是“沙龙”？这些话使我感到惊讶，但我在跟德·盖尔芒特夫人交谈时对她说，我很想去拜访德·蒙莫朗西夫人，她听了更加惊讶。奥丽娅娜认为她是老糊涂。“我也去，”她说，“我是不得不去，她是我姑妈，可您跟她没有关系！她甚至不知道如何吸引讨人喜欢的人。”德·盖尔芒特夫人并不知道，我对那些讨人喜欢的人毫无

---

① 朱达·科洛纳，亦称爱德华·科洛纳（1838—1910），法国乐队指挥。1871 年在巴黎创办民族音乐会，后为科洛纳音乐会协会，四十年来一直捍卫法兰西音乐。

② 法国七星丛书版后面另起一行。

兴趣，她对我说“阿帕雄沙龙”，我就看到一只黄色蝴蝶，说到“斯万沙龙”（冬天，斯万夫人六点至七点在家），就看到一只翅膀上布满白点的黑蝴蝶。这后一个沙龙，还算不上沙龙，她认为她不能去，我去的话可以原谅，因为那里有一些“风趣的人”。而德·卢森堡夫人！如果我已“制造”出一件引人注目的事，她就会得出结论，认为才华中可以稍稍加入故作风雅。我因此使她极其失望；我对她承认，我不是（像她以为的那样）到德·蒙莫朗西夫人家里去“记笔记”、“搞研究”的。不过，德·盖尔芒特夫人所犯的错误，跟描绘社交生活的小说家完全相同，他们从外部对一个故作风雅者或被看作故作风雅的人的行为进行无情的分析，但从不触及此人的内心世界，而在这个时代，想象中出现的却是社交界鲜花盛开的春天。而我自己，当我想知道，去拜访德·蒙莫朗西夫人时，我会感受到怎样一种巨大的愉悦，我就感到有点失望。她住在圣日尔曼区一座古宅里，里面有许多独立的房间，相互间有小花园隔开[①]。拱门下面有一座小小的塑像，据说是法尔科内[②]的作品，表现的是泉神，而神像也确实终年渗水。稍远处是女门房，她两眼总是通红，可能是因为忧愁或神经衰弱，也可能是因为偏头痛或感冒，她从不回答的你的问题，只是给你模糊地指一下，表示公爵夫人在家，然后任凭眼睛里流出几滴泪水，落到一只放满“勿忘我”的碗里。我看到这座小雕像感到愉悦，因为它使我想起贡布雷一座花园里石膏做的园丁小塑像，但这种愉悦跟看到大楼梯时的愉悦相比，简直是相形见绌，那楼梯潮湿，走上去声音响亮，全是回声，如同过去某些浴室的楼梯，会客厅里放着一只只插有瓜叶菊的

① 主人公对这座公馆的印象，使人想起凡尔赛的蓄水池公馆，公馆有走廊跟凡尔赛城堡相通。

② 埃蒂安·法尔科内（1716—1791），法国雕塑家，受篷巴杜夫人保护，1754 年当选为法兰西学院院士。这里的塑像使人想起他的《浴女》（1757），常有人复制，现藏卢浮宫。

花瓶，那是蓝中有蓝，特别是清脆的铃声，跟欧拉莉房间里的铃声完全相同。这铃声使我极其高兴，但我感到其原因似乎微不足道，不能对德·蒙莫朗西夫人解释，因此，这位夫人总是看到我显出陶醉的样子，却一直未能猜出原因所在。[1]

---

① 法国七星丛书版下面空二行接排，不另起一页。

心灵的间歇[1]

我第二次来到巴尔贝克，跟第一次来时的情况大不相同。大旅馆经理亲自到蓬塔库勒弗尔车站来接我，再三说他十分看重有爵位的顾客，我真怕是他在封我爵位，到后来我才明白，他因对语法的记得模糊不清，认为“有爵位的”意思是“常来的”。另外，他不断学习新的语言，过去学的语言却讲得更差。他对我说，他已把我安置在旅馆最高一层。“我希望，”他说，“您不会再看到不礼貌欠缺（礼貌欠缺）的现象，我感到烦恼，是因为我给您安排了一间跟您不相配的房间，但我这样做是考虑到噪音，因为这样一来，您上面就不会有人来吵您的穿骨锥（鼓膜）。请放心，我会把窗子全都关上，不让它们晃动。在这方面，我这个人无法容忍。”（这话并没有表达出他的想法，他的意思是，大家会认为他在这种事情上十分严格，但也许楼层的服务员正是这样想的。）其实，房间还是我第一次来时的那几间。它们并未降低，但我在经理看来却已身价提高。我要是喜欢，可以叫人生火（因遵医嘱，我过完复活节才动身），但他怕天花板上有“缝吸”。“尤其是，您要等到前面一批干柴用完（烧完）后再把干柴点燃。因为重要的是要避免别烧着壁炉，更何况为营造轻松活泼的气氛，我叫人在壁炉上放置了中国古代的假发，火太旺会烤坏的。”

他十分伤心地把瑟堡律师公会会长去世的噩耗告诉我。“他是个墨守成规的老人。”他说（也许想说“诡计多端”），并向我暗示，他过早谢世是因为生活中屡遭挫折，意思是“放荡不羁”。“有一段时间，我已发现，晚饭后他就在客厅里蹲着（无疑想说“昏昏入睡”）。最后一段时间，他已面目全非，你看到他竟不知道是他，

---

① 普鲁斯特曾想把这个标题用作整部小说的书名。

他几乎要表示感谢（无疑想说“认不出来”）。”

不过也有好消息：卡昂法院首席院长刚荣获法国荣誉勋位三级勋章“马鞭”（想说“绶带”）。“完全可以肯定他有才能，但给他授勋，看来主要是因为他权力‘很小’（想说‘很大’）。”另外，还谈到《巴黎回声报》[①]在前一天对这次授勋做了报道，但经理只看了“第一花缀”（想说“第一段”）。卡约先生[②]的政策在文中被痛骂一顿。“我觉得他们说得有理。”他说。“他使我们过于处在德国的穹顶下（控制下）。”这种问题由一个旅馆经理来谈论，使我感到厌烦，就不想再听。我在想我决定再次重游巴尔贝克的种种景象。它们跟以前已完全不同。我刚才看到的景象光彩夺目，而第一次看到时却迷雾笼罩，但眼前的景象仍使我同样失望。记忆选择的景象，在选择时有任意性，范围狭窄，而且难以理解，这跟想象出来但被现实摧毁的景象相同。我们外部的一个真实地点，没有理由要具有记忆中的景象，而不是具有梦幻中的景象。此外，新的现实也许会使我们忘记乃至厌恶促使我们动身的那些愿望。

我产生前往巴尔贝克的愿望，部分原因是维尔迪兰夫妇（他们虽然多次邀请，但我从未去过，我如去乡下看望他们，是对从未在巴黎拜访他们表示歉意，他们肯定会高兴地接待我）获悉多名信徒要到海边度假，就在整个夏季租下德·康布勒梅先生的一座城堡（在拉斯珀利埃尔），并邀请普特布斯夫人去那里做客。我

---

① 该报创办于1884年，原为文艺报，后变为保守派和天主教会的喉舌。

② 约瑟夫·卡约（1863—1944），法国政治家。曾任财政部长（1899—1902，1906—1909），试图征收个人所得税未果。1911—1912年出任总理和内政部长，跟德国谈判摩洛哥事件。1913年12月再次出任财政部长，因征收个人所得税而在《费加罗报》上受到激烈抨击。加斯东·卡尔梅特曾威胁要公布卡约写给情妇的情书，卡约的情妇当时是卡尔梅特的第二位妻子。1914年3月16日，卡约夫人去见《费加罗报》社长，并把他杀死。普鲁斯特曾将《在斯万家这边》题献给卡尔梅特，对他惨遭杀害感到十分悲痛。在小说中，大旅馆经理想到的显然是1911年摩洛哥危机，卡约曾被指责对德国妥协，1911年9月11日的《巴黎回声报》上就是这样说的。

（在巴黎）得知这一消息的那天晚上，真像发疯那样，派我家年轻的跟班去打听，那位夫人是否要把她的女仆带到巴尔贝克去。当时已是晚上十一点了。那里的门房过了好久才开门，但出乎意料的是，并未把我的使者赶出门外，也没有让人去叫警察，只是对他十分冷淡，但还是把我要打听的消息告诉了他。门房说，首席贴身女仆确实要跟女主人一起去，先去德国的温泉，然后去比亚里茨[1]，最后去维尔迪兰夫人的住所[2]。从此我放下心来，我因有这件事要做而感到满意。我不用去街上追逐美女，我即使遇到美女，也没有这种介绍信，现在有了介绍信，也许在维尔迪兰夫妇的住所跟她的女主人共进晚餐后的那天晚上，我就能来到乔尔乔涅的那个画中人身旁。另外，她也许对我有更好的看法，只要她知道我不仅认识在拉斯珀利埃尔承租房屋的资产者，而且还认识房屋的主人，尤其是圣卢虽说身在远处不能把我介绍给那位贴身女仆（她并不知道罗贝尔的名字），却为我给康布勒梅夫妇写了封热情洋溢的信。他认为他们家除了能给我提供种种方便之外，德·康布勒梅夫人，也就是从勒格朗丹家娶来的媳妇，在跟我交谈时会使我感到兴趣。"她是个聪明的女人，"他对我肯定地说，"当然是在某种程度上聪明。她不会对你说确定的事（罗贝尔用"确定的"事来替代"美妙的"事，他每隔五六年都要改变他喜欢使用的一些词语，但保留主要的词语），但这是一种天性，她有个性，凭直觉行事，会及时说出应该说的话。有时，她也会让人恼火，她会说几句蠢话，以"显得高雅"，而由于无人比康布勒梅夫妇更不高雅，因此就更加滑稽可笑，她并非总是**十分时髦**，但总体上说，她还是属于交往中最能接受的那种人。"

收到罗贝尔的介绍信后，康布勒梅夫妇也许是因为故作风雅，

① 比亚里茨是法国大西洋比利牛斯省城市，海水浴疗养地。

② 在 1912 年的书稿中，主人公最终是在威尼斯附近认识这个女仆。

想间接讨好圣卢，也许是因为他们为感谢圣卢在东锡埃尔照顾他们的一个侄子，但更可能主要是出于善意和好客的传统，就立刻写了几封长信，希望我住在他们家里，我如想更加自由，他们可以为我去找住房。圣卢对他们说我将住在巴尔贝克大旅馆，他们就回信说，他们至少希望我到了那里之后马上去他们家玩，如我迟迟不去，他们就会来找我，请我参加他们的花园招待会。

普特布斯夫人的贴身女仆，也许跟巴尔贝克地区丝毫没有实质性的联系；她即使来到那里，在我看来也不会像那个农家姑娘那样，我当时独自前往梅塞格利兹的道路上①，曾常常徒劳地叫唤她，用我的欲望焕发出的全部力量叫唤。但是，我早已不再试图从女人身上来求她这个未知数的平方根，因为她这个未知数往往用普通的介绍就能解开。至少我已有很长时间没去巴尔贝克，由于这个地方和那个女仆之间没有必要的联系，我在那里会有一个好处，那就是我对现实的感觉，不会像在巴黎那样被习惯消除，而在巴黎，在我自己家里，或在一个熟悉的房间里，由于周围都是司空见惯的东西，在一个女人身边感到的乐趣就不会使我产生片刻的幻觉，因此对现实的感觉会给我打开通向新生活的大门。（因为如果习惯是第二天性，它就会阻止我们去了解第一天性，它既不像第一天性那样残忍，也不像第一天性那样有魅力。）然而，这种幻觉，我也许会在一个新的地方产生，在那里，敏感在阳光前重现，在那里，贴身女仆会最终使我感到兴奋；但是，大家将会看到，因情况变化，不仅那位女子没能来巴尔贝克，而且她即使能来，我也毫不担心，因此，我这次旅行的主要目的并未达到，甚至没去继续追求。当然啰，普特布斯夫人在这个季节不会这么早就去维尔迪兰家；但是，我们选择的乐趣有可能远在天边，即使乐趣肯定会有，而在等待乐趣的那段时间里，我们会懒得去讨人喜欢，也不会去喜欢别

---

① 参见本书第一卷第156—157页。

人。另外，在巴尔贝克，我不像第一次来时那样讲求实际；在纯粹的想象中，总比在回忆时少一些私心；而我也知道，我去的地方正是美女云集的地方，一片海滩上的美女，不会比一次舞会上少，因此我事先就在愉快地想着旅馆前、海堤上的散步，跟德·盖尔芒特夫人会给我带来的愉悦相同，她不是让人邀请我去参加引人注目的晚宴，而往往让举办舞会的女主人把我的名字列入男舞伴的名单。在巴尔贝克结识女性易如反掌，而这种事我以前却很难办到，因为我现在在那里有许多朋友和靠山，而在第一次来时却无依无靠。

我在遐想中被经理的声音唤醒，我刚才没听他议论政治。他这时改变话题，告诉我说，首席院长得知我来到这里，感到十分高兴，要在当天晚上到我房间里来看我。想到他要来，我感到非常害怕（因为我已开始感到疲倦），就请经理加以阻止（他也一口答应），为保险起见，第一天晚上要请他的职工在我这一楼层站岗守卫。他看来不是很喜欢他的职工。“我不得不时刻跟在他们后面，因为他们太缺乏惯性。我要是不在，他们就会待在那里不动。我让电梯司机守在您房门口。”我问经理，电梯司机是否终于当上了“穿制服服务员的领班”。“他在旅馆里资格还不够老。”他对我回答道。“有些职工年纪要比他大。他当领班，有人就会叫骂。什么事都得一粒粒（一步步）来。我承认他开电梯能力（态度）好。但要担任这种职务，他年纪还太轻。其他人资格要老得多，给他升职会反差太太。他还不大稳重，这是最初的品质（应该是：最重要的品质）。他翅膀里（对方想说：脑子里）应该再沉着点。另外，他只要相信我就行了。这种事我熟悉。在戴上大旅馆经理的肩章之前，我最初在帕亚尔先生[1]麾下参加战斗。”这种比较使我印象深

---

① 帕亚尔是巴黎餐馆，1880 年起设在意大利人大道 38 号，位于肖塞唐坦街的拐角。

刻，我感谢经理亲自到蓬塔库勒弗尔车站来接我。“哦！不用谢。我只花费了漫无边际的（想说：微不足道的）时间。”再说，我们已到了旅馆。

我浑身不舒服。这第一夜，我就累得心脏难受，竭力忍住疼痛，我小心翼翼地慢慢弯下身子去脱鞋。但我刚碰到高帮皮鞋上第一个扣子，我的胸部就开始膨胀，里面出现一个陌生的圣人，我抽抽噎噎地哭了起来，眼泪如泉水般涌出。这个人来救助我，帮我摆脱枯燥乏味的精神状态，而在好几年前，也是这个人，在我同样忧郁和孤独之时，在我失去自我之时，进来把自我交还给我，因为这个人就是我，又不止是我（这容器比内盛物大，并把它带给了我）。我刚才回忆时看到一张脸在关注我的疲倦，那是外婆温柔、担心和失望的脸，就像当时到达的那天晚上那样，这是我外婆的脸[①]，但不是我惊讶并自责很少去怀念的外婆，而是我真正的外婆，自从她在香榭丽舍大街发病以来，我第一次在无意中回忆起她在世时真实而又完整的形象。这种真实的形象对我们来说并不存在，是在它尚未被我们的思想重新创造出来之时（不然的话，参加过重大战役的人都可以成为伟大的史诗诗人）；因此，我拼命想投入她的怀抱，而只有在此时此刻——在她安葬一年多之后，由于时间早已过去，事件发生的真正日期往往跟感情记载的日期并不一致——我才得知她已去世。从这时起，我常常谈起她，也想到她，但我是薄情、自私而又冷酷的青年，我的言语和思想从未跟我外婆有任何相像之处，因为我轻浮，又贪图享乐，看到她生病觉得是平常的事情，因此，我对她的记忆，只是处于潜在状态。无论何时，我们在审视自己的心灵时，虽说对其财富有众多结论，我们的整个心灵只有一种近于虚构的价值，因为有时缺少一些财富，有时缺少另

---

① 第一次去巴尔贝克时，外婆帮主人公脱鞋的情景，以及对外婆的脸的描绘，参见本书第二卷第240页。

一些财富，而这些却是实有的财富，就像想象的财富那样，而对我来说，一方面是盖尔芒特家族的古老姓氏，另一方面是对我外婆的真实回忆，这后一种财富要重要得多。因为记忆的紊乱跟心灵的间歇有关①。也许我们的身体，在我们看来像一只器皿，用来存放我们的灵性，并使我们认为，我们内心的所有财富、我们过去的欢乐以及我们所有的痛苦都永远为我们所拥有。认为它们会消失或重现，也许同样是错误的。不管怎样，如果它们留在我们身上，大部分时间也是在一个陌生的区域，对我们毫无用处，在那里，即使最常用的财富也会受到另一种记忆抑制，这种记忆决不允许它们在意识中同时出现。但是，如果保存它们的感觉区域被重新控制，它们就具有同样的能力，可以逐出跟它们不相容的所有东西，只在我们身上安置对它们有过感受的自我。然而，我刚才突然再次变成的那个自我，自从那遥远的晚上——我外婆在我到达巴尔贝克后给我脱衣服的那个晚上以来一直不存在，因此十分自然的是，这个自我不是在现在这个白天之后不知道，而是——仿佛在时间中具有各不相同而又平行的系列——中间没有断裂的感觉，在以前来此的第一天晚上过去之后就立刻不知道，我已进入我外婆朝我俯下身子的那一刻。我当时的自我已消失如此长的时间，现在近在咫尺，我仿佛还听到此前刚说出的话，这些话不再是在梦中听到，就像一个似醒非醒的人，以为自己听到身边响起正在消失的梦境中的声音。我只是这样一个人，想躲藏在外婆的怀里，用亲吻消

① “间歇”是医学术语，其隐喻性和心理学的含义出现在梅特林克的随笔《背德》以及散文集《花的智慧》中，普鲁斯特在撰写《所多玛和蛾摩拉（一）》时参阅了《花的智慧》，并把花卉的隐喻用于同性恋。梅特林克是这样写的：“这器官我们用来享受生活，并把它跟我们自身联系在一起，可以说这器官的功能是间歇性的，我们自我的存在如不是在痛苦之中，只是一系列永久的出发和归来。”普鲁斯特表达的意思与此相近。他把心灵的间歇跟记忆的紊乱联系在一起，也就是跟记忆的恢复和意外的无意识回忆联系起来。这是痛苦的记忆恢复，永远不会因艺术而升华，因此跟愉悦的记忆恢复不同，后者在小说结尾因“永恒的爱”的艺术观而超凡脱俗。

除她痛苦的痕迹,我会把自己想象成这样的人,是因为一段时间以来,我是先后出现在我身上的那些人中的这个或那个人,困难又像现在这样多,我现在必须作出徒劳无功的努力,以便感受到我身上其中一人的欲望和愉悦,而我至少在一段时间里已不再是其中之一。我回想起来,我外婆穿着便袍朝我的高帮皮鞋俯下身子前一个小时,我在闷热的街上闲逛,并在糕点铺前认为,我需要抱吻外婆,而她无法待在我的身边,我决不能再等待下去。现在,同样的需要再次产生,但我知道我会几个小时接着几个小时地等待下去,而她永远不会来到我的身边,我只是发现了这种需要,因为我第一次感到她真的活着,我的心膨胀得几乎要破裂,我最终又见到了她,我于是得知我永远失去了她。永远失去了,但我又无法理解,就试图忍受这种矛盾带来的痛苦:一方面,她在我身上,温情犹存,就像我以前感到的那样,也就是为我而表现出来,是一种爱,有了这种爱,一切在我心中都会得到补充,都会达到目的,都会有其始终不变的方向,因此,伟人的天才,自创世以来存在的一切天才,在我外婆看来还不如我一个小小的缺点;另一方面,我重新体验到这种幸福的存在,觉得它确实已被感受,它如同反复的疼痛,从虚无中一跃而出,这虚无曾消除我心中展现的这种温柔形象,摧毁了它的存在,消除了我们过去注定要相依为命的命运,我仿佛在镜子里重新见到我外婆,这时她却立刻变成一个普通的陌生人,只是因偶然的原因而在我身边待了几年,就像她也可能会待在另一个人的身边,但对她来说,在这段时间之前和之后,我都是个可有可无的人。

此时此刻,我无法享受一段时间里有过的种种乐趣,我唯一能品尝的乐趣,是对过去进行修饰,以减轻我外婆以前感到的痛苦。然而,我想起她时她不仅穿着便袍,这便袍是合适的服装,几乎成为她的象征,还带有疲倦,可能是不健康的标志,但又温柔,她为我而疲劳,我于是渐渐回想起我抓住的一切机会,让她看到我的痛苦,必要时夸大自己的痛苦,使她感到难受,我事后觉得已用亲吻把她的痛苦消除,仿佛我的温柔也能像我的幸福那样使她幸福;更糟糕的是,我现在要想象出幸福,就只能在回忆时从这张用温柔塑造并因温柔而倾斜的脸上找到,而在以前,我曾狂热地从中找些微不足道的乐趣,如在圣卢给我外婆拍照那天,她戴上宽边的帽子,在明暗适中的光线下,摆出卖弄风情的姿势,显得幼稚,近于可笑,我实在看不下去,就不耐烦地低声说了几句尖刻的讽刺话,我感到她的脸显得紧张,说明我的话她已听到,并使她受到伤害;而现在,我因这些话感到难受,因为我已不能用无数亲吻来安慰她[①]。

但是,我永远也无法消除她脸上的这种紧张,以及她心中的痛苦,或者不如说我心中的痛苦;由于死者只存在于我们心中,在我们非要想起我们曾对他们进行的打击时,我们不断击打的却是我们自己。这种痛苦,无论多么巨大,我都会依依不舍,而且是竭尽全力,因为我清楚地感到,这痛苦是我回忆外婆的结果,说明这种回忆在我心中。我感到我只有痛苦时才能真正想起她,我真想把我心中的那些钉子钉得更牢,把对她的回忆固定在我心中。我不想减轻这痛苦,将其美化,并假装认为我外婆只是暂时不在而无法看到,要做到这点的办法,是对她的照片(圣卢给她拍的那张,我一直带在身边)说话和祈祷,就像对一个跟我们分离的人说话那样,这个人虽然孤身一人,却了解我们,并仍跟我们融为一体。我从未这样做过,因为我不仅想要痛苦,而且想要保持我在突然间不由自主地感到的这种痛苦的独特之处,我想要继续忍受这痛苦,并服从其规律,那是每当再现我心里交织在一起的死后存活和虚无的这种奇特的矛盾之时。这种现在无法理解的痛苦感觉,我知道,

---

① 参见本书第二卷第366—367页。圣卢给主人公的外婆拍照,使人想起卡蒂斯夫人在埃维昂给普鲁斯特的母亲拍照。当时是1905年9月,普鲁斯特的母亲在那里病倒,回巴黎后不久去世。

当然不是我是否能有朝一日从中悟出些许真理，而是这些许真理，我如果能够悟出，也只能从这感觉中悟出，这感觉十分独特，是自然而然产生，因此，其中没有我智慧留下的痕迹，也不因我胆怯而变得淡薄，是死亡，是死亡的突然揭示，像闪电般在我心中画出两道神秘的痕迹，这是超自然的、非人间所有的线条。（我在此之前一直把我外婆遗忘，说到这点，我甚至不想把自己跟这种遗忘联系在一起，以从中悟出一些真理；因为遗忘本身只是一种否定，是思想虚弱、无法再现生活中一个真实的时刻，就只好用一些约定俗成、无足轻重的形象取而代之。）但是，自卫的本能，以及智慧让我们预防痛苦时的机灵表现，也许已开始在尘埃未消的废墟上打下并奠定其既有益又有害的工作的初步基础，我过多地品尝那种甜蜜，是在回忆起亲爱的人提出的这种或那种看法之时，我回忆起这些看法，仿佛她还能提出这些看法，仿佛她还活着，仿佛我仍然为她而活着。但是，一旦我在这更加真实的时刻睡着，我双眼紧闭看不到外界的事物，睡眠的世界（在这个世界的入口处，智慧和意志暂时瘫痪，不能再用严酷的真实感觉把我夺到手）反映并折射出死后存活和虚无这个痛苦的综合体是在机体深处，那里因五脏六腑被神秘的光线照亮而变得半透明。在这睡眠的世界里，内心的知觉取决于我们各个器官的紊乱，这睡眠的世界会加快心律或呼吸节律，因为同样剂量的恐惧、悲伤和内疚，在注入我们血管之后，会以百倍的力量产生作用；而为在睡眠的世界中走遍这地下城市的条条动脉要道，我们就乘船行驶在自己血液的黑色波涛之上，如同行驶在体内曲曲弯弯的忘川①之上，这时，一张张庄严而又伟大的面孔出现在我们面前，跟我们说话，然后离我们而去，使我们泪流满面。我来到阴暗的门廊下面，立刻去寻找外婆的脸，但没有找到；但我知道她还活着，只是生命力衰弱，像记忆中那样苍白；这时

① 忘川是冥府的河流之一，亡灵饮其水便忘掉过去的一切，故名。

越来越阴暗，还刮起了风；我父亲没来，他应该把我带到她的身边。突然，我透不过气来，我感到心脏仿佛变硬，我这才想起，我已有好几个星期忘了给我外婆写信。她会对我怎样想呢？“天哪，”我心里在想，“她待在那间小房间里，应该不会开心，房间是为她租下，跟以前女仆的房间一样小，她孤身一人，只安排一个女护士照顾她，她在里面不能动弹，因为她一直有点瘫痪，一次也不想起床。她想必认为，她死后我已把她忘掉，她想必感到十分孤独，被人抛弃！哦！我必须跑去看她，我一刻也不能等待，我不能等我父亲来了再去，但她又在什么地方？我怎么会忘了地址？只要她还认得出我！我怎么会在几个月时间里把她给忘了？现在是一片漆黑，我找不到了，风吹得我无法往前走；啊，我父亲就在我前面走着；我对他叫喊：‘外婆在哪里？你把地址告诉我。她身体好吗？她肯定什么都不缺？’——‘是的，’我父亲对我说：‘你可以放心。她的护士做事井井有条。我们不时寄去一小笔钱，可以给她买少量生活必需品。她有时问起你的情况。我们连你要写书的事也对她说了。她显得很开心，抹去一滴泪水。’”这时，我觉得自己想起，外婆去世后不久，她抽噎着，神色谦卑，如同被逐出家门的老女仆，活像陌生女人，她对我说：“你要让我有时能看到你，可别许多年都不来看我。你想想，你是我的外孙，做外婆的是不会忘记的。”我再次见到她时，看到她的脸是如此顺从、难受和温柔，我真想马上跑过去，我当时本该回答说：“外婆，你想见到我几次就能见到几次，我在这世上只有跟你最亲，我永远不会再离开你。”我的沉默想必使她抽噎，这么多月以来，我一直没去过她睡的地方，她又会怎样想呢？于是，我也抽噎地对父亲说：“快，赶快把她的地址告诉我，赶快带我去。”但他却说：“这是因为……我不知道你是否能见到她。另外，你知道，她非常非常虚弱，她不再像以前那样，我觉得你见了反而会难受。我也记不得到底是在大街的几号。”——“你得告诉我，你是知道的，人死了就不再活着，这可不是真的。

这仍然不是真的，虽说大家都这说，外婆还活着。"我父亲苦笑着说："哦！太少了，你知道得太少了。我觉得你最好别去。她什么也不缺。我们全都安排妥当了。"——"但她经常孤身一人？"——"是的，但这样对她更好。她最好别去想，否则只会使她难受。要去想往往会使人难受，另外，你知道，她已经十分虚弱。我会把确切的地方告诉你，你就可以到那儿去了；但我看不出你能在那儿做些什么，我也不认为护士会让你去看她。"——"但你很清楚，我会永远在她身边生活，鹿，鹿，弗朗西斯·亚默①，餐叉。"但是，我已渡过这阴暗、曲折的河流，浮到了水面上，可进入生者的世界，因此，如果我仍在反复说"弗朗西斯·亚默，鹿，鹿"，这几个字后面的话就不再使我感到含义清楚、逻辑性强，而在片刻之前，我觉得这是十分自然的事，可我现在却连后面的话也想不起来了②。我甚至弄不懂，我父亲刚才对我说 Aias③(埃阿斯)这个词，怎么会直接表示"当心，别着凉了"，这是不可能的。我忘了关上百叶窗，无疑是明亮的阳光把我给照醒了。但是，我无法忍受的是，看到大海

---

① 亚默(1868—1938)，法国作家。诗作具有浓厚的田园牧歌风味，如诗集《报春花的凋零》、《生命的胜利》，后又蒙上宗教色彩，如《云霞的间隙》、《基督教农事诗》等。另著有长篇小说。

② "鹿，鹿"涉及福楼拜的一个故事，题为《圣朱利安的传说》(载《三故事》)，说的是朱利安在打猎时射杀公鹿，公鹿在临死前口吐人言，预言他会杀死自己的父母。朱利安因此远走他乡，当上骑士，后娶领主遗孀为妻。一天他父母找到了他的城堡，他正外出，他妻子热情接待，并让二老在她和丈夫的卧室休息。朱利安深夜回家，见一对男女睡在他床上，误以为妻子不贞，就将二老杀死。法国作家亚默在看了普鲁斯特寄给他的《在斯万家这边》后，批评书中樊特伊小姐在蒙茹万的家里淫乐时跟女友一起亵渎父亲照片的场景，并要求普鲁斯特在再版时把这段删除。至于餐叉，在小说初稿中有一段文字，说餐叉碰到盘子，使主人公想起乘火车到达贡布雷时工人敲铁轨发出的声音，然后是一段有关普鲁斯特美学的文字。在《重现的时光》中，餐叉换成了匙子。

③ Aias 是 Ajax 的希腊语写法，勒孔特·德·利尔在翻译索福克勒斯的同名悲剧时使用这一写法。普鲁斯特在《杀父母的儿子的情感》一文中，把亨利·范·布拉伦贝格比作埃阿斯，后者疯狂地屠杀牧羊人和羊群，把他们看作迈锡尼王阿特柔斯的后裔。普鲁斯特在文中提到索福克勒斯的悲剧。

波澜起伏，而在以前，我外婆会接连几个小时观赏这壮丽的景象；这波涛的新形象如泰然自若的美女，使我立刻想到，她已无法看到；我真想堵住耳朵，不让波涛的声音进入，因为现在海滩上充满阳光，可我心里却因此而一片空虚；我小时候曾在一座公园里跟我外婆走散，现在的一切似乎像公园里的条条小径和一块块草坪那样对我说"我们没看到她"，因此，我在苍白、神奇的天穹下感到压抑，仿佛被罩在蓝色的巨钟里面，巨钟把地平线遮住，我外婆也不在那里。我什么也不想再看到，就把头转向墙壁，唉，我面对的却是这堵薄墙，过去曾在早上充当我们之间的信使，这薄墙如小提琴般顺从，能传出一种感情的种种细微差别，把我的惧怕准确无误地告诉外婆，我怕把她惊醒，而她如已醒来，则怕没有被她听到，怕她不敢走动，然后，如同第二种乐器在回答，立刻向我通报她的到来，并叫我放心。我不敢走近这薄墙，就像不敢走近我外婆弹过的钢琴，仿佛还会响起她弹奏的乐曲。我知道现在可以去敲墙，而且可以敲得更响，知道任何声音都不会把她吵醒，知道我不会听到任何回答，知道我外婆再也不会来了。如果真有天堂，我对上帝别无他求，只要他能在这墙上轻轻地敲三下，让外婆从千百种敲击声中听出这声音，并敲三下作为回答，意思是说："别着急，小耗子，我知道你等不及了，我这就来了。"另外，我请上帝让我跟她永远待在一起，我们俩都不会觉得这"永远"太长。

经理前来问我是否想下楼。为防万一，他为我在餐厅里安排了"座次"。由于没见到我，他担心我呼吸困难的老毛病复发。他希望这只是微不足道的"喉咙毛病"，并对我说，他听说有一种叫calyptus 的药，肯定能治好这种毛病。

他向我转达阿尔贝蒂娜的口信。她原本今年不准备来巴尔贝克，但后来改变了计划，三天前来了，不是到巴尔贝克，而是到附近一个疗养地，乘有轨电车十分钟就能到。她怕我旅途劳累，第一天晚上没来看我，只是让人来问，我什么时候能见她。我想知道她是否是自己来的，不是想见到她，而是想设法避开她。“是的。”经理对我回答说。“她希望尽快见面，除非您有无法见她的重复（充分）理由。您看，”他得出结论，“总而言之，这里所有人都想见到您。”可我却不想见到任何人。

然而，在前一天到达时，我感到自己又被洗海水浴的那种懒洋洋的生活魅力所吸引。电梯司机还是那个，他开动了电梯，这次是因为尊敬，而不是因为蔑视，只见他高兴得脸都红了。我沿着立管往上升，穿越的空间以前被我视为陌生旅馆的神秘之处，你这个无依无靠、默默无闻的旅客来到陌生的旅馆，一些人对你投以的目光中丝毫没有你想看到的表情，其中有回房间的每位常客，有下楼吃晚饭的每个姑娘，有在轮廓奇特的条条走廊里经过的每个女仆，还有来自美国的姑娘，由女伴陪着下楼去吃晚饭。而这次恰恰相反，我在一家熟悉的旅馆里往上升，感到极其舒适愉悦，觉得如同在自己家中，再次完成了周而复始的事情，这种事比眨眨眼睛的时间更长，也更加困难，那就是在事物上放置我们熟悉的灵魂，而不是放置使我们害怕的灵魂。我心里在想，我没有料到会有灵魂的突然变化，我到其他旅馆去，就会第一次在那里吃晚饭，在那里，习惯尚未在每一层楼、每扇房门前把似乎在守护迷人生活的凶龙杀死，在那里，我能够接近陌生女人，而大饭店、娱乐场和海滩，只是把这些女人像珊瑚骨那样大量聚集并让她们生活在一起，那么，我现在是否总是要去其他旅馆？

我甚至对这种事也感到高兴，那就是讨厌的首席院长竟如此迫不及待地想见我，我在第一天波涛翻滚时看到，海洋里蔚蓝色山峦起伏，形成一座座冰川、瀑布，看到它的高雅和不拘一格的威严——我洗手时，只是在过了这么长时间之后才第一次闻到大旅馆里香味过于浓郁的香皂的特殊气味，这气味似乎既属于现时又属于过去逗留的时刻，在这两种时刻之间游移不定，犹如一种特殊生活的真正魅力，我们回到这种生活之中，只是为了换一条领带。

被单过于轻薄，又过于宽大，边上无法塞好，也盖不严实，在移动的涡形毯子周围飘忽不定，要是在以前，准会使我难受。在这因布帆鼓起、十分难看的圆形物上，被单晃动的只是第一天早晨充满希望的灿烂阳光。但这时阳光尚未照射进来。就在当天夜里，那残忍而又神奇的人物已经复活。我请求经理离开，希望任何人都不要进来。我对他说，我要躺在床上，并谢绝他的好意，请他不要派人去药店买那种良药。他对我的谢绝感到十分高兴，因为他怕客人闻到 calyptus 的气味会不舒服。我因此受到这种恭维："您说得生动"（他想说："说得正确"），并对我提醒："注意开门时别弄脏了手，因锁太紧，我让人'引进'了油；要是有服务员竟敢来敲您的房门，他准会被打得'团团转'。要他们记住我说过这话，我不喜欢'反复'（意思显然是：我不喜欢把话再说一遍）。我下面的陈酒有一大厅（显然想说：一大桶），是否要叫人给您拿点上来？我不会把酒放在银盘上拿来，就像端上约纳坦[①]的头颅，但我先跟您说清楚，这不是拉菲酒庄[②]的酒，但几乎模棱两可（想说：相差无几）。这不重，还可以给您炸一条小鳎鱼。"我全都谢绝，但感到意外的是这鱼的名称竟被他说成柳树[③]，而他一生中想必曾多次说出这种菜肴的名称。

尽管经理满口答应，但没过多久，还是有人给我送来康布勒梅侯爵夫人的折角名片。这位老夫人前来看我，派人打听我是否已经到达，她得知我前一天晚上才到，而且身体不大舒服，就没有执

---

① 指施洗约翰，据《新约·马太福音》和《新约·马可福音》，他因指责犹太王希律娶自己的侄女希罗底而被监禁。在希律过生日时，希罗底的女儿莎乐美跳舞，希律答应她可要任何一件东西，莎乐美问过母亲后提出要施洗约翰的头，于是希律命人把施洗约翰斩首。经理把福楼拜《希罗底》（一译《希罗迪娅》，载《三故事》）中施洗约翰的姓"约喀南"误读为"约纳坦"。

② 即拉菲—罗特希尔德酒庄，位于法国波尔多的波亚克村，所产的葡萄酒属第一级，酒性烈而香味淡雅。

③ 法语中 saule（柳树）和 sole（鳎鱼）发音相似。

意要见我，侯爵夫人（也许在药店或服饰用品店门口停过车，跟班跳下马车，进去结一笔账，或是买些东西）就乘坐她那辆套两匹马、装有八个弹簧的老式敞篷四轮马车返回菲泰尔纳。其实，在巴尔贝克的街道上，以及在巴尔贝克和菲泰尔纳之间的其他几个海滨小市镇的街道上，人们常常可以听到这辆马车行驶的声音，并欣赏马车的豪华。这辆马车出行的目的，并非是停在一家家商店门口，而是去参加一个乡绅或资产者在家中举行的下午茶会或花园招待会，这种人跟侯爵夫人的地位相差甚远。侯爵夫人虽然因其出身和财富而居高临下，地位远在周围小贵族之上，却十分善良和纯朴，生怕邀请她的人失望，连附近微不足道的社交聚会也会前往参加。当然啰，德·康布勒梅夫人不喜欢长途跋涉，到一个闷热的小客厅里去听通常没有才华的女歌手演唱，她是本地区的贵夫人，又是闻名的音乐家，听完后却还得夸大其辞地表示祝贺，她更喜欢出去散步，或是待在她在菲泰尔纳的花园里，花园下面是小海湾，缓慢的波涛流入那里的花丛后销声匿迹。但她知道，她可能会来的消息已被主人宣布，不管主人是贵族还是自由民，是在染坊曼恩维尔还是在傲慢的沙通古尔。然而，德·康布勒梅夫人如果那天出门，却并未去赴会，而某个来自小海滩的客人听到或看到侯爵夫人的马车驶过，那么，她就无法借口说不能离开菲泰尔纳。另一方面，举办聚会的这些主人经常看到德·康布勒梅夫人参加一些人家里举办的音乐会，并认为那不是她应该去的地方，在他们看来，侯爵夫人过于善良，这样做对她的地位有所损害，但要由他们来接待侯爵夫人时，有损地位的话就立刻消失得一干二净，这时，他们激动地在想，她是否能来参加他们的小型下午茶会。他们会有好几天感到不安，但在主人的女儿或在此地度假的音乐爱好者唱完第一首歌之后，有个客人宣称（这是侯爵夫人即将来参加下午聚会的可靠迹象）曾看到驾着那辆著名马车的马匹停在钟表店或药店门口，这对他们来说真是莫大的安慰。于是，德·康布勒梅夫人

（她确实很快就进来了，后面跟着她的儿媳妇和当时住在她家的几位客人，她把他们带来，先征得主人的许可，而主人也欣然同意）在这些主人眼里又变得光彩夺目，在他们看来，希望她大驾光临并且能如愿以偿，也许是他们在一个月前作出这决定的不可明言的主要原因，那就是为举办一次下午聚会而自找麻烦、花费钱财。看到侯爵夫人光临他们的下午茶会，他们就不再想起她出于好意去参加一些地位不高的邻居举办的聚会，而是想起她古老的家族、豪华的城堡以及她那娘家姓勒格朗丹的儿媳妇没有礼貌，儿媳妇傲慢无礼，使婆婆有点乏味的和颜悦色显得更为高尚。他们觉得已在《高卢人报》的社交通讯栏上看到短文，就是他们把家里的门全都锁上后也会炮制出来的文章："那是布列塔尼的一个小地方，大家在那里玩得非常开心，参加下午聚会的人都经过严格挑选，等到大家答应主人很快会再次相聚后才离去。"每天他们都在等报纸送来，因尚未看到报上刊登他们下午聚会的消息而焦虑不安，他们担心请到德·康布勒梅夫人的事只有他们的客人知道，而广大读者却一无所知。幸福的日子终于来临："今年在巴尔贝克，这个季节格外引人注目。时兴的是下午举办小型音乐会，等等。"谢天谢地，德·康布勒梅夫人的名字正确无误地刊登出来，虽说"顺便提及"，但却首先提到。剩下的事就只有对各报的不知趣显出烦恼的样子，报纸的这种态度会使他们跟未被邀请的人无法和睦相处，另外，也只能当着德·康布勒梅夫人的面假惺惺地问，究竟是谁背信弃义，竟然散布这种消息，但这位贵夫人心地善良，听到后却说："我知道这事会使您感到烦恼，但对我来说，大家知道我在您家做客，只会使我感到十分高兴。"

在派人交给我的名片上，德·康布勒梅夫人字迹潦草地写了一句话，说她后天要举办下午聚会。当然啰，即使在两天以前，我虽说对社交生活十分厌倦，体验一下转移到这些花园里的社交生活，对我来说也会是一种真正的乐趣，因为菲泰尔纳光照充足，花园里长满无花果树、棕榈树和蔷薇花，在海边也是如此，海面往往平静，像地中海那样呈现蓝色，主人的小型游艇在聚会之前，会开到海湾另一边的海滩上去接最尊贵的客人，而在客人到齐之后，就撑开游艇上一个个遮阳顶篷，游艇充当吃点心的餐厅，到了傍晚再把接来的客人们送回去。豪华的排场确实迷人，但费用太大，为支付部分开支，德·康布勒梅夫人想方设法增加收入，特别是首次出租她拥有的一处跟菲泰尔纳住宅风格截然不同的花园住宅，即拉斯珀利埃尔城堡。不错，要是在两天前，这样一次下午聚会，有陌生的小贵族云集在一个新的环境之中，准会使我改变巴黎“高雅生活”的口味。[1] 但现在，乐趣对我来说已毫无意义可言。我于是给德·康布勒梅夫人写信谢绝，就像一小时之前，我让人把阿尔贝蒂娜打发走：忧伤已使我无法产生欲望，如同高烧使人食欲全无……[2]我母亲将于第二天到达。我感到生活在她身边已不像过去那样问心有愧，感到我更能对她理解，因为陌生的堕落生活，现已被重新涌现、令人心碎的回忆所取代，这种回忆使我的灵魂和我母亲的灵魂变得高尚，使其戴上荆冠[3]。我是这样看的；其实，真正的忧伤，就像我妈妈的忧伤，在你失去喜爱的人后，会使你长时期如同死去一般，有时会永远如此，而与此相去甚远的则是其他暂时的忧伤，我的忧伤想必如此，这种忧伤出现得晚，消失得快，在事件发生很久之后才能感到，因为要“理解”事件才能感到这种忧伤；这忧伤就像许多人感到的那样，也就是现在折磨着我的忧伤，其区别仅仅在于用无意识回忆的方式产生。

至于我母亲那样的深切忧伤，我将会在有朝一日感到，大家会在下文中看到，但不是在现在，也不像我此刻想象的那样。然而，

---

① 法国七星丛书版用惊叹号，而不用句号。

② 法国七星丛书版用句号，而不用省略号。

③ 荆冠是天主教圣物，据称为耶稣受难时所戴。

一个旁白的叙述者应该知道自己的角色，早就应该待在自己的位置上，却在最后一刻才到，而且他要说的旁白只读过一遍，但轮到他说出尾白时，他相当机灵，善于掩饰，设法使别人无法看出他迟到了，同样，我刚刚感到的忧伤，在我母亲到达后跟她说话时，能使她觉得我一直如此忧伤。她只是觉得，看到我跟外婆一起待过的这个地方（其实并非如此），就唤起了这种忧伤。我的痛苦跟她的痛苦无法相比，但使我睁开了眼睛，我于是第一次惊恐万状地觉察到我母亲可能会有的痛苦。我第一次看出，她在我外婆去世后一直有那种凝视而又无泪的目光（弗朗索瓦丝因此很少向她抱怨），那是在定睛观察回忆和虚无的这种无法理解的矛盾。另外，虽说她一直戴着黑面纱，但在这新的地方，她越是这样穿戴，我就越是对她身上发生的变化感到惊讶。她已没有任何快乐可言，这样说还嫌不够；她如同融化后铸成哀求的塑像，仿佛害怕因动作太猛、说话声音过响而冒犯跟她形影相随的伤心人。但特别是，我看到她身穿绉纱外套进来，就立刻发现——在巴黎时却并未想到——我看到的不是母亲，而是外婆。这就像在王室里和公爵家里那样，一家之主去世之后，儿子因袭其位，于是，奥尔良公爵、塔兰托亲王和洛姆亲王，就成了法国国王①、拉特雷穆伊公爵②和盖尔芒特公爵，情况往往这样，通过另一种原因更为深刻的继承方式，死者的财产转为继承者所有，继承者则跟死者相同，并继续其中断的生活。像妈妈这样的女儿在母亲死后感到的巨大忧伤，也许只是提

---

① 法国历史上有四个奥尔良家族，其中两个家族的成员登上王位。第二个家族中登上王位的是路易十二（1462—1515），是家族创始人路易·德·奥尔良（查理六世的弟弟）的孙子。第四个家族的创始人是菲力浦·德·奥尔良公爵（1640—1701），即路易十四的弟弟，该家族中路易—菲力浦于1830年登上王位。因此，普鲁斯特的比较是错误的。

② 塔兰托亲王的称号确实属于拉特雷穆伊家族。在圣西蒙《回忆录》中，塔兰托亲王在父亲于1707年去世后成为拉特雷穆伊公爵（第三卷第51页和第54页）。

前破蛹，加快束缚在自身中的一个人的变化和出现，如果不是因出现这一危机而加快发展速度，一次跨越几个阶段，这个人出现的时间就会更晚。在悼念已故的亲人时，也许有一种启示，最终使我们原来就有的潜在相像出现在我们的容貌之中；尤其是我们纯属个人的活动就会停止（我母亲则是通情达理，以及她从父亲那里继承的揶揄取乐），只要我们喜爱的人还活在世上，这种活动即使对此人不利，我们也会毫不惧怕地进行，并会抵销我们只跟此人相近的性格。一旦她死了，我们要变得不同就会顾虑重重，我们欣赏的只是她过去这样的人，只是我们过去已经变成的那种掺杂着其他个性的人，只是我们今后将独一无二的那种人。在这种意义（而不是人们通常认为的那种极其含糊和虚假的意义）上，我们可以说死亡并非无益，死者会继续影响我们。死者的影响甚至大于生者，因为真正的现实只是通过思想得出，是一种思想活动的目的，因此，我们真正了解的，只是我们必须通过思想来重新创造的事物，只是日常生活对我们掩盖的事物……总之，在对我们死去的亲人悼念的祭礼中，我们崇拜他们喜爱的事物。我母亲总是带着我外婆的手提包，觉得这手提包比蓝宝石和钻石更加珍贵，她总是戴着我外婆的袖套，总是穿我外婆的那些衣服，因此她们俩在外貌上迅速相像，不仅如此，她也带着我外婆总是随身携带的塞维尼夫人的几本书，即使要跟《书简集》的手稿交换也不舍得。她过去常常取笑我外婆，说我外婆每次给她写信都要引述塞维尼夫人或博塞让夫人①的一句话。在妈妈来巴尔贝克之前给我写的三封信中，她都引述了塞维尼夫人的话，仿佛这三封信不是她写给我的，而是我外婆写给她的。她想要到下面的堤坝去看看沙滩，我外婆以前每天给她写信都要谈到沙滩。我在窗口看到她手拿她母亲的晴雨两用伞，身穿黑衣往前走，步履羞怯、虔诚，走在亲人的脚曾在她之

① 博塞让夫人系作者虚构的人物。参见本书第二卷第224页注①。

前走过的沙滩上，像是在寻找即将被波浪冲回来的死去的亲人。我不想让她独自一人吃晚饭，就跟她一起下楼。法院首席院长和律师公会会长的遗孀被介绍跟她认识。她对跟我外婆有关的事都感兴趣，因此首席院长对她说的事，她总是牢记在心，并十分感激，与此相反，律师公会会长的遗孀却没有说任何话来怀念她已故的母亲，使她感到既难受又气愤。其实，法院首席院长并不比律师公会会长遗孀对她更加关心。前者说话激动，后者沉默寡言，虽说我母亲觉得他们俩区别巨大，实际上只是表达的方式不同，即表达死者使我们感到毫不在乎的方式不同。但我觉得，我母亲主要在话语中感到温馨，我听了不由有点难受。我难受只会使我妈妈高兴（虽说她对我疼爱有加），只要能使我外婆存留在我们心中的事，她都高兴看到。其后几天，我母亲都走到下面的沙滩上坐下，做的事跟她母亲以前做的完全一样，那就是看我外婆喜欢的两本书：博塞让夫人《回忆录》和塞维尼夫人《书简集》。她跟我们这些人相同，都无法容忍别人把塞维尼夫人称为“风趣的侯爵夫人”，就像不允许把拉封丹称为“好好先生”①。但是，每当她在《书简集》中读到“我女儿”这三个字，她就觉得听到她母亲在跟她说话。

在这样一次朝圣中，她不希望有人来打扰，但她运气欠佳，在沙滩上遇到贡布雷的一位女士，身后跟着几个女儿。我觉得她是普桑夫人。但在我们之间称她为“有你好看的”，因为她总是用这句话来提醒她几个女儿别闯祸，譬如她看到一个女儿在揉眼睛就说：“等你眼睛发炎，有你好看的。”她在远处就显出愁眉苦脸的样子，久久地跟我妈妈打招待，但不像表示慰问，而像在教训人。她生活在贡布雷一座巨大的花园住宅里，深居简出，觉得任何事物都不够温柔，连法语的词语和名称都要加以软化。她认为银餐具中用来舀糖浆的 cuiller（匙子）说出来声音硬邦邦的，就读成

① 这是对塞维尼夫人和拉封丹通常的称呼，圣伯夫就是如此称呼。

cueiller;她怕把忒勒玛科斯的温柔作者称为费纳隆[①]——我本人因了解这方面情况,也是这样称呼,我最亲爱的朋友名叫贝特朗·德·费纳隆[②],认识他的人都认为他最聪明,善良而又勇敢,令人十分难忘——显得粗鲁,因此总是说"费奈隆",认为把"纳"改成"奈"增添了些许柔和。这位普桑夫人的女婿就没有那样温柔,他的名字我已忘记,他是贡布雷的一位公证人,拿走了银箱里的现金,特别使我姑父损失了一大笔钱。但是,贡布雷的大部分居民跟这个家庭的其他成员的关系都很好,因此关系并未出现任何冷淡,大家只是对普桑夫人表示同情。她并不接待客人,但大家在她家栅栏门前走过时,都要驻足欣赏花园里绿树成荫的美景,但看不到其他东西。她在巴尔贝克并没有碍我们的事,我只遇到过她一次,当时她对正在咬指甲的女儿说:"等你生了瘭疽[③],就有你好看的。"

妈妈在沙滩上看书,我就独自待在房间里。我想起外婆生命的最后时刻,以及跟这些时刻有关的种种事情,想起楼梯上的门,我陪她最后一次出去散步时看到,现在跟当时一样开着。跟这些形成鲜明对照的是,世上的其他事物仿佛不像是真的,我的痛苦使这些事物全都像中毒一般。最后,我母亲要我出去走走。但每走一步,娱乐场的一种已忘却的景象,以及我第一天晚上在等外婆时一直走到迪盖—特鲁安[④]塑像前的那条街道的模样,如同不可抗

① 指法国作家、教育家弗朗索瓦·德·萨利尼亚克·德·拉莫特—费纳隆(1651—1715),在勃艮第公爵府任家庭教师时(1689—1694)自编教材,如《死者对话录》(1712)、《忒勒玛科斯历险记》(1699)。

② 贝特朗·德·萨利尼亚克—费纳隆(1878—1914)是圣卢的原型之一,他是《忒勒玛科斯历险记》作者的一位兄弟的后裔。普鲁斯特经安托万·比贝斯库介绍于1901年跟他认识,两人成为好友,直至费纳隆于1902年去君士坦丁堡任职。费纳隆于1914年12月17日在加来海峡省北部的马梅茨市镇阵亡。

③ 瘭疽是手指头或脚趾头肚儿发炎化脓的病,症状是局部红肿,剧烈疼痛,发烧。

④ 迪盖—特鲁安(1673—1736),法国私掠船船长。参见本书第二卷第236页注①及该卷插图。

拒的逆风,使我无法往前移动;我垂下眼睛,不想看到。我体力略有恢复之后,就往回朝旅馆走去,我知道我不管等待多久,也无法再在旅馆里找到外婆,而我以前在到达的第一天晚上,就是在那里见到她的。由于我是第一次走出旅馆,我尚未见到的许多仆人都好奇地朝我观看。在旅馆门口,一个身穿制服的年轻服务员向我脱帽致意,然后迅速把帽子戴上。我想是埃梅有过吩咐,用他的话说是“下过命令”,要他对我尊重。但我在同一时刻看到,他在另一个人进来时再次脱帽致意。其实,这个年轻人在生活中只知道脱帽后再戴上,而且动作完美无缺。他知道自己别无所长,只会把这件事做好,就每天尽可能增加脱帽、戴帽的次数,因此博得了顾客们审慎而又普遍的好感,也使门房感到十分喜欢,门房有招收穿制服服务员的任务,在招到这位罕见人才之前,还没有找到一位能干上一个星期而不被解雇的人,这使埃梅感到十分惊讶,就说:“不过,干那个行当的,我们只要求他们有礼貌,不会这样难吧。”经理要求他们要有他所说的良好“在场”,意思是说他们得待在那里,或者不如说他没有记住“仪容”这个词。旅馆后面的那片草坪,现已改建成几个花坛,从那里移走的不仅有一丛异国的小灌木,而且还有那个穿制服服务员,他在第一年是门外的装饰,身体像一根柔软的茎,染色的头发十分有趣①。他跟着一位波兰伯爵夫人走了,被聘为她的秘书,他这样做是仿效他的两个哥哥和他那当打字员的姐姐,他的哥哥姐姐都被男女地方名流从旅馆里挖走,因为他们长得漂亮。只有他这个没人要的弟弟留了下来,因为他患斜视症。他十分高兴地看到,波兰伯爵夫人和他的两个哥哥的保护人都来巴尔贝克的旅馆小住一段时间。他虽说嫉妒他的哥哥,但也喜欢他们,这样就能在几个星期的时间里培养家庭的感

① 参见本书第二卷第278页和第298页。

情。丰特弗罗修道院女院长[1],不就是因此而离开她那些修女,经常去分享路易十四的款待,即国王给莫特马尔家族的另一成员、他的情妇德·蒙泰斯庞夫人[2]的款待？这是他来巴尔贝克的第一年;他还不认识我,但已听到比他资历老的那些同事跟我说话时在我的姓氏后加上“先生”二字,他在第一次遇到我时就仿效他们,并显出满意的神色,这也许是为了向一位知名人士表示他有教养,也许是为了遵守一种习俗,这种习俗他在五分钟前还不知道,但现在却觉得不能违背。我非常清楚这家大旅馆会使某些人感到十分迷人。它如同一座剧院,演员众多,十分热闹,连柱的勒脚处[3]也是如此。顾客虽说只是一种观众,却随时会参加演出,但不是像某些剧院那样,演员在剧场里演一场戏,而是观众的生活仿佛展现在舞台上的豪华场景之中。打网球的人可以穿着白色法兰绒短上衣回旅馆,但门房却要穿上镶有银饰带的蓝色制服才能把信交给他。打网球的人如不想走到楼上,就要混杂在演员之中,身边开电梯上升的司机同样衣着华丽。各个楼层的条条走廊似乎在掩护侍女和

---

① 丰特弗罗修道院位于法国曼恩—卢瓦尔省的同名市镇。1101 年由布列塔尼隐士罗贝尔·德·阿布里塞尔修建。修道院有男修士和修女,但由女院长领导。有 12 世纪罗马式圣母院教堂,里面葬有英王亨利二世及其妻子阿基坦的阿莉耶诺尔和儿子理查一世(狮心王)。这里的女院长是指玛丽—马德莱娜·德·罗什舒阿(1645—1704),是第一位莫特马尔公爵的女儿,也是德·蒙泰斯庞夫人的妹妹,1670 年成为丰特弗罗修道院女院长。圣西蒙在《回忆录》中谈到她时说:“她因事务多次来到巴黎,并待了很长时间。那是在国王和德·蒙泰斯庞夫人热恋之时。她来到宫廷,经常在宫中逗留,往往时间很长。[……]国王对她十分欣赏,跟她难分难舍。”(第二卷第 473—474 页)

② 弗朗索瓦丝·阿泰纳伊斯·德·罗什舒阿,蒙泰斯庞侯爵夫人(1641—1707),路易十四的情妇,两人相恋八年,为他生育八个孩子。1679 年因投毒事件失宠,被德·曼特农夫人取而代之,但仍留在宫中,直至 1691 年隐退巴黎圣约瑟隐修院。

③ 原文为 plinthes,在手稿和初版本中都这样写。法国七星丛书版改为 cintres(舞台上空吊布景的位置)。

报信女仆逃跑，她们是海上美女，[1]喜欢美貌女仆的男子会巧妙地转来转去，一直找到她们的小房间里。楼下则是男人的天下，由于服务员都极其年轻又无所事事，使这座旅馆活像一种业已定型并不断上演的犹太基督教悲剧。因此，我看到他们，就不禁默诵拉辛的诗句，当然不是在盖尔芒特王妃府想到的诗句，即德·沃古贝尔先生看着使馆的一些年轻秘书对德·夏吕斯先生致意时想到的诗句，而是拉辛的其他诗句，这次不是《以斯帖》的诗句，而是《亚他利雅》的诗句：门厅在十七世纪时称为柱廊，从门厅开始，年轻的穿制服服务员如同"朝气蓬勃的子民[2]"站在那里，特别是在吃点心的时候，活像拉辛剧中合唱队里年轻的犹太人。但我觉得，他们中无人能作出哪怕像约阿施[3]这样的模糊回答，当时亚他利雅问这个年幼的王子："您到底在做何事？"因为这些服务员无所事事。如有人问他们中的任何一个，最多听到像老王后那样的话：

"所有的人都关在此处，
这些人在忙些什么？"

他也可能会说：

"我看到这仪式的豪华场面，

---

① 法国七星丛书版后面加有：如同表现雅典娜女神节的中楣。雅典娜女神节最后一天有列队行进。雅典帕尔特农神庙墙上的中楣表现这种列队行进。中楣残片现藏大英博物馆和卢浮宫。

② "朝气蓬勃的子民"其实是在《以斯帖》第二幕第九场："据说朝气蓬勃的子民幸福，/这些财产朝他们滚滚流去！/更幸福的是纯洁的子民，/他们把信任寄于天上的上帝！"

③ 约阿施是以色列王，拉辛的悲剧《亚他利雅》中人物。参见本书第一卷第110页注①和本卷第69页注②。

这里有我的贡献[1]。”有时，一个年轻的群众演员朝某个更重要的人物走去，然后这漂亮的小伙子回到合唱队里，他们如不是在沉思休息的时刻，就全都每天在毕恭毕敬地进行毫无用处却具有装饰性的队形变换。除了他们“外出的日子”之外，他们“远离高雅的圈子[2]”，从不跨越前面的广场，像《亚他利雅》中的利未人[3]那样过着教士般的生活，我前面是“这群忠实的年轻人[4]”，在铺有华丽地毯的台阶下演出，我看到时心里就想，我进入的是巴尔贝克大旅馆还是所罗门的圣殿。

我上楼直接回到房间。我通常想到的是我外婆患病的最后几天，是我重新感到的痛苦，我在痛苦中增加了一种成分，比其他人的痛苦更加难以忍受，这种成分是因我们过多怜悯而加在痛苦之中；我们以为只是重现一位亲人的痛苦，我们的怜悯却已把痛苦夸大；但是，这怜悯也许确实可靠，比感到这种痛苦的人们对痛苦的意识更为可靠，但这些人无法看出他们的生活这样悲伤，而怜悯却能看到，并因此绝望。尽管如此，我的怜悯会在重新冲动时超越我外婆的痛苦，只要我当时知道我在很长一段时间里一直不知道的事情，知道我外婆在去世前夕神志清楚的时候，确信我不在她房间里，就握住我妈妈的手，把滚烫的嘴唇贴在上面，并对她说：“永别了，我的女儿，永远永别了。”我母亲此后一直目不转睛地凝视的可能也是这件往事。然后，种种温馨的往事浮现在我眼前。她是我外婆，我是她外孙。她脸上的表情似乎用一种专门对我使用的

---

① 《亚他利雅》第二幕第七场中，亚他利雅问约阿施：“您每天在做何事？”其后又说：“所有这些人关在此处，/他们在忙些什么？”约阿施在回答时作出解释：“有时在祭台/我献给大祭司的是乳香或盐；/我听到上帝那里传来无限伟大的歌声；/我看到这仪式的豪华场面。”

② 《亚他利雅》第二幕第九场中，合唱队的一个姑娘说：“他远离高雅的圈子，/从小就有上天赐予的各种才能。”

③ 利未人是以色列人的一族。参见本书第三卷第246页注②。

④ 载《亚他利雅》第一幕第三场：“哦，利未的姑娘们，一群忠实的年轻人。”

语言写出；她是我生活中的一切，其他人之所以存在，只是因为跟她有关，只是因为她会对我说出她对他们的评价；不，我们的关系过于短暂，因此只能是偶然的关系。她不再认识我，我永远不会再见到她。我们并非只是为对方而创造出来，这是个陌生女人。这个陌生女人，我正在看圣卢给她拍的照片。我妈妈遇到了阿尔贝蒂娜，非要我去看她，因为她对我妈妈说的有关我外婆和我的话十分动听。我跟她约定见面的时间。我事先告诉经理，让她来后在大厅等候。经理对我说，他早已认识她，认识她和她那些女友，那时她们远未到达"贞洁的年龄"，但他还因她们当时对旅馆的议论而耿耿于怀。她们应该不是"心明眼亮"才会这样说。除非她们被人恶意中伤。我不难理解，他说的"贞洁"是指"青春期"。我等待跟阿尔贝蒂娜见面的时刻到来，同时凝视着圣卢拍的那张照片，就像一直在看一幅画，看到后来竟看不到眼前有画，正在这时，我突然再次想到："这是外婆，我是她外孙"，犹如健忘症患者想起自己的名字，又如同病人改变了性格。弗朗索瓦丝进来对我说，阿尔贝蒂娜已经来了，她看到照片后说："可怜的太太，正是她，脸上也有美人痣；那天侯爵给她拍了照，她病得很厉害，两次觉得疼痛。她对我说：'弗朗索瓦丝，别让我外孙知道。'她瞒着大家，跟大家在一起时总是乐呵呵的。只有我一个人发现，她有时好像脑子有点迟钝。但很快就好了。另外，她对我这样说：'我万一出了什么事，得给他留一张我的像。我还从未有过一张像呢。'于是，她派我去跟侯爵先生说，能否给她拍一张照片，并请他别告诉先生是她提出这个要求的。我回来后跟她说没问题，她却不愿意拍了，因为她觉得自己气色难看。她对我说：'这比完全没有照片更糟。'她这个人不笨，最后打扮得很好看，戴了一顶垂边大帽子，如果不是在太阳底下，她是不戴帽子的。她对这张照片非常满意，因为在那个时候，她觉得自己不能从巴尔贝克活着回去。我对她说：'太太不应该这样说，我不喜欢听到太太说这种话。'但说了也没用，她就是这样想的。天哪,有好几天,她连饭也吃不进。正因为这样,她才叫先生跟侯爵先生一起到很远的地方去吃饭。她那时不去吃饭,而是装着在看书,但等侯爵的马车开走后,她马上到楼上去睡觉。有几天,她想通知太太来看她。但她怕惊动太太,就什么也没说。'她最好还是跟她丈夫待在一起,您说对吗,弗朗索瓦丝?'”弗朗索瓦丝看着我,突然问我是不是“不舒服”。我对她说没有;她又说:“您把我拴在这儿跟您说话。来看您的人也许已经到了。我得到楼下去。这个人不会老待在这儿。她来得这样快,也许已经走了。她不喜欢久等。啊!现在,阿尔贝蒂娜小姐可是个人物。”——“您弄错了,弗朗索瓦丝,她很好,好得不配待在这儿。您去告诉她,就说我今天不能见她。”

如果弗朗索瓦丝看到我在哭,她准会说出怜悯的话来。我精心掩饰。否则我会得到她的同情!但我把自己的同情给了她。我们对这些可怜的女仆的心地了解不够,她们不忍心看到我们哭,仿佛哭会使我们受到伤害;或者说这也许会使她们受到伤害,弗朗索瓦丝在我小时候对我说:“您别这样哭,我不喜欢看到你这样哭。”我们不喜欢夸夸其谈,不喜欢旁征博引,我们错了,我们这样关闭自己的心扉,把哀婉动人的乡情排除在外,不去听可怜的女仆的传说故事,她因偷窃而被解雇,也许受到了不公正的待遇,只见她脸色苍白,突然变得十分谦卑,仿佛受到指责也是犯罪,她诉说她父亲为人诚实,她母亲恪守妇道,祖母教后辈好好做人。当然啰,这些仆人虽说不忍心看到我们落泪,却会无所顾忌地让我们得肺炎,因为楼下的女仆喜欢穿堂风,认为把风堵住是失礼的行为。因为弗朗索瓦丝这样的仆人有理,要是他们也会出错,那正义女神就会变成荒谬女神。女仆们的娱乐即使微不足道,也会使主人对其拒绝或嘲笑。因为这种娱乐总是不值一提,但含有愚昧的感情色彩,对身心健康有害。因此,她们可能会说:“我一年里就提这点要求,他们竟然不同意。”然而,主人们同意的要求会多得多,只要要求并不愚蠢，对她们——或对他们——没有害处。当然啰，如果可怜的女仆低声下气，浑身颤抖，准备承认她并未做过的错事，并说"如果非要我走，我今晚就走"，看到她这副样子，你就无法痛下决心。但是，你也要做到头脑清醒，即使她说的话小题大做、咄咄逼人，说她娘家有遗产，在乡下受人尊敬，即使你面对的是年老厨娘，本人和直系亲属都过着体面的生活，她手握扫把如执权杖，认为自己作用巨大，哭着要甩手不干，直起身子时却威风凛凛。那一天我回忆起或想象出这样的场景，并全都说给我们年老的女仆听，从此之后，虽说她对阿尔贝蒂娜百般刁难，我仍然喜欢弗朗索瓦丝，当然这种喜欢有间歇性，但却爱得十分强烈，其基础则是怜悯。

当然啰，我一直看着外婆的照片，整天感到难受。照片在折磨着我。不过没有经理晚上来看我时受到的折磨厉害。我跟他谈起我外婆，他就再次对我表示慰问，我听到他对我说（他喜欢使用他发音不准的词）："您外婆大人晕缺（厥）那天，我本想告诉您，但因为那些客人，是不是，这样会使旅馆受损。最好让她当天晚上就走。但她求我什么也别说，并向我保证她不会再晕缺（厥），如果再这样，她马上就走。不过，那个楼层的领班向我报告，说她又晕了一次。但是，当然啰，你们是老顾客，要让你们满意，既然谁也没有抱怨……"我外婆常常晕厥，却瞒着我。也许就是在那个时候，我对她的态度最差，她虽然有病痛，却只好尽量显得心情愉快，免得使我生气，并显出身体健康的样子，以免被赶出旅馆。"晕厥"竟被说成"晕缺"①，这是我万万没有想到的，如果是其他词读错，我也许会觉得滑稽可笑，但这个词读得声音奇特，如同别具一格的不协和音，久久地唤起我心中最痛苦的感觉。

第二天，我听从我妈妈的要求，来到沙滩上躺了一会，或者不如说是躺在沙丘中间，沙丘起伏不平，人可以躲在里面，我知道阿

---

① 原文为 syncope（晕厥），经理错读成 symecope。

尔贝蒂娜和她那些女友无法找到我。我垂下眼皮,只让一道光线射进,光线呈玫瑰色,是眼睛内壁的亮光。然后,眼睛完全闭上。于是,我外婆出现在我眼前,只见她坐在扶手椅上,身体十分虚弱,仿佛活着的是另一个人。然而,我听到她的呼吸;有时有迹象表明,她能听懂我父亲和我的谈话。我去抱吻她也毫无用处,我无法使她眼睛里出现抚爱的目光,无法使她脸上显出些许红润。她对自己没有感觉,似乎不喜欢我,不认识我,也许并没有看到我。我无法猜出她冷淡、沮丧、沉默而又不满的秘密。我把父亲拉到一边。"你还是看到了,"我对他说,"不用说,她对什么事都看得一清二楚。这完全是对生命的幻觉。要是能把你的表兄请来就好了,他认为人死了就不会活着。她去世已有一年多了,但她却仍然活着。但是,她为何不愿意抱吻我?"——"你瞧,她又耷拉着可怜的脑袋。"——"但她想在下午去香榭丽舍大街。"——"真是疯了!"——"你真的认为这样不会使她发病,使她再死一次?她再也不会喜欢我了。我抱吻她也没用,她是否不会再对我笑了?"——"你要我怎么办呢?人死了就是死了。"

几天后再看圣卢拍的那张照片,却使我感到温馨;照片没有使我回忆起弗朗索瓦丝对我说的事,因为那事不再离我而去,我已对此习以为常。但我想起她那天病得这样重,又这样难受,而照片却得益于她耍的花招,在我得知这些花招后仍然把我蒙骗,使我觉得她头戴帽子,把脸稍稍遮住,显得极其优雅标致、无忧无虑,使我觉得她不像我想象的那样痛苦,身体也不像我想象的那样差。然而,她脸上不由显出原来的表情,略带铅灰色和惊慌的神色,如同感到已被选中和指定要屠宰的牲畜的目光,她的样子就像被判了死刑,不由变得阴沉,无意中样子悲惨,虽然我没有看出,却使我妈妈从此不再观看这张照片,这照片在她看来不是她母亲的照片,而是显示她母亲的病痛,是病魔粗暴地打我外婆一记耳光以侮辱她。

后来有一天,我决定派人告诉阿尔贝蒂娜,说我即将见她。那是炎热提前来到的一天上午，孩子们在玩耍，洗海水浴的人在开玩笑，还有报贩叫卖，都不断发出叫声，在我看来如同火光和交织的火星，而炽热的沙滩，接二连三地受到波浪的清凉冲刷；交响音乐会这时开始，交杂着海水的劈啪声响，而劈啪声中又有小提琴声回荡，犹如一群蜜蜂迷失在海面之上。我立刻产生欲望，想要再次听到阿尔贝蒂娜的笑声，看到她那些女友，那些少女清楚地出现在波涛之上，在我的记忆中仍是跟巴尔贝克无法分离的魅力，也是巴尔贝克特有的花卉；我决定派弗朗索瓦丝去给阿尔贝蒂娜捎个信，约她下星期见面，而慢慢往上涌起的大海，每当波涛滚滚之时，都用倾泻晶莹的海水来完全盖住音乐的旋律，使乐句显得断断续续，如同意大利大教堂顶上制造诗琴的天使，在蓝色斑岩山脊和浪花般碧玉山脊之间冉冉升起。但是，阿尔贝蒂娜来的那天，天气重又变坏而且转凉，另外，我也没有听到她的笑声，她情绪十分低劣。"今年巴尔贝克叫人厌倦。"她对我说。"我尽量不要待得时间太长。您知道，我从复活节起就在这儿，已经有一个多月了。一个熟人也没有。您是否觉得有趣？"虽然刚下过雨，天空随时都会变化，我还是把阿尔贝蒂娜一直送到埃普勒维尔[①]，用她的话来说，她是在这个小海滩和安卡维尔之间"往来如梭"，邦唐夫人的别墅在这个小海滩，安卡维尔则是她在罗斯蒙德父母家"寄宿"的地方，我离开时独自朝大路慢慢走去，当时我们跟外婆一起去兜风，德·维尔帕里齐夫人的马车就行驶在这条大路上；路面上布满水洼，明亮的阳光并未把水晒干，路面就变得如同沼泽地，我想起了外婆，当时她没走两步就会溅上泥浆。但我走到大路上时，立刻觉得眼花缭乱。当时是八月份，我和外婆只看到树叶，像是种植了苹

① 即邦唐夫人别墅的所在地。但在初版本中，主人公派人到埃格勒维尔去找阿尔贝蒂娜（第186页和第190页），后又写成埃普勒维尔（第194页），有些地方还写成埃弗勒维尔。

果树，而现在，只见苹果树一望无际，鲜花盛开，多得目不暇接，我双脚踩入污泥，身穿舞会盛装，顾不得小心谨慎，只求别弄坏这美妙无比的粉红花缎，这花缎从未见到过，被太阳照得闪闪发亮；而那遥远的海面，成了苹果树的远景，如同日本铜版画上那样；我抬头仰望花卉之间的天空，就能见到静谧的蓝色显现，色彩近于强烈，而花卉仿佛向两边闪开，以展现这深邃的天堂。在这蓝天之下，和风吹拂，却又冷丝丝的，吹得粉红的花枝微微颤抖。蓝色的山雀飞到树枝上停下，在花卉间跳来跳去，而花卉则任其跳跃，仿佛有一位异国风光和色彩的爱好者，用人工方法创造出这生气勃勃的美丽景色。但这美景会使人感动得流泪，因为不管其艺术效果如何精致，你仍会感到这是自然天成，感到这些苹果树在乡间土生土长，如同农民走在法国的一条大路上。然后，阳光突然被雨线所取代，地平线上因此布满道道斑纹，一排苹果树笼罩在灰色的雨幕之中。但苹果树仍用粉红花卉显示自己的美貌，虽说寒风刺骨，大雨倾盆：那是春季的一天。①

① 法国七星丛书版后面空两行接排，不另起一页。

第二章

阿尔贝蒂娜的秘密。她镜中看到的那些少女。陌生的女士。电梯司机。德·康布勒梅夫人。尼西姆·贝尔纳先生的乐趣。对莫雷尔奇特性格的初次描绘。德·夏吕斯先生在维尔迪兰家吃晚饭。

我怕这次独自散步获得的乐趣,会使我对外婆的记忆变得淡薄,就竭力唤起这种回忆,设法想起外婆在精神上所忍受的巨大痛苦;在我的召唤之下,这一痛苦试图在我心中构建,在其中竖起一根根大柱;但我的心也许太小,无法将其容纳,我无力承受如此巨大的痛苦,在它全部复原之时,我的注意力却避而远之,而它的拱顶在合拢前坍塌,如同波浪在形成完美弧形前便倒塌在海面之上。

然而,我睡着时只要做梦就能得知,我因外婆去世而感到的忧伤在逐渐减少,因为我在梦中觉得她已不在人世,她就显得不是那么压抑。我看到她仍然有病,但正在康复,我觉得她身体已经好转。她如暗示感到难受,我就用亲吻堵住她的嘴,并让她相信,她现已彻底痊愈。我真想让怀疑论者看到,死亡确实是一种可以治愈的疾病。只是我看到外婆不再像以前那样主动说话。她的话只是一种虚弱、顺从的回答,几乎只是我说话的回声,最多只是我思想的反映。

我仍然像以前那样,无法重新产生肉体的欲望,但阿尔贝蒂娜却重又使我产生幸福的欲望。有些梦两人情意绵绵,总是在我们脑中浮现,并因有类同之处,往往会跟我们曾喜欢相处的一个女子的回忆联系起来(条件是这回忆已变得有点模糊)。这种感觉使我回想起阿尔贝蒂娜面孔的一些模样,这些模样更加温柔,不是那么愉快,跟能使我产生肉欲的模样区别很大;但由于这种感觉跟肉欲一样并不迫切，我情愿等到冬天再让它产生，而不想在阿尔贝蒂娜离开巴尔贝克前再见到她。但是，即使在十分忧伤之时，肉欲也会重新产生。家里的人每天都让我长时间卧床休息，我躺在床上，希望阿尔贝蒂娜像以前那样再来跟我戏耍。在孩子夭折的房间里，夫妻很快又搂抱在一起，以便给死去的孩子添个弟弟，这种事我们不是曾经见到？我想用这种欲望来解闷，就一直走到窗前，观看那天的大海。跟第一年来时一样，大海每天不同，很少有相同的时候。不过，大海的各种面貌，跟第一年来时也并不相同，这也许是因为现在是春天，常有暴风雨，也许是因为即使我跟第一次一样是在同月同日到达，但由于天气不同，变化更大，这个海边的大海就不会显得无精打采、雾气弥漫或变化多端，就像天气炎热的日子里看到的那样，那时我看到大海在沙滩上沉睡，蓝色胸脯在难以觉察地微微起伏，也许主要是因为我眼睛已接受埃尔斯蒂尔的教诲，看到的恰恰是我以前不想看的事物，长时间观赏我眼睛在第一年不会欣赏的景色。当时我跟德·维尔帕里齐夫人一起乘车在乡下兜风，而永恒的海洋在附近变幻莫测、无法接近，像在神话里那样，我感到这两者形成鲜明的对照，而如今我不再有这种感觉。我现在觉得，大海在有些日子几乎跟乡下一样。这些日子相当罕见，确实风和日丽，海面上因炎热而开出一条布满灰尘的白色大道，如同田野上那样，一艘渔船细小的尖端在道路后面突出，如同村里的钟楼。一艘拖轮，其烟囱在远处冒烟，犹如一家偏僻的工厂，而唯一在地平线上的是个鼓起的白色四方体，也许由一艘帆船勾画出来，但仿佛是实心的，像石灰岩做的，使人想起一座孤独建筑物的向阳角，是医院或是学校。在天气晴朗的日子里，如天上有云又有风，如果判断没有错误，至少第一眼看到的是幻觉，是视觉在想象中唤起的联想。因为色彩在空间的明显转换，如乡下因相邻的作物不同而呈现不同的色彩，高低不平的黄色，又如海面上泥泞的堤坝与斜坡，使我们无法看到一条小船，船上一队灵活的水手像在收割，而在风雨交加的日子里,这些事物使大海变化多端,变成结实、崎岖、拥挤的开化之地,就像能行驶马车的泥路,我过去乘车时经过,会很快去那里散步。有一次,我无法克制自己的欲望,就不再躺下睡觉,而是穿好衣服,到安卡维尔去找阿尔贝蒂娜。我要请她陪我一直来到杜维尔①,再从那里去菲泰尔纳拜访德·康布勒梅夫人,并去拉斯珀利埃尔看望维尔迪兰夫人。阿尔贝蒂娜在我出访期间将在海滩上等我,我们到夜里再一起回来。我去乘当地经营的小火车,我以前从阿尔贝蒂娜及其女友们那里得知小火车在这个地区的所有别名:有时称为**弯弯车**,因为行驶时弯道无数,有时称为**老爷车**,因为车速奇慢,仿佛不在往前开,有时称为**大西洋火车**,因为它要行人让开时鸣笛声吓人,有时称为**狭轨车**②或**缆索车**,虽说不是缆索车,而是因为火车要行驶在悬崖之上,也不是名副其实的狭轨车,而是因为它轨道为六十厘米宽,又称为**巴—昂—格**,因为火车从巴尔贝克开往格拉勒瓦斯特③,途经昂热维尔,也称**电车**和**诺南电车**,因为这条铁路是诺曼底南部的一条电车线路。我在一节车厢里坐下,里面只有我一人;烈日炎炎,感到气闷;我放下蓝色窗帘,只让一道阳光渗入。但我立刻看到外婆,跟她坐在火车里时一模一样,当时我们的火车从巴黎开往巴尔贝克,她看到我喝啤酒感到难受,就情愿不看,把眼睛闭上,装出睡觉的样子。以前我外公喝白兰地,我外婆见了难受,我看到她难受就无法忍受,而在火车里我使她难受,不仅是因为她看到我在别人的邀请下喝一种她认为对我有害的饮料,而且是我硬要她让我喝个痛快,她是因为怕我发脾气、呼吸困难的毛病发作才只好让步,我硬是要她叫我喝

---

① 杜维尔位于法国卡尔瓦多斯省,离海边有六公里。

② 原文为 Decauville,狭轨车系法国工业家、政治家保罗·德科维尔(1846—1922)创制。

③ 原文为 Grallevast,初版本中如此。但法国七星丛书版中为 Grattevast(格拉特瓦斯特),并认为是普鲁斯特的笔误。

酒、劝我喝酒，只见她无可奈何，我在记忆中看到的正是这种沉默而又绝望的形象，她双目紧闭，不想看到①。这样的回忆，如同魔杖一般，又把我一段时间以来正在失去的灵魂归还给我：我的嘴唇只有一种绝望的欲望，想要抱吻死去的亲人，我又会怎样对待罗斯蒙德②？我的心跳得如此剧烈，是因为我心里随时会感到我外婆曾有过的痛苦，在这种时候，我又会对康布勒梅夫妇和维尔迪兰夫妇说些什么？我无法待在这车厢里。火车在染坊曼恩维尔停下后，我放弃了原来的计划，立刻下车。曼恩维尔近来变得极其重要，赢得特殊的名声，是因为一位经营许多娱乐场、人称福利商人的经理，在离那里不远的地方建造了一家场所，情趣低下，十分豪华，可与大旅馆媲美，我们在下文中自会讲述，坦率地说，这是法国海岸建造的第一家供雅士玩乐的妓院。当时独此一家。每个港口当然都有自己的妓院，但只能供海员和偶尔猎奇的人享用，令人感到有趣的是，妓院就在古老的教堂旁边，同样年老、脸上也像长满苔藓一样的鸨母，站在声名狼藉的门前，等待渔船归来。

我离开了这座五彩缤纷的“欢乐”屋。虽说居民们纷纷向市长提出抗议，但毫无用处，这幢楼依然傲然耸立此处，我回到悬崖，沿着蜿蜒曲折的小路，朝巴尔贝克的方向走去。我听到英国山楂花的呼唤，但并未回答。山楂花就在苹果花旁边，但开得没有如此繁多，觉得苹果花过于沉重，但也承认，用来大量酿制苹果酒的原料，其粉红色花瓣像少女的脸那样红润。山楂花知道，虽说花开得没有这样茂盛，却更加令人喜爱，知道只要在白色中布满皱褶，就足以取悦于人。

我回到旅馆，门房交给我一封讣告，通知者有戈纳维尔侯爵和

---

① 参见本书第二卷第223页。

② 这里出现罗斯蒙德的名字，是因为手稿中主人公是去找罗斯蒙德，而不是去找阿尔贝蒂娜。

夫人、昂弗勒维尔子爵和夫人、贝纳维尔伯爵和夫人、格兰古尔侯爵和夫人、阿默农古尔伯爵、曼恩维尔伯爵夫人、弗朗克托伯爵和夫人、娘家姓埃格勒维尔的夏韦尼伯爵夫人,我最终得知这讣告寄给我的原因,因为我看到娘家姓梅尼尔—拉吉夏尔的康布勒梅侯爵夫人以及她的儿子和媳妇康布勒梅侯爵和夫人的名字,看到死者是康布勒梅夫妇的一个堂姐,名叫埃莱奥诺—欧弗拉齐—恩贝蒂娜·德·康布勒梅,即克里克托伯爵夫人。这个外省家族所有成员的名字,用密密麻麻的小字体写了好几行,其中没有一个资产者,也没有一个著名爵位,但该地区大小贵族全都列入,他们的姓氏也是当地所有引人注目的地名,结尾响起欢快的音调,有**维尔**、**古尔**,有时声音较为沉闷(如**托**)。他们穿的衣服如同城堡的石板瓦,或像教堂的灰泥层,脑袋摇来晃去,勉强超出拱顶或正屋,只是因为戴的帽子像诺曼底灯笼,或像屋顶上圆锥形墙筋柱,他们看来已吹响集结号,召集方圆五十法里内排成梯队或分散各处的所有美丽村庄,并让它们排成紧密的队形,中间不留任何空隙,不让一个外人插入,置于边框黑色的贵族讣告上面,而讣告活像棋子密布的长方形跳棋棋盘。

我母亲已上楼回到房间,在思考塞维尼夫人的一句话:“我没有看到任何人愿意陪我解闷,让我不想起您;他们都在话里暗示我不要想您,这使我心里不舒服[①]”,是因为法院首席院长对她说她应该解解闷。他低声告诉我:“这是帕尔马公主。”我看到法官指给我看的女士跟公主殿下毫无相像之处,就不再感到害怕。但因公主订了房间,准备从德·卢森堡夫人[②]那里回来后在此过夜,所以得知这消息之后,许多人都觉得每个新来的女士就是帕尔马公

① 引语跟塞维尼夫人于1671年2月11日晚上写给女儿格里尼昂夫人的信大致相同。

② 指卢森堡公爵夫人。

主，而我听到这一消息，赶紧乘电梯来到顶楼的房间闭门不出。[①]

我不想独自一人待在屋里。时间刚到四点。我叫弗朗索瓦丝去找阿尔贝蒂娜，请她来跟我共度傍晚的时间。

我觉得这样说是在撒谎，那就是阿尔贝蒂娜已开始使我产生痛苦而又持久的不信任，尤其是因为这种不信任具有特殊性，是跟蛾摩拉有关。当然啰，从那天起——但这不是第一天——我等待时有点焦虑不安。弗朗索瓦丝走了，她出去的时间太长，我开始感到绝望。我没有开灯。天色已不再明亮。风吹得娱乐场的旗子哗哗作响。大海在沙滩上涨潮，沙滩上静悄悄，停在旅馆前的一架手摇风琴在演奏维也纳圆舞曲，乐曲声在寂静中显得更加有气无力，仿佛有声音在表现和增加这不安和虚假的时刻令人难受的模糊感觉。弗朗索瓦丝终于回来了，但只有她一人。"我尽快赶了回来，但她还不想来，因为她觉得梳妆得还不够好。如果她不是用一个钟头来涂脂抹粉，她不用待五分钟就能来了。这儿可真的要变成香料厂了。她就要来了，她落在后面，是要照着镜子打扮。我觉得她当时是这样。"又等了很长时间，阿尔贝蒂娜才来。但这次她显得愉快而又亲热，我的悲伤随之消失。她告诉我（跟她有一天说的完全相反），她整个季节都将留在这儿，并问我，我们是否能像第一年那样天天见面。我对她说，我现在过于悲伤，不能天天见面，但跟在巴黎时一样，我会不时派人在最后一刻去叫她来。"如果您感到难受，或者心里想见我，那就不要犹豫，"她对我说，"派人来找我，我一定迅速赶到，要是您不怕旅馆里会议论纷纷，您要我待多久我就待多久。"弗朗索瓦丝带她来时，显出高兴的样子，她每次为我做了事让我高兴都会这样。但阿尔贝蒂娜却跟这种高兴毫不相干，到了第二天，弗朗索瓦丝会立刻对我说出这种语重心长的话："先生不应该见那位小姐。她那种脾气，我看得一清二

---

① 法国七星丛书版后面接排，不另起一行。

楚，她一定会使您伤心。”我送阿尔贝蒂娜出去时，看到帕尔马公主在灯光明亮的餐厅里。我只是看了她一眼，设法不让她看到。但我承认，我发现王家礼节中有某种高贵之处，而在盖尔芒特府，这种礼节却让我忍俊不禁。一个原则是君主们在任何地方都如同在自己家中，而礼仪却把这一原则变成死气沉沉、毫无价值的习俗，如有一项礼仪规定，主人在自己家里要手拿礼帽，表示他不是在自己家里，而是在君主的宫中做客。然而，这种想法，帕尔马公主也许并未表达出来，但在她思想里却根深蒂固，因此她根据当时的情况自发地做出的一举一动，都反映出这种想法。她用餐后站起身来，把一笔丰厚的小费赐给埃梅，仿佛埃梅是专门侍候她的奴仆，如同她在离开一座城堡时赏赐派来侍候她的膳食总管。另外，她不仅给小费，还面带优雅的微笑，对埃梅说几句客气的恭维话，这话是她母亲教给她的。要是再多说几句，她也许会对他说，旅馆生意兴隆，诺曼底就会繁荣，并说在世界各国中，她最喜欢法国。另一块硬币不由从公主手中滑落，这次是赐给她派人叫来的酒务总管，并对他表示她十分满意，如同刚检阅完部队的一位将军。这时，电梯司机正好过来给她回话，他也得到了称赞、微笑和小费，还有鼓励和谦卑的话，以便向他们表明，她跟他们中的人全都一样。埃梅、酒务总管、电梯司机和其他人都认为，看到一个人对他们微笑，如果他们不是笑容满面，那就是失礼的行为，因此，她很快就被一群仆人团团围住，她跟他们亲切交谈，由于这种举止在豪华大旅馆并不常见，广场上的过路人虽然不知道她的姓名，却都认为他们看到的是巴尔贝克的一位常客，这位女客因出身低贱，或是为在职业上谋利（她也许是香槟酒推销员的妻子），才跟仆人们不分你我，而不是像真正高雅的顾客那样。但我想到帕尔马的宫殿，想到这位跟百姓一起参加活动的公主曾接受过既是宗教性又是政治性的种种忠告[1],仿佛她必须得到百姓的支持,以便有朝一日登上王位。她要是女王,就更应该如此。

我重又回到楼上的房间,但我在里面并不孤单。我听到有人在用优美的音调弹奏舒曼的乐曲。当然啰,即使是我们最喜爱的那些人,有时也会充满来自我们的悲伤或烦恼。但有一样东西却具备人决不会有的能力,可以使情绪激化,那就是钢琴。

阿尔贝蒂娜让我记下她不在住处而是到女友家小住几天的日期,并且也记下她那些女友的住址,这样,我哪天晚上想见她就能找到她,因为她的女友们都住得不远。因此,要找到她,从一个少女找到另一个少女,就自然而然在她周围把这些花卉串连在一起。我现在敢承认,她的许多女友,在我还不喜欢她的时候,曾在某个海滩使我度过愉悦的时刻。我当时觉得这些好心的女伴数目不多。但最近我又想起了她们,她们的名字也再次出现在我眼前。我数了一下,仅仅在那个季节,就有十二位轻易委身于我。后来又想起一个名字,这样就是十三位。我当时像孩子那样,想到这个数字就感到害怕。哎,我想到忘了第一个女伴,那就是阿尔贝蒂娜,她不再是第一个,而是第十四个。

我接着说下去,我当时记下了她那些女友的姓名和地址,她不在安卡维尔时,我可以在她们家里找到她,但在那些日子,我曾想不如乘机前往维尔迪兰夫人家。再说,对不同的女人,我们的欲望并非总是同样强烈。有一天晚上,我们跟一个女人难分难舍,但在其后一两个月的时间里,这个女人却无法使我们魂不守舍。不过,轮换的种种原因,不属于这里研究的范围,但由于这种原因,我们的身体十分疲倦时,在我们暂时平静的状态下仍在我们脑中萦绕的女人,充其量我们只会去亲吻她的额头。至于阿尔贝蒂娜,我很少跟她见面,见面也只是在晚上,而且间隔时间很长,在那几天晚

---

① 参见本书第三卷第 444—445 页。

上，我跟她难分难舍。我一旦有了这种欲望，而她却在远离巴尔贝克的地方，弗朗索瓦丝无法去找她，我就请电梯司机早一点把工作做完，派他去埃格勒维尔[①]、索涅或圣弗里舒。他走进我的房间，仍让房门开着，因为他虽说干"活儿"认真，工作也十分繁重，要从凌晨五点干起，得清扫多次，就累得不想再花力气把门关上，如果对他指出门开着，他就往后走，看似用足力气，却只是把门轻轻一推。他具有民主自豪感，而多种职业的自由职业者，如律师、医生、作家，却没有这种自豪感，相互间以"我的同行"相称，但他却理所当然地使用像学院那样数量有限的团体中成员间的称呼，他在跟我谈起一个每隔一天当电梯司机的穿制服服务员时说："我去看看，让我的**同事**来接替我。"他虽然有这种自豪感，但为了改善他所说的**待遇**，仍会接受跑腿所得的酬劳，弗朗索瓦丝因此对他十分厌恶："是的，第一次见到他，就看出他是个伪君子，他不用忏悔，别人就会给他领圣体，但在有些日子，他客气得叫人讨厌。这种人都是财迷。"她以前常常把欧拉莉说成这种人，唉！有朝一日，她会把所有穷人都归于此类，现在她已把阿尔贝蒂娜列入这类人，因为她常常看到我为这个不大富裕的女友问妈妈要些小物件和小饰物，弗朗索瓦丝认为这种事不可饶恕，因为邦唐夫人只有一个什么事都得干的女仆。电梯司机脱掉我称为号衣、他却说是制服的上衣之后，很快就头戴草帽、拿着手杖来了，走路时注意自己的姿势，昂首挺胸，因为他母亲经常叮嘱他不要显出"工人"或"服务员"的样子。现在有书籍，工人下班后不再做工，也能学到科学知识，同样，现在有狭边草帽和手套，电梯司机晚上不再为顾客开电梯，也可以变得十分优雅，认为自己如同脱掉白大褂的年轻外科医生，或像不穿军装的中士圣卢，成了完美无缺的社交界人士。另外，他也并非毫无雄心壮志，也不是没有才干，却只能开他的电梯，而不能

---

① 参见本卷第191页注①。

把您停在两个楼层之间。但是,他说的话有缺陷。我认为他有雄心壮志,因为他虽说受门房管束,在谈到门房时却说“我的门房”,那语气就像在巴黎拥有穿制服服务员称为“公馆”的富翁在谈自己的门房。说到电梯司机的言语,有趣的是,他每天会听到一位顾客说五十次“电梯”,自己却老是说“天梯”。这个电梯司机的有些事,真叫人极其恼火:无论我对他说什么,他都会用“当然如此!”或“当然啰!”来打断我的话,他的插话似乎表示,我的看法显而易见,人人都会想到,或者是想把功劳归于他自己,仿佛是他使我关注这个问题。“当然如此!”或“当然啰!”说得铿锵有力,每隔两分钟从他嘴里说出一次,而我却在说他决不会想到的事情,这就使我十分恼火,我立刻说出相反的看法,向他表明他对此一窍不通。我的第二个看法虽说跟第一个看法毫不相干,他的回答却仍然是“当然如此!”或“当然啰!”,仿佛这话非说不可。他使用他这一行的某些词语,我很难原谅他,因为这些词语作本义用十分恰当,用作转义就具有揶揄的意味,显得傻乎乎的,譬如说动词“踩踏板[①]”。他骑自行车出去办事,从来不用这个词。但如走着去,他要准时到就得赶快走,为了表示走得快,就说:“您想想,我折腾得多快!”这个电梯司机五短身材,相貌丑陋。但每当有人跟他说起有个小伙子个子高大、身材苗条,他仍然会说:“啊,不错,我知道,是有个人长得跟我一样高。”有一天,我在等他的回话,听到有人上楼梯的脚步声,我就迫不及待地打开房门,看到一个穿制服服务员,长得跟恩底弥翁[②]一样美,眉目十分清秀,他来为一位我不认识的女士服务。电梯司机回来后,我对他说,我是多么焦急地等待他的回话,并告诉他,我刚才以为上楼的是他,其实是诺曼底来的

---

① 原文为 pédaler,本义为“踩踏板,骑自行车”,转义为“奔跑”,但也可表示“瞎折腾”。

② 恩底弥翁是俊美的青年牧羊人。月神塞勒涅爱上了他,每晚到山中跟他相会。宙斯应月神要求使他永远处于睡眠状态,以葆青春常在。

旅馆服务员。“噢！不错，我知道是哪个，”他对我说，“这里只有一个诺曼底人，那小伙子长得跟我一样高。他的脸也跟我十分相像，别人会把我们俩认错，他真像是我的兄弟。”总之，他想显出只要一秒钟就能完全听懂的样子，因此，如果有人叫他办什么事，他会马上说：“是的，是的，是的，是的，是的，我完全明白”，而且说得直截了当，那口气显示他理解力强，我有时因此会产生错觉；但这些人，你慢慢熟悉之后，就如同一块金属，掉到会使其他物体变质的混合物中，逐渐失去优点（有时也改变其缺点）。我在叫他办事之前，发现他让房门开着；我对他指出这点，是怕有人听到我们的谈话；他像恩施那样来满足我的愿望，把门稍稍关上后又转身过来。“这是为了让您高兴。在这一层楼，除了我们俩之外没有其他人。”但我立刻听到有人走动，是一个人，然后是第二个、第三个。他也许冒失，我还是感到生气，主要是因为我看到他对此丝毫不感到惊讶，并认为有人走动是正常的事。“是的，是隔壁的女仆去拿她的衣物。哦！这事无关紧要，是‘酒务总管’在重新配钥匙。不，不，没关系，您说吧，是我的同事来当班。”虽说这些人走动都有原因，但我仍感到十分烦恼，觉得他们会听到我的话，我于是明确下令，他这才去关门，但不是把门完全关上，他这个骑自行车的人，想要一辆“摩托车”，显得没有力气把门关严，只是把门轻轻一推，稍稍关上。“这样，我们就可以完全放心了。”我们是完全放心，可正在这时，有个美国女人进来，一看不对又出去了，走时表示道歉，说是看错了房间。“您去把这个姑娘给我接来。”我对他说，说话前我用足力气，砰的一声把门关上（这声音引来另一个穿制服服务员，他来看看窗子是否都关上）。“您要记住，是阿尔贝蒂娜·西莫内小姐。另外，信封上也写着名字。您只要对她说是我叫您送来的。她一定会十分乐意来的。”我说这句话，是为了鼓励他，我自己又不会太失面子。“当然如此！”——“不对，恰恰相反，她乐意来，根本就不是理所当然的事。从贝纳维尔到这儿很不方便。"——"我明白!"——"您让她跟您一起来。"——"好,好,好,好,我非常清楚。"他回答时语气明确而又机灵,但早已不再给我留下"良好印象",因为我知道他几乎像机器人那样在说话,知道在这明确的外表之下隐藏着许多模糊不清和愚蠢之处。"您几点钟能回来?"——"时间不会很长。"电梯司机说,他在使用贝丽兹规定的规则时走了极端,即在用 pas 时不用 ne,以避免多一个否定词①,因此总是使用一个否定词。"我现在确实可以去那儿了。今天下午,刚好不准任何人外出,因为有个厅中午有二十个人用餐。下午本该轮到我外出。今天晚上出去一会儿,也是完全应该的。我骑自行车去。这样我就能很快把事情办好。"一小时后,他来对我说:"先生已经等了很久,但那位小姐没跟我一起上来,她在楼下。"——"啊! 谢谢,门房不会生我的气吧?"——"保罗先生? 他连我去了哪儿也不知道。管门的头儿甚至无话可说。"但有一次,我对他说:"您非要把她接来不可。"他面带微笑地对我说:"您知道我没有找到她。她不在那儿。我没能多待一会儿;我怕像我的同事那样被送出旅馆。"(因为电梯司机把第一次进去从事一种职业说成回去从事这种职业,他说"我很想回到岗位上去",说到他自己,是作为一种精神补偿,或是为了把事情说得缓和一些,说到别人,那就是说得虚情假意并心怀恶意,说时去掉"又"字,说"我知道他被送走了②"。)他并非是心怀恶意才微笑,而是因为羞怯。他以为用自己的错误开开玩笑,错误就不严重了。

① 在《女博士》中,莫里哀嘲笑语法的崇拜者。在该剧第二幕第六场中,贝丽兹对厨娘马丁娜说:"'不'和'没有'选用在一起,不是多用了一个否定词吗? 我们没跟你说过吗?"(参见《莫里哀喜剧选》下册,乐歌译,人民文学出版社,1981 年,第 247 页)其实,在现代法语中,否定副词 ne(不)和 pas(没有)一般合用,分别置于动词前后,但在大众法语中,ne 常常不用,书中电梯司机也是如此:J' ai pas pour bien longtemps.(时间不会很长。)

② 原文为 envoyé(被送走),加上 r(又)则成 renvoyé(被解雇)。

同样，他对我说“**您知道**我没有找到她”，并不是因为他认为我确实已经知道此事。相反，他并不怀疑我不知道这事，就特别害怕。因此，他说“您知道这事”，只是使他把这事告诉我时不会感到十分难受。有些人做错了事被我们发现，就开始傻笑，我们决不应该对他们发脾气。他们这样做，不是因为他们在嘲笑，而是害怕我们会感到不满。那我们就行行好吧，对那些傻笑的人态度温和。电梯司机局促不安，如同疾病发作，使他不仅满脸通红，活像中风，而且说话变质，突然使用通俗语言。他最终对我解释说，阿尔贝蒂娜不在埃格勒维尔，要到九点钟才回去，并说有时（他想说“万一”）她回去得早，要是给她捎个口信，她不管怎样都能在凌晨一点之前赶到我这儿。

不过，在那天晚上，我那冷酷无情的多疑尚未产生。不，这事马上要说，虽说事情只是发生在几星期之后，这种多疑产生于科塔尔的一句话[①]。阿尔贝蒂娜及其女友们想在那天叫我去安卡维尔的娱乐场，但我十分幸运，还是找到了她们（我当时想去拜访维尔迪兰夫人，她曾多次请我去她那里），因为电气火车出了故障，要修理一段时间，就在安卡维尔停留。我等待故障排除，在车站走来走去，突然看到科塔尔大夫迎面走来，他是来安卡维尔出诊的。我犹豫不决，几乎不想跟他打招呼，因为他对我的信都没有回复。不过，表示友好的方式，并非人人相同。科塔尔不像社交界人士那样，因所受的教育而被恒久不变的处世之道束缚，他心地十分善良，但在有机会表现出来之前，却不为人知，并遭到非议。他表示道歉，说我的来信均已收到，他已把我来此地的消息告诉维尔迪兰夫妇，他们很想跟我见面，他也建议我去他们家。他甚至想在当天

---

① 后面阿尔贝蒂娜和安德蕾“贴胸跳舞”的场景，使主人公怀疑阿尔贝蒂娜是同性恋，已在第一卷“蒙茹万场景”中用一句话宣布：“你会在下文中看到，由于别的原因，对这个印象的回忆将在我生活中起到重要作用。”（第159页）

晚上就带我去，因为他将乘当地经营的小火车去他们家吃晚饭。我犹豫不决，他乘的火车还要过一些时间才能开，排除故障大约要很长时间，我就请他一起去那个小型娱乐场，我第一次来的那天晚上，觉得这种娱乐场显得十分凄凉，而现在却充满姑娘们的喧闹声，由于缺少男舞伴，她们就结伴跳舞。安德蕾滑步前来邀我跳舞，但我打算过一会儿跟科塔尔一起去维尔迪兰家，就谢绝了她的邀请，而这时我产生强烈的愿望，想留下来跟阿尔贝蒂娜待在一起。这是因为我刚才听到她的笑声。这笑声立刻使我想起粉红的肤色，芬芳的嘴巴，这笑声仿佛刚从嘴里发出，像老鹳草香味那样浓烈、性感而又具有启示作用，似乎带出几个微粒，这些神秘的微粒几乎可称出重量，并且有刺激性。

有一个姑娘我并不认识，这时弹起了钢琴，安德蕾请阿贝尔蒂娜跟她一起跳华尔兹舞。我在这小型娱乐场里，高兴地想到我将跟这些姑娘待在一起，就对科塔尔指出，她们跳舞跳得多好。但他专门从医生的观点来看，而且又缺乏教养，虽说看到我跟这些姑娘打了招呼，却并未考虑到我跟她们认识，他对我回答说："不错，但父母让女儿养成这种习惯，未免太轻率了。我肯定不会允许自己的女儿到这里来。这些姑娘至少都长得漂亮吧？我看不清她们的相貌有什么区别。喂，您瞧，"他对我指着阿尔贝蒂娜和安德蕾补充道，只见她们缓慢地在跳华尔兹舞，两个人紧紧地抱在一起，"我忘了戴单片眼镜，看不大清楚，但她们肯定快乐到了极点。大家还不大知道，女人主要是通过乳房来感受这种乐趣的。您看，她们的乳房完全贴在一起了。"确实，安德蕾和阿尔贝蒂娜的乳房仍贴在一起。我不知她们是否已听到或猜到科塔尔的看法，但她们继续跳华尔兹舞时身体已稍稍分开。这时，安德蕾对阿尔贝蒂娜说了句话，阿尔贝蒂娜笑了起来，笑声强烈而又深沉，就像我刚才听到的那样。但是，这次笑声使我产生的忧虑，却使我感到极其痛苦；阿尔贝蒂娜像是用笑声显示并让安德蕾看出一种淫荡而又神秘的激动。这笑声响起，如同一个陌生的节日开始或结束时的和弦。我跟科塔尔一起走了，跟他说话时心不在焉，有时只想到我刚才看到的情景。这并非因为科塔尔的谈话使人感到兴趣。这谈话在此时此刻甚至变得有点刺耳，因为我们刚看到杜·布尔邦大夫，但他没有看到我们。杜·布尔邦大夫来此小住，他来自巴尔贝克海湾的另一边，那里请他看病的人很多。虽说科塔尔通常宣称假期不行医，但他仍然希望在这个海滨招来一批高贵的病人，而杜·布尔邦在此是个障碍。当然啰，巴尔贝克的医生不会对科塔尔碍事。这位医生只是既认真又无所不知，你只要皮肤有点发痒，他就会立刻开出复杂的药方，要你涂上合适的药膏，使用合适的洗剂或搽剂。正如玛丽·吉内斯特[①]用漂亮的言词所说，他能使伤口和创口"着迷"。但他没有名气。他曾使科塔尔有过小小的麻烦。科塔尔想用他教授的名声来冒充治疗专家，并以解毒专家自居。中毒是医学的危险发明，使药剂师的标签得以更新，他们的药品均被标明无毒，跟同类的药品完全不同，甚至有解毒作用。这是时兴的广告；标签下面几乎没印文字，而且难以辨认，只是以前的说明留下的模糊痕迹，目的是让你放心，说明药品已经过仔细的灭菌消毒。中毒还可以使病人放心，病人高兴地得知，他瘫痪只是中毒引起的一种不适。然而，有一位大公来巴尔贝克住了几天，一只眼睛肿得厉害，就派人把科塔尔请来。科塔尔为换取几张一百法郎的钞票（出的钱少，教授不会去出诊），认为眼睛肿是因为中毒，就开了解毒的食谱。但眼睛并未消肿，大公只好去找巴尔贝克的那位普通医生，这医生用五分钟时间取出眼睛里的一粒尘土。第二天眼睛就消肿了。但还有一个更危险的对手，是治疗神经官能症的专家。此人脸色通红，性格开朗，这不仅因为他虽然经常接触精神病人，身体却依然十分健康，他为了使病人放心，在对病人说"你

① 参见本卷第260页注①。

好"和"再见"时,总是发出爽朗的笑声,即使要在以后用他那双强壮的手给病人穿上紧身衣。然而,你如在社交界跟他交谈,不管是谈政治还是文学,他立刻会和蔼可亲、聚精会神地听你说话,神色像是在问"这是什么事?",而且不马上开口说话,仿佛在给人看病。这个人不管多有才能,仍然只是专科医生。因此,科塔尔的怒气全都转到杜·布尔邦身上。我想回去,就很快离开这位教授,离开维尔迪兰夫妇的这位朋友,并向他保证会去看望他们。

他谈到阿尔贝蒂娜和安德蕾的话,我听了十分痛苦,但并未立即感到肠断魂消的痛苦,这如同中毒,要过一段的时间才会有反应。

那天晚上,电梯司机去找阿尔贝蒂娜,虽说他肯定她会来,可她仍然没来。当然啰,一个人的魅力在爱情上起的作用,比不上"不,今晚我没空"这样的话。如果跟朋友在一起,这话几乎不会引起注意;整个晚上大家都很开心,不会去在意某个形象;在那段时间里,这形象浸泡在不可或缺的混合液里;回家后,看到照片洗了出来,而且十分清楚。这时就会发现,生活已不再是你昨晚为了一点小事就会离开的那种生活,因为你即使仍然不怕死亡,你也不敢再去想分离的事。

另外,不是从凌晨一点(电梯司机确定的时间)开始,而是从凌晨三点开始,我不再像过去那样痛苦地感到我见到她的机会正在减少。我肯定她不会来了,心里就完全平静下来,并产生一种清新的感觉;这天夜晚只是跟其他许多夜晚相同的一个夜晚,也就是没有见到她的夜晚,有了这种想法,我也就想开了。于是,我要在第二天或其他日子见到她的想法,清楚地显现在这已被接受的虚无之上,变得十分温馨。在等待的那些晚上,有时焦虑因服了一种药而产生。然而,痛苦之人却作出错误的解释,认为自己焦虑是因为她没来。爱情在这种情况下产生,如同某些神经官能症疾病,是因错误解释一种难受的不适而产生。解释并不需要加以纠正,至少在涉及爱情时如此，因为感情（不管其原因如何）总是错误的。

第二天，阿尔贝蒂娜写信给我，说她刚回到埃格勒维尔[1]，因此没有及时收到我的信，只要我允许，她就会在晚上来看我，从她信中的字里行间来看，就像她有一次给我打电话时说的话那样有言外之意，我觉得存在着一种乐趣和一种人，她更喜欢的是这种乐趣和这种人，而不是我。我再次烦躁不安，痛苦地想要知道她所做的事情，是因为始终存在着潜在的爱情，我一时间认为，爱情即将使我爱上了阿尔贝蒂娜，但爱情只是在原地躁动，其最后的喧哗随之消失，却并未前进一步。

我第一次在巴尔贝克逗留期间，错看了——也许看对了，安德蕾跟我一样——阿尔贝蒂娜的性格。我当时认为她轻浮，但并不知道我们再三恳求是否能把她留住，让她不去参加一次花园招待会、骑驴漫游或野餐会。第二次逗留巴尔贝克期间，我怀疑这种轻浮只是一种表象，花园招待会即使不是编造出来，也只是一种借口。下面那件事（我是指亲眼目睹的那件事，是在并不十分透明的玻璃窗后面看到的，因此我不知道玻璃窗另一边发生的事是否属实）以各种形式发生。阿尔贝蒂娜热情洋溢地对我说，她对我情意深长。她看着时间，因为她要去拜访一位女士，据说这位女士每天五点钟在安弗勒维尔接待客人。我受到怀疑的折磨，又感到身体不适，因此要阿尔贝蒂娜留在我身边，我是恳求她留在我身边的。这是不可能的（她甚至只能再待五分钟），因为这样一来那位女士就会生气，那位女士不大好客，容易生气，据阿尔贝蒂娜说，而且令人厌倦。“那就完全可以不去拜访。”——“那可不行，我姨妈告诉我首先要有礼貌。”——“可我常常看到您不讲礼貌。”——“这可不是一回事儿，那位女士会责怪我，还会让我跟姨妈弄得不

---

① 法国七星丛书版中为埃普勒维尔。在初版本中，普鲁斯特有时写成埃格勒维尔，有时写成埃弗勒维尔。

愉快。我现在跟姨妈的关系已经不是很好。她非要我去看那位女士一次。"——"但她每天都接待客人。"这时,阿尔贝蒂娜感到自己"自相矛盾",就改变要去的理由。"当然啰,她每天接待客人。不过今天我跟一些女友约好在她家见面。这样就不大会感到厌倦。"——"那么,阿尔贝蒂娜,既然您因为不希望这次拜访令人厌倦,就情愿把我这个伤心的病人独自留在这儿,那么,您喜欢的就不是我,而是那位女士和您的那些女友?"——"拜访会令人厌倦,我倒是无所谓。但这是因为我对她们忠心耿耿。我要用马车把她们送回来。否则她们就没有别的交通工具。"我对阿尔贝蒂娜指出,晚上十点前都有从安弗勒维尔开出的火车。"是这样,但您要知道,主人有可能留我们吃晚饭。她十分好客。"——"那您就谢绝。"——"这样我又会使我姨妈生气。"——"另外,您可以吃晚饭,并乘坐十点钟的火车。"——"这样时间有点紧。"——"这么说,我就决不能去市里吃晚饭,并乘火车回来。对了,阿尔贝蒂娜,我们就去做一件十分简单的事情,我感到新鲜空气会对我健康有益;既然您舍不得那位女士,我就陪您去安弗勒维尔。您别担心,我不会一直走到伊丽莎白塔楼(那位女士的别墅),我既不会看到那位女士,也不会见到您那些女友。"阿尔贝蒂就像被人猛击一掌。她说话断断续续。她说洗海水浴对她的身体没有疗效。"要是我陪您去,会使您感到厌烦?"——"您怎么能说这种话?您十分清楚,跟您一起出去,是我最大的乐趣。"这时态度完全改变。"既然我们一起去散步,"她对我说,"我们干吗不到巴尔贝克的另一边去,我们可以一起吃晚饭。这样有多好。其实,那边的海岸要漂亮得多。我已开始对安弗勒维尔和其他事感到厌倦,那些都是小地方,一片墨绿色。"——"但是,您不去看您姨妈的女友,她会生气的。"——"她的气自然会消的。"——"那可不行,决不能惹人生气。"——"但她决不会发现我没去,她每天都要接待客人;我明天去,后天去,过一个星期去,过半个月去,全都一样。"——"您那些女友呢?”——“哦!她们经常把我甩掉。现在轮到我来甩了。”——“您建议我到那边去,但九点以后就没有火车了。”——“啊,好事一桩!九点钟,太好了。另外,决不要被回来的问题难住。到时候总会找到马车、自行车,没有车还有两条腿呢。”——“既然您去,阿尔贝蒂娜,总会找到!在安弗勒维尔那边,小树林疗养院一批接着一批,不错。但在那……一边,就不一样了。”——“即使在那一边,我也保证能把您安然无恙地送回来。”我感到阿尔贝蒂娜在为我放弃已安排好的一件事,但又不愿对我说是什么事,并感到有人会像我当时那样痛苦。她看到我想陪她去,她本想做的事已无法做到,就干脆放弃。她知道事情已无法挽回。她就像有些女人,在生活中有许多事要做,就具有一种永远压不垮的支撑点,那就是怀疑和嫉妒。当然啰,她并不想激起怀疑和嫉妒,恰恰相反。可恋人总是十分多疑,一眼就看出对方在撒谎。因此,阿尔贝蒂娜并不比其他女人好,她凭经验得知(却丝毫也没有猜出是嫉妒帮了她的忙),她肯定能找到约好一天晚上见面但被她甩掉的那些人。她为了我而甩掉的那个陌生人会感到痛苦,并因此而更加爱她(阿尔贝蒂娜并不知道是因为这事),而为了不再继续痛苦,那个人就会自己去找她,我碰到这种情况也会这样做。但是,我不想让别人难受,不希望让自己疲劳,也不想走上到处调查、用各种方法严加监视的可怕道路。“不,阿尔贝蒂娜,我不想让您扫兴,您就到安弗勒维尔那位女士家里去吧,或者到借用其名的那个人家里去,我都不会在乎。我不想跟您一起去的真正原因,是您不希望我去,是因为您跟我一起去散步,并不是您想做的事,证据是您说话自相矛盾已超过五次,自己却并未发现。”可怜的阿尔贝蒂娜害怕的是,她并未发现的自相矛盾的话可能比较严重。她不知道自己到底撒了什么谎:“我很可能说话自相矛盾。海风使我的思路模糊不清。我总是张冠李戴。”这时(这向我表明,她现在已不需要说许多温存的话来使我相信她),我感到受伤般的痛苦，是因为听到了这种承认，而这只是我此前微不足道的猜想。“那么，一言为定，我走了。”她说时语调悲伤，但还是看了看时间，以弄清楚去看望那个人是否会迟到，而现在我已给她提供借口，可以不跟我共度良宵。“您实在太坏。我改变全部计划跟您共度良宵，您却不想这样，还要怪我撒谎。我还从来没有见到过像您这样狠心的人。大海将是我的坟墓。我再也不会来看您了。（我听到这些话心怦怦直跳，虽说我可以肯定她明天会来，而且也确实来了。）我会淹死，会跳到海里。”——“跟萨福[1]一样。”——“还要侮辱我；您不仅怀疑我说的话，而且怀疑我做的事。”——“但是，亲爱的，我没有任何恶意，我可以向您发誓，您知道萨福确实是跳到了海里。”——“您有，您有，您对我毫不信任。”她看到座钟上的时间离整点只差二十分钟，生怕误事，就选择了最简短的告别方法（她第二天来看我时，对此表示了道歉，也许这一天那个人没有空），叫了声“永别了”就快步走了，并显出愁眉苦脸的样子。也许她真的感到难受。她知道自己此刻的表现比我出色，对自己更加严格也更为宽容，但她也许还是有点吃不准，觉得她这样离我而去，我会不愿意再见她。然而，我认为她依恋的是我，因此，另一个人比我还要嫉妒。

过了几天，在巴尔贝克，我们在娱乐场的舞厅里，布洛克的妹妹和表妹[2]走了进来，她们都出落得非常漂亮，但我因女友们在场，就不再跟她们打招呼，因为众所周知，年纪小的那个表妹跟一

---

① 萨福（约前630—约前580），古希腊女诗人。出身贵族，曾在故乡莱斯沃斯岛教授妇女诗歌和音乐。作品有抒情诗，包括颂歌、挽歌和讽刺诗等，对近代欧洲诗歌颇有影响。诗集九卷，现仅存两首完整的诗和一些残句。据说她在莱夫卡扎岛海角投海自尽，是因为她爱上船夫法翁，却不为法翁所爱。但一说这萨福另有其人，是竖琴女艺人。另外，据传萨福是同性恋，被称为“莱斯沃斯的著名女子”。

② 布洛克的表妹，这里没说出名字，名叫埃斯黛·莱维，是莱娅小姐的女友。参见本书第二卷第480页。

个女演员一起生活，她是在我第一次逗留巴尔贝克期间跟那个女演员认识的。安德蕾用大家低声影射此事的话对我说："哦！对这件事，我跟阿尔贝蒂娜一样，任何事都不像她们俩这样使我们厌恶。"至于阿尔贝蒂娜，她当时坐在我们坐着的长沙发上，正要跟我说话，就把背转向那两个伤风败俗的姑娘。然而，我发现布洛克小姐及其表妹出现时，我的女友在转身之前，眼睛里曾突然闪现十分关切的目光，这种目光有时使调皮的姑娘的脸显得严肃甚至一本正经，然而又使她感到伤心。但是，阿尔贝蒂娜立刻把目光转到我身上，但她的目光依然奇特地凝视着，而且显得迷惘。布洛克小姐及其表妹最终离去，离开前大笑不止，还发出怪叫，这时我就问阿尔贝蒂娜，那矮小的金发姑娘（即女演员的女友）是否是昨天在花车赛上获奖的那个。"啊！我不知道，"阿尔贝蒂娜说，"其中有个是金发？我要对您说，我对她们不大感兴趣，我从未对她们看过一眼。其中真有一个是金发？"她显出询问而又冷漠的神色，问她的三个女友。阿尔贝蒂娜对每天在海堤上遇到的人都十分注意，因此她说不知道使我感到实在过分，不可能不是装出来的。"她们也不像很注意我们。"我对阿尔贝蒂娜说这话——也许是在无意中假定阿尔贝蒂娜喜欢女人——是为了消除她的歉意，并对她指出，她并未引起这两个女人的注意，而总的来说，即使是十分淫荡的女人，通常也不会去打素不相识的姑娘的主意。"她们没有看我们一眼？"阿尔贝蒂娜冒失地对我回答说。"她们一直在看别人，而且没做过其他事情。"——"但您不可能知道，"我对她说，"您可是背对着她们。"——"啊，那这个呢？"她回答我时，对我指着我们前面墙上镶嵌的一面大镜子，这镜子我没有注意到，现在看到了我才明白，我女友在跟我说话时，她那双忧心忡忡的漂亮眼睛一直在凝视这面镜子。

自从科塔尔跟我一起走进安卡维尔小型娱乐场那天起，虽说我并不同意他发表的看法，但在我看来，阿尔贝蒂娜已判若两人，看到她会使我感到气愤。我自己也变了，就像我觉得她已判若两人那样。我不再希望她好；不管她人在还是不在，只要话能传到她的耳边，我就用最损人的话来谈论她。不过也有休战之时。有一天，我得知阿尔贝蒂娜和安德蕾都已接受邀请，要去埃尔斯蒂尔家。我可以肯定，她们是想在回去的路上像寄宿学校学生那样取乐，装出作风不良的姑娘的样子，以感受到贞洁少女说不出口的乐趣，就是会使我难受的那种乐趣，我为了阻止她们，并剥夺阿尔贝蒂娜指望得到的乐趣，就没有预先通知主人，而是出其不意地来到埃尔斯蒂尔家里。但我只看到安德蕾在那里。阿尔贝蒂娜挑了另外一天，那天她姨妈也会去那里。于是，我心里在想，科塔尔想必看错了，安德蕾没跟她女友一起在那里，我于是产生了良好的印象，这印象保存下来，我心里对阿尔贝蒂娜的感觉就显得更加温存。但是，这种感觉未能持久，就像体质差的人，健康状况并不稳定，身体好的日子屈指可数，只要有点着凉发烧，就会再次病倒。阿尔贝蒂娜常常鼓动安德蕾去玩一些游戏，虽说玩得不太过分，但也许并非完全纯洁无邪；我因这种怀疑而感到痛苦，但最终把怀疑抛到九霄云外。然而，我刚消除怀疑，怀疑又以另一种形式再现。我刚发现安德蕾有个独特的妩媚动作，只见她把脑袋温存地靠在阿尔贝蒂娜肩上，眼睛半闭，吻着她女友的脖子；有时她们俩相互看一眼；有人在无意中说，曾看到她们单独待在一起，要去洗海水浴，这种微不足道的话，就像平时飘浮在我们周围的灰尘，大多数人整天都在吸进去，但他们的健康并未受到损害，他们的情绪也没有受到影响，而体质差的人却会因此生病，并产生新的痛苦。有时，即使我没有见到阿尔贝蒂娜，也没有人对我谈起她，我记忆中仍会浮现出阿尔贝蒂娜待在吉泽尔身边的一个姿势，我当时觉得这姿势纯洁无邪；而现在只要看到这种姿势，我恢复平静的心里就不再平静，我甚至不需要到外面去呼吸危险的病菌，就会像科塔尔说的那样中毒。于是，我想起我听说的斯万对奥黛特恋爱的种种事情，以及斯万在一生中是如何被耍弄的。其实，我要想这些事，是因为我的假设使我逐渐看出阿尔贝蒂娜的完整性格，并对我无法完全控制她生活的每个时刻作出痛苦的解释，而这种假设就是在回忆斯万夫人的性格，是根据别人对我的叙说来回忆，并对她的性格有了固定的看法。这些叙说大有裨益，使我的想象力能在将来猜出，阿尔贝蒂娜并不是好姑娘，她很可能像以前的娼妓那样伤风败俗、花腔十足，于是我就想到，我如果要爱她，就会感到种种痛苦。

有一天，我们聚集在大旅馆前面的海堤上，我对阿尔贝蒂娜说了些话，说得极其冷酷而又损人，罗斯蒙德听了说："啊！您对她的态度还是变了，以前只对她好，是她牵着您走，可现在，她连用来喂狗都不配了。"我为了更加突出我对阿尔贝蒂娜的态度，就对安德蕾百般讨好，她虽说有同样的恶习，但在我看来却有更多理由可以原谅，因为她身体不舒服，患有神经衰弱症，这时我们站在海堤角上，看到跟海堤垂直的街道上有两匹马快步跑了出来，拉着德·康布勒梅夫人的敞篷四轮马车。法院首席院长此刻朝我们走来，他认出了夫人的马车，就跳着朝旁边闪开，以免被夫人看到跟我们在一起；接着，他觉得侯爵夫人的目光将会跟他的目光相遇，就躬身施礼，并把帽子高高举起。但马车并未走他觉得会走的那条路线，而是沿着海洋街驶去，消失在旅馆的大门后面。过了整整十分钟，电梯司机气喘吁吁地跑来通知我："是卡门贝[①]侯爵夫人来看望先生。我去了楼上的房间，还到阅览室去找，都没能找到先生。幸亏我想到朝海滩上看一眼。"他刚说完，侯爵夫人就朝我走来，后面跟着她的儿媳妇和一位特别讲究礼节的先生，她可能是在附近参加一次下午聚会或茶会后过来的，她弯腰曲背，并非完全因

① 原文为 camembert，是诺曼底村名，生产同名干酪。这里是电梯司机发音错误，把 Cambremer（康布勒梅）误读所致。

为年老，主要因为身上戴有大量华丽饰物，她觉得这样穿戴显得更加亲切，也更符合自己的身份，使她拜访的人们觉得她“穿戴”得花团锦簇。总之，在旅馆，康布勒梅家的人这样“不期而至”，我外婆从前十分害怕，因此她总是不想让勒格朗丹知道我们可能会去巴尔贝克。当时，对这种担心，我妈妈总要嘲笑，因为她认为这担心是由一件不可能发生的事引起。然而，这种事终于发生，不过是因为其他原因，勒格朗丹与此毫无关系。“我不打扰您，是否能留下?”阿尔贝蒂娜问我(她眼睛里还有几滴泪水，是因为我刚才对她说了些冷酷无情的话，但我却装出没有看到的样子，而且还暗自高兴)，“我有话要跟您说。”德·康布勒梅夫人的假发上，随意地戴着一顶羽饰帽，帽子顶上别着蓝宝石扣帽饰针，这帽子如同一种标志，必须炫耀一番，显得自命不凡，在何处显示并不重要，这是约定俗成的优雅，纹丝不动却多此一举。尽管天气炎热，这位善良的夫人仍身披乌黑短斗篷，如同国王穿的华丽长袍，还围有白鼬皮长披肩，这种穿戴似乎跟气温和季节无关，而是特殊礼仪的需要。另外，德·康布勒梅夫人胸前佩戴男爵夫人的冠带，用细链挂着，如同挂在胸前的十字架。那位先生是巴黎著名律师，出身贵族，这次到康布勒梅家里来住三天。他这种人，专业上经验极其丰富，因此对自己的职业有所蔑视，他们会说“我知道自己辩护出色，因此觉得辩护索然寡味”，或者说“进行诉讼，我不再感到兴趣，我知道自己诉讼出色。”他们聪明，是**艺术家**，看到自己年富力强之时就已名利双收，闪烁着“聪明”的光辉和“艺术家”的气质，并得到同行们的承认，这种聪明和气质使他们具有相似的趣味和鉴赏力。他们喜爱的绘画并非出自大艺术家之手，而是杰出艺术家的作品，他们购买这些作品,使用了他们从业所得的巨额收入。勒西达内[①]是康布勒梅家的那位朋友最喜欢的艺术家,而那位朋友也很讨人喜欢。他谈论书籍颇为精辟,但谈的不是真正的大师的作品,而是自封大师的作家的著作。这位书籍爱好者唯一使人难受的缺点,是一成不变地使用某些固定熟语,例如"从大多数来说",这就使他所说的事给人以既重要又不完整的印象。德·康布勒梅夫人对我说,她是乘她那些朋友当天在巴尔贝克附近举行下午聚会的机会来看我的,她对罗贝尔·德·圣卢就是这样许诺的。"您知道,他很快就要来此小住数日。他舅父夏吕斯现在他的表弟媳卢森堡公爵夫人在这里的乡间住宅度假,德·圣卢先生会乘此机会来向婶婶问候,同时去看望他以前所在的部队,他在那里受人敬爱。我们经常接待军官,他们对我们谈起他时是众口齐颂。你们俩要是一起来菲泰尔纳,我们会感到高兴,这将是十分愉快的事情。"我向她介绍了阿尔贝蒂娜及其女友们。德·康布勒梅夫人把我们的姓名都转告她儿媳妇。她儿媳妇跟菲泰尔纳附近的那些小贵族不得不经常来往,但对他们冷若冰霜,态度持重,生怕名誉受损,但对我的态度却完全不同,她笑容可掬地向我伸出手来,仿佛在罗贝尔·德·圣卢的朋友面前觉得既安全又高兴,而圣卢的社交手腕高明,又深藏不露,曾对她说我跟盖尔芒特家的人关系密切。因此,德·康布勒梅少夫人跟婆婆不同,对人有两种截然不同的礼节。如果我只是通过她弟弟勒格朗丹跟她认识,她最多用第一种礼节来对待我,那就是十分冷淡,使人无法忍受。但对于盖尔芒特家的朋友,她唯恐脸上的微笑不够多。旅馆里接待客人最合适的

① 亨利·勒西达内(1862—1939),法国画家。出生于毛里求斯的路易港。1891年艺术家美术展览会上开始引人注目。他是梅特林克和罗登巴赫的朋友,有一段时期的作品属象征派(1896—1899),后采用印象派画法。作品既表现城市景色,也表现室内场景以及花园、运河和花卉。喜欢半明半暗和雾气产生的效果。他确实"杰出",但并不"伟大"。

地方无疑是阅览室，这地方过去使我十分害怕，现在我每天要进去十次，而且进出自由，如同主人一般，这就像病情并不严重的疯子，在医院里时间待得长了，医生就把钥匙交给他们保管。因此，我提出要把德·康布勒梅夫人带到那里去。阅览室已不再使我害怕，也不再对我有吸引力，因为在我们看来，事物的面貌在不断变化，如同人的面貌，因此我对她提出这一建议，并未有心神不定的感觉。但她表示谢绝，情愿待在外面，我们就在旅馆的露天平台上坐了下来。我在那里看到塞维尼夫人的一本书，就捡了起来，当时我妈妈听说有人来看我，就仓皇逃走，没来得及把这本书拿走。她跟我外婆一样，害怕外人突然闯入，担心让人围住后无法脱身，就迅速逃之夭夭，我父亲和我总是因此嘲笑她。德·康布勒梅夫人手拿阳伞柄，上面挂着好几个绣花小包，一个是杂物包，一个是金色钱包，包上垂着一根根石榴红线，还有一块花边手帕。我觉得把这些东西放在椅子上更加方便，但我又感到，要她放下乡下视察和进行神圣的社交活动时携带的饰物未免失礼，也多此一举。我们望着平静的大海，只见海鸥散布各处，飘浮空中，如同白色花冠。社交性谈话以及取悦对方的愿望使我们降低到普通“中音区”的水平，并不是因为我们自己不知道的优点，而是因为我们认为应该受到跟我们在一起的人们赏识，正因为如此，我自然就跟娘家姓勒格朗丹的德·康布勒梅少夫人谈了起来，谈话的方式跟她弟弟一样。我谈到海鸥时说：“它们纹丝不动，洁白无瑕，如同睡莲。”确实，海鸥仿佛成了涟漪微波冲击的无生命目标，被波浪摇来晃去，这样就像是波浪在追逐海鸥，并因此变成有生命的物体。老侯爵夫人不断赞扬我们在巴尔贝克看到的大海的美妙景观，对我羡慕不已，因为她在拉斯珀利埃尔（不过这一年她没在那里住）只能看到远处的波浪。她有两个特殊的习惯，既因为她酷爱艺术（尤其是音乐），又因为她缺牙少齿。每当她谈论美学，她的唾液腺如同某些发情的动物，进入分泌过多的时期，因此，这位缺齿少牙的老夫人，在长着细须的嘴角上不由流出几滴唾液，流在不该流到的地方①。她立刻长吁一声把唾液吸进，就像恢复中断的呼吸。总之，如谈到极其美妙的音乐，她会兴奋得举起双臂，大声说出简要的评论，说得铿锵有力，必要时用鼻音发出。然而，我从未想到，巴尔贝克的海滩平淡无奇，却能成为一幅“大海的风景画”，德·康布勒梅夫人的普通话语，改变了我在这方面的看法。作为回报，我也对她说了这样的话，我以前总是听到别人赞扬拉斯珀利埃尔的景色举世无双，城堡坐落在山丘之颠，在设有两座壁炉的大客厅里，透过一排窗户，只见花园尽头的绿叶中间呈现出大海，一直可看到巴尔贝克之外的地方，另一排窗户则对面山谷。“您太客气了，您说得真好：大海呈现在绿叶中间。真是迷人，就像……一把扇子。”从她吸进唾液并使唇须干燥的深呼吸中，我感到这种称赞发自肺腑。但娘家姓勒格朗丹的侯爵夫人神色依然冷淡，以表示蔑视，并非是瞧不起我说的话，而是瞧不起她婆婆的话。另外，她不仅蔑视她婆婆的聪明，而且抱怨婆婆对人和蔼可亲，因为她总是怕别人小看康布勒梅家的人。“这名称多么漂亮。”我说。“真希望能了解所有这些名称的来源。”——“关于这个名称，我倒可以告诉您。”老夫人温和地对我回答道。“那是家族的一处房产，是我祖母阿拉什佩尔家的，这家族并不显赫，却是外省一个十分古老而又体面的家族。”——“怎么并不显赫？”她的儿媳妇生硬地打断了她的话。“巴约大教堂②的一整块彩画玻璃窗上都是这个家族的纹章，阿夫

① 圣西蒙在《回忆录》中提到，蒙泰斯庞夫人的姐姐蒂昂热夫人唾液分泌过多。（第三卷第67页）

② 这座圣母大教堂属十三世纪诺曼底哥特式建筑，有几块彩画玻璃窗属十五世纪。

朗什[①]的主要教堂里有家族成员的墓葬。如果这些古老的名称使您感兴趣，”她补充道，“可惜您晚来了一年。我们曾设法让人任命一位教长为克里克托的本堂神甫，虽说调换教区困难重重，这位教长所在的地区，我本人置有地产，离这里很远，是在贡布雷，这善良的教长感到自己在贡布雷成了神经衰弱患者。可惜他年事已高，海边的空气无法治好他的病，他的神经衰弱越发严重，就返回贡布雷。但他在成为我们邻居的那段时间里，喜欢查阅古老的契据和证书，并写了一本有趣的小册子，论述这一地区的种种名称。这件事成了他的爱好，据说他最近几年在撰写一部巨作，论述贡布雷及其附近地区。他写的关于菲泰尔纳周围地区的小册子，我会给您寄去。这真是长期艰苦而又细致的工作。您会在书中看到我们古老的拉斯珀利埃尔城堡的一些趣闻，我婆婆谈得实在是太谦虚了。”——“不管怎么说，今年，”德·康布勒梅老夫人回答道，“拉斯珀利埃尔不再是我们的，也不是属于我的。可以感到，您有画家的天赋，您应该画画，我很想让您看看菲泰尔纳，那里比拉斯珀利埃尔还要漂亮得多。”原因是康布勒梅家把拉斯珀利埃尔租给维尔迪兰夫妇之后，拉斯珀利埃尔城堡在康布勒梅家的人看来就失去了多年来保持的居高临下的地位，失去了在当地具有的独一无二的优点：同时能看到大海和山谷，并立刻有了一种缺点，那就是在那里进去出来非得要爬上爬下。总之，大家会认为，德·康布勒梅夫人出租拉斯珀利埃尔城堡，主要不是为了增加收入，而是为了让她的马匹休息。她说在菲泰尔纳十分高兴，终于能时刻看到近在咫尺的大海，但她却忘了自己曾在菲泰尔纳住过两个月，在很长一段时间里只能在高处看到大海，而且如同在全景画上看到

---

① 阿夫朗什是法国芒什省专区首府。其大教堂建于十二世纪，于1790年倒塌。主要教堂为圣萨蒂南教堂，为新哥特式建筑，其中可看到古建筑痕迹，如十三世纪建的大门。

的那样。“我到这种年纪看到大海，”她说，“是一种莫大的享受！这对我身体有好处。我出租拉斯珀利埃尔可以分文不收，只是要迫使自己住在菲泰尔纳。”

“还是谈些更有趣的话题吧，”勒格朗丹的姐姐接着说，她起初称老侯爵夫人为“母亲”，但时间一长，对她的态度就变得傲慢无礼，“您刚才谈到睡莲：我想您知道克洛德·莫奈画的睡莲。真是天才！这使我感到兴趣，是因为在贡布雷附近，在我对您说过我置有地产的那个地方……”但她觉得还是不要多讲贡布雷为好。“啊！这肯定是当代最伟大的画家埃尔斯蒂尔对我们说过的那组画[①]。”阿尔贝蒂娜一直默不作声，这时大声说道。“啊！可以看出，这位小姐喜欢艺术。”德·康布勒梅夫人大声说道。她深深吸了一口气，吸进一口唾液。“小姐，请允许我更喜欢勒西达内[②]。”律师微笑着说，并显出行家的样子。但他以前曾欣赏或看到别人欣赏埃尔斯蒂尔的某些“大胆尝试”，就补充道：“埃尔斯蒂尔有才华，他几乎可以被称为先锋派，但我不知道他为何不朝这条路走下去，他浪费了自己的一生。”德·康布勒梅夫人觉得律师对埃尔斯蒂尔的评论言之有理，但使这位客人十分伤心的是，她竟把莫奈跟勒西达内相提并论。当然不能说她愚蠢，但她过于聪明，我觉得这种聪明对我毫无用处。这时太阳西斜，海鸥已呈现黄色，如同莫奈同一组画中的另一幅睡莲。我说我知道这画，并（继续模仿一位兄弟的语言，但仍不敢说出他的名字）作了补充，说十分可惜的是，她没有想到要在前一天来，因为在同一个时间，她原本可以欣赏到普桑[③]画出的一种光线。如果是盖尔芒特家族成员不认识的

---

① 莫奈后期的组画有《麦垛》（1891）、《杨树》（1892）、《鲁昂大教堂》（1892—1893），以及从1898年直至他于1926年去世的《睡莲》。普鲁斯特对莫奈的绘画十分欣赏。

② 其实，勒西达内对莫奈十分欣赏。

③ 即尼古拉·普桑（1594—1665），法国画家。参见本书第一卷第395页注①。

一个诺曼底小贵族，对她说应该前一天来，德·康布勒梅—勒格朗丹夫人准会傲慢地显出恼怒的样子。但是，我即使说话信口雌黄，她也只会对我甜言蜜语，如同入口即化的美味糖果；在这美妙而又温热的黄昏，我可以随心所欲地品尝这蜜汁大蛋糕，德·康布勒梅夫人变成这种蛋糕的情况十分罕见，我没有想到要拿出花式糕点来招待客人，这蛋糕就正好派上用场。但普桑的名字虽说没有使社交界女士改变彬彬有礼的态度，却使爱好艺术的夫人提出抗议。听到这个名字，德·康布勒梅夫人几乎连续六次咂嘴，这对孩子来说，既是责备他开始说蠢话，又是禁止他继续说下去。“看在老天的份上，在说了莫奈这样的天才画家之后，请别提普桑那样毫无才华的老朽的名字。我可以直截了当地告诉您，我认为他是最讨厌的讨厌鬼。不管您怎么想，我都不能把这个称之为绘画。莫奈、德加、马奈，不错，这才是画家！说来也怪，”她补充道，同时用探索而又欣喜的目光朝空间茫然观看，如同在其中看到了自己的思想，“说来也怪，我以前更喜欢马奈。现在呢，当然啰，我仍然喜欢马奈，但我觉得相比之下，我还是更喜欢莫奈。啊！那些大教堂画得多好！”她既顾虑重重，又沾沾自喜，向我介绍了她的爱好发生的变化。可以感到，她的爱好所经历的各个阶段，在她看来其重要性并不亚于莫奈的各种绘画风格。不过，我并未因她对我吐露她欣赏的事物而受宠若惊，因为即使在孤陋寡闻的外省女人面前，她过不了五分钟也会把这些事脱口而出。阿夫朗什有一位贵夫人，连莫扎特和瓦格纳也分不清楚，在德·康布勒梅夫人面前说：“我们在巴黎逗留期间，没有遇到有趣的新鲜事，我们在喜歌剧院看了一次戏,演的是《佩利亚斯和梅丽桑德》[①],真是糟透了。"德·康布勒梅夫人听了不但恼火,而且觉得必须大声说出:"恰恰相反,这可是一部小小的杰作",并进行了"讨论"。这也许是贡布雷的一种习惯,跟我外婆的两个妹妹在一起时养成,她们把这事称之为"为美好的事业战斗",她们还喜欢晚上聚餐,因为她们知道,每星期聚餐时都可以为捍卫自己的上帝而跟粗俗的腓力斯人[②]进行斗争。德·康布勒梅夫人就是如此,她喜欢在"争论"艺术问题时双方"打得遍体鳞伤",就像其他人在争论政治问题时那样。她为德彪西辩护,如同为行为遭到指责的一位女友辩护。然而,她在说"不,这可是一部小小的杰作"时应该十分清楚,她在她让其安分守己的女友家里,就不能随兴所至,大谈艺术修养提高的全过程,对这个问题,她们不用争论就会意见一致。"我得去问勒西达内,他对普桑持何种看法。"律师对我说。"他性格内向,沉默寡官,但我会略施小计,让他把心里话说出来。"

"另外,"德·康布勒梅夫人继续说道,"我讨厌日落,这如同浪漫歌剧。由于这个原因,我不喜欢我婆婆的住房及其南方的植物。您会看到,那就像蒙特卡洛的一座花园。由于这个原因,我更喜欢你们这个地方。这里比较凄凉,但更加真实;有一条小路,从那里看不到大海。在下雨天,到处泥泞,真是糟糕。这就像在威尼斯,我不喜欢大运河;我觉得任何事物都不像小街那样动人。另外,这是个环境问题。"——"但是,"我对她说时,感到要在德·康布勒梅夫人眼里恢复普桑的名誉,唯一的办法是让她知道普桑已

---

① 《佩利亚斯和梅丽桑德》是德彪西的五幕歌剧,作词采用梅特林克的同名话剧,1902 年 4 月 30 日在巴黎喜歌剧院初次上演。该剧叙述高罗发现他的异父兄弟佩利亚斯和他年轻的妻子梅丽桑德的爱情,就因嫉妒把佩利亚斯杀死,梅丽桑德也在其后离开人世。普鲁斯特很喜欢这部歌剧,1911 年他多次用房间里安装的戏剧转播电话听这部歌剧。

② 指没有文艺修养的粗俗的人。

再次时兴，"德加先生肯定地说，他没有见到过比普桑在尚蒂伊的那些画①更美的东西。"——"是吗？我不了解尚蒂伊的那些画，"德·康布勒梅夫人对我说，她并不想跟德加意见相左，"但我可以说说他在卢浮宫的那些画，真是不堪入目。"——"德加对那些画也极其赞赏。"——"我得再去看看。这些东西在我脑子里已有点模糊不清。"她沉默片刻后回答道，仿佛她将在不久之后对普桑持肯定的看法，并非是因为我把这个消息告诉了她，而是因为她要对卢浮宫展出的普桑的画再进行一次即最后一次研究，以便改变自己的看法。她虽然尚未赞赏普桑的作品，但已推迟进行下一次讨论，我见她开始修正看法，已感到心满意足，就不让她继续受到折磨，于是，我对她婆婆说，别人常常对我谈到菲泰尔纳的美丽花卉。她谦虚地谈起本堂神甫的小花园，花园位于她房屋后面，早晨她推开一扇门，身穿便袍从房间走到花园里去给孔雀喂食，寻找生下的蛋，并采摘百日草或玫瑰，这些花放在小道般的餐桌上，分列奶油鸡蛋或油煎食品两边，使她想起她花园里的条条小径。"不错，我们有许多玫瑰，"她对我说，"我们的玫瑰花圃离住房太近，有些日子花香使我感到头痛。花香从拉斯珀利埃尔的露天平台飘来就比较舒服，玫瑰花香味被风吹来，但已不是那么浓郁。"我转向她的媳妇，为迎合她的现代派情趣对她说："这就跟《佩利亚斯》完全一样，玫瑰花香会一直飘到楼座。在乐曲中花香极其浓烈，我有**枯草热**和**玫瑰花过敏**的毛病，每当我听这场戏②，这花香会使我直打喷

① 主要是指《屠杀无辜婴儿》、《劫夺萨宾妇女》、《忒修斯》、《勒达》、《巴克科斯的童年》等。但卢浮宫的藏品更加丰富。德加曾于 1870 年复制卢浮宫的那幅《劫夺萨宾妇女》。这件复制品曾由亨利·鲁阿尔收藏，1912 年 12 月以 55 000 法郎拍出，现藏加利福尼亚州帕萨迪纳市的诺顿·西蒙博物馆。

② 指《佩利亚斯和梅丽桑德》第三幕第三场"地下隧道口上一平台"，佩利亚斯大声说道："啊！我终于透过气来！[……]啊！有人刚浇过平台上的花朵，湿润的花草散发芬芳，一直飘到我们这儿[……]。"

噎。”——“《佩利亚斯》，多棒的杰作，”德·康布勒梅夫人大声说道，“我为它痴迷。”说完，她走到我的近旁，像野女人般手舞足蹈，仿佛要挑逗我，并想用手指弹出想象的音符，一面哼起一个曲子，我猜想可能是佩利亚斯的告别，她继续唱下去，唱得始终热情洋溢，仿佛德·康布勒梅夫人在此刻使我想起这场戏十分重要，或许不如说是为了向我表示她想起了这场戏。“我觉得这比《帕西发尔》更美，”她补充道，“因为在《帕西发尔》里，最美妙的乐曲周围添加了一种光晕般的富有旋律性的乐句，但既然富有旋律性，那就是过时的货色。”——“我知道您是音乐大家，夫人，”我对老夫人说，“我很想听听您的高见。”德·康布勒梅—勒格朗丹夫人望着大海，不想参加谈话。她认为她婆婆喜欢的不是音乐，别人说她婆婆有音乐才华，而且确实出类拔萃，但她认为这只是所谓的“才华”，是毫无意义的卖弄技巧。确实，肖邦唯一活着的女弟子有理由宣称，大师的演技和“情感”通过她才传给了德·康布勒梅夫人，但弹奏得跟肖邦一模一样，在勒格朗丹的姐姐看来根本算不上一种证明，因为她对这位波兰音乐家最为蔑视[1]。“哦！它们飞起来了。”阿尔贝蒂娜大声说道，一面对我指着海鸥，海鸥一时间不再像无名的花卉，而是一齐朝太阳飞去。“它们巨人似的翅膀妨碍行走[2]。”德·康布勒梅夫人说，她把海鸥跟信天翁混为一谈。“我很喜爱它们，我在阿姆斯特丹时看到过，”阿尔贝蒂娜说，“它们能感到大海的气息，它们甚至会到街道的铺石路上来闻这种气息。”——“啊！您去过荷兰，您认识弗美尔家的人

① 在本书第一卷德·圣欧韦尔特夫人的晚会上，曾演奏肖邦的前奏曲和波洛奈兹舞曲，当时德·康布勒梅夫人及其儿媳妇在场（第331—335页）。

② 这句话跟波德莱尔的诗《信天翁》的最后一个诗句相仿：“云霄里的王者，诗人也跟你相同，/你出没于暴风雨中，嘲笑弓手；/一被放逐到地上，陷于嘲骂声中，/巨人似的翅膀反倒妨碍行走。”（载波德莱尔《恶之花》，钱春绮译，人民文学出版社，1987年，第16页）

吗？”德·康布勒梅夫人傲慢地问道，那口气似乎在问：“您认识盖尔芒特家的人吗？”因为故作风雅虽说对象变了，口气却依然不变。阿尔贝蒂娜回答说不认识，她还以为他的家人还活着。但她没有表露出来。“如能为您演奏音乐，我将非常高兴。”德·康布勒梅夫人对我说。“但您知道，我只弹你们这一代不会感兴趣的一些乐曲。我是在对肖邦的崇拜中长大的。”她低声说道，因为她怕儿媳妇，知道儿媳妇认为肖邦的乐曲不是音乐，肖邦的作品弹得好还是不好，都毫无意义。她承认她的婆婆有演奏技巧，能清晰地弹出经过音群。“但别人决不能让我说出她是音乐家。”德·康布勒梅—勒格朗丹夫人得出结论。因为她认为自己“先进”，并且（唯有在艺术方面）“从不过左”，据她说，她认为音乐在发展，但只在一条线上发展，不仅如此，她认为德彪西可说是一位超级瓦格纳，比瓦格纳还要稍微先进。她没有看出，即使德彪西并未受到瓦格纳的束缚，就像她在几年后认为的那样——因为我们总会使用得到的武器，以摆脱我们暂时战胜之人——他看到大家对无所不包、不厌其详的作品已开始厌烦，就会设法满足一种不同的需要。当然啰，一些理论暂时为这种反应提供支持，这就像政治上的一些理论，支持反对宗教团体的法律①，支持在东方国家进行

① 反教权的斗争始于法国激进派统治的最初几年（1899—1905 年）。由于此前的温和派没有严格执行费里的世俗化教育，教会依然保持强大的力量。另外，反教权是激进派的一贯思想，他们自视为大革命先辈的继承人，要恢复 1794—1802 年实行过的政教分离政策。瓦尔德克—卢梭上任之后，为了迎合当时的激进氛围，随即向教会开刀。1901 年，以天主教会为靶心的《结社法》终获众参两院批准，该法律规定：普通社团只要向行省当局声明后便可自由成立；宗教团体的建立必须由议会以立法的方式批准；未获批准的宗教团体，其成员不得办学或任教。但此法的主要目的在于加强对教会的控制，而不是要与教会彻底决裂。因此，激进派对这部法律并不满意。1902 年，左翼集团在大选中获胜。内阁总理孔勃上任后，大批教会学校被强行关闭，众多宗教团体为继续生存而提出的申请被断然否决，法国与梵蒂冈的外交关系亦一刀两断。

的战争[1]（违背常理的教育、黄祸，等等，等等）。有人说，对一个匆忙的时代，简练的艺术十分合适，这就像有人会说，未来战争的时间不会超过半个月，或者说铁路建成之后，只通公共马车的穷乡僻壤将被冷落，而汽车则会使这些地方再次受宠。有人说不要使专注的听众感到厌倦，仿佛我们专注的对象并非多种多样，只有靠艺术家才能使我们高度专注。有些人看一篇平庸的文章，看了十行就会累得呵欠连天，却每年都要去拜罗伊特观看《尼伯龙根的指环》。另外，有朝一日，德彪西将会在一段时间里被认为跟马斯内[2]一样摇摇欲坠，《梅丽桑德》引起的震撼，则降低到《曼侬》[3]引起的震动。因为各种理论和学派，如同细菌与血球，都会相互吞噬，用斗争来确保自己的继续生存。但这种时代尚未到来。

在证券交易所，遇到牛市，会有一批股票得益，同样，一部分被人蔑视的作者，得益于他们不满的反应，这也许是因为他们不应该被人蔑视，也许只是因为——因此也可以说宣扬他们是一种新鲜事——他们故意让别人蔑视。有人甚至会把过去一段时间隔离开来，在其中寻找几位有才华却又放浪形骸的艺术家，他们的声誉似乎并未受到现在的潮流影响，但一位新的大师在列举他们的名字时会表示赞赏。这往往是因为一位大师，不管其人如何，也不管他的学派如何独占鳌头，在评论时仍然根据自己独特的感情，对任何地方有才华的人都会给予公正的评价，即使才能较差，但只要他过

---

① 1904—1905 年进行的日俄战争，是两国为争夺中国东北和朝鲜的权益而进行的侵略战争，以日本胜利告终。这一胜利使欧洲舆论感到黄种人压倒了白种人，会引起殖民地人民的反抗。因此，1905 年后，黄祸就成为常见的说法。

② 朱尔·马斯内（1842—1912），法国作曲家。他采用瓦格纳的主导动机手法，但使其融入他自己的优美风格，反映时尚的风貌，又有超群的技艺和戏剧感。主要作品有《希罗底》、《曼侬》、《维特》、《黛依丝》、《巴黎圣母院的江湖艺人》、《堂吉诃德》等歌剧。

③ 《曼侬》（1884）系马斯内根据法国作家普雷沃的小说《曼侬·莱斯柯》创作的歌剧。

去得到某种有益的启示，并跟他青少年时代的一种爱好有关，他也会这么做。有些时候，则是因为过去的某些艺术家，在一件普通的作品中使用了某种技巧，而大师则逐渐看出，他自己也曾想使用类似技巧。于是，他把这位古人看作一位先驱；他喜欢用另一种形式做出跟这位古人暂时相似或部分相似的努力。因此，普桑的作品中有透纳的一些笔触，孟德斯鸠[①]的作品中有福楼拜的一句话[②]。有时，大师发出偏爱的声音，是一种错误所致，这种错误不知在何处犯下，却被兜售到学派之中。于是，列举的名字得益于这个学派，并在学派的保护下及时进入，因为在选择大师时，即使有某种自由和真正的鉴赏力，这些学派也只是根据理论来行事。这样的话，思路像平时那样天马行空，一会儿朝一个方向，然后又转向另一个方向，让上天的光芒洒向一部分作品，而在这些作品中增添了肖邦的成分，是因为需要公正或标新立异，是因为德彪西的爱好或心血来潮，或是因为他也许并未说过的什么话。这些作品受到众人确信无疑的评论家们夸奖，得益于《佩利亚斯》赢得的赞赏，就重新焕发出新的光彩，即使是尚未再次观看的人们，也对它们十分喜爱，不由自主地想去观看，虽说他们自愿去看只是给人以一种错觉。但是，德·康布勒梅—勒格朗丹夫人一年里有部分时间待在外省。即使在巴黎，她因身体有病，也往往待在房间里。确实，这种不足之处主要表现在德·康布勒梅夫人对词语的选择上，她以为是时尚的词语，其实更适用于书面语，这两者的细微差异，她无法区分，因为这些词语她主要是在阅读中获悉，而不是在谈话中知晓。谈话对确切了解别人的看法和时尚词语都很重要，但两者的

---

① 孟德斯鸠（1689—1755），法国作家。本名夏尔·德·塞孔达。著有书信体小说《波斯人信札》，论著《论法的精神》等。

② 普鲁斯特在《关于福楼拜的“风格”》一文中写道：“福楼拜感到十分高兴的是，他在以前的作家如孟德斯鸠的作品中看到福楼拜的风格提前出现。”（载《新法兰西评论》，1920 年 1 月）

重要性并不相同。然而,《夜曲》[①]这种焕然一新之感,尚未由评论界宣告[②]。这消息只是通过“一些青年”的谈话来传播。德·康布勒梅—勒格朗丹夫人并不知道。我很乐意把这个消息告诉她,但却对她婆婆说,这就像打台球,要把球击中,就借助于台边的弹力,我说肖邦远未过时,而且是德彪西最喜欢的音乐家。“啊,真有趣。”她的媳妇露出微妙的笑容对我说,仿佛这只是《佩利亚斯》的作者发表的一种悖论。尽管如此,现在可以确信无疑,她以后听到肖邦的乐曲,只会毕恭毕敬,甚至会眉飞色舞。因此,我的话为老夫人吹响了解脱的号角,她脸上随之显出对我感激的表情,特别是愉悦的神色。她眼睛闪闪发亮,如同剧作《拉蒂德,或囚禁三十五年》的人物拉蒂德[③],她吸进海上的空气,深深地吸了口气,就像贝多芬在《菲岱里奥》[④]中出色地表现的那样,当时囚徒们终于呼吸到“这种生机勃勃的空气[⑤]”。至于老夫人,我以为她要把边上长有细须的嘴唇贴到我的脸上。“怎么,您喜欢肖邦?他喜欢肖邦,他喜欢肖邦。”她大声说道,高兴得直齉鼻儿,仿佛在问:“您怎么也认识德·弗朗克托夫人?”这两句话的区别是,我跟德·弗朗克

---

① 指肖邦在十九世纪三四十年代创作的多首钢琴独奏曲。

② 在十九世纪和二十世纪初,对肖邦以及瓦格纳和德彪西的评价,确实意见纷纭。

③ 《拉蒂德,或囚禁三十五年》(1834)是法国剧作家吉尔贝·德·皮克斯雷古(1773—1844)的三幕五场历史情节剧。剧作取材于人称拉蒂德的冒险家让·亨利(1725—1805)的一生。拉蒂德想取宠于蓬巴杜夫人,把一只装有炸药的盒子寄给夫人,然后又去揭发这一阴谋,结果弄巧成拙,于1749年至1784年被囚禁35年,期间曾三次越狱,特别是1755年2月从巴士底狱逃出。拉蒂德在最后一场中被释放,两眼闪闪发光。

④ 《菲岱里奥》(1805)是贝多芬创作的唯一一部歌剧,描写一个忠贞而有胆识的妻子从西班牙压迫者手中救出自己的丈夫。这一主题在德国清唱剧的朴素背景上展开,因此更加激动人心。这部歌剧被公认为爱情和自由的颂歌。

⑤ 囚徒们呼吸“这种生机勃勃的空气”时的合唱,是在第一场的结尾:“哦,在这自由的空气中毫不费力地呼吸,是多么愉快!”

多夫人认识,在她看来是无关紧要的事,而我了解肖邦,却使她对艺术发狂。唾液分泌过多还不足以表达她的兴奋。她甚至不想去弄清德彪西对肖邦被再次捧出所起的作用,只是感到我作出了肯定的评价。她感受到音乐的激情。“埃洛迪!埃洛迪!他喜欢肖邦。”她胸部微微隆起,双臂在空中乱挥。“啊!我早已感到您有音乐才能。”她大声说道。“我知道,您像这样的艺——艺术家,就会喜欢音乐。真是美妙!”她说话的声音就像在嘴里搅动小石块,仿佛为了表现她热爱肖邦,就效仿德摩斯梯尼,在嘴里塞满沙滩上的卵石[①]。潮水般的口水终于涌出,一直流到她来不及挪开的短面纱上,把面纱弄湿,最后,侯爵夫人用绣花手绢把涎沫擦干,唇边的须毛刚才因回忆肖邦而弄湿。

“天哪,”德·康布尔梅—勒格朗丹夫人对我说,“我觉得我婆婆在这儿待的时间有点太久,她忘了我们还要到我姑父什努维尔[②]家去吃晚饭。另外,康康[③]不喜欢久等。”我不知道康康指的是谁,还以为是一条狗。但对什努维尔的亲戚来说,应该十分清楚。随着年龄的增长,用这种方式说出他们的姓氏,对小侯爵夫人来说已不再是其乐无穷。然而,当初正是为了品尝这种乐趣,她才同意这门婚事。在其他一些社交圈子里,如说到舍努维尔家族成员,往往[除非表示贵族的介词 de(德)前面的词以元音结尾,否则的话,就必须把 de 重读,因为语言中不允许 Madam' d' Ch' nonceaux(特·什农索夫人)这样的发音[④]]把表示贵族的介词 de 中的哑音

---

① 德摩斯梯尼(前384—前322),古希腊政治家、雄辩家。反对马其顿入侵希腊。发表《斥腓力》等演说,谴责腓力二世的扩张野心。公元前338年喀罗尼亚战役后希腊各邦臣服于马其顿。公元前323年在雅典再次组织反马其顿运动,失败后自杀。据说,他为纠正演说时咬字不清的缺点,曾口含卵石进行练习。

② 原文为 Ch' nouville,即在 Chenouville(舍努维尔)中的 Ch 后省略字母 e。

③ 指康布勒梅侯爵。

④ 法语中,m、d 和 ch 三个辅音无法连读,因此 de 必须重读。

e 省略掉。大家都说："Monsieur d' Chenouville（特·舍努维尔先生）。"康布勒梅家族的传统恰恰相反，但也必须遵守。那就是在任何情况下都要省略 Chenouville 中的哑音 e。即使这姓氏前有 mon cousin（我的表兄弟）或 ma cousine（我的表姐妹），仍然说德·"什努维尔"，而决不说成德·舍努维尔。[对这些舍努维尔的父亲，通常称为 notre oncle（我们的姑父），因为菲泰尔纳的人还不是十分时髦，不会像盖尔芒特家族成员那样称为 notre "onk"，盖尔芒特家族的人说话故意含糊不清，会把辅音省略，并把外国人名法国化，因此像古法语或一种现代方言那样很难听懂。]任何人一走进这个家庭，就立刻会在这个问题上得到什努维尔们的提醒，但勒格朗丹—康布勒梅小姐并不需要提醒。有一天出访时，她听到一个姑娘说"我姨妈德·于泽"、"我叔叔德·鲁昂"，但没有立刻听出这是两个赫赫有名的姓氏，她平时说成"于泽斯"和"罗昂"，这时就感到惊讶、尴尬和羞愧，这种感觉如同有人看到面前放着一件新发明的餐具，却不知如何使用，就不敢吃饭。但在当天夜里和第二天，她就高兴地反复说"我姑妈德·于泽"，把结尾的"斯"字去掉，而在前一天却对此感到惊讶，但现在她觉得不知道此事俗不可耐，因此，她一位女友对她谈起于泽斯公爵夫人的半身雕像，勒格朗丹小姐立刻感到不快，就用傲慢的语调回答道："您起码得发音正确，要说：德·于泽夫人。"她从此懂得，根据实在的物质转化为越来越妙不可言的成分的规律，她继承她父亲体面地获得的巨额财产，接受完整无缺的教育，在索邦大学努力学习，听卡罗[1]的课

① 埃尔姆·马里·卡罗（1826—1887），法国唯灵论哲学家，1864—1887 年在巴黎大学任教，其讲座深受广大听众欢迎。

和布吕纳介①的课都专心致志，在拉穆勒②音乐会上也是如此，但这一切都将化为乌有，并在有朝一日愉快地说出“我姑妈德·于泽”，她才最终得到升华。她在婚前无法排除这种想法，即她至少会在婚后的一段时间里继续跟女友来往，但不是她喜欢的女友，也不是她心甘情愿为其牺牲的女友，而是她并不喜欢的女友，她想要对这些人说（她要结婚就是为了能这样说）：“我要把您引见给我姑妈德·于泽。”她要是看到这门婚事难以实现，就说：“我要把您介绍给我姑妈德·什努维尔”，并说：“我一定让于泽家请您去吃晚饭。”嫁给德·康布勒梅先生后，勒格朗丹小姐就能说这三句话中的第一句，但不能说第二句，因为她婆家交往的圈子，并非是她当初认为、这时仍想高攀的社交圈子。因此，她在跟我谈了圣卢之后（她为此采用罗贝尔的一种说法，因为我在跟她谈话时使用勒格朗丹家的说法，她就在回答时用罗贝尔的言语，但并不知道这种言语取自拉结），把拇指和食指并在一起，同时眼睛半闭，仿佛在观看她终于捕捉到的极其精致的东西：“他思想十分可爱。”她满腔热情地称赞圣卢，听者会以为她爱上了他（还有人认为，罗贝尔在东锡埃尔时曾是她的情人），实际上只是要我把她的话说给他听，她最后说：“您跟盖尔芒特公爵夫人关系很好。我身体不好，很少出门，我知道她生活在一个小圈子里，朋友都经过精心选择，我觉得这样很好，因此我对她了解不多，但我知道她这个女人绝对是出类拔萃。”我知道德·康布勒梅夫人跟盖尔芒特公爵夫人可以说并不认识，就想显得跟她一样渺小，这个话题也就一带而过，我对侯爵夫人回答说，我跟她弟弟勒格朗丹先生更加熟悉。一听

---

① 布吕纳介（1849—1906），法国文学批评家、文学史家。参见本书第三卷第261页注①。

② 夏尔·拉穆勒（1834—1899），法国小提琴家、乐队指挥，瓦格纳古典音乐的信徒。1881年创办新音乐会，后以他的姓命名。该音乐会每星期天在香榭丽舍大街的马戏场举行，后改在新剧院举行。

到这个姓，她就显得含糊其词，跟我刚才谈到德·盖尔芒特夫人时一模一样，只是掺杂着一种不快的表情，因为她心里在想，我说出这话并非表示谦虚，而是在羞辱她。她因娘家姓勒格朗丹而感到失望和苦恼？这至少是她丈夫的姐妹和姑嫂的看法，这些外省的贵族妇女，什么人也不认识，什么事都不知道，她们嫉妒德·康布勒梅夫人的聪明，以及她所受的教育和拥有的财产，还嫉妒她在患病之前的床笫之欢。“她只想这种事，这事会要了她的命。”这些恶毒的婆娘，不管跟谁谈到德·康布勒梅夫人都会这样说，不过更喜欢对平民百姓说，因为平民要是自命不凡而又愚蠢，她们就可以确定平民卑贱，并以此来突出她们对平民和蔼可亲，但如果平民羞怯而又机灵，把这话当作他自己所说，她们就可以对他热情相待，同时又乐于转弯抹角地对他出言不逊。但是，这些女士自以为对她们妯娌的说法合乎事实，却说错了。德·康布勒梅夫人并未因自己生在勒格朗丹家而感到难受，因为她已忘记此事。她感到不快的是我使她想起了此事。这时她就默不作声，仿佛没有听懂我的话，因此没有必要对我的话加以补充或证实。

“要去看望亲戚，并不是我们急于告辞的主要原因。”德·康布勒梅老夫人对我说，她也许不像她儿媳妇那样喜欢说“什努维尔”。“主要是不想因过多的人来看望而使您感到疲劳。这位先生，”她指着律师说，“不敢把妻子和儿子带到这里来。母子俩在沙滩上散步，等着我们，他们想必等得不耐烦了。”我让她指给我看是哪两个人，然后跑去找他们。他妻子圆脸，如同某些毛茛科植物的花卉，眼角有明显的植物特征。一代代人都保存着自己的特征，就像一个科的植物，在母亲憔悴的脸上，一个有助于识别的特征，在儿子的眼睛下面显得突出。我对律师的妻儿热情相待，使他十分感动。他显然对我在巴尔贝克感到兴趣。“您想必觉得有点像身在异国他乡，因为这里大多数是外国人。”他望着我对我说话，他不喜欢外国人，虽说有许多外国人是他的顾客，因此，他想确切知道，我是否反对他的排外态度，如果反对，他就会有所退缩，并说：“当然啰，X夫人可能是迷人的女子。这是个准则问题。”我当时对外国人没有固定的看法，并未表示异议，因此他感到心里踏实。他甚至请我以后在巴黎时去他家做客，观赏他收藏的勒西达内的作品，并跟康布勒梅家的人一起去，他以为我跟他们关系密切。“我请勒西达内跟您一起来。”他对我说时，确信我将会一心等待这幸福的日子来临。“您将会看到，他是何等的优雅。他的绘画作品，准会使您着迷。当然啰，我无法跟那些大收藏家相比，但我相信，他喜欢的作品，我收藏得最多。您从巴尔贝克回去后，会对此更感兴趣，因为那些是海景画，至少大部分如此[1]。”他那带有植物特征的妻儿聚精会神地听他说话。可以感到，他们在巴黎的住所如同勒西达内的圣殿。这种圣殿并非毫无用处。神祇怀疑自己时，可以轻而易举地填充他对自己的看法所产生的裂缝，使用的填料是终身崇拜他作品的人们提供的毋庸置疑的证据。

德·康布勒梅夫人看到儿媳妇的手势，就站起身来，并对我说：“既然您不愿意到菲泰尔纳来住，您至少这星期来吃一顿午饭，明天如何？”为了让我拿定主意，她又善意地补充道：“您会跟克里兹诺瓦伯爵[2]**再次见面**。”跟这个人谈不上再次见面，因为我并不认识。她开始用别的事来引诱我，希望我眼睛里闪现出欣喜的光芒，但突然停了下来。法院首席院长回来时获悉她在旅馆，就暗中到处寻找，然后又候着她，装着偶然遇到她的样子，前来向她致意。我这才明白，德·康布勒梅夫人不想把她刚才对我发出的共进午餐的邀请扩展到他的身上。但他跟她认识的时间要比我长得多，多年来一直是菲泰尔纳下午聚会的常客，我第一次来巴尔贝

---

① 勒西达内作品中的海景画，大多是他青年时代的作品。

② 肖夫兰·德·克里兹诺瓦（1685—1762）曾在圣西蒙的《回忆录》中提到。其后裔在二十世纪初有一个克里兹诺瓦男爵和一个克里兹诺瓦·德·利奥纳伯爵。

克时曾对他羡慕不已。但是，在社交界人士看来，资格老并不能决定一切。他们更愿意请新朋友来共进午餐，因为新朋友还能激起他们的好奇心，特别是新朋友到来之前，有圣卢那样的名士热情推荐。据德·康布勒梅夫人估计，首席院长并未听到她对我说的话，但为了消除感到的内疚，她就对他说得更加热情洋溢。在阳光下，平时看不到的里弗贝尔的海岸在地平线上一片金黄，我们听到菲泰尔纳周围响起《天使颂》的轻微钟声①，如同不知不觉地出自水中，呈玫瑰色和银白色，跟光亮的蓝天几乎难以区分。“这仍然很像《佩利亚斯》。”我对德·康布勒梅—勒格朗丹夫人指出。“您知道我想说的是哪一场。”——“我觉得我是知道的②。”但是，她的声音仿佛在宣称“我一无所知”，脸上的表情说明并未想起任何事情，她的微笑则显得茫然。老夫人一直沉湎于传到这里的钟声之中，这时想起时间不早，就站起身来。“确实，”我说，“平时在巴尔贝克看不到那边的海岸，也听不见那里的钟声。要看到、听到，就必须改变时间，地平线也要扩大一倍。除非这钟声是来找你们的，我看出它们叫你们离去；对你们来说，这是晚餐的钟声。”法院首席院长不大会对钟声动感情，就悄悄朝海堤观看，看到今天傍晚游人如此稀少，不禁兴致索然。“您是名副其实的诗人。”德·康布勒梅夫人对我说。“能感到您感觉敏锐，具有艺术才华；来吧，我一定给您演奏肖邦的曲子。”她补充道，说时双臂高举，显出陶醉的样子，说话声音沙哑，仿佛嘴里挪动卵石。接着就咽下唾液，老夫人本能地用手帕揩了揩她嘴边如美式细毛刷般的汗毛。法院首席院长在无意中帮了我一个大忙，他扶着侯爵夫人的胳膊，把她送到车上，这样做有点俗气，需要有些胆量，还要喜欢出风头，其他人

① 《天使颂》是向圣母马利亚所作祈祷词，在早晨、中午、晚上天使祈祷钟响时使用。

② 听到钟声是在《佩利亚斯和梅丽桑德》第三幕第三场，佩利亚斯走出地下隧道时说：“已是正午，/我已听到钟声，/孩子们正奔向海边游泳……”

准会犹豫不决，但在社交界却远非讨嫌的行为。另外，这么多年来，他早已养成这种习惯，而我却跟他截然不同。我对他感激不尽，却不敢对他仿效，只是走在德·康布勒梅—勒格朗丹夫人身边，她见我拿着一本书，想要看看。她看到塞维尼夫人的名字，就撅了撅嘴；她用的一个词，是在某些报上看到，但在说出时用阴性，并用来形容一位十七世纪的作家，就产生奇特的效果，只见她问我："您真的认为她有才华[①]？"老侯爵夫人把一家糕点铺的地址交给跟班，她要先去那儿，然后再打道回府，大路因傍晚的尘埃而呈现玫瑰色，层层叠叠的悬崖在暮色中宛如蓝色屋面。她问老车夫，那匹怕冷的马身子是否已经暖和，另一匹马是否因钉的蹄铁感到难受。"我会给您写信，把事情定下来。"她对我低声说道。"我看到您跟我儿媳妇在谈论文学，她很可爱。"她补充道，虽说这不是她心里的想法，但她已养成这样说的习惯，并因生性善良而保留下来，以免使别人认为她儿子是为钱财而结婚。"另外，"她最后一次兴奋得结结巴巴地补充道，"她非常富——富有艺——艺术才——才能！"说完，她登上马车，摇晃着脑袋，手握阳伞柄，身穿神职人员那样饰物过多的服装，沿着巴尔贝克的条条街道离去，活像巡回施坚振礼[②]的老主教。

"她请您去吃午饭。"法院首席院长表情严肃地对我说，这时马车已经远去，我和女友们要回旅馆。"我跟她关系冷淡。她觉得我在冷落她。可我这个人容易相处。只要有人需要我，我总是回答：'在。'但他们想缠住我不放。啊！这样的话，"他接着说时显出机灵的神色，一面翘起手指，像在辨别和推理，"我就不会答

① 指形容词 talentueux（有才华的），利特雷的四卷本《法语词典》（1863—1873）并未收入。该词于1876年出现在龚古尔兄弟的日记中，用来形容法国女诗人安娜·德·诺阿耶。

② 坚振礼是由主礼人在已受洗者的头上按手并敷圣油和画十字，并说：我奉圣父、圣子、圣灵的名，以十字圣号标志你，并以拯救的圣膏油坚振你。

应。这是在侵犯我假期的自由。我只能说:'到此为止。'您看来跟她关系很好。等到了我的年纪,您自会看到,社交界何足挂齿,您会因如此看重这些毫无意义的事而感到后悔。啊,吃晚饭前,我要去转一圈。再见了,孩子们。"他对大家叫道,仿佛已离我们有五十步之远。

我跟罗斯蒙德和吉泽尔告别后,她们惊讶地看到阿尔贝蒂娜没跟她们一起走,仍待在原处。"喂,阿尔贝蒂娜,你要干吗,你知道时间吗?"——"你们回去吧,"她不容分辩地对她们回答说,"我要跟他谈谈。"她补充道,说时指着我,显出顺从的样子。罗斯蒙德和吉泽尔看了我一眼,对我有了新的敬意。我愉悦地感到,在罗斯蒙德和吉泽尔看来,我在阿尔贝蒂娜眼里,至少在一时间要比回家的时刻和她的女友更加重要,甚至可能跟她有着别人无法参与的重大秘密。"今晚我们跟你是否不见面了?"——"我不知道,这要看今晚的情况。不管怎样,明天见。"——"到我房间里去吧。"我等她的两个女友走远后对她说。我们乘上电梯;她站在电梯司机前面一声不吭。"雇员们"(电梯司机则称为仆人们)已养成习惯,必须依靠自己的察言观色和推测来了解主人的小事,因为主人是一些怪人,只是相互间闲聊,并不跟雇员们聊天,但这种习惯却使雇员们的预见能力比"老板们"强。人体器官的衰退或变得旺盛和敏锐,是因为人对它们的需要减少或增加。自从建造铁道以来,因为要赶上火车,我们就知道分秒必争,而在古罗马,不仅天文学不发达,而且生活节奏也没有现在这样快,人们对分钟和小时几乎没有明确的概念。因此,电梯司机已一眼看出,并准备告诉他那些同事,说阿尔贝蒂娜和我忧心忡忡。但是,他不停地跟我们说话,因为他不知轻重。然而,我看到他脸上显出的已不是平时送我上楼时的友好和愉快的表情,而是极其沮丧和不安的神色。我不知道其中的原因,我虽然更加牵挂阿尔贝蒂娜,但为了给他解愁,就对他说,刚才离开的那位夫人叫康布勒梅侯爵夫人,而不是卡门贝侯爵夫人。这时，在我们经过的那个楼层上，我看到一个长得难看的女仆拿着一个长枕头，毕恭毕敬地对我施礼，希望我离开前能给她一份小费。我真想知道，她是否就是我第一次来到巴尔贝克的那天晚上想要弄到手的女人，但我一直无法确定[1]。电梯司机像大多数伪证人那样，语气真诚地向我发誓，但脸上却显出绝望的神色，他说当时侯爵夫人让他通报的正是卡门贝这个姓。老实说，他如听到他知道的名称，也是十分自然的事。另外，许多人即使不是电梯司机，对贵族及其爵位赖以形成的名称的性质也不是十分清楚，电梯司机觉得，卡门贝这个地名很可能是一个姓氏，因为这种干酪举世闻名，因此，他把大名鼎鼎的名称当作侯爵夫人的姓，也就不会感到奇怪，除非是侯爵夫人把自己的著名姓氏赐予干酪。尽管如此，他见我不愿显出弄错的样子，并知道主人喜欢看到下人对微不足道的任性唯唯诺诺，对显而易见的谎言欣然接受，因此，他如同忠心耿耿的奴仆，对我表示之后一定说康布勒梅。确实，城里的店主和附近的农民都知道康布勒梅家族的姓氏和这位夫人，决不会犯电梯司机的错误。但是，"巴尔贝克大旅馆"的服务人员都不是当地人。他们跟旅馆的全部设施一样，全部直接来自比亚里茨、尼斯和蒙特卡洛，而这些地方的人去了三个地方，那就是多维尔、迪纳尔和巴尔贝克。

但是，电梯司机焦躁不安的痛苦却有增无减。他忘了像平时那样用微笑来表示对我的忠诚，想必发生了什么不愉快的事情。也许他已被"派走"。要是这样，我一定会设法让他留下，经理已答应过我，涉及旅馆人员的事，只要我作出决定，他都会欣然同意。"您随时可以干自己想干的事，我事先批准。"我刚走出电梯，突然明白了电梯司机为何忧心忡忡、面露惧色。是因为阿尔贝蒂娜在

---

① 《在花季少女倩影下》中，主人公第一次来到巴尔贝克的那天晚上，并未提到过任何女仆。

场,我没有给他五个法郎,而我平时乘电梯上楼,都要给他小费。真是傻瓜,他非但不明白我不愿在别人面前给小费,而且吓得浑身发抖,以为这下可完了,我决不会再给他任何东西。在他的想象之中,我已"手头不便"(就像盖尔芒特公爵会说的那样),他这样想,对我丝毫没有怜悯之心,而是因自私而极其失望。我心里在想,有一天我见对方焦躁不安地等我拿出我前一天给的过高小费,我就不敢不给,可我当时并不像我母亲认为的那样不理智。但是,在此之前,我一直确信无疑,认为对方平时的喜悦表情是一种友好的表示,现在我觉得其含义并非如此确定。我看到电梯司机在绝望中准备从六楼往下跳,心里就想,万一发生革命,我们的社会地位都有了变化,电梯司机变成了资产者,当然不会乖乖地为我开电梯,不知是否会把我从电梯上推下去;我在想,平民的某些阶层,是否比社交界更加口是心非,在社交界,如我们不在,别人确实会说些坏话,但我们如遭到不幸,别人决不会侮辱我们。

然而,我们不能说电梯司机在巴尔贝克大旅馆私心最重。在这方面,旅馆服务人员可分为两类:一类对顾客区别对待,更看重一位年老贵族(他可以向德·博特雷伊将军反映情况,使他们不会在二十八天里被征募①)给予的合理小费,而不是财路不明的外国阔佬不理智的慷慨赠与,因为阔佬的举动不符合习俗,服务人员只是当着他的面才称之为善举。另一类认为,贵族、聪明、名望、地位和风度并不存在,都被金钱的数目掩盖。在这种人看来,存在的只有人的等级和拥有的金钱,更确切地说是给他们的钱。埃梅虽说在许多旅馆工作过,自认为对社交界了如指掌,但他本人也许就属于这后一类。他在进行这种判断时,最多加上社交界的措词,表示了解这些家族,如在谈到卢森堡王妃时说:"这里面有很多钱?"

① 1908 年 7 月,普鲁斯特向巴黎军区司令达尔斯坦将军反映情况,要求不在 8 月份征募他的贴身男仆尼古拉·科坦 13 天。

（用问号是要了解情况，或是为了核实他了解到的情况，然后给一位顾客配备一个巴黎“厨师长”，或者在左面入口处给他安排一张餐桌，可观赏巴尔贝克的海景）。尽管如此，他虽说心里锱铢必较，却不会像愚蠢的电梯司机那样显出绝望的神色。不过，电梯司机的幼稚，也许使事情变得更加简单。一家大旅馆，一家像拉结过去卖淫的妓院那样的妓院，其方便之处在于不需要中间人插手，一个男职工或女服务员虽说此前一直冷若冰霜，但只要看见一张一百法郎的钞票，一千法郎当然更好，这一次即使是给另一个男职工，大家也会眉开眼笑，主动提供服务。与此相反，在政界，在情夫和情妇的关系中，金钱和顺从之间却存在着不同的情况。这些情况多种多样，即使是见钱眼开之人，心里也往往不会老是想着金钱，他们觉得自己更加高雅，其实也确实如此。另外，有些话使彬彬有礼的谈话变得更加清楚，如“我知道我还要做什么事，明天我会陈尸太平间”。因此，在彬彬有礼的社交界，在那些只说不该说的话的高雅之士中，很少看到有小说家和诗人。

我们来到走廊时，只剩下两人，阿尔贝蒂娜立刻问我：“您到底跟我有什么地方过不去？”我对她态度生硬，她是否已感到难受？我这种态度只是无意中施展的花招，想要使我的女友对我显出害怕和请求的样子，这样我就能问她，也许还能弄清楚，我长时间来对她所作的两种假设，到底哪一种正确？尽管如此，我听到她的问题，顿时感到十分高兴，仿佛达到了向往已久的目的。我在回答她之前，把她一直带到我的房门前面。门打开后，玫瑰色的阳光顿时涌现，充满了整个房间，使黄昏时拉上的白色平纹织物窗帘变成金黄色锦缎。我一直走到窗前，只见一只只海鸥又栖息浪尖，但现在呈玫瑰色。我让阿尔贝蒂娜观看这景象。“您别转移话题，”她对我说，“请您跟我一样坦率。”我撒了个谎。我跟她说，她得先听听我的交待，就是我近来在对安德蕾热恋，我对阿尔贝蒂娜说出这话时直截了当，就像舞台上的演员，但在实际生活中，只有在没有堕入情网时才会这样说。我再次使用第一次来巴尔贝克之前对吉尔贝特说的谎话[①]，但略加改变，为使她对我的话信以为真，我在对她说我现在不爱她时，甚至在无意中向她透露，说我过去差一点爱上她，但这已是很久以前的往事，她如今只是我的一位好友，即使我想要爱她，我也不可能再次对她产生更加强烈的感情。另外，我在阿尔贝蒂娜面前说出对她冷淡的原因，但在当时的情况下是为了达到某种特殊目的而说出，就使男人在恋爱中的双重节律变得更加明显，这种男人对自己信心不足，不相信一个女人会爱上他们，也不相信他们会真的爱上这个女人。这种男人确有自知之明，知道对迥然不同的两个女人，他们也会有同样的希望和焦虑，也会杜撰同样的浪漫故事，说出同样的话语，并由此看出，他们的感情和行为跟所爱的女人并没有密切而又必然的联系，而是在她身边一掠而过，溅了她一身水，如同拍打峭壁的潮水，使她产生被爱恋的错觉，他们因自己的感情游移不定而产生怀疑，认为他们虽说很想被这个女人所爱，这个女人却并不喜欢他们。既然她只是在我们的欲望突然产生时偶然出现在我们面前，那么，我们是否也会是她发泄欲望的偶然目标？因此，我们需要向她倾诉所有这些感情，这爱恋的感情跟其他人使我们产生的普通感情不同，十分特殊，我们在略有进展之后，向心爱的女子承认对她有感情，并说出我们的希望，却立刻怕她不会喜欢，同时担心我们对她说的言语不会被她清楚地理解，觉得这是我们在过去和将来跟其他人说话时使用的言语，感到她如果不爱我们，就不会理解我们，反而觉得我们说话缺乏情趣又显得厚颜无耻，就像老学究对愚昧无知者说出如珠妙语，而对方却无法听懂，这种担心和羞愧的感觉，即使开始时退却，也会产生退潮般回流的节律和一种需要，那就是急忙收回

---

① 指主人公决定不再去见吉尔贝特却又不对她明说之后的表现。参见本书第二卷第159页。

以前说出的好感，并重新发动进攻，以重新赢得尊敬和主宰地位；这种双重节律，可在同一爱情的不同阶段看到，可在类似爱情的相关阶段看到，也可在所有善于自我分析又并未自视过高的人身上看出。如果说我刚才对阿尔贝蒂娜说出这话时，这种节律比平时稍有加重，只是为了使我能更迅速、更有力地转到相反的节律，即我柔情回响的节律。

阿尔贝蒂娜似乎难以相信，我因间隔时间过长而无法再次爱上她，于是，我说自己性格古怪，并列举一些女人的例子，由于她们的过错或我的过错，我错失了爱上她们的时机，事后我尽管梦寐以求，却无法重获这种机会。我这样说，像是对她表示歉意，仿佛请她原谅一种失礼的行为，原谅我无法再次爱上她，又像设法使她理解这一行为的心理原因，仿佛这只是我才会有的原因。但是，我这样解释，是在对吉尔贝特的例子加以发挥，这对吉尔贝特来说完全属实，却几乎无法适用于阿尔贝蒂娜，因此，我只能使自己的论点显得十分可信，同时又假装认为它们不大可靠。我感到阿尔贝蒂娜赞赏我的“直言不讳”，承认我的推理清晰、明确，于是，我就对自己的直言不讳表示歉意，我对她说，我十分清楚说实话总会使人不快，并说这番实话想必使她感到无法理解。但她却感谢我的诚实，并说她十分理解这种司空见惯、十分自然的思想状态。

我向阿尔贝蒂娜承认我对安德蕾有感情，但这种感情是想象出来的，而我对阿尔贝蒂娜却无动于衷，为显示这话完全出自肺腑，丝毫没有夸大，我仿佛出于礼貌，还肯定地对她说，不应该对我这种态度过于当真，这样我就不必担心阿尔贝蒂娜会把这种态度看成爱情，并最终能跟她柔声柔气地说话，我已有很久没有跟她这样说话，觉得这样说话妙不可言。我几乎像在抚摸我的知心女友；我对她谈论我所喜爱的她的女友，不禁热泪盈眶。但在谈到这件事时，我最终对她说，她知道什么是爱情，知道爱情的敏感和痛苦，并且说，她是我过去的女友，既然我现在爱的并非是她，如果我再把此事说一遍又不会使她生气，她也许可以消除她使我产生的巨大忧伤，不是直接消除，而是用间接的方法，那就是损害我对安德蕾的爱情。我没有说下去，是要观看一只大鸟，并指给阿尔贝蒂娜看，那只鸟在孤单、匆忙地飞，在我们前面的远处有规律地拍动翅膀，在海滩上空迅速地飞，海滩上到处都有反光，像是一片片撕碎的红纸，大鸟穿越整个海滩，并未放慢速度，也没有分散注意力和偏离航线，如同一位使者，肩负使命，要把一份紧急而又重要的信件送到十分遥远的地方。“它至少直接飞往目标！”阿尔贝蒂娜对我说时显出责备的神色。“您对我这样说，是因为您不知道我想对您说些什么。但这些话难以启齿，我就情愿不说；我可以肯定，我会使您生气；这样就只会有这种结果：我跟心爱的人在一起丝毫也不会快乐，我又会失去一位好友。”——“但我可以对您发誓，我决不会生气。”她显得十分温柔而又顺从，但顺从中不无忧愁，像是期待我能给她幸福，因此我难以克制自己，想要去亲吻这张清新的脸，几乎会像抱吻我母亲时那样开心，这张脸已不再活泼而又红润，活像淘气的小猫，也不是翘着粉红色小鼻子而显得居心叵测，而是在满腔悲戚之中，被铸成扁平、下垂的善良容貌。我的爱情如同跟她毫无关系的慢性精神错乱，我撇开这种爱情，为她设身处地考虑，在这位善良的姑娘面前不禁产生怜悯之心，这姑娘习惯于别人对她亲切、正直，她认为我以前是她的好友，但几个星期以来，我却一直在折磨她，这种折磨最终到了极点。这是因为我纯粹是用人道的观点来看问题，而这种观点超脱于我们二人之外，我嫉妒的爱情因此化为乌有，我就对阿尔贝蒂娜有了恻隐之心，如果我真的不爱她，我就不会对她如此怜悯。另外，从示爱到闹翻（要形成无法解开的死结，把我们跟一个人紧紧地捆绑在一起，得通过连续的逆向运动，这种办法最可靠、有效，也最危险）的这种有节奏的摇摆不定，在退缩中即这种节奏的两个要素之一的运动中，人类怜悯的回流跟爱情相对立，虽说在无意中也许原因相同，在任何情况下都产生同样的效果，既然如此，把这股回流区分开来又有何用？你事后回忆起对一位女子所做的一切，就往往会看到，为表明自己在恋爱和追求恋人而做的事，并不比出于人道所做的事更加重要，做这种事只是出于道德义务，弥补对心上人造成的伤害，仿佛已对她不再喜爱。“但是，我又能怎么办呢？”阿尔贝蒂娜问我。这时有人敲门，是电梯司机来了。阿尔贝蒂娜的姨妈乘车在旅馆前经过，顺便停车看看她是否在旅馆里，如在的话就接她回去。阿尔贝蒂娜让他去回话，说她走不开，叫他们别等她吃晚饭，她不知道几点钟能回去。“您姨妈会生气的吧？”——“哪儿的话！她一定会理解。”这样，至少在这时如此，也许这种时刻不会再有，阿尔贝蒂娜跟我的谈话因当时的情况，在她眼里显得十分重要，成为首要的大事，她也许凭本能参照家里对事情的判断，列举事关邦唐先生前程的情况，在那时，当然不会去考虑旅游，因此，我的女友毫不怀疑，她姨妈一定会觉得，为这种事而牺牲晚饭的时间，是理所当然的事情。这晚饭的时间，阿尔贝蒂娜本来要在远离我的地方跟她的家人一起度过，她却把这时间悄悄地移到我身边并给了我，我可以随心所欲地使用这段时间。我最终有胆量对她说，我听到别人谈起她那种生活，并说我虽然对女人的这种恶习十分厌恶，但在别人把我说成她的同谋之前，我一直没把此事当一回事，由于我喜欢安德蕾，她就不难理解我感到多么痛苦。别人还对我提到其他女人，但我对她们毫不在乎，这样说也许更加巧妙。科塔尔突然间向我揭示的这种可怕的事情，完全涌入我心里，使我心如刀割，但仅此而已。如果科塔尔没有对我指出阿尔贝蒂娜和安德蕾跳舞时的模样，我决不会想到她们相爱，甚至不会想到她们在亲热地戏耍，同样，我也不会从这种想法转到另一种在我看来截然不同的想法，认为除了安德蕾之外，阿尔贝蒂娜跟其他女人也有关系，这种关系甚至不能用有感情来解释。阿尔贝蒂娜在对我发誓说没有这种事之前，跟你得知别人对她有这种议论的任何女人一样，显得既愤怒又忧伤，而对这不知其名的诽谤者，则在气头上急于知道其尊姓大名，想要跟他对质，让他当众出丑。但她要我放心，她至少对我并不怨恨。“如果真有这种事，我早就对您承认。安德蕾和我，我们都对这种事十分厌恶。我们到了这种年龄，不是没见到过那种留短发、像男人的女人，就是您说的那种女人，对那种女人我们最为反感。”阿尔贝蒂娜对我只是空口说白话，虽然说得干脆利落，但并无证据佐证。然而，恰恰是这种话最能使我平静下来，因为嫉妒是疑心病，最容易引起疑心病的是确信无疑的肯定，而不是真假难辨的肯定。另外，爱情既能使我们怀疑，又能使我们轻信，怀疑自己喜爱的女人要比爱上另一个女人更快，对心上人的否认也更容易相信。爱恋时得要注意，女人并非个个正派，同时也要抱有希望，那就是要相信，正派的女人并非绝无仅有。自寻痛苦并立即从中解脱出来，乃是人之常情。做到这点的建议，我们很容易信以为真，对有效的镇静剂，也不会多加挑剔。另外，我们所爱的人尽管千变万化，总是会向我们呈现两种主要个性，表现出哪种个性，要看在我们眼里，此人跟我们心心相印还是已移情别处。这第一种个性具有特殊的力量，使我们无法相信第二种个性确实存在，同时还具有特殊的秘密，能消除第二种个性造成的痛苦。所爱之人先是加重痛苦的毒药，后又变成消除痛苦的解药。斯万的例子对我的想象力和激动的性格有着巨大的影响，我长期来也许养成了一种习惯，把担心的事信以为真，而不相信能心想事成。因此，阿尔贝蒂娜的断言产生的温馨感觉，差点儿在一时间受到影响，因为我想起了奥黛特的往事。但我心里在想，认为她邪恶至极是否公正，不仅是我为理解斯万的痛苦而为他设身处地之时，而且是现在涉及我自己的事情之时，我想要弄清事情的真相，却仿佛事关别人，但即使在这时，也不应该对自己冷酷无情，我就像士兵，不是选择最安全的岗位，而是选择最危险的岗位，结果得出错误的结论，把某种假设看得比其他任何假设都要真实可信，正因为如此，这种假设最为痛苦。阿尔贝蒂娜这个姑娘，出身于品行端正的资产阶级家庭，而奥黛特则是轻佻女子，小时候就被母亲卖掉，两人之间不是有鸿沟相隔？她们中一个人的话不能跟另一个人的话进行比较。再说，阿尔贝蒂娜对我撒谎跟奥黛特对斯万撒谎的原因毫无相同之处。另外，奥黛特对斯万供认不讳的事，阿尔贝蒂娜刚才却矢口否认。因此，我的推理可能有错，而且跟我喜欢假设的错误同样严重，虽说这两种错误截然不同，我喜欢假设，是因为这样就不会像其他人那样痛苦，我不顾两种情况存在着事实上的差别，在设想我女友的真实生活时，只是依据我所了解到的奥黛特的生活情况。我面前出现的是一个崭新的阿尔贝蒂娜，我第一次在巴尔贝克的逗留即将结束时，这样的阿尔贝蒂娜确实已多次被隐约看到，她坦率、善良，刚才因喜欢我而原谅了我的怀疑，并设法消除这种怀疑。她让我坐在我床上，坐在她身边。我感谢她对我说了这些话，我请她放心，说我们已重归于好，我不会再对她冷酷无情。我对阿尔贝蒂娜说，她还是应该回去吃晚饭。她问我这样待着是否没劲。说完，她搂着我的脑袋抚摸我，她以前还从未这样抚摸过我，我觉得也许是因为我们已重归于好，她还用舌头轻轻地舔我的嘴唇，想把嘴唇分开。但我先是抿紧嘴唇。“您实在太坏！”她对我说。

我那天晚上走后，原本不会再跟她见面。我从此预感到，在并非双方互恋的爱情中——也可说在爱情中，因为有些人认为并不存在双方互恋的爱情——我能品尝到的幸福只是虚假的幸福，我只有在这种时刻才得到这种幸福，这时一个女人心怀善意或心血来潮，或者是事出偶然，我们就情投意合，言语和行为激发起我们的欲望，仿佛我们是真心相爱。如果头脑清醒，我就会好奇地观察并快乐地拥有这段小小的幸福，要是没有这点幸福，我至死也不会知道，幸福对不大挑剔或运气较好的人意味着什么；我还会认为，这段小小的幸福是巨大而又永久的幸福的组成部分，而巨大的幸福只是在这一段才展现在我的面前；为使虚假的幸福不在第二天被戳穿,我不会再向情人索取第二次恩惠,因为前一次恩惠只是一时间偶然施展的手腕。我本该离开巴尔贝克,离群索居,独自跟话语的最后颤音保持和谐,我在一时间把这话语的声音变成了恋人的声音,我对它不会有别的要求,只要求别再对我说话,生怕再说上一句就会截然不同,这声音会用不协和和音来破坏感觉灵敏的休止,而在这休止之中,如同借助于某个持续音,幸福的音调会在我心中久久回荡。

我跟阿尔贝蒂娜解释清楚之后,心里渐渐平静下来,又开始经常待在我母亲身边。她喜欢柔情似水地跟我谈起我外婆年轻时的情况。我曾使外婆在晚年时伤心,母亲怕我因此而自责,就喜欢谈我刚上学时的情况,当时外婆对我的学习十分满意,而在此之前,他们一直没对我说起过这些事。我们又谈到贡布雷。我母亲对我说,在那里时我至少看书,并说在巴尔贝克,我即使不工作,也还是应该看书。我回答说,正是为了经常想起在贡布雷的往事和漂亮的彩绘盘子,我想重读《一千零一夜》。我母亲像以前在贡布雷那样,每次在我生日时送书给我,但为了使我惊喜,就悄悄地给我,这一次也一样,她悄悄地派人给我送来《一千零一夜》的两个法译本,一个是加朗的译本,另一个是马德吕斯的译本①。我母亲浏览了这两个译本,希望我看加朗的译本,但又怕影响我,因为她尊重思想自由,担心干涉我的想法会弄巧成拙,另外她觉得自己是个女人,一方面她认为自己缺乏必要的文学素养,另一方面她也不应该用自己的好恶来评定年轻人应该看什么书。她偶然看到其中有些

---

① 安托万·加朗(1646—1715)是《一千零一夜》最早的法译者,他为路易十四的宫廷翻译此书,译本共十二卷,于1704年至1717年出版。由于加朗依据的手稿本质量差,他只译出全部故事的四分之一,而且根据当时的嗜好对故事进行修改,去除了其中大胆露骨的描写。医生约瑟夫—夏尔·马德吕斯(1868—1949)在马拉美的鼓励下重译此书,并逐字逐句译出,因此更忠实于原文,故事更加完整,大胆露骨的描写照收不误。全书共十六卷,收入116个故事,于1898年至1904年出版。

故事的主题违背道德，描写粗俗、露骨，心里十分反感。但主要是因为她作为圣物保存的不仅是她母亲用过的胸针、晴雨两用伞、外套和塞维尼夫人的书，还有她母亲的思维和语言习惯，在任何情况下都要想想她母亲会有什么看法，因此她可以肯定，我外婆会对马德吕斯的译本进行抨击。她想起在贡布雷时，我去梅塞格利兹这边散步之前在看奥古斯坦·梯叶里[①]的书，我外婆对我阅读的书和散步都很满意，但看到“然而由墨洛温统治”这半句诗中的名字Mérovée（墨洛温[②]）被写成Merowig，感到十分生气，她从来不说Carolingiens，而是说Carlovingiens（加洛林王朝），并始终不渝[③]。最后，我跟母亲谈到我外婆对布洛克把荷马史诗中神祇的名字希腊语化的看法，布洛克这样做的依据是勒孔特·德·利尔，即使是最普通的事物，他也照此办理，并将其视作宗教义务，认为这是文学才华的表现。譬如说，要在一封信中提到客人在他家喝的是名副其实的琼浆玉液，nectar（琼浆玉液）这个词他会写成nektar，即把词中的c改成k，因此他听到拉马丁的名字就进行嘲笑。既然在我外婆看来，没有尤利西斯[④]和密涅瓦的《奥德赛》就不能称其为《奥德赛》，那么，她看到《一千零一夜》封面上的标题已经走样，山鲁佐德[⑤]和敦亚佐德[⑥]这两个熟悉而又不朽的名字，不再像她以前惯常读出的那样拼写，如果有人斗胆说是在穆斯林的故事中改

---

① 奥古斯坦·梯叶里（1795—1856），法国历史学家。曾为圣西门伯爵（1760—1825）的秘书。支持七月王朝的君主立宪制。被认为是浪漫主义史学的先驱。著有《诺曼人征服英国史》、《关于法国历史的书信》、《墨洛温王朝时代纪事》等。

② 墨洛温（？—约458）相传是法兰克人部落酋长。法国第一个王朝以他的名字命名。

③ 《墨洛温王朝时代纪事》的第三个故事题为Histoire de Merowig（墨洛温的故事）。奥古斯坦·梯叶里想要展现那个时代的文明具有以前的历史学家完全不知道的粗野特点。他使用的一个方法是把专有名词复原成最初的日耳曼语形式。

④ 即奥德修斯。

⑤ 山鲁佐德是《一千零一夜》中宰相的大女儿。参见本书第三卷第102页注①。

⑥ 敦亚佐德是山鲁佐德的妹妹。

名换姓，迷人的Calife（哈里发）和神通广大的Génies（神祇）被称为Khalifat和Gennis，几乎无法辨认，如果这样，她又会说些什么呢？尽管如此，我母亲还是把两个译本都给了我，我对她说，我会在散步太累的日子里看这两本书。

但是，那样的日子并不多见。我们常常像过去那样，“结帮”去吃点心，阿尔贝蒂娜及其女友们和我同行，到悬崖上去或是去玛丽—安托瓦内特农庄餐馆。但有几次，阿尔贝蒂娜使我感到极大的乐趣。她对我说：“今天，我想跟您单独待在一起，两个人独处会更加开心。”这时她就说有不少事要做，但也不必一一汇报，至于她那些女友，我们不去，她们也会自己去散步、吃点心，但不会找到我们，我们就像两个情人，一起去巴加泰尔农庄餐馆或埃尔朗十字架农庄餐馆，而她们那伙决不会想到去那里找我们，她们也从不去那里，就一直待在玛丽—安托瓦内特农庄，希望看到我们也去。我记得当时天气炎热，农庄餐馆的侍者在太阳下干活，额头上不时笔直落下一滴汗珠，如同蓄水池中滴下的水，而在旁边的果园里，成熟的果子从树上掉下，汗水和果子交替落下；这些日子里有一个未曾露面的神秘女郎，至今仍是我爱情中最真实的一次经历。这女郎是别人对我说起，而我决不会想到，我会改变一星期中的所有约会，以便能跟她相识，如果有个星期天气这样暖和，我就到某个偏僻的农庄去看她。我明知这种天气与约会并非是她安排，这是我十分熟悉的诱饵，但我心甘情愿上钩，而且也足以把我钩住。我知道这女子如在城里，天气又寒冷，我即使想要占有她，也不会有浪漫的情感，更不会爱上她；尽管如此，爱情仍然强烈，全靠某种情况才把我拴住，它只是更加忧郁，如同我们在生活中对某些人的感情，因为我们越来越清楚地看到，他们在我们生活中所占的地位越来越小，我们虽然希望新的爱情能天长地久，但它却跟我们的生命一样短暂，并将是最后一次爱情。

巴尔贝克的游人依然不多，年轻的姑娘也很少。有时我看到某个姑娘滞留海滩,但毫无吸引力,然而众多的巧合似乎证明,这正是我过去因未能接近而感到失望的姑娘,当时她跟女友们一起走出骑马场或体操学校。即使是同一个姑娘(我不想跟阿尔贝蒂娜谈起此事),我以前认为令人陶醉的姑娘也并不存在。但我又无法确定,因为这些姑娘的脸在海滩上看到时都不大,并未呈现固定的形状,又因我的期待和不安的欲望而缩小、放大或变形,还有自得其乐的安逸,她们不同的服饰,行走的快慢或静止不动,都会使她们的脸发生这种变化。然而,我走到近前时,觉得有两三个姑娘十分可爱。每当我看到其中一个姑娘,我就想把她带到塔马里大街,或者带到沙丘,最好带到悬崖上。但是,跟无动于衷相比,欲望中虽说已添加勇气,从单方面说是心想事成的开端,但在我的欲望和我要抱吻她的行动之间,仍然存在着犹豫不决和畏缩不前的一整段模糊不清的"空白"。于是,我走进糕点饮料店,一杯接着一杯地喝了七八杯波尔图葡萄酒。我的欲望和行动之间不再有无法填补的空白,酒精的作用画出了一条线,把两者连接在一起。犹豫或胆怯已无存在的余地。我感到那姑娘将要飞到我面前。于是,我走到她跟前,我的话仿佛脱口而出:"我想跟您一起去散步。悬崖上无人打扰,就在小树林后面,那里有活动小屋,风吹不到,现在无人居住,您是否愿意去那里走走?"生活中的艰难险阻全都消除,我们两人的身体就可以毫无阻碍地紧紧抱在一起。至少对我来说已毫无阻碍。因为她没有喝波尔图葡萄酒,对她来说,阻碍并未消失。她如喝了酒,世界在她眼里就变得有点虚幻,她长期以来的梦想突然间显得可以实现,但她的梦想也许并非是投入我的怀抱。

年轻的姑娘不仅人数甚少,而且现在还不是洗海水浴的季节,她们待在这里的时间也十分短暂。我记得当时有个姑娘,肤色橙红,如同锦紫苏,眼睛碧绿,面颊橙红,显得轻盈,如同某些树木的翅果[1]。我不知道是哪阵风把她吹到了巴尔贝克，又是哪阵风把她吹走。她来去匆匆，我因此一连几天郁郁寡欢，我看到她已一去不复返，才敢向阿尔贝蒂娜承认内心的忧伤。

必须承认，有好几个姑娘，我素昧平生，或是已有多年未见。在遇到她们之前，我往往给她们写信。如果她们的回信使我看出有爱恋的希望，那又有多么高兴！刚要跟一个女子做朋友，即使以后并未成功，你也无法舍弃第一次收到的信件。这些信件你要时刻带在身边，如同收到的美丽花卉，朵朵鲜艳，你不再观赏，只是拿到近前闻其香味。你已能背诵的那句话，再看一遍其乐无穷，而你并未一字不差地记住的话，你想要确定其中表达出多少柔情。她是否写了"您亲爱的来信"？在你感受到的温馨中带有小小的失望，这是因为你看信过于匆忙，或是因为她的笔迹难以辨认；她没有写"您亲爱的来信"，而是写"看到这封信"。但其他的话却写得十分温柔。哦！明天会有许多这样的花卉送到。[2] 后来，对这些就不再感到满足，信中的词句得要跟目光和话语进行对照。你就去约会，她也许没变，根据别人的描绘或自己的回忆，你以为会在约会地点遇到维维安娜仙女[3]，你看到的却是穿靴子的猫[4]。你还是约她在第二天见面，因为这总归是**她**，你想要得到的也就是她。然而，你对梦寐以求的女子产生种种欲望，不一定是因为她花容玉貌。这些欲望只是想得到这女子[5]，像芳香那样模糊不清，就像安

---

① 翅果是具有一个或数个翅状附属物的果实，借风力传布。

② 法国七星丛书版不用句号，而用惊叹号。

③ 维维安娜仙女是中世纪骑士小说《朗斯洛》（十三世纪）中人物。她是湖中仙女，在朗斯洛的父亲死后把他跟他的两个表弟劫到湖中，把他们培养成优秀骑士，然后送到亚瑟的宫中。

④ 穿靴子的猫是夏尔·贝洛（1628—1703）同名童话中人物。一位磨房主的儿子只继承了一只猫，多亏这只穿靴子的猫精心安排，磨房主之子才当上驸马。

⑤ 这一段的后面部分，均借鉴古希腊诗人赫西奥德的《俄尔甫斯颂歌》，由勒孔特·德·利尔译成法文发表。

息香是普罗迪拉亚之所欲[①],藏红花是太空之所爱[②],赫拉喜欢芳香植物[③],没药是云彩之芳香[④],楞甘露是尼克之所欲[⑤],乳香是大海的芳香[⑥]。但是,俄尔甫斯颂歌赞美的芳香,数目要比它们依恋的神祇少得多。没药是云彩之芳香,但也是普洛托戈诺斯[⑦]、尼普顿[⑧]、涅柔斯[⑨]和勒托[⑩]的芳香;乳香是大海的芳香,但也是美丽的狄克[⑪]、忒弥斯[⑫]、喀尔克[⑬]、九位缪斯[⑭]、厄俄斯[⑮]、摩涅莫绪涅[⑯]、白昼神[⑰]和狄喀伊俄苏涅[⑱]的芳香。至于安息香、楞甘露和芳香植物,喜欢的神祇不胜枚举,数目众多。安菲埃特斯一切芳香都有,

---

① “普罗迪拉亚的芳香,安息香”,载《俄尔甫斯颂歌》中颂歌之一,第 87 页。普罗迪拉亚是狩猎女神阿尔忒弥斯的别称,也是生育女神和婴儿的保护者。

② 出处同上,颂歌之四,第 89 页。

③ 出处同上,颂歌之十五,第 98 页。

④ 出处同上,颂歌之二十,第 102 页。

⑤ 出处同上,颂歌之三十二,第 110 页。尼克是希腊神话中胜利女神,曾协助宙斯战胜提坦巨人。

⑥ 出处同上,颂歌之二十一,第 102 页。

⑦ 出处同上,颂歌之五,第 90 页。普洛托戈诺斯是双子星座之神。

⑧ 出处同上,颂歌之十六,第 99 页。尼普顿是罗马神话中海神,即希腊神话中波塞冬。

⑨ 出处同上,颂歌之二十二,第 103 页。涅柔斯是希腊神话中海神。

⑩ 出处同上,颂歌之三十四,第 112 页。勒托请参见本卷第 95 页注⑤。

⑪ 出处同上,颂歌之五十九,第 130 页。狄克是希腊神话中正义女神。

⑫ 出处同上,颂歌之七十六,第 142 页。忒弥斯请参见本卷第 95 页注②。

⑬ 喀尔克是希腊神话中女怪,太阳神之女。她在《奥德赛》中把奥德修斯及其同伴变成猪。她在《俄尔甫斯颂歌》中并未被提到。

⑭ 出处同上,颂歌之七十三,第 140 页。

⑮ 出处同上,颂歌之七十五,第 141 页。厄俄斯是黎明女神,但其芳香应为楞甘露。

⑯ 出处同上,颂歌之七十四,第 141 页。摩涅莫绪涅请参见本卷第 95 页注④。

⑰ 《俄尔甫斯颂歌》中并无白昼神的颂歌,普鲁斯特也许想到了太阳神赫利俄斯,其芳香确是乳香,而且“右边出早晨,右边降夜晚”。

⑱ 出处同上,颂歌之六十,第 131 页。“狄喀伊俄苏涅”希腊文意为“正义女神”。

独缺乳香[1],该亚独弃蚕豆和芳香植物[2]。我对姑娘们的欲望也是如此。我的欲望少于她们的人数,就变成失望和悲伤,这两种心情大同小异。我一直不喜欢没药。我已把这种芳香留给朱皮安和盖尔芒特王妃,因为没药是普洛托戈诺斯之所欲,此人有"两种性别,会像公牛般哞哞吼叫,在众多酒神节上令人难忘、滑稽可笑,愉快地去供女祭司祭献之用[3]"。

然而,洗海水浴的旺季很快到来;每天都有新人来到,我散步的次数突然增加,取代了对《一千零一夜》的愉快阅读,究其原因,并无愉悦可言,却败坏了所有乐趣。海滩上的姑娘现在是数不胜数,科塔尔使我产生的想法,并未使我有新的怀疑,却使我在这方面变得敏感而又脆弱,并且小心翼翼,不让自己产生这种想法,一旦有一位少妇抵达巴尔贝克,我立刻感到浑身不自在,就建议阿尔贝蒂娜到遥远的地方去游玩,以免她跟新来的女子相识,最好不让她看到那女子。我当然更害怕看上去行为不端或名声不佳的女子;我竭力使我的女友相信,名声不佳毫无根据,纯属恶意中伤,我也许因无意中感到害怕而不敢承认,她企图结识那个堕落的女人,或是她感到遗憾,她因我而无法沾染恶习,或是她见例子不胜枚举,认为这种广为流传的恶习不应受到谴责。要否定每个罪人有这种恶习,我只好认为女子同性恋并不存在。阿尔贝蒂娜利用我的怀疑来为某个女子的恶习辩解:"不,我觉得她只是想装模作样,是在装腔作势。"于是,我几乎感到后悔,觉得不该为无辜者辩护,因为我难受的是,阿尔贝蒂娜过去如此正派,现在却认为这种"模样"十分讨人喜欢,而且好处甚多,因此,一个女人即使无此嗜好,也要装出有这种嗜好的样子。我真希望没有女人再来巴尔贝

---

① 参见《俄尔甫斯颂歌》中颂歌之五十,第 123 页。

② 出处同上,颂歌之二十五,第 105 页。该亚是希腊神话中大地女神。

③ 出处同上,颂歌之五,第 90 页。

克;我不禁吓得浑身颤抖,因为我想到,那时普特布斯夫人即将来到维尔迪兰夫妇家,她的贴身女仆可能会来海滩游玩,而圣卢并未对我隐瞒这个女仆的嗜好,如果那时我不在阿尔贝蒂娜身边,她就会设法把我的女友拉下水。我于是心里在想,科塔尔曾向我承认,维尔迪兰夫妇对我十分看重,据他说,他们虽然不想显出对我求之若渴的样子,却想方设法促使我去他们家做客,既然如此,如果我许诺把世上所有盖尔芒特家族成员都给他们带到巴黎的府上,那么,我是否能随便找个借口,说服维尔迪兰夫人去通知普特布斯夫人,说无法再把这位女客留在她家里,并请客人尽快离开。

我虽说有这些想法,但我感到不安主要是因为安德蕾也在那里,阿尔贝蒂娜的话使我心里平静,并还会持续一段时间,而且我也知道,我很快就不再十分需要这种平静,因为安德蕾将要跟罗斯蒙德和吉泽尔一起离开,差不多就在那时,游客也将蜂拥而至,因此她待在阿尔贝蒂娜身边的时间也只有几个星期。在这几个星期的时间里,阿尔贝蒂娜似乎在精心安排自己的所有言行,目的是消除我尚存的怀疑,或是为了阻止怀疑重新产生。她设法不跟安德蕾单独待在一起,我们回住所时,她总是非要我一直陪她到门口,我们要外出时,她也非要我到她的住所去接她。安德蕾也作出同样的努力,似乎避免跟阿尔贝蒂娜见面。她们之间这种明显的默契并非是唯一的迹象,表明阿尔贝蒂娜想必已把我们的谈话告诉她的女友,并请她女友帮忙,以消除我荒谬的怀疑。

就在那个时候,巴尔贝克大旅店出了一件丑闻,但我并未改变喜欢折磨自己的倾向。一段时间以来,布洛克的妹妹跟以前的一位女演员秘密保持恋爱关系,但不久后她们觉得这样还不过瘾。她们觉得,让大家看到会使她们的乐趣增添一种反常的感觉,于是,她们就想在众目睽睽之下进行她们危险的色情嬉戏。开始时,她们在牌戏室里的巴卡拉牌戏桌旁相互抚摸,这样可以被认为是关系亲密的友好表示。到后来,她们的胆子越来越大。最后,有一天晚上，在大舞厅的一个角落里，光线并非十分昏暗，她们却在长沙发上肆无忌惮地淫乐，仿佛是在自己床上。当时有两名军官及其妻子待在离她们不远的地方，看到后去向经理告状。大家在一时间认为他们的抗议会有点用处。但他们的不利之处在于，他们家住内特奥尔姆，在巴尔贝克只待一个晚上，经理觉得无利可图。即使布洛克小姐并不知道，也不管经理对她如何指责，她仍然受到尼西姆·贝尔纳先生的保护。对此必须作一解释。尼西姆·贝尔纳先生把家庭的美德置于至高无上的地位。他每年都要在巴尔贝克为他外甥租一幢豪华别墅，他不管到哪家做客，都非要回他自己家里吃晚饭，而他的家实际上是他和外甥的家。但他从来不在家里吃午饭。每天中午他都在大饭店。这是因为他像有人包养巴黎歌剧院舞蹈班年轻学员那样，也包养着一个"伙计"，此人跟我们前面讲过的穿制服服务员大同小异，使我们想起《以斯帖》和《亚他利雅》中的犹太青年。说实话，尼西姆·贝尔纳先生比那个小伙计大四十岁，原可以使伙计在跟他接触时不会不愉快。然而，正如拉辛在相同的合唱中十分明智地指出：

> 天哪，但愿新生的美德，
> 能冒着巨大的风险蹒跚行进！
> 如有人找你又想要清白，
> 但愿他的图谋遇到障碍①！

小伙计身在圣殿般的巴尔贝克大旅馆，徒劳地"远离高雅的

① 引自《亚他利雅》第二幕第九场，第788—791行诗，合唱中的一个声音提到约阿施。

圈子[①]”，他并未听从耶何耶大[②]的告诫：

别把财富和黄金，错当你的靠山[③]。

他也许为自己找到一条理由，就说：“罪人遍地皆是[④]。”不管怎样，尼西姆·贝尔纳想不到这样短的时间就已把事情办成，从第一天起，

也许还心里害怕，或是要对他亲热，
他纯洁的双臂，他感到已把他紧紧搂抱[⑤]。

而从第二天起，尼西姆·贝尔纳先生就带着那伙计闲逛，伙计“先是受到感染，其纯洁随之败坏[⑥]”。从此之后，小伙子的生活改变。他虽说还在送面包、食盐，就像他领班吩咐的那样，但他容光焕发，如在歌唱：

除了鲜花还是鲜花，除了欢娱还是欢娱，

---

① 引自《亚他利雅》第二幕第九场，第772行诗。另一个声音提到约阿施。这行诗已在前文中引述。参见本卷第186页注②。

② 耶何耶大是《亚他利雅》中的祭司，辅佐王子约阿施为犹太王。参见本书第二卷第279页注①。

③ 引自《亚他利雅》第四幕第二场，第1279行诗。这告诫在剧中用第三人称。是约阿施重复耶何耶大的教诲，而不是耶何耶大在说话。

④ 引自《亚他利雅》第二幕第九场，第794行诗。一个声音提到约阿施。

⑤ 引自《亚他利雅》第一幕第二场，第253—254行诗，引述时稍有改变。原文为：“也许还心里害怕，或是要对我亲热，/他纯洁的双臂，我感到已把我紧紧搂抱。”

⑥ 引自《亚他利雅》第二幕第九场，第784—785行诗，引述时稍有改变。原文为：“恶人先是受到感染，/其纯洁并未败坏。”合唱中一个声音提到约阿施。

让我们的欲望在其中畅游[①]。
我们的好日子如同过客，有几年难以说清。
让我们及时行乐，享受人生[②]！
要荣誉和职位，
就得盲目而又温顺地服从。
这可怜的纯洁，
又有谁会大声为它呼喊[③]！

从那天起，尼西姆·贝尔纳先生每天中午必定要来此就餐（如同有人包养女配角，每场必到正厅前座观看，女配角极有个性，却一心期待她心中的德加前来捧场）。尼西姆·贝尔纳先生的乐趣，是注视在餐厅忙碌的这个少年，哪怕这少年走到远处，在棕榈树下端坐的女出纳身边，这少年侍候所有顾客，但自从尼西姆·贝尔纳先生包养他以来，他对贝尔纳先生的侍候反倒不大热心，也许是因为这侍童认为，既然有人对他十分喜欢，他对此人就不必像对其他客人那样殷勤，或者是因为这种喜爱使他感到恼火，他担心此事暴露之后，就会失去其他机会。但他的冷淡却使尼西姆·贝尔纳先生感到高兴，因为这种冷淡意味深长，不管是出于希伯来人的祖传意识，还是对基督教感情的亵渎，他特别喜欢拉辛剧中的宗教仪式，犹太教仪式和天主教仪式全都喜欢。如果仪式表现的确实是《以斯帖》或《亚他利雅》中的场面，贝尔纳先生就会对自己生不逢时感到遗憾，无幸跟几百年前的剧作者让·拉辛相识，因此无法为他的保护人弄到一个更重要的角色。但是，午餐的仪

① 引自《亚他利雅》第二幕第九场，第821—822行诗。一个声音提到约阿施。

② 出处同上，第824—825行诗。声音同上。

③ 引自《亚他利雅》第三幕第八场，第1201—1204行诗。原文为："在那里，要荣誉和职位，/就得盲目而又卑贱地服从。/我的姐妹，这可怜的纯洁，/又有谁会大声为它呼喊？"这是利未人萨洛米特在说话。

式没有在任何作家笔下出现过，他只好跟经理和埃梅搞好关系，使“年轻的犹太人”能如愿以偿地晋升，当个有名无实的领班，甚至是名副其实的领班。旅馆把他升为酒务总管。但贝尔纳先生非要他谢绝这个职务，因为这样的话，他每天来到绿色餐厅时就无法看到他在厅里奔忙，也不能像外人那样得到他的侍候。然而，这是一种巨大的乐趣，促使贝尔纳先生每年都来巴尔贝克，并且中午不在家里就餐，这前一种习惯，布洛克先生认为是富有诗意的爱好，是因为这里的海岸有他最喜爱的明媚阳光和落日余晖，而后一种习惯，则是老单身汉成年积累的癖好。

尼西姆·贝尔纳先生的亲属，并不知道他每年去巴尔贝克的真正原因，卖弄学问的布洛克夫人则称之为“在外面的厨房就餐”，他们的这种错误，其实是一种真实情况，原因更加深刻，却并非十分重要。因为尼西姆·贝尔纳先生连自己也不知道，他是因为喜欢巴尔贝克的海滩，喜欢在餐厅里观赏大海，又有古怪的癖好，才喜欢包养另一性别的舞蹈班学员，却缺少德加画中的一个舞女，就是他那仍是姑娘的侍者。因此，尼西姆·贝尔纳先生跟巴尔贝克旅馆这座剧院的经理和导演兼舞台监督埃梅——这些角色在这件事情中的作用并非一清二楚——保持着十分良好的关系。他们会在有朝一日密谋策划，以获取重要角色，也许是侍应部领班的职位。在此期间，尼西姆·贝尔纳先生的乐趣虽说富有诗意，但只是静静观赏，却仍然具有娘娘腔的男子的特点，这种男子知道，以前斯万就是如此，他们来到社交界，就会跟情妇重逢。尼西姆·贝尔纳先生就座之后，立刻会看到自己的心上人出场，手里端着盛水果或雪茄的托盘。因此，每天上午，他先要抱吻外甥女，询问我的朋友布洛克的工作情况，并把糖块放在手掌上喂给他那些马匹吃，然后就迫不及待地赶到大饭店吃午饭。即使家里失火，外甥女遭到抢劫，他也会照去不误。因此，他像害怕瘟疫那样怕得感冒，这样他就会卧床不起——因为他多愁多虑——只好请埃梅在午餐之前叫他的年轻朋友来到他家里。

另外，他喜欢巴尔贝克旅馆中迷宫般的走廊、密室、大厅、衣帽间、食品贮藏室和长廊。他有东方人的祖传习惯，喜欢后宫，他晚上外出时，有人看到他在对旅馆外转弯抹角的地方悄悄地进行探察[①]。

尼西姆·贝尔纳先生甚至会走到地下室，但设法不给别人看到，避免引起丑闻，他寻找利未青年的行为，不禁使人想起《犹太女》中的诗句：

> 哦，父辈的上帝，
> 降临我们之中，
> 掩盖我们的秘密，
> 不让恶人们看到[②]！

我恰恰相反，上楼来到两姐妹的房间，她们是贴身女仆，陪伴一位外国老太太来到巴尔贝克。旅馆的行话称之为两个女信使，而弗朗索瓦丝却认为男女信使干的是跑腿的活，就称她们为两个"女跑腿"。旅馆仍保持过去的称呼，更加庄重，如同以前所唱："这是朝廷的信使[③]。"

虽说一位顾客要去女信使的房间十分困难，但我还是跟这两个姑娘成为好友，不过我们的友谊十分纯洁，她们是玛丽·吉内斯

---

① 影射拉辛的另一部悲剧《巴雅泽》(1672)。

② 引自斯克里布作词、弗罗芒塔尔·阿莱维作曲的五幕歌剧《犹太女》(1835)第二幕第一场，诗句由合唱队唱出。

③ 引自奥芬巴赫的三幕谐歌剧《强盗》(1869)第一幕中的唱词。剧中朝廷的信使被强盗抓获，信中说(西班牙)格拉纳达的公主将嫁给(意大利)曼托瓦公爵。公爵将用三百万钱币作为聘礼，这笔钱将由公主的护送者带去。

特小姐和塞莱斯特·阿尔巴雷太太①。她们出生在法国中部的高山山麓，住宅旁有小溪和激流（流水甚至在她们住宅的地下流过，那儿有磨坊的水车转动，住宅因河水泛滥曾多次被毁），她们似乎保持了大自然的本性。玛丽·吉内斯特总是性急、冲动，塞莱斯特·阿尔巴雷则显得无精打采、有气无力，她如同平静的湖面，但也会波涛翻滚，令人不寒而栗，她暴跳如雷的样子，使人不禁想起席卷和摧毁一切的洪水和漩涡的危害。她们往往一大早就来看我，这时我还躺在床上。我还从未见到过如此无知而又固执的人，这种人在学校里没有学到任何东西，但说的话却很有文采，如果她们不是自然地显出近于粗蛮的语调，听者准会认为她们说话矫揉造作。她们说话随便，我在此不加润色，既有称赞（不是对我称赞，而是称赞塞莱斯特的奇才）又有批评，全都与事实不符，但却是由衷之言，这些话仿佛为我而说，塞莱斯特见我把羊角面包浸泡在牛奶里，就对我说："哦！头发像松鸦的小黑鬼，噢，狡猾透顶！我不知道您母亲把您生下来后在想什么，您活像一只鸟。你看，玛丽，他是不是像在梳理羽毛，灵活地转动脖子，他看来十分轻盈，像在学习飞翔。啊！您真有福气，把您造出来的人让您生在有钱人家里；像您这样挥金如土，又会有什么结果？瞧，他把羊角面包扔了，因为面包碰到了床。好呀，他把牛奶洒出来了，等一下，让我给您系上餐巾，因为您不会系，我从未见过像您这样傻的人。"这时会听到玛丽·吉内斯特更有规律的激流声，她怒气冲冲地训斥妹妹："行了，塞莱斯特，你还不住口？你这样跟先生说话，是不是疯了？"塞莱斯特只是微微一笑；我讨厌别人给我系上餐巾，她就说：

① 塞莱斯特·吉内斯特（1891—1984）于1913年嫁给奥迪隆·阿尔巴雷（1881—1960），即普鲁斯特从1910年起雇用的出租车司机。她在第一次世界大战开始时成为普鲁斯特的女管家，一直工作到普鲁斯特于1922年去世。她生于奥弗涅。她写有回忆录《普鲁斯特先生》，1973年由拉丰出版社出版。玛丽·吉内斯特是她姐姐，比她大三岁，单身，父母去世后，于1918年10月到巴黎去找妹妹。

“不是,玛丽,你看他,砰的一下,他身子挺得笔直,活像一条蛇。真像蛇,错不了。”另外,她用大量动物的比喻,因为据她说,别人不知道我何时睡觉,我整夜都像蝴蝶那样在飞,而在白天,我动作像松鼠一样迅速。“你知道,玛丽,就像我们家乡见到的那样,极其灵活,用眼睛盯着看也跟不上。”——“但是,塞莱斯特,你知道他吃饭时不喜欢用餐巾。”——“并不是因为他不喜欢,确切地说,是因为别人不能违背他的意志。他是老爷,想摆出老爷的架子。必要时每天要换十次床单,他决不会让步。昨天的床单一条条地换,今天的床单刚换上,但又要换了。啊！我说得对,他生来就不是穷苦的命。你看,他气得头发竖直,就像鸟的羽毛。可怜的**小鸟!**”反对这话的不仅是玛丽,还有我,因为我根本就不觉得自己是老爷。但是,塞莱斯特从来不相信我真的谦虚,就打断了我的话:“啊！口是心非,啊！甜言蜜语,啊！老奸巨猾,心狠手辣！啊！莫里哀?”(这是她知道的唯一一位作家的名字,她用来称呼我,是想表示我既会写戏又会演戏。)“塞莱斯特。”玛丽蛮横地叫道,她不知道莫里哀的名字,生怕这又是骂人的话。塞莱斯特又微微一笑:“你难道没有看到他放在抽屉里的他小时候的照片？他想让我们相信,他穿着总是十分简朴。而在照片上,他拿着小手杖,身穿饰有花边的毛皮,连王子也没有穿得这样好。但跟王子的英姿勃发和宽厚善良相比,实在是微不足道。”——“这么说,”玛丽像激流轰鸣般责备道,“你现在在翻他的抽屉。”为消除玛丽的惧怕,我问她对尼西姆·贝尔纳先生干的事有何看法……“啊！先生,我以前不能相信竟会有这种事,来到这儿才知道。”接着,她又将了塞莱斯特一军,说了句更加深奥的话:“啊！您看,先生,我们永远无法知道,一个人生活中会有什么事。”为改变话题,我对她谈起我父亲的生活,他在日以继夜地工作。“啊！先生,这种生活,自己一无所得,连一分钟也没有,毫无乐趣,一切的一切都是为别人作出牺牲,这是**奉献的**生活……你看,塞莱斯特,只是把手放在毯子上，拿起羊角面包，这动作又是多么高雅！他即使做出微不足道的小事，他做每个动作，如同整个法国直至比利牛斯山的贵族都在移位。”

我见自己的形象被描绘得如此失真，感到十分沮丧，就默不作声，塞莱斯特认为我在耍新花招：“啊！额头看上去纯洁无瑕，脑子里却藏垢纳污，面孔和蔼可亲、气色很好，就像巴旦杏仁，小手皮肤柔滑，像起绒毛的缎子，指甲活像爪子”，还有诸如此类的话。“瞧，玛丽，你看他喝牛奶的样子多么虔诚，我不禁想要祈祷。这神色多么严肃！这时应该给他画个像。他浑身上下都像孩子。是否因为您像孩子那样喝牛奶，您的肤色才像孩子那样洁白？啊！多么年轻！啊！多漂亮的皮肤！您永远不会衰老。您有福气，您不用动手打人，因为您的目光令人敬畏，别人对您唯命是从。瞧，他现在生气了。他站了起来，站得笔直，这是明摆着的事。”

弗朗索瓦丝一点儿也不喜欢这两个女人来跟我说话，她把她们称为“女骗子”。经理则派其雇员监视旅馆内发生的一切，他甚至对我严肃指出，顾客跟女信使谈话有失体面。但我觉得这两个“女骗子”比旅馆里的女顾客都要高明，因此对经理只有嗤之以鼻，因为我相信他无法理解我的解释。这两姐妹又来看我。“你看，玛丽，他面容多么清秀。哦，真是完美无缺的细密画，比橱窗里看到的最珍贵的细密画还要美，因为他会活动，又会说话，听他说话，几天几夜都听不厌。”

真是奇迹，一位外国太太竟会把她们带走，因为她们既不懂历史也不知地理，而且顽固地讨厌英国人、德国人、俄国人、意大利人这些外国“寄生虫”，除少数例外，只喜欢法国人。她们的脸保存着家乡河流中潮湿、柔软的黏土的特性，只要有人谈到旅馆里一个外国人，在复述他说过的话时，塞莱斯特和玛丽的脸上立刻塑造出他的脸形，她们的嘴巴和眼睛则变成他的嘴巴和眼睛，活像演戏的两副美妙面具，谁见了都想收藏。塞莱斯特装作在复述经理或我的某个朋友的话，却在说时加上杜撰的话，揶揄地描绘出布洛克或法院首席院长等人的种种缺点，却又不像是在嘲笑。她仿佛在汇报她好心去完成的一件普通差事，却描绘出一幅别人无法勾画出的肖像。她们从不看书，连报纸也不看。她们有一天在我床上看到一本书，是圣莱热·莱热[①]的美妙诗集，但晦涩难懂。塞莱斯特看了几页后对我说："您能肯定这是诗？这是否更像谜语[②]？"她小时候只读过《人世间丁香全都枯萎》[③]这首诗，要立刻理解莱热的诗，显然困难重重。我觉得她们什么也不想学的个性，跟她们家乡的不良影响不无关系。但她们跟诗人一样有才华，而且比诗人更加谦虚。塞莱斯特要是说过引人注目的话，而我又记不大清楚，就请她再说一遍，她总是肯定地说她已忘记。她们决不会去看书，当然也不会写书。

---

① 圣莱热·莱热是法国外交家、诗人阿历克西·莱热(1887—1975)的笔名，但他现以圣琼·佩斯的笔名著称。他曾任法国驻上海领事和驻中国大使馆秘书。后在法国外交部任职。第二次世界大战时移居美国，从事文学创作。主要诗集有《颂歌》、《征讨》、《流亡》、《雨》、《雪》、《风》、《岸边航标》、《纪事诗》等。1960 年获诺贝尔文学奖。

② 1916 年 2 月 25 日，纪德拜访普鲁斯特，其后，加斯东·伽里玛派人把圣莱热·莱热的诗集《颂歌》(1911)送给普鲁斯特。塞莱斯特在回忆录中说："我记得有一次，他把收到或买来的诗集读给我听，我不记得是保罗·瓦莱里的诗还是圣琼·佩斯的的诗。他读完后，我对他说：'先生，这不是诗，这是谜语。'他听了狂笑不已。在其后的几天里，他对我说，他已把我的话说给所有的人听。"(参见《普鲁斯特先生》，第 151 页)保罗·莫朗也说："在里茨饭店跟海伦和普鲁斯特共进晚餐。[……]塞莱斯特在谈到莱热的诗时说，'这与其说是诗，不如说是谜语'。普鲁斯特说完哈哈大笑，并露出他漂亮的牙齿。"(参见《一位使馆随员的日记》，1917 年 6 月 26 日，圆桌出版社，1949 年，第 299 页)

③ 这首诗是法国诗人絮利·普吕多姆(1839—1907)所作，题名为《人世间》，收入诗集《内心生活》，曾由法国作曲家福雷(1845—1924)谱曲(作品第 8 号，第 3 首，1877)。塞莱斯特在《普鲁斯特先生》一书中转载了普鲁斯特手抄的这首诗："人世间丁香全都枯萎/鸟儿的歌声全都短暂/我梦想夏日持久/永存！/人世间嘴唇轻吻/不留下丝毫的柔顺/我梦想亲吻持久/永存！/人世间男人全都痛惜/他们的友谊或爱情/我梦想伴侣持久/永存！"

弗朗索瓦丝听说这两个如此平常的姐妹却有两个不平常的兄弟，感到十分惊讶。据说一个娶图尔[1]大主教的侄女为妻，另一个跟罗德兹[2]主教的亲戚结婚[3]。但经理对此毫无兴趣。塞莱斯特有时会责备她丈夫不理解她，但我感到惊讶的是，她丈夫竟能容忍她。[4] 因为在有些时候，她火冒三丈，浑身颤抖，乱砸一气，令人讨厌。有人认为，我们的血液是咸的液体，只是原始的海洋元素在我们体内的残存物。我也认为，塞莱斯特不仅在发怒时保持着她故乡溪流的节奏，而且在抑郁的时刻也保持这种节奏。她精疲力竭之时，就像溪水那样，真的是干涸了。这时，什么都无法使她恢复活力。然后，她美妙而又轻盈的身体内突然恢复循环。水在她白中透蓝的透明皮肤里流淌。她迎着阳光微笑，变得越来越蓝。在这种时刻，她名副其实地成了天上尤物[5]。

布洛克的家人对他舅公一直不在家里吃午饭的原因从未有过怀疑，从一开始就认为这是老单身汉的一种怪癖，或者是因为跟某个女演员有私情，但对巴尔贝克旅馆的经理来说，涉及尼西姆·贝尔纳先生的事，都是不能议论的“禁忌”。因此，他没有把外孙女的事告诉她舅公，最后也不敢责备这外孙女，只是叮嘱她行事要谨慎。这姑娘及其女友在事发后的几天以为会被逐出娱乐场和大旅馆，这时看到事情已经解决，就高兴地向那些对她们不加理睬的家长们显示，她们可以为所欲为，而不会受到惩罚。当然啰，她们不会再次在大庭广众之下干那种引起公愤的事。但是，她们又在不知不觉中故伎重演。一天晚上，我跟阿尔贝蒂娜以及我们遇到的

① 图尔是法国安德尔—卢瓦尔省省会。

② 罗德兹是法国阿韦龙省省会。

③ 塞莱斯特·阿尔巴雷有四个兄弟。她在回忆录中说，她的第二个兄弟“娶了图尔大主教的侄女为妻”。（参见《普鲁斯特先生》，第137页）

④ 法国七星丛书版后面另起一行。

⑤ “塞莱斯特”原文为 Céleste，意为“天上的”。

布洛克一起走出灯光半灭的娱乐场，看到她们走了过来，只见她们相互搂着，不时亲吻，走到我们身边时发出格格的笑声和淫荡的叫声。布洛克眼睛低垂，以免显示认出他妹妹的样子，而我则忧心忡忡，心想这不堪入耳的特殊言语，也许是对阿尔贝蒂娜说出。[①]

① 法国七星丛书版后面另起一行接排。

所多玛和蛾摩拉(二)

第二章(续前)

另一件意外的小事,使我对蛾摩拉那边更加担忧。我看到海滩上有个美丽少妇,身材苗条,脸色苍白,眼睛从中心向四周发出极其匀称而又明亮的光芒,你见到她的目光就会想起某个星座。我心里在想,她比阿尔贝蒂娜要漂亮得多,为她放弃阿尔贝蒂娜更为明智。这个美丽的少妇,在社会下层生活,经常靠下贱的方法来获取钱物,脸上如同经过难以看出的修饰,因此,她的眼睛虽说比脸上其他部分更为庄重,却只会显出贪婪和肉欲的光芒。然而,在第二天,这个少妇在娱乐场待在离我们很远的地方,我看到她的目光像一团火那样交替投到阿尔贝蒂娜身上。她仿佛在用灯塔对阿尔贝蒂娜发出信号。我感到难受的是,我女友会看到有人对她如此注视,我担心这些不断发亮的目光是约定第二天幽会的暗号。谁知道呢?幽会也许并非是第一次。这个目光辐射的少妇可能已来过巴尔贝克。也许是因为阿尔贝蒂娜曾屈从于她的欲望或一位女友的欲望,她才会对阿尔贝蒂娜发出这种引人注目的信号。这种信号看来不仅是要求现在做什么事,而且还要重温旧时的美梦。

在这种情况下,这次约会就不会是第一次,而是过去几年中相聚的继续。确实,这目光不是表示:"你愿意吗?"这少妇看到阿尔贝蒂娜之后,立刻把头完全转了过来,对她射出怀旧的目光,仿佛怕我女友想不起来，并因此而感到惊讶。阿尔贝蒂娜对她看得十分清楚，但仍然表情冷漠，一动不动地待着，因此，这少妇就像一个男人看到以前的情妇跟新情夫在一起时那样审慎，不再去看她，即使看她，也像她并不存在那样。

几天之后，我得到这少妇有特殊嗜好的证据，也得知她可能以前认识阿尔贝蒂娜。在娱乐场的大厅里，两个姑娘相互有欲望，往往会像发光现象那样出现一道磷光，从一个姑娘射到另一个姑娘。顺便说一下，这种可见光线虽说无法测量，却能通过天体发出的那种信号，照亮一整片天空，而蛾摩拉则用这种信号把散布在每个城市和村庄的居民聚集在一起，重建《圣经》中提到的城市，同时，到处都在作出同样的努力，即使是断断续续的重建，重建者有思乡游子和虚伪小人，有时则是所多玛勇敢的流亡者。

有一次，我看到了这个陌生少妇，阿尔贝蒂娜装出没有认出她的样子，当时布洛克的表妹正好走到那里。这少妇的眼睛顿时星光闪现，但可以看出，她并不认识这位犹太小姐。她是第一次看到这犹太小姐，却已欲火中烧，她几乎没有怀疑，但不像对阿尔贝蒂娜那样肯定，她想必觉得能成为阿尔贝蒂娜的朋友，因此看到对方态度冷淡，就感到十分意外，如同一个外国人常来巴黎，但不在巴黎定居，他再次来巴黎住几个星期，却看到他常在那里度过美好夜晚的那座小剧院已经不见踪影，在原址建起了一家银行。

布洛克的表妹走到一张桌子旁坐下来看画报。这少妇很快就在她旁边坐下，显出漫不经心的样子。但在桌子底下，很快就看到她们的脚在躁动，接着，她们的双腿缠在一起，她们的双手紧握。然后开口说话，开始交谈，这少妇的幼稚丈夫在到处找她，这时惊讶地看到她正在跟他不认识的一个姑娘计划当天晚上要干的好事。他妻子向他介绍布洛克的表妹，说是她童年时代的女友，名字说得含糊不清，因为她忘了问女友叫什么名字。但她丈夫在场，却使她们的关系更加亲密，她们相互间以“你”称呼，说是在修道院的女子寄宿学校里认识的，事后说起这件事，她们不禁哈哈大笑，也嘲笑那个被愚弄的丈夫，感到十分开心，这又是她们亲热的一次机会。

至于阿尔贝蒂娜，我无法说出她是在娱乐场还是海滩上跟一个姑娘有过放荡的行为。我甚至觉得她态度过于冷淡、谨慎，使人感到不仅有良好教养，而且像是在耍花招，旨在消除别人的怀疑。对一个姑娘，她显得敏捷、冷淡而又端庄，并大声回答说："不错，我大约五点钟去网球场。我明天上午八点左右洗海水浴。"说完后，她立即离开那个姑娘，但显然是想迷人眼目，或者像是约人见面，或者不如说在低声约人见面之后，大声说出这句无关紧要的话，以便不"引人注意"。过后，我看到她骑上自行车，快速驶去，我不禁在想，她一定是去见那个姑娘，虽说她刚才几乎没跟她说什么话。

有时，一个美丽的少妇在海滩边上从汽车里出来，阿尔贝蒂娜最多禁不住转过头去观看。但她立刻作出解释："我在看他们在浴场前面新插的旗子。他们本该多花点钱。另一面旗子已经十分破旧。但我真的觉得这面旗子更加难看。"

有一次，阿尔贝蒂娜不再显得冷淡，我就更加难受。她知道我感到烦恼的是，她有时要去见她姨妈的一个女友，此人"怪里怪气"，不时要在邦唐夫人家住上两三天。阿尔贝蒂娜曾顺从地对我说，她不会再跟这个女人打招呼。但这个女人来安卡维尔时，阿尔贝蒂娜说："对啦，您知道她在这儿。是别人对您说的？"这仿佛是为了向我表明，她没有偷偷地去见她。有一天，她跟我提起这件事时补充道："是的，我在海滩上遇到了她，我跟她几乎擦肩而过，就故意动粗撞了她一下。"阿尔贝蒂娜跟我说这件事时，我想起了邦唐夫人的一句话，这句话我在此前从未想起过，她当时在我面前对斯万夫人说，她的外甥女阿尔贝蒂娜十分放肆，仿佛这是个优点，还说她曾耻笑不知是哪位官员的妻子，说她父亲当过厨房小学徒。但是，我们喜爱的女子的一句话，不可能长时间保存在纯洁的状态，而是会变质、腐烂。过了一两个夜晚，我又想起阿尔贝蒂娜的这句话，它似乎向我表明的不再是她扬扬得意的缺乏教养——缺乏教养只会使我付之一笑——而是有另一种含义，表示阿尔贝蒂娜也许并没有确切的目的，她只是想刺激一下那位女士，或是不怀好意地使对方想起以前可能接受过的提议，就迅速跟对方擦肩而过，她心想此事发生在大庭广众之中，我也许已经知道，就抢先作了说明，免得我作出对她不利的解释。

另外，阿尔贝蒂娜虽说可能喜欢那些女人，但我因此而产生的嫉妒却即将突然消失。

*

*　*

我和阿尔贝蒂娜待在当地经营的小火车在巴尔贝克的车站前面。因天气不好，我们乘旅馆的公共马车来到车站。在离我们不远的地方，站着尼西姆·贝尔纳先生，他眼睛被打得青肿。最近，他骗过《亚他利雅》的那个侍童，跟附近生意兴隆的农庄饭馆“樱桃树之家”的一个侍者勾搭上了。这侍者脸色红润，相貌粗鲁，脑袋活像番茄。他的孪生弟弟也长着同样的番茄脑袋。这两个孪生兄弟长得一模一样，大自然仿佛在一时间实现了工业化，生产出相同的产品，跟他们毫无瓜葛的人看到，会觉得确实很美。可惜的是，尼西姆·贝尔纳先生的观点不同，觉得这只是外表相似而已。番茄二号只喜欢跟女士们寻欢作乐，而且乐此不疲，而番茄一号却愿意屈尊俯就，去迎合某些先生的嗜好。然而，每当贝尔纳先生因本能的反应，回忆起跟番茄一号共度的美好时光，他就不禁前往“樱桃树之家”，但这位犹太老人眼睛近视（不过眼睛近视不一定会把这两个兄弟搞错），在无意中扮演了安菲特律翁[①]的角色，竟对孪生弟弟说："今晚幽会，好吗？"他立刻被"痛打"一顿。在这次用餐时，他先是跟那哥哥说话，接着却跟他弟弟说下去，结果又挨了打。他经常挨打，时间长了，因联想的缘故，不仅对番茄兄弟厌恶，而且对食用番茄也倒了胃口，因此，每当他在大旅馆吃饭时听到旁边的客人点番茄，他便低声对此人说："先生，请原谅我这个陌生人冒昧跟您说话。我听到您点了番茄。今天的番茄都是烂的。我告诉您是为了您好，这跟我毫无关系，我从来不吃番茄。"陌生的客人激动地对这位慈善而又无私的先生表示感谢，并把侍者叫来，装出改变主意的样子："不，决定不要番茄。"埃梅看到了这场戏，不禁暗自发笑，心里在想："贝尔纳先生真是老奸巨猾，竟然想出办法让人把订好的菜改掉。"这时，贝尔纳先生在等晚点的火车，因眼睛被打得青肿，就故意避开，不想跟阿尔贝蒂娜和我打招呼。而我们更不愿跟他说话。正当不可避免要跟他打招呼时，一辆自行车飞速朝我们冲过来，电梯司机气喘吁吁地从车上跳下来。我们离开旅馆不久，维尔迪兰夫人就打来电话，请我过两天去吃晚饭，其原因会在下文中看到。电梯司机把来电话的详细情况告诉我之后就走了，他像某些民主主义"职员"，装出跟资产者保持独立的样子，实际上却对资产者唯命是从，他心里想说，他如迟迟不归，门房和车夫会不满意的，就又说了一句："我得赶紧回去，是因为我那些头头。"

阿尔贝蒂娜的女友们全都走了，她们要离开一段时间。我想

---

① 安菲特律翁是希腊神话中提伦斯国王阿尔凯厄斯之子。因误杀叔父迈锡尼国王埃列律翁，偕同情人阿尔克墨涅逃往底比斯。阿尔克墨涅因兄弟们在对塔弗斯人作战中阵亡，便提出只有为他们报了仇才同意结婚。安菲特律翁为她的兄弟报了仇，跟她结成夫妻。后来他出征在外，宙斯变成他的模样，诱奸了阿尔克墨涅，生下赫拉克勒斯。在莫里哀和普劳图斯的喜剧《安菲特律翁》中，墨丘利变成安菲特律翁的男仆索西的模样，真索西被假索西痛打了一顿。

给她解解闷。即使她跟我单独在巴尔贝克度过下午的时间会感到幸福,我仍然知道,幸福决不会使人感到完美,也知道阿尔贝蒂娜仍处在一种年龄(这种年龄有些人无法跨越),尚未看出这种不完美跟感受幸福的人有关,而不是跟给予幸福的人有关,因此,她就会把她失望的原因追溯到我的身上。我更希望她把失望归咎于环境,这环境由我确定,我们就不能无拘无束地单独待在一起,同时又使她无法单独待在娱乐场和海堤上。因此,那天我要去看望圣卢,就请她陪同前往东锡埃尔。同样,为了让她有事可干,我常常建议她画画,她以前学过绘画。她有事情做了,就不会去想自己是否幸福。我会乐意不时带她到维尔迪兰夫妇家和康布勒梅夫妇家去吃晚饭,这两家人也会高兴接待我介绍的一位女友,但我首先必须确定,普特布斯夫人肯定尚未到达拉斯珀利埃尔。我只待在旅馆里,是不能了解到这个情况的,由于我事先得知阿尔贝蒂娜要在两天后陪她姨妈去郊外,我就借此机会给维尔迪兰夫人发了一封电报,问她是否能在星期三接待我。如果普特布斯夫人在那里,我就作出安排,去见她的贴身女仆,以确定她是否可能来巴尔贝克,如有这种可能,还要知道什么时候能来,以便在那天让阿尔贝蒂娜远离此地。当地经营的小火车开出了回转线路,我当时跟外婆一起乘小火车时还没有这条线路,现在小火车通到东锡埃尔—拉古比,这是个大站,是许多重要列车的始发站,特别是发往巴黎的快车,我以前来看望圣卢及回到巴黎都是乘这个快车。但由于天公不作美,我和阿尔贝蒂娜就乘大旅馆的公共马车前往巴尔贝克海滩的小火车站。

小火车尚未到站,但已经能看到它在行驶中悠闲而又缓慢地飘出羽饰般的青烟,现在如同几乎静止的云彩,慢慢在攀登克里克托悬崖的绿色陡坡。小火车由青烟开道,朝垂直方向行驶,最终慢慢到达。要上车的旅客,退到一边给火车让道,但全都不慌不忙,知道火车行驶时性情温厚,几乎具有人性,并像新手骑的自行车那样,听从站长发出的温和信号指挥,在司机有力的监护之下,不会把任何人撞倒,并会停在你想让它停的地方。

我发了电报,维尔迪兰家就打来电话,这电报发得也正巧,因为星期三(正好在两天后)是维尔迪兰夫人举办盛大晚宴的日子,在拉斯珀利埃尔跟在巴黎一样,但我并不知道。维尔迪兰夫人举办的不是"晚宴",而是"星期三聚会"。星期三聚会是艺术作品。维尔迪兰夫人知道这种聚会在世上绝无仅有,但仍使每次聚会各不相同。"最近一次星期三不如上一次。"她常常这样说。"但我相信下一次聚会将是我举办得最成功的一次。"她有时甚至会承认:"这个星期三要比其他星期三逊色。不过,下一个星期三,我会给你们一个大大的惊喜。"在巴黎居住的最后几个星期,老板娘在去乡下度假前常常宣称星期三聚会要停办。这是她激励忠实信徒的一个机会。"只有三个星期三了,只剩下两个了。"她说这种话的语调,如同世界末日即将来临。"你们可别放弃下一个星期三,那可是聚会的收场。"但收场是假,因为她告诉大家:"现在正式宣布,不再有星期三聚会,这是今年的最后一次。但星期三我还会在这儿。我们一起来过星期三,又有谁会知道?好朋友之间的星期三小型聚会,也许是最愉快的聚会。"在拉斯珀利埃尔,星期三聚会肯定受到限制,因为会有朋友路过,就邀请他在哪天晚上来做客,所以几乎每天都是星期三。"客人们的名字,我已记不大清楚,但我知道其中有卡门贝侯爵夫人。"电梯司机对我说。回忆起我们关于康布勒梅夫妇的解释,并未能最终消除对卡门贝这个古词的记忆,每当电梯司机记不得这难记的姓氏,这个音节熟悉而又意味深长的古词便来助他一臂之力,并立刻受到他的喜爱,被他重新采用,这并非是因为偷懒而养成难以根除的老习惯,而是因为这个词的音节能满足合乎逻辑和表达清楚的需要。

我们急忙上车,想找到一个空无一人的车厢,这样我就能在整个旅途中抱吻阿尔贝蒂娜。但我们并未找到,就走进一个车厢,里面已经坐着一个老太太，面孔又大又丑，样子像男人，穿着特别漂亮，正在看《两世界评论》。她虽说俗气，但举止显得自命不凡，我于是好奇地想，她会属于哪个社会阶层；我立即得出结论，认为她应该是哪家大型妓院的鸨母，是外出做淫媒的女人。她的容貌和举止仿佛在大声说出这点。我只是以前并不知道，这些女士常看《两世界评论》。阿尔贝蒂娜微笑着对我指了指她，还递了个眼色。这位女士显得神气十足，但我心里在想，两天后[①]我将在这小火车的终点站应邀去著名的维尔迪兰夫人家做客，并想到罗贝尔·德·圣卢会在中间一个车站等我，而再走得远点，我如果到菲泰尔纳去小住，德·康布勒梅夫人准会十分高兴，想到这些，我看着这位神气活现的女士，眼睛里不禁闪烁出揶揄的光芒，而她似乎以为她穿着讲究，头戴有羽饰的帽子，在看《两世界评论》，是比我重要的人物。我希望这位女士待在车上的时间不要比尼西姆·贝尔纳更长，至少要在图坦维尔下车，但事实并非如此。火车在埃弗勒维尔[②]停车，她仍然坐着。在滨海蒙马坦、帕维尔—拉班加尔和安卡维尔也不下车，因此我十分失望，在火车离开圣弗里舒车站即东锡埃尔前面一站时，我就开始搂抱阿尔贝蒂娜，而不再去过问那位女士。在东锡埃尔，圣卢已来到车站接我，他对我说，见我一面真是困难，因为他住在婶婶[③]家，刚收到我的电报，未能事先安排时间，所以只能有一小时的时间跟我见面。不过，这一个小时，对我来说却显得过于漫长，因为下了火车，阿尔贝蒂娜的注意力就立刻全都集中在圣卢身上。她不跟我说话，我跟她说话，她几乎不作回答，我走到她的身边，她就把我推开。相反，她对罗贝尔笑脸相迎，跟他说话滔滔不绝，还跟他带来的狗戏耍，并在戏耍时故意碰

① 原文为 le surlendemain，法国七星丛书版为 le lendemain（第二天），注释说系作者漏改。

② 法国七星丛书版为：埃普勒维尔。参见本卷第 191 页注①。

③ 即卢森堡公爵夫人。

到狗的主人。我想起阿尔贝蒂娜第一次让我拖吻时，我曾露出微笑，感谢这陌生的诱惑者使她内心发生了深刻的变化，使我能如此轻易地得手。我现在想起这诱惑者却惊恐万状。罗贝尔想必已经看出，阿尔贝蒂娜在我眼里并非无关紧要，他对她的再三挑逗不加理睬，她就对我生气；另外，他跟我说话，仿佛身边别无他人，她发现之后，我又得到了她的尊重。罗贝尔问我，我在东锡埃尔逗留期间，他每天晚上都让我跟一些朋友一起吃晚饭，其中有些人还在这里，我是否想跟他们见面。然而，他显出自命不凡而又令人不快的神色，即他自己也经常谴责的那种样子，仿佛在说："你现在不想见他们一面，当初讨好他们又有何用？"因此，我谢绝了他的建议，因为我不想冒险远离阿尔贝蒂娜，但也是因为我现在已跟他们没有往来。摆脱了他们，也就是超脱了自我。我们热切希望能有另一种生活，而且能跟我们在尘世中的生活一模一样。但是，我们并未想到，即使我们不在期待另一种生活，在尘世生活中，我们过几年之后就会跟我们以前不同，就会跟我们希望永久不变的形象不同。即使我们并不认为，死亡使我们产生的变化，要比一生中发生的变化更大，而如果我们在另一种生活中遇到了我们以前的自我，由于很久没有见面，我们就会对其置之不理，就像对过去的朋友那样，对圣卢的朋友就是如此，当时我每天晚上在锦鸡饭馆跟他们见面，感到非常高兴，但现在要跟他们谈话，我只会觉得厌烦和尴尬。这样一来，由于我不愿去那里重温我以前感到的愉悦，漫步东锡埃尔就会使我感到如同进入天堂的预兆。大家都很想进天堂，或者不如说想接连进入许多天堂，但在你去世之前，这些都是失去的天堂，你在里面会感到迷惘。

圣卢让我们留在车站走了。"但你可能要等将近一个小时。"他对我说。"你要是在这里等，肯定会见到我舅舅夏吕斯，他要换乘去巴黎的车，比你那班车早十分钟开。我已跟他告别，因为我必须在他那班车开到前回去。我没有跟他谈起你，我当时还没有收到你的电报。”圣卢走后，我立刻责备阿尔贝蒂娜，但她对我回答说，她对我冷淡是想消除圣卢可能会有的想法，因为她担心圣卢在火车停车时看到了我搂着她的腰跟她依偎在一起。他确实看到了我搂着她腰的样子（我没有发现这点，否则我待在阿尔贝蒂娜身边会老实一点），还赶紧在我耳边说：“你认为德·斯泰马里亚小姐举止不端庄，不愿意跟她交往，你跟我说起的那些面孔铁板的傲慢姑娘，不也是这样？”我从巴黎到东锡埃尔去看望罗贝尔，谈起巴尔贝克，确实跟他说过真心话，说我对阿尔贝蒂娜毫无办法，说她是美德的化身。现在我早已亲身领悟到情况并非如此，但我却更希望罗贝尔相信情况确实如此。要做到这点，我只要对罗贝尔说我爱阿尔贝蒂娜。他就像那种人，能够为免除朋友的痛苦而牺牲自己的乐趣，并觉得朋友的痛苦就是他们自己的痛苦。“不错，她孩子气十足。你对她的情况真的一无所知？”我又不安地问道。“一点也不知道，我只看到你们俩待在一起像是一对恋人。”

“您这种态度无法消除疑虑。”圣卢走后我立刻对阿尔贝蒂娜说。“不错。”她对我说，“我当时表现笨拙，让您难受，我因此比您还要难受得多。您会看到，我以后决不会这样，请原谅我。”她说着愁眉苦脸地把手伸了过来。正在这时，我看到我们坐着的候车室里，慢慢地走出一个人，后面跟着一个职员，跟他保持一段距离，手里拿着手提箱，此人是德·夏吕斯先生。

在巴黎，我只是在晚会上遇到他，他身穿紧身黑衣，纹丝不动，趾高气扬地站得笔挺，他热情奔放，为取悦于人，说起话来口若悬河，我想不到他竟会老成这样。现在，他身穿浅色旅行套装，显得更加肥胖，走路摇摇晃晃，晃动着挺出的肚子，扭着几乎是那种人特有的臀部，在阳光下，他嘴唇如涂唇膏，鼻尖像抹粉后用冷霜固定，小胡子如同染过，乌黑的颜色跟灰白的头发形成鲜明的对照，只是阳光无情，虽说应照出年轻人生气勃勃的脸色，却把他照得面目全非。

由于他要上车，我一面跟他简短交谈，一面看着阿尔贝蒂娜所在的车厢，向她示意我就要来了。我朝德·夏吕斯先生转过头去，他请我去叫站在铁道另一边的一个军人，说是他的亲戚，仿佛他要上的是我们这班火车，这班火车方向相反，是朝远离巴尔贝克的方向开。"他是团里军乐队的。"德·夏吕斯先生对我说。"您年纪轻，福气好，我年老行走不便，您可以帮我的忙，免得我穿过铁道去那里。"我义不容辞地朝他指的军人走去，果然看到那军人领子上绣有竖琴，知道他确是军乐队员。但我正要转达口信时，感到十分意外，可以说非常高兴，我认出此人是莫雷尔，是我外叔公的贴身男仆之子，我因此回忆起许多往事。我就把德·夏吕斯先生托我带口信的事给忘了。"怎么，您在东锡埃尔？"——"是的，我加入了军乐队，在炮兵部队服役。"但他在回答时语气生硬而又高傲。他变得很喜欢"装腔作势"，这显然是因为他见到我就想起了他父亲的职业，并因此感到不快。突然，我看到德·夏吕斯先生朝我们冲了过来。他见我迟迟没有回去，显然等得不耐烦了。"我今晚想听听音乐，"他开门见山地对莫雷尔说，"我为这晚会出五百法郎，您如在乐队有朋友，他可能会对此有点兴趣。"我虽说知道德·夏吕斯先生肆无忌惮，仍因他没对年轻的朋友问好而感到惊讶。另外，男爵也不让我有深思熟虑的时间。他热情地向我伸出了手，对我说"再见，亲爱的"，以示意我必须离开。而我让亲爱的阿尔贝蒂娜独自待在车里的时间也实在太长了。"您看，"我上车时对她说，"洗海水浴的生活和旅行生活使我知道，世界这个舞台的布景不如演员多，演员又不如'情景'多。"——"您跟我说这话干吗？"——"是因为德·夏吕斯先生刚才请我去叫他的一个朋友，可正在这时，我在车站的站台上认出这个人是我的一个朋友。"我说这话时心里在想，男爵怎么会认识这个社会地位跟他完全不同的人，这事我以前可没有想到过。我最初想到是通过朱皮安认识的，大家记得，朱皮安的女儿似乎爱上了小提琴手。但我感到惊讶的是，男爵五分钟后就要乘车去巴黎，竟会提出听音乐的要求。但我又回想起朱皮安的女儿，并开始认为，“认出对方”[①]反而会显示出生活中的重要部分，只要能摸清真正浪漫的底细，我突然醒悟，感到自己实在幼稚。德·夏吕斯先生对莫雷尔根本就不认识，莫雷尔也不认识他，德·夏吕斯先生是被这个军人迷住了，但又感到害怕，虽说这军人的领子上只绣有竖琴，他在激动之中要求我把这军人给他叫来，却没有想到我认识此人。不管怎样，在莫雷尔看来，出价五百法郎，想必能填补以前不认识这个空白，因为我看到他们俩还在交谈，并毫不在乎地站在我们的列车旁边。我想起德·夏吕斯先生刚才朝莫雷尔和我走来时的模样，发现跟他的一些亲戚在街上勾引女人的样子相像。只是勾引的对象性别不同。从某个年龄起，即使我们身上产生的变化不同，我们的个性越强，家族的特点就越是明显。因为大自然在把它的挂毯图案编织得匀称的同时，也因截获的图像丰富多彩而使构图不再单调乏味。另外，德·夏吕斯先生打量小提琴手时的高傲，从其他人来看也是相对的。这种高傲会被四分之三的社交界人士在施礼时看出，但几年后派人监视德·夏吕斯先生的警察局长却没有看出。

“开往巴黎的火车已发出启动信号，先生。”给他拿手提箱的职员道。“我不乘这班车了，请把这些东西寄放在行李寄存处，真见鬼！”德·夏吕斯先生说，并把二十法郎给了职员，那职员对他突然变卦非常惊讶，但拿到这么多小费又十分高兴。他如此慷慨，立刻把一个卖花女吸引过来。“请买这康乃馨，瞧，这美丽的玫瑰，好心的先生，这会给您带来好运。”德·夏吕斯先生很不耐烦，就给了她两个法郎，卖花女郎则为他祝福，又把花给了他。“天哪，她要是不来烦我们多好。”德·夏吕斯先生用嘲笑的口气对莫雷尔说，声音像在呻吟，如同神经质的人，觉得对方的支持会使他

---

① 法国七星丛书版在其后加上：（是）弄虚作假的拙劣应急办法。

感到些许温馨。“我们要谈的事已经相当复杂。”也许是因为铁路部门职员尚未走远，德·夏吕斯先生不想让很多人听到，也许说出这些无关紧要的话，他这个既高傲又腼腆的人，就不会过于直接地提出幽会的要求。军乐队员朝卖花女转过身去，显出坦率、强硬和坚决的样子，举起手掌把她一把推开，表示不要她的花卉，叫她尽快离开。德·夏吕斯先生欣喜地看到，这充满阳刚之气的蛮横动作，由一只优美的手做出，这只手想必可以做出更加有力和粗暴的动作，显示出这种年龄不会有的坚决和灵活，使这个嘴上无毛的少年具有大卫年轻时的英姿，能跟歌利亚[1]决一雌雄。男爵在赞赏时不由露出微笑，仿佛是孩子在笑，却露出孩子不会有的严肃表情。“我就是喜欢旅行时有这个人给我做伴，帮我做事。他会给我的生活带来极大的方便。”德·夏吕斯先生心里在想。

开往巴黎的火车（男爵没乘）开了。然后，阿尔贝蒂娜和我乘上我们那班火车，我不知道德·夏吕斯先生和莫雷尔后来干了些什么。“我们别再吵架了，我还是要请您原谅。”阿尔贝蒂娜又对我说，暗指跟圣卢有关的事。“我们俩时刻都要相亲相爱。”她温柔地对我说。“至于您的朋友圣卢，如果您认为他会使我有点兴趣，那就错了。他使我唯一高兴的事，是他显得这样喜欢您。”——“他是个很好的小伙子。”我说，但没有把我想象出来的优点加在罗贝尔身上，而如果在我面前的不是阿尔贝蒂娜而是其他人，我准会出于对罗贝尔的友情而说出这些优点。“他很出色，为人直爽、忠诚、正直，对于他，什么事都可以信托。”我说这话时，因嫉妒的缘故，只说出圣卢的实际情况，但我说的也确实是实话。然而，说出这实话时使用的词语，恰恰是德·维尔帕里齐夫人跟我谈起他时使用的词语，当时我跟他还不认识，把他想象得极其傲慢，跟实际情况截然不同，我当时心里在想：“大家认为他人好，是

---

① 歌利亚是非利士巨人，被大卫杀死。参见本书第三卷第301页注③。

因为他是大老爷。”同样，她当时对我说：“他会很高兴跟您认识”，但我在旅馆门口看到他准备驾车外出时，心里在想，他姑婆说这话，纯粹是社交界恭维人的客套话。但我后来想到我感兴趣的事以及我阅读的书，才领悟到她说的是真心话，她知道这也是圣卢之所爱，这如同有人要撰写他的祖先拉罗什富科即《箴言集》的作者[①]的传记，想去请教罗贝尔，我也会说出这样的真心话：“他会很高兴跟您认识。”这是因为我在认识他后了解到一些情况。但我第一次见到他时，并不相信一个跟我智力相近的人，竟会有如此雅致的衣着和风度。根据他的外表，我把他看成另一种人。刚才，圣卢出于对我的好意才对阿尔贝蒂娜如此冷淡，现在，阿尔贝蒂娜因为这么点事，就对我说出我以前有过的想法：“啊！他竟然这么忠诚！我发现，只要说到圣日尔曼区的人，大家总会给他们找出各种优点。”然而，圣卢是圣日尔曼区的人，我在这几年却一次也没有想到过，他在这段时间里失去了威严的外表，却向我展示了种种美德。看人的视角改变，在友谊中已经比在普通的社会关系中更加明显，但在爱情中还要明显得多，因为在爱情中，欲望的范围极大，还会大量增加，稍有冷淡的表示，即使不像圣卢初次见面时那样，我也会首先认为自己受到阿尔贝蒂娜的蔑视，我会把她那些女友想象成无情无义的女子，我听到埃尔斯蒂尔怀着德·维尔帕里齐夫人对圣卢的那种感情，说那帮姑娘是“好姑娘”，就会认为他的评价只是出于对美貌和某种优雅的宽容。然而，阿尔贝蒂娜说：“不管怎样，不管是否忠诚，我都希望不要再见到他，因为他使我们不和。我们俩不能再吵架。这样不好。”我听到她这样说，这个评价就不是我想要作出的评价了。既然她显得对圣卢有欲望，而我在一段时间里已几乎消除她喜欢女人的想法，我就感到这两者相互矛盾。阿尔贝蒂娜身穿胶布雨衣，显得判若两人，在下雨天不

---

① 参见本卷第88页及该页注④。

知疲倦地游荡，灰色雨衣这时贴在身上，显得柔顺，似乎不是在保护她衣服不受雨淋，而是被我女友弄湿后贴在身上，仿佛为一位雕塑家取下她体形的印模，我看着她的雨衣，见它紧贴着令人向往的胸脯，不由感到嫉妒，就把雨衣拉开，将阿尔贝蒂娜一把拉了过来，并对她说：

那你，无精打采的旅客，难道
不愿把额头靠在我肩上梦想[1]？

说时用双手捧着她的脑袋，把广阔的牧场指给她看，只见牧场被水淹没，悄无声息，在黄昏中一直延伸到地平线，终止在远处岗峦起伏的一排淡蓝色山脉。

两天后是著名的星期三聚会，我刚在巴尔贝克乘上同样的小火车去拉斯珀利埃尔吃晚饭，我很希望能在格兰古尔—圣瓦斯特遇到科塔尔，维尔迪兰夫人又给我打来电话，说我能在那里见到他。他会乘上我这班火车，并告诉我该在哪里下车，以乘坐从拉斯珀利埃尔到火车站来接客人的马车。格兰古尔是东锡埃尔之后的第一站，小火车在该站的停靠时间很短，因此我到站前就站在车门口，生怕看不到科塔尔或者没被他看到。这担心毫无必要！我当时并不知道，小宗派已把所有“常客”塑造得一模一样，他们都身穿晚礼服，在站台上等车，能立刻被人认出，因为他们都显得自信、风雅和毫不拘束，他们的目光穿过凡夫俗子的拥挤人群，如同穿越一望无际的旷野，窥视着某个在前一站上车的常客到来，眼睛因即将进行的谈话而闪闪发亮。小集团成员经常一起聚餐，身上就有了这种被选定的标志，他们不仅能被辨认，而且在他们人多势众之时，在一群旅客——布里肖称之为 pecus（畜群）——中间形成一

---

① 引自维尼《命运集》中诗作《牧羊人之屋》第 323—324 行。

个亮点，这些旅客脸色阴沉，看不出他们跟维尔迪兰家有任何关系，他们也不会有任何希望出席拉斯珀利埃尔举办的晚宴。另外，这些庸俗的旅客，如听到有人说出那些信徒的名字，即使其中有些人已经出名，也不会像我这样感到兴趣，我感到惊讶的是，那些信徒仍出去共进晚餐，而据我听说，在我出生之前，好几位信徒就已这样聚餐，那个年代既遥远又难以确定，因此我就说得遥不可及。这些人不仅仍然在世，而且身体健壮，与此同时，我却看到许多朋友与世长辞，销声匿迹，这两种不同的情况使我产生的感觉，如同我们在报纸的最新消息栏上看到我们最不想读到的消息，如某人早夭，使我们感到意外，因为我们不知道其死因。这种感觉，就像感到死亡降临每个人身上时并不完全相同，死亡像一把刀，悲惨地往前一砍，就夺走了一个人的生命，其他一些人跟他并排，却在很长一段时间里没有被接着砍来的一把把刀砍死。另外，我们以后将会看到，死神无影无踪地到处游荡，种类十分繁多，因此报上的讣告特别出人意料。我后来看到，随着时间的流逝，可能跟谈话的低俗并存的真正才能会显露出来并令人敬服，不仅如此，一些平庸之辈也会占有崇高的地位，而在我们儿童时代的想象中，这种地位只属于几位年老名流，而没有想到若干年后，他们的弟子成了大师，也会变成这样的名人，他们现在令人敬畏，而不是像当初那样对别人敬畏。但是，即使忠实信徒的名字不为“畜群”所知，他们的外表仍在大众的眼里显出自己的身份。甚至在火车上（因他们中的一些人和另一些人每天要做的事，使他们全都聚在一起），只是要在下一站接一个单独的客人，他们一起乘坐的车厢也会用雕塑家茨基的胳膊肘子作为标记，用科塔尔的《时代报》作为饰物，把车厢装饰得花团锦簇，从远处看如同豪华列车，在指定的车站接到来迟的朋友。只有眼睛半瞎的布里肖，才会看不到这些告示的标志。但是，会有一个常客自告奋勇，承担窥视这个瞎子的工作，只要有人看到他的草帽、绿雨伞和蓝眼镜，此人就会赶紧客客气气地把他领到选定的车厢。因此,尚未出现过这样的情况:一个信徒在途中未能找到其他人,除非他被人怀疑为吃喝玩乐之徒,或者他并未“乘火车”来。有时,也会有相反的情况发生:一个信徒必须在下午前往远处,因此一段路程就得独自旅行,然后才能跟大家汇合;但是,即使独自旅行,由于他这种人独一无二,因此往往会引人注目。他前途远大,坐在他对面座位上的旅客对他刮目相看,心想“这想必是个人物”,并①在科塔尔或雕塑家茨基的软帽周围隐约看到一圈光轮,下一站如是他们的终点站,他看到一群风雅之士在车门口迎接这位信徒,就不会感到十分惊讶,只见他们跟这位信徒一起走向一辆来接客的马车,杜维尔的车站职员则毕恭毕敬地对他们施礼,而如果是一个中转站,他们就会涌进车厢。这时,这群人正是这样急忙上车,因为有好几个人迟到了,而火车已经到站,即将开出,科塔尔看到我在车窗发出的信号,就带领一群人朝我的车厢跑来。布里肖也在这些信徒中间,这些年来,他跟其他人相反,参加聚会的热情有增无减。他的视力越来越差,即使在巴黎,他也只好逐渐减少晚上的工作。另外,他对新的索邦大学没什么好感,因为该校德国式的精确科学思想已开始压倒人文主义②。现在他只是上课和参加考试评委会的工作;因此,他有充裕的时间从事社交活动。那就是参加维尔迪兰家的晚会,或者参加某个信徒兴致勃勃地为维尔迪兰夫妇举办的晚会。确实,有那么两次,爱情差一点办成研究工作无法办成的事,使布里肖脱离小宗派。但是,维尔迪兰夫人“注意防备意外事件”,也是为了她沙龙的利益

---

① 法国七星丛书版后而加上:像前往以马忤斯的两个耶稣门徒那样,用迷糊后明亮的眼睛……

② 法国大学的改革于 1885 年至 1896 年进行,取消了拿破仑时代的学院并创建大学。这里指古典人文科学的拥护者和被认为源于德国、注重方法的人们之间的争论,结果到十九世纪末,学科全都独立设置,这种争论在德雷福斯案件到 1905 年《政教分离法》获得批准这段时间里达到高潮。

养成了这种习惯，最终从这类悲剧事件和强制了结中找到一种不获私利的乐趣，使他跟危险人物彻底闹翻，用她的话来说，是善于“使一切变得井井有条”，“用烙铁去烫伤口”。要对付一个危险人物，对她来说易如反掌，因为此人只是布里肖的洗衣女工，于是，维尔迪兰夫人经常前往教授居住的六楼，她上楼时，总是自豪得红光满面，她只要把这个微不足道的女工赶出门外。“怎么，”老板娘对布里肖说，“我这样的女人登门拜访是您的荣幸，可您却接待那种女人？”布里肖从未忘记维尔迪兰夫人给他帮的忙，使他在年老之时免于落到污泥之中，因此对她的感情越来越深厚，但跟这种旧情复萌形成鲜明对照的是，这也许是他自食其果，老板娘开始对百依百顺的信徒感到厌倦，她对这种顺从是未卜先知。但是，布里肖跟维尔迪兰家关系密切，显得光彩照人，在索邦大学的同事中鹤立鸡群。他那些同事赞叹不已，是因为听到他谈论他们从未应邀参加的晚宴，是因为看到某个著名作家在杂志上提到他，或是看到某个著名画家为他画的肖像在美术展览会上展出，文学院其他专业的教授都高度评价这位作家或画家的才能，却无法引起这位作家或画家的注意，最后是因为这位出入社交界的哲学家穿着优雅，这种优雅，他那些同事起初以为是他毫不拘束，后来他出于好意对他们作了解释，说在做客时要把大礼帽放在地上[①]，参加乡间晚宴时，不管晚宴多么优雅也不能戴大礼帽，而要戴软帽，再穿上无尾常礼服就十分相配。小集团刚走进车厢时，我甚至无法跟科塔尔说话，只见他喘不过气来，倒不是因为他怕赶不上车而跑了过来，而是因为他正好赶上火车而欣喜若狂。他从中感到的不仅是成功的喜悦，而且几乎像是恶作剧后的洋洋得意。“啊！真棒！”他缓过气来后说道，“就差那么一点儿！啊呀，这就叫来得正巧！”他又说，说时眨了眨眼睛，不是想询问用词是否准确，因为他现已信心

① 参见本书第三卷第 214—215 页。

十足，而是因为他十分得意。他终于把我介绍给小宗派的其他成员。我感到不舒服，是看到他们几乎全都穿着巴黎人说的无尾常礼服。我这时忘记，维尔迪兰夫妇已开始羞怯地接近社交界，这种接近因德雷福斯案件而变得缓慢，却因“新”音乐而加快速度，但他们对此矢口否认，并且还将继续否认，直至完成这种接近，这就像军事目标，将军只是在击中后才正式宣布，以免没有击中被人看成打了败仗。不过，社交界这方面，也已准备向他们接近。目前，社交界仍把他们看作这样的人：上流社会无人去拜访他们，但他们也丝毫不感到遗憾。维尔迪兰沙龙被认为是一座音乐圣殿。有人肯定地说，樊特伊是在那里获得灵感并得到鼓励的。然而，即使樊特伊的奏鸣曲依然完全未被理解并且鲜为人知，他的名字如被提到，却如同当代最伟大的音乐家，具有非同寻常的威望。后来，圣日耳曼区的几个年轻人意识到，他们应该受到资产者那样的教育，其中三人学过音乐，樊特伊的奏鸣曲在他们心中享有巨大的声誉。他们回到家中，因聪慧的母亲曾鼓励他们学习，就常常对母亲谈起樊特伊的奏鸣曲。母亲因关心儿子的学习，在音乐会上看到维尔迪兰夫人，就怀着几分敬意，夫人则坐在头等包厢里欣赏演奏。在此之前，维尔迪兰夫妇这种潜在的社交活动，只表现为两件事。一是维尔迪兰夫人在谈到卡普拉罗拉王妃时说：“啊！她很聪明，是个讨人喜欢的女人。我无法忍受的是愚蠢的人，是使我厌烦的人，这些人简直会使我发疯。”听到这话，头脑有点灵活的人就会想到，卡普拉罗拉王妃这位上流社会贵妇人曾拜访过维尔迪兰夫人。王妃在斯万夫人的丈夫去世后曾登门表示慰问，并提到维尔迪兰这个姓，她问斯万夫人是否认识维尔迪兰夫妇。“您说什么？”奥黛特回答时突然显出伤心的样子。“维尔迪兰。”——“啊！我知道，”她遗憾地接着说，“我不认识，或者不如说，我知道他们，但不熟悉，我以前在朋友家见到过他们，那是很久以前的事了，他们讨人喜欢。”卡普拉罗拉王妃走后，奥黛特真希望自己当时说的是实话。但是,当即说谎并非是她算计的结果,而是她惧怕和欲望的反映。她否认的不是机灵的人会否认的事,而是她希望不存在的事,即使对方会在一小时后得知这事确实存在也要这样说。不久之后,她恢复了镇静,为了不显出害怕提问的样子,就在被问到时说:"维尔迪兰夫人,怎么啦,我跟她十分熟悉",说时装出谦卑的模样,就像一位贵妇人说自己乘了有轨电车。"近来,大家对维尔迪兰夫妇谈得很多。"德·苏弗雷夫人说。奥黛特像公爵夫人那样露出鄙夷的笑脸,并回答说:"不错,我确实感到大家对他们谈得很多。不时有这样的新人进入上流社会",说时并未想到,她自己就是这样的新人。"卡普拉罗拉王妃在他们家吃了晚饭。"德·苏弗雷夫人又说。"啊!"奥黛特回答时笑得更欢,"我对此并不感到惊讶。这些事总是从卡普拉罗拉王妃开始,接着就轮到另一位,如莫莱伯爵夫人。"奥黛特说这话时,对这两位常为新开张的沙龙涂脂抹粉的贵妇人显出嗤之以鼻的样子。从她说话的口气可以感到,她的意思是说,她奥黛特跟德·苏弗雷夫人一样,是不会被人拉上这条贼船的。

维尔迪兰夫人承认卡普拉罗拉王妃聪明之后,维尔迪兰夫妇意识到他们未来命运的第二个征象是,他们十分希望(当然并未明确提出)客人们到他们家里来吃晚饭时身穿晚礼服;维尔迪兰先生现在看到他那"真没劲"的侄子[①]对他施礼,并不会感到耻辱。

在格兰古尔车站上车后进入我的车厢的旅客中有萨尼埃特,他以前曾被他的连襟福什维尔赶出维尔迪兰家门,但现在已经回来。从社交生活的观点来看,他以前的缺点——虽说也有很好的优点——跟科塔尔的缺点有点类似,那就是腼腆,想讨好别人却弄巧成拙。但是,生活使科塔尔具有冷淡、傲慢和严肃的外表,而他在维尔迪兰家却并非如此,在他们家里,因过去的时光使我们产生

---

① 指奥克塔夫。参见本书第二卷第454页。

联想，而我们又在熟悉的环境中相聚，他仍然保持着一些本来面貌，而在病人中间，在医院看病时，以及在医学科学院，他至少显出冷淡、傲慢和严肃的外表，他在毕恭毕敬的学生面前用同音异义词做文字游戏时，这种外表就显得更加突出，这样，生活在现在的科塔尔和以前的科塔尔之间挖出了一道鸿沟，相反，同样的缺点，萨尼埃特越是想改正，却越是变得严重。他感到自己往往让人讨厌，感到别人不听他说话，但他却不像科塔尔那样，在这种情况下放慢语速，显出威严的神色，迫使对方注意听他说话，而是用玩笑的口吻力图使对方原谅他的谈话过于严肃，不仅如此，他还加快语速，把无关紧要的话尽快说完，并使用缩略词，以显得不那么冗长，而是跟他所说的事更加亲近，但结果却使这些事变得无法理解，他自己则使人感到是想没完没了地说下去。他的自信也跟科塔尔的自信不同，科塔尔会使他的病人不寒而栗，如有人对他的病人夸奖科塔尔在社交界彬彬有礼，病人就回答道："他在诊所给您看病，您在亮处，他背光而坐，两只眼睛炯炯有神，那时他就判若两人。"他这种自信不会令人敬畏，你会感到其中隐藏着过多的胆怯，不费吹灰之力就能将其消除。萨尼埃特一直听到朋友们说他太不自信，他也确实看到，他有充分理由认为，一些人要比他差得多，却轻易获得他无法取得的成功，因此，他开始讲一个故事，总要嘲笑故事荒诞不经，生怕神情严肃不能充分显示他贩卖的货色的价值。有时，他相信诙谐的作用，并装模作样，似乎他要讲的故事滑稽可笑，大家都默不作声，洗耳恭听。但他讲的故事却平淡无奇。有时，一个客人心地善良，会私下鼓励萨尼埃特，向他露出并不引人注目的赞许微笑，如同有人悄悄塞给你一张票子。不过，没有一人敢出头露面，用哈哈大笑来公开表示赞同。故事讲完，听者无动于衷，萨尼埃特感到遗憾，却仍然独自暗暗发笑，仿佛在兴致勃勃地品尝这故事带来的乐趣，并装出听故事其乐无穷的样子，而其他人却无法感受到其中的乐趣。至于雕塑家茨基，这样叫他，是因为他的波兰名字难读，也因为他在某个圈子里生活之后，便假装不愿意跟那帮亲戚混为一谈，他的亲戚都很有身份，但有点令人厌烦，而且数目众多；他现年四十五岁，长得十分丑陋，但依然淘气，而且异想天开、随心所欲，他仍然有这种脾气，是因为他十岁前一直是社交界最迷人的神童，受到所有贵妇人的宠爱。维尔迪兰夫人认为他比埃尔斯蒂尔更有艺术才华。不过，他跟埃尔斯蒂尔只是外表相像。因为有这种相像，埃尔斯蒂尔在见过茨基一面之后，就立刻对他深恶痛绝，这就像我们不大厌恶跟我们截然不同的人，而是更加厌恶跟我们缺点相同的人，因为这些人身上显露出我们已经改正的缺点，使我们难堪地想起我们过去在某些人眼里的形象，虽说我们现在已改变这种形象。但是，维尔迪兰夫人认为茨基比埃尔斯蒂尔个性更强，因为他搞任何艺术都有天赋，因此她深信，他会把天赋发展为才华，只要他不是这样懒惰。即使懒惰，在老板娘看来也是另一种天赋，因为懒惰跟勤奋相反，而她认为没有才华的人才需要勤奋。茨基画画随心所欲，他画在袖子的纽扣上或门的上面部分。他唱歌的声音如同作曲家，凭记忆弹奏，钢琴弹出的乐曲像是由乐队演奏，这倒不是因为他演技精湛，而是因为他唱出不合调的低音，表示手指无法弹出这里的一个短号音，就从嘴里唱出加以模仿。他说话时精心挑选词语，使人听了觉得有趣，同样，他在发出“乒”的一声后才奏出有力的和弦，以产生铜管乐器的效果，他被认为聪明绝顶，但他的想法其实可归结为极其简单的两三条。他对异想天开的名声感到烦恼，就决定表明他是讲究实际的人，因此他得意洋洋地装模作样，自以为说得准确而又通情达理，但他说过就忘，并且总是说得不准确，因此问题就更加严重。如果他现在只有九岁，又长着金色鬈发，身穿饰有花边高领的衣服，脚穿红色小皮靴，他的脑袋、脖子和腿脚的动作就会显得优雅。他跟科塔尔和布里肖提前到达格兰古尔车站，让布里肖待在候车室里，两人出去转了一圈。茨基见科塔尔想回车站，就回答道：“别着急。今天不是当地经营的小火车，是省里的火车。”他见这准确的消息对科塔尔起了作用，就十分高兴，在谈到他自己时补充道：“不错，因为茨基喜爱艺术，因为他搞泥塑，所以大家认为他不讲究实际。对这条铁路线，没有人比我更加了解。”然而，他们朝车站走去时，科塔尔突然看到即将到站的小火车冒出的烟，就吼叫一声，大声说道：“我们只有拔腿飞跑。”他们正好赶到，而当地经营的火车和省里火车的区别，只存在于茨基的思想之中。“王妃没在火车里吗？”布里肖用颤抖的声音问道，他那镜片硕大的眼镜光芒闪烁，如同喉科医生的反光镜，系在额头上用来照亮病人的喉咙，仿佛把病人的生命注入教授的眼睛，也许是因为他竭力使自己的视觉跟反光镜调节好，即使在毫不重要的时刻，反光镜似乎也在看着自己，而且锲而不舍、全神贯注。另外，疾病使布里肖渐渐丧失视力，使他领悟到视觉之美，正如我们往往得下决心舍弃某件物品，如将其作为礼物送人，才会好好看看它，并为它感到惋惜和赞赏。“没在，没在，王妃去送维尔迪兰夫人的几位客人，一直送到曼恩维尔，他们要乘火车去巴黎。维尔迪兰夫人在圣马尔斯有事要办，但她跟王妃在一起，也不是没有这种可能！这样的话，她就会跟我们一起旅行，我们在旅途中全都待在一起，那有多好。到了曼恩维尔得睁大眼睛，好好看看！啊！没关系，可以说我们差一点赶不上火车。我看到火车后，给吓呆了。这就叫心想事成，正好赶到。我们要是没赶上火车，您看会怎样？维尔迪兰夫人要是发现接客人的马车里没有我们，又会怎样？那会是什么场面！”大夫补充道，他尚未从激动中平静下来。“这可是非同寻常的出游。喂，布里肖，您对我们刚才溜出去片刻有何看法？”大夫问时不乏自豪感。“确实，”布里肖回答道，“你们要是赶不上火车，那就像已故的维尔曼①所说，

① 阿贝尔—弗朗索瓦·维尔曼（1790—1870），巴黎大学法国文学教授。31岁当选为法兰西语文学院院士。曾在基佐内阁中出任国民教育部部长（1840—1844）。

是出乎意料的倒霉!”我一开始因那些不认识的人而分心,但我突然想起科塔尔在小型娱乐场的舞厅跟我说的话,这就像无形的链条,把某个器官跟记忆中的形象连在一起,阿尔贝蒂娜和安德蕾乳房贴在一起的形象,使我心中极其痛苦。这痛苦很快消失:阿尔贝蒂娜可能跟一些女人关系暧昧的想法,我从前天起就觉得没有这种可能,那天我的女友挑逗圣卢,又引起了我的嫉妒,使我忘记了以前的嫉妒。我就像有些人那样幼稚,以为一种嗜好必定会排除另一种嗜好。在阿朗布维尔[1],由于火车里挤满了人,一个蓝衫佃农只有三等车厢车票,却上了我们的车厢。大夫看到他在旅途中已不能跟王妃在一起,就把列车员叫来,出示了一家大型铁路公司的医生工作证,硬要车站站长把农民赶下车。萨尼埃特胆小怕事,看到这场面既难受又惊慌,他见站台上农民众多,怕引起骚乱,一开始就假装肚子疼,他不想让别人责备他对大夫的粗暴行为负有责任,就走进过道,装作去找科塔尔所说的 waters(厕所)。他没有找到,就在小火车的另一端观赏风景。“先生,您如是初次去维尔迪兰夫人家做客,”布里肖想对“新成员”显示其才华,就对我说,“您就会看到,没有任何圈子能像在她家那样享受到‘生活的温馨’,这个词语是涉猎主义、不在乎主义以及我们那些赶时髦的人中间流行的许多以‘主义’结尾的新词的一个创造者所说,我指的是塔列朗亲王先生[2]。”每当他提起过去的大贵族,他就认为如要风趣并具有“时代色彩”,就得在他们的称号之后加上“先生”二

① 原文为 Harambouville,法国七星丛书版为 Arembouville。

② 指塔列朗—佩里戈尔公爵(1754—1838),法国外交家。参见本书第三卷第129页注①。

字，于是就说拉罗什富科公爵先生、雷兹枢机主教先生①，他还常常说："那个 struggle for lifer②（为生存而斗争）的德·贡迪，那个布朗热分子德·马西亚克③。"他说到孟德斯鸠，总是面带微笑地说："塞孔达·德·孟德斯鸠院长先生④。"一位风趣的社交界人士本该对这种学究气的卖弄学问感到恼火。但是，社交界人士的举止即使完美无缺，在谈到一位亲王时也会卖弄学问，以显示此人属于另一等级，这种等级的人会在威廉这个姓氏之后加上"皇帝"二字，对殿下说话会用第三人称。"啊！那一位嘛，"布里肖在谈到"塔列朗亲王先生"后接着说，"必须对他脱帽致敬。他是前辈。"——"这可是迷人的圈子，"科塔尔对我说，"您会看到，其中什么人都有，维尔迪兰夫人并非只喜欢一种人，那里有布里肖那样的杰出学者，有舍尔巴托夫王妃那样显赫的贵族，她是俄国贵妇人，是叶夫多基娅大公夫人的朋友，大公夫人在不接待任何来访的时刻只见她一人。"其实，叶夫多基娅大公夫人并不希望早已不受欢迎的舍尔巴托夫王妃在她家有客人时来访，就只让王妃在一大早来，那时大公夫人身边没有一个朋友，而她那些朋友也不愿遇到王妃，大公夫人则会因此而感到尴尬。三年以来，舍尔巴托夫夫人如同指甲修剪师那样离开大公夫人，前往维尔迪兰夫人府，这时女主人刚醒，舍尔巴托夫夫人进门后，就不再离开维尔迪兰夫人，因

---

① 雷兹枢机主教（1613—1679），法国政治家、作家。本名让—弗朗索瓦·保罗·德·贡迪。在黎塞留和路易十三相继去世后开始政治生涯。1644 年被任命为巴黎大主教助理，成为投石党运动的领袖之一。马萨林流亡后，1652 年被任命为雷兹枢机主教。投石党运动失败后被捕入狱，1654 年在转到南特的监狱途中得以逃脱，因得不到基督教新教皇克雷芒五世的支持，只得浪迹欧洲。1664 年获准回国，退隐科梅尔西修道院。所著《回忆录》为十七世纪法国散文名著之一。

② 这英语词语因达尔文的著作而推广，阿尔方斯·都德在剧作《为生存而斗争》（1889）中写为 struggle-for-lifeur。

③ 即马西亚克亲王，是拉罗什富科公爵在继承公爵爵位前的称号。

④ 孟德斯鸠男爵本名夏尔·德·塞孔达，1716 年任波尔多法院院长。参见本卷第 228 页注①。

此可以说，王妃的忠心远远超过布里肖，而布里肖也是星期三聚会必到，那天他如在巴黎，喜欢认为自己如同夏多布里昂在树林女修院[①]，如在乡下，则是在德·沙特莱夫人府上[②]，使他感到他如同他总是（以文人的狡黠与自满）称为“德·伏尔泰先生”的那个人的化身。

舍尔巴托夫王妃正因为没有朋友交往，近几年来才能对维尔迪兰夫妇赤胆忠心，并因此超过普通“信徒”，成为信徒的典范，这是维尔迪兰夫人长期来一直认为无法实现的理想，但到了更年期，她终于看到这一理想在这个新来的女信徒身上得到体现。不管老板娘如何嫉妒，最热情的信徒有时也会把她“甩掉”。深居简出者会因旅游而动心，义不苟取者发了大财，身强力壮者也会感冒，游手好闲者会忙得不可开交，冷酷无情者会给临终的母亲送终。然而，维尔迪兰夫人当时徒劳地像罗马皇后[③]那样对他们说，她是唯一的将军，军团必须听从她的指挥，并像基督[④]或德国皇帝[⑤]那样说，如有人爱父母像爱她一样，但不准备为跟随她而离开父母，就不配作她的信徒，还说他们不能躺在床上让身体虚弱，或是听凭一

---

① 树林女修院位于巴黎第八区塞弗尔街16号。法国大革命后，在女修院旁为上流社会贵妇人开设避难所。雷卡米埃夫人于1819年住在那里，夏多布里昂、拉马丁和雨果是她沙龙的常客，在那里朗读自己的作品。

② 埃米莉·杜·沙特莱侯爵夫人（1706—1749）在王后面前享有坐凳特权。伏尔泰因在1734年发表《哲学通信》而逃到沙特莱侯爵夫人的西雷城堡避难，直至1749年侯爵夫人去世。

③ 指小阿格丽品娜(15—59)，克劳狄一世之妻。公元54年毒死丈夫，拥儿子尼禄即位，左右朝政。后母子争权，被尼禄下令杀死。

④ 见《新约·马太福音》第十章第37节：“爱父母过于爱我的，不配作我的门徒，爱儿女过于爱我的，不配作我的门徒。”

⑤ 1891年11月，威廉二世在慕尼黑市政厅贵宾签名簿上写下这句名言：Suprema lex, Regis voluntas（国王的意志就是最高法律）。几天后，德国皇帝在波茨坦检阅新兵时对他们说：如果他命令他们对自己的兄弟姐妹和父母开枪，他们也应该“默无一言”地服从。这两件事使法国、英国和俄国的公众极其反感。

个婊子愚弄，最好还是待在她的身边，只有她那里有治病的良药和感官的享受。但是，命运有时喜欢给长寿之人的晚年锦上添花，让维尔迪兰夫人遇到舍尔巴托夫王妃。王妃跟家里人闹翻，离开了自己的国家，只认识普特布斯男爵夫人和叶夫多基娅大公夫人，由于她不想在男爵夫人家里遇见她的女友，而大公夫人则不希望自己的女友在她家里跟王妃相遇，所以她总是在上午拜访她们，这时维尔迪兰夫人还在睡觉，王妃自从十二岁得了猩红热之后，记不得哪天曾待在自己的房间里，维尔迪兰夫人担心无人陪伴，问王妃是否能在元旦前夕留在她家里住，王妃在十二月三十一日回答说；“不管是哪天，又有什么能阻止我这样做？再说，我这一天是待在家里，您的家就是我的家。”王妃寄人篱下，维尔迪兰夫妇迁居时她就改换寄宿地点，跟随他们去度假地住，她为维尔迪兰夫人把维尼的诗句变成完美的现实：

我看唯有你才是众人寻求之人①，

因此，这个小圈子的主持者，希望死后身边也有个“女信徒”，就要求两人中后去世者必须葬在先去世者旁边。在外人中总得指出一个人，我们对他说谎最多，因为我们最不可能被他瞧不起，那就是我们自己，在外人面前，舍尔巴托夫王妃总是设法介绍她绝无仅有的三个朋友，即大公夫人、维尔迪兰夫妇和普特布斯男爵夫人，她只有三个朋友，并非是不以她意志为转移的灾难摧毁了其他一切事物，只留下这三户人家，而是她经过自由选择，更喜欢这三家，也因为她喜欢清静和纯朴的生活，因此只跟这三家人交往。“我不

---

① 引自维尼的长诗《埃洛亚或众天使的姐妹》第三章“堕落”第47句诗：“我看唯有你才是众人寻求之人，/是男人在黑暗岁月中追求之人，/是唯一知道幸福秘密的上帝，/是我孤寂的王位期待的女王。”

见其他**任何人**。”她说时强调这事不可改变，但这更像是必须遵守的规则，而不是迫不得已才这样做。她补充道：“我只跟三家人经常来往。”这就像有些剧作家，怕自己的戏无法演到第四场，就宣称只演三场。不管维尔迪兰夫妇是否相信这种纯属杜撰的话，他们还是帮助王妃把这话灌输到那些信徒的思想之中。信徒们确信，在几千个主动跟王妃接近的朋友中，王妃只选择了维尔迪兰夫妇，他们同时确信，维尔迪兰夫妇对所有大贵族提出的交往要求都置之不理，而只对王妃一人破例。

在他们眼里，王妃比她出身的阶层要高超得多，因此在那里感到厌倦，她可以跟许多人交往，却觉得只有维尔迪兰夫妇讨人喜欢，而维尔迪兰夫妇也是如此，对所有贵族的主动接近无动于衷，只破例接待舍尔巴托夫王妃这位贵妇人，因为她比其他贵族更加聪明。

王妃十分富有；她在每次首演时都订有楼下大包厢，在获得维尔迪兰夫人准许后，她把信徒们带去看戏，但从不带其他任何人。大家都把这个脸色苍白的神秘人物指给别人看，她年纪已老，但头发未白，呈红色，如同树篱中有些经久不落的干瘪果实。大家欣赏她既有权势又谦恭，因为她身边总是有法兰西语文学院院士布里肖、著名学者科塔尔和当时的一流钢琴家，后来又有德·夏吕斯先生在她身边，但她却故意订一个最不显眼的包厢，自己坐在最里面，对剧场里的事毫不关心，只关心这个小集团，信徒们在演出即将结束时跟着这位王妃离开，王妃虽说奇特，却不乏羞怯之美，既迷人又显得陈旧。然而，舍尔巴托夫夫人对剧场不惜一顾，她待在阴暗之处，是想忘记一个活生生的世界的存在，她热切希望进入这一世界，却无法如愿以偿；一间“包厢”里的“小集团”，对她来说所起的作用，如同某些动物在遇到危险时像死尸那样纹丝不动。然而，社交界人士喜新厌旧而且好奇，因此，他们更加注意的也许是这个神秘的陌生女人，而不是人人都去看望的二楼包厢里的著名人士。在大家的想象之中，她跟他们熟悉的人都不相同，认为她既有美妙的智慧，又像神祇般善良，因此总是由少数杰出人物陪伴。如有人跟王妃提起某个人或向她介绍某个人，她必定装得十分冷淡，以维持她厌恶社交界的假象。然而，在科塔尔或维尔迪兰夫人的支持下，几个新朋友得以跟她相识，她认识其中一位后如醉如痴，把自甘清静的神话抛到脑后，对这位新来的客人曲意逢迎。此人平庸无奇，大家就会感到惊讶。“真是奇怪，王妃不想认识任何人，却为这个毫无个性的人破了例！”不过，这种成功的相识十分罕见，王妃的生活完全局限于信徒中间。

科塔尔说得更多的是“我星期三会在维尔迪兰家看到他”，而不是“我星期二会在医学科学院看到他”。他谈到星期三聚会，就像谈到一件不可推卸的重要工作。另外，科塔尔属于主人不大想邀请的那种客人，他们把应邀出席看作不可推卸的义务，这邀请如同命令，就像部队集合或法庭传唤。他非要有重要的出诊，才会在星期三把维尔迪兰夫妇“甩掉”，要说重要，主要指病人的身份，而不是指病情严重。因为科塔尔虽说善良，却不会为一个突然发病的工人放弃温馨的星期三聚会，但可以为一位部长医治鼻炎而放弃聚会。遇到这种情况时，他仍会对妻子说：“请代我向维尔迪兰夫人表示歉意。你告诉她，我会晚一些来。那位阁下完全可以在其他日子感冒。”有一个星期三，他们家的老厨娘把手臂上的静脉割破了，这时科塔尔已穿上无尾常礼服，准备去维尔迪兰家，他见妻子胆怯地问他是否能给受伤的厨娘包扎，就耸了耸肩说：“我不能，莱昂蒂娜。”他用哀怨的口气大声说道。“你看到我已穿上白背心。”科塔尔夫人不想惹丈夫生气，就派人尽快把医院里的主治医生叫来。主治医生想快点赶到，就乘上马车，但他的马车驶进院子时，送科塔尔去维尔迪兰家的马车正好要驶出去，马车倒退、前进，浪费了五分钟的时间，而科塔尔夫人感到尴尬的是，主治医生可能看到他那身穿晚礼服的老师。科塔尔出门迟了就破口大骂，也许是因为内疚，他离开时情绪恶劣，这种情绪得要享受到星期三的所有乐趣后方能消除。

如有病人问科塔尔："您有时是否会遇到盖尔芒特家的人？"教授就会用社交界那种真心诚意回答说："也许不完全是盖尔芒特家的人，我不知道。但所有那些人，我是在我的一些朋友家里看到的。您肯定听说过维尔迪兰夫妇。他们所有人都认识。另外，他们至少不是老态龙钟的风雅人士。他们有金钱作后盾。据一般估计，维尔迪兰夫人有三千五百万家产。天哪，三千五百万，那可是个大数目。因此她毫无顾忌。您跟我说盖尔芒特公爵夫人。我要跟您说说两者的区别：维尔迪兰夫人是贵妇人，盖尔芒特公爵夫人也许是穷光蛋。您清楚地知道两者的差别，对吗？其实，盖尔芒特家的人是否去拜访维尔迪兰夫人并不重要，她接待的客人更有价值，如德·舍尔巴托夫家的人，德·福什维尔家的人，以及 tutti quanti（诸如此类的人），都是上流社会人士，法国和纳瓦拉的贵族全都有，您会看到，我跟他们平起平坐。另外，他们那种人也愿意结交科学王子。"他补充道，说时面带自尊心满足的微笑，嘴上显出得意而又骄傲的样子，这并不是因为过去适用于波坦①和夏尔科②这类人的词语现在能用在他的身上，而是因为他对词语长期琢磨之后有了深刻的领会，最终学会了按约定俗成的方法使用可以使用的所有词语。因此，科塔尔对我提到维尔迪兰夫人的客人中的舍尔巴托夫王妃之后，眨了眨眼睛补充道："您看这种家族，您理解我的意思吗？"他的意思是说极其高雅。然而，一位俄国夫人只认识叶夫多基娅大公夫人，接待这样的夫人就意义不大。但是，舍尔巴托夫王妃即使不认识大公夫人，科塔尔认为维尔迪兰沙龙极其优雅的看法，以及他在这沙龙受到接待的喜悦心情，也丝毫

---

① 波坦（1825—1901），法国医生。参见本书第一卷第 187 页注④。

② 夏尔科（1825—1893），法国神经病学家。参见本书第三卷第 314 页注③。

不会受到影响。我们觉得我们交往的人们光彩夺目，但这并非是内在的优点，就像舞台上的人物光彩照人，但演员穿的戏装，剧院经理不用花费几十万法郎去购置货真价实的服装和首饰，因为这些真品不会产生任何效果，而一位高明的布景师，只要把灯光打在饰有玻璃珠的粗布紧身短上衣或纸做的外套上，看上去却要比真品华丽千百倍。这就像一个人，一辈子都生活在世上的大人物中间，但在他看来，这些人只是令人厌烦的亲戚或枯燥乏味的朋友，因为他从摇篮时起就养成一种习惯，认为这些人毫无吸引力。相反，此人只要因偶然机会来到默默无闻的人们中间，数不胜数的科塔尔就会被一些有爵位的妇女迷住，认为她们的沙龙主导着贵族的优雅，但这些妇女甚至不及德·维尔帕里齐夫人及其女友（她们是失势的贵妇人，跟她们一起长大的贵族已不再跟她们来往）；不，这些妇女，过去做她们的朋友曾被许多人引以为傲，但现在这些人如在发表的回忆录里列举这些妇女以及她们接待的客人的名字，这些名字就无人能识别，连德·康布勒梅夫人和德·盖尔芒特夫人也无能为力。不过，这无关紧要！一个科塔尔就这样拥有自己的男爵夫人①，对他来说，她是“男爵夫人”②，就像马里沃剧中的男爵夫人，从来不提其姓氏，我们甚至没想到她有姓氏③。科塔尔认为她是贵族阶级的缩影——而贵族阶级并不知道这位女士——因为爵位越是可疑，冠形标志就越多，在玻璃杯、银餐具、信笺和旅行箱上都有。数不胜数的科塔尔自以为在圣日尔曼区的中心度过自己的一生，在想象中大做封建时代的美梦，其想象也许比真正在亲王中间生活过的人们的感觉还要迷人，同样，一个小商人有时会在星期天去参观“旧时代”的建筑，这些建筑有时全用我们这个时代的石料，拱顶则被维奥莱—勒迪克的学生漆成蓝色并布

---

①② 法国七星丛书版后面加：或侯爵夫人。

③ 马里沃的剧中有许多无名无姓的伯爵夫人和侯爵夫人，但没有男爵夫人。

满金星，却最能使人有中世纪建筑的感觉[1]。“王妃一定会在曼恩维尔。她将跟我们一起旅行。但我不会马上给您介绍。最好由维尔迪兰夫人来介绍。除非我找到解决这难题的办法。请相信，我会找到。”——“您在说什么？”萨尼埃特装出刚才走开过的样子问道。“我对先生引述了一句话，”布里肖说，“您知道这话是一个人说的，此人依我看是那个世纪（指十八世纪）最精明的人，就是名叫夏尔—莫里斯的德·佩里戈尔教士[2]。他先是要做出色的记者。后来变坏了，我是说他成了部长和大臣！生活中会有这种倒霉的事。他现在是肆无忌惮的政客，像有教养的大老爷那样傲慢，会毫无顾忌地为普鲁士国王效力，现在该这样说了，他死的时候可是左翼中间派。”[3]

在紫杉圣彼得车站，有个俏丽的姑娘上车，可惜她不是小集团成员。我的目光无法离开她那玉兰花般的肌肤、乌黑的眼睛和迷人、高雅的身材。片刻之后，她想打开一扇车窗，因为车厢里有点热，但她不想求得众人的同意，她见只有我一人没穿外套，就迅速用清脆的声音笑着问我：“有点风，您不会感到不舒服吧，先生？”我真想对她说：“请您跟我们一起去维尔迪兰家吧”，或者说：“请把您的名字和地址告诉我。”但我回答说：“不会，有风，我不会不舒服，小姐。”接着，她坐在座位上没动，又问：“抽烟，您那些朋友不会不舒服吧？”说完后，她就点燃一支香烟[4]。到第三站，她跳下了车。第二天，我问阿尔贝蒂娜，那姑娘会是什么人。我真是愚蠢，以为人只能有一种爱好，阿尔贝蒂娜对罗贝尔的态度使我嫉

① 普鲁斯特一贯反对维奥莱—勒迪克式的修复。参见本书第一卷第165页。

② 即塔列朗—佩里戈尔。参见本卷第290页注②。

③ 法国七星丛书版后面不空一行，而是另起一行接排。

④ 让·科克托指出：“当时的姑娘不会在火车上抽烟，也不会像男孩那样举止随便。”

妒，但提到女人，我就感到放心。阿尔贝蒂娜对我说不知道，我觉得她说的是真话。“我多想再见到她！”我大声说道。“您放心吧，总会再次见到的。”阿尔贝蒂娜回答道。这次她可说错了。我从未再见到这漂亮的抽烟姑娘，也未能获悉她的姓名。另外，在下文中可以知道，我为何在很长一段时间里不能再去寻找她。但我并未把她忘记。我常常在想到她时欲火中烧。但这种欲望的反复再现使我们不得不想到，再次见到那些姑娘时要有同样的愉悦，就得回到十年以前，而十年过去之后，那姑娘已容貌憔悴。有时你能再次见到另一个人，却无法再现流逝的时光。直至无法预料的一天，冬夜般凄凉的一天，到那时，你不会再去找那个姑娘或另一个姑娘，你甚至会害怕找到。因为你不再感到自己有魅力去取悦于人，不再感到自己有能力去爱。这当然不是因为你已是性无能。至于爱，你会比以往爱得更深。但你会感到，你现在能力微小，无法去做这件大事。长眠已留下年老体衰的时间，到那时，您无法出去，也不能说话。脚踩在应该踩的台阶上就是成功，如同空心跟头没有失手。你处于这种状况被你喜爱的姑娘看到，即使你仍有年轻人的容貌，仍然是满头金发，还是会十分难堪！你已无法像年轻人那样不知疲劳地快速行走。如果肉欲有增无减，那就活该倒霉！你为满足肉欲而叫来一个女人，你不会去求得她的欢心，她只会跟你同枕共寝一夜，此后你再也不会跟她相见。①

“我们也许不会再有小提琴手的消息了。”科塔尔说。小宗派当天的大事，确实是维尔迪兰夫人宠爱的小提琴手把她给甩了。他在东锡埃尔附近服役，每星期三次去拉斯珀利埃尔吃晚饭，因为他获准在午夜十二点前回营。但在前天，信徒们第一次没能在火车上看到他。大家猜想他误了火车。维尔迪兰夫人派车在下一班

---

① 法国七星丛书版后面不空一行，而是另起一行接排。

火车和最后一班火车到时去接他，但没有接到，只好空车回来。“他一定被关了禁闭，他不来没有别的解释。啊！当然啰，你们知道，在部队里，这种小伙子，有个脾气暴躁的军士就足以对付。”——“今晚他要是再把维尔迪兰夫人甩掉，我们和蔼可亲的女主人就会更加伤心，”布里肖说道，“因为这是她第一次邀请把拉斯珀利埃尔租给她的邻居康布勒梅侯爵和夫人来吃晚饭。”——“今天晚上，康布勒梅侯爵和夫人要来！”科塔尔大声说道。“我一点也不知道。当然啰，我跟你们大家一样，知道他们总有一天会来，但却不知道来得这么快。哎呀，”他说时朝我转过身来，“我跟您说过什么？舍尔巴托夫王妃，康布勒梅侯爵和夫人。”他又说了这两个姓氏，说时按它们的旋律摇头晃脑，并对我说：“您看，我们的日子混得不错。不管怎样，您可是马到成功。那屋子里的人一定光彩夺目。”他接着朝布里肖转过身去，补充道：“老板娘可要生气了。我们只有在到达后助她一臂之力。”维尔迪兰夫人来到拉斯珀利埃尔之后，在信徒们面前装出一副样子，仿佛她邀请房东来是万般无奈。据她说，这样她下一年租房的条件会更加有利，她邀请房东纯粹是出于私利。但她总是说十分害怕，觉得跟不属于小集团的人共进晚餐，自己简直成了怪物，因此晚宴再三推迟。另外，这晚宴使她感到害怕，一方面有她夸大其辞地宣称的原因，而从另一方面看，晚宴又因她故作风雅而使她喜出望外，但这种原因她不想说出口。因此，她是半真半假，她认为这个小宗派在世上独一无二，要过好几百年才会形成第二个类似的集体，因此，一想到外省人要进入小宗派，她就害怕得浑身颤抖，因为那些外省人不知道《四联剧》和《名歌手》[①]，在音乐会般的众人谈话中不能发出准确的音调，因此来到维尔迪兰夫人家里，就有可能毁掉一次著名的星期三聚会，而星期三聚会是无与伦比而又脆弱的杰

① 指瓦格纳的歌剧《尼伯龙根的指环》和《纽伦堡名歌手》。

作，如同威尼斯玻璃制品，只要一走音就会被震碎。“另外，他们想必是最强硬的**反对派**，军装上有杠。”维尔迪兰先生说。“啊！这件事，我倒无所谓，这事已经谈了相当长的时间。”维尔迪兰夫人回答道。她是真诚的德雷福斯派，但目的是想在她那德雷福斯派占优势的沙龙里得到社交上的某种回报。然而，德雷福斯派在政治上取得胜利，在社交上却并非如此。拉博里[①]、雷纳克[②]、皮卡尔[③]和左拉，在社交界人士看来仍是叛国贼，只能被排除在小核心之外。因此，维尔迪兰夫人这次介入政治之后，想要回到艺术中去。另外，丹第[④]和德彪西在案件中不是“情况不妙”吗？“在案件方面，我们只有把他们置于布里肖那边。”她说。（这位大学教授是唯一支持参谋部的信徒，这使他在维尔迪兰夫人心目中的地位大大降低。）“没有必要老是谈论德雷福斯案件。不，其实是康布勒梅夫妇使我烦恼。”至于信徒们，他们既想认识康布勒梅夫妇又不愿承认，同时又被声称不想接待康布勒梅夫妇而假装烦恼的维尔迪兰夫人所蒙蔽，因此，他们每天跟夫人谈话时，都要把夫人亲口说出的她发出邀请的微不足道的理由再说一遍，而且说得难以驳斥。“请您最后作出决定，”科塔尔反复说道，“这样您可以在租金方面得到让步，由他们来付园丁的工钱，您就能坐享草地的乐趣。用一个晚上的烦恼来换取这一切，值得。我说这话只是为了

---

① 拉博里（1860—1917），德雷福斯和左拉的律师。参见本书第三卷第395页注②。

② 雷纳克（1856—1921），法国政治家。参见本书第三卷第250页注③。

③ 皮卡尔（1854—1914），法国军官，发现埃斯特哈齐叛国的证据，认为德雷福斯是无辜的。

④ 丹第（1851—1931），法国作曲家。圣咏学院发起人之一。从弗兰克学作曲，创作上深受弗兰克及瓦格纳的影响。主要作品有歌剧《钟之歌》、《外地人》，《法国山歌交响曲》，交响变奏曲《伊斯塔尔》，交响三部曲《夏日山中》，钢琴套曲《旅中画集》等，大都表现乡土风光和自然景色。为圣咏学院编有《作曲法教程》三卷。他并不掩盖反对德雷福斯的观点及其反犹主义。

您好。”他补充道。不过，他有一次乘坐维尔迪兰夫人的马车，在大路上跟德·康布勒梅老夫人的马车迎面相遇，心就怦怦直跳，特别是另一次，他在车站时待在侯爵旁边，被当作铁路职员，感到丢脸，心就跳得更加厉害。至于康布勒梅夫妇，他们的生活跟社交界相距甚远，根本不会想到某些优雅女子在谈到维尔迪兰夫人时带有几分敬意，因此在他们的想象之中，维尔迪兰夫人只认识放荡不羁的女人，也许还没有正式结婚，而“出身高贵”的人，她只能认识他们俩。他们同意去她那里吃晚饭，只是为了跟女房客保持良好关系，希望她在许多季节都来租房，尤其是他们在上个月获悉，她继承了几百万遗产。他们默默地为这个决定命运的日子作好准备，没有开低级趣味的玩笑。但信徒们已不再指望这个日子会来临，因为维尔迪兰夫人当着他们的面定下日期，却一改再改。她的决定再三改变，不仅是为了表明这晚宴使她感到烦恼，而且是要让小集团的一些成员提心吊胆，这些人住在附近，有时想把她甩掉。这不是因为老板娘猜到，这“重大的日子”会给他们和她本人带来同样的愉悦，而是因为她使他们相信，这次晚宴是她最难受的苦差事，这样她就能使他们对她忠心耿耿。“你们总不会让我单独跟那些中国人待在一起吧！相反，我们要人多，才能忍受这种烦恼。当然啰，我们不会去谈我们感兴趣的任何事情。这会是一个失败的星期三，你又有什么办法！”

“确实，”布里肖对着我回答道，“维尔迪兰夫人非常聪明，为准备她的星期三聚会十分殷勤，我认为她不愿意接待这些出身高贵但毫不风趣的乡绅。她无法下决心邀请老侯爵夫人，就只好请她的儿子和儿媳妇。”——“啊，我们会见到康布勒梅侯爵夫人？”科塔尔说时面带微笑，并觉得微笑应显得淫荡和殷勤，虽说他不知道康布勒梅夫人是否漂亮。但是，侯爵夫人的称号在他脑中唤起奇妙而又优雅的形象。“啊！我认识她。”茨基说道。他有一次跟维尔迪兰夫人一起散步时遇到过她。“您说认识她，是不是希伯来文《圣经》上说的认识[1]?”大夫说时在单片眼镜里瞟了一眼,开了个他喜欢的玩笑。“她聪明。”茨基对我说。“当然啰,”他见我一声不吭,就继续说道,说时面带微笑,字字强调,“她既聪明又不聪明,她缺乏修养,十分肤浅,但她对美的事物有本能的感觉。她会一声不吭,但决不会说一句蠢话。另外,她肤色漂亮。要是为她画像,那一定有趣。”他眯着眼睛补充道,仿佛他看到她就在眼前。由于我的看法跟茨基细致入微的看法完全不同,我只是说她是杰出的工程师勒格朗丹先生的姐姐。“啊,您看,您将被介绍给一位漂亮的女士,”布里肖对我说,“我们决不会知道因此会有什么结果。克娄巴特拉连贵妇人也不是,是个小女人,是我们的梅拉克笔下轻率而又可怕的小女人[2],您看,不仅对那个傻瓜安东尼[3]产生影响,而且对古代世界也有影响[4]。”——“已有人把我向德·康布勒梅夫人作了介绍。”我回答道。“啊!那么,您就是去老相识的家乡了。”——“我见到她会十分高兴,”我回答道,“因为她答应给我一本书,是贡布雷以前的本堂神甫对这个地区地名的论著[5],我可以提醒她赠书的许诺。我对那位神甫感兴趣,对词源也有兴趣。”——“他提出的那些词源,您不要过于相信。”布里肖对我回答道。“拉斯珀利埃尔有那本书,我因好奇曾翻阅过,但觉得丝毫没有价值,书里谬误百出。我给您举个例子。bricq 这个词用在我们周围地区的许多地名中。那位正直的神职人员产生了相当奇特

---

① 指有性关系。

② 亨利·梅拉克(1831—1897),法国剧作家。参见本书第三卷第37页注①。布里肖认为克娄巴特拉像梅拉克笔下的人物。普鲁斯特曾著文评论亨利·德·索西纳的小说《克娄巴特拉的鼻子》(1893)。

③ 指马可·安东尼(约前83—前30),古罗马统帅。公元前37年与埃及女王克娄巴特拉结婚。亚克兴战役中败于屋大维,逃至埃及自杀。

④ 帕斯卡在《思想录》中说:“克娄巴特拉的鼻子,如果长得短一些,整个大地的面貌都会改观。”参见何兆武译本,商务印书馆,1997年,第79页。

⑤ 参见本卷第220页。

的想法，认为该词源于 briga，意为：高地，设防地。他看到克尔特部落已使用该词，如 Latobriges（拉托布里热[①]），Nemetobriges（奈默托布里热）等等，甚至出现在 Briand（布里昂），Brion（布里翁[②]）等词中。谈到我们此刻跟您一起愉快地穿越的这个地区，Bricquebose[③]（布里克博兹）表示：高地的树林，Bricqueville（布里克维尔[④]）表示：高地的住所，我们将在片刻之后停靠在曼恩维尔前面一站 Bricquebec（布里克贝克），意思是：小溪边高地。然而，这根本就不是这么回事，因为 bricq 是古斯堪的纳维亚语词，意思是：桥。同样，fleur 这个词，那个受德·康布勒梅夫人保护的人，花了九牛二虎之力，一会儿说该词跟斯堪的纳维亚语的 floi，flo 有关，一会儿又说跟爱尔兰语词 ae 和 aer 有关，其实恰恰相反，不容置疑的是，这个词是丹麦人说的 fiord，意为：港口。同样，那位出色的教士认为，拉斯珀利埃尔附近的 Saint-Martin-le-Vêtu 意思是 Saint-Martin-le-Vieux（vetus）（旧城圣马丁[⑤]）。确实，vieux（老的）这个词在这一地区的地名中曾起到很大的作用。Vieux 通常源于 vadum，表示：浅滩，就像名为 les Vieux（浅滩村）的村庄。而英国人则称之为 ford［如 Oxford（牛津），Hereford（赫里福德）］。但在个别情况下，vieux 并非源于 vetus，而是出自 vastatus，意思是：荒芜的不毛之地。这里附近有个地方叫 Sottevast（索特瓦斯特[⑥]），意思是 vast de Setold（荒芜的塞托尔德），Brillevast（布里耶瓦斯特）就是 vast de Berold（荒芜的贝罗尔德）。我可以肯定，那个本堂神甫

① 拉托布里热是克尔特部落，居住在多瑙河发源地附近。

② 布里翁是法国安省、安德尔省、伊泽尔省、洛泽尔省、曼恩—卢瓦尔省、索恩—卢瓦尔省、维埃纳省和约讷省的市镇名称。

③ 法国七星丛书版为 Bricquebosc（布里克博斯克），是法国芒什省市镇。

④ 布里克维尔是法国卡尔瓦多斯省和芒什省的市镇名称。

⑤ 旧城圣马丁是法国芒什省市镇。

⑥ 索特瓦斯特是法国芒什省市镇。

弄错了，因为 Saint-Martin-le-Vieux 以前称为 Saint-Martin-du-Gast（荒芜的圣马丁），甚至称为 Saint-Martin-de-Terregate。然而，这两个词中的 v 和 g 是同一个字母。人们说 dévaster（使荒芜），也说 gâcher（糟蹋）。jachères（休闲地）和 gâtines（贫瘠沼泽地）（出自古德语 wastinna）意义相同。因此，Terregate 的意思是 terra vasta（荒芜的土地）。至于 Saint-Mars（圣马尔斯），以前（有邪念者要遭报应）称 Saint-Merd（圣梅尔德），就是 Saint-Medardus（圣梅达尔杜斯），有时则称为 Saint-Médard（圣梅达尔①），Saint-Mard（圣马尔②），Saint-Marc（圣马克③），Cinq-Mars（森马尔斯④），甚至称为 Dammas（达马斯）。另外还不应忘记，这里附近的有些地名带有 Mars，只是证明源于异教（马尔斯神），异教在这个地区仍有生命力，但那位圣徒却不想承认。奉献给神祇的高地特别多，如 montagne de Jupiter（朱庇特山）[Jeumont（热蒙⑤）]。你们那位本堂神甫对此视而不见，而在基督教留下踪迹的地方，他却看不到这些踪迹。他一直旅行到 Loctudy（洛克蒂迪⑥），据他说是蛮族的地名，其实是 Locus sancti Tudeni（圣图德尼之地），他也没有猜出 Sammarcoles（萨马科尔⑦）就是 Sanctus Martialis（献给战神马尔斯）。你们的本堂神甫，"布里肖见我感兴趣，就继续说下去，"认为以 hon，home，holm 结尾的词自出 holl（hullus）这个词，意思是：山丘，但该词源于古斯堪的纳维亚语词 holm，意思是：岛，您知道 Stockholm（斯德哥尔摩）就是如此，在这个地区都十分流行，如 la

---

① 圣梅达尔是法国滨海夏朗德省等地市镇。

② 圣马尔是法国埃纳省等地市镇。

③ 圣马克是法国菲尼斯泰尔省以前的市镇，现为布雷斯特市一个区。

④ 森马尔斯是法国安德尔—卢瓦尔省市镇。

⑤ 热蒙是法国北部省市镇。

⑥ 洛克蒂迪是法国菲尼斯泰尔省市镇，位于该省西南海岸。

⑦ 萨马科尔是法国维埃纳省北部市镇。

Houlme[①](拉乌尔姆),Engohomme(昂戈奥姆),Tahoume(塔乌姆). Robehomme(罗伯奥姆[②]),Néhomme(内奥姆),Quettehon[③](凯特翁)等等。"这些地名使我想起,有一天阿尔贝蒂娜先是想去昂弗勒维尔—拉比戈(布里肖对我说,这是先后拥有该地的两位领主的姓),后来又提出要去罗伯奥姆跟我共进晚餐。"内奥姆不是在卡尔克蒂伊和克利图尔附近吗?"我问道。"不错。Néhomme(内奥姆)就是 holm,是著名的 vicomte Nigel(奈杰尔子爵)的岛或半岛,在 Néville(内维尔[④])中留有他名字痕迹。您跟我说起卡尔克蒂伊和克利图尔,这两个地名又使那个受德·康布勒梅夫人保护的人出了错。他一定看出 Carquethuit(卡尔克蒂伊)中的 carque 意为:教堂,即德国人说的 Kirche。您知道 Querqueville(凯尔克维尔[⑤]),[⑥]Dunkerque(敦刻尔克[⑦])就不用说了。我们最好还是说一下 Dun 这个著名的词,克尔特人认为意思是:高地。这个词在全法国都能看到。你们的神甫看到 Duneville(迪纳维尔)就给迷住了,在厄尔—卢瓦省省会看到 Châteaudun(沙托丹),谢尔省有 Dun-le-Roi(丹勒鲁瓦[⑧]),萨尔特省有 Duneau(迪诺),阿列日省有 Dun(丹镇),涅夫勒省有 Dune-les-Places[⑨](迪纳莱普拉斯),等等。这个 Dun 使他在考证 Douville(杜维尔)时出了个奇怪的错误,我们将在那里下车,维尔迪兰夫人的舒适马车在那里等待我们。

---

① 应为 Le Houlme(勒乌尔姆),法国下塞纳省(现为滨海塞纳省)市镇。

② 罗伯奥姆是法国卡尔瓦多斯省市镇。

③ 法国七星丛书版中为 Quettehou(凯特乌),法国芒什省市镇。

④ 法国下塞纳省(现为滨海塞纳省)和芒什省都有名为内维尔的市镇。

⑤ 凯尔克维尔是法国芒什省北部市镇。

⑥ 法国七星丛书版后面加上:Carquebut。卡尔克比为法国芒什省市镇。

⑦ 敦刻尔克是法国北部省沿海城市,法国第三大港,以 1940 年英法军队大撤退而闻名。

⑧ 丹勒鲁瓦现名欧龙河畔丹镇。

⑨ 应为 Dun les Places(丹莱普拉斯)。

Douville 拉丁文为 donvilla。"他说道。"确实，Douville 在高山脚下。你们的本堂神甫无所不知，还是感到自己出了个错。他确实在以前一本教区财产清册中看到过 Domvilla 一词。于是，他收回前言，据他说，Douville 是圣米歇尔山修道院院长的一块封地，即 Domino Abbati[①]（修道院封地）。他因此十分高兴，但想到埃普特河畔圣克莱尔法令[②]颁布之后，在圣米歇尔山所过的令人议论纷纷的生活，这就显得相当奇怪，如同异乎异常地看到，统治该地整个海岸的丹麦国王[③]，在那里进行奥丁神[④]祭礼大大多于对基督的祭祀。另一方面，n 变成 m 的猜想，并未使我反感，其变化要小于十分规范的 Lyon（里昂）的变化，而 Lyon 也源于 Dun [Lugdunum（卢古斯神守卫的高地）]。但是，那神甫最终错了。Douville 从未称为 Donville，而是曾称为 Doville，即 Eudonis Villa，意为 Eudes（厄德）的村庄。Douville 以前称为 Escalecliff（埃斯卡勒克利夫），即斜坡阶梯。1233 年左右，宫廷司酒官厄德即埃斯卡勒克利夫的领主前往圣地，出发前把教堂交给白地修道院[⑤]管理。投桃报李，村庄以他的名字命名，因此现为 Douville[⑥]。但我要补充一点，地名学我虽说知之甚少，却并非是一门严密的学科；如果我们没有这一历史证据，Douville 很可能源于 Ouville（乌维尔），意为：河泊。ai

---

① 法国七星丛书版小写为 domino abbati。

② 公元 911 年，法国国王查理三世（天真汉）和诺曼人首领罗伦在埃普特河畔圣克莱尔（法国瓦勒德瓦兹省西北部）签订和约，将诺曼底划归诺曼人治理，但成为法国的附庸，并要行洗礼。

③ 丹麦国王未曾统治过诺曼底。

④ 奥丁是古斯堪的纳维亚神话中的主神之一，从远古起是战神，在基督教以前时代的末期已是斯堪的纳维亚的主神。

⑤ 白地修道院建于 1155 年，位于法国芒什省纳梅尼尔市镇，曾是普赖蒙特莱修会的修道院。其教堂和多幢建筑物在法国大革命爆发后被毁。

⑥ Eudes（厄德）又名 Odon（奥东），源于证书拉丁文的 Don，因此才有现名 Doville。现在诺曼底还有一地名为 Donville，Doville 这个地名则有三四处。

构成的词[如 Aigues-Mortes(艾格莫尔特①)]源于 aqua(水),往往会变成 eu 或 ou。然而,Douville 附近有闻名的沼泽地 Carquebut(卡尔克比②)。您认为那个本堂神甫在那里发现基督教的一个遗迹极其高兴,以前在那个地区传教似乎相当困难,需要圣乌萨尔③、圣戈弗鲁瓦④、圣巴萨诺尔⑤、圣洛朗·德·布雷弗当⑥先后去那里传教,后者把此事交给博贝克修道院⑦的修士去办。但在谈到 tuit 时,作者弄错了,认为是 toft 的一种形式,意思是:破屋,如 Criquetot(克里克托),Ectot(艾克托),Yvetot(伊沃托⑧),其实是 thveit,意思是:(已清理的)采伐迹地、开垦地,如 Braquetuit(布拉克蒂伊⑨),le Thuit(勒蒂伊⑩),Regnetuit(雷涅蒂伊⑪)等。同样,他承认 Clitourps(克利图尔)中的诺曼底方言 thorp 的意思是:村庄,但却认为该词前半部分源于 clivus,意为:斜坡,其实源于 cliff,意为:悬岩。不过,他出的最大的差错,不是因为他的无知,而是因为他有偏见。出色的法国人,是否都要否认明摆的事实,认为圣洛

---

① 艾格莫尔特是法国加尔省南部市镇,意为"死水"。

② 卡尔克比是法国芒什省市镇,位于科唐坦和贝桑沼泽自然保护区的中央,意为:教堂的村庄,教堂(附近)的乡村。

③ 应为圣乌叙斯,十二世纪时是圣朱米埃热修道院第 32 任院长。

④ 应为圣若弗鲁瓦,十一世纪末生于巴约(法国卡尔瓦多斯省)。曾任瑟里齐修道院(属巴约教区)院长,后于 1113 年任萨维尼修道院(位于诺曼底和布列塔尼交界处)院长,1122 年再次任该院院长。他于 1139 年去世。

⑤ 圣巴萨诺尔可能在八世纪曾任埃夫勒教区圣勒弗鲁瓦十字架修道院院长,但《圣人传》续编者认为此人并不存在,可能是圣巴萨尼夫之误。

⑥ 圣洛朗德布雷弗当是法国滨海塞纳省市镇。

⑦ 博贝克修道院曾是西都会修道院,位于讷沙泰勒昂布赖(法国滨海塞纳省)附近,属鲁昂教区,因其主保圣人而称为博贝克的圣洛伦索修道院。

⑧ 艾克托和伊沃托都是法国下塞纳省(现为滨海塞纳省)市镇。

⑨ 布拉克蒂伊是法国滨海塞纳省市镇。

⑩ 勒蒂伊是法国厄尔省市镇。

⑪ 雷涅蒂伊是法国下塞纳省(现为滨海塞纳省)市镇。

朗昂布赖是著名的罗马教士[①]？这其实是都柏林大主教圣劳伦斯·奥图尔[②]。但是，除了爱国热情之外，您那位朋友的宗教偏见也使他犯下重大错误。譬如说，离邀请我们的主人在拉斯珀利埃尔的住处不远的地方，有两个 Montmartin（蒙马坦），一个叫 Montmartin-sur-mer（滨海蒙马坦），另一个叫 Montmartin-en-Graignes（格雷涅地区蒙马坦）。关于 Graignes（格雷涅[③]），那位出色的本堂神甫没有看错，他看出 Graignes 的拉丁文是 grania，希腊文是 crêné，意思是：池塘，沼泽地，Cresmays（克雷斯梅），Croen（克罗恩），Gremeville[④]（格雷默维尔），Lengronne（朗格罗纳[⑤]），这样的例子不是不胜枚举？但说到 Montmartin，您那位所谓的语言学家非要说这是奉献给圣马丁[⑥]的堂区。他这样说，是因为这位圣人是那些堂区的主保圣人，但他并未想到，这位圣人只是到后来才成为主保圣人；或者不如说，他因对异教的仇恨才看走眼，他不想看到，如果真是圣马丁，就应该说圣马丁山，就像现在说圣米歇尔山那样，而 Montmartin 这个名称，异教色彩要浓得多，是用于祭祀马尔斯神的神殿，这种神殿，我们确实没有其他遗迹，但在附近地区存在广阔

---

① 罗马教士指圣洛伦索，公元三世纪中叶出生于西班牙，年轻时赴罗马，被教皇西克斯图斯二世任命为助祭。罗马皇帝瓦莱里安残酷迫害基督徒，教皇首先被捕，后被斩首。他去世前命洛伦索将教会财产散发给穷人。皇帝得知后令他献出教会财产，他却把一批穷人带到皇帝面前，被皇帝令人用慢火烧烤，于 258 年 8 月 10 日殉教。他是上述博贝克修道院的主保圣人。

② 劳伦斯·奥图尔（1124—1180），即都柏林的圣劳伦斯，是都柏林大主教，都柏林和厄镇的主保圣人。他在想要觐见金雀花王朝建立者亨利二世时去世。

③ 格雷涅是法国芒什省以前的市镇。

④ 七星丛书版为 Grenneville（格雷纳维尔）。格雷纳维尔是法国卢瓦雷省市镇。

⑤ 朗格罗纳是法国芒什省市镇。

⑥ 圣马丁（约 317—397）出生在今匈牙利境内帕诺尼亚，早年参加罗马军队，先后在意大利和高卢服役。一年冬天，他在亚眠城门口遇到一赤身裸体的乞丐，在寒风中向他行乞。他未带钱财，便拔剑割袍，将半件分给乞丐。是夜梦见基督披着他的半件罩袍出现，从此皈依基督，并请求退役，在他创建的修道院修行。他是士兵和骑士的主保圣人。

的罗马营地是无可置疑的事实，不过要是没有 Montmartin 这个能消除疑问的名称，这就使人觉得神殿更不可能存在。您现在知道，您将在拉斯珀利埃尔拿到的那本小书并非写得最好。”我表示不同意，并说在贡布雷时，本堂神甫常常把一些有趣味的词源说给我们听。“他在自己的地方，情况也许好些，后来到诺曼底旅行，就水土不服。”——“而且也没有治好他的病，”我补充道，“因为来到时神经衰弱，走时患风湿病。”——“啊！这是神经衰弱造成的。他由神经衰弱转入语文学，我的老师波克兰会这样说[1]。您说说，科塔尔，您是否觉得神经衰弱会对语文学有不良影响，语文学会对神经衰弱有镇静作用，而神经衰弱的治愈会导致风湿病?”——“确实如此，风湿病和神经衰弱是神经—关节病素质的两种替代形式。人会因转移作用由一种病转到另一种病。”——“杰出教授说话时，”布里肖说，“请上帝原谅，法语中加上拉丁语和希腊语，想起莫里哀剧中的卜尔恭先生，他也会这样说！要我说，我的叔叔，我是说我国的萨尔塞[2]……”但他没能把话说完。只见教授惊跳起来，大声吼叫道：“哎呀，”他大声说道，终于转入发音清晰的语言，“我们已过了曼恩维尔(哎！哎！)，连雷纳维尔也过了。”他刚刚看到火车停靠在老城圣马斯，几乎所有的旅客都下了车。“他们应该不会跳站不停的。我们在谈论康布勒梅夫妇时也许没有注意。”——“请听我说，茨基，您等一下，我这就告诉您‘一件好事’。”科塔尔说时装出在某些医学界常用的表情，“王妃应该在这

① 波克兰是莫里哀的姓。布里肖在戏谑地模仿莫里哀《无病呻吟》中的医生卜尔恭：“先让你消化徐缓……由消化徐缓转入消化不良……由消化不良转入消化极其不良……消化极其不良转入腹泻……由腹泻转入痢疾……从痢疾转入水泻……从水泻转入死亡，那就是你瞎胡闹的结果了。”(第三幕第五场，参见《莫里哀喜剧选》下卷，仲恢译，人民文学出版社，1981 年，第 386—387 页)

② 朗西斯克·萨尔塞(1827—1899)，法国《时代报》戏剧批评家。他忠于传统，喜欢编写出色的剧本，观点有点“平淡无奇”，文章的调子既有责备又显得和善，故有“叔叔”的绰号。

个列车上，她可能没看到我们，上了另一个车厢。我们去找她。但愿不会造成混乱！”说完，他就带我们大家去寻找舍尔巴托夫王妃。他在一节空荡荡车厢的角落里找到了她，她正在看《两世界评论》。经过长年累月，她因怕别人对她无礼，就养成习惯，总是安于自己的地位并待在一边，在生活中和火车上都是如此，等别人跟她打招呼后才伸出手去。信徒们进入她的车厢时她仍在看杂志。我立刻认出了她；这位女士可能已失去地位，但仍显出高贵的出身，不管怎样，她仍是维尔迪兰夫妇这样的沙龙里的明珠，两天前，我曾在同一列火车上看到她，以为她可能是一家妓院的鸨母。她的身份如此难以捉摸，但在我得知她的姓氏后却变得一清二楚，这就像猜谜语，在动足脑筋之后终于得知谜底，刚才模糊不清的事就变得十分清楚，对人来说，这谜底就是其姓氏。两天后才得知，当时火车上坐在自己旁边的是什么人，而在两天前却无法看出此人的社会地位，这时感到的意外，要比在一本新出的杂志上看到上一期刊登的谜语的谜底时感到的意外更加有趣。大饭馆、娱乐场和“弯弯车”是这些社会之谜的家族的博物馆。“王妃，我们在曼恩维尔跟您失之交臂！您允许我们坐在您的车厢里？”——“当然可以。”王妃听到科塔尔对她说话就这样说，但她只是从杂志上抬起眼睛，她的眼睛跟德·夏吕斯先生的眼睛一样，但更加温柔，虽说清楚地看到站在她面前的人，却装出没有看到的样子。科塔尔考虑到我跟康布勒梅夫妇同时受到邀请，觉得可以引荐，就在片刻之后决定把我介绍给王妃，王妃彬彬有礼地躬身施礼，但显出是第一次听到我的名字。“见鬼，”大夫大声说道，“我妻子忘了叫人给我换白背心上的纽扣。啊！这些女人，什么事也想不到。您决不要结婚，您得知道。”他对我说。这是他觉得在无话可说时可以开的一个玩笑，因此他用眼角对王妃和其他信徒瞟了一眼，他们则因他是教授和医学科学院院士，都微微一笑，对他心情愉快又没有架子表示赞赏。王妃告诉我们，那年轻的小提琴手找到了。他昨天因偏头痛卧床不起，今天晚上一定会来，并把他父亲的一位老朋友带来，是在东锡埃尔遇到的。这个消息她是跟维尔迪兰夫人共进早餐时从夫人那里听到的，她用急促的声音对我们说，说时用俄语的大舌音发小舌颤音 r，在喉咙里发出时声音既轻又含糊不清，仿佛这音不是 r 而是 l。“啊！您跟她共进早餐。”科塔尔对王妃说，但眼睛却看着我，因为他说这话的目的是向我表明，王妃跟老板娘的关系多么密切。“您可是一位信徒！”——“是的，我喜欢这聪明的小圈子，令人愉快，没有恶意，十分纯朴，不故作风雅，大家都非常风趣。”——“啊呀！我可能把车票给丢了，我找不到了。”科塔尔大声说道，但又并未显得十分不安。他知道在杜维尔会有两辆双篷四轮马车来接我们，即使没有车票，车站职员也会放行，而且在脱帽致敬时还会把腰弯得更低，以表明自己宽宏大量，就是说他已看出科塔尔是维尔迪兰家的一位常客。“他们不会因此而把我关禁闭。”大夫作出结论。“您刚才说，先生，”我问布里肖，“附近有著名温泉，您是怎么知道的？”——“下一站的站名就是众多证明之一，称为 Fervaches（费尔瓦施）。”——“我不知道这是什么意思。”王妃低声说道，那声音就像在讨好我。“这使我们尴尬，是吗？”——“啊，王妃，Fervaches 的意思是：温水，即 fervidœ aquœ。但说到那年轻的小提琴手，”布里肖继续说道，“科塔尔，我忘了告诉您一个重要消息。您是否知道，我们可怜的朋友德尚布尔，就是维尔迪兰夫人以前喜欢的钢琴家，已在不久前去世？真是可怕。”——“他还年轻，”科塔尔回答道，“但他想必肝脏出了问题，有点什么毛病，一段时间以来，他脸色十分难看。”——“但他已不是那么年轻。”布里肖说道。“在埃尔斯蒂尔和斯万去维尔迪兰夫人家拜访的时候，德尚布尔已经是巴黎名人，令人钦佩的是，他并未在国外接受过成功的洗礼。根据圣巴纳姆[①]的说法,这个人可不是福音书的信徒。”——“您弄错了,他那时不可能去维尔迪兰夫人家,他当时还在吃奶呢。”—— “除非我这个老脑袋瓜记错,我觉得德尚布尔常常为斯万演奏樊特伊的奏鸣曲,当时小圈子里的这个人跟贵族断绝关系,并未料到他有朝一日会成为我们的女王奥黛特的资产阶级化的丈夫。”——“这不可能,樊特伊的奏鸣曲在维尔迪兰夫人家演奏时,斯万早已不再踏进她的家门。”大夫说道。他就像有些人,工作努力,以为记住许多有用的知识,却忘了其他许多事情,因此会对无所事事的人的好记性赞叹不已。“您连熟悉的人都记错了,而您又没有智力衰退。”大夫微笑地说。布里肖承认自己记错。火车停了。是索涅站。这个地名使我感到困惑。“我多想知道所有这些地名的意思。”我对科塔尔说。“您就去问布里肖,他也许知道。”——“la Sogne(索涅),就是 la Cicogne,Siconia(鹳)。”布里肖回答道。我也想问他其他许多地名。

舍尔巴托夫夫人忘了她喜欢待在“角落”里,出于好意跟我换了座位,使我便于跟布里肖交谈,而我也想对他询问我感兴趣的其他词源,她还肯定地说,旅行时顺向坐、逆向坐还是站着,她都无所谓。她只要不知道新成员的意图,就采取守势,但一旦看出他们心怀善意,就想方设法取悦于他们。火车最终停在杜维尔—菲泰尔纳站,该站跟菲泰尔纳村和杜维尔村的距离大致相同,因此两个村名就合成这一站名。“真见鬼,”科塔尔大夫大声说道,这时我们来到了检票口,他装出刚刚才发现的样子,“我车票找不到了,我想必给丢了。”但车站职员摘下大盖帽说没关系,说时露出恭敬的微笑。王妃(给车夫作了解释,她就像维尔迪兰夫人的宫廷女官,

① 尼亚斯·泰勒·巴纳姆(1810—1891),美国江湖骗子,游艺节目演出的经理人,搞畸形人展览、美女比赛等耸人听闻的节目。著有回忆录《巴纳姆自传》。

夫人因康布勒梅夫妇要来，没能来火车站，况且她也很少亲自来火车站）请我和布里肖跟她一起上一辆马车。大夫、萨尼埃特和茨基则上另一辆车。

车夫虽说年纪轻轻，却是维尔迪兰府的一把好手，是唯一名副其实的车夫；白天，他们夫妻俩外出游览，都由他驾车，因为他熟悉所有小路，晚上，他去接送那些信徒。必要时，他带上（由他选择的）"临时佣工"。他是个出色的小伙子，为人朴实、灵活，但总是愁眉苦脸，两眼发呆，说明他有点小事就会焦虑不安。但他此刻十分高兴，因为他总算给他那也很出色的哥哥在维尔迪兰家找到个差事。我们首先穿过杜维尔。山丘上绿草丛生，山坡一直延伸至海边，形成广阔的牧场，潮湿又饱含盐分，牧草茂盛并且柔软，显得生气勃勃。里弗贝尔的小岛星罗棋布，海岸犬牙交错，跟这里的情况相差无几，而不同于巴尔贝克，因此我觉得那片海域呈现出崭新的面貌，有一种立体感。我们途经一座座小木屋，几乎都由画家租用，然后我们驶入一条小路，小路上有放养的母牛，它们跟我们的马匹一样害怕，挡住我们去路达十分钟之久，过后我们才驶入峭壁上的道路。"以不朽神祇的名义，"布里肖突然说道，"我们再来谈谈那可怜的德尚布尔。您是否认为维尔迪兰夫人**知道**他的消息？是否有人跟她**说过**？"维尔迪兰夫人几乎跟所有社交界人士一样，需要跟其他人交往，这些人死了之后，她就不会再想到他们，连一天也不会想到，因为他们不能再来参加星期三聚会或星期六聚会，也不能身穿便服来吃晚饭。不能说小宗派里死人多于活人，所有的沙龙都是如此，人死了，就像没有存在过那样。但是，为避免谈论死者乃至为一件丧事而中止晚餐——这在老板娘那里是不可能的事——这样的烦恼，维尔迪兰先生就假装认为，信徒去世使她妻子悲痛欲绝，为了她的健康，就不应该谈论这种事。另外，也许正是因为其他人之死，在他看来是普通的意外事故，因此他想到自己的死非常害怕，就避免去想与此有关的事。至于布里肖，他十分善良，完全被维尔迪兰先生对妻子的看法所蒙骗，担心自己的女友会如此悲伤。“是的，她今天上午就**全都知道**，”王妃说道，“别人**无法对她隐瞒**。”——“啊！真是天打雷霹，”布里肖大声说道，“一个二十五年的朋友。我们的一个朋友。”——“是呀，是呀，您又有什么办法。”科塔尔说[①]。“这种情况总是叫人难受，但维尔迪兰夫人是女强人，她有理智，不会感情用事。”——“我并不完全同意大夫的看法。”王妃说得很快，声音又轻，听起来既像生气，又像在开玩笑。“维尔迪兰夫人表面冷淡，内心却蕴藏着珍贵的感情。维尔迪兰先生曾对我说，他花了九牛二虎之力才阻止她去巴黎参加葬礼，他只好肯定地对她说，葬礼将在乡下举行。”——“啊！喔唷！她要去巴黎。我清楚地知道，她这个女人心地善良，也许过于善良。可怜的德尚布尔！正如维尔迪兰夫人在将近两个月前所说：‘普朗泰[②]、帕德雷夫斯基[③]乃至里斯勒[④]都无法跟他媲美。’啊！那个自吹自擂的尼禄，竟设法愚弄德意志科学，跟尼禄相比，德尚布尔更有资格说：Qualis artifex pereo[⑤]！但是，德尚布尔至少在去世时如同履行司祭职务，具有贝多芬那样的虔诚，我对此毫不怀疑；说句公道话，这位德国音乐的主祭，在去世时理应奏出《D大调弥撒曲》[⑥]。但他毕竟是用颤音来迎接死亡的男子汉，因为这位天才的演奏家，是被巴黎人同化的香槟人后裔，有时会因自己的出身

---

① 这时科塔尔应该在另一辆马车上。

② 弗朗西斯·普朗泰(1839—1934)，法国钢琴家。

③ 伊格内西·帕德雷夫斯基(1860—1941)，波兰钢琴家、作曲家、政治家。1879—1883年在华沙音乐学院教钢琴。1888年在巴黎、1890年在伦敦、1891年在纽约首演，成为国际著名钢琴家。1919年波兰获得独立，他出任总理兼外交部长。

④ 爱德华·里斯勒(1873—1929)，法国钢琴家。演奏李斯特和贝多芬的乐曲，欣赏瓦格纳的作品。在法国和德国深受欢迎。

⑤ 拉丁文：“艺术俊杰，随我消亡！”古罗马作家斯维托尼乌斯在《十二恺撒列传》中说，这是尼禄自杀前说的话，但塔西佗认为这只是应景之作，尼禄并无诗歌才能。

⑥ 《D大调弥撒曲》(1819—1822)是贝多芬的合唱曲，亦称《庄严弥撒曲》，编号123。

而显出法国自卫军的勇敢和优雅。”

从我们到达的高处望去，大海已不像在巴尔贝克看到的那样，不再像山峦起伏，而是像出自山峰或环山道路，如同淡蓝色冰川或耀眼的平原，位置较低。船只行驶时的破碎尾流仿佛凝固不动，画出了一个个持久不变的同心圈；珐琅般的海面，在不知不觉中变换颜色，在港湾里呈现出牛奶的蓝白色，而在这牛奶上，一艘艘黑色小渡轮并未往前移动，如同停着的一只只苍蝇。我觉得无法在其他任何地方看到如此广阔的图景。但是，马车转一次弯，这图景中就增添了新的内容，我们到达杜维尔入市税征收处时，此前遮住半个海湾的山嘴陷了进去，我突然看到左边出现一个海湾，跟我此前看到的海湾一样深入陆地，但大小不同，却更加美观。在海拔如此高的地方，空气清新，使我心醉神迷。我喜欢维尔迪兰夫妇，他们派马车来接我们，我觉得其善意令人感动。我真想抱吻王妃。我对她说，我从未看到过如此美景。她声称这是她最喜欢的地方。但是，我清楚地感到，对她和维尔迪兰夫妇来说，最重要的事不是像游客那样观赏景色，而是在当地准备美味佳肴，接待他们喜欢的来客，并在这里写信、看书，就是在这里生活，听任当地的美景留在自己周围，而不是主动去进行观赏。

在入市税征收处，马车停留片刻，从海拔如此高的地方朝下望去，如同从山顶俯瞰，可看到淡蓝色深渊，几乎使人晕眩；我打开车窗，可听到阵阵波涛破碎的声音，声音柔和而又清晰，使人有一种崇高的感觉。这声音如同一种衡量的标志，颠覆了我们习惯的感觉，向我们表明垂直的距离可能跟水平的距离相同，这跟我们通常的想法截然不同；它还表明，垂直的距离使我们跟天空更加接近，因此距离不是很大；这表明垂直的距离对穿越这段距离的声音来说甚至更短，细浪发出的声音就是如此，原因是它要穿越的空间更加纯净，情况难道不正是如此？确实，只要从入市税征收处后退两米，就不再听到波涛声，而两百米高的悬崖却并未挡住它美妙、轻柔的声音。我心里在想，我外婆要是听到这声音，一定会赞叹不已，自然界或艺术上的任何表现，她都会赞赏，在平凡中看出其伟大之处。我兴奋之极，觉得周围的一切都十分美好。维尔迪兰夫妇派车到车站来接我们，使我心里感动。我向王妃诉说自己的心情，但她似乎认为，我过于夸大这如此普通的礼节所表示的善意。我知道她后来对科塔尔承认，她觉得我十分热情，但科塔尔对她回答说，我太容易激动，需要服用镇静剂，还需要打打毛线。我请王妃注意每棵树木、每座小屋，小屋如同被圆花饰压塌，我请她欣赏这一切，真想把她抱在怀里。她对我说，她发现我有绘画才能，说我应该画画，她感到意外的是，其他人还没有这样对我说过。她承认这个地方确实景色秀丽。我们穿过高山上的小村庄昂格莱斯克维尔（布里肖对我们说是 Engleberti Villa，昂格莱贝尔蒂村）。"王妃，虽说德尚布尔去世，今天的晚宴仍然举办，这事您是否可以确定？"布里肖补充道。他坐在马车里却并未想到，派马车来接我们就是对这个问题的回答。"可以，"王妃说，"维尔迪兰先生不希望晚宴延期，正是为了使他妻子不去'想'此事。另外，这么多年来，星期三她从未把客人拒之门外，要是改变她的习惯，她准会感到震惊。她近来烦躁不安。您今晚去吃晚饭，维尔迪兰先生特别高兴，因为这会给维尔迪兰夫人排解忧虑。"王妃说时忘了她刚才曾装模作样，仿佛从未听到别人说起我。"我觉得您在维尔迪兰夫人**面前**最好**什么**也别说。"王妃补充道。"啊！您提醒得好。"布里肖天真地回答道。"我一定向科塔尔转达这一忠告。"马车停留片刻后继续前行，但车轮在村子里行驶时发出的声音已经消失。我们已驶入拉斯珀利埃尔的迎宾道，维尔迪兰先生在台阶上等待我们到来。"我穿无尾常礼服是对的，"他高兴地看到信徒们全都穿着这种礼服就说，"因为我的客人都如此优雅。"但听到我因身穿短上衣而表示歉意，他则说："啊，这样很好。这里是朋友聚餐。我愿意把我的一件无尾常礼服借给您，只是您穿可能不合身。"布里肖走进拉斯珀利埃尔的门厅，为表示对钢琴家的哀悼，激动地跟男主人 shake-hand（握手），但对方却毫无反应。我对主人说出对这个地区的欣赏。"啊！太好了，但美景您还一无所见，我们一定指给您看。您为什么不来这里住几个星期？这里的空气真好。"布里肖生怕他握手的含义未被理解。"哎！那可怜的德尚布尔！"他说道，但声音很轻，因为他怕维尔迪兰夫人就在不远处。"真可怕。"维尔迪兰先生轻快地回答道。"年纪轻轻就走了。"布里肖接着说道。维尔迪兰先生因谈论这种无关紧要的事而耽搁时间感到不快，就予以反驳，说时声音急促，伴有一声尖厉的呻吟，并非表示悲痛，而是因不耐烦而恼怒："哎呀，不错，可你又有什么办法呢？我们对此无能为力，不是我们说几句话他就能死而复生，对吗？"说完，他声音又变得温柔，显得快活："呀，善良的布里肖，请赶快把您的衣物放下。我们已烧好普罗旺斯鱼汤，得趁热喝。尤其是看在老天的份上，请别对维尔迪兰夫人提起德尚布尔！您知道，她常常把自己的感受埋在心里，但她真的有多愁善感的毛病。不，我可以对您发誓，她得知德尚布尔去世之后，几乎要哭了出来。"维尔迪兰先生说话的声音像是在讲反话。听到他说这话就能感到，仿佛要得了一种精神错乱的毛病，才会悼念一位三十年的朋友，此外也可猜到，维尔迪兰先生和夫人这对夫妻，丈夫难免会对妻子评头论足，妻子也常常会惹丈夫生气。"您要是跟她谈起此事，她肯定又会生病。那就糟了，支气管炎好了才三个星期。碰到这种情况，病人就得由我来护理。您知道，我刚摆脱这种差事。您可以在心里为德尚布尔的命运感到悲伤，怎么悲伤都行。您可以去想，但不要说出口。我很喜欢德尚布尔，可您不能责备我更喜欢我的妻子。瞧，科塔尔来了，您可以去问他。"确实，他知道，一个家庭医生，要善于帮些小忙，譬如说提出医嘱，要求不能悲伤。

科塔尔听话，就对女主人说："您这样烦躁不安，明天准会**给我**弄到三十九度高烧"，这就像他对厨娘说："您明天准会给我弄到牛犊胸腺。”这医学不是用来治病，而是用来改变动词和代词的涵义。

维尔迪兰先生高兴地看到，萨尼埃特虽说在两天前受到无礼对待，却并未离开小核心。确实，维尔迪兰夫人和她丈夫因无所事事而养成残忍的性格，但场面大的时候太少，使他们无法完全发泄心中的怨气。他们曾使奥黛特和斯万不和，并拆散布里肖和他的情妇。他们还会对其他人照此办理，这是毫无疑问的。但这种机会并非每天都有。由于萨尼埃特容易激动，而且生性腼腆、胆小怕事，动不动就会惊慌失措，他就成了他们每天的出气筒。但他们又怕他会把他们甩掉，就在邀请他时说话既客气又有说服力，这就像中学里的高年级学生和部队里的老兵哄骗新生和新兵，以便将其控制，目的只有一个，那就是对他既要哄骗又要捉弄。“尤其是，”科塔尔没有听到维尔迪兰先生的话，就提醒布里肖，“在维尔迪兰夫人面前**别做声**。”——“别担心，科塔尔，正如忒奥克里托斯[①]所说，您是在跟智者说话。另外，维尔迪兰先生说得对，我们抱怨又有何用？”他这样补充道，因为他对一些词语形式及其产生的想法能够领会，但因缺乏敏锐的感觉，就欣赏维尔迪兰先生话中最大胆的斯多亚主义。“不管怎样，一个才华横溢的人仙逝。”——“怎么，你们还在谈德尚布尔？”维尔迪兰先生说。他走在我们前面，看到我们没有跟上，就又走了回来。“请听我说，”他对布里肖说，“任何事都不能夸大其词。这不是一个理由：因为他死了，就把他说成天才，可他并不是天才。他演奏出色，这毫无疑问，特别是他在这里受到礼遇，在别处他就会默默无闻。我妻子对他着迷，并使他出了名。你们知道她是怎样的人。我还要说，从维

① 忒奥克里托斯（约前310—约前250），古希腊诗人。是牧歌的创始者。有30首田园诗和25首铭辞传世。对欧洲田园诗的发展有一定影响。勒孔特·德·利尔曾翻译他的《田园诗和铭辞》，“您是在跟智者说话”是其中经常出现的语句。

护他的名气来看，他死得正是时候，恰到好处，这就像卡昂的小龙虾，按庞皮耶无与伦比的烹饪法烧烤[1]，就能烤得味道鲜美，就是这样（除非您在这四面通风的城堡里叫苦连天而永垂不朽）。您还不至于因德尚布尔死了而想让我们大家都去死吧，他在举办音乐会前不得不用一年的时间来进行音阶练习，以暂时——只是暂时——恢复其手指的灵活性。另外，您将在今天晚上听到，或者至少会遇到一个人，因为那个家伙常常会在晚饭后放弃艺术去打牌，这是德尚布尔之外的另一位艺术家，是我妻子发现的年轻艺术家（就像她发现德尚布尔、帕德雷夫斯基和其他人那样）莫雷尔。这家伙还没有来。我得派一辆马车在最后一班火车到站时去接他。他跟他家的一个老朋友一起来，那个朋友是他找到的，但老是缠着他，他不想得罪父亲，只好跟他一起来，否则就得留在东锡埃尔陪他，那个朋友是夏吕斯男爵。"信徒们都进去了。维尔迪兰先生跟我待在后面，我当时在脱衣服，他开着玩笑挽起我的手臂，就像晚宴时男主人见没有女客为你引路就会亲自带你走。"您一路顺风?"——"是的，布里肖先生告诉我一些事，我很感兴趣。"我这样说，是因为想起那些词源，也因为我听说维尔迪兰夫妇对布里肖十分欣赏。"他要是使您一无所获，我就会感到奇怪，"维尔迪兰先生对我说，"他这个人非常谦逊，很少谈论他的学识。"我觉得这样称赞不是十分公正。"他显得迷人。"我说。"他杰出、优雅，不是见钱眼开，也不是异想天开、举止轻浮，我妻子很喜欢他，我也喜欢!"维尔迪兰先生回答道，口气夸张，像在背书。我这时才看出，他对我说的关于布里肖的话带有讽刺的味道。我于是在想，从我听说的那个遥远年代起，维尔迪兰先生是否一直处于他妻子的监

---

① 庞皮耶是莱昂·都德的妻子，在《法兰西行动报》上发表美食方面的文章，后汇编成《法国佳肴：地方菜》一书，但卡昂小龙虾烧烤法并未载入该书，而是出现在克莱蒙—托内尔公爵夫人的《法国美好事物历书》中。

督之下。

雕刻家得知维尔迪兰夫妇同意接待德·夏吕斯先生，感到十分惊讶。在圣日尔曼区，德·夏吕斯先生名气很响，但人们从不谈论他的癖好（他的癖好大多数人并不知道，而其他人则持怀疑态度，他们认为这是过于热情的友谊，属于柏拉图式的精神恋爱，但有失检点，少数知情者则加以隐瞒，他们如听到加拉东那样不怀好意的女人影射此事，就耸耸肩不予理睬），这种癖好，只有几个亲朋好友知道，却每天受到圈外人士的指责，这就像有些炮弹爆炸，要等消音区受到干扰后才会听到。另外，在资产者和艺术家的这种圈子里，他被认为是性欲倒错的化身，而他在社交界的显赫地位和他的高贵出身却无人知晓，这跟有一种情况类似，那就是罗马尼亚人民都知道龙萨是大贵族的姓，却不知道他的诗作。更有甚者，在罗马尼亚认为龙萨是贵族的依据是错误的[1]。同样，在画家和演员的圈子里，德·夏吕斯先生如此臭名昭著，是因为他们把他跟勒布卢瓦·德·夏吕斯伯爵混为一谈，这个伯爵跟夏吕斯男爵无亲无故，即使有亲戚关系也是在极其遥远的过去，此人在警察的一次著名搜捕中被逮捕，也许是误抓。总之，人们谈论的关于德·夏吕斯先生的事，都是跟假男爵有关。许多同性群恋者肯定地说曾跟德·夏吕斯先生发生过关系，他们真诚地认为假男爵就是真男爵，那假男爵也许条件有利，一方面因为他炫耀自己是贵族，另一方面他隐瞒自己的恶习，这真假难辨，在很长一段时间里对真男爵（就是我们知道的那位）不利，但后来他走下坡路时，却使他感到舒服，因为这样一来他就可以说："这不是我。"现在，人家说的那

---

① 龙萨（1524—1585），法国诗人。七星诗社代表。主要作品有《短歌行》、《赞歌集》、《时论集》、史诗《法兰西亚德》等。他在《哀歌》第 21 首中写道："噢，说到我的祖先，其家族出自/冰冷的多瑙河跟色雷斯地区毗邻之处：/在匈牙利下面，在寒冷之处，/有个贵族，名叫龙萨侯爵。"龙萨出自罗马尼亚祖先的传说，被龙萨传记的作者亨利·龙尼翁否定。

个人确实不是他。最后,虚假的评论里就多了个毋庸置疑的事实(男爵的癖好),他以前是一位剧作家的好友,感情十分纯洁,这位剧作家在戏剧界名声显赫得莫名其妙,因为他根本就不配有这种名气。有人看到他们一起出席一次首演就说:“你们知道其中的原因”,这就像有人认为盖尔芒特公爵夫人跟帕尔马公主有不道德的关系;这是难以消除的传说,因为这种传说只有跟这两位贵夫人接近时才会消失,而使这种传说流传的人们,却无法跟她们接近,在剧院里要用望远镜才能看到她们,同时对坐在他们旁边的观众说她们坏话。雕塑家因德·夏吕斯先生的癖好而毫不犹豫地得出结论,因为男爵在社交界的处境想必如此糟糕,也因为他对德·夏吕斯先生的家族及其爵位和姓氏一无所知。科塔尔认为,所有人都知道,医学博士的学位微不足道,医院住院实习医生的职衔才管用,同样,社交界人士也会犯类似错误,认为所有人跟他们以及他们那个阶层的人一样,也知道他们的姓氏具有重要的社会地位。

阿格里真托亲王被一个俱乐部的穿制服服务员看成来路不明的“外国阔佬”,因为亲王借了他二十五路易,亲王只有在圣日尔曼区才变得显赫,他在那里有三个姐妹是公爵夫人,因为虽说他在下等人的眼里无足轻重,但显贵们都知道他的真实身份,而对贵族另眼相看的并非是下等人,而是那些显贵。另外,德·夏吕斯先生在当天晚上就会看出,男主人对著名公爵家族的看法相当肤浅。雕塑家确信,维尔迪兰夫妇让一个有污点的人进入成员均经过“精心挑选”的沙龙,实在是得不偿失,因此认为应该跟女主人个别谈谈。“您完全错了,另外,我从来不相信这种事,再说,即使真有此事,我也会对您说,这对我的名誉不会有很大损害!”维尔迪兰夫人对他回答时很生气,因为莫雷尔是星期三聚会的主角,她首先不能让他不满意。至于科塔尔,他无法说出自己的看法,因为他上楼到 buen retiro[1]“办一件小事”，然后到维尔迪兰先生的房间里给病人写一封急信。

巴黎的一位大出版商登门拜访，以为主人会留他吃饭，却突然迅速离开，因为他看出自己不够优雅，无法成为小宗派的一员。这男子身高体壮，肤色浅黑，办事认真，有点锐气。他样子活像乌木裁纸刀[2]。

维尔迪兰夫人为了在大客厅里接待我们，在厅里摆放当天采摘的禾本科植物、丽春花和野花做的饰物，中间放置一位格调高雅的艺术家在两百年前绘制的一幅幅单色花卉画，她正在跟一位老朋友打牌，这时站起身来，并请我们允许她再用两分钟把牌打完，同时跟我们聊天。不过，我对她谈了我的印象，她听了只是半喜半忧。首先，我感到不舒服的是，看到她和丈夫每天在夕阳西下之前就早早回去，太阳落山的景色，从这悬崖上看到是绚丽多彩，比在拉斯珀利埃尔的平台上观赏更美，为观看日落美景，哪怕要走几十里路我也心甘情愿。“是的，这景色无与伦比。”维尔迪兰夫人轻描淡写地说，一面朝兼作玻璃门的宽阔落地窗看了一眼。“我们天天看到，却仍然百看不厌。”说着，她又把目光转到她的牌上。然而，我的热情使我要求过高。我抱怨无法在客厅里看到达纳塔尔悬岩，埃尔斯蒂尔曾对我说，此刻的悬岩美不胜收，会反射出各种色彩。“啊！在这里您无法看到，得走到花园尽头的‘海湾观景点’去看。从那里的长凳，您可以把全景一览无遗。但您不能独自去，您会迷路的。您要是愿意，我可以带您去。”她有气无力地补充道。“那可不行，你那天这样疼痛难道还不够，你去了会再次疼痛。他还会来的，海湾的景色，他会在下次来时看到。”我并未坚持自己的要求，我心里明白，维尔迪兰夫妇只要知道，那夕阳会

---

① 西班牙语：优雅僻静处，指“厕所”。

② 这一段是作者于 1922 年加在校样上的，可能暗指出版商欧仁·法斯凯尔。

在他们的客厅或餐厅里看到,如同一幅美妙的画或一件珍贵的日本彩釉工艺品,他们用高价租下带全套家具的拉斯珀利埃尔就十分值得,虽说他们很少抬眼观看落日,他们要在这里办的重要事情就是生活舒服,吃得好,散步、聊天,接待讨人喜欢的朋友,让他们打几盘有趣的台球,品尝美味佳肴,快活地吃些点心。但我后来看到,他们熟悉此地的妙处又是何等聪明,让他们的客人进行“从未有过”的散步,聆听“从未听过”的音乐。拉斯珀利埃尔的花卉,海边的条条小路,古老的房屋,从未见过的教堂,这一切在维尔迪兰先生的生话中作用巨大,因此,有些人只是在巴黎看到他,并用城市的奢侈生活来替代海滨生活和乡间生活,这些人几乎不能理解他对自己生活的看法,也难以理解他亲眼目睹自己的愉快生活是何等重要。这种重要性还会增加,是因为维尔迪兰夫妇确信,他们打算购买的拉斯珀利埃尔,是世上独一无二的房产。拉斯珀利埃尔具有这种优越性,是他们的自尊心所赋予,使他们看出我的热情不无道理,否则,我的热情就会使他们感到些许不快,因为这热情中带有失望(就像我过去观看贝尔玛演出时那样),我也直率地向他们承认自己的失望。

“我听到马车回来了。”老板娘突然低声说道。一句话,维尔迪兰夫人除了因年龄产生的不可避免的变化,她的模样已不再像斯万和奥黛特在她家里听小乐句时那样。即使在演奏这小乐句时,她也不必非要像过去那样因欣赏而显得疲惫不堪,因为疲惫不堪就是她现在脸上的神色。在巴赫、瓦格纳、樊特伊和德彪西的音乐使她感受到的无数次神经痛的影响下,维尔迪兰夫人的前额变得巨大,就像风湿病最终会使四肢变形。她左右两边太阳穴,如同两个漂亮而又发烫的球面,疼痛难忍,呈乳白色,里面时刻发出和声,两边都长出一绺绺银发,不用老板娘开口就会为她宣称:“我知道今晚会听到什么。”她的面容不用再接二连三地装出对美有十分强烈的感受,因为这面容本身就像是一张憔悴而又漂亮的脸上永久不变的表情。总要因为美而受到痛苦,并对这种痛苦逆来顺受,刚从最后一部奏鸣曲的痛苦中恢复过来,就鼓足勇气去穿一件连衣裙,正因为持这种态度,维尔迪兰夫人即使在听最痛苦的音乐,脸上也能显出高傲而又不动声色的神色,并暗地里服下两匙阿斯匹林。

"啊! 对,他们来了。"维尔迪兰先生大声说道。他看到门打开时莫雷尔走了进来,后面跟着德·夏吕斯先生,不禁松了口气。对德·夏吕斯先生来说,到维尔迪兰夫妇家吃晚饭,根本不是去上流社会,而是去下流场所,他像第一次进妓院的中学生那样局促不安,对老板娘更是毕恭毕敬。因此,德·夏吕斯先生虽说平时想显出阳刚之气并显得冷若冰霜,但这时(他在门打开后出现时)这种欲望却被传统的礼貌观所压制,胆怯一旦消除了矫揉造作的态度,并求助于无意识的精神力量,传统的礼貌观随之显现。夏吕斯不管是贵族还是资产者,都会因本能和祖传旧习而感到应该对陌生人礼貌,在他身上,总有一个女性亲属的灵魂伸出援手,如同一位女神或附在他身上的女神,负责把他引入新的沙龙,并改变他的态度,直至他来到女主人面前。这就像年轻画家,由一个新教圣徒的表姐抚养长大,进来时歪斜着颤抖的脑袋,眼睛朝天观看,双手紧紧抓着一个无形的手笼,就回想起手笼的形状,而手笼和表姐的实际存在及其保护作用,能帮助这个局促不安的艺术家克服广场恐怖症,跨越这道道深渊,从候见室来到小客厅。因此,他对这位虔诚的女性亲戚的回忆,今天在引导他,她好几年前就进来过,进来时样子愁眉苦脸,使人不禁会想,她是来宣布什么不幸的消息,但听到她说出几句话后大家才知道,她就像现在的画家那样,是来进行一次礼节性拜访。根据这同样的规则,要求生活为尚未完成的行为考虑,在终身受到的屈辱中取出并使用和改变过去最受人尊重的遗产,这种遗产有时最为圣洁,有时却最为无害,生活虽说因此而产生一种不同的面貌,即科塔尔夫人的侄子的面貌,其娘娘腔和交往的朋友使家里人苦不堪言，但侄子总是愉快地进来，仿佛他来是为了让你惊喜，或是来向你宣布你已继承遗产，只见他高兴得容光焕发，但没有必要问他为何如此高兴，因为这是他在不知不觉中遗传所得，是因为他像男人却是女人。他踮着脚走路，也许他自己也感到奇怪，手里怎么没拿着一本名片簿，他张开嘴做出撒娇的样子并把手伸出，这个动作他看到他姨妈曾做过，他唯一不安的目光投向镜子，虽说他没戴帽子，这时却仿佛想看看帽子是否歪戴，科塔尔夫人有一天曾这样问过斯万。至于德·夏吕斯先生，在这关键时刻，他以前生活的社交界向他提供了各种不同的例子和其他别有风味的献殷勤的样式，并最后提供普通小资产者在某些情况下应当知道的行为准则，他把这种行动准则通常深藏不露而又极其罕见的魅力发掘出来并加以利用，就矫揉造作地扭着腰朝维尔迪兰夫人走去，扭动幅度极大，如同穿着衬裙，却左右摇晃得困难重重，他走路时显出受宠若惊、三生有幸的神色，仿佛被举荐给她是对他最大的宠信。他的脸微微下倾，神色既满意又端庄，因和蔼可亲而显出一条条细小皱纹。大家会以为往前走的是德·马桑特夫人，是大自然错把女子置入德·夏吕斯先生的身体，这时又从他身体里显露出来。当然啰，这种错误，男爵花了很大力气才得以隐瞒，并装出男人的模样。但是，他刚装出这种模样，却因仍保留同样的嗜好，感觉自己是女人的习惯又使他显出女人的模样，这种模样并非遗传所得，而是源于个人的生活。他逐渐形成女性的思维，甚至对社会问题也是如此，而且自己并未觉察，因为不仅要经常对别人撒谎，而且还要对自己撒谎，你才不会发现自己在撒谎，他虽说要求自己的身体（在进入维尔迪兰夫妇家门时）明显地显出大贵族的彬彬有礼，但他的身体早已清楚德·夏吕斯先生不会明白的事情，就在男爵可称得上 lady-like（像贵妇人）之时，他展现出贵妇人的全部魅力。另外，儿子并非都像父亲，即使不是性欲倒错，而是追逐女人，他们的脸上也会显出对他们母亲的亵渎，那么，是否可以认为德·夏吕斯先生的模样跟这种情况完全不符？这种事这里暂且不谈，因为需要另写一章，题为：被亵渎的母亲[①]。

虽说德·夏吕斯先生的这种变化还有其他原因，虽说纯粹是体内的酵母使物质在“他身上发酵”，使他的身体逐渐变为女人的身体，然而，我们在此指出的变化，其根源在于精神。你老是觉得自己有病，就真的变成了病人，人也瘦了，没有力气起床，患上神经性肠炎。你老是含情脉脉地思念男人，就真的变成了女人，你想象中的裙子会使你步履艰难。在这种情况下，固执的想法会改变性别（在其他情况下则会改变健康状况）。莫雷尔走在他后面，来向我问好。从这时起，由于他身上发生了双重变化，他就给我留下（唉！可惜我没能早些看出）不良印象[②]。原因如下。我曾说过，莫雷尔摆脱了他父亲的仆从地位，老是喜欢在跟别人亲近时显得十分傲慢。他给我把照片带来的那天，跟我说话时一次也没有称我为“先生”，是因为他对我采取屈尊俯就的态度。而在维尔迪兰夫人家里，我感到十分意外的是，我看到他对我一人施礼时低头哈腰，并听到他在说其他话前先说表示敬意乃至肃然起敬的话，而我原以为他不会把这种话写出或说出。我立刻产生一种印象，那就是他有求于我。片刻之后，他把我拉到一边说：“先生请帮我个大忙。”他这次说时竟然用了第三人称，“那就是千万别对维尔迪兰夫人及其客人们说出我父亲在先生的外叔公家里从事的职业。最好说他是你们家巨大地产的总管，几乎可跟您的父母平起平坐。”莫雷尔的要求使我十分反感，并不是因为我不得不提高他父亲的地位，我对此毫不在乎，而是因为这样说的话，我家里的财产至少

---

① 这个题材在《追忆似水年华》中并未加以发挥，但在《1908 年笔记本》“已写好的那些页”的清单上有如下文字：“一个活在世上的儿子，是一位已故的崇高母亲存放其全部信仰的圣体盒，儿子的脸如同对这神圣的回忆的亵渎。”（载《驳圣伯夫》第十四章最后第二段）

② 参见本书第三卷第 276—278 页。

会明显增加，这使我感到滑稽可笑。但他显得可怜巴巴，又是迫不及待，使我无法拒绝。“不，晚饭前，”他苦苦哀求地说，“先生有无数借口可跟维尔迪兰夫人单独交谈。”我确实这样说了，竭力把莫雷尔的父亲描绘得光彩夺目，同时又没有过分夸大我父母的“排场”和“地产”。这就像到邮局寄一封信那样轻而易举，虽然维尔迪兰夫人听了感到奇怪，因为她对我外叔公有点了解。但由于她没有分寸，憎恨所有家族（这会使小核心精神涣散），她就对我说，她过去曾看到过我的外曾祖父，而在谈到我外曾祖父时，仿佛在谈一个傻瓜，对小集团毫不理解，用她的话说“不是自己人”，然后她又说：“另外，家族是多么令人生厌，大家只想离开。”接着她立刻对我叙说我外公的父亲的特点，这种特点我虽说曾在家里有所怀疑，却并不知道（我没有见到过他，但大家对他议论很多），那就是他那罕见的吝啬（这跟我外叔公过于奢侈的慷慨截然不同，我外叔公是粉裙女子的男友，也是莫雷尔的父亲的雇主）：“您的外公外婆有这样漂亮的总管，说明家族里形形色色的人都有。您外公的父亲十分吝啬，在晚年几乎痴呆——这事我们之间说说，他身体从未十分强壮，您要为他们这些人赎罪——他乘公共马车连三个苏也不舍得给。家里只好派人跟着他，替他给车夫付钱，并让老吝啬鬼相信，他的朋友国务大臣德·佩西尼先生[1]已获准让他免费乘坐公共马车。另外，我很高兴知道**我们的**莫雷尔的父亲这样好。我原以为他是中学教师，这倒没什么关系，我理解错了。这无关紧要，因为我要告诉您，我们这里只看重自身价值和个人贡献，我称之为参与。只要是搞艺术的，总之只要是这个团体的人，其他的都不重要。”据我所知，莫雷尔属于这个团体，他现在既爱女人又爱

---

① 指让·吉尔贝·维克多·菲亚兰，佩西尼公爵（1808—1872），法国政治家。1834年起为波拿巴王朝拥护者，支持1851年12月2日路易·波拿巴发动的政变，后出任内政大臣、法国驻伦敦大使。

男人,用女人那里取得的经验去取悦男人,又用男人那里取得的经验来讨好女人,这种情况可在下文中看到。但是,这里要着重指出的是,我答应他在维尔迪兰夫人面前给他美言之后,特别是我为他说了好话而且无法反悔之后,莫雷尔对我的“尊敬”立刻像施了魔法似的消失得一干二净,尊敬的话语也随之销声匿迹,他甚至在一段时间里避开我,故意显出瞧不起我的样子,因此,每当维尔迪兰夫人要我对他说句话,请他演奏一段乐曲,他却继续跟一个信徒说话,然后跟另一个信徒说,我如朝他走去,他就走到别处。看到的人只好对他重复三四次,说我对他说过话,他才回答我,但显得勉强,而且说得简短,只有我们单独交谈时例外。在这种情况下,他感情外露,十分友好,因为他性格中也有可爱之处。但对他在这第一天晚上的表现,我仍然得出结论,认为他生性卑劣,如有必要,他不惜卑躬屈膝,但不知感恩。在这方面,他倒跟凡夫俗子相像。但由于我有点像我外婆,喜欢结交各种各样的人,却对他们一无所求,也不会怨恨他们,因此我并不计较他的卑劣行为,喜欢看到他显出欢快的情绪,我甚至喜欢看到——在我看来——他表现出的真挚友情,这是因为他在对人性有了种种错误认识之后,却发现(是断断续续地发现,因为他不时会奇特地恢复原始而又盲目的粗野)我对他好并非出于私利,我的宽容并非是因为看不清楚,而是出于他所说的好意,特别是因为我喜欢他的艺术,这虽说只是令人赞叹的精湛演技,使我(从智力上说,他不是真正的音乐家)再次听到或了解到如此多的美妙音乐。不过,德·夏吕斯先生这样的经纪人(我不知道他身上有这种才能,虽说德·盖尔芒特夫人在他们年轻时觉得他跟现在截然不同[①],说他曾为她写过一首奏鸣曲,画过一把扇子,以及做过诸如此类的事),虽说对其真正的

① 法国七星丛书版为:不过,德·夏吕斯先生这样的经纪人——我不知道他身上有这种才能(虽说德·盖尔芒特夫人在他们年轻时觉得他跟现在截然不同……)……

优势和才能十分谦虚，却属于一流水平，能够使这种精湛演技为多种艺术潮流效力，演技的价值也因此大增。这就像俄国芭蕾舞的一位艺术家，十分灵活，训练有素，有文化修养，并得到德·贾吉列夫先生的全面培养①。

我刚才把莫雷尔托我说的话向维尔迪兰夫人转告，然后跟德·夏吕斯先生谈起圣卢，这时，科塔尔像火烧眉毛般走进客厅宣布，说康布勒梅夫妇驾到。维尔迪兰夫人为了在康布勒梅夫妇到来时，不像德·夏吕斯先生（科塔尔没有看到）和我这样的新客人来时那样显得十分重视，就纹丝不动，听到这个消息也不作回答，只是优雅地扇着扇子，像法兰西剧院的一位侯爵夫人那样用矫揉造作的语调对大夫说："男爵刚好对我们说……"科塔尔觉得这样实在过分！他虽然说话不会像过去那样急促，因为研究工作和很高的职位已使他语速减慢，却仍像以前在维尔迪兰家里那样激动："一个男爵！一个男爵，在哪儿？一个男爵在哪儿？"他大声说道，用眼睛寻找男爵，惊讶中带有怀疑。维尔迪兰夫人装出不动声色的样子，如同女主人看到仆人在客人面前打碎一只贵重的杯子，又像荣获法国音乐学院一等奖的演员在演出小仲马的戏剧，故意提高声音，并用扇子指着莫雷尔的保护人回答说："那就是，夏吕斯男爵，我来向他说出您的大名……科塔尔教授先生。"有机会扮演贵妇人的角色，维尔迪兰夫人也很乐意。德·夏吕斯先生伸出两只手指，教授握时露出"科学王子"的友善微笑。但这时他看到康布勒梅夫妇进来，笑容立刻收敛，而德·夏吕斯先生要跟我说句话，就把我拉到一边，并像德国人那样摸了摸我的肌肉。德·康布勒梅先生跟老侯爵夫人并不相像。正如她含情脉脉地所说，他"完全像他爸爸"。如果你只是听到别人说起过他，甚至听到别人谈起过他那文笔清新、措词恰当的文字，你看到他的相貌就会感到

---

① 参见本卷第150页。

惊讶。当然啰,对此应该见怪不怪。但他的鼻子歪斜在嘴巴上面,也许这是他脸上众多线条中的唯一斜线,却表示庸俗而又愚蠢,而周围呈诺曼底人的脸色,像苹果一样红,这愚蠢的庸俗就显得更加突出。德·康布勒梅先生的眼睛,在眼皮之间也许存有科唐坦半岛①的些许蓝天,这天空在阳光明媚的日子里十分暖和,散步者会在路边驻足,高兴地数着上百棵杨树的阴影,但这沉重的眼皮存有眼屎,又下垂不当,会使智慧无法展现。这纤细的蓝色目光令人不舒服,巨大而又歪斜的鼻子就引人注目。由于错觉,德·康布勒梅先生仿佛是在用鼻子看你。德·康布勒梅先生的鼻子并不难看,不如说美得有点过头,它巨大无比,并因此而显得自豪。这鼻子形如鹰钩,擦得锃亮,焕然一新,随时准备弥补目光的智力不足;但可惜的是,眼睛有时是展现智慧的器官,而鼻子(虽说其各种线条结合得亲密无间,而且确实相互呼应),则是通常最容易显出愚蠢的器官。

德·康布勒梅先生即使在上午也总是穿深色服装,虽说得体,却无法使有些人消除疑虑,这些人看到素不相识的海滩游客穿着令人眼花缭乱的奇装异服,心里十分恼火,人们无法理解的是,卡昂法院首席院长的妻子,竟显出洞察秋毫的权威模样,仿佛她比你更熟悉阿朗松的上流社会,她声称,你在德·康布勒梅先生面前,即使不知道他是何人,也会立刻感到,你面前的人十分高贵又很有教养,能改变巴尔贝克的风气,总之是个令人愉快的人物。在她看来,他如同一瓶嗅盐,使她不至于被巴尔贝克的众多游客闷死,而游客并不知道她跟哪些人交往。相反,我感到他所属的那种人,我外婆要是看到也会立刻认为"很坏",由于她不知道故作风雅是怎么回事,她一定对他娶勒格朗丹小姐为妻感到惊讶,因为勒格朗丹小姐很难显得高雅,而她的弟弟却"如此之好"。德·康布勒梅先

---

① 科唐坦半岛位于法国诺曼底的芒什省。

生难看得俗气，大家最多说这跟当地人有点相像，是当地历史悠久的特点；看到他相貌上的缺陷，大家想要加以纠正，就会想到诺曼底的一些小城，这些地名的词源，被我的本堂神甫弄错，是因为农民发音不准，或者对表示这些地名的诺曼底方言词或拉丁语词理解有误，最终像布里肖会说的那样，把理解错误或发音不准定为词义混淆，而词义混淆现象在教堂的文件、契据集里已经可以看到。不过，在这些古老的小城里，可以生活得舒服，而德·康布勒梅先生想必也有优点，因为像老侯爵夫人这样的母亲，更喜欢的是儿子而不是儿媳妇，她有好几个孩子，其中至少有两人不无长处，但她却经常说，在她看来，侯爵在家里最优秀。他曾在军队里短期服役，他的战友们嫌康布勒梅的姓太长，就给他起了“康康”的外号，虽说他康康舞根本就跳不好。他应邀赴晚宴时，善于给宴会涂脂抹粉，在上鱼（即使鱼已腐臭）或第一道正菜时会说：“瞧，我觉得这鱼真漂亮。”他妻子进入他家之后，就接受她认为符合这个阶层气派的所有东西，使自己能跟丈夫的朋友平起平坐，也许设法像情妇那样取悦于他，仿佛他单身汉时她已跟他厮混，她跟一些军官谈到她丈夫，就显出毫无拘束的神色说：“你们会见到康康。康康去了巴尔贝克，但他今晚会回来。”她今晚要到维尔迪兰家里去受委屈，心里很不高兴，她是因为婆婆和丈夫求她才去的，是为租金的事而去。但是，她受的教育不如他们，就对这种动机不加掩饰，半个月来一直跟女友们公开嘲笑这次晚宴。“您要知道，我们是到我们的承租人家里去吃晚饭。这等于增加租金。其实我很想知道，他们把我们可怜的老宅拉斯珀利埃尔搞成了什么样子（仿佛她是在那里出生，会在其中想起她亲人的种种往事）。我们的老门房昨天还对我说，那里已面目全非。我真不敢想象那里发生了什么事。我觉得我们搬进去住以前，最好请人把里面全都消毒一遍。”她这时显得高傲而又阴沉，那模样就像一位贵妇人，其城堡因战争被敌人占领，但仍觉得是在自己家中，就要向战胜者表明他们是入侵者。德·康布勒梅夫人一开始没看到我，我当时待在侧门前，跟德·夏吕斯先生在一起。他对我说，他从莫雷尔那里得知，莫雷尔的父亲曾在我家当“管家”，他夏吕斯也就完全相信我的聪明和宽宏大量（这个词他和斯万都用），知道我不会有那种低级下流的淫乐，而一些俗不可耐的年轻蠢货（这我已知道），处于我的情况一定会去干那种事，并向我们的主人透露详细情况，但我们的主人却会认为这种事微不足道。“只是因为我对他感兴趣并对他保护，是一件举足轻重的事，因此过去的事可以一笔勾销。”男爵得出结论。我听他说话，并答应他保持沉默，但并不希望因此而换来聪明和宽宏大量的美名，与此同时，我看着德·康布勒梅夫人。我难以认出这入口即化的美味食品，我有一天吃点心时品尝过，那是在巴尔贝克大旅馆的露天座上，在吃诺曼底饼时吃到，我看到那饼硬得像鹅卵石，信徒们肯定都咬不动。她对丈夫从母亲那里遗传的憨厚早就感到不快，主人向他介绍那些信徒，他会显出十分荣幸的样子，而她却想要像上流社会贵妇人那样行事，见有人向她介绍布里肖，她就想让她丈夫跟他认识，因为她曾看到她那些十分高雅的女友如此办理，然而，愤怒或高傲却压倒了炫耀良好教养的愿望，因此她没有说出她应该说的话：“请允许我向您介绍我的丈夫”，而是说：“我把您介绍给我丈夫”，这样一来，她在高举康布勒梅家族的大旗时，却并未顾及家族成员，因为侯爵对布里肖施礼时，像她预见的那样低头哈腰。但是，德·康布勒梅夫人看到她见到过的德·夏吕斯先生之后，情绪立刻发生变化。她一直没能请人把他介绍给她，即使她跟斯万有艳情时也未能心想事成[①]。原因是德·夏吕斯先生总是为妇女撑腰，支持他的嫂子跟德·盖尔芒特先生的那些情妇作对，支持当时尚未结婚却是斯万的老相好的奥黛特，去跟斯万的新情妇作对，他是一丝不苟的道德捍卫者

---

① 参见本书第二卷第108页。

和夫妻的忠实保护人，曾向奥黛特保证，而且是一诺千金，决不会让人把斯万介绍给德·康布勒梅夫人。德·康布勒梅夫人当然并未想到，她最终会在维尔迪兰夫妇家里结识这个拒人于千里之外的男人。德·康布勒梅先生知道她会欣喜若狂，也心里高兴，就用意味深长的神色看了看妻子，仿佛在说："您决定来，满意了吧？"只是他说话甚少，因为他知道他妻子更加能干。"我可不配。"他经常这样说，并分别引述拉封丹和弗洛里昂[1]的一则寓言，觉得能说明他的无知[2]，另一方面，则能使他既像恭维又显得倨傲地向没加入赛马俱乐部的学者们表明，狩猎者也可能读过寓言。可惜的是，他只知道两则寓言，因此就常常提到。德·康布勒梅夫人并不笨，但她有不少习惯使人十分难受。在她看来，替别人改名换姓，决不能表明贵族倨傲。她不像盖尔芒特公爵夫人（公爵夫人因出生高贵，就不像德·康布勒梅夫人那样会显得滑稽可笑）那样，为显示自己不知道一个并不优雅的姓氏（现在这已成为一位极难亲近的女士的姓氏），如朱利安·德·蒙夏托，就会说："是个娇小的太太……米兰多拉的皮科[3]。"不，德·康布勒梅夫人即使把别人的名字说错，也是出于好意，是要显出不知道某件事的样子，而她如真心诚意，就会承认知道此事，认为揭示此事就是将其隐瞒。譬如说，她要为一个女人辩护，就既不想欺骗求她说出真相的人，同时又竭力隐瞒，不说出某位夫人现在是西尔万·莱维先生的情妇，于是她就说："不……我对她的情况一无所知，好像是有人责备她

---

① 让-皮埃尔·克拉里斯·德·弗洛里昂（1755—1794），法国剧作家、诗人。主要作品有轻松喜剧《好夫妻》，三联剧《丑角的故事》，田园诗集《吕特》、《寓言诗》等。

② 从下文中可看出，德·康布勒梅先生知道两则拉封丹寓言：一是《人和蛇》（卷十第一则，他在本卷第344页中引述），二是《骆驼和漂在水上的棍子》（卷四第十则，在第本卷388页中引述）。

③ 朱利安·德·蒙夏托应为弗朗索瓦·德·博夏托，他跟米兰多拉的皮科（1463—1494）都是神童。米歇尔·马松曾在《著名神童》（1837）一书中介绍，前者是诗人，后者是意大利哲学家。

对一位先生产生感情，可我不知道那先生的名字，可能是卡恩、科恩、库恩，另外，我觉得那位先生早已去世，他们之间从未有过任何关系。”这种手法跟撒谎者的手法相似，但又跟他们的手法相反，撒谎者对他们做过的事进行篡改，并说给情妇或朋友听，他们认为，他们的情妇或朋友不会立即看出，他们说出的话（就像卡恩、科恩、库恩）是被篡改的事实，不会看出这话跟平时的谈话并不相同，有着双重的内容。

维尔迪兰夫人在丈夫耳边问道：“我是否要挽住夏吕斯男爵的胳膊？德·康布勒梅夫人走在你的右面，这样就会礼貌相当。”——“不，”维尔迪兰先生说，“另一个人爵位更高（他想说德·康布勒梅先生是侯爵），德·夏吕斯先生比他低下。”——“啊！那好，我就让他走在王妃旁边。”于是，维尔迪兰夫人把舍尔巴托夫夫人向德·夏吕斯先生作了介绍，他们俩向对方施礼，但默无一言，显然都知道对方的底细，而且都许诺为对方保密。维尔迪兰先生把我介绍给德·康布勒梅先生。他声音宏亮，有点结巴，尚未开口，他那高大的身材和满面红光就已开始晃动，如同想让你放心的军官那样犹豫，并对你说：“有人对我说起过，这事我们一定会解决好，我会下令取消对您的处罚，我们不是吸血鬼，一切都会好的。”然后，他跟我握着手说：“我觉得您认识我母亲。”他感到“觉得”这个动词在初次见面时使用表示谨慎，而并非表示怀疑，只见他补充道：“我还有她的一封信要交给您。”德·康布勒梅先生旧地重游，就像孩子那样高兴，因为他曾在这里生活很长时间。“我回来了。”他对维尔迪兰夫人说，只见他赞叹的目光认出一扇扇门上方的花卉装饰图案，以及高底座上的一座座大理石半身塑像。但他仍会有陌生的感觉，因为维尔迪兰夫人带来了她拥有的大量漂亮的古董。从这点来看，维尔迪兰夫人虽说在康布勒梅夫妇看来使这里有了翻天覆地的变化，但她并未作出革命性的变革，而是使这里有了聪明而又保守的变化，只是康布勒梅夫妇并不理解其含义。他们还错误地指责她讨厌这座古宅,败坏其名声,因为她放着面料为长毛绒的富丽家具不用,却使用普通织物做面料的家具,这就像无知的本堂神甫,责怪教区的建筑师将丢弃的旧木雕放回原处,而神甫却认为应该用圣叙尔皮斯广场上买来的装饰物取而代之。最后,本堂神甫的花园在城堡前取代了一个个花坛,这些花坛不仅是康布勒梅家的骄傲,也是他们园丁的骄傲。他们的园丁把康布勒梅家的人看作自己唯一的主人,现在却在维尔迪兰夫妇的桎梏下呻吟,仿佛这块土地暂时被侵略者和一群粗野的军人占领,他暗中去向失去房产的女主人诉苦,他气愤地看到他的南洋杉、秋海棠、长生花和重瓣大丽花受到轻视,而房屋承租人竟敢让春黄菊和铁线蕨这样普通的花卉生长在如此富丽堂皇的住宅里。维尔迪兰夫人已感到这种无声的反抗,并决定如长期租用或买下拉斯珀利埃尔就提出条件,要把这园丁解雇,而年老的女主人却非要雇用这个园丁。他曾在困难时期为她工作,但不要任何报酬,对她非常敬重;但是,老百姓的看法十分奇特,在毕恭毕敬之中会有嗤之以鼻的蔑视,而尊敬中也掺杂着尚未消除的旧恨;他常常谈起德·康布勒梅老夫人在七〇年时的情况,当时她在东部的一座城堡里,正值德军入侵,就只好忍辱负重,跟德国人交往了一个月。他说:“大家常常指责侯爵夫人,因为她在战争期间站在普鲁士人一边,甚至让他们住在她家里。如果不是在这种时候,我可以理解,但在战争时期,她不该这样做。这样不好。”因此,他对她的忠心至死不渝,崇敬她的善良,却又要使别人相信,她犯有叛国罪。维尔迪兰夫人的自尊心受到伤害,是因为德·康布勒梅先生认为,他清楚地看出拉斯珀利埃尔仍跟以前一样。“但您总该发现有所变化。”她回答道。“首先是我急忙把巴尔伯迪安纳[①]硕大无比的

① 费迪南·巴尔伯迪安纳(1810—1892),法国青铜塑像铸造师,擅长制作古代和现代雕塑的微缩制品。他的制品在十九世纪资产阶级的客厅里十分流行。

青铜塑像和长毛绒面料的轻浮小坐具搬到顶楼上，放在那里已经太便宜它们了。”她在严厉反驳德·康布勒梅先生之后，才向他伸出手臂带他入席。他犹豫片刻，心里在想：“不管怎样，我不能在德·夏吕斯先生之前入席。”但是，想到德·夏吕斯先生是家里的老朋友，另外他也不是贵宾，侯爵就决定让维尔迪兰夫人挽着他的手臂，并对她说，他被这个团体（这是他对小核心的称呼，他因知道这个词而露出得意的微笑）接纳是多么自豪。科塔尔坐在德·夏吕斯先生旁边，透过单片眼镜看着他，想跟他结识并打破僵局，同时眨着眼睛，而且比平常眨得更加起劲，没有因羞怯而中断。他的目光旨在吸引对方，并用微笑来扩大吸引的范围，但因单片眼镜的镜片无法容纳，这目光就从四处向外扩展。男爵到处都会看到他这样的人，因此毫不怀疑科塔尔是那种人，并肯定科塔尔在对他频送秋波。他立刻向教授显示性欲倒错者的刻薄，即对喜欢他们的人冷眼相看，而对他们喜欢的人笑脸相迎。当然啰，虽说每个人都谎称被人喜爱十分甜蜜，但命运总是不让人这样甜蜜，我们不爱此人，可此人偏爱我们，我们就会觉得受不了，这是一条普遍规律，并非只是对夏吕斯之流有效，我们都会觉得被自己不喜欢的人喜欢是无法忍受的事。对这个人，对这个女人，我们不会说她喜欢我们，而说她缠着我们，我们情愿跟其他任何女人交往，即使其他女人不如她妩媚、可爱和风趣。只有她不再喜欢我们之后，我们才觉得她又变得妩媚、可爱和风趣。从这个意义上说，性欲倒错者因他不喜欢的男人追求他而感到不快，只是这种普遍规律滑稽可笑的变体。但他感到的不快要大得多。一般人在感到不快时竭力隐瞒，而性欲倒错者却非要让使他生气的男人感到他在生气，但他决不会使女人感到他在生气，譬如说德·夏吕斯先生，虽说盖尔芒特王妃的爱情使他感到烦恼，但也使他心里得意，因此他不会使王妃感到他心里烦恼。但是，性欲倒错者一旦看出另一男子向他们表明自己的特殊嗜好，他们要么无法理解此人的嗜好跟他们相同，要么生气地让这男子知道，这种被他们美化的嗜好，只要被他们感到，就会被认为是一种恶习，要么他们想为自己恢复名誉，在不会付出代价的时候大闹一场，要么他们突然怕被人猜出，这时他们不再被欲望左右，怕被蒙上眼睛，变得越来越不谨慎，要么他们因另一男子态度模棱两可而受到损害感到气愤，如果他们喜欢这男子，他们也会用模棱两可的态度使此人受到损害，这种人不会感到局促不安，他们会跟踪一个小伙子到十几公里远的地方，会在剧场里目不转睛地盯着小伙子看，哪怕这小伙子跟几个朋友在一起，哪怕这样看会使他跟朋友闹翻，但如这男子不是他们喜欢的人，却朝他们观看，你就会听到他们说："先生，您把我看成了什么人？（只是因为你看出他们是什么人）我不知道您是什么意思，不必多说，您弄错了。"必要时，甚至会打对方耳光，而看到有人认识这冒失鬼，就会对此人大发雷霆："怎么，您认识这可恶的家伙？瞧他看别人的那副嘴脸！……这像什么样子！"德·夏吕斯先生此刻尚未走到这一步，但已显出冷若冰霜的生气样子，就像有些女人，被人误以为轻佻，就会显得这样，而真正轻佻的女人，更会显出这种脸色。另外，如有另一同性恋者在场，同性恋者看到的并非只是他自己的讨厌形象，这形象如同死人，只会伤害他的自尊心，而他的化身因生活和行为跟他相同，就只能使他在爱情上痛苦。因此，他出于自卫的本能，会说可能出现的竞争者的坏话，要么跟可能损害此人的人们说（一号同性恋者在可能了解他情况的人们面前这样攻击二号同性恋者，不用担心别人会认为他说谎），要么跟受他"诱惑"的小伙子说，这小伙子可能被别人从他那里挖走，因此就要使小伙子相信：这种事跟他干有百利而无一害，而跟其他人干，则会给小伙子的生活带来不幸。德·夏吕斯先生也许想到了一种（纯属想象的）危险，他误解了科塔尔的微笑，认为科塔尔在场会使莫雷尔有危险，在德·夏吕斯先生看来，他不喜欢的性欲倒错者，不仅是他自己的漫画像，而且也是确定的对手。一个商人销售稀有商品，不久前到外省城市终身定居，如看到有竞争者在他商店对面开设销售同样商品的商店，就会像夏吕斯那样狼狈不堪，夏吕斯为隐瞒自己的爱情来到一个安静的地区，却在到达那天看到当地的绅士或理发师，他们的外貌和举止使他毫不怀疑他们跟他有相同的嗜好。商人往往憎恨竞争对手，这种憎恨有时会变成忧郁，只要遗传的特点众多，我们就会看到小城市的商人开始出现精神错乱的症状，他只有决定卖掉店铺、远走他乡，才能把这种毛病治好。性欲倒错者的精神错乱更令人烦恼。他一眼看出，绅士和理发师从一开始就爱上了他那年轻的伙伴。他每天上百次徒劳地对年经伙伴说理发师和绅士都是强盗，跟他们接近会身败名裂，他只好像阿巴公[①]那样守护着自己的钱财，夜里也要起来看看是否会有人来偷。这种心理也许比欲望或舒适的共同习惯的作用更大，几乎跟唯一真实的亲身体验作用相同，能使性欲倒错者得以迅速认出性欲倒错者，而且几乎不会看错。他可能会在一时间看走眼，但迅速出现的预感会使他纠正错误。因此，德·夏吕斯先生犯错误的时间十分短暂。神奇的辨别力使他在片刻之后得知，科塔尔并非是他的同类，他无须对科塔尔的主动接近感到害怕，也不必为他自己和莫雷尔感到担心，他担心自己，就会使他恼火，担心莫雷尔，就会使他感到事情更加严重。他于是恢复镇静，仿佛他仍受到两性畸形的维纳斯经过的影响，他不时对维尔迪兰夫妇微微一笑，连嘴也懒得张开，只是让嘴角的皱纹消失，并在片刻间让眼睛发出温存的光芒，他多么迷恋阳刚之气，就像他嫂子盖尔芒特公爵夫人那样。“您经常去打猎，先生？”维尔迪兰夫人蔑视地问德·康布勒梅先生。“我们有过一次出色的狩猎，茨基是否对您说过？”科塔尔问老板娘。“我主要在尚特皮森林打猎。”德·康布勒梅先生回答道。

① 阿巴公是莫里哀喜剧《悭吝人》中人物。参见《莫里哀喜剧选》中册，赵少侯译，人民文学出版社，1981年，第289页。

“没有，我什么也没说过。”茨基说。“这森林是否名副其实？”布里肖瞟了我一眼之后对德·康布勒梅先生问道，因为他已答应我谈论词源，同时要我瞒过康布勒梅夫妇，不让他们看出他对贡布雷本堂神甫说的词源不屑一顾。“我也许无法理解，但我不知道您的问题是什么意思。”德·康布勒梅先生说。“我的意思是说：那里是否有许多喜鹊在歌唱[①]？”布里肖回答道。但科塔尔感到难受的是，维尔迪兰夫人并不知道他们差点儿误了火车。“那就说吧，”科塔尔夫人鼓励丈夫说，“说说你的历险记。”——“确实，这历险非同寻常。”大夫说，并把他的故事又说了一遍。“我看到火车已经进站，不禁吓呆了。这全是茨基的错。您了解的情况真是奇特，亲爱的！可布里肖在车站等着我们！”——“我当时认为，”大学教授说时用余光环顾左右，薄嘴唇露出微笑，“您如果在格兰古尔耽搁了，一定是遇到了什么烟花女子。”——“您给我闭嘴，我妻子要是听到您的话，那就糟了。”教授说。“我的妻子，可是个醋罐子。”——“啊！这个布里肖，”茨基大声说道，布里肖轻佻的玩笑唤起他平时的欢快，“他还是老样子。”他虽然这样说，但确实不知道大学教授以前是否放荡。他开这种惯常的玩笑，还要做出惯常的动作，就装出忍俊不禁的样子，捏了一下他的大腿。“他没变，这放荡的家伙。”茨基接着说。他并未想到，大学教授几乎在无意中使这话变得既可悲又可笑。他补充道：“老是眯着眼睛看女人。”——“你们看，”德·康布勒梅先生说，“遇到学者，真棒。我在尚特皮森林打猎已有十五年了，但我从未想过这地名是什么意思。”德·康布勒梅夫人对丈夫瞪了一眼；她并不希望丈天对布里肖显出卑躬屈膝的样子。她更为不满的是，康康每次说出“固定”熟语，科塔尔就向自认为愚笨的侯爵表明这种熟语毫无意思，因为他曾仔细研究过熟语并知道其优缺点：“为什么说：笨得像白菜？

---

① Chantepie（尚特皮）这个词拆开为 Chante-pie（歌唱—喜鹊）。

您难道认为白菜比其他东西更笨？您说：把同样的事重复三十六次。为什么正好是三十六次？为什么说：睡得像木桩那样？为什么说：布雷斯特惊雷？为什么来四百下就是生活放荡？”这时来为德·康布勒梅先生辩护的是布里肖，他对每个熟语的出处都作了解释。但是，德·康布勒梅夫人主要在察看维尔迪兰夫妇给拉斯珀利埃尔所做的改变，以便能找出其中的差错进行批评，并在菲泰尔纳借鉴另一些改变，也许是照抄不误。“我在想，这盏歪歪斜斜的分枝吊灯到底是什么玩艺儿。我已很难看出我的拉斯珀利埃尔的旧貌。”她又说，说时显出贵族的亲切神色，仿佛她在谈论一个仆人，但不想说出他的年龄，而是说她曾亲眼目睹他出生。她说话有点书卷气。“我依然感到，”她低声补充道，“如果我住在别人家里，我真要恬不知耻才会弄得这样面目全非。”——“可惜的是，你们没跟他们一起来。”维尔迪兰夫人对德·夏吕斯先生和莫雷尔说。她希望能“再次见到”德·夏吕斯先生，并希望他遵守规则，来时跟大家乘同一列火车。“肖肖特，您可以肯定尚特皮的意思是喜鹊唱歌？”她这样说是想表明，她是家里的女主人，会同时参加所有的谈话。“请您跟我谈谈这位小提琴师，”德·康布勒梅夫人对我说，“我对他感兴趣，我喜欢音乐，我觉得曾听到别人谈起过他，请您告诉我。”她已知道莫雷尔是跟德·夏吕斯先生一起来的，她想通过邀请前者来跟后者结交。但她不想让我猜到这个原因，就补充道：“我对布里肖先生也感兴趣。”有些人天生肥胖，虽然吃得少又成天走路，却仍然眼看着不断发胖，同样，德·康布勒梅夫人虽说教养良好，却徒劳地钻研——主要在菲泰尔纳——一种越来越玄奥的哲学和越来越深奥的音乐，她结束这种研究，只是为了策划阴谋诡计，使她能跟她年轻时的资产阶级朋友“一刀两断”；并结交新的朋友，她起初以为这些朋友只是她婆家社交圈子里的人，但后来发现他们的地位要高得多，影响也深远得多。有一位哲学家，在她看来不大新派，此人是莱布尼茨，他曾说，从精神到情感的路程漫长①。这段路，德·康布勒梅夫人并不比她弟弟更有力气走完。她不再看斯图尔特·穆勒②的书，只是为了阅读拉舍利埃③的著作，因为她越来越不相信外部世界的真实性，于是她更加努力，力图有生之年能在这世界中有良好的定位。她喜欢现实主义艺术，在她看来，任何客体都不会低声下气地为画家或作家充当模特儿。表现社交生活的绘画或小说会使她感到恶心，托尔斯泰笔下帝俄时代的农民和米勒④笔下的农民已是社会的极限，她决不允许艺术家超越。然而，超越她本人社会关系的界线，使自己提高到能跟公爵夫人交往的地位，则是她竭尽全力追求的目标，因此，她通过研究杰作来进行的精神治疗，却始终无法克服她身上越来越明显的天生而又病态的故作风雅。这种故作风雅最终甚至能治好她年轻时有过的吝啬和通奸的某些倾向，从这点来看，故作风雅跟经常有的奇特的病理状态相同，有些人患了一种病后其他病都不治而愈。另外，我听到她说话，虽说毫无乐趣而言，却不禁要承认她使用的词语十分高雅。这种词语是由智力相同的人们在特定的时代使用，因此，高雅的词语如同圆弧，立刻画出整个圆周

---

① 引自莱布尼茨《神正论》下编第311节："正是这种情况使我们的灵魂拥有抵制它所认识的真理的众多手段，它也使从精神到情感的过渡进行得颇为缓慢，尤其当理智在相当大的程度上只处理不太能够感动我们的**模糊思想**的时候，正如我在其他地方曾经解释过的那样。"（参见朱雁冰译本，三联书店，2007年，第358页）

② 约翰·斯图尔特·穆勒（1806—1873），英国哲学家、经济学家、逻辑学家。主要著作有《逻辑体系》、《论自由》、《功利主义》、《政治经济学原理》等。普鲁斯特是指《逻辑体系》，作者在书中抨击各种形式的直觉理论，并像坚定的经验主义者那样肯定，外部世界的真实情况跟我们感觉到的相同。

③ 朱尔·拉舍利埃（1832—1918），法国哲学家。主要著作为《论归纳的基础》（1871）。他关注的中心问题是用经验揭示的世界的存在条件，以及这世界如何成为思想的客体。他通过归纳指出，感觉到的偶然事实会转变成外部世界的必然规律。

④ 让—弗朗索瓦·米勒（1814—1875），法国画家。巴比松画派代表人物。生于农家，长期接触他熟悉的农民，许多作品如《拾穗者》、《播种》、《晚钟》、《牧羊女》、《死神与樵夫》、《扶锄的人》等都描绘和歌颂农民的劳动生活和淳朴性格。

的界线。这些词语也产生一种效果,使用者会像熟人那样立刻使我感到厌烦,但同时也会被认为高雅,并往往被看作未经评价的可爱女士而推荐给我。“您并不知道,夫人,许多森林地区的地名取自其中生活的动物。在‘喜鹊唱歌’(尚特皮)森林旁边,有‘王后唱歌’(尚特雷纳[1])树林。”——“我不知道是指哪个王后,但您对她没有礼貌。”德·康布勒梅先生说。“认输吧,肖肖特。”维尔迪兰夫人说。“此外,旅途顺利吧?”——“我们只是遇到些凡夫俗子,他们挤满了火车。但我要回答德·康布勒梅先生的问题;这里的王后不是国王的妻子,而是青蛙。它在这个地区有这个名称的时间很长,证明是 Renneville(雷纳维尔[2])站,本应写成 Reine-ville[3]。”——“我觉得您的鱼真漂亮。”德·康布勒梅先生指着一条鱼对维尔迪兰夫人说。这是他的一句恭维话,认为说了这种恭维话,就是付了他晚餐的份子钱,就已经还了礼。(“邀请他们毫无用处,”他在对妻子谈起他们的这种朋友时常常这样说。“他们请到我们十分高兴。该感谢我的是他们。”)“另外,我应该告诉您,多年以来,我几乎每天都去雷纳维尔,可我在那里看到的青蛙并不比其他地方多。德·康布勒梅夫人曾请一个教区的本堂神甫到这里来,她在那个教区有巨大财产,那位神甫似乎跟您才智相当。他写过一部著作。”——“我完全相信,我读过这部著作,而且读得兴致勃勃。”布里肖回答时假装客气。德·康布勒梅先生听了这一回答,自尊心得到间接的满足,不由哈哈大笑。“啊!那么,这作者,我怎么说呢,写了这部地理著作,这部词汇汇编,对一个小地方的地名进行了详细考证,我们以前是这个地方的——如果可以这样说的话——领主,这地方名叫 Pont-à-Couleuvre(蓬塔

① 尚特雷纳位于法国塞纳—瓦兹旧省。
② 雷纳维尔位于法国厄尔省等地。
③ 该词由 Reine(王后)和 ville(城市)构成。

库勒弗尔)。然而,跟这位博古通今之士相比,我只是孤陋寡闻的庸才,但我到"游蛇桥"(蓬塔库勒弗尔)去过上千次,而他只去过一次,我哪怕见到过一条这样难看的蛇,那就怪了,我说它们难看,虽然善良的拉封丹称赞它们"。(《人和蛇》是两则寓言中的一则①)"您没有看到过这种蛇,但您的观察正确。"布里肖回答道。"当然啰,您说的那位作家,对书中的题材了解透彻,他写了本出色的书。"——"确实如此!"德·康布勒梅夫人叫了起来。"这本书嘛,说得对,确实是长期精雕细刻的成果。"——"当然啰,他查阅了几本教会财产清册(指每个主教管区的收益状况清单和本堂区名册),因此得到在俗保护主和教职授予者的名册。但是,他还有其他原始资料。我有一位十分博学的朋友,曾查考过这些资料。他发现这个地方曾被称为 Pont-à-Quileuvre(蓬塔基勒弗尔)。这名称奇特,促使他穷源溯流,找到了一篇拉丁文,并在文中看到,您的朋友认为有蛇的那座桥,被称为 Pons cui aperit(开放的桥)。这是一座封闭的桥,只有付了过桥费后才开放。"——"您谈到青蛙。我呢,置身于满腹经纶的人士中间,真像是学者面前的青蛙(这是第二则寓言②)。"康康说。他经常开这个玩笑,并哈哈大笑,觉得这样显得既谦恭又机智,既装出无知的样子,又显出自己的才能。至于科塔尔,因德·夏吕斯先生的沉默而手足无措,便试图装出关心其他人的样子,他朝我转过身来,对我提了一个跟他的病人有关的问题,如果他碰巧说对了,就表明他对病人的病情了如指掌,如果说错了,他就可以修正某些理论,扩大自己的眼界。"您来到地势较高的地方,就像我们此刻所在的地方,是否发现更容易呼吸困难?"他问我,并肯定这样问会使对方表示赞赏,或使他自己能补

---

① 参见本卷第 334 页注②。

② 拉封丹和弗洛里昂都没有写过标题为《学者面前的青蛙》的寓言。德·康布勒梅先生也许把弗洛里昂的两则寓言混为一谈:一是《牧羊人和夜莺》(卷五第一则),寓言中青蛙在夜莺面前;二是《莺和夜莺》(卷四第九则),其中夜莺在学者面前。

充知识。德·康布勒梅先生听到他的问题后微微一笑。“我不能对您说,我听说您呼吸困难觉得有趣。”他朝着坐在桌子对面的我说。他说这话并不表明他高兴,虽说这也是事实。这位善良的人听说别人不幸,不会没有幸灾乐祸之感,也会觉得好笑,但这种感觉很快就变成恻隐之心。他的话还有另一种含义,用接下来的话加以说明。“这使我感到高兴,”他对我说,“因为我的妹妹也患这种病。”总之,这使他感到高兴,仿佛他听到我提起的一个朋友,正是他们家的常客。“这世界真小。”这是他内心的想法,但我看到这想法在他笑脸上显现,是在科塔尔跟我谈起我呼吸困难的时候。从这次晚宴开始,我呼吸困难变成了一种联系方法,德·康布勒梅先生每次都会问我这方面的情况,哪怕只是为了向他的妹妹转告。[①]我一面回答他妻子对我提出的有关莫雷尔的问题,一面在想我当天下午跟母亲的谈话。她并未劝我别去维尔迪兰家,如果我高兴去也可以,但她提醒我说,那个圈子,我外公不会喜欢,要是提到,他肯定会大叫:“小心!”我母亲又说:“你听我说,图勒伊院长[②]和他的妻子对我说,他们曾跟邦唐夫人共进午餐。他们没有对我提任何要求。但据我的理解,把阿尔贝蒂娜嫁给你,是她姨妈梦寐以求的事。我认为真正的原因,是他们都觉得你讨人喜欢。另外,他们还认为你会让她过上豪华的生活,他们也多少知道我们有哪些朋友,我觉得这些事都不无关系,虽说这是次要的。我本来不想跟你谈这件事,因为我不是非要这样,但我想有人会跟你谈起此事,所以觉得还是先谈出来为好。”——“那你呢,你觉得她怎样?”我问母亲。“我嘛,以后娶她为妻的可不是我。婚姻大事,你结婚娶妻,一定会有比这个好千百倍的选择。但我觉得,你外婆如果健在,是不会喜欢别人对你施加影响的。现在,我不能对你说出我对

---

① 法国七星丛书版后面另起一行接排。

② 这显然是卡昂法院首席院长蓬森先生的别名。

阿尔贝蒂娜的看法,我对她没有看法。我会像塞维尼夫人那样对你说:'她有优点,至少我认为这样。但是,现在刚开始谈,我只会对她以贬代褒。她不是这样的人,她没有雷恩口音。随着时间的推移,我也许会说:她是那样的人①。'只要她能使你幸福,我会永远觉得她人好。"但这些话的意思,是要我自己决定终身大事,我母亲说出这些话,使我产生一种疑问,这疑问我以前有过,当时我父亲允许我去看《淮德拉》的演出,特别是允许我成为作家,我立刻感到责任过于重大,怕使我父亲难受,你不再言听计从之时,就会有这种忧虑,想当初你言听计从,度日如年,看不到自己的前途,而现在你明白自己终于过上大人的生活,即唯一能由自己支配的生活。

也许最好还是再稍稍等待一段时间,先去看望阿尔贝蒂娜,就像过去那样,以弄清我是否真的爱她。我可以把她带到维尔迪兰家去散散心,我因此想起,我今晚来到维尔迪兰家,只是想知道普特布斯夫人是否住在他们家或者就要来他们家。不管怎样,她晚餐时不在。"说到您的朋友圣卢,"德·康布勒梅夫人对我说,说时使用一种表达法,说明她思路十分连贯,但她说的话却无法使人相信这点,因为她跟我谈起音乐,想到的却是盖尔芒特夫妇,"您知道,大家都在谈论他跟盖尔芒特王妃的侄女的婚事。我要告诉您,从我来说,对社交界的这种闲话,我丝毫也不关心。"我立刻感到害怕,因为我曾在罗贝尔面前毫无好感地谈论这个装出别具一格的姑娘,她思想十分平庸、性格极其暴躁。我们听到的消息,几乎全都使我们后悔自己说过的话。我对德·康布勒梅夫人回答说,而且是实话实说,我对此一无所知,并说我觉得这个未婚妻年纪还小。"也许正因为如此,这事还没有正式定下来,但不管怎

① 引文跟塞维尼夫人于1684年10月1日致格里尼昂的信大致相同。她在信中这样谈论他儿子夏尔·德·塞维尼的妻子。

样，大家对此事谈得很多。”——“我喜欢对您有话就说，”维尔迪兰夫人用生硬的口气对德·康布勒梅夫人说，她听到德·康布勒梅夫人在跟我谈论莫雷尔，然后压低声音对我谈了圣卢的婚事，但维尔迪兰夫人以为她还在跟我谈莫雷尔。“他在这里演奏的不是小曲。您知道，我星期三聚会的那些常客，我称他们为孩子，他们在艺术上十分前卫，令人害怕。”她补充道，显得自豪而又可怕。“我有时对他们说：‘我的乖孩子，你们走得比老板娘更快，她虽说大胆，却从未使人害怕。’每年都会走得更远一点；我看这样的日子很快就会到来，他们喜欢瓦格纳和丹第，却不会再往前走了。”——“看法前卫是件好事，而且永无止境。”德·康布勒梅夫人说，一面仔细观察餐厅的每个角落，想要认出她婆婆被保留的摆设以及维尔迪兰夫人增加的陈设，并想当场看出维尔迪兰夫人鉴赏力庸俗之处。不过，她还是设法跟我谈论她最感兴趣的话题，即德·夏吕斯先生。她觉得他保护一个小提琴师，是十分感人的事。“他显得很聪明。”——“即使是上了年纪的男人，这样热情也未免过分。”我说。“上了年纪？但他看上去不老，您看，他头发仍跟年轻人一样。”（三四年来，cheveu（头发）这个词一直用单数，这样使用的是不认识的人，这些陌生人总是发起文学上的时尚，于是，交际范围像德·康布勒梅夫人那样广泛的人，在说“头发”时都用单数，说时还要装出一丝微笑。现在，说“头发”时还用单数，但单数使用过多之后，复数形式就会再现。）“我对德·夏吕斯先生特别感兴趣，”她补充道，“是因为我感到他有天赋。我要告诉您，我对知识并不看重。后天学到的，我不感兴趣。”这些话跟德·康布勒梅夫人的特殊价值并不矛盾，而这种价值正是模仿得来、后天获得。但此时此刻，有一件事情应该知道，那就是知识微不足道，跟独创性相比轻如麦秆。德·康布勒梅夫人像其他人那样得知，什么也不必学。“正因为如此，”她对我说，“布里肖虽说自有奇特之处，但因我瞧不起某种有趣的博学，我对他的兴趣就微不足道。”

但布里肖这时只担心一件事:他听到别人谈音乐,生怕这个话题使维尔迪兰夫人想起德尚布尔之死。他想说些话来岔开这伤心的往事。德·康布勒梅先生的问题给他提供了机会,这问题是:“那么,有树林的地方总是以动物的名称命名?”——“并非如此。”布里肖回答道,很高兴在如此多的新朋友面前展现自己的知识,我曾对他说,这些新朋友中肯定会有一人对他感到兴趣。“只须看到,人名中保存着树木的名称,如同蕨类植物保存在煤矿之中。我们有一位元老,名叫 M. de Saulces de Freycinet(德·索尔斯·德·弗雷西内先生[1]),确切的意思是植有柳树和白蜡树之地,即 salix et fraxinetum;他的侄子德·塞尔夫先生,汇集的树木还要多,因为他名叫 Selves(塞尔夫),即 sylva(森林)。”萨尼埃特高兴地看到谈话如此热烈。既然布里肖一直在说,他就可以保持沉默,这样就不会被维尔迪兰先生和夫人讥笑。萨尼埃特在解脱的喜悦中变得更为敏感,他听到维尔迪兰先生在如此隆重的晚宴上吩咐膳食总管把一瓶水放在不喝其他饮料的萨尼埃特先生旁边,心里十分感动。(将军要更多士兵卖命,就让他们吃得好。)维尔迪兰夫人终于对萨尼埃特微微一笑。确实,他们十分善良。他也许不会再受到折磨。这时,晚餐被一位客人打断,我忘了介绍这位客人,他是挪威知名哲学家,法语讲得很好,但语速很慢,有两个原因,首先是因为学的时间不长,不想讲错(但还是出了几个错),他说出每个词,都要在心里查一本词典,其次是因为他是玄学家,说话时总在想他要表达的意思,这样一来,即使是法国人,说话也会十分缓慢。另外,他这个人十分有趣,虽说样子跟其他许多人相像,只有一点除外。这个人说话如此缓慢(说一个词就要沉默片刻),但在离开时却极

① 夏尔—路易·德·索尔斯·德·弗雷西内(1828—1923),法国政治家。1870—1871 年在国防政府中协助内政部长甘必大,任陆军部代表,1876—1920 年任参议院议员,1879—1892 年四次出任总理,1915—1916 年任国务部长。1890 年当选为法兰西语文学院院士。

其迅速，说了“再见”后立刻销声匿迹。第一次看到他迫不及待地离开的样子，你会以为他要拉肚子，或是有更紧急的事要办。

“亲爱的——同人，”他对布里肖这样说，是想到“同人”是合适的称呼，“我有一种——愿望，想知道在你们法兰西——拉丁——诺曼底的漂亮语言的术语中，是否有其他分支。夫人（他指的是维尔迪兰夫人，虽然他不敢对她正视）曾对我说，您无所不知。现在不正是让大家开开眼的时候？”——“不，现在是吃饭的时候，”维尔迪兰夫人看到晚宴无法结束，就打断了他的话。“啊！那好。”斯堪的纳维亚人回答道，一面低头吃盘子里的东西，并无可奈何地露出苦笑。“但是，我应该提请夫人注意，我冒昧提出这一系列问题——请原谅，是这个问提（题）——是因为我明天要回到巴黎，在银塔饭馆或默里斯旅馆[①]吃晚饭。我的法国——同行——布特鲁先生[②]，要在那里给我们作招魂术的讲座——请原谅，是用酒精招魂——由他来控制。”——“银塔饭馆，并不像有人说的那样好。”维尔迪兰夫人生气地说。“我在那里请客吃过几顿晚饭，十分糟糕。”——“那是否是我弄错了？夫人请客吃的东西，难道不是法国最精美的菜肴？”——“啊，不算十分坏。”维尔迪兰夫人回答时口气变得温和。“您要是下星期三来，会吃得更好。”——“但我下星期一去阿尔及尔，从那里去好望角。我到了好望角，就无法再见到我的知名同人——请原谅，我就无法再见到我的同行。”他为纠错而进行这些道歉之后，就听话地吃了起来，而且吃得飞快。但布里肖因能提供植物的其他词源而极其高兴，他的回答使挪威人兴致勃勃，又停下来不吃了，示意可以撤掉他那盛满菜的盘子，把下一道菜端上。“四十名不朽者中，”布里肖说，

---

① 默里斯旅馆位于巴黎里沃利街228号，是十九世纪末巴黎著名旅馆之一。

② 埃米尔·布特鲁（1845—1921），法国哲学家。1885年任巴黎大学教授，柏格森是他的学生。

"有一人姓 Houssaye(乌塞①),是植 houx(枸骨叶冬青)之地;有一位精明的外交家,姓 Ormesson(奥默松②),其中有 orme(榆树),即维吉尔喜欢的 ulmus③,这树名又成了市名 Ulm(乌尔姆④);他的同僚中有 M. de La Boulaye(德·拉布莱先生⑤),是 bouleau(桦树);M. d'Aunay(德·奥内先生⑥),是 aune(桤木);M. de Bussière(德·比西埃尔先生⑦),是 buis(黄杨);M. Albaret(阿尔巴雷先生),是 aubier(树木边料)(我决定把此事告诉塞莱斯特);M. de Cholet(德·肖莱先生⑧),是 choux(白菜);M. de La Pommeraye(德·拉波墨雷先生⑨)的姓氏里有 pommier(苹果树),我们听过他的讲座,萨尼埃特,那时候,善良的波雷尔⑩被派到天涯海角,他是奥德翁王国的总督,您是否记得?"听到布里肖说出萨尼埃特的

---

① 亨利·乌塞(1848—1911),法国历史学家、评论家,研究拿破仑时代的专家。1894 年当选为法兰西语文学院院士。

② 弗拉基米尔·德·奥默松(1888—1973),法国外交家、作家。其父也是外交家。

③ 维吉尔曾在作品中歌颂榆树,尤其在《农事诗》中。

④ 乌尔姆是德国城市。参见本书第三卷第 106 页注①。

⑤ 安托万·保罗·勒内·勒费弗尔·德·拉布莱(1833—1905),法国外交家。1886—1891 年任法国驻俄国大使。

⑥ 夏尔—马里·勒佩勒蒂埃·德·奥内(1840—1918),法国外交家。1907 年任法国驻伯尔尼大使。

⑦ 埃德蒙·勒努阿尔·德·比西埃尔(应为:博西埃尔)(1804—1888),曾任法国驻那不勒斯大使。

⑧ 阿尔芒—皮埃尔·德·肖莱伯爵。普鲁斯特在奥尔良服兵役时,伯爵是中尉。

⑨ 即亨利·德·阿勒贝,人称亨利·贝达尔·德·拉波墨雷(1839—1891),文艺评论家,1878 年任巴黎音乐和朗诵学院历史和文学教授,经常在奥德翁剧院开设讲座。

⑩ 即德西雷·帕富吕,人称波雷尔(1842—1917),法国演员。1863 年在奥德翁剧院开始演艺生涯,1867 年在体育场剧院演出,1871 年返回奥德翁剧院,成名后于 1884 年至 1892 年任奥德翁剧院经理。1893 年任轻喜剧剧院经理,直至去世。1893 年至 1905 年是著名女演员雷雅娜(1856—1920)的丈夫。他的儿子雅克·波雷尔在第一次世界大战爆发后成为普鲁斯特的朋友。

名字,维尔迪兰先生用嘲笑的目光看了他妻子和科塔尔一眼,这目光使胆怯者不知所措。“您说肖莱源于白菜。”我对布里肖说。“我去东锡埃尔时,途经一个车站,名叫 Saint-Frichoux(圣弗里舒),是否也源于 chou(白菜)?”——“不是,Saint-Frichoux 是 Sanctus Fructuosus,就像 Sanctus Ferreolus 变成 Saint-Fargeau(圣法尔若),但这完全不是诺曼底方言。”——“他知道的事太多了,使我们感到厌倦。”王妃轻轻地笑着说。“还有其他许多名称我也感兴趣,但我不能一下子全都问您。”我然后转向科塔尔问:“普特布斯夫人在这里吗?”——“不在,谢天谢地。”维尔迪兰夫人听到我的问题后回答道。“我竭力劝她把度假地点改为威尼斯,今年我们总算甩掉了她。”——“我就要拥有两种树,”德·夏吕斯先生说,“因为我基本上已租下一座小屋,是在栎树圣马丁与紫杉圣彼得之间。”——“那儿离这里很近,我希望您常常来这儿,由夏利·莫雷尔陪同。乘火车的事,您只要跟我们小集团说好就行了,您离东锡埃尔近在咫尺。”维尔迪兰夫人这样说,是因为她希望客人乘同一列火车来,而且要在她派车去接客人的时间到。她知道上山来拉斯珀利埃尔十分艰难,过了菲泰尔纳之后,要七弯八绕地转一圈,得多花半个小时,她怕自己来的客人找不到马车送他们来,或者他们其实是待在家里,却借口在杜维尔—菲泰尔纳找不到马车,又感到无力步行上山。对她的邀请,德·夏吕斯先生只是默默地点了点头。“他不会天天平易近人。他显得冷淡。”大夫对茨基低声说道。他虽然表面高傲,思想却仍然十分单纯,不想隐瞒夏吕斯在对他摆老爷的架子。“他也许不知道,在所有滨海城市,甚至在巴黎的诊所里,医生都自然把我看成‘大头头’,都十分荣幸地要把我介绍给在场的所有贵族,而贵族看到我也都战战兢兢。因此,我在海水浴疗养地都过得相当愉快。”他轻率地补充道。“即使在东锡埃尔,团里的军医,就是为上校看病的医生,曾邀请我跟他共进午餐,并对我说,我有资格跟将军共进晚餐。那位将军可是姓氏前带**德**的先生。我不知道他的贵族头衔是否比这位男爵更加古老。"——"您别胡思乱想了,这头衔十分可怜。"茨基低声回答道,然后又说了句含糊不清的话,使用了一个动词,我只听到最后几个音节是 arder①,因为我在注意听布里肖对德·夏吕斯先生说话。"不大可能,我要遗憾地告诉您,您只有一种树,因为如果说 Saint-Martin-du-Chêne(栎树圣马丁)显然是 Sanctus Martinus juxta quercum(栎树旁的圣马丁努斯),那么,恰恰相反,if(紫杉)这个词可能只是词根,即 ave,eve,意思是:潮湿的,就像在 Aveyron(阿韦龙②),Lodève(洛代沃③),Yvette(伊韦特④)中那样,您看到,这还残存在我们厨房的 éviers(洗涤槽)中。eau(水)在布列塔尼语中说成 Ster,如 Stermaria(斯泰马里亚),Sterlaer(斯泰拉埃尔),Sterbouest(斯泰布埃斯特),Ster-en-Dreuchen(德勒尚地区斯泰)。"我没听到这话的末尾。我听到斯泰马里亚这个姓虽说十分高兴,仍然不由自主地听到坐在我旁边的科塔尔的话,他低声对茨基说:"啊!我可不知道。那么,这是一位在生活中善于随机应变的先生啰。怎么!他是团伙的人!不过,他眼圈没有发黑。我得注意我桌子下面的脚,他只要爱上我就会来碰我。另外,我也不是十分惊讶。我看到过好几个贵族洗淋浴,赤身裸体,他们多少有点不正常。我不跟他们说话,因为我好歹是公务员,跟他们说话,对我有害无益。但他们也十分清楚我是什么人。"萨尼埃特刚才被布里肖叫到,十分害怕,这时松了口气,这就像有人害怕雷雨,却看到闪电后没有响起雷声,他听到维尔迪兰先生问他,只见对方在他讲话时眼睛死死地盯着他这个可怜人看,他立刻感到局促不安,无法平静下来。"萨尼埃特,您经常去奥德翁剧院看日场戏,但总是瞒着

① 手稿上是 etarder,不知是否是 pétarder(引起轰动)?

② 阿韦龙是法国省名和河流名。

③ 洛代沃是法国埃罗省专区首府。

④ 伊韦特是法国法兰西岛大区的河流,是塞纳河支流奥日河的支流。

我们?”萨尼埃特如同受到中士刁难的新兵,浑身颤抖,说话尽量简短,以便蒙混过关,免得挨打。“看过一次,是《寻求的女人》。”——“他在说什么?”维尔迪兰先生吼叫道,显出既恶心又气愤的样子,他眉头紧皱,仿佛他即使全神贯注也无法听懂。“首先,我们听不懂您在说什么,您嘴里含着什么东西?”维尔迪兰先生问时口气越来越粗暴,暗指萨尼埃特发音不清。“可怜的萨尼埃特,我不希望您把他弄得可怜巴巴的。”维尔迪兰夫人用假装怜悯的口吻说,以免使人觉得她丈夫蛮横无理。“我在寻……寻……”——“寻……寻……您尽量说得清楚些,”维尔迪兰先生说,“我甚至听不到您在说什么。”客人们几乎全都忍不住哈哈大笑,他们活像一帮吃人肉的野人,只要白人身上有伤口,就想要喝血。因为模仿的本能和缺乏勇气主导着各种社会和人群。大家看到有人嘲笑一个人,就会笑这个人,即使十年之后他在一个圈子里受到赏识,人人对他肃然起敬。人民赶走国王或对国王欢呼也出于同样的道理。“啊,这不是他的错。”维尔迪兰夫人说。“也不是我的错,话都说不清楚,就不能在别人家里吃晚饭。”——“我去看法瓦尔的《寻求风趣的女人》[1]。”——“什么?是《寻求风趣的女人》,您却说成《寻求的女人》?啊!真妙,我即使想一百年也想不出来。”维尔迪兰先生大声说道。他只要听到一个人说出某些作品的全名,就立刻能看出此人不是文人、艺术家,“不是自己人”。譬如说,本该说《病人》、《小市民》,如有人说出全名《无病呻吟》、《醉心贵族的小市民》,就说明他们不是“自己人”,同样,在一个沙龙里,如有人说德·孟德斯鸠—弗藏萨克先生,而不是说德·孟德斯鸠先生,那就说明他不是社交界人士。“这可没有那样奇特。”

---

① 《寻求风趣的女人》(1741)是法国歌剧脚本作家、作曲家夏尔—西蒙·法瓦尔(1710—1792)撰写的喜歌剧,1888年在马赛的阿尔卡扎剧院演出,1900年在巴黎喜歌剧院演出,共演出二百多场,深受欢迎。

萨尼埃特说时激动得喘不过气来，但仍面带微笑，虽说他并不想笑。维尔迪兰夫人冷笑着大声说道："噢！不。您要相信，世上无人能猜出说的是《寻求风趣的女人》。"维尔迪兰先生语气温和地接着说，既是对萨尼埃特，又是对布里肖说："不过，《寻求风趣的女人》，那可是一出好戏。"这句话普普通通，说时口气却一本正经，虽然可看出其中带有恶意，萨尼埃特听了却十分舒服，心里非常感激，如同对方说这话是出于好意。他一句话也说不出来，高兴得默不作声。布里肖倒是话多。"确实如此，"他对维尔迪兰先生回答道，"如把这出戏看成萨尔马特[①]或斯堪的纳维亚某个作家的作品，也许可以推荐《寻求风趣的女人》去填补杰作的空缺。但愿说这话没有对法瓦尔的高贵亡灵不敬，他没有易卜生的气质。（他想到挪威哲学家，立刻脸红耳赤，而挪威哲学家也脸色难看，因为他无法弄清黄杨是哪种植物，布里肖刚才谈到比西埃尔时提到其中有黄杨[②]。）另外，波雷尔的王国，现已被一位官员占领[③]，此人是托尔斯泰的忠实信徒，我们有可能在奥德翁剧院的剧场里看到《安娜·卡列尼娜》或《复活》[④]。"——"我知道你们说的法瓦尔肖像画。"德·夏吕斯先生说。"我在莫莱伯爵夫人家里看到过他

① 萨尔马特人是游牧部落联盟，公元前六世纪至公元前四世纪居住在托博尔河至伏尔加河的广阔地区。公元前三世纪将西徐亚人逐出黑海北岸。公元四世纪为匈奴所灭。

② 参见本卷第350页。

③ 波雷尔之后，埃米尔·马克和埃米尔·德博于1892年至1896年经管奥德翁剧院，后由保罗·吉内斯蒂和安德烈·安托万继任。安托万把易卜生的剧作引入法国，但不久后辞职，吉内斯蒂则引入托尔斯泰的作品，独自掌管奥德翁剧院，直至1906年。后由安托万继任，直至1914年。

④ 托尔斯泰的小说《复活》（1899）曾由亨利·巴塔耶改编成剧本，于1902年11月14日在奥德翁剧院首演，1905年1月25日在圣马丁门剧院演出。埃德蒙·吉罗则把《安娜·卡列尼娜》搬上舞台，于1907年1月30日在安托万剧院首演。

的一幅肖像画[1],画得很好。”莫莱伯爵夫人的名字给维尔迪兰夫人留下了深刻印象。“啊！您常去德·莫莱夫人家。”她大声说道。她心里在想,人们说“莫莱伯爵夫人”、“莫莱夫人”,只是一种简称,就像她听到别人说罗昂夫妇那样,或者表示蔑视,就像她说拉特雷穆伊夫人。她毫不怀疑,莫莱伯爵夫人认识希腊王后和卡普拉罗拉王妃,并跟任何贵族一样,有权在姓氏前加上“德”字,于是决定把这个字赋予这个对她十分亲切的光彩夺目的人物。因此,为了清楚地表明她故意这样说,而且不管伯爵夫人是否同意都要加上这个“德”字,她接着说道:“但我完全不知道您认识德·莫莱夫人!”仿佛有两件事非同寻常,一是德·夏吕斯先生认识这位夫人,二是维尔迪兰夫人不知道他认识她。然而,上流社会,至少是德·夏吕斯先生所说的上流社会,是素质相同的封闭群体。因此就可以理解,在素质参差不齐的资产阶级群体里,一位律师见某个人认识他初中的一个同学,就对此人说:“您怎么会认识这样的人?”相反,因一个法国人知道“寺庙”或“森林”的含义而感到惊讶,并不是非同寻常的事情,就像赞赏德·夏吕斯先生竟会跟莫莱伯爵夫人偶然相遇。另外,即使他们相识并非完全合乎社交界的规则,如果是偶然相识,维尔迪兰夫人不知道此事就毫不奇怪,因为她是第一次见到德·夏吕斯先生,他跟莫莱夫人相识也决不是她对他不了解的唯一一件事,说实话,她对他可是一无所知。“谁在演那个《寻求风趣的女人》,亲爱的萨尼埃特?”维尔迪兰先生问道。老档案保管员虽说感到风暴已经过去,却仍然犹豫不决没有回答。“你真是,”维尔迪兰夫人说,“你把他给吓坏了,他说什么你都要嘲笑,而你还要他回答。啊,您说说,这是谁演的?我们要让您带点肉冻回去。”维尔迪兰夫人这样说不怀好意,是暗指破产

---

① 瑞士画家让—埃蒂安·利奥塔尔(1702—1789)曾于1757年用彩色粉笔为法瓦尔绘制肖像画,另为其夫人绘制一幅。

的事，萨尼埃特想使朋友一家避免破产，他自己却迅速落到破产的境地。“我只记得萨马里夫人[①]扮演泽比娜[②]。”萨尼埃特说。“泽比娜？是什么人物？”维尔迪兰先生叫道，仿佛着火一般。“这是保留剧目里的一种角色，就是《弗拉卡斯统领》，这就像吹牛者、卖弄学问者[③]。”——“啊！卖弄学问者，您就是。泽比娜！不是，但他有点疯疯癫癫。”维尔迪兰先生大声说道。维尔迪兰夫人笑着看了看各位客人，仿佛要原谅萨尼埃特。“泽比娜，他以为大家马上会知道是什么意思。您就像德·隆热皮埃尔先生，他是我所认识的最蠢的人，有一天，他随口对我们说出‘巴纳特’。谁也不知道他想说什么。最后大家才得知是塞尔维亚的一个省[④]。”对萨尼埃特折磨，我比他本人还要难受，为结束这种折磨，我就问布里肖是否知道巴尔贝克表示什么。“巴尔贝克很可能是达尔贝克的讹误。”他对我说。“得要查阅英国历代国王的宪章，他们是诺曼底君主，因为巴尔贝克隶属杜弗尔男爵领地，因此往往说海上巴尔贝克、陆地巴尔贝克。但杜弗尔男爵领地又隶属巴约主教管辖的教

---

① 让娜·萨马里(1857—1890)，法国女演员。1875 年在法兰西剧院开始演艺生涯，擅长扮演聪明伶俐的侍女。1881 年在帕耶龙的剧作《人人无聊的世界》中扮演苏姗。她的姐姐玛丽在十九世纪七十年代属奥德翁剧院剧组。

② 泽比娜是喜剧中的侍女，但法瓦尔的剧作《寻求风趣的女人》中并无侍女。在泰奥菲尔·戈蒂埃的小说《弗拉卡斯统领》中，泽比娜是侯爵的侍女。

③ 跟泽比娜一样，吹牛者和卖弄学问者也是《弗拉卡斯统领》中的典型人物。该小说曾两次搬上舞台。卡蒂尔·孟代斯编脚本、佩萨尔作曲的喜歌剧于 1878 年在巴黎抒情歌剧院上演，埃米尔·贝热拉改编的剧本于 1896 年在奥德翁剧院上演。

④ 巴纳特是东欧历史上民族杂居地区，东自特兰西瓦尼亚、瓦拉几亚，西至蒂萨河，北临穆列什河，南滨多瑙河。巴纳特曾归属匈牙利。第一次世界大战后，协约国根据特里亚农条约瓜分巴纳特。匈牙利保留塞格德，罗马尼亚取得东部大片地区，其余归塞尔维亚—克罗地亚—斯洛文尼亚王国(南斯拉夫)。

区，尽管圣殿骑士曾一度控制修道院，这始于路易·德·阿尔古[①]，他任耶路撒冷主教和巴约主教，当时这一教区的主教有权支配巴尔贝克的财产。多维尔的教长对我是这样解释的，此人秃顶，能言善辩，遐想联翩，喜欢美食，他在生活中信奉布里亚—萨瓦兰[②]，他用术语对我讲述了些许晦涩难懂、难以捉摸的教学法，一面请我吃十分可口的油炸土豆。"布里肖面带微笑，以表明自己风趣，能把完全不同的事物一起说出，并用既高雅又幽默的语言来谈普通的事物，与此同时，萨尼埃特竭力想出一句妙趣横生的话，使他能在刚才一败涂地的情况下重整旗鼓。这妙趣横生的话，就是大家说的"同音异义词文字游戏"，但其形式已变，因为它有一个演变过程，就像各种文学体裁，旧的形式消失，其他形式取而代之，等等。以前，"同音异义词文字游戏"的形式是"无以复加"。但这种形式已经过时，无人再用，只有科塔尔在玩皮克牌牌戏时有时还会说："您知道心不在焉到了无以复加的地步会怎样？就会把南特敕令当作英国女人。""无以复加"已被绰号所取代。其实，这种"同音异义词文字游戏"仍然是老一套，但由于时兴绰号，因此就没人发现这点。但萨尼埃特活该倒霉的是，如果这种"文字游戏"并非由他编出，小核心通常也不知道，他羞怯地说出了口，并随即笑了起来，以表明幽默，却无人能听懂是什么意思。但如果情况相反，文字游戏由他编出，通常是在跟一个信徒交谈时想出，这信徒重复一遍后却据为己有，这文字游戏就为人所知，但如同并非由萨尼埃特想出。因此，他说出这样一个文字游戏，大家全都知道，虽

---

① 路易·德·阿尔古(？—1479)于1459年成为第四十九任巴约主教。因他曾任(奥德省)纳博讷主教，任巴约主教就显得地位下降，故教皇授予他耶路撒冷主教的称号。杜弗尔男爵领地确实属于他管辖，康布勒梅男爵领地也属于他管辖。他出任巴约主教时有七块男爵领地为教区财产。

② 布里亚—萨瓦兰(1755—1826)，法国美食家。著有烹饪书籍《口味生理学》(1825)。

说是他想出，大家却说他剽窃。“因此，”布里肖继续说，“bec 在诺曼底方言里意为：小溪；有 abbaye du Bec（贝克修道院①），Mobec（莫贝克）是沼泽的小溪[mor 或 mer 的意思是：沼泽，如 Morville（莫尔维尔），或 Bricquemar（布里克马尔），Alvimare（阿尔维马尔），Cambremer（康布勒梅）]；Bricquebec（布里克贝克）是高地小溪，源于 briga，即设防地，如 Bricqueville（布里克维尔），Bricquebosc（布里克博斯克），Le Bric（勒布里克），Briand（布里昂）②，或源于 brice，即桥，跟德语的 bruck [Innsbruck（因斯布鲁克③）]和英语的 bridge 相同，而 bridge 则是许多地名的后缀[如 Cambridge（剑桥），等等]。诺曼底还有许多 bec，如 Caudebec（科德贝克），Bolbec（博尔贝克），Le Robec（勒罗贝克），Le Bec-Hellouin（勒贝克—埃卢安），Becquerel（贝克雷尔）。这是日尔曼语 bach 转为诺曼底方言的形式，如 Offenbach（奥芬巴赫），Anspach（安施帕赫）；Varaguebec（瓦拉格贝克）源于古词 varaigne（盐田进水口），相当于 garenne（禁猎区），bois（树林），étangs réservés（养鱼塘）。至于 dal，”布里肖接着说，“是 thal（山谷）的一种形式，如 Darnetal（达纳塔尔），Rosendal（罗藏达尔），还有 Louviers（卢维埃）附近的 Becdal（贝克达尔）。另外，那条把名称赋予 Dalbec（达尔贝克）的河流赏心悦目。从一个悬崖（德语为 Fels，离此不远，在一个高地上甚至有美丽的法莱斯城④）上看，它跟教堂的尖顶相邻，而实际上离教堂十分遥远，仿佛将这些尖顶映照出来。”——“我看是这样，”我说，“这是埃尔斯蒂尔非常喜欢的一种效果。我曾在他家里看到

---

① 贝克修道院由真福者埃吕安于 1034 年创建，后建于勒贝克—埃卢安，以前属（滨海塞纳省）鲁昂教区，现归（厄尔省）埃夫勒教区。

② 请比较本卷第 304 页中对这些地名的分析。当时布里肖批评贡布雷本堂神甫分析的词源，但现在却不再对此持批评态度。

③ 因斯布鲁克是奥地利西部城市，蒂罗尔州首府。

④ 原文为 Falaise，意为：悬崖。该城位于法国卡尔瓦多斯省南部。

多幅这样的素描。”——“埃尔斯蒂尔！您认得提施[1]?”维尔迪兰夫人大声问道。“您要知道，我以前跟他关系密切，对他了如指掌。老天保佑，我再也看不到他了。不，您可以去问科塔尔，问布里肖，以前我家里总摆着他的餐具，他每天都来。可以说，他因此没能离开我们的小核心。我过一会儿给您看他为我画的花卉；您会看到跟他今天画的有多大的区别，他今天画的东西我根本就不喜欢，一点也不喜欢！当然啰！我曾请他给科塔尔画一幅肖像，我还请他画过许多画。”——“可他把教授的头发画成淡紫色，”科塔尔夫人说，她忘了她丈夫当时还没有资格当大学教师。“我不知道，先生，您是否认为我丈夫的头发淡紫色。”——“没关系，”维尔迪兰夫人说道，并对科塔尔夫人抬起下巴，显出蔑视的样子，而对她谈到的那个人却显得赞赏，“他是大胆的色彩画家，是出色的画家。她又对着我补充道：“我不知道您是否把这些称之为绘画，就是他不再来我家之后展出的种种妖里妖气的构图和巨作。我可把这些称之为涂鸦，是公式化作品，另外这没有立体感，缺乏个性。这里面什么人都有。”——“他恢复了十八世纪的优雅，却又是现代的。”萨尼埃特急忙说。他因我对他态度友好，就振作起来，想要重振旗鼓。“但我更喜欢埃勒[2]。”——“这跟埃勒毫无关系。”维尔迪兰夫人说。“不，这是十八世纪狂热的货色。他是蒸汽机华托。”他说完笑了起来。“哦！听说过，早就听说过，几年前就有人对我提到。”维尔迪兰先生说。以前茨基确实对他说过，但仿佛是茨基想出来的。“真不走运，您总算说出别人听得懂的有趣的事，但可惜不是您想出来的。”——“这使我难受，”维尔迪兰夫人接着说，“他有天赋，却糟蹋了画家的优良气质。啊！他要是留在

---

① 原文为 Tiche。在斯万去维尔迪兰家时，埃尔斯蒂尔被称为 Biche(母鹿)。

② 保罗·埃勒(1859—1927)，法国肖像画家。他喜欢十八世纪的风格，而且画得很快，德加称他为“蒸汽机华托”。蒙泰斯鸠于十九世纪九十年代介绍他跟普鲁斯特相识，并于 1913 年发表论著《画家和雕塑家保罗·埃勒》。

这儿多好。这样，他就能成为当代首屈一指的风景画家！这都怪一个女人，使他变得如此下贱！不过，我并没有对此感到惊讶，因为这男人讨人喜欢，但也俗不可耐。其实，他是个平庸的人。我要对您说，我立刻就感到这点。实际上，他从未使我感兴趣。我很喜欢他，如此而已。首先，他这个人很脏。您难道喜欢这样的人，喜欢从不洗澡的人？”——“我们吃的这个颜色漂亮的东西是什么？”茨基问。“这叫草莓烘掼奶油。”维尔迪兰夫人说。“这味道——真——好。得叫人开几瓶玛歌酒庄和拉菲酒庄的酒①以及波尔图酒。”——“我不能对您说，他使我多么高兴，他只喝水。”维尔迪兰夫人说。她用这种想象出来的高兴，来掩盖这样挥霍使她感到的害怕。“这不是为了喝酒，”茨基接着说，“您把我们的酒杯都倒满，我们会带来美妙的桃子、硕大的油桃，那里，在西下的落日之前；这将会绚丽多彩，如同委罗内塞的一幅美丽的画。”——“这几乎也得花同样多的钱。”维尔迪兰先生低声说道。“这些干酪颜色如此难看，拿掉吧。”他说着想去拿掉老板的盘子，但老板竭尽全力护着他那格鲁耶尔干酪。“您要知道，我失去埃尔斯蒂尔并不惋惜，”维尔迪兰夫人对我说，“他这个人很有天赋。埃尔斯蒂尔是工作狂，他想画就决不罢休。他是个好学生，是匹赛马。茨基嘛，他只会异想天开。您会看到他在晚饭中间点起香烟。”——“其实，我不知道您为何不愿意接待他的妻子，”科塔尔说，“否则他就会像以前那样出现在这里。”——“喂，您是否能有点礼貌？我不想接待荡妇，教授先生。”维尔迪兰夫人说。但事实恰恰相反，她曾作出一切努力，想把埃尔斯蒂尔请来，即使他跟妻子一起来也行。但在他们结婚以前，她曾设法拆散他们，她当时对埃尔斯蒂尔说，他喜欢的女人愚蠢、肮脏、轻浮，还偷过东西。但她没能把他们拆散。而埃尔斯蒂尔却跟维尔迪兰沙龙一刀两断，并因此感

① 玛歌酒庄和拉菲酒庄均属波尔多五大酒庄。

到高兴，如同改变信仰的人庆幸自己患病或遭受挫折，使他们得已退职，并看到灵魂得救之路。“这位教授，真是出色。”她说。“您不如说，我的沙龙是幽会屋。但您显然不知道埃尔斯蒂尔夫人是什么货色。接待她，我情愿接待最下等的妓女！啊！不，我可不吃那一套。另外，我要告诉您，既然那丈夫已不再使我感兴趣，我去理睬他妻子，就未免太愚蠢了，这是老掉牙的事了，已经模糊不清。”——“对这样一个聪明人来说，这可是非同寻常。”科塔尔说。“哦！不，”维尔迪兰夫人回答道，“那时他有才能，这无赖确实有才能，而且是绰绰有余，即使在那时，他也让人生气，是因为他一点也不聪明。”维尔迪兰夫人没等她跟埃尔斯蒂尔闹翻，没等她不再喜欢他的绘画，就对他作出这样的评价。这是因为即使在当时，埃尔斯蒂尔虽说是小集团成员，却常常整天跟这样的女人鬼混，而这种女人，不管维尔迪兰夫人的看法是否正确，都是“蠢妇”，在她看来，这不是一个聪明的男人该做的事。“不，”她显出公正的样子说，“我觉得他妻子和他真是天生的一对。只有老天知道，我在这世上没看到过更加讨厌的人，我要是必须跟她共度两小时的时间，我准会发疯。但有人说，他觉得她非常聪明。这是因为总得承认，我们的**提施极其愚蠢**！我曾看到他被一些人弄得目瞪口呆，那些人您无法想象，是一些大傻瓜，我们的小宗派是决不会要的。唉！他常给他们写信，埃尔斯蒂尔竟然跟他们一起讨论！尽管如此，他有些方面仍然迷人，啊！迷人，迷人，自然是美妙得荒谬绝伦。”因为维尔迪兰夫人深信，真正的杰出人物会干出许多荒唐的事情。错误的想法，其中也有某种真理。当然啰，人们干“蠢事”无法容忍。但有一种精神失常，要过很长时间才能看出，那是细腻的情感进入人脑的结果，而人通常没有这种情感。因此，可爱的人古怪，会使人恼火，但可爱的人几乎都很古怪。“啊，我马上可以让您看他画的花卉。”她对我说时，看到她丈夫向她示意可以离席。于是，她又挽起德·康布勒梅先生的手臂。维尔迪兰先生离开德·

康布勒梅夫人之后，立刻想对德·夏吕斯先生表示歉意，并对他说出原因，尤其是因为他喜欢跟一位有爵位的贵族谈论上流社会中的细微差别，这贵族目前比为他指定座位的那些人低下，但他们认为他有权坐在这座位上。不过，他首先要向德·夏吕斯先生表明，他对他的智力评价极高，并不认为他会在乎这些小事："请原谅我跟您谈论这些微不足道的事，"他先是这样说，"因为我觉得您会对此淡然处之。小市民会对此十分重视，但其他人，那些艺术家，即真正是自己人，会对此不屑一顾。我们刚聊了几句，我看出您就是自己人！"德·夏吕斯先生对"自己人"的理解完全不同，听到后不禁吓了一跳。刚才大夫对他频送秋波之后，现在老板又像骂人那样直率，使他不禁瞠目结舌。"请不要否定，亲爱的先生，您就是自己人，这一清二楚。"维尔迪兰先生接着说。"您要知道，我不知道您是否从事某种艺术，但这不是必不可少的条件。这样也并非总是够格。德尚布尔去世不久，他演奏出色，刚劲有力，但不是自己人，大家会立刻感到他不是自己人。布里肖不是自己人。莫雷尔是自己人，我妻子也是，我感到您是自己人……"——"您对我说的话是什么意思？"德·夏吕斯先生打断了对方的话。他对维尔迪兰先生所说的意思开始感到放心，但希望对方不要这样大声说出这种双关语。"我们刚才只是让您坐在左边。"维尔迪兰先生说。德·夏吕斯先生露出微笑，表示体谅对方，显得既和善又傲慢，并回答道："好了！**在此**，这无关紧要！"他微微一笑，笑得很特别，也许是他那巴伐利亚或洛林的祖母或外婆传给他的，而祖母或外婆也是从自己的祖母或外婆那里继承而来，因此，这笑声在欧洲古老的小宫廷里流传了好几百年，却并未有变化，至今仍能欣赏到它珍贵的音质，如同某些现已罕见的古乐器的音质。有时，为全面描绘一个人，就得在描写外貌时模仿其声音，而要描写德·夏吕斯先生这一人物，如不描写他的这种微笑，其形象就不完整，他的微笑巧妙而又轻盈，如同巴赫的某些作品，从未确切地表现出来，恰恰是因为各个乐队都没有这种发音特殊的"小号",而作曲家却用这种乐器的声音来谱写某个部分的乐曲。"但是,"维尔迪兰先生被刺伤后解释道,"这是故意为之。我对贵族头衔毫不看重。"他补充道,并露出轻蔑的微笑。这种微笑,我曾看到我认识的许多人有过,他们跟我外婆和我母亲不同,在看到他们没有的东西时就会这样笑,他们心里在想,有那些东西的人,决不能因此而胜过他们。"总之,既然德·康布勒梅先生正好在此,既然他是侯爵,而您只是男爵……"——"对不起,"德·夏吕斯先生回答时显出高傲的神色,维尔迪兰先生见了感到惊讶,"我也是布拉邦特公爵、蒙塔吉骑士侍从,以及奥莱龙、卡朗西、维亚雷焦和迪纳的亲王[①]。不过,这些都毫无用处。您可别折磨自己。"他说时又露出这种微妙的微笑,说到最后一句话时更是喜笑颜开:"我立刻看出,您对这种事还不习惯。"

维尔迪兰夫人走到我跟前,要给我看埃尔斯蒂尔画的花卉。到别人家去吃晚饭,对我来说早已是司空见惯的事情,但现在晚宴的形式焕然一新,去时要沿海边旅行,然后乘马车上山,来到海拔二百米高的地方,我因此感到陶醉,到了拉斯珀利埃尔仍然心醉神迷。"瞧,您看这个,"老板娘对我说时,把埃尔斯蒂尔画的硕大而又华丽的玫瑰指给我看,但其鲜红的油彩,因掺杂的乳白色过于突出,在所画的花坛上显得黯然失色。"您是否认为,他现在还能画出这种技巧?真棒!另外,颜料很美,摸一下也很有趣。我无法对您说,观看他画这些玫瑰是多么有趣。您会感到他喜欢寻求这种

---

① 盖尔芒特家族出自布拉邦特家族,已在本书第一卷中提到(第105页)。科梅西骑士侍从的称号,在十五世纪被科梅西的贵族独自采用。蒙塔吉在1912年的小说手稿中是圣卢的姓。奥莱龙亲王的称号,后经改变被朱皮安的女儿采用,她被称为德·奥洛龙小姐(见《女囚》),后嫁给莱奥诺尔·德·康布勒梅,而Léonor(莱奥诺尔)则跟Oléron(奥莱龙)字母相同但排列不同。维亚雷焦是意大利城市。帝国时代的元帅尼古拉·乌迪诺是雷焦公爵。迪纳在敦刻尔克附近,1658年蒂雷纳在此战胜西班牙军队。

效果。”老板娘梦幻般的目光停留在艺术家的这件礼物上，这其中凝聚着的不但有他巨大的才华，而且还有他们长期的友谊，这种友谊现在只存在于他给她留下的这些纪念品里；这些花卉，以前是他为她而采摘，在花卉后面，她似乎又看到画花的那只漂亮的手，那是在一天早晨，一些花刚刚摘下，放在桌上，人靠坐在餐厅的扶手椅上，面对鲜花，老板娘吃午饭时可以看到，玫瑰花仍然鲜艳，在画中有五分相像。只有五分相像，因为埃尔斯蒂尔得先把花移到内心花园后才能观赏，而我们只好永远待在这花园里。在这幅水彩画里，他展现了玫瑰的幻影，这种玫瑰他看到了，如果没有他，别人决不会看到；因此，我们可以说，这是一个新品种，这位画家如同有才能的园艺家，为蔷薇科增添了这一新品种。“自从他离开小核心那天起，他这个人就完了。我的晚餐仿佛浪费了他的时间，我仿佛损害了他**才能**的发挥。”她用揶揄的口气说。“跟我这样的女人经常来往，对一个艺术家仿佛不会有好处！”她因感到自豪而大声说道。德·康布勒梅先生离得很近，这时已坐了下来，他看到德·夏吕斯先生站着，就要站起来给他让座。在侯爵的思想里，让座也许只是想表示礼貌。德·夏吕斯先生却要使其表示敬意，因为普通的绅士知道自己应该对亲王尊敬，他还认为只有谦让才能更清楚地表示自己有权得到这种敬意。因此，他大声说道：“怎么！别客气！真没想到！”这种谦让的语调激昂而又狡诈，已具有强势的“盖尔芒特”的几分腔调，但主要表现为强制、无用而又亲切的动作，德·夏吕斯先生做出这种动作，把双手压在德·康布勒梅先生肩上，仿佛迫使他坐下，而他其实并未站起。“啊！瞧，亲爱的，”男爵坚持地说，“这下可全啦！这毫无道理！在我们这个时代，这一套要留给王族。”我对他们住宅的热情，既未感动康布勒梅夫妇，也没有感动维尔迪兰夫人。因为我对他们给我指出的美好事物显得冷淡，我感到激动的是模糊的回忆；有那么几次，我甚至向他们承认我的失望，因为我并未看到跟它的名称使我产生的想象相符的事物。我使德·康布勒梅夫人感到气愤的是，我对她说我觉得这里更像乡下。但我心醉神迷地驻足不前，是因为闻到从门口吹来的穿堂风的气味。“我看您喜欢穿堂风。”他们对我说。一块窗玻璃碎了，用一块绿色塔夫绸封上，使我十分赞赏，却并未引起共鸣。“真是难看！”侯爵夫人大声说道。最让人无法容忍的是，我说出了这样的话：“我最快乐，是在我到来之时。我听到自己的脚步声在长廊里响起，不知道自己是在村政府的哪个办公室里，那里挂着市镇的地图，我以为自己走了进去。”这一次，德·康布勒梅夫人断然把背转向我。“您不觉得这一切都安排得极其糟糕？”她丈夫问她，既关心又同情，仿佛他得知妻子因葬礼而十分难受。“好看的东西是有的。”这就像一种正确的看法，因并未有严格的规则，有些人在排挤他们的那些人家里就会心怀恶意，觉得一无是处，人和房子都是如此：“不错，但放得不是恰到好处。另外，这些东西是否真的这样好看？”——“您已经发现，”德·康布勒梅先生说，伤心的语气中不乏些许坚定，“有些茹伊①的织物已露出织纹，客厅里一些东西已经破旧！”——“还有这块织物，上面有大玫瑰花，活像乡下妇女的压脚被。”德·康布勒梅夫人说。她那弄虚作假的文化知识，只适用于唯心主义哲学、印象派绘画和德彪西的音乐。她提出要求，但并非只看是否豪华，而要看是否有情趣：“他们竟在窗上挂了布幔！这在风格上是多大的错误！您对这些人又有什么办法？他们不知道是从哪里学来的。他们想必是退隐的大商人。他们能搞得这样已经不错了。”——“我觉得烛台很漂亮。”侯爵说。大家都不知道他为何对烛台情有独钟，同样，每当有人谈起教堂，不论谈沙特尔大教堂、兰斯大教堂、亚眠大教堂还是巴尔贝克教堂，他总是急忙指出美妙之处，那就是“管风琴的木壳、讲道台以及神职人员座位下可供靠坐的垫板。”——“至

① 即茹伊昂若萨，法国伊夫林省市镇。

于花园，那就别说了。"德·康布勒梅夫人说。"那简直是大肆破坏。那些小道，全都曲曲弯弯。"[1]我乘维尔迪兰夫人上咖啡的机会，看了德·康布勒梅先生交给我的信，他母亲在信中请我去吃晚饭。信中寥寥数语，笔迹却颇有特点，使我以后能从其他笔迹中一眼认出，而不必求助于特殊笔迹识别技术，这就像画家要表达自己的独特感觉，不是非要用秘方制出的罕见颜料。瘫痪者即使在发病后患有失写症，看文字如同看画，无法将其读出，也能看出德·康布勒梅夫人是一个古老家族的成员，该家族热衷于文学和艺术，给贵族的传统带来些许新鲜空气。他也能猜到，侯爵夫人是在什么时候同时学会书写和弹奏肖邦的作品。在那个时候，有教养的人们循规蹈矩，讲求对人客气，并遵循使用三形容词的规则。德·康布勒梅夫人把这两个规则结合在一起。第一个形容词用来赞美，但她觉得还不够，就接着用第二个(用于破折号之后)，然后(在第二个破折号后)用第三个形容词。但是，德·康布勒梅夫人跟别人不同的是，她写信虽说是为了社交并显示文采，但在她的信中，接连用的三个修饰语不是渐强，而是渐弱[2]。德·康布勒梅夫人在这第一封信中对我说，她看到了圣卢，从未像现在这样赞赏他那"独一无二的、罕见的、真实的"优点，她还说，他将跟他的一位朋友(确切地说是喜欢她儿媳的那位)一起来，并说我要是愿意来菲泰尔纳吃晚饭，跟他们一起来或独自来都行，她都会因此而感到"欣喜——高兴——满意"。这也许是因为在她的思想之中，对人客气的愿望无法用丰富的想象和词汇表达出来，因此，这位贵妇发出三声赞叹，却只能使第二声和第三声赞叹成为第一声赞叹的微弱回音。要是有第四个形容词，最初的客气也许会荡然无存。总之，某种高雅的简洁，不会不在家里乃至在朋友的圈子里产生深刻

① 法国七星丛书版后面另起一行。

② 原文为 diminuendo，是音乐术语，法国七星丛书版中用斜体。

印象，通过这种简洁，德·康布勒梅夫人养成一种习惯，不使用最终会显得虚假的"真挚的"这个词，而用"真实的"这个词取而代之。为清楚地表明这确实是真挚的感情，她往往弃用词语通常的组合，不是把"真实的"置于名词之前，而是大胆地置于其后。她的书信往往以此结尾："请相信我友谊真实。""请相信我同情真实。"但可惜的是，这种装模作样的坦率变成固定不变的格式之后，给人的印象却是虚假的礼貌，而不是现已无人会想到的客套用语的含义。另外，我在模糊不清的谈话声中看信感到局促不安，德·夏吕斯先生的声音在谈话中最响，他没有放弃自己的话题，并对德·康布勒梅先生说："您想让我坐在您的座位上，使我想起一位先生，他今天上午给我寄来一封信，信封上写着：'夏吕斯男爵殿下启'，而信的开头称呼为'殿下'。"——"确实，给您写信的人有点夸大其词。"德·康布勒梅先生回答时谨慎地笑了起来。德·夏吕斯先生引他发笑，他自己却不笑。"其实，亲爱的，"他说，"您得注意，从纹章学来说，他倒是对的，我说的不是某个人的问题，您可以想象得出。我说这事，如同是另一个人的事。但又有什么办法？历史就是历史，我们对此无能为力，重写历史，并不取决于我们。我不用对您举出威廉皇帝的例子，他在基尔[1]不断封我为殿下。我听说他对所有法国公爵都是这样称呼的，这是对称呼的滥用，但这也许只是通过我们对法兰西的一种微妙关注。"——"微妙而多少有点真诚。"德·康布勒梅先生说。"啊！我不同意您的看法。您得注意，一个像这位霍亨索伦家族成员[2]那样的末

① 基尔是德国石勒苏益格—荷尔斯泰因州首府。

② 指德皇威廉二世。霍亨索伦家族自十一世纪起提到，十三世纪起产生普鲁士国王，1859 年起产生德国皇帝。1918 年威廉二世逊位，该家族不再有帝王出现。

流贵族，而且是新教徒，夺走了我的表兄汉诺威国王的王位[1]，从我个人来说，这种人我不会喜欢。”德·夏吕斯先生补充道，在他心中，汉诺威似乎比阿尔萨斯—洛林更加重要。“但是，我认为皇上对我们的好感十分真诚[2]。傻瓜会对您说，他是逢场作戏的皇帝[3]。相反，他极其聪明，他不懂绘画，就非要丘迪先生[4]把埃尔斯蒂尔的作品从所有国立博物馆中撤走。路易十四并不喜欢荷兰大师[5]，却喜欢讲排场，总的来说是一位伟大的君主。但威廉二世用陆军和海军武装国家，路易十四却没有这样做过，我希望他的统治永远不会遭受挫折，而通常被称为太阳王的那位，其统治的末期就因挫折而黯然失色。我认为，共和国犯了个大错，拒绝了这位霍亨索伦家族成员的好意，或者说在回报他的好意时斤斤计较。他对此也一清二楚，并施展他那表达的才能说：‘我要的是握手，而不是举帽敬礼[6]。’作为个人，他是卑鄙小人，曾抛弃、出卖和否定最好的朋友，在那种情况下，他的沉默十分可悲，而他那些朋友的沉

---

① 汉诺威是德意志西北部历史地区，1814 年维也纳条约后为王国。1866 年普奥战争中被普鲁士侵占，普军在萨多瓦战役中击败奥军主力，据《布拉格和约》并入普鲁士。乔治五世自 1851 年起为汉诺威国王，在威廉一世（而不是威廉二世）统治下失去王位，并于 1878 年去世。盖尔芒特家族和汉诺威家族有亲族关系很难解释，可能因汉诺威家族和黑森家族（布拉邦特家族）曾有联姻。

② 威廉二世说：“你们有人怀疑我跟法国和睦相处的真诚愿望。那些人错了。**这是始终如一的明确愿望。**”

③ 威廉二世说：“你们有人说我逢场作戏，每天有事无事都要换十次军装。但这是民主人士的批评，他们对君主国国家元首的责任一无所知。”

④ 胡戈·冯·丘迪（1851—1911），德国艺术史学家，1896 年被任命为柏林国立美术馆馆长。一次出访巴黎，为德国博物馆购买印象派画作，反对任何新绘画流派的威廉二世因此感到不满，并把他撤职。

⑤ 路易十四不喜欢佛兰德斯画家，而是喜欢意大利画家。泰奥菲尔·戈蒂埃曾指出路易十四看不起小泰尼埃（1610—1690）。

⑥ 威廉二世用这句话来表达他对兼并阿尔萨斯—洛林的感觉。他说：“**从我个人来说，我从未要兼并**；我会要求另一种赔偿。我们今天就会是朋友。**但我要的不是举帽敬礼，而是握手。**”

默却十分伟大。"德·夏吕斯先生继续说道。他顺势说下去,说到奥伊伦堡案件[1],想起一位身居高位的被告人对他说过的话:"皇帝想必相信我们正直,才敢准许打这样的官司。况且,他相信我们会守口如瓶,他没有看错。上断头台之前,我们的嘴会始终闭上。""另外,这些都不是我想要说的话,我要说的是,在德国,我们这些附属国的亲王只是徒有虚名的 Durchlaucht(殿下),而在法国,我们 Altesse(殿下)的地位得到公开的承认[2]。圣西蒙认为我们滥用了这个称号[3],他完全错了。他提出的理由是,路易十四不准我们称他为笃信基督教的国王,而是命令我们只称他为国王[4],这只能证明我们隶属于他,而并不能证明我们没有资格当亲王。否则的话,就得否认洛林公爵和其他许多人是亲王[5]。更何况,我们有好几个称号来自洛林家族,出自我的曾祖母泰雷丝·德·埃

---

① 菲利普·冯·奥伊伦堡亲王(1847—1921),德国外交家,曾任德国驻维也纳大使(1894—1902)。他是威廉二世的密友和顾问。1906 年,他在德国报刊上受到政敌的攻击。经过长时间的审讯,奥伊伦堡被指控有同性恋行为,因此被皇帝抛弃,并从此失宠。

② 除了几位在位的君主(洛林公爵、萨瓦公爵),法国不承认外国亲王为殿下,尤其不承认洛林—吉斯家族成员为殿下,除非是该家族族长。(圣西蒙《回忆录》第一卷第 517—518 页)

③ 圣西蒙认为德·布永枢机主教和摩纳哥亲王滥用了这个称号,不过是在他们出使罗马时,而不是在法国宫廷中。对于洛林家族中小房的成员,这只是一种奢望。

④ 据圣西蒙于 1698 年叙述,洛林公爵作为巴尔公爵,应向法国王室表示敬意,就称国王为笃信基督教的国王。为此,代理检察官德·阿格索在最高法院认为必须消除这种大胆行为,并颁布法令,规定只能称国王为**国王**。洛林公爵随即表示道歉。(圣西蒙《回忆录》第一卷第 567 页)"笃信基督教的国王"的称呼用于外交文件,洛林公爵想以此让其臣民称他为法兰西王国的殿下。

⑤ 洛林公爵在洛林无疑是在位的亲王,但并非所有外国亲王都是如此,不管他们是否是王室小房的成员。

斯皮诺瓦，她是科梅西骑士侍从的女儿[①]。"德·夏吕斯先生发现莫雷尔在听他说话，就把他那些自命不凡的道理发挥得更加淋漓尽致。"我曾对我哥哥指出，我们家族的介绍，不是在《哥达年鉴》[②]第三部分，即使没有列入第一部分，也是在第二部分。"他这样说，并未想到莫雷尔不知道《哥达年鉴》是何物。"但这事跟他有关，他是我的首领，既然他觉得这样好，既然他对此事听之任之，我就只好装作没有看到。"——"布里肖先生使我很感兴趣，"我对朝我走来的维尔迪兰夫人说，一面把德·康布勒梅夫人的信放进口袋。"他有学问，而且为人正直。"她冷冷地对我回答道。"他显然缺乏独创性和鉴赏力，但他有惊人的记忆力。刚才谈到我们今晚的这些客人的'祖先'，他们是移民，谈到他们什么也没有忘记。但他们至少有托辞，"她说时借用了斯万的一句话，"那就是他们一无所学。而布里肖什么都知道，在吃饭时把一大堆词典塞到我们的脑子里。我觉得您对某个城市和某个村庄的名称的含义，不再是一无所知。"维尔迪兰夫人说话时我在想，我当时准备问她一件事，但又想不起来是什么事。"我可以肯定，您在谈布里肖。"茨基说。"嗯，喜鹊唱歌，还有弗雷西内，他什么事都没有宽恕过您。我刚才看了看您，我亲爱的老板娘。"——"我看到您了，差点要哈哈大笑。"我今天无法说出维尔迪兰夫人在那天晚上的穿着。也许我当时也说不出来，因为我没有观察能力。但是，我感到她的服饰并非没有矫饰的味道，就对她说了些好话，甚至有些许赞赏。她

---

① 可能指伊丽莎白·德·科梅西小姐，洛林家族利勒博讷亲王的女儿，1691 年嫁给路易第一·德·默伦，即埃皮努瓦亲王。埃皮努瓦王妃是圣西蒙《回忆录》中的重要人物。枢机主教雷兹因继承母亲遗产而成为科梅西骑士侍从。他于 1665 年把这块领地卖给埃皮努瓦王妃，王妃又通过洛林公爵将其升为亲王领地。

② 《哥达年鉴》于 1763 年至 1944 年在德国城市哥达用法语和德语出版。第一部分为欧洲帝王家族家谱，第二部分是德意志附庸国贵族家谱，第三部分则是欧洲不在位的其他王族的家谱。

跟绝大多数女人一样，以为别人的恭维完全是真实情况的反映，以为这是公正而又必然的评价，仿佛是在评论一件不属于某个人的艺术品。因此，她一本正经地对我提出了问题，使我因自己虚伪而脸红，她的问题既自豪而又幼稚，在这种情况下通常都会这样问："您喜欢这样？"——"你们在谈喜鹊唱歌，我可以肯定。"维尔迪兰先生走到我们跟前说。我一直在想那块绿色塔夫绸[1]和一种木头的气味，因此只有我一人没有发现，布里肖列举了这些词源，却使他成为大家的笑柄。由于使我获悉事物价值的印象，是其他人所没有的印象，或是他们不经思考就觉得不值一提的印象，因此，这种印象我即使能向别人转达，也仍然不会被人理解，或者会受人轻视，它们对我来说完全无法利用，而且还会带来麻烦，使我被维尔迪兰夫人看成蠢人，因为她看到我"轻信"布里肖，而我已被德·盖尔芒特夫人看成这种人，是因为我喜欢待在德·阿帕雄夫人家里。然而，关于布里肖，还有另一个原因。我不是小宗派的人。任何宗派的人，不管在社交界、政界还是在文学界，都会在谈话里、正式演说里、中短篇小说里或十四行诗里一眼看出谈话者、演说者或作者是自己人，而老实的读者却决不会看出。我曾多次遇到过这种情况，一位夸夸其谈、有点老派的法兰西语文学院院士，写了构思巧妙的短篇小说，我看了有点激动，想要对布洛克或德·盖尔芒特夫人说："写得多棒！"但没等我开口，他们就异口同声地大声说道："您要是想度过一段美好时光，可以看某人的一个短篇。人从未愚蠢到如此地步。"布洛克之所以蔑视，主要是因为某些修辞效果虽说赏心悦目，却有点黯然失色，而德·盖尔芒特夫人蔑视，则是因为这小说要说明的事，似乎跟作者要表达的意思恰恰相反，她依据的真实理由是巧妙地推断出来的，但我决不会想到这些理由。我感到意外，是因为看到维尔迪兰夫妇对布里肖表面上客气，却在

[1] 参见本卷第365页。

暗中讽刺挖苦，同时也因为几天后在菲泰尔纳听到康布勒梅夫妇对我说的话，他们见我对拉斯珀利埃尔热情赞扬，就对我说："他们把那里搞成了这样，您这样说可能是言不由衷。"确实，他们承认餐具漂亮。但我没有注意到，就像并未注意到那挂在窗上的刺眼布幔。"总之，现在，您回到巴尔贝克之后，就会知道巴尔贝克意味着什么。"维尔迪兰先生嘲笑地说道。我感兴趣的正是布里肖让我知道的那些事。至于他的所谓思想，正是当年在小宗派里十分欣赏的那种思想。他说话仍然口若悬河，令人不快，但他的话不再能说到点子上，而且必须对付怀有敌意的沉默或令人不快的共鸣；发生变化的不是他滔滔不绝的话，而是沙龙里的听觉和听众的情绪。"小心。"维尔迪兰夫人指着布里肖低声说道。他这个人听力维护良好，要比视力更加敏锐，他那哲学家的近视目光，朝老板娘看了一眼后迅速移开。虽说他视力较差，他思想的目光却会把事物看得更加清楚。他看到人情薄如纸，但对此逆来顺受。当然啰，他也因此而感到痛苦。有时，在他通常会讨人喜欢的社交界里，哪怕有一天晚上他感到有人觉得他过于轻浮，或者觉得他学究气太重、过于笨拙和放肆，或是有诸如此类的感觉，他回家时就会不高兴。往往是因为看法上、体系上的一个问题，他在其他人看来显得荒谬或陈旧。他常常十分清楚地知道，这些人无法跟他平起平坐。他可以轻易剖析诡辩术，而别人却心照不宣地用这些诡辩术来指责他，他想去拜访一个人，写一封信，但他更加明智，就什么事也不做，只是等待下星期的邀请。有时，这种失宠不是一天晚上就能结束，而是要持续几个月。由于社交界的看法变幻不定，失宠的时间还会延长。有人知道 X 夫人瞧不起他，却感到在 Y 夫人家里受到尊重，就声称后者高超，并出入她的沙龙。不过，这里不是对这些人进行描绘的地方，他们在社交生活中得心应手，在社交生活外却未能梦想成真，他们受到接待就高兴，不受赏识就生气，他们每年都会发现他们竭力吹捧的女主人缺点众多，而他们并未看重的女主人却才华横溢，但后一个女主人也有缺点，当他们无法忍受时，就回到前一个女主人身边，这时前一个女主人的缺点已被他们淡忘。我们可以用这些短暂的失宠来想象出这次失宠给布里肖带来的忧伤，而他知道这次失宠无法挽回。他不会不知道，维尔迪兰夫人有时公开嘲笑他，甚至嘲笑他的疾病，他知道人情薄如纸，就逆来顺受，仍然把老板娘看作他最好的朋友。但是，维尔迪兰夫人看到大学教授满脸通红，知道他听到了她的话，就决定在晚上对他热情。我不禁对她说，她对萨尼埃特不大客气。“怎么，不客气！但他非常喜欢我们，您不知道我们对他意味着什么。我丈夫有时因为他愚蠢而有点生气，但应该承认，这是事出有因，在那种时候，他为什么要装出走狗的模样，而不是反抗得更加厉害？这样可不坦率。我不喜欢这样。虽然如此，我总是劝我丈夫要冷静，因为萨尼埃特如果做出过分的事，就只好不再来了，而我不希望这样，因为我要告诉您，他已身无分文，可他需要吃晚饭。不过，话又说回来，如果他生气了，不再来了，那可跟我无关，需要别人帮忙，就不要这样愚蠢。”——“奥马尔公爵领地①长期属于我们家族，后来才归属法兰西王室。”德·夏吕斯先生当着莫雷尔的面向德·康布勒梅先生这样解释，莫雷尔听得目瞪口呆，其实，这话即使不是直接说给他听的，至少也是为他而说。“我们凌驾于所有外国

---

① 奥马尔公爵领地以前属洛林—吉斯家族，因遗产继承转入萨瓦—内穆尔家族。路易十四为他的婚生儿子曼恩公爵买下这块领地。因此，严格地说，这块领地并未转入法兰西王室，即使公爵的爵位于1822年归于路易—菲力浦·德·奥尔良，是因为他的母亲即庞蒂艾弗尔公爵之女，他是路易十四婚生儿子的继承人。路易—菲力浦把奥马尔公爵的爵位给予第四个儿子亨利，亨利死于1894年，在奥尔良家族中最为出名。布洛克的父亲曾被称为“假奥马尔公爵”。参见本书第二卷第350页。

亲王之上[①],这种例子我可以给您举出上百个。在国王大弟殿下的葬礼上,克罗伊王妃[②]想跟在我高祖母后面行跪拜礼,我高祖母叫人对她严厉指出,她无权在垫子上行此礼,就叫执勤官把垫子拿掉,并禀报国王,国王命令德·克罗伊夫人向德·盖尔芒特夫人登门道歉[③]。勃艮第公爵[④]带领举着小棍的执达员们[⑤]驾临我们府第,我们得到国王的恩准,请他们把小棍放下。我知道,谈论自己家族成员的优点并非雅事。但众所周知,我们家族的成员在危险的时刻总是冲锋在前。我们放弃了布拉邦特公爵[⑥]的战斗口号之后,我们的战斗口号是'冲锋在前'。这种到处占优的权利,我们是几百年里在战场上要求得到,后来则在宫廷里得到,因此,有这种权利相当合情合理。当然啰,这种权利在宫廷里总是得到承认。我还要向您举出巴登王妃的例子来加以证明[⑦]。由于她忘记了自

---

① 德·夏吕斯先生并未指出是在哪个方面。通常,公爵对不在位的外国亲王有优先权,主要是对洛林家族的小房成员,但这些小房成员一直想否定这种优先权。在国王大弟奥尔良公爵的葬礼上,四轮华丽马车排列的次序是公爵夫人优先,洛林家族的王妃和公主排在其后,但为了避免争吵,国王路易十四首次下令,只让有王家血统的王妃和公主洒圣水。(参见圣西蒙《回忆录》第二卷第21—22页。)

② 克罗伊家族成员是匈牙利古代国王的后裔。从腓力二世统治时期(1180—1223)起,该家族就跟众多王室联姻。

③ 圣西蒙曾叙述公爵夫人和外国王妃或公主之间的多次争吵,主要有圣西蒙公爵夫人和德·阿马尼亚克夫人(属格林家族)、罗昂公爵夫人和阿尔古王妃之间的争吵。路易十四曾命令阿尔古王妃向罗昂公爵夫人道歉。

④ 即路易(1682—1712),法国王太子,路易十四的孙子,路易十五之父。

⑤ 执达员举着小棍,表示在行使职权。

⑥ 布拉邦特公爵是安托万·德·勃艮第即腓力三世(勇夫)的第二个儿子的后裔。1430年绝嗣后,公爵领地归格林—奥地利家族所有。布拉邦特公爵的战斗口号是:"布拉邦特的公爵勇敢!"而不是像书中盖尔芒特公爵所说:"林堡属于征服者!"(参见本书第三卷第627页)

⑦ 这里不是指巴登亲王的妻子路易丝·克雷蒂安娜·萨瓦—卡里尼昂(1627—1689),而是指汉诺威—不伦瑞克公爵夫人。她迫使德·布永夫人的马车停在边上,以便让她的马车开过去。布永家的人殴打德·汉诺威夫人的仆人进行报复,但国王拒绝介入这次争吵。

己的身份，竟要跟我刚才谈到的盖尔芒特公爵夫人争夺地位，想要乘我高祖母犹豫片刻之机，首先进去觐见国王（虽说不该如此），只见国王大声叫道：'请进，请进，我的表妹，德·巴登夫人心里明白，她欠了您的情[①]。'她有这种地位，是因为她是盖尔芒特公爵夫人，她出身十分高贵，她因母亲的关系，姨妈是波兰王后和匈牙利王后，还是帕拉丁选帝侯、萨瓦—卡里尼昂亲王和后来当英国国王的汉诺威亲王的外甥女[②]。"——"Mœcenas atavis edite regibus[③]！"布里肖对德·夏吕斯先生说，后者微微点头以示答礼。"您说什么？"维尔迪兰夫人对布里肖问道，她本想设法弥补她刚才说错的话。"我是说，请上帝宽恕我，说的是纨绔子弟，是社会精英（维尔迪兰夫人皱了皱眉头），大约是在奥古斯都的时代（维尔迪兰夫人因这精英年代久远，就放下心来，表情显得安详），是维吉尔和贺拉斯的一个朋友，他们奉承拍马，甚至当面说他出身高于贵族的王族，总之，我说的是梅塞纳斯，他喜欢读书，是贺拉斯、维吉尔和奥古斯都的朋友。我可以肯定，德·夏吕斯先生从各方面都清楚地知道谁是梅塞纳斯。"他用优雅的目光偷看维尔迪兰夫人，因为他

---

① 德·夏吕斯先生转述的这句话，改变了圣西蒙引用的亨利四世的名言所指的对象。这句话说明有王家血统的亲王对外国亲王有优先权，具体指孔代亲王和萨瓦公爵："一天早上，孔代亲王和萨瓦公爵在亨利四世起床时从不同方向过来，在国王正在穿衣的卧室门口同时到达并相遇，就全都停下脚步。亨利四世看到了他们，就提高嗓门对孔代亲王说：'请进，请进，我的侄子，德·萨瓦先生心里明白，他欠了您的情。'"（圣西蒙《回忆录》第一卷第666页）

② 形成这种亲戚关系是可能的。汉诺威亲王是乔治·路易（1660—1727），汉诺威选帝侯，1698年登上王位，1714年继承英国王位，开创汉诺威王朝，称为乔治一世。他的表妹威廉明妮·德·不伦瑞克嫁给奥地利君主、神圣罗马帝国皇帝约瑟夫一世兼匈牙利国王，是在其父利奥波德一世去世前不久，他表妹的姨妈奥地利的埃莱奥诺尔曾嫁给波兰国王米哈乌·维希尼奥维茨基，后嫁给查理第四，成为洛林公爵夫人。另外，英国国王乔治一世的母亲是选帝侯之女。

③ 引自古罗马诗人贺拉斯《颂歌集》卷一："梅塞纳斯，祖先王族！"梅塞纳斯（前70—前8），古罗马皇帝奥古斯都的外交官和顾问，是著名的文学赞助人，维吉尔的《农事诗》和贺拉斯的前三部《颂歌》都是呈献给他的。

听到她约莫雷尔后天见面,担心自己未被邀请。“我认为,”德·夏吕斯先生说,“梅塞纳斯就像是古代的维尔迪兰。”维尔迪兰夫人无法完全克制自己,满意地莞尔一笑。她朝莫雷尔走去。“您父母的朋友讨人喜欢。”她对他说。“可以看出,他有知识,很有教养。他会在我们小核心里干得出色。他在巴黎住在哪里?”莫雷尔高傲地沉默片刻,只要求打一盘牌。而维尔迪兰夫人要他拉一段小提琴。大家感到惊讶的是,德·夏吕斯先生虽然从来不说自己有音乐才能,这时却以极其纯正的风格伴奏了福雷[1]的钢琴和小提琴奏鸣曲[2]的最后乐章(这乐章不安、痛苦,是舒曼的风格,总之比弗朗克的奏鸣曲要早)。我感到莫雷尔在音质的表现和演奏的技巧上才华出众,但德·夏吕斯先生弥补的正是莫雷尔的不足之处,即文化素养和风格上的不足。但我好奇地想到,同一个人身上为何会既有生理上的缺陷又有精神上的才智。德·夏吕斯先生跟他哥哥盖尔芒特公爵的差别不是很大。甚至在刚才(这种情况十分罕见),他说的法语跟他哥哥一样蹩脚。他责怪我(可能要我用热情洋溢的词语对维尔迪兰夫人谈论莫雷尔)一直没去看他,我就以不想打扰为理由,他听了后对我回答道:“既然是我对您提出这个要求,只有我才**会对此不高兴**。”这话盖尔芒特公爵也会说。总之,德·夏吕斯先生只是盖尔芒特家族的一个成员。但是,大自然只要把他的神经系统弄得失常,他就不会像他的公爵哥哥那样喜欢女人,而情愿喜欢维吉尔笔下的牧羊人或柏拉图的学生,而盖尔芒特公爵没有的一些优点,往往跟这种失常有关,立刻使

---

① 加布里埃尔·福雷(1845—1924),法国作曲家。1905—1920 年任巴黎音乐学院院长。代表作有《安魂曲》、《美好的歌曲》、《夏娃之歌》、《海市蜃楼》、《虚幻的地平线》,钢琴曲《即兴曲》6 首、《夜曲》13 首,组曲《佩利亚斯与梅丽桑德》,歌剧《普罗米修斯》、《珀涅罗珀》等。

② 指福雷的第一首钢琴和小提琴奏鸣曲,作品第 13 号(1875),法国新室内乐的杰作,比弗朗克的奏鸣曲(1886)早十多年,后者是小说中樊特伊的奏鸣曲的原型之一。

德·夏吕斯先生成为出色的钢琴家、有鉴赏力的业余画家和口若悬河的高谈阔论者。德·夏吕斯先生演奏福雷的奏鸣曲中具有舒曼风格的这个乐章[①]时，风格急促、焦虑而又迷人，谁又能看出这种风格的根源——不敢说是其原因—是在德·夏吕斯先生的部分肉体之中，是在他那有缺陷的神经系统之中？有缺陷的神经系统，我们将在下文中作出解释，解释苏格拉底时代的一个希腊人和奥古斯都时代的一个罗马人，由于什么原因会成为我们知道的那种人，同时又是完全正常的人，而不是我们今天看到的阴阳人。同样，真正的艺术才能到处都能发挥，德·夏吕斯先生对妻子的爱，大大超过公爵对他们母亲的爱，即使在妻子去世多年之后，只要有人对他提起他妻子，他就会流泪，这不过是做做样子，就像大胖子出汗，只要稍微一动，额头上就汗如雨下。不同的是，对这种人，人们会说“您真热”，而对有人流泪，人们会装出没看到的样子。人们，也就是社交界，因为老百姓看到有人哭就会感到不安，仿佛流泪比流血更加严重。丧妻之痛，幸好有撒谎的习惯，使德·夏吕斯先生仍能过一种与丧妻之人不相符的生活。到后来，他甚至无耻地透露，在葬礼时，他曾设法打听到侍童的名字和地址。这也许真有其事。

乐章奏完后，我冒昧地要求演奏弗朗克的乐曲，这显然使德·康布勒梅夫人十分难受，我就没有坚持己见。“您不会喜欢这个。”她对我说。她要求演奏德彪西的《节日》[②]，第一个音符刚奏出，大家就齐声叫好：“啊！真妙！”但莫雷尔想到他只会演奏前几

---

① 福雷的奏鸣曲第四乐章的最后快板，首先展开一个丰富而又热情的主题，具有舒曼的抒情风格，这是常见的比喻。第二个主题十分有力，由钢琴陈述。然后是主题的展开和重新陈述，直至结尾。

② 《节日》是德彪西为管弦乐队所写的交响三部曲《夜曲》(1899)的第二乐章，第一和第三乐章为《云雾》和《海妖》，1901年全曲首演于巴黎。这乐曲十分复杂，单用小提琴演奏似乎不大可能。

个节拍，就来个恶作剧，但丝毫没有故弄玄虚，就转而演奏梅耶贝尔[①]的一首进行曲。可惜他转得很快，又没有明说，大家以为他还在演奏德彪西的乐曲，就继续叫好："真妙！"莫雷尔就说出乐曲的作者不是《佩利亚斯》的作者，而是《恶魔罗勃》的作者，这才使大家稍稍冷静下来。德·康布勒梅夫人几乎来不及产生这种感受，因为她刚看到斯卡拉蒂[②]的一个本子，就像歇斯底里那样冲动地扑上去观看。"噢！演奏这个，拿着这个，真是神奇。"她叫道。然而，这位作曲家长期受到冷遇，不久前才名扬天下，而她在兴奋之中迫不及待地选中的曲子，恰恰是一段受人诅咒的曲子，这种曲子往往使你睡不着觉，一位毫无怜悯之心的女学生会在跟你相邻的楼层里没完没了地弹奏这段曲子。但莫雷尔不想再演奏乐曲，他坚持要打牌，德·夏吕斯先生也想参加，想打惠斯特。"他刚才对老板说他是亲王，"茨基对维尔迪兰夫人说，"但这不是真的，他是普通的资产者，出身小建筑师家庭。"——"我想知道您刚才谈到梅塞纳斯时说了些什么。我觉得这很有趣，嘿！"维尔迪兰夫人又对布里肖说，语气亲热，使对方感到陶醉。因此，他为了在老板娘面前炫耀，也许为了对我炫耀，就说道："但老实说，夫人，梅塞纳斯使我感到兴趣，主要是因为他是中国神祇的一级使徒，这中国神祇今天在法国的信徒，要超过梵天[③]，也超过基督本人，是威力强

---

① 梅耶贝尔(1791—1864)，德国作曲家、指挥家。1826年起寓居巴黎。发展和确立了十九世纪三四十年代盛行于法国的大歌剧体裁。所作歌剧场面宏大、布景华丽，追求戏剧效果但内容缺乏新意。主要歌剧有《恶魔罗勃》、《胡格诺教徒》、《非洲女》等。

② 可能指亚历山德罗·斯卡拉蒂(1660—1725)，意大利作曲家，那不勒斯歌剧乐派的代表人物。他确立了意大利歌剧序曲快板—慢板—快板的三段形式和反复三段体的咏叹，并使后者成为正歌剧中的主要构成部分。一生作有歌剧115部，康塔塔约700首，以及清唱剧、弥撒曲、经文歌等。

③ 梵天一译婆罗贺摩，是婆罗门教和印度教主神之一，即创造之神。

大的我行我素[1]之神。”在这种情况下，维尔迪兰夫人不再用手托着自己的脑袋。她像被称为蜉蝣的昆虫，出其不意地朝舍尔巴托夫王妃扑倒过去；如果王妃离她很近，老板娘就抓住王妃的胳肢窝，用指甲掐住，把脑袋在里面藏一会儿，就像孩子在捉迷藏。她藏在这保护屏后面，别人以为她笑出了眼泪，而她却可以一无所思，就像有些人，做祈祷的时间稍长，就聪明而又谨慎地用双手把脸捂住。维尔迪兰夫人在听贝多芬的四重奏时仿效这些祈祷者，既表明她把四重奏看作祈祷，又不让别人看出她在睡觉。“我说的千真万确，夫人。”布里肖说。“我觉得今天这种人太多，他们整天看着自己的肚脐眼儿，以为这就是世界的中心。作为正确的学说，我对不知是怎样的涅槃[2]毫无异议，涅槃会使我们消灭在大千世界（这世界如同慕尼黑和牛津，比阿尼耶尔[3]或树林哥隆布[4]离巴黎要近得多），但这种人不是法国良民，甚至不是欧洲良民，这时，日本人也许已到达我们拜占廷[5]的城门口，而一些有社会主义倾向的反军国主义者，正在一本正经地讨论自由诗的主要优点。”维尔迪兰夫人觉得可以放开被她抓伤的王妃的肩膀，就重新把脸露了出来，同时装模作样地擦干眼睛，还喘了两三口气。但布里肖想让我也品尝这美餐般的滋味，就确定了他所主持的与众不同的论文答辩的题目，那就是我们恭维青年，只是对他们训斥，使他们知道自己的价值，让他们把我们看作反动派：“我可不想亵渎青春的神祇。”他说时偷偷看了我一眼，这就像演说者说出听众中一个

---

① 原文为 Jemenfou，法国七星丛书版写成 Je-Men-Fou，即 je-m' en-fous（我对此满不在乎）。

② 涅槃为梵语 Nirvana 的音译，原意为熄灭一切烦恼或熄灭一切烦恼后的状态，意译“入灭”、“圆寂”。是佛教全部修习所要达到的最高理想。

③ 即塞纳河畔阿尼耶尔，法国上塞纳省市镇，位于巴黎市郊西北部。

④ 树林哥隆布是法国上塞纳省市镇，跟塞纳河畔阿尼耶尔相邻。

⑤ 拜占廷是古希腊殖民城市，建于公元前 667 年。公元 330 年罗马帝国皇帝君士坦丁大帝迁都于此，改名君士坦丁堡。1453 年为奥斯曼帝国都城，改名伊斯坦布尔。

人的名字，并朝此人偷偷看一眼。“我可不想在马拉美的小教堂里被打成异端分子而永世不得翻身，在那座教堂里，我们的新朋友跟他所有的同龄人一样，得做秘传的弥撒，至少得像侍童那样做，并表明自己是颓废派或蔷薇十字会[①]会员。确实，这种用大写 A 来崇拜 art（艺术）的知识分子，我们见到的实在太多了，他们把左拉的东西当酒喝得烂醉还嫌不够，就用魏尔伦的东西来给自己注射。他们崇拜波德莱尔成了乙醚瘾君子，当祖国有朝一日要他们作出男子汉的努力，他们就不会再有这种能力，因为他们已经因严重的文学性神经官能症而麻木不仁，处于暖洋洋的氛围中，这氛围使人软弱无力，因恶臭而沉闷，象征主义的氛围如同鸦片烟馆。”对布里肖的这段大杂烩般的荒谬言论，我丝毫也无法装出欣赏的样子，就朝茨基转过身去，并对他肯定地说，对德·夏吕斯先生所属的家族，他完全弄错了；他对我回答说，他可以肯定他说的是事实，并说我甚至对他说过，他真实的姓是冈丹，勒冈丹。“我曾对您说过，”我对他回答道，“德·康布勒梅夫人有个当工程师的弟弟，名叫勒格朗丹先生。我从未对您谈起过德·夏吕斯先生。从出身来看，他和德·康布勒梅夫人的关系，就像大孔代[②]和拉辛那样毫无关系。”——“啊，我是这样看的。”茨基轻轻地说，没有对自己的错误表示道歉，就像在几小时前，他差点让我们[③]误了火车，也并未表示歉意。“您是否打算在海滨多待几天？”维尔迪兰夫人问德·夏吕斯先生。她预感到他会成为信徒，看到他要过早回巴黎，不禁担心起来。“天哪，这谁也说不清。”德·夏吕斯先生用带

① 这里不是指德国十七世纪的神秘主义社团，而是指十九世纪末法国作家和艺术家的美学运动，尤其指法国作家约瑟凡·佩拉当（1858—1918），他把基督教的神秘主义和神秘学结合在一起，著有二十一卷小说《拉丁的颓废》，描述人类的品格和情欲。

② 大孔代即路易，孔代亲王（1621—1686），是亲王福隆德运动的首领。参见本书第三卷第 601 页注②。

③ 这里的“我们”改成“他们”更加合适。参见本卷第 289 页。

鼻音的声音慢吞吞地回答道。“我想要一直待到九月底。”——“您这样好，”维尔迪兰夫人说，“那可是美妙的暴风雨来临的季节。”——“其实，这不是我作出决定的原因。一段时间以来，我过于怠慢我的主保圣人圣米迦勒大天使[①]，我想对他作出补偿，在圣米歇尔山修道院[②]一直待到他的纪念日九月二十九日。”——“您对这些事很感兴趣？”维尔迪兰夫人问。如果不是担心这长途漫游会使小提琴手和男爵在四十八小时里把她“甩掉”，她也许会让她那受到伤害的反教权主义感情保持沉默。“您可能有间歇性耳聋的毛病。”德·夏吕斯先生傲慢地回答道。“我刚才对您说，圣米迦勒是我的一个享天福的主保圣人。”然后，他露出着迷而又善意的微笑，两眼注视远处，兴奋得提高嗓门，我觉得他的兴奋不仅因审美观引起，而且出自宗教信仰，他说：“奉献祭品礼真美，这时，米迦勒站在祭台旁边，身着白袍，摇晃着金香炉，香味浓郁，直上天主身边！”——“大家可以结伴而行。”维尔迪兰夫人提出建议，虽说她讨厌教士。“这时，从奉献祭品礼开始，”德·夏吕斯先生接着说道，他从不回答别人打断他的话，虽说有其他原因，却跟议会中优秀的演说家采取的方法相同，装出没有听到的样子，“看到我们年轻的朋友具有帕莱斯特里那[③]的风格，甚至演奏一段巴赫的咏叹调，那真是令人陶醉。善良的修道院院长也会高兴得无

---

① 米迦勒跟加百列、拉斐耳一样，是《圣经》提到的大天使（或称天使长）。他帮助但以理，使他充满力量。他和他的使者与龙争战，将大龙即魔鬼撒旦及其使者从天上打落，摔到地上。他是保卫天国的统帅，又是末日审判时称量灵魂并引导上帝选民进入天国的接引者。

② 圣米歇尔山是法国芒什省名胜，位于科唐坦半岛和布列塔尼半岛交界处的海边，是美丽的小岛。全岛四周峭壁陡崖，攀登都十分困难，却建起了宏伟的修道院教堂。

③ 帕莱斯特里那的乔瓦尼·皮耶路易吉（1524—1594），意大利作曲家。1551 年起历任罗马各教堂乐长。所作无伴奏宗教合唱曲追求气氛肃穆，唱词易于听清。作品甚多，均为无伴奏宗教合唱曲。代表作《马采鲁斯教皇弥撒曲》被天主教作曲家奉为典范。

法自制，这是我对我的主保圣人能表示的最大敬意，至少是公开表示的最大敬意。这对信徒们是多大的感化！我们待会儿要对安吉利科画中的年轻音乐家谈论此事，他是战士，就像圣米迦勒。”

萨尼埃特被叫来当明家，但他说不会打惠斯特。科塔尔看到离火车开车已时间不多，就立刻跟莫雷尔玩一盘两人玩的埃卡泰牌戏。维尔迪兰先生气呼呼地朝萨尼埃特走去，样子吓人。“您什么也不会玩。”他大声叫道，既因失去打惠斯特的机会而生气，又因找到机会辱骂老档案保管员而高兴。萨尼埃特因害怕而显出诙谐的神色。“不，我会玩钢琴。”他说。科塔尔和莫雷尔面对面坐着。“您先请。”科塔尔说。“我们到牌桌旁去看。”德·夏吕斯先生对德·康布勒梅先生说，他看到小提琴手跟科塔尔在一起感到不安。“这就像党派的标记问题一样有意思，在我们的时代，这些标记已没有多大意义。我们只剩下国王，至少在法国如此，那就是扑克牌上的K，我感到大量来到年轻的演奏高手手上。”他很快又说了一句。他因欣赏莫雷尔而欣赏他打牌的手法，这也是吹捧，最后是为了对他俯身靠在小提琴手肩上作出解释。“咦，切牌。”科塔尔模仿外国阔佬的腔调说，孩子们听到会哈哈大笑，就像他那些学生和主治医生那样，因为他们看到这位名教授即使在重病人床边，也会像癫痫患者那样显得面无表情，却要开他常开的一个玩笑。“我不大知道该怎么打牌。”莫雷尔请教德·康布勒梅先生时说。“您想怎么打就怎么打，不管怎么打，您都会输，这样打还是那样打，结果都一样。”——“加利马里埃[①]？”大夫说时朝德·康布勒梅先生溜了一眼，既讨好又友好。“这是我们所说的真正著名的歌唱家，这像梦幻般美妙，是个后无来者的卡门。这是扮演这个

① 即塞莱斯蒂娜·加利—马里埃(1840—1905)，法国女中音歌唱家。1862 年在巴黎喜歌剧院开始演艺生涯，1885 年前一直深受观众欢迎。她扮演的角色以昂布鲁瓦兹·托马的《迷娘》(1866)和乔治·比才的《卡门》(1875 年)中的角色最为出名。法国七星丛书版中为：——Egal … Galli-Marié？（一样……加利—马里埃？）

角色最好的女人。我也想听到昂加利—马里埃(已婚)[1]。”这时，侯爵站起身来，显出出身高贵的人蔑视别人的俗气，却不知道自己是在侮辱主人，因为他们显得犹豫不决，不知道他们是否能跟主人请来的这些客人经常来往，因此就以英国的习惯表示歉意，但用语傲慢：“打牌的这位先生是谁？他干的是哪一行？卖的是什么货色？我很想知道是跟什么人待在一起，因为我不想随便跟人结交。不过，您刚才把我介绍给他，我没有听清他的大名。”如果维尔迪兰先生对后面这句话信以为真，真的把德·康布勒梅先生介绍给自己的客人，德·康布勒梅先生就会觉得这样做错误。但他知道这种事并未发生，觉得最好装出随和、谦虚的样子，就不会有风险。自从科塔尔大夫成了名教授之后，维尔迪兰先生因跟大夫关系亲密而感到自豪，而且这种自豪感与日俱增。但自豪感不再表现得像过去那样幼稚。当时，科塔尔刚刚有点名气，如有人对维尔迪兰先生谈起他妻子的面神经痛，他就会说出这样的话，说时像有些人那样带有幼稚的自尊心，认为自己知道的东西都有名气，认为大家都知道他们女儿的声乐老师的名字。他说：“真是毫无办法。如果她看的是二流医生，可以去找另一种疗法，但如果这个医生名叫科塔尔(他说出这个姓，仿佛就是布夏尔[2]或夏尔科[3])，那就找不到更好的医生了。”维尔迪兰先生知道，德·康布勒梅先生肯定听到别人说起过科塔尔这位名教授，就采用相反的办法，装出一副天真的样子。“他是我们的家庭医生，是个好心人，我们十分喜欢，他愿意为我们粉身碎骨；这不是医生，而是朋友，我猜想您不认识

---

① 原文为 Engalli—marié，marié 表示：已婚。这里指另一女歌唱家斯佩兰扎·昂加利，1878 年在巴黎喜歌剧院开始演艺生涯，曾在昂布鲁瓦兹·托马的《普赛克》中扮演爱神厄洛斯。科塔尔用这两个女歌唱家的名字进行文字游戏，。

② 夏尔·布夏尔(1837—1915)，法国医生、生物学家。1887 年当选为法兰西研究院院士，也是法国医学科学院院士。

③ 参见本卷第 296 页注②。

他，他的姓也不会使您感到兴趣，但不管怎样，对我们来说，他是个大好人，是亲爱的朋友，姓科塔尔。"这个姓，他低声说出，说时样子谦虚，使德·康布勒梅先生不禁听错，以为是另一个人。"科塔尔？您是否在说科塔尔教授？"这时大家正好听到这位教授的声音，只见他一时感到尴尬，就拿着纸牌说："雅典人在此受到伤害。"——"啊！不错，他正是教授。"维尔迪兰先生说。"什么！科塔尔教授！您没弄错吧！您确信就是此人。就是住在渡船街的那位！"——"是的，他住在渡船街四十三号。您知道他？"——"科塔尔教授，大家都知道嘛。这是个权威！这就像您问我是否知道布夫·德·圣布莱斯或库图瓦—叙菲[①]。我听他说话，就清楚地看出他非同寻常，因此我才冒昧问您。"——"喂，该出什么牌？王牌？"科塔尔问道。突然间，科塔尔表现粗俗，即使在英勇战斗时，这种粗俗也令人厌烦，就像士兵用粗话表示视死如归，而在打牌消遣、毫无危险之时，这种粗俗就显得更加愚蠢，科塔尔决定打出王牌，就脸色阴沉，"头脑发热"，暗示要赴汤蹈火，把牌打出如同把命豁出，并大声说道："不管怎样，我都不在乎！"他不该出这牌，但却感到安慰。在客厅中央，科塔尔夫人坐在宽大的扶手椅上，晚饭后感到无法克制的困倦，几次想提起精神都白费力气，就放任自流，堕入梦乡，但睡得不熟。她有时想直起身子笑笑，是为了嘲笑自己，或是怕有人对她说了客气话却不见回答，但笑不出来，就重又陷入无法避免的甜蜜梦乡。但她在片刻中被吵醒，不是被嘈杂声吵醒，而是被目光唤醒（她含情脉脉，即使闭上双眼也能预见到这目光，因为同样的场面会在每天晚上出现，并萦绕于她的梦中，就像你必须起床时那样），教授用这种目光向在场的人们表示，他

① 布夫·德·圣布莱斯和库图瓦—叙菲都是法国医生。库图瓦—叙菲（1861—1947）在法兰西第三共和国末期是官方医学界重要人物，经常为医学刊物和百科全书撰文。

的妻子睡着了。他一开始只是看着她微笑，因为作为医生，他对晚饭后马上睡觉会加以指责（至少他会先讲科学道理，到最后再生气，但他吃不准这道理是否确信无疑，因为他对此看法不同），但作为丈夫，他既能干又喜欢捉弄人，就乐于嘲笑自己的妻子，先把她稍稍弄醒，使她能再次睡着，然后又重新把她弄醒，并以此为乐。

现在，科塔尔夫人已完全睡着。“喂！莱昂蒂娜，你睡着了。”教授对她叫道。“我在听斯万夫人说话，我的朋友。”科塔尔夫人有气无力地回答道，然后又昏昏入睡。“真是荒谬，”科塔尔大声说道，“过一会儿，她会对我们肯定地说她没有睡着。这就像有些病人，他们来看病，声称他们从不睡觉。”——“他们也许是这样想的。”德·康布勒梅先生笑着说。但大夫既喜欢唱反调，又喜欢捉弄人，尤其是不能容忍一个外行竟敢对他谈论医学。“人不可能想象自己不睡觉。”他用不容分辩的口吻作出论断。“啊！”侯爵回答时毕恭毕敬地施礼，科塔尔过去也会这样做。“我们清楚地看到，”科塔尔接着说道，“您不像我那样用台俄那①用到两克，所以达不到困倦状态。”——“不错，不错，”侯爵自命不凡地笑着回答道，“我从未服用台俄那，这种麻醉品都没有服用过，它们药效不长，但会把您的胃吃坏。像我这样整夜在尚特皮森林里打猎，我可以肯定地对您说，不用吃台俄那就能睡着。”——“说这种话真是无知。”教授回答道。“台俄那有时能明显消除神经紧张。您在说台俄那，您知道这是什么？”——“不过……我听说这是一种安眠药。”——“您没有回答我的问题。”教授一本正经地接着说道，他在医学院一星期要进行三次“考查”。“我不是问您这是否有安眠作用，而是问您这是什么。您是否能告诉我它含有戊基和乙基的比例？”——“不能。”德·康布勒梅先生尴尬地回答道。“我情愿喝一杯白兰地，或者喝一杯345波尔图。”——“这两种酒的毒性

---

① 台俄那是一种麻醉药品，有催眠作用。

要比台俄那大十倍。”教授打断了他的话。“关于台俄那，”德·康布勒梅先生冒昧地说，“我妻子常用这种药，您最好跟她去谈。”——“她知道的想必跟您相差无几。不管怎样，您的妻子服用台俄那来安眠，但您可以看到，我的妻子不需要这种药就能睡着。喂，莱昂蒂娜，你动一下，你关节强硬，动不了，我是否吃过晚饭就睡觉？你现在就像老太太那样睡，到了六十岁又怎么办？你会发胖，你的血液循环会停止。[①] 她已经听不到我说的话了。”——“晚饭后这样打盹，对身体不好，大夫，对吗？”德·康布勒梅先生这样说，是想在科塔尔面前挽回面子。“美餐之后，得要进行锻炼。”——“胡说八道！”大夫回答道。“有人分别在安静地待着的狗和奔跑过的狗的胃里提取等量的食物，结果发现，前面那只狗消化得更快。”——“那么，睡觉时消化是否停止？”——“这要看是在食道里还是在胃里或肠里消化；对您解释也没用，您听不懂，因为您没有学过医学。喂，莱昂蒂娜，向前进，得要走了。”但这不是实话，因为大夫要把这盘牌继续打下去，他要用出其不意的方法来打断这默不作声的女人的睡梦，他刚才对她以理相劝，但她没有回答。也许是因为科塔尔夫人的脑中，抗拒睡眠的愿望依然存在，即使在睡眠状态也是如此，也许是扶手椅并未给她的脑袋提供倚靠之处，她的脑袋就处于无倚靠状态，像惯性物体那样机械地左右、上下晃动，于是，摇头晃脑的科塔尔夫人，一会儿像在欣赏音乐，一会儿如同奄奄一息。她丈夫越来越激动的告诫屡屡受挫，她感到自己愚蠢却立刻见效：“我洗澡热得舒服，”她低声说道，“但词典上的一根根羽毛……”她大声说着直起了身子。“哦！天哪，我真蠢！我说了什么？我在想我的帽子，我大概说了蠢话，我差点儿就要睡着了，这该死的火。”大家都笑了，因为旁边并没有火。

“你们在取笑我，”科塔尔夫人说得自己也笑了起来，并用手

① 法国七星丛书版为省略号，而不是句号。

抹去前额上留下的睡觉痕迹，手法像动物磁气疗法施行者那样轻盈，如女人梳头般灵巧，“我谦卑地向亲爱的维尔迪兰夫人表示歉意，想从她那里获悉真实情况。”但她的微笑很快变成苦笑，因为教授知道他妻子想讨好他，还担心会马屁拍到马脚上，就对她叫道：“你去照照镜子，你的脸红得就像突然长满粉刺，你像是乡下老太婆。”——“你们知道，他讨人喜欢，”维尔迪兰夫人说，“他有可爱的一面，既和蔼可亲又喜欢挖苦人。另外，他曾把我丈夫从鬼门关领回来，当时医学院里都说我丈夫患的是不治之症。他在我丈夫身边守了三夜，没有睡觉。因此，科塔尔对我来说，你们要知道，”她补充道，口气严厉，近于威胁，并把手举向她那具有乐感的鬓角的白色发绺，仿佛我们想要打到大夫，“是神圣不可侵犯！他想要什么，就能提出要求。而且，我不叫他科塔尔大夫，我叫他上帝大夫！我这样说还是在诽谤他，因为这个上帝尽可能部分消除另一个上帝所造成的痛苦。”——“您出王牌。”德·夏吕斯先生显出高兴的神色对莫雷尔说。“王牌，得再看看。”小提琴手说。“应该先指定您的K为王牌，”德·夏吕斯先生说，“您心不在焉，但您打得很好！”——“我有K。”莫雷尔说。“是个美男子。”教授回答道。“有那些柱子的是什么东西?”维尔迪兰夫人对德·康布勒梅先生指着壁炉上方雕刻精美的盾形纹章问道。“这是你们的**纹章**?”她又用揶揄的口吻轻蔑地补充道。“不，这不是我们的纹章。”德·康布勒梅先生回答道。“我们的纹章底色金黄，三个红色直纹横带饰，饰有凹凸形望楼，上面各有五个图形，每个图形上有一棵金色三叶草。不，这是阿拉什佩尔家族的纹章，这家族不属于我们的家族，但我们从他们那里继承了这栋房产，我们家族的成员一直不愿意对其有任何改变。阿拉什佩尔家族（据说以前称为佩尔维兰）的纹章底色金黄，饰有五个红色直纹钝头木桩。他们跟菲泰尔纳家族联姻之后，纹章就变了，但仍为十字状分隔条形，饰有二十个顶端呈十字形的小十字，插有金色木桩，右面有银底黑斑的双翼图案。”——“认输吧[1]。”德·康布勒梅夫人低声说道。“我的曾祖母是阿拉什佩尔家族或拉什佩尔家族的人,你说哪个姓都行,因为这两个姓在以前的证书上都能看到。”德·康布勒梅先生满脸通红地继续说道,因为他这时才想起此事,而他妻子刚才用此事来为他争光,因此他担心维尔迪兰夫人以为这话是说给她听的,其实并非如此。“历史上注定,第一位阿拉什佩尔出现在十一世纪,名叫马塞,人称佩尔维兰,在围城拔桩中表现得特别能干,因此绰号为“拔桩能手阿拉什佩尔”,并以此姓封为贵族,您看到的那些木桩,是几百年前流传下来,保存在他们的纹章上。这些木桩,是为使敌人难以接近堡垒而打下,插入——请允许我使用这两个字——堡垒前的地上,并把它们连在一起。您刚才说的小柱子,就是这木桩,跟善良的拉封丹笔下漂在水上的棍子[2]毫无关系。插木桩被认为可使堡垒难以攻克。当然啰,现在有了大炮,这种玩艺儿未免可笑。但要记住,当时是十一世纪。”——“这东西没有现实意义,”维尔迪兰夫人说,“但小钟楼倒别具一格。”——“您运气好,”科塔尔说,“好得像……滴溜滴滴。”他常常喜欢用这个拟声词来暗示莫里哀用的那个词[3]。“您知道方块 K 为什么退役?”——“我真希望跟他一样。”莫雷尔这样说,是因为服兵役使他厌烦。“啊! 拙劣的爱国者。”德·夏吕斯先生大声说道,忍不住掐了掐小提琴手的耳朵。“不,您不知道方块 K 为什么退役?”科塔尔又问,仍想开开玩笑,“这是因为他只有一只眼睛。”——“您遇到了劲敌,大夫。”德·康布勒梅先生这样说,是向科塔尔表明,他知道对方是什么人。“这小伙子令人惊讶。”德·夏吕斯先

① 这话维尔迪兰夫人已在前文中说过(本卷第 343 页)。

② 指拉封丹寓言《骆驼和漂在水上的棍子》(卷四第十首)。参见本卷第 344 页德·康布勒梅先生列举的寓言。

③ 莫里哀在《妇人学堂》里使用这个词:“假使一辈子不当王八,在你看来是头等重要的大事……”(第五幕第九场)

生指着莫雷尔天真地插话。“他打牌如有神助。”大夫听到这种看法不大开心，就回答道：“走着瞧吧。强中还有强中手。”——“王后Q，A。”莫雷尔得意洋洋地说。大夫低下脑袋，仿佛无法否认这种命运，就着迷地承认：“真漂亮。”——“我们很高兴跟德·夏吕斯先生共进晚餐。”德·康布勒梅夫人对维尔迪兰夫人说。“您以前不认识他？他非常讨人喜欢，又很特殊，他属于**一个时代**（她要是说出是哪个时代，会感到十分尴尬）。”维尔迪兰夫人回答时面带满意的微笑，对自己是音乐爱好者、鉴定者和家庭主妇感到满意。德·康布勒梅夫人问我是否会跟圣卢一起去菲泰尔纳。这时，我看到一轮明月，如橘黄色灯笼般悬挂在出自城堡的栎树枝叶构成的拱顶上，不由发出赞赏的叫喊。“这还算不了什么；待会儿月亮升高、山谷照亮之后，景色比现在要美千倍。在菲泰尔纳就看不到！”她用高傲的口吻对德·康布勒梅夫人说，对方不知该如何回答是好，因为她不想贬低自己的房产，尤其是在承租人面前。“您还要在这个地区待一段时间吧，夫人？”德·康布勒梅先生对科塔尔夫人问道。这话可以被看作是对她邀请的模糊意愿，现在可以不必确切说出约会的日期。“哦！当然啰，先生，为了孩子们，我们很珍惜每年的这种旅游。不用说，他们需要新鲜空气。医学院要派我去维希，但那里太闷热，等这些大孩子再长大一点，我得管管自己的胃了。另外，教授得给学生考试，总得拼命干活，天气热就会十分疲劳。我觉得像他这样一年忙到头的人，需要在一个凉爽的地方休整一下。不管怎样，我们还会待上整整一个月。”——“啊！那我们后会有期。”——“再说，我也只好留下，我丈夫要去萨瓦巡回医疗，半个月后他才能回到这里的固定诊所。”——“我更喜欢山谷这边，而不是大海那边。”维尔迪兰夫人又说。“你们下一次来时，会天气晴朗。”——“如果您非要今晚回到巴尔贝克，还得看马车是否套好，”维尔迪兰先生对我说，“因为我看没必要这样。我们可以明天上午用车送您回去。明天天气肯定晴朗。沿路景色美不胜收。”我说这样不行。“但不管怎样，现在还不到时候。”老板娘反驳道。“你让他们放心，他们还有充裕的时间。现在就走，会提前一小时到达火车站。他们在这里更舒服。那您呢，小莫扎特，”她不敢直接问德·夏吕斯先生，就对莫雷尔说，“您不想留下来？我们有朝向大海的漂亮房间。”——“他可不能留下。”德·夏吕斯先生见他在全神贯注地打牌，没有听到，就替他回答。“他获准外出，得在午夜十二点前回营。他得回去睡觉，就像听话的乖孩子那样。”他得意地补充道，但显得装模作样，语气十分坚决，仿佛他感到某种施虐淫的快感，是因为使用了这种纯洁的比喻，也因为在谈到莫雷尔时顺便加重了语气，不能用手摸他，就用言语来挑逗他，犹如在触摸他。

听到布里肖对我喋喋不休的教训，德·康布勒梅先生得出结论，认为我是德雷福斯派。他很可能是反德雷福斯派，但出于对敌人的礼貌，他开始对我赞扬一位犹太上校，上校一直对谢弗里尼[①]家的一个表弟十分公正，使他得到当之无愧的晋升。我的表弟处于一些截然对立的想法之中。”德·康布勒梅先生说时对这些想法只是一笔带过，但我感到这些想法跟他的面目一样陈旧、丑陋，某些小城市的几个家族想必早就具有这些想法。“那么！您要知道，我觉得这很美！”德·康布勒梅先生得出结论。确实，他很少从美学意义上使用“美”这个字，但他会用美学意义来对母亲或妻子指出各种作品，不过是艺术作品。德·康布勒梅先生使用这个修饰语，主要用来赞美，如赞美一个爱挑剔的人有点发福。“怎么，您两个月又重了三公斤？您要知道这很美！”清凉饮料已摆在一张桌上。维尔迪兰夫人请先生们自己挑选爱喝的饮料。德·夏吕斯先生去喝了一杯，很快就回来坐在牌桌旁不再挪动。维尔迪

① 原文为 Chevrigny，法国七星丛书版为 Chevregny（谢弗勒尼），并认为这两种写法在书中并存。

兰夫人问他:“您喝了橘子水?”德·夏吕斯先生听了露出优雅的微笑,不断撅嘴并把腰扭来扭去,用他不常有的清脆声音回答道:“不,我喜欢旁边那种,我觉得是小草莓汁,很好吃。”奇怪的是,某种秘密行为竟通过这种行为的说话方式或手势而产生外部效果。一位先生不管是否相信圣母无玷始胎、德雷福斯清白无辜或世界多样,只要他对此守口如瓶,你就无法在他的说话和举止中看出揭示他想法的蛛丝马迹。但是,当你看到德·夏吕斯先生露出这种微笑,做出这种手势,并用这种尖嗓子说出“不,我喜欢旁边那种,是小草莓”,你就可以说“瞧,他喜欢男性”,而且十分肯定,法官如这样肯定,就能判处没有招认的罪犯死刑,医生这样肯定,就能诊断全身瘫痪的病人患不治之症,瘫痪者也许并不知道自己所患的疾病,但因说话不清,医生会认为他只能活三年。听到他说“不,我喜欢旁边那种,是小草莓”那样的话,人们也许就能看出这是一种反常的爱情,不需要具有很多科学知识就能看出。但这里显示的迹象和秘密的关系更加直接。你虽然没有确切地想到这点,却仍然可以感到,回答你问题的是一位面带微笑的温柔女士,显得矫揉造作,因为她装出男人的模样,而你又看不惯男人这样扭扭捏捏。也许应该优雅地想到,长期以来,有些天使般的女人投错了胎,来到男人的身体里,她们徒劳地拍着翅膀逃亡,朝着厌恶女人肉体的男人飞去,她们善于布置客厅,治理“家务”。德·夏吕斯先生心安理得地让维尔迪兰夫人站着,自己仍坐在扶手椅上,待在莫雷尔身边。“这个人本可以拉小提琴让我们开心,”维尔迪兰夫人对男爵说,“却要坐在埃卡泰牌戏桌旁,您不认为这是一种罪过?要是有人拉小提琴像他那样好!”——“他打牌很好,他干什么都好,他非常聪明。”德·夏吕斯先生说,一面看着牌,以便为莫雷尔出谋划策。不过,这不是他在维尔迪兰夫人面前坐在扶手椅上不站起来的唯一原因。他把自己的各种社会观奇特地混杂在一起,既有大贵族的观念,又有艺术爱好者的观点,他不像他那个社交界的男子那样彬彬有礼，而是效法圣西蒙给自己塑造出各种生动的形象；此时此刻，他喜欢塑造的是于格塞尔元帅①的形象，元帅使他感兴趣，还有其他方面的原因，据说元帅自命不凡，见到人甚至不从坐椅上站起来，而是显出懒洋洋的神色，对宫廷中最高贵的人都是如此。"您说说，夏吕斯，"维尔迪兰夫人说时开始套近乎，"您是否能在你们那个区找到一个破产的老贵族来给我当门房？"——"当然可以……当然可以……"德·夏吕斯先生像老好人那样笑着回答道，"但我不希望您这样做。"——"为什么？"——"我为您担心，担心优雅的客人走到门房就不想进来了。"这是他们第一次小型冲突。维尔迪兰夫人对此几乎没有提防。不幸的是，以后又将在巴黎发生冲突。德·夏吕斯先生仍坐在椅子上没站起来。他不禁露出难以察觉的微笑，因为他看到他喜欢的格言"贵族有威望而资产者懦弱"得到了证实，因为他看到维尔迪兰夫人竟会如此轻易屈服。老板娘对男爵端坐不动丝毫没有显出惊讶的样子，她离开男爵，只是因为她看到我又给德·康布勒梅先生缠住而感到担心。但在离开之前，她想弄清德·夏吕斯先生跟莫莱伯爵夫人的关系。"您对我说过，您认识德·莫莱夫人。您是否去她家？"她问时赋予"去她家"以"在她家受到接待"、"得到她允许去看她"的含义。德·夏吕斯先生回答时口气高傲，假装简洁，那腔调如同在唱圣诗。"有时去。"这"有时"使维尔迪兰夫人疑窦顿生，就问："您是否在她家遇到过盖尔芒特公爵？"——"啊！我想不起来了。"——"啊！"维尔迪兰夫人说，"您不认识盖尔芒特公爵？"——"我怎么会不认识？"德·夏吕斯先生回答时，一丝微笑在嘴上如波浪般起伏。这微笑是在嘲讽，但男爵怕被人看到嘴里

① 即尼古拉·杜·布雷（1652—1730），于格塞尔侯爵，法国元帅。圣西蒙在《回忆录》（1703 年）中谈到他："他自命不凡，对他那些将军和战友也是如此，与众不同的是，他对他们显出懒洋洋的神色，不从自己的坐椅上站起来。"

的一颗金牙，就闭上嘴唇使微笑消失，由此显出的波浪形使微笑变得和蔼可亲。“您为什么说；我怎么会不认识？”——“因为他是我哥哥。”德·夏吕斯先生漫不经心地说，维尔迪兰夫人惊讶得目瞪口呆，吃不准她的客人是否在嘲笑她，也不知道男爵是私生子还是盖尔芒特公爵的同父异母弟弟。她没有想到，盖尔芒特公爵的弟弟会称为夏吕斯男爵。她朝我走了过来：“我刚才听到，德·康布勒梅先生请您去吃晚饭。我嘛，您知道，我对此毫不在乎。但是，我为了您好，希望您还是别去。首先，那儿有许多讨厌鬼。啊！如果您喜欢跟那些谁也不认识的外省伯爵和侯爵共进晚餐，您就会吃得如愿以偿。”——“我觉得我只好到那里去一两次。另外，我空闲的时间不是很多，因为我有个年轻的表妹，我不能让她独自待在家里（我认为说有亲戚关系，我跟阿尔贝蒂娜一起外出就更加方便）。但对于康布勒梅夫妇，由于我已把她向他们作了介绍……”——“您想怎么办就怎么办吧。我可以告诉您，那里对健康极其有害，您一旦胸部发炎，或是患了那些家族的风湿病，您就会后悔莫及？”——“那个地方不是很漂亮吗？”——“湿——漉漉……你可以这样说。我嘛，我坦率地承认，我更喜欢从这里观赏山谷的景色。首先，即使有人给我们付钱，我们也不会要那屋子，因为海风会损害维尔迪兰先生的健康。您的表妹只要有点神经过敏……另外，您有神经过敏，我觉得……您会呼吸困难。好吧！您看吧。您去那里一次，就会一星期睡不着觉，这就不是我们的事了。”但她没有想到，她后面一句话会跟前面的话有矛盾：“您要是喜欢看看那屋子，屋子不坏，谈不上漂亮，但仍然有趣，有古老的壕沟，古老的吊桥，虽然不舒服，我也得去一次，到那里去吃一顿晚饭，好吧！您就在那天去，我设法把我小圈子的人都带去，这样就好了。后天，我们要乘车去阿朗布维尔。沿路的景色漂亮极了，还有美味苹果酒。您来吧。您布里肖，您也来吧。还有您茨基。这是一次郊游，我丈夫想必已预先作了安排。我不大清楚他邀请了什么人，德·夏吕斯先生，您是否是这样的人?”男爵只听到后面这句话，不知道是说去阿朗布维尔郊游，不禁惊跳起来。“奇怪的问题。”他以嘲讽的口气低声说道，维尔迪兰夫人听了感到生气。“另外，”她对我说，“去康布勒梅家吃晚饭之前，您为什么不把您的表妹带到这里来？她喜欢交谈，喜欢聪明人？她讨人喜欢？是的，啊！那就好，很好。您带她一起来。世界上不是只有康布勒梅一家。我知道他们很高兴邀请她，他们什么人也请不到。在这里，她能呼吸到新鲜空气，会看到聪明人。不管怎样，我希望下星期三您别把我甩了。我听说您跟您表妹曾在里弗贝尔一起吃下午点心，德·夏吕斯先生也在，我不知道还有谁。您应该把那帮人都弄到这儿来，一小帮人一起来，那有多好。交通再方便也没有了，那些小路实在迷人，必要时，我会派车来接您。另外，我不知道里弗贝尔有什么东西吸引您，那里的蚊子多得吓人。您也许相信那里烘饼的名气。我的厨师做的烘饼要好得多。我一定请您吃诺曼底烘饼，货真价实的烘饼，还有油酥饼，这些话我只对您说。啊！如果您非要吃里弗贝尔那种猪狗食，我可不想吃，我不会让我的客人感到厌烦，先生，而且即使我想吃，我的厨师也不愿意做，会到别的人家去干活。那里的烘饼，不知道是用什么东西做的。我认识一个可怜的姑娘，吃了那种饼得了腹膜炎，三天后就死了。她只有十七岁。她可怜的母亲十分伤心。”维尔迪兰夫人补充道，她那饱经风霜的鬓角显得忧郁。“总之，如果您喜欢被人斩一刀，喜欢挥霍金钱，您就到里弗贝尔去吃吧。我只是相信才给您一个任务，六点钟敲响时，请您把您那帮人都带到我这儿来，不要让他们乱糟糟地各自回家。您想把谁带来都行。这话我是不会对所有人说的。但我相信您的朋友都讨人喜欢，我一眼就看出我们能相互理解。除了小核心的人之外，星期三会有一些非常可爱的人来。您不认识娇小可爱的德·隆蓬夫人？她非常漂亮，又十分风趣，一点儿也不故作风雅，您会看到，她会使您非常喜欢。她也会把一帮朋友带来。”维尔迪兰夫人补充道，以向我表明这些人都有风度，并举例对我鼓励。“大家会看到，谁最有影响，带来的人最多，是芭尔布·德·隆蓬还是您。另外，我觉得也应该把贝戈特带来。”她神色茫然地补充道，因为这位名人看来不大可能光临，早上各报都刊登一条简讯，声称这位大作家的健康状况令人极其不安①。“总之，您会看到，这将是我最成功的一次星期三聚会，我不想邀请令人厌烦的女人。另外，您别对今晚的聚会进行评论，它完全失败了。您别表示反对，您不可能比我更加厌烦，我可觉得这十分令人厌烦。这聚会决不会总是像今晚这样，您要知道！另外，我不说康布勒梅夫妇，他们叫人难以忍受，但我认识一些社交界人士，他们被认为非常讨人喜欢，唉！这种人只存在于我的小核心里。我曾听到您说，您认为斯万聪明。首先，我觉得这样说夸大其词，但即使不说这个人的性格，我也一直觉得他十分讨厌，内心阴险，我常常请他星期三来吃晚饭。好吧，您可以问问其他人，布里肖远不是才智出众，他是二流优秀教授，还是我把他弄进法兰西研究院的，但即使跟布里肖相比，斯万也一钱不值。他是平庸之辈！”我发表了不同的看法，她就说：“是这样。我不想对您说他的任何坏话，因为他是您的朋友，另外，他很喜欢您，他对我谈起您时说得津津有味，但您去问问这些人，他在我们吃晚饭时是否说过什么有趣的事。这仍然是试金石。好吧！我不知道为什么，但斯万在我家时没有贡献，也没有任何回报。而有点价值的东西，他是在这里得到的。”我肯定地说他很聪明。“不，您只相信这点，因为您认识他的时间没有我长。其实，人家很快就对他有所了解。当时他把我烦死了。（意思是：他常去拉特雷穆伊府和盖尔芒特府，并知道我不去他们家。）我什么都能忍受，就是不能忍受烦恼。啊！这个嘛，不行！”害怕烦恼现在是维尔迪兰夫人的理由，用来解释小圈子的

① 他即将去世，已在本书第三卷（第339页）中说出。

人员组成。她还没有接待公爵夫人，因为她不能自寻烦恼，就像会晕船的人不能乘游船在海上旅游。我心里在想，维尔迪兰夫人说的话并没有完全错，虽然盖尔芒特夫妇会声称布里肖是他们遇到过的最蠢的人，但我仍然无法确定，他实际上是否更加高明，即使不比斯万高明，至少要比具有盖尔芒特精神的那些人高明，他们会因情趣高雅而避开他，并在听到他学究式的玩笑时羞得脸红，我心里在想这事，仿佛聪明的性质在某种程度上可以用我对自己的回答来阐明，只要像受到波尔—罗雅尔女隐修院的影响并对自己提出主恩问题的天主教徒那样认真。"您会看到，"维尔迪兰夫人接着说道，"有人如果接待社交界人士，同时接待真正聪明的人，也就是我们圈子里的人，就应当到那种地方去看看他们，瞎子的王国里最有才华的社交界人士，在这里只是独眼龙。另外，[1]其他人就不再有信任感。因此我心里在想，我与其试图把大家聚在一起，让什么事都搞砸，不如不要专为讨厌鬼搞系列活动，以便充分享受我的小核心的乐趣。结论是：您跟您表妹一起来。一言为定。好。在这里，你们俩至少有吃的。在菲泰尔纳，会又饥又渴。啊！如果您喜欢吃耗子，那就立刻去那儿，您会如愿以偿。您想待多久，他们就会留您多久。啊！您会饿死。另外，我去的时候，会在动身前吃好晚饭。您要开心，就得来找我。我们先吃饱点心，回来后再吃夜宵。您喜欢苹果塔？喜欢，那好！我们的厨师长做的苹果塔与众不同。您看，我说得不错吧：您最适合在这里生活。那就来这里住吧。您知道，我这里其实空地方很多，但不大看得出来。这种情况我不说出来，是因为不想把讨厌鬼吸引过来。您可以把您的表妹带到这里来住。她会处于跟巴尔贝克不同的环境之中。用这里的空气，我认为可以治愈不治之症。我发誓，我真的治好过，但不是现在。因为我曾住在离这里很近的地方，是我好不容易才找到

① 法国七星丛书版此处加上：他冷若冰霜，……

的，花很少的钱就搞到了，比他们的拉斯珀利埃尔更有特色。如果我们去散步，我就把那个地方指给您看。但我承认，即使在这里，空气也确实使人神清气爽。那个地方我也不想多谈，巴黎人要是知道，会爱上我那个小地方。这可一直是我的运气。最后，请说给您表妹听。我们把两间朝向山谷的漂亮房间给你们住，你们会在早晨看到日出雾中的美景！您说的那个罗贝尔·德·圣卢是什么人？”她说时神色不安，因为她听到我要到东锡埃尔去看他，就担心他会让我把她甩掉。“您不如把他带到这里来，只要他不是讨厌鬼。我听到莫雷尔谈起他，觉得是他的一个好朋友。”维尔迪兰夫人这样说，完全是在撒谎，因为圣卢甚至不知道有莫雷尔这个人，而莫雷尔也是如此。但她听到圣卢认识德·夏吕斯先生，就认为是通过小提琴手认识的，便装出了解情况的样子。“他不搞医学，也不搞文学？您要知道，您要是在考试方面需要推荐，科塔尔什么事都能办到，我可以让他做我想办的事。至于进法兰西语文学院，那是以后的事了，因为我觉得他还不到这个年龄，我也掌握着好几票。您的朋友在这里会像在熟人中间那样，看到这房子也许会觉得有趣。东锡埃尔并不有趣。总之，您想干什么就能干什么，您会过上最合适的生活。”她作出这样的结论，但态度并不坚决，以免显出想要认识贵族的样子，同时也因为她有一种意图，要把她给信徒们制定的生活制度即专制制度称之为自由。“喂，你怎么啦，”她看到维尔迪兰先生时说，只见他不耐烦地做着手势，来到木板阳台上，阳台从客厅的一侧延伸出去，俯瞰山谷，他就像气得喘不过气来，需要呼吸新鲜空气。“又是萨尼埃特让你生气？你明明知道他愚蠢，就得对他死心，别把自己弄成这样……我不喜欢这样，”她对我说，“因为这对他没有好处，会使他脑充血。但我也得说，有时真要有天使般的耐心，才能忍受萨尼埃特这种人，尤其要记住，收留他是在行善。至于我嘛，我得承认，他蠢得出奇，不如说给我带来了快乐。我觉得您在晚饭后听到了他的话：‘我不会玩惠斯特，但我会玩钢琴。'说得真妙！真是无奇不有，不过是谎话，因为他既不会玩牌，也不会弹钢琴。我丈夫虽然表面粗鲁，却富有同情心，非常善良，而萨尼埃特那种人自私自利，老是关心自己给人的印象，弄得我丈夫勃然大怒……喂，亲爱的，你要冷静，你很清楚，科塔尔对你说过，这样对你的肝没有好处。身体不好，责任都要落到我的头上。"维尔迪兰夫人说。"明天，萨尼埃特还会又哭又闹，像神经病发作。真是可怜虫！他病得很重。但不管怎样，这不是他把别人都害死的理由。另外，即使他过于难受的时候，即便别人想同情他，他的愚蠢也会使这种同情立刻消失。他实在太愚蠢了。你只能对他好言相劝，说这样闹下去会使你们俩都生病，并叫他别再来了，因为这是他最害怕的事，一定会对他的神经起镇静作用。"维尔迪兰夫人在丈夫耳边说道。

从右边窗子望去，大海依稀可见。但从左边窗子观看，却能看到山谷沐浴在月光之中，如同被白雪覆盖。不时能听到莫雷尔和科塔尔的说话声。"您有王牌？"——"Yes。"——"啊！您开玩笑真棒。"德·康布勒梅先生在回答莫雷尔的问题时说，因为他看到大夫的牌已胜券在握。"这是方块Q。"大夫说。"是王牌，您知道吗？耶，用王牌压，耶，吃进……但索邦大学已不存在，"大夫对德·康布勒梅先生说，"现在只有巴黎大学[①]。"德·康布勒梅先生承认，他不知道大夫为何对他说出这种看法。"我以为您在说索邦大学。"大夫接着说。"我刚才听到您说：你给我们说了**索——邦**：有趣故事。"他眨着眼睛补充道，以表明这是文字游戏。"等一下，"他指着对手说，"我要给他个特拉法尔加的一击[②]。"这一击对

① 参见本卷第283页注①。

② 1805年10月21日，法国海军上将维尔纳夫指挥的法、西混合舰队，在特拉法尔加角附近与纳尔逊指挥的英国舰队发生遭遇战。法、西联合舰队损失战舰近二十艘，维尔纳夫被俘。英舰未有损失，但纳尔逊受到致命伤。这次海战使英国取得延续一个多世纪的海上霸权。

大夫是求之不得，只见他高兴得笑容满面，肉麻地晃动双肩，这动作是家里的习惯动作，具有科塔尔的“风格”，几乎跟动物发泄兽欲后的满足相同。在上一代，跟这个动作一起做的是搓手，如同擦肥皂洗手。科塔尔最初同时模仿这两个动作，但后来有一天，不知是受到哪种影响，也许是妻子的影响，是蛮横的干涉，搓手的动作销声匿迹。大夫即使在玩骨牌戏时，迫使对手“摸到”并拿了双六，即他最开心的事情，他也只是晃动双肩。而当他极其难得地到家乡去住上几天，看到他堂弟还保持着搓手的习惯，回来后就对科塔尔夫人说：“我感到可怜的勒内十分粗俗。”“您是否有小东西？”他转向莫雷尔问道。“没有？那么，我出这个老大卫[1]。”——“那么，您得了五分，您赢了！”——“ Si Signor（是的，先生）。”——“漂亮的胜利，大夫。”侯爵说。“皮洛士的胜利[2]。”科塔尔转向侯爵时说，并从单片眼镜上方看着对方，以判断他的话产生的效果。“要是我们还有时间，”他对莫雷尔说，“我给您报仇的机会。该我来洗牌发牌了。[3] 啊！不，马车来了，等星期五再玩吧，到时候我给您看一种别出心裁的玩法。”维尔迪兰夫妇把我们送到门外。老板娘对萨尼埃特特别亲热，以确保他第二天会来。“我看您好像穿得不多，孩子。”维尔迪兰先生对我说。他觉得他年纪这样大，可以像父亲那样来叫我。“天气好像变了。”这话使我十分高兴，仿佛表明大自然中深邃的生活，以及突然出现的各种因素的组合，会预告其他变化，也就是我生活中发生的变化，并使其中出现新的可能性。临走前只需打开通向花园的门，就能感到另一种

---

① 即黑桃 K。

② 皮洛士（约前 319—前 272），古希腊伊庇鲁斯国王（前 295—前 272）。醉心于马其顿亚历山大的功业，企图在地中海地区建立大国。在赫拉克里亚（前 280）和奥斯库伦（前 279）两地与罗马交战得胜，但损失大批有生力量，世称得不偿失的胜利为“皮洛士的胜利”。前 275 年终败于罗马。后入侵南希腊，战死。

③ 法国七星丛书版前面为省略号，而不是句号。

“天气”已在片刻之前占据舞台；一阵阵清凉的风，在夏天是一种享受，在冷杉林里出现（以前，德·康布勒梅夫人在林子里对肖邦遐想联翩），几乎无法感到，如同蜿蜒曲折的流水轻轻掠过，又像起伏不定的涡流，开始轻轻奏起它们的夜曲。我不要盖毯子，而在以后几天晚上，阿尔贝蒂娜跟我在一起，我就会同意盖上，不如说是为了保守欢娱的秘密，而不是因为怕着凉。大家去找挪威哲学家，但没有找到。他是否会腹泻？他不是曾担心误了火车？难道有飞机来接他？他是否在圣母升天时被带走？总之，他像神祇那样消失了，而大家却没能发现。“您这样不对，”德·康布勒梅先生对我说，“天冷得像鸭子。”——“为什么像鸭子？”大夫问。“当心呼吸困难。”侯爵接着说。“我妹妹晚上从不出门。另外，她现在身体很差。不管怎样，您别这样光着脑袋，快把帽子戴上。”——“这呼吸困难可不是 a frigore（冷出来的）。”科塔尔用教训的口吻说。“啊！啊！”德·康布勒梅先生躬身说道，“既然是您的看法……”——“告读者的看法！”大夫说时目光离开单片眼镜微微一笑。德·康布勒梅先生笑了，但仍相信自己没错，并坚持己见。“然而，”他说，“我妹妹每次晚上出门，都要发病一次。”——“没必要吹毛求疵。”大夫回答道，并未意识到自己失礼。“另外，我不是来海边行医的，除非被人叫去出诊。我是来度假的。”不过，他在这里干的事，也许比他想干的更多。德·康布勒梅先生跟他一起上车时对他说：“我们运气好，能在离我们这样近的地方（不是您这边的海湾，而是在另一边，但在那个地方，海湾十分狭窄）有另一位名医杜·布尔邦大夫。”科塔尔通常出于**职业道德**，尽量避免批评同行，但这时不禁叫了起来，就像我跟他去小游乐场的那个不祥的日子他在我面前说的那样：“但他不是医生。他搞的是文人医学，那是古怪的疗法，是江湖骗术。不过，我们关系不错。如果我不是非要离开这里，我就会乘船去看他一次。”但是，从科塔尔对德·康布勒梅先生谈论杜·布尔邦时的神色来看，我感到他想要去看杜·布尔邦时所乘的船，很像一艘船，萨莱诺的那些医生租用这艘船去毁坏另一位文人医生维吉尔发现的温泉（他也抢走了他们的病人），但在渡海时沉船遇难[①]。“再见了，亲爱的萨尼埃特，明天请一定来，您知道我丈夫很喜欢您。他喜欢您的风趣、您的聪明；但是，您十分清楚，他即使喜欢显出粗暴的样子，也不能见不到您。他每次问我的第一个问题是：‘萨尼埃特来了吗？我非常想见到他！’”——“这话我从来没有说过。”维尔迪兰先生对萨尼埃特说时装出坦率的样子，这种态度似乎跟老板娘说的话完全吻合，而老板娘在说这话时的态度又跟他对待萨尼埃特的态度不谋而合。然后，他看了看表，显然不想在潮湿的晚上延长告别的时间，就吩咐马车夫们不要行驶过慢，但在下坡时要小心谨慎，他保证我们会在火车开到前到达车站。火车会把信徒们一个个送到各自的车站，我将最后到达，其他人下车的地点都没有巴尔贝克那样远，而最早下车的是康布勒梅夫妇。他们不想让自己的马匹在黑夜中上山去拉斯珀利埃尔，就跟我们一起乘火车乘到杜维尔—菲泰尔纳。这其实不是离他们家最近的车站，这车站离他们村子有点远，离城堡就更远，离他们家最近的是索涅车站。到达杜维尔—菲泰尔纳车站后，德·康布勒梅先生非要把弗朗索瓦丝所说的“钱币”赠给维尔迪兰家的车夫（就是那个想法忧郁、客气而又敏感的车夫），因为德·康布勒梅先生慷慨大方，这种优点主要从“他妈妈这里”遗传。但是，也许“他爸爸那里”在此进行干涉，他在给钱时因犯了个错误而迟疑不决，也许是他出了错，没看清楚，把一个苏当作一个法郎给了出去，也许是对方出了错，没有看出侯爵给他的钱币的价值。因此，侯爵就提醒对方。“我给您的

---

① 指中世纪关于维吉尔的一个传说。据说维吉尔除善于写诗，还是一位巫师，在他被埋葬的那不勒斯地区尤其著名。据说他在那不勒斯附近的波佐利发现神奇的温泉，许多病人都来此治疗，萨莱诺的那些医生十分嫉妒，就租船去毁坏温泉，结果海上遇到风暴，沉船遇难。

是一个法郎，对吗？”他对车夫说时，把硬币在光线下晃动使其闪闪发光，让信徒们可以把这事说给维尔迪兰夫人听。“对吗？是二十个苏，而马车只是行驶了短短一段路。”他和德·康布勒梅夫人在索涅站离开了我们。“我会告诉我妹妹，”他再次对我说，“您有呼吸困难的毛病，我觉得她肯定会感兴趣。”我知道他是想说：她会感到高兴。至于他的妻子，在跟我告别时用了两个省略句，这两个省略句要是在信里写出，虽说大家已对此习以为常，我也会觉得不舒服，但从嘴里说出，我即使在今天也觉得，它们因故意草率，是借来的亲热，所以仍然有难以忍受的学究味：“高兴跟您共度夜晚，”她对我说，“见到圣卢，代为问好。”对我说这句话时，德·康布勒梅夫人把圣卢说成圣卢普。我始终无法知道，是谁曾在她面前这样发音，或是使她认为应该这样发音。然而，在好几个星期里，她一直说圣卢普，有个男士对她十分欣赏，对她是亦步亦趋，就照此办理。如果其他人说圣卢，他们就用足力气强调说出圣卢普，是为了间接教训其他人，或是为了跟其他人区分开来。但是，也许有些比德·康布勒梅夫人更出色的女士曾对她说过，或转弯抹角地让她知道，这个姓不能这样发音，她以为是别具一格的发音其实是一种错误，会使别人认为她对世上的事知之甚少，因为在不久之后，德·康布勒梅夫人又说圣卢，欣赏她的男士也完全停止对这种发音的抵制，也许是因为她责备过他，也许是因为他发现她已不再发出最后的辅音，并且在心里想，这女人有这样的身价、精力和雄心壮志，竟然也作了让步，因此他不能胡来。在她的欣赏者中，最差的莫过于她的丈夫。德·康布勒梅夫人喜欢戏弄别人，而且往往出言不逊。她一旦这样进行攻击，对我或对别人攻击，德·康布勒梅先生就开始笑眯眯地看着受害者。由于侯爵患斜视症，就像傻瓜开心时想要显得风趣，这样一笑，瞳孔就稍稍移近眼白，眼白随之出现缺口。这就像天气暂时晴朗时，白云密布的天空中会露出些许蓝色。另外，单片眼镜如同玻璃保护一幅珍贵绘画，保护着这一微妙的表情。至于笑的意图,你弄不清楚是否想让人开心。[1]“啊！坏蛋！您可以说您令人羡慕。您受到一个女人的青睐,这女人想法厉害”,或是想讽刺挖苦:“那么,先生,我希望有人把您揍一顿,您就会忍气吞声”,或是想热心助人:“您知道,我在这儿,对这事我一笑了之,因为这纯粹是开玩笑,但我不能让您受到粗暴对待”,或是残忍地充当同谋:“我不需要再往伤口上撒盐,但是您看到,她每次侮辱您,我都会捧腹大笑。我开心得像弯腰曲背,这说明我这个丈夫是赞同的。因此,您要是心血来潮想反抗,您得看看对手是谁,亲爱的先生。我首先会打您两记耳光,出手很重,然后我们到尚特皮森林去拔剑决斗。”

虽说丈夫用这些不同的话来表达自己开心的心情,妻子的一时冲动却很快就消失得无影无踪。于是,德·康布勒梅先生收敛笑容,暂时移动的瞳孔随之复原,而由于几分钟来已不再翻白眼,这位平时脸色红润的诺曼底人就既像缺血又像出神,仿佛侯爵刚动过手术,或是戴着单片眼镜,乞求老天施予殉道者的棕榈枝。[2]

---

① 法国七星丛书版为冒号,而不是句号。

② 法国七星丛书版后面空两行接排。

第三章

德·夏吕斯先生的悲伤。他杜撰的决斗。“大西洋火车”的车站。我对阿尔贝蒂娜感到厌倦,想跟她分手。

我困得要命。我乘电梯来到我住的那层楼,但开电梯的不是那个电梯司机,而是患斜视症的穿制服服务员,他跟我说话,告诉我说,他姐姐一直跟那个很有钱的先生在一起,有一次,她不想过那种拘谨的生话,想要回娘家,她的先生就来找斜眼服务员的母亲,以及其他几个运气更好的孩子,他母亲立即把不理智的女儿送回她男友家里。“您要知道,先生,我姐姐是贵夫人。她会弹钢琴,会说西班牙语。您可能不会相信,给您开电梯的普通职员的姐姐会有这样的本事,她要什么就去买来;夫人有她自己的贴身女仆,她要是哪天有了自己的车,我也不会感到奇怪。她很漂亮,您要是见到她,她有点过于高傲,当然啰!这也是可以理解的。她非常聪明。在离开旅馆之前,总会乐意在衣橱里或五斗橱里给来打扫的女仆留一件小小的纪念品。有时候,她甚至在马车里也这样,付了车费之后,仍躲在角落里不出来,看着要洗车的车夫急得发牢骚,以逗人发笑。我父亲也出过笑话,把他以前认识的印度王子看成我哥哥。当然啰,这是另一种情况。但地位是优越的。如果不去旅行,那就梦想。至今只有我仍然没有成功。但以后的事又有谁会知道?运气在我家里,谁知道我有朝一日是否会当上共和国总统?但我让您说得太多了。(我其实一句话也没说,听他说话我快要睡着了。)晚安,先生。哦!谢谢,先生。要是所有的人都像您这样心肠好,世上就不会有受苦的人了。但是,正如我姐姐所说,我现在有钱了,总得有这种人,我才能把他们当出气筒。请原谅我说话粗俗。晚安,先生。”

每天晚上，我们在睡觉时也许都得忍受一种风险，体验种种痛苦，我们认为这些痛苦并不存在，因为痛苦是我们睡觉时感到，而我们认为睡觉时是无意识的。确实，这些天晚上，我从拉斯珀利埃尔回来时很晚，十分困倦。但只要天气变冷，我就不能立刻睡着，因为炉火照亮，如同点灯一般。旺火十分短暂，就像一盏灯，或像夜幕降临时的日光，过于耀眼的火光很快就变得暗淡，我于是进入梦乡，这梦乡如同我们另一个套间，我们离开自己的套间，到这个套间去睡觉。这套间里也有铃声，我们有时突然被铃声吵醒，我们的耳朵听得一清二楚，但没有人摇过铃①。套间里也有仆人，还有特殊的客人，他们来找我们，叫我们出去，而我们准备起来时，就几乎立刻回到原来的套间，即昨晚睡觉的套间，并发现房间里没有其他人，也没有人来过。住在套间里的人跟原始人一样，是两性畸形人。过一会儿，一个男人在屋里出现，长着女人的模样。里面的事物会变成男人，而男人会变成朋友和敌人。对睡眠者来说，在这样睡着时流逝的时间，跟人醒来后在生活中度过的时间截然不同②。有时，时间的流逝要快得多，一刻钟仿佛就是一天，而有时时间则长得多，你以为只打了个盹，其实却睡了整整一天。于是，坐在睡眠车上，你降落到深渊之中，在那里，往事不会在睡眠中出现，在那里，思想无法通过，就只好折回。睡眠车如同太阳车，被步伐均匀的马匹拉着前进，任何事物都无法阻挡，得要有一块我们不知道的小小陨石（被天上一位不知名的神祇扔出？），扔到我们平常的梦中（否则的话它就没有任何理由停下来，就会继续以这样的速度行进，行进到千百年之后），然后突然转弯，回到现实之中，不断前

---

① 普鲁斯特在这里的看法跟柏格森不同。柏格森在题为《梦》的讲座里，把梦的组成部分跟视觉、听觉和触觉联系起来，认为梦中听到的声音跟房间里的声音有关。他认为："我们是用真实的感觉在编造梦。"

② 柏格森写道："在几秒钟时间里，梦可以向我们展现一系列事件，这些事件在醒来时会在几天时间里发生。"

进，穿越跟生活毗邻的区域，睡眠者很快就会在那里听到生活中的嘈杂声，声音还几乎模糊不清，但能够听到，虽说已经走样，而陨石则突然在醒来时落地。于是，你从沉睡中醒来，是在曙光初现之时，你不知道自己是何人，你什么人也不是，却是焕然一新，准备接受一切事物，脑子里把过去的事即此前的生活完全清除。也许这样更加美好，那是在苏醒突然落地之时，这时，我们睡眠时的种种想法，被遗忘的长袍遮盖，在睡眠结束之前，还来不及渐渐恢复。于是，我们感到黑色风暴已经穿越（但我们甚至不说是**我们**），我们走出这风暴时躺着，没有思想，是没有内涵的"我们"。在那里的人或物，是被什么锤子击打，才弄得一无所知、目瞪口呆？这种状况一直持续到记忆赶到，使其恢复意识或个性。在这两种情况下醒来，根据习惯的法则，不能睡着，甚至不能酣睡。因为习惯会监视它网罗的东西，因此必须摆脱它，并认为你是在做别的事情时而不是在睡觉时睡觉，总之是睡觉，但不处于预见的监护之下，也并非伴随着思考，即使是隐蔽的伴随。我刚才描绘的两种睡醒，大多是我睡醒时的情况，即我在拉斯珀利埃尔吃晚饭后第二天睡醒时的情况，至少在这两种睡醒时，一切仿佛就是这样，对此，我这个怪人可以作证，我正期待死神前来解救，看到百叶窗全都关上，对世界一无所知，像猫头鹰那样纹丝不动，也像猫头鹰那样在黑暗中才隐约看到。一切似乎就是这样，但也许只是隔了一层下脚麻，睡眠者才无法听到往事中的对话和睡眠中唠唠叨叨的话。这是因为（这也可以在更广阔、更神秘、更具占星术色彩的重要系统中得到解释）在睡醒时，睡眠者听到内部有声音对他说："今晚您来吃这顿晚饭吗，亲爱的朋友？这将会多么愉快！"并且在想："是的，这将会多么愉快，我一定去！"然后，他越来越清醒，就突然想起："我外婆只能活几个星期了，大夫肯定地说。"他就摇铃，就哭了，因为想到他外婆不会像过去那样了，他外婆快要死了，这时，一个满不在乎的贴身男仆听到铃声来到他的跟前。另外，睡眠使他远离回忆和思想所在的世界，使他越过只有他一人的太空，他孤苦伶仃，甚至不能顾影自怜，处于时间之外，跟计时毫不相干。这时，贴身男仆已经进来，但他不敢问此刻的时间，因为他不知道他是否睡着过，不知道他睡了几个小时。（他心里在想，是否睡了几天，因为他回到这套间时身体疲惫不堪，但精神振作，心里怀旧，仿佛从遥远的地方旅行归来，花了很长的时间。）当然啰，我们可以认为只有一种时间，理由十分简单，我们看着座钟才知道，我们以为过了一天，其实只过了一刻钟时间。但是，我们得知此事时，恰恰是睡醒的人，沉浸在睡醒的人们的时间之中，我们已逃离另一种时间。也许不止是另一种时间，而是另一种生活。我们在睡觉时感到的愉悦，不会被我们看成生活中真正体验到的愉悦。就说最平常的肉体愉悦吧，在醒来时，我们之中又有谁没有因睡觉时感到一种愉悦而觉得有点不快？但这种愉悦，如果我们不想过于疲劳，是不能在醒来后那天再三品尝到的。这就像是失去的财产。我们在另一种生活中感到的愉悦，并不是属于我们的愉悦。梦中的痛苦和愉悦（通常在醒来后迅速消失），即使我们将其列入预算中，也不在我们日常生活的预算之中。

我说过有两种时间，也许只有一种，这不是因为醒来的人的时间适用于睡眠者，但也许是因为另一种生活，即睡着的人在沉睡时的生活，从属于时间的范畴。我这样想，是因为在拉斯珀利埃尔吃晚饭后的第二天，我都睡得很熟。原因是这样的。我在醒来时开始感到绝望，因为我摇了十次铃，贴身男仆还没有进来。摇了第十一次铃他才进来。但这只是第一次摇铃。前面十次只是在尚未结束的睡眠中想到要摇铃。我那僵硬的双手连动也没动。然而，在那几天早晨（正因为如此，我才说睡眠也许不知道时间的规律），我想要醒来的努力，主要是想让我刚才体验的睡眠的那种不确定的黑暗整体进入时间的范围。这不是件容易办到的事；睡眠不知道我们睡了两小时还是两天，不能给我们提供任何基准点。如我们不能在外面找到基准点,不能回到时间之中,我们就再次睡着,睡了五分钟,但我们觉得睡了三个小时。

我总是这样说,是凭经验在说,最有效的安眠药是困倦。酣睡了两个小时,跟众多巨人进行了搏斗,结交了许多终身好友,却很难醒过来,比服用好几克巴比妥之后醒来要难得多。因此,我对这两种睡眠进行思考时,惊讶地从挪威哲学家那里得知,他的看法出自布特鲁先生①,就是“他卓越的同事——对不起,是他的同人”——我得知柏格森先生②认为,服用安眠药会使记忆明显衰退。“当然啰,”柏格森先生也许会这样对布特鲁先生说,如果挪威哲学家的话可信,“如果有时服用安眠药,而且剂量不多,我们日常生活的牢固记忆就不会受到影响,因为这种记忆在我们脑子里根深蒂固。但是,还有另一些记忆,更为高级,也更不稳定。我的一位同事教古代史。他曾对我说,如果他前一天晚上吃了一片安眠药睡觉,他在课堂上就很难想起他需要引用的希腊语录。而给他开这些药片的大夫却肯定地对他说,药片对记忆没有影响。”——“这也许是因为您不需要引用希腊语录。”历史学家回答说,语气中不乏自豪和揶揄。

我不知道柏格森先生和布特鲁先生之间是否有过这次谈话。挪威哲学家虽说思想深刻,表达清楚,全神贯注而又十分热情,但也可能理解有误。我个人的经验使我得出相反的结论。服用某些麻醉药之后第二天出现的遗忘,跟不服药而夜里沉睡的遗忘只有部分相似,但这种相似使人困惑。然而,我在这两种情况下遗忘的

---

① 参见本卷第349页注②。在1920年9月的会议上,布特鲁也是布吕芒塔尔奖评委。在那次会议上,普鲁斯特和柏格森可能就睡眠问题交换过看法。

② 亨利·柏格森(1859—1941),法国哲学家,生命哲学与直觉主义的主要代表之一,创造进化论的提出者。创用“生命冲动”和“绵延”二词来解释生命现象。获1928年诺贝尔文学奖。

东西，不是"像扬琴一样"使我听得厌烦的波德莱尔的某个诗句[①]，不是这里引述的一位哲学家的某个概念，而是我睡着时身边普通事物的实际状况，但我对这些事物并未感知，因此就成了疯子；如果我醒来后脱离人为的睡眠状态，我能像另一天那样出色地谈论的就不是波菲利[②]或普罗提诺[③]的体系，而是我答应的对一次邀请的答复，但对那次邀请的记忆已是一片空白。高雅的观念仍在原处；因服用安眠药而失效的是对小事的影响能力，无法影响一种事情，这种事需要进行活动才能及时控制和抓住日常生活中的某件往事。虽说我们在脑子毁坏之后还能对幸存的问题说出种种看法，但我仍然发现，脑力的每次损坏都说明人身的部分死亡。我们拥有我们所有的往事[④]，即使我们没有回想起这些往事的能力——这是伟大的挪威哲学家在转述柏格森先生的话，但我为了不放慢速度，就没有模仿他的言辞。即使没有想起这些往事的能力。但什么是我们不能想起的往事？或者我们说得更远一点。我们不能想起最近三十年的往事，但这些往事使我们完全沉浸其中，那为什么又局限于三十年呢？为什么不延伸到出生以前的生活

---

① 指波德莱尔献给让娜·迪瓦尔的最后一首诗，钱春绮的《恶之花》中译本中为第四十一首，无题："对你的怀想，如无稽的传奇，/虽像扬琴一样使读者听得厌烦，/却由一种和合友好的神秘链环，/永远挂在我这高傲的韵脚之上。"

② 波菲利(234 —305)，古罗马哲学家，新柏拉图派中亚历山大—罗马派的主要代表之一。师事普罗提诺。曾将普罗提诺的著作编纂成《九章集》，还撰有《普罗提诺传》。对西欧中世纪形式逻辑的研究影响颇大。

③ 普罗提诺(约 205—270)，古希腊哲学家。新柏拉图派最重要的代表。他在新柏拉图派中建立的派别称为亚历山大—罗马派。以更神秘的形式改造了柏拉图的理念论，提出了太一说、流溢说和灵魂解脱说。他的思想对基督教的教父哲学，特别是中世纪的神学与哲学影响很大。

④ 这确实是柏格森在《梦》中的看法："不错，我认为我们过去的生活在那里，连微不足道的细节也保存了下来，我认为我们什么也没有忘记，认为我们在意识首次觉醒后感到、想到和想得到的一切都会始终存在。"因此，梦被认为是过去的复现，是被消除的过去的复现。

呢？我记不起我一大部分往事，这些往事我已无法看到，也没有能力把它们想起，这时，有谁会对我说，在我不知道的这个**整体**里，有些往事是我出生以前的事？如果我脑中和我周围会有这么多我想不起来的往事，那么，这遗忘（至少是事实上的遗忘，因为我没有能力看到任何事情）就可能涉及我在另一个人身上体验到的一种生活，甚至是另一个星球上的生活。同一种遗忘会使一切消失殆尽。但在这种情况下，挪威哲学家肯定确有其事的灵魂不灭又意味着什么？我死后的这种存在，没有理由会想起我出生后的这个人，而我出生后的这个人，也不会想起我出生前的那个人①。

贴身男仆进来了。我没有对他说我摇了好几次铃，因为我这时知道，我此前只是在梦中摇铃。但我仍然害怕地想到，这梦就像亲眼目睹那样清晰。亲眼目睹时，难道也会有梦中不真实的感觉？

但是，我问男仆，谁在夜里摇了这么多次铃。他对我说，没有人摇过，而且可以肯定，因为摇过铃，“表”上会有记录。然而，我听到反复响起的铃声，声音近于愤怒，现在还在我耳边回响，在好几天时间里我还会听到。然而，睡眠像这样把回忆抛到醒来后的生活之中，回忆并未跟睡眠一起消失，这种情况实为罕见。这样的陨石屈指可数。即使这是睡眠造就的一种想法，它也会很快分解成无法找回的碎片。但是，这时睡眠产生的是声音。这种声音更加具体也更为简单，因此持续的时间更长②。男仆把当时的时间告诉我，我因时间还早而感到惊讶。但我还是得到了休息。这是

---

① 柏格森在题为《灵魂和肉体》（收入《精神的力量》一书）的另一次讲座里认为，灵魂不灭的假设源于一种观察，那就是我们也拥有我们想不起来的那些往事，这就说明思想的生命比大脑的生命更能得到扩展，并提出思想的生命在大脑的生命结束后仍会存在的问题。

② 柏格森在《梦》中写道：“必须确定对自我的一种关键性经验：梦结束后——既然做梦时几乎不能自我分析——我们会注视从睡眠到醒来的过程，会尽量接近这种过程：我们关注基本上属于不注意的状况，就会从醒来的角度发现人在睡觉时还存在的思想状况。”普鲁斯特的这段文字确定了这种经验。

浅睡，持续时间长，因为这是醒来和睡眠之间的中间状态，对醒来的概念有点模糊，但始终存在，需要更多的时间才能使我们得到休息，而沉睡却可以时间短暂。我感到十分舒服，还有另一个原因。我们只要想起自己累了，就会觉得疲惫不堪，而想到"我休息过了"，就会心里平静。然而，我梦见德·夏吕斯先生已有一百一十岁，打了他母亲两记耳光；我梦见维尔迪兰夫人买了一束紫罗兰竟花费五十亿；我于是确信自己曾经酣睡，做的梦跟我醒来时的看法截然不同，跟日常生活中可能出现的情况完全相反，这足以使我感到已得到充分休息。[①]

我母亲无法理解，德·夏吕斯先生在维尔迪兰家为何如此殷勤，如果我告诉她（而且恰恰是在给阿尔贝蒂娜订购无边软帽的那天，我没有把这事告诉阿尔贝蒂娜，是想让她到时候惊喜），德·夏吕斯先生来到巴尔贝克大旅馆的一个餐厅是跟谁共进晚餐，我母亲一定会感到十分惊讶。应邀者不是别人，而是康布尔梅夫妇一个表妹的跟班。这个跟班穿着十分优雅，他跟男爵一起穿过前厅，在那些旅游者的眼里"俨然是社交界人士"，圣卢如看到准会这样说。穿制服的年轻服务员，那些"利未人"，正成群结队地从神殿的阶梯上走下来，因为这时是交班的时候，他们甚至没有注意这两位来客，其中一位是德·夏吕斯先生，他低垂着眼睛，非要显出对他们不屑一顾的样子。他仿佛是在他们中间挤出一条道路。"你们要幸福，神圣的民族的珍贵希望[②]。"他想起拉辛的诗句就说，但引述时赋予完全不同的含义。"我没听清楚，请再说一遍好吗？"跟班对古典作品了解甚少，就提出这一请求。德·夏吕斯

① 法国七星丛书版后面不空行，另起一行接排。

② 引自拉辛的悲剧《以斯帖》第一幕第二场第 125 行诗句，是以利丝对合唱队说的话，普鲁斯特误认为是《亚他利雅》中约示巴的话。

先生置之不理，因为他相当高傲，对别人的问题不屑回答，就仍然笔直往前走，仿佛旅馆里没有别的顾客，仿佛这世上只有他夏吕斯男爵一人。他继续说出约示巴的诗句："来吧，来吧，姑娘们[1]"，但说出后却感到厌烦，就不像她那样说："得把她们叫来"，因为这些姑娘还不到性成熟的年龄，德·夏吕斯先生不会喜欢。另外，他写信给德·谢弗里尼夫人[2]的跟班，是因为他对这跟班的顺从毫不怀疑，但他希望此人更有阳刚之气。他跟这跟班见面后，觉得此人娘娘腔，并非他之所好。他对跟班说，他可能认错了人，因为他看到过德·谢弗里尼夫人的另一个跟班，是在马车上看到的。那是个土里土气的乡下人，跟眼前这个跟班完全不同，这个跟班把自己的矫揉造作看成优点，确信自己因具有社交界人士的优点才把德·夏吕斯先生给迷住，他甚至不清楚男爵说的是谁。"但我只有一个同伴，您是不会喜欢的，那个人样子吓人，像个粗壮的农民。"他想到男爵看到的可能是那个粗人，就感到自尊心被刺伤。男爵猜出他的感受，就扩大调查的范围："但我并未有特殊的愿望，不是只想认识德·谢弗里尼夫人的下人。"他说。"既然您马上要走，您是否能在这里或巴黎给我介绍您在这一家或那一家的多名同伴？"——"哦！不行！"跟班回答道，"我不跟我这个阶层的任何人来往。我跟他们说话，只是当差的需要。但有个很好的人，我可以介绍给您。"——"是谁？"男爵问。"盖尔芒特亲王。"德·夏吕斯先生听了生气，因为给他推荐的是这种年龄的男人，另外，要认识亲王，他也不需要一个跟班来介绍。因此，他口气生硬地谢绝了这一推荐，他不让自己因这个仆人像社交界人士那样自命不凡而泄气，就再次对仆人解释他想要的人属于哪一种、哪一类型，

① 引自拉辛的悲剧《以斯帖》第一幕第二场第 112 行诗句，是以斯帖对合唱队说的话，但普鲁斯特又误认为是《亚他利雅》中约示巴的话。

② 法国七星丛书版为：德·谢弗勒尼夫人。

譬如赛马骑师那样的人。他怕这时走过的公证人听到他的话，便自作聪明，表明他说的决不是别人会以为他说的那种话，并用强调的口气说出，仿佛不是在对一个人说话，但又像是在继续谈话："是的，尽管我已有这把年纪，我仍然喜欢收藏小玩艺儿，喜欢漂亮的小玩艺儿，我会花大价钱去买古代青铜器和古老的分枝吊灯。我非常喜欢美的事物。"但是，德·夏吕斯先生要让跟班明白他为何如此迅速地转换话题，就在说出每个字时都加重语气，另外，为了让公证人听到，他像叫喊那样把每个字大声说出，结果他演出的这出戏却足以泄露他想掩盖的秘密，只要听者的耳朵比这位司法助理人员更加灵敏。但公证人却丝毫没有听出，旅馆的其他顾客也是如此，他们看到这跟班衣冠楚楚，都以为他是优雅的外国人。然而，社交界人士会看走眼，以为他是十分潇洒的美国人，但他只要在仆人们面前一露面，他们就会猜出他的身份，这就像一个苦役犯能认出另一个苦役犯，认出的速度甚至更快，在远处就能闻出他的气味，如同一只野兽能被某些野兽闻出。一排排服务员的领班都抬起眼睛。埃梅投以怀疑的目光。酒务总管耸了耸肩，用手捂着嘴说话，因为他觉得这样有礼貌，他说了句得罪人的话，大家全都听到。我们年老的弗朗索瓦丝，当时正低垂着眼睛在楼梯下面走过，到"邮件处"去吃晚饭，这时连她也抬起头来，认出了一个仆人，而旅馆的客人在那里不会怀疑他是仆人，她就像老奶妈欧律克勒亚认出尤利西斯，比那些坐着大吃大喝的求婚者要早得多[1]，她看到德·夏吕斯先生和跟班亲热地一起走着，就显出难受的表情，仿佛她已听说但并未相信的恶言毒语，这时突然在她眼前变成令人痛心的事实。她从未跟我和其他任何人说起过这件事，但此事想必使她伤透了脑筋，因为到后来，她每当在巴黎看到她以前非常

---

① 老奶妈欧律克勒亚在尤利西斯（奥德修斯）乔装打扮回到故乡伊萨基后，因替他洗脚看到膝下有伤疤而最早认出了他。参见《奥德赛》第十九卷第 467—475 行诗。

喜欢的“朱利安”，总是对他彬彬有礼，但这种礼貌已变得冷淡，而且总带有很多保留的成分。这件事却使另一个人对我吐露隐情，那就是埃梅。我跟德·夏吕斯先生交错而过时，他没有想到会遇到我，就举起手对我叫了声“晚上好”，说时十分冷淡，至少看上去如此，就像大贵族那样认为可以为所欲为，觉得最好还是装出毫不隐瞒的样子。然而，埃梅在此刻用怀疑的目光看着他，看到我在对他施礼，而埃梅确定无疑地看出他的同伴是个仆人，就在当天晚上问我他是谁。一段时间以来，埃梅喜欢跟我交谈，或者如他所说，喜欢跟我“讨论”，这也许是为了表明我们的交谈具有他认为的哲学味。我常常对他说，我感到不舒服的是，我吃晚饭时他站在我旁边，而不是坐下来跟我一起吃饭，但他声称从未见到过“如此通情达理”的顾客。这时他正在跟两个侍者说话。他们对我施礼，我不知道为什么觉得他们的脸陌生，虽说他们谈话时的嘈杂声我并不觉得新鲜。埃梅教训了这两个人，因为他们订婚的事他都不赞成。他请我当证明人，我说我不认识他们，不能发表意见。他们又把自己的名字告诉了我，并说他们曾在里弗贝尔经常伺候我。但他们中一人留了小胡子，另一人则把胡子刮掉，还把头发剪得很短，正因为如此，虽说他们的脑袋没变，仍在他们肩上（而没有更换脑袋，如同巴黎圣母院没按原貌修复那样[①]），但我却无法看出，就像有些物品，仔细搜查时无法找到，其实被扔在壁炉上，就在众人眼前，却没有被他们发现[②]。但我得知他们的姓名之后，立刻听出他们像变幻不定的音乐的说话声，因为我又看到他们以前的面

① 指维奥莱—勒迪克于 1844—1864 年修复法国大革命期间损坏的巴黎圣母院的塑像，被认为犯有不可原谅的错误。

② 可能指爱伦·坡的短篇小说《被窃之信》，波德莱尔曾将其译成法语。小说叙述王宫中一封重要信件被劫，并得知是一位大臣用另一封相似的信替换后窃走。但在该大臣家里搜索却一无所获，原来窃件人未把信藏在隐秘之处，而是放在壁炉上十分显眼的卡片架上。

貌,跟他们的声音也就联系起来。“他们想结婚,但他们连英语都不懂!”埃梅对我说。他并未想到,我对旅馆业知之甚少,很难理解不懂外语就无法晋升。而我以为,他会轻而易举地知道,刚来吃晚饭的人是德·夏吕斯先生,我甚至认为,他应该会想起他,因为我第一次来巴尔贝克时,男爵来此看望德·维尔帕里齐夫人,埃梅曾在餐厅里侍候过男爵,但我还是对埃梅说出男爵的姓氏。然而,埃梅想不起夏吕斯男爵,而这个姓却对他产生深刻印象。他对我说,他第二天会在自己的衣物里找一封信,并说我也许会对他作出解释。我更加惊讶的是,在第一年来巴尔贝克时,德·夏吕斯先生想把贝戈特的一本书送给我,他特地叫人让埃梅帮忙[①],他后来想必在巴黎一家饭馆找到了埃梅,就是我跟圣卢及其情妇共进午餐的那家饭馆,当时德·夏吕斯先生去那里监视我们[②]。不错,埃梅不能亲自完成这两个差事,因为第一次他已躺下睡觉,而第二次他正在伺候客人。但我非常怀疑他的诚实,因为他声称不认识德·夏吕斯先生。一方面,他必须使男爵满意。埃梅跟巴尔贝克旅馆各个层楼的领班一样,也跟盖尔芒特亲王的多名贴身男仆一样,属于一个家族,这个家族比亲王的家族更加古老,因此也更加高贵。有人要一间餐厅,起初以为只有他一人。但他很快发现配餐室里有个雕像般优美的侍应部主任,属头发红棕的伊特鲁里亚人的类型,埃梅则是其中的典型,因香槟酒喝得过多而有点见老,并看到喝孔特雷克塞维尔[③]矿泉水的时间到了。并非所有的顾客都要他们来伺候。那些伙计年轻、谨慎,办事匆忙,因城里有情妇在等着他们,就全都溜之大吉。因此,埃梅责备他们不认真。他有权责备他们。他可是十分认真。他有妻子和孩子,有雄心壮志是为了家

---

① 参见本书第二卷第 344 页。

② 参见本书第三卷第 167—168 页。

③ 孔特雷克塞维尔是法国孚日省市镇,产矿泉水,是温泉疗养地。

人。因此，如果有外国女子或男子对他示爱，他不会拒绝，即使要整夜相陪。因为工作是第一位的。他正是德·夏吕斯先生喜欢的那种人，因此他对我说不认识德·夏吕斯先生，我就怀疑他在说谎。但我错了。那听差当时确实对男爵说埃梅（他第二天痛骂了那个听差）已躺下睡觉（或外出了），而另一次则说他正在伺候客人。但是，想象超越了真实情况。那听差局促不安的样子，也许使德·夏吕斯先生更加怀疑他的道歉是否真诚，而怀疑则伤了他的感情，但埃梅并未猜到他的感情。我们也可看到，圣卢不让埃梅到马车那里去，德·夏吕斯先生就再次感到失望，不过，我不知道他是如何打听到这个侍应部主任的新地址的。埃梅并未注意到这点，就感到我们可以想象的惊讶，因为我跟圣卢及其情妇共进午餐的那天晚上，他收到一封信，盖有盖尔芒特家族纹章的蜡封印，我在此引述信里的几段文字，以说明聪明人对明智的笨蛋的狂热单相思[①]。"先生，我未能成功，虽说我作出的努力会使许多人惊讶，这些人徒劳地想要得到我的接待和问候，我未能使您同意倾听您没有要求我作的一些解释，但我觉得作出这些解释，是考虑到我和您的尊严。因此，我在此给您写信，但这些话亲口对您说出也许更加方便。我不瞒您说，我第一次在巴尔贝克看到您，您的相貌简直使我反感。"接下来是对相貌相像的一些看法，这种相像到第二天才发现，是跟一位已故的朋友相像，德·夏吕斯先生曾十分喜欢那位朋友。"于是，我在一时间想到，您可以在不影响您职业的情况下，前来跟我一起打牌，打牌的乐趣能消除我的悲伤，使我产生朋友并未去世的幻觉。您可能作出多少有点愚蠢的假设，一个服务员能够理解（这个服务员甚至不配这个称号，因为他不愿服务），

---

① 马塞尔·普朗特维涅指出，夏吕斯写给埃梅的信，跟普鲁斯特在 1908 年 8 月写给他的一封信的口气十分相像。参见马塞尔·普朗特维涅《跟马塞尔·普鲁斯特在一起》，尼泽出版社，1966 年，第 98 页。

但不能理解如此崇高的感情，您的假设不管性质如何，您也许以为能装出大人物的模样，不知道我是何人，是干什么的，我派人请您去拿一本书，您却叫人来回话说您已躺下睡觉，然而，您这是错误地认为，耍花招就能显得优雅，而您根本就没有优雅的风度。如果明天我无法跟您说上话，我就跟您一刀两断。您跟我那可怜的朋友如此相像，连您下巴突出、令人难受的丑相我也看不出来，我因此知道，是已故的朋友在此刻把他赏心悦目的表情赋予了您，使您能把我吸引，您就没有错失遇到的唯一良机。既然这一切已失去追求的对象，既然我在这一生中已没有机会跟您相遇，虽说我不想在这些事中掺杂粗俗的利益问题，我仍然会极其高兴地听从死者的请求（因为我相信众圣徒的密切配合，相信他们有干预活人命运的愿望），跟您一起行事就像跟他在一起那样，他生前有自己的马车和仆人，而我却十分自然地把我的大部分收入花在他的身上，因为我爱他就像爱亲生儿子。但您却作出完全不同的决定。我请您给我去拿一本书，您却让人回话说您要出去。今天上午，我派人叫您到我的马车上来，如果我这样说未犯渎圣罪，那您就是第三次背弃了我。您一定会原谅没在这信封里放入一大笔小费，这小费我在巴尔贝克时就想给您，但我觉得很难对一个我在一时间认为能同甘共苦的人这样做。您最多能使我不在您的餐厅里对您作出第四次徒劳的尝试，因为在作出这次尝试之前，我可能已失去耐心。（这时，德·夏吕新先生留下自己的地址，指出在哪些时间能找到他，等等。）再见了，先生。正如我认为的那样，您跟我失去的那位朋友如此相像，就不会十分愚蠢，否则的话，面相术就是一门伪科学，我因此确信，您如在有朝一日想起这件事，一定会感到些许遗憾和内疚。在我这方面，您要相信，说句真心话，我不会有任何痛苦。我倒更喜欢在我们分开之后，能留下的回忆不要像第三次徒劳的尝试这样坏。这次尝试将很快被遗忘。我们就像一艘艘船，您有时想必在巴尔贝克看到，它们会在一时间交错而过，如果交错而过的两艘船停下来，对它们都有好处，但其中一艘船作出不同的决定，于是，它们很快就无法在海面上看到对方，相逢的印象随之消失，但在这最后分离之前，它们彼此打了招呼，这就是这里做的事，先生，祝您好运，夏吕斯男爵。”

埃梅甚至没有把信看完，他对信的内容一点也不懂，怀疑是个骗局。我对他说男爵是什么人，他显得有点迷惘，感到了德·夏吕斯先生预言的那种遗憾。我不敢肯定地说，他当时没有写信给那个会把马车送给朋友的人以表示道歉。但在这段时间里，德·夏吕斯先生认识了莫雷尔。德·夏吕斯先生跟莫雷尔的关系也许最多是柏拉图式的精神恋爱，因此他有时要在晚上找个伴，就像我刚才在前厅里遇到的那个人。但他那强烈的感情无法再从莫雷尔身上移开，几年前，这种感情还毫无拘束，只想固定在埃梅身上，就口述了那封我为德·夏吕斯先生感到尴尬的信，信是侍应部主任拿给我看的。那封信因德·夏吕斯先生那种违背社会准则的爱情，而成为难以觉察的强大力量的一个更加触目惊心的例证，这种力量为激情的潮流所拥有，恋爱者如同在不知不觉中被潮流席卷的游泳者，很快就看不到陆地。恋爱者如接连不断地杜撰自己的欲望、后悔、失望和计划，构想出他对一个素不相识的女子的离奇爱情故事，一个正常男子的爱情可能也会跟正常的规则有很大的差别。而现在这种差别仍然特别大，是因为这种爱情是单相思，也因为德·夏吕斯先生和埃梅的社会地位不同。

我每天跟阿尔贝蒂娜一起出去。她决定重新开始绘画，并首先选择到圣约翰—拉埃兹的教堂去画画，那教堂已无人参观，知者也寥寥无几，很难找到去那里的路，没人带路就无法找到，要走很长的路才能到达那偏僻的教堂，教堂离埃普勒维尔火车站有半个多小时的路程，而凯特奥姆村的最后几幢房子，则早已落到后面。对 Épreville（埃普勒维尔）这个地名，我觉得本堂神甫的那本书和布里肖提供的资料说法不同。一个说埃普勒维尔以前是 Sprevilla

（斯普勒维拉），另一个指出其词源为 Aprivilla（阿普里维拉）。我们第一次乘上跟去菲泰尔纳的方向相反的小火车，也就是朝格拉普瓦斯特[①]的方向开。当时是三伏天，午饭后马上出发已是酷热难忍。我本来不想这么早就出去，明亮而又灼热的空气使人无精打采，想要凉快。这空气充满了我母亲的房间和我的房间，因房间的朝向不同，室温也就不同，浴疗的房间也是如此。妈妈的盥洗室被阳光照得如饰花彩，像摩尔式建筑那样洁白、亮堂，四壁灰泥剥落，被阳光一照，如同沉入井底一般，而上面的方形天窗洞开，只见天上如有柔美、重叠的波浪在相互翻滚，仿佛（因有这种欲望）平台上设有水池（或是从放在窗子上的镜子里映照出来），池里灌满蓝色的水，供沐浴之用。虽然天气炎热，我们仍去乘一点钟的火车。但阿尔贝蒂娜在车厢里觉得很热，长途步行就更热，我怕她会着凉，因为此后她要一动不动地待在阳光照不到的潮湿空间里。另一方面，自从我们去看望埃尔斯蒂尔之后，我发现她不仅喜欢生活奢侈，而且还喜欢舒适，但她没钱，就无法过这种生活，因此，我就跟巴尔贝克的一个租车商谈好，请他每天派一辆车来接我们。为了能凉快些，我们取道尚特皮森林。那里有无数看不见的鸟儿，有些是海鸟，在我们旁边的树上应和，使人有闭目养神的感觉。我坐在阿尔贝蒂娜身旁，她在车子里用胳膊把我抱住，我倾听着这些海洋仙女歌唱。我偶然看到其中有这样一个乐师，从一片树叶飞到另一片树叶下面，从表面上看他和他的歌声几乎没有联系，我就不相信这歌声是从这跳跳蹦蹦、惊慌失措和两眼无神的娇小、卑微的躯体中唱出[②]。车子无法把我们一直送到教堂。我让车停在凯特奥姆村的出口处，跟阿尔贝蒂娜说声再见。因为她跟我说起这

① 原文为 Grappevast，法国七星丛书版中为 Grattevast（格拉特瓦斯特），并说初版本上是这样写的。

② 这句话跟本书第二卷第 294 页的一句话基本相同。

座跟其他古迹相似的教堂以及某些画,使我感到害怕:“要是能跟您一起观赏,该有多么快乐!”这种快乐,我觉得无法让她感到。我看到美的事物感到快乐,只有在我独自一人之时,或者自以为独自一人时,而且我要默不作声。但既然她认为只有跟我在一起才有艺术感受,而艺术感受却无法这样得到,我觉得谨慎的做法是对她说我先离她而去,到傍晚再来接她,但又说在这段时间里,我得坐车回去拜访维尔迪兰夫人或康布勒梅夫妇,或者跟妈妈一起在巴尔贝克待一个小时,但决不会走得更远。至少开始时是这样。阿尔贝蒂娜有一次任性地对我说:“真没劲,大自然把事情安排得如此糟糕,把圣约翰—拉埃兹放在这边,把拉斯珀利埃尔放在那边,我们只好整天被囚禁在自己选择的地方。”因此,我收到无边女帽和面纱之后,就自寻烦恼,立刻在圣法尔若(据本堂神甫的书是 Sanctus Ferreolus[①])订了一辆汽车。这事我没让阿尔贝蒂娜知道,她来找我时,听到旅馆前有发动机的隆隆声,感到十分意外,她听说这汽车是供我们使用的,不禁喜出望外。我让她到我楼上的房间里来一会儿。她高兴得跳了起来。“我们去看望维尔迪兰夫妇?”——“是的,但您最好别穿这身衣服去,因为您有自己的汽车了。拿着,您戴着会更好看。”我拿出事先藏好的帽子和面纱。“这是给我的? 噢! 您真好。”她扑过来搂住我大声说道。埃梅在楼梯上遇到我们,为阿尔贝蒂娜优雅的穿着和我们的交通工具感到骄傲,因为这种汽车在巴尔贝克还十分罕见,他高兴地跟着我们下楼。阿尔贝蒂娜想让人看看她新的打扮,就请我叫司机把顶篷支起,等过后再放下,这样我们待在一起会更加自由。“喂,”埃梅对他还不认识的司机说,但司机纹丝不动,“你没有听到叫你把车篷支起?”埃梅长期在旅馆生活,而且已有优越的地位,因此十分世故,不像马车夫那样胆怯,在马车夫眼里,弗朗索瓦丝是一位

① 其词源已由布里肖说出。参见本卷第 351 页。

“夫人”;虽说没有预先介绍,他对没有见到过的平民百姓都以“你”来相称,对方弄不清他是出于贵族的傲慢,还是因为老百姓的亲热。“我没空,”司机这样回答,是因为不认识我,“我的车是为西莫内小姐订的。我不能给先生开车。”埃梅听了不禁放声大笑。“瞧你这个糊涂虫,”他对司机回答道,并立刻就把对方说服,“这位正是西莫内小姐,而要你把车篷撑高的先生,就是你的主顾。”从个人来讲,埃梅对阿尔贝蒂娜并无好感,他是看在我的面上才对她的穿着感到骄傲,这时他悄悄对司机说:“你要是每天给这样的公主开车,嗯!该有多好!”这可是第一次,我不再像前几天那样,在阿尔贝蒂娜画画的时候独自一人去拉斯珀利埃尔,这次她想跟我一起去。她以为我们可以在沿路的一些地方停车,但认为我们不能先去圣约翰—拉埃兹,也就是朝另一个方向开,并去兜风,这种事似乎要到另一天才能办到。但她却从司机那里得知,要去圣约翰再方便也没有了,二十分钟就能到达,我们可以如愿以偿地在那里待好几个小时,或者往前开到更远的地方,因为从凯特奥姆开到拉斯珀利埃尔,他用的时间不会超过三十五分钟。汽车开动后,我们立刻理解了他的话,车子一越而过的距离,一匹俊马要走二十步。距离只是空间和时间的关系,并因时间的变化而变化。我们表示去一个地方有多么困难,就说有多少古法里、有多少公里,但在困难减少之后,这种计算方法就变得跟事实不符。表示的方法也会随之改变,因为一个村庄对另一个村庄来说,仿佛是另一个世界,但在空间的维度改变之后,它们就彼此相邻。不管怎样,如果得知存在着这样的世界,在那里二加二等于五,直线并非是从一点到另一点的最短距离,阿尔贝蒂娜也许就不会感到十分惊讶,而她听到司机对她说的话,却感到非常惊讶,因为司机说,在一个下午可以轻易地同时去圣约翰和拉斯珀利埃尔,杜维尔和凯特奥姆,老城圣马尔斯和旧城圣马尔斯,古维尔和巴尔贝克老城,图维尔和菲泰尔纳,这些成对的地方,以前如同封闭在两个密室,只能分别在两天前往，就像以前的梅塞格利兹和盖尔芒特[1]，一个人无法在一个下午看到两个地方，而现在它们被脚穿一步能跨七法里的靴子的巨人解放出来，在吃下午点心的那段时间里，就能看到两地的钟楼和塔楼，看到它们古老的花园，只见附近的树林急忙把花园展现。

汽车开到上峭壁的道路，一下子就冲了上去，不断发出声响，如同磨刀霍霍一般，只见下降的海面在我们下面扩展开来。蒙叙旺古老的农舍一幢幢飞驰而来，簇拥着屋边的葡萄园或玫瑰园；拉斯珀利埃尔的冷杉，比晚风吹起时摇晃得更加厉害，这时往四处逃窜避开我们，我从未见到过的一个新仆人，来到台阶上给我们开门，而园丁之子显得早熟，贪婪地盯着汽车发动机的部位观看。那天不是星期一，我们不知道能否见到维尔迪兰夫人，因为除了她接待的那天，在其他日子出其不意地去看望她就显得冒失。当然啰，她"基本上"待在家里，这话斯万夫人在组成自己的小宗派时也在使用，是用稳坐钓鱼台的办法来吸引客人，即使往往收效不大，并被曲解为"原则上"，只是表示"一般来说"，也就是例外的情况众多。维尔迪兰夫人喜欢外出，她把女主人的义务抛到九霄云外，如有客人来吃午饭，在喝过咖啡、饮料并抽过香烟之后（虽说因天气炎热和吃饱后需要消化，客人们开始感到昏昏欲睡，更喜欢透过平台上的树叶，观看泽西岛的客轮在珐琅般的大海上驶过），就立刻安排一系列兜风，客人们被迫坐上马车，不由自主地被拉到一个个景点，这种景点在杜维尔周围多如牛毛。不过，（在费力地站起身来并登上马车之后）这第二部分的活动并未使客人们十分扫兴，在吃了美味佳肴和喝了美酒或苹果汽酒之后，清新的微风和景点的美景很容易使人陶醉。维尔迪兰夫人让外地人观赏的这些景

---

① 汽车似乎揭示了主人公在《阿尔贝蒂娜失踪》末尾的发现：盖尔芒特那边和梅塞格利兹这边可以合在一起。

点，有点像她花园住宅（或远或近）的附属地产，既然来她家吃午饭，就不能不去观看，再说，如果不到老板娘家里来做客，也就看不到这些景点。不过，这种霸占兜风专利权的要求，如同霸占莫雷尔演奏的专利权，在过去则是霸占德尚布尔演奏的专利权，并强行使景色成为她小宗派的组成部分，并非像刚知道时那样显得荒谬绝伦。维尔迪兰夫人嘲笑的不仅是格调不高，在她看来，康布勒梅夫妇在拉斯珀利埃尔的室内陈设和园林布置就是如此，她还嘲笑他们在附近兜风或请客人兜风时缺乏新意。在她看来，拉斯珀利埃尔只有在成为小宗派聚会地之后，才呈现出它应该呈现的面貌，同样，她肯定地说，康布勒梅夫妇坐在他们的敞篷四轮马车里，沿着铁路、海边行驶，总是行驶在周围地区唯一一条难看的道路上，他们一直住在这个地区，却对当地并不了解。这番话有一定的道理。康布勒梅夫妇循规蹈矩，缺乏想象力，对这一近在眼前却似乎听腻的地区不感兴趣，因此出门总是去同样的地方，走同样的道路。当然啰，他们觉得维尔迪兰夫妇十分可笑，竟要向他们介绍当地的风土人情。不过，如果他们被逼得走投无路，非要他们当导游，即使他们的马车夫也不能把我们带到隐秘的胜景，而维尔迪兰先生带我们去的正是这种胜地，只见他在此处打开一座废弃私宅的栅栏门，其他人决不会想到要来这里，或在那里下车，沿着一条马车无法行驶的小路往前走，去这种地方，都会得到某种回报，观赏到美妙的景色。另外，我们要说，拉斯珀利埃尔的花园，是在周围几公里进行兜风所看到的种种美景的缩影。首先是因为它居高临下，一边能看到山谷，另一边则看到大海，其次是因为即使只从一边观看，如从大海那边看，在树木中间也会开出一条条通道，因此，这里看是这样的地平线，那里看地平线又完全不同。在每个观光点都有一条长凳，你依次坐在这些长凳上，就会先后看到巴尔贝克、帕维尔和杜维尔。即使在同一个方向，也会有一条长凳，放在有点陡峭的悬崖上，或是放在靠后一点的地方。从这些景点可看到绿树的近景，以及似乎是最为宽阔的地平线，但这地平线会无限伸展，只要你继续从一条小路往前走，一直走到下面一条长凳，就能看到喧闹的大海的全貌。你在那里能清楚地听到波涛的声音，相反，这涛声传不到花园深处，在那里，波涛虽能见到，却不闻其声。这些休息之处，在拉斯珀利埃尔对于房屋主人来说，具有“景观”之称。确实，它们在城堡周围囊括了周围地区、海滩或森林最美丽的“景观”，这些地方在看到时因距离远而缩得很小，如同哈德良把各地著名建筑物缩小后建在自己的别墅之中①。“景观”这个词前面的名称，不一定是海边的一个地名，而往往是海湾对面的海岸，你在广阔的全景中看到时仍然有某种立体感。你可以在维尔迪兰先生的书房里拿一本书到“巴尔贝克景观”去看一个小时，同样，如果天气晴朗，你可以到“里弗贝尔景观”去喝饮料，只要风不是太大，因为虽说海岸两边都植有树木，那里的风还是很大。我们回过来谈维尔迪兰夫人在下午组织的乘车游览，老板娘如在回来后看到某个社交界人士“路过海边”时留下的名片，就装出欣喜若狂的样子，并对未能接待来客表示遗憾（虽说客人只是来看看“屋子”，或是为了能有朝一日结识一位拥有著名艺术沙龙但在巴黎无法经常交往的女士），就让维尔迪兰先生迅速邀请此人在下个星期三来吃晚饭。但游客往往必须在此之前回去，或者怕回去太晚，因此维尔迪兰夫人说定，星期一下午吃点心时一定能找到她。下午吃点心的习惯并不多见，我知道巴黎最引人注目的下午点心，是在盖尔芒特王妃、德·加利费夫人或德·阿帕雄夫人的府上。但这里并非巴黎，迷人的环境并未使我感到聚会愉快，而是使我觉得客人高雅。遇到某个社交界人士，在巴黎不会使我感到任何乐趣，而在拉

① 哈德良（76—138），古罗岛皇帝（117—138）。采取谨守边境政策，与安息缔和，筑哈德良长墙。发兵镇压犹太人起义，陷耶路撒冷，强迫犹太人转徙异域。提倡法学研究，奖励文化艺术。这里指他在罗马东部蒂沃利所建的哈德良别墅，别墅中的建筑物使人想起他看到过的著名建筑。

斯珀利埃尔，他途经菲泰尔纳或尚特皮森林远道而来，相遇的性质和重要性随之改变，成为愉快的意外事件。有时是我非常熟悉的一个人，我不用走一步就能在斯万家里见到他。但在这悬崖之上，他的名字却十分好听，如同在一座剧院经常听到的一位演员的名字，这名字用另一种颜色印在一次非同寻常的盛大演出的海报上，知名度因出人意料的情况而突然倍增。在乡村，大家都不拘束，社交界人士往往乐意把朋友们带到他小住的主人家里，像道歉那样悄悄地对维尔迪兰夫人说，他在他们家居住，总不能把朋友甩掉；相反，他对这些客人装出礼貌的样子，让他们在单调的海滩生活中体验这种娱乐活动，前往陶冶情趣的地方，参观一座华丽的住宅，吃一顿美味的下午点心。这样就立刻把好几位二流人士聚集在一起；在花园的一个角落里种上几棵树，在乡下是司空见惯的事，但在加布里埃尔大街或蒙索街就显得极其优美，那里只有百万富翁才能欣赏到这种美景，相反，巴黎晚会上的二流贵族，星期一下午出现在拉斯珀利埃尔就身价百倍。他们围坐在餐桌旁，桌上铺着绣有红色图案的台布，窗间墙上挂着单色画，他们刚坐下就端来了烘饼、诺曼底千层酥、船形馅饼，馅饼里全是红珍珠般的樱桃，还有称为“外交家”的蜜饯布丁，这些客人从敞开的窗户看到深沉的蓝天在靠近，而别人又不能不同时跟他们一起看到，就立刻经受深刻的变化，变得更加珍贵。更有甚者，甚至在看见他们之前，当客人在星期一来到维尔迪兰夫人家里时，有些人在巴黎对停在豪华公馆门前的漂亮马车只是习惯性地投以厌倦的目光，现在看到有两三辆破旧的游览马车停在拉斯珀利埃尔住宅门前一棵棵高大的冷杉树下，却会感到心里怦怦直跳。这也许是因为乡下的环境不同，社交界的印象因环境的这种变化而变得新鲜。这也是因为破旧的马车是用来看望维尔迪兰夫人，使人想起赏心悦目的游览，以及跟马车夫订立的昂贵的“承包合同”，车夫干一天活竟要价“如此之高”。但是，对来客还无法识别，对他们好奇并有点激动，也是因为每个人心里都在想:“这个人会是谁?”这个问题很难回答,也不知道谁会来康布勒梅家或其他人家里住上一个星期,在孤寂的乡村生活中,大家总是喜欢想到这个问题,在那里遇到一个很久没见到的人,或者被介绍给一个不认识的人,不再像巴黎生活中那样是件乏味的事,而是令人愉快地消除过于孤独的生活中虚无缥缈的空间,在这种生话里,连邮件送到也是愉悦的时刻。我们乘汽车来到拉斯珀利埃尔的那天不是星期一,因此,维尔迪兰先生和夫人想必有这种需要,想要看到一种人,这种人能使男男女女激动不已,能使人冲到窗口去看那远离亲人、被关在温泉疗养院的病人。新来的仆人腿脚更加勤快,已说惯了这种话,就对我们回答说:“夫人要是没出去,应该在杜维尔景观”,“他马上去看看”,他很快就回来告诉我们,说她马上接见我们。我们见到她时,她头发有点散乱,因为她来自花园、家禽饲养棚和菜园,她去那里给孔雀和母鸡喂食,去捡蛋、摘果子和采鲜花,以便在“餐桌上筑路”,这条路使人想起缩小的公园小路,但餐桌上的小路区别在于,上面只有有用的和好吃的东西,因为在生梨和雪花蛋白等花园里有的东西周围,插着蓝蓟、石竹、玫瑰和金鸡菊高高的茎秆,这些花茎如同饰有花卉的指路木桩,透过窗玻璃可看到海上的船只在花茎之间移动。听到有客人来访,维尔迪兰夫妇就不再布置鲜花,准备迎接客人,他们感到惊讶的是,看到来客不是别人,而是阿尔贝蒂娜和我,这时我清楚地看出,新来的仆人虽说十分热情,却还不熟悉我的名字,通报时没有说清,维尔迪兰夫人听到陌生的名字,但还是叫他让客人进来,因为不管是谁总得看看。新来的仆人注视着门口接待的情况,以了解我们在他主人家的地位。然后,他大步跑着离去,因为他在前一天才被雇用。阿尔贝蒂娜把她的帽子和面纱拿给维尔迪兰夫妇看,然后看了我一眼,意思是说,我们还有别的事情要做,在这里不能待得太久。维尔迪兰夫人想留我们吃下午点心,但我们谢绝了,这时她突然想出一个计划,差点使我快快乐乐地跟阿尔贝蒂娜一起去游览的打算化为泡影，因为老板娘舍不得离开我们，也许是不想放弃一种新的消遣方法，想要跟我们一起回去。她早就对提出不讨人喜欢的建议习以为常，她也许自己也不能肯定这建议会使我们高兴，因此她在对我们提出建议时，装出极其自信的样子，以掩盖她感到的羞怯，甚至显出她毫不怀疑我们会有肯定的回答，但她在对丈夫谈到阿尔贝蒂娜和我时，仿佛这是她对我们的一种优待："我来送他们回去。"与此同时，她嘴上露出不自在的微笑，这种微笑我已在某些人脸上见到过，当时他们神色狡黠地对贝戈特说："我买了您的书，就是这样。"这种笑人所共有，十分普遍，一些人在需要的时候，如同使用铁路和搬场用车那样，就会借用这种微笑，只有几位极其高雅的人士例外，如斯万和德·夏吕斯先生，在他们嘴上，我从未看到过这种微笑。从这时起，我的来访就变得令人扫兴。我装出没听懂的样子。片刻之后，事情一清二楚，维尔迪兰先生也要来凑热闹。"但维尔迪兰先生会花费过多的时间。"我说。"不会的，"维尔迪兰夫人显出屈尊俯就的神色，愉快地对我回答说，"他说这段路以前走过多次，但跟你们年轻人一起重走一次，会感到十分高兴；必要时他可以乘上汽车坐在wattman(司机)旁边，他不会害怕，然后我们俩乖乖地乘火车回来，就像一对恩爱的夫妻。您瞧，他非常高兴。"她仿佛在谈一位年老的大画家，画家十分厚道，显得比年轻人还要年轻，他随意乱画，来逗他那些孙子开心。但我更加难受的是，阿尔贝蒂娜似乎并未和我分忧，她觉得跟维尔迪兰夫妇一起坐车在整个地区兜一圈十分有趣。而我打算跟她一起度过快乐时光的愿望极其强烈，不容许老板娘来扫我的兴，我于是编造谎话，而维尔迪兰夫人令人不快的威胁，却使我的谎话变得情有可原，但阿尔贝蒂娜，唉！却跟我唱反调。"我们要去看一个人。"我说。"看谁？"阿尔贝蒂娜问。"我会对您解释，而且非去不可。"——"那么！我们就等你们。"维尔迪兰夫人什么事都能容忍，就这样说。到最后一刻，我因梦寐以求的幸福会被夺走而焦虑不安，便有了勇气，连失礼也在所不惜。我明确加以拒绝，并在维尔迪兰夫人的耳边说，阿尔贝蒂娜因失恋要向我请教，因此我必须跟她单独在一起。老板娘显得生气。"好吧，我们不去了。"她对我说时气得声音发抖。我感到她十分生气，就装出略作让步的样子："但也许可以……"——"不用了，"她接着说时更加生气，"我说不用就是不用。"我以为跟她闹翻了，但她却站在门口提醒我们，要我们别"甩掉"第二天的星期三聚会，并且不要乘这个玩意儿来，因为夜里开这玩意儿危险，而要跟小集团的人一起乘火车来，这时，她叫已开到花园斜坡上的汽车停下，因为仆人忘了把她叫人给我们包好的方型水果塔和油酥饼放到汽车顶篷里。我们的车又开了，一时间两边的小屋和花卉朝后面飞驰而去。我们觉得当地的面貌已完全改变，在每个地方的地貌给我们留下的印象中，空间的概念远未具有首屈一指的地位。我们曾经说过，时间的概念使各地区别更大。但时间概念并非唯一的概念。有些地方，我们看到时总觉得位置偏僻，跟其他地方没有共同之处，几乎与世隔绝，这就像有些人，我们在生活中特殊的时期认识，如在部队，在我们童年时代，我们跟他们已毫无关系。我第一年在巴尔贝克逗留时，德·维尔帕里齐夫人喜欢带我们去一个高地，在那里只看到海水和树林，高地名叫博蒙[1]。她去那里时让马车行驶的小路，她觉得最为漂亮，是因为两边古树参天，那小路全是上坡，她的马车只好慢慢行驶，花的时间很长。到了上面之后，我们立即下车散步片刻，然后再上车，从原路回去，看不到任何村庄和城堡。我知道博蒙是个非常有趣的地方，非常之远，非常之高，我对它所在的方位没有任何概念，因为去别处时从未取道去博蒙的那条小路，另外，乘马车去那里要花很长时间。那地方显然

---

① 可能指法国卡尔瓦多斯省市镇博蒙—昂奥热，靠近蓬莱韦克以及斯特劳斯夫人在特鲁维尔的别墅。

跟巴尔贝克同属一个省（或同属一个地区），但在我看来处于另一个平面，并享有治外法权。但汽车却不尊重任何秘密，在驶过安卡维尔之后，虽说其房屋仍历历在目，但由于我们走的是近路，行驶在通往帕维尔（Parville，Paterni villa）的海边道路上，在我们所在的土堤上看到了大海，我问这是什么地方，司机还没有回答，我就认出是博蒙，我每次乘小火车，都会在不知不觉中从博蒙旁边经过，从那里开到帕维尔只需要两分钟。我服兵役时团里有一位军官，我当时认为是个特殊人物，我觉得他心肠太好，人过于纯朴，不可能出身名门望族，他已经十分遥远，而且神秘莫测，不会是名门望族的成员，但我后来得知，他是某些人的连襟或表兄弟，我常在外面跟他那些亲戚共进晚餐；同样，博蒙在突然间跟我以为与其毫不相干的一些地方联系在一起，因此失去了它的神秘感，在这个地区确定了位置，使我害怕地想到，我如果不是在小说的封闭环境中遇到包法利夫人和桑塞维利娜，也许会觉得她们跟其他人相同。看来我喜欢乘火车进行美妙的旅行，不会像阿尔贝蒂娜那样看到汽车就赞叹不已，因为即使是病人，汽车也能把他开到他想去的地方，同时，我也因此像此前那样，不能把某地看作个人的标记，即无法消除的美景不可替代的类型。汽车也许不像过去的铁路那样，不像我当年从巴黎来到巴尔贝克时那样，把这个地方变成摆脱日常生活琐事的一个目的地，在出发时这地方几乎是理想之地，在到达时仍然如此，到达了这座巨大的住所，里面无人居住，上面只有城市的名称，那就是火车站，仿佛最终让你进入城市，而它也可能是城市的体现。不，汽车不会这样美妙地把我们带到一座城市，因为我们乘火车到达后，首先看到的是用城市名称来概括的整体，并带有剧场观众的种种幻觉。汽车却使我们进入像后台般的条条街道，不时停车向居民问路。但是，汽车虽然像套近乎般地往前开，司机仍因不熟悉路要进行摸索，并会走回头路，车来来回回地行驶，在离城堡越来越近时，只见四面有山丘、教堂和大海，虽说城堡徒劳地蜷缩在百年老树的树荫之下;汽车在城市周围一圈圈地行驶并越来越接近,城市被吓得四处逃窜以避开汽车,汽车最终笔直地朝城市冲去,冲到山谷深处,城市仍横卧在地上;因此,这似乎是汽车消除乘火车快车而有神秘感的唯一地点,与此相反,汽车给人的印象是揭开了神秘的面纱,并由我们自己来确定,如同用圆规量出,并帮助我们体验真正的几何学和美妙的土地测量[①],使用的是一只更喜欢探索的手,而且更加准确无误。

可惜我当时并不知道我在两年多后才得知的一件事,那就是这个司机的主顾之一是德·夏吕斯先生,莫雷尔负责给司机付车费,并扣下一部分钱(就是让司机开的公里数增加两倍或四倍),他跟司机搞得很熟(但在众人面前却装出不认识司机的样子),并经常用他的汽车前往远处。我当时如果知道此事,知道这是维尔迪兰夫妇很快对司机信任却又不知其中内情的原因,那么,我第二年在巴黎生活时的种种忧愁,跟阿尔贝蒂娜有关的种种不幸,也许就不会存在,但我当时对此一无所知。德·夏吕斯先生跟莫雷尔一起乘汽车出去兜风,就事情本身而言,跟我并没有直接的利害关系。另外,他们出去也往往只是在海边的饭馆吃一顿午饭或晚饭,德·夏吕斯先生被看作破产的老男仆,莫雷尔的任务是负责买单,被看成极其善良的绅士。我说说他们有一次去吃饭的情况,就能了解他们在其他时候如何用餐。那是在旧城圣马尔斯一家椭圆形饭馆里。"不能把这个拿走吗?"德·夏吕斯先生问莫雷尔,就像一个中间人,以免直接跟侍者说话。他用"这个"指三朵凋谢的玫瑰,一个侍应部主任心怀好意,觉得应该用来装饰餐桌。"能……"莫雷尔尴尬地说。"您不喜欢玫瑰?"——"相反,我可以用我刚才的请求证明我喜欢玫瑰,因为这里没有玫瑰(莫雷尔显出意外的神色),但实际上,我不是非常喜欢玫瑰。我对姓名相当

① 原文为 mesure de la terre,是希腊语 géométrie(几何学)的直译。

敏感，只要一朵玫瑰有点漂亮，就知道她名叫罗特希尔德男爵夫人[①]或尼尔元帅夫人[②]，这就使人扫兴。您是否喜欢姓名？您是否为您的合奏小曲找到了漂亮的标题?”——“有一首名叫《愁诗》。”——“真难听。”德·夏吕斯先生回答道，声音尖厉，如打一记耳光。“我要的是香槟吧?”他对侍应部主任说，主任以为要的是汽酒，就倒满两杯给这两位顾客端了上来。“但是，先生……”——“这讨厌的东西连最差的香槟酒都不像，请拿走。这是催吐药，名叫Cup(酒)，通常用三颗烂草莓泡在醋和塞尔茨[③]矿泉水混合液中制成……是的，”他转向莫雷尔继续说道，“您似乎不知道什么是标题，甚至在演绎您演奏得最好的乐曲时，您似乎也没有发现其中有通灵的一面。”——“您说什么?”莫雷尔这样问，是因为他对男爵说的话一窍不通，生怕没听出一条有用的信息，譬如应邀去吃午饭。德·夏吕斯先生也有所疏忽，没把“您说什么?”看成一个问题，因此莫雷尔并未得到回答，以为应该转换话题，就跟他谈起色情话题：“瞧，那个金发小姑娘，卖的是您不喜欢的花；又是个女人，肯定是女朋友。还有那个在里面桌子吃饭的老太太也是。”——“这些事你是怎么知道的?”德·夏吕斯先生对莫雷尔的未卜先知赞叹不已，就问道。“哦！这种事我一秒钟就能猜到。要是我们俩都在人群中散步，您就会看到，我不会两次出错。”如有人在此刻注视莫雷尔，就会看到他美男子的外表中露出姑娘的神色，就会知道他有模糊的预见是因为他像某些女人，如同某些女人跟他相像。他想要取代朱皮安，并模糊地想要在他的“固定收入”中增加他认为裁缝从男爵那里得到的收入。“说到小白脸，我了解的情况更多，我可以使您不出任何差错。很快就要到

---

① 1868年，大佩尔内称罗特希尔德男爵夫人为一朵玫瑰。

② 据阿道夫·尼尔(1802—1869)说，1864年，菲利普·努瓦泽特称尼尔元帅(而不是尼尔元帅夫人)为一朵玫瑰。

③ 塞尔茨是法国下莱茵省专区首府。

巴尔贝克集市了,我们会找到许多东西。如在巴黎,您就会看到,您可以玩得高兴。”但是,奴仆天生小心谨慎,他开始说的话也就有了另一种含义。因此,德·夏吕斯先生以为他还在说年轻姑娘。“您看,”莫雷尔这样说,是想刺激男爵的感官,同时又使他自己免受损害(虽说这种办法其实更不道德),“我的梦想,是找到一个黄花姑娘,为她所爱,并取得她的贞洁。”德·夏吕斯先生不禁亲热地掐了掐莫雷尔的耳朵,但天真地补充道:“这对你又有何用? 你要取她贞洁,就非要娶她为妻。”——“娶她为妻? ”莫雷尔大声说道,感到男爵已经陶醉,或者不是在想男人,总之,跟他谈话的人比他想象的还要认真。“娶她为妻? 休想! 我可以答应她,不过,只要这件小事圆满完成,我当天晚上就把她抛弃。”德·夏吕斯先生有一个习惯,只要想象的事能使他暂时得到感官的愉悦,他就会积极参与,哪怕在愉悦消失后他会立即退出。“真的,你会这样干?”他笑着对莫雷尔说,并把他抱得更紧。“那还用说!”莫雷尔说,他看到他的话并未使男爵感到不快,就继续对男爵由衷地解释他的一个真实的愿望。“这有危险。”德·夏吕斯先生说。“我事先就整理好行装,完事后溜之大吉,不留下地址。”——“那我呢?”德·夏吕斯先生问道。“我当然带您一起走。”莫雷尔急忙说,并未想到男爵会怎样,因为男爵不是他主要关心的事。“瞧,有个姑娘我很喜欢,是因为她是一个小裁缝,铺子设在公爵先生的公馆里。”——“朱皮安的女儿[①]。”男爵大声说道,这时酒务总管走了进来。“哦! 绝对不行。”他这样补充道,是因为来了个第三者使他冷静下来,或者因为即使在做这种黑色弥撒,他也喜欢玷污最神圣的事物,但却不想把跟他有交情的人牵扯进去。“朱皮安是个好人,那姑娘很迷人,让他们难受不好。”莫雷尔感到他扯得太远,就不说了,但他的目光仍茫然若失地盯住那姑娘,并希望我有朝一日

---

① 应该是朱皮安的侄女。

能当着她的面称他为“亲爱的伟大艺术家”，他曾在姑娘那里定做过一件背心。那姑娘很勤快，没休过假，但我后来得知，小提琴手莫雷尔在巴尔贝克附近时，她一直在想他那漂亮的脸蛋，她看到莫雷尔跟我在一起，以为他高贵，便把他看成一位“先生”。

“我从未听到过肖邦乐曲的演奏，”男爵说，“然而，我本来可以听到，我同斯塔马蒂①一起上过课，但他不准我到我的希梅姨妈家去听《夜曲》的大师演奏。”——“他干了多大的蠢事。”莫雷尔大声说道。“恰恰相反。”德·夏吕斯先生急忙用尖嗓子反驳道。“他证明了自己聪明。他看出我是个‘性情中人’，会受到肖邦的影响。这毫无关系，因为我年轻时就放弃了音乐，就像放弃其他一切爱好。另外，我想一下，”他说话带鼻音，声音缓慢而又拖长地补充道，“总会有一些人听到过，会使你有个概念。总而言之，肖邦只是个借口，是为了回到您所忽视的通灵的一面。”

我们会发现，德·夏吕斯先生在插入粗俗言语之后，突然又恢复他平时那种优雅和傲慢的言辞。这是因为他想到莫雷尔会毫无内疚地“抛弃”一个被奸污的姑娘，就顿时品尝到完美的愉悦。此后，德·夏吕斯先生的感官暂时平静下来，一时间取代他的施虐淫者（他确实是通灵的）已经逃走，并把话语权还给真正的德·夏吕斯先生，那是满怀高雅艺术、十分敏感而又善良的人。“您有一天曾演奏第十五号四重奏改编的钢琴曲②，这已经是荒唐的事，因为没有比这个曲子更没有钢琴味。这是为有些人谱写的，他们觉得这自命不凡的聋子弦绷得太紧，听起来难受。然而，恰恰是这种近于刺耳的神秘主义才超凡脱俗。不管怎样，您当时演奏得很差，把所有的进行都改变了。演奏这首曲子，你必须如同是在作曲：年轻

---

① 卡米耶·斯塔马蒂（1811—1870），希腊裔法国钢琴家、作曲家，主要从事教学。圣一桑是他的学生。

② 莫雷尔在演奏小提琴之前，确实曾演奏钢琴。

的莫雷尔因暂时耳聋和毫无用处的天才而感到难受，一时间纹丝不动。然后，他开始胡思乱想，进行弹奏，并谱写出前几个节拍。这时，他因开始作出这样的努力而感到疲劳，不由让漂亮的发绺垂下，以取悦于维尔迪兰夫人，另外，他利用这段时间来制造数量可观的脑脊髓灰质，他刚才曾提取灰质来歌颂特尔斐竞技会。于是，他恢复了力量，获得极其出色的新灵感，就奔向那源源不断的壮丽乐句，连柏林的演奏高手（我们认为德·夏吕斯先生是指门德尔松[①]）也会不断仿效。您如用这种唯一真正超凡脱俗而又生气勃勃的方式，我就请您在巴黎演奏。”德·夏吕斯先生给莫雷尔提出这种忠告，莫雷尔就感到害怕，而他看到侍应部主任把男爵不喜欢的玫瑰花和 cup（酒）拿走，却远没有这样害怕，因为他心里惶恐不安地在想，这会对“等级”产生什么影响。但他没有很多时间来考虑这种问题，因为德·夏吕斯先生迫不及待地对他说：“您去问侍应部主任，他是否有好基督教徒。”——“好基督教徒？我听不懂。”——“您十分清楚，我们要吃水果，这是一种梨。您可以肯定，德·康布勒梅夫人家里有这种梨，因为她是埃斯卡巴尼亚斯伯爵夫人，伯爵夫人有这种梨。蒂博迪埃先生把梨给她送去，她就说：‘这就是好基督教徒，真漂亮[②]。’”——“……不，我不知道。”——“我看，您什么也不知道。您连莫里哀的剧本也没有看过……好吧，既然您想必不会点水果，其他事也不会，那就去要个

---

① 费利克斯·门德尔松（1809—1847），德国作曲家。作品结构工致，旋律流畅。所作五部交响乐及七部乐队序曲中，以抒写其游历苏格兰、意大利印象的第三、第四交响乐及《芬格尔洞》序曲尤为著名。

② 这里的引语跟莫里哀的独幕喜剧《埃斯卡巴尼亚斯伯爵夫人》里的对话大致相同。在第四场，伯爵夫人说：“瞧，这是蒂博迪埃先生的信，他给我送来了梨。”蒂博迪埃先生爱上了伯爵夫人，利用他送的梨的名称来向伯爵夫人示爱，他在信的末尾写道：“我最后要让您知道，我跟我送给您的梨一样，是真正的基督教徒，因为我是以德报怨，这就是说，夫人，说得更加清楚些，是因为我给您的是好基督教徒梨，而您心狠，每天让我吃的是酸梨。”好基督教徒梨是佛兰德斯地区的一种梨。

梨吧，就近摘取[1]，那是阿夫朗什的路易丝女仆[2]。”——“阿……？”——“等一下，既然您如此笨拙，我就自己来点我更爱吃的梨。主任，您是否有农促会长老[3]？夏利，您应该看到过埃米莉·德·克莱蒙—托内尔描写这种梨的那一页美妙文字。”——“没有，先生，我没看过。”——“您是否有若杜瓦涅[4]凯旋？”——“没有，先生。”——“弗吉尼亚—达莱？科尔马尔[5]航道？没有？好吧，既然您什么都没有，那我们就走了。昂古莱姆[6]公爵夫人尚未成熟，好了，夏利，我们走吧。”不幸的是，德·夏吕斯先生不是通情达理的人，也许他跟莫雷尔关系纯洁，因此，从那时起，他就对小提琴手特别关心，而小提琴手却无法理解，再说，他性格疯疯癫癫，忘恩负义，又斤斤计较，因此对德·夏吕斯先生的关心只能报以越来越冷淡和粗暴的态度，这就使以前如此骄傲、现在低三下四的德·夏吕斯先生真正陷入失望之中。莫雷尔自以为成了另一个德·夏吕斯先生，而且比男爵重要千倍，在下文中可以看到，他如何在鸡毛蒜皮的小事中，对男爵关于贵族阶级的那套引以为豪的教导望文生义，作出错误的理解。而现在我们只是说，正当阿尔贝蒂娜在圣约翰—拉埃兹等我之时，如果有一件事在莫雷尔看来比高贵还要重要(这在他的原则中相当高贵，尤其是一个人的乐趣是跟司机一起去找小姑娘，而且是“神不知鬼不觉”)，那就是他的艺术声誉，以及小提琴手能被认为什么等级。他也许品质恶劣，因为他感到德·夏吕斯先生完全属于他，就装出否定和嘲弄男爵的

---

① 这里所说的梨的名称，普鲁斯特取自伊丽莎白，而不是取自埃米莉·德·克莱蒙—托内尔的《法国美好事物历书》一书。参见本书第三卷第527页注③。

② 即阿夫朗什水蜜晚梨。阿夫朗什是法国芒什省专区首府。

③ 指一种甜酥梨。

④ 若杜瓦涅是比利时瓦隆布拉班特省城市。

⑤ 科尔马尔是法国上莱茵省省会。

⑥ 昂古莱姆是法国夏朗德省省会。

样子，同样，我答应对他父亲在我外叔公家里干的行当保密之后，他立刻对我态度傲慢。但是，从另一方面看，他那有文凭的艺术家莫雷尔这个姓，在他看来比一个“姓氏”更加重要。德·夏吕斯先生正做着柏拉图式精神恋爱的美梦，想使他拥有他家族的一个爵位，但莫雷尔却断然拒绝。

阿尔贝蒂娜认为还是留在圣约翰—拉埃兹画画更为明智，我乘上汽车在去接她之前，不仅能去古维尔和菲泰尔纳，而且还可以去老城圣马尔斯，并一直抵达克利克托。我装出关心其他事情而不在关心她的样子，好像为了其他开心的事而对她冷落，其实我心里只想着她一人。我往往只是来到俯瞰古维尔的大平原，因为这平原有点像始于贡布雷上方并向梅塞格利兹方向扩展的平原，即使离阿尔贝蒂娜有相当长一段距离，我仍然高兴地想到，我的目光虽然看不到她，但从我身边吹过的强劲而又温柔的海风，吹到的地方比目光所及更远，将会不可阻挡地一直吹到凯特奥姆，吹得遮盖圣约翰—拉埃兹的树木枝条摇曳不定，在我女友的脸上轻轻吹过，在这无限扩大的隐避之处，把她和我联系在一起，但又毫无风险，如同两个孩子在做游戏，有时相互间会听不见声音，看不到人影，他们虽然远离，却仍然联系在一起。我从条条小路回去，路上能看到大海，而在以前，在大海出现在树枝中间之前，我就闭上眼睛，一面在想会看到什么，这正是大地那怨声载道的老祖宗，仍像在生物尚未存在的时期，继续如远古时代那样澎湃汹涌。现在，这条条小路，对我来说只是找到阿尔贝蒂娜的途径，我看到它们毫无变化，知道能笔直行驶到何处，又在哪里拐弯，我这时想起，我行驶在这些路上时曾在想念斯泰马里亚小姐，同时又想到，我现在急忙去接阿尔贝蒂娜，而以前在巴黎，我也曾急忙走在德·盖尔芒特夫人会经过的条条街上，以便能见到她；这些道路在我心中变得单调，在我思想里是一种线条，伴随着我性格的变化。这十分自然，却并非无关紧要；它们使我想起，我的命运只是追求一些幻影，这些人的真实成分,大多存在于我的想象之中;确实存在着一些人——从青年时代起我就是如此——在这些人看来,一切有固定价值的东西,即其他人可以确认的东西,如财富、成功和高贵的地位,都并不重要,他们需要的正是幻影。他们为此牺牲其他一切,使用一切手段,千方百计要去跟某个幻影见面。但这幻影会很快消失得无影无踪,于是,他们就去追求另一个幻影,哪怕在其后得再次去追求第一个幻影。我不是第一次去找阿尔贝蒂娜,这姑娘我第一年来时是在海边看到。确实,在第一次爱上阿尔贝蒂娜之后,以及我现在跟她形影不离之前,我还有过其他女人,不错,是有过其他女人,特别是盖尔芒特公爵夫人。但是,有人会说,为什么要要在吉尔贝特身上花这么多心思,为什么要为德·盖尔芒特夫人如此难受,而要成为夫人的朋友,唯一的目的是不再想念她,只是想念阿尔贝蒂娜?斯万是幻影的追求者,他在去世前也许会作出回答。一个个幻影被追求、被遗忘,有时被再次追求,只是为了能见上一面,以便接触到转瞬即逝的虚幻生活,而巴尔贝克的条条道路都有这种幻影。想到一路上的树木,如梨树、苹果树和柽柳树,在我死后依然会生气勃勃,我仿佛听到它们的劝告,要在长眠的时刻尚未到来之时最终开始工作。

我在凯特奥姆下了车,在陡峭的洼路上奔跑,从木板穿过小溪,并见到阿尔贝蒂娜,她在教堂前面画画,教堂上小尖塔林立,呈红色,如同盛开的带刺玫瑰。只有三角楣平坦,石料表面如在微笑,上面几位天使处于同一水平线上,仍在我们这对二十世纪情侣面前手拿大蜡烛,举行着十三世纪的仪式。阿尔贝蒂娜想在画布上画的正是这些天使肖像,她模仿埃尔斯蒂尔,笔触豪放,竭力遵循高雅的运笔方法,大师曾对她说过,这种方法使他把这些天使画得跟他看到过的所有天使完全不同。然后,她把画具收拾好。我们互相依偎,又踏上洼路,把小教堂留在那里,它十分安静,仿佛没有看到我们,倾听着小溪持续不断的潺潺流水声。汽车很快就开始行驶，回去时没走来时的那条路。我们在自豪的马古维尔面前驶过。在其半新半旧、稍加修复的教堂上，夕阳铺上了一层经久不衰的美丽色泽。透过这层色泽看到一幅幅巨大浅浮雕，如同处于一层液体下面，有点湿有点亮，圣母、圣以利沙伯①和圣若亚敬②，仍在不可触摸的涡流中游着，身上却几乎是干的，浮在水面上或阳光上。众多现代塑像出现在炎热的尘埃之中，竖立在柱子之上，有夕阳中金帆一半的高度。教堂前有一棵高大柏树，仿佛植在圣地之上。我们下车片刻，观看这柏树，并走了几步。阿尔贝蒂娜对她的意大利草帽和真丝围巾有一种直觉（它们并未使她有丝毫舒适感），她绕着教堂走时，从它们那里得到另一种冲动，表现为无精打采的满足，但我却觉得十分优雅；围巾和草帽只是我女友最近添加的新装饰，但已使我觉得亲切，我注视它们沿着柏树在傍晚的空气中画出的轨迹。这轨迹她自己无法看到，但料到这两件优雅饰品效果良好，因为她朝我莞尔一笑，同时使头部的姿势和帽子协调一致："我不喜欢，它修复过。"她指着教堂对我说，并想起埃尔斯蒂尔曾对她说，古代石雕具有无法模仿的珍贵的美。阿尔贝蒂娜能立刻看出修复的痕迹。她在建筑方面已有确定无疑的鉴赏力，但对音乐的欣赏能力仍然十分低劣，只能使人感到惊讶。我跟埃尔斯蒂尔相同，也不喜欢这座教堂，教堂正面沐浴在阳光之中，展现在我的眼前，但我却并未有愉悦之感，我下车观看教堂，只是为了取悦于阿尔贝蒂娜。然而，我认为印象派大师自相矛盾；对建筑的客观价值如此崇拜，却为何对夕阳下教堂面貌的改变并不重视？"不，显然，"阿尔贝蒂娜对我说，"这教堂我不喜欢，可我喜欢它那"自豪"的名称。不过，得去问问布里肖，为什么圣马尔斯会称为

---

① 据《新约 · 路加福音》，以利沙伯生活在公元前一世纪犹太王希律时代，是施洗约翰之母。她怀孕期间，接受了经圣灵感孕的马利亚的访问，二人一起同往三个月才分手。

② 据《雅各原始福音》，若亚敬是马利亚之母亚纳的丈夫。

"旧城"。我们下次去,是吗?"她对我说时用黑眼睛看着我,草帽压低,就像以前戴马球帽那样。她的面纱在飘动。我跟她乘上汽车,很高兴我们第二天要一起去圣马尔斯,而在这炎热的天气,大家只想洗海水浴,只见两座古老钟楼,活像玫瑰色鲑鱼,覆盖菱形瓦片,微微内曲,如在颤动,样子像又老又尖的鱼,布满鳞片和苔藓,呈橙黄色,不像在游动,却在透明的蓝色水中浮起。我们离开了马古维尔,为走近路,我们在交叉路口改道,那里有个农庄。阿尔贝蒂娜几次让车在农庄停下,叫我独自去弄点苹果烧酒或苹果酒,她要在车上喝,人家肯定地说这不是汽酒,我们也就喝了个痛快。我们相互依偎着。农庄里的人几乎看不到坐在封闭的汽车里的阿尔贝蒂娜,我把酒瓶退还给他们;我们重新上路,仿佛要继续过我们的情侣生活,他们能够猜到我们过的生活,中途停车喝酒,只是微不足道的瞬间;如果他们在阿尔贝蒂娜喝完一瓶苹果酒后看到我们,他们的猜测就会完全正确;这时,她仿佛确实无法忍受她和我之间保持距离,而在平时,她却不会因此而感到难受;她身穿棉布裙,双腿跟我的腿靠在一起,把她的脸贴在我的脸上,只见她的脸苍白、发热,颧颊呈红色,显得热情而又憔悴,如同郊区的姑娘。在这种时候,她个性迅速变化,声音也几乎有同样迅速的变化,变得跟原来完全不同,听起来嘶哑、大胆,近于放荡。夜幕降临。这是多么快乐,感到她依偎在我身旁,戴着草帽、围着围巾,我不由想起,在遇到情侣之时,他们总是这样相互依偎。我也许在爱恋阿尔贝蒂娜,但又不敢让她察觉,因此,即使我心中爱恋,那也是毫无价值的事实,可以用经验来加以控制;然而,我感到这爱情无法心想事成,被排斥在生活的计划之外。而我的嫉妒,却促使我尽量不要离开阿尔贝蒂娜,虽然我知道,这嫉妒的毛病要完全根治,我只有跟她一刀两断。我甚至在她身边也感到嫉妒,这时我就设法使我心中产生嫉妒的情景不再重现。譬如说,有一天天气晴朗,我们到里弗贝尔去吃午饭。餐厅以及形如长廊、用作茶馆的前厅,大玻璃门全都敞开，门外一片片草坪处于同一平面，被阳光照成金色，宽阔而又光亮的饭馆仿佛是草坪的延伸。侍者脸色粉红[①]，黑发弯曲如同火焰，在餐厅里跑来跑去，但跑得比以前要慢，因为他已不是跑堂，而是一排侍者的领班；尽管如此，他天生喜欢活动，有时走远，但在餐厅之中，有时较近，却在外面，侍候喜欢在花园里吃饭的顾客，看到他一会儿在这里，一会儿在那里，如同一个奔跑的年轻神祇留下的一个个塑像，有些塑像在餐厅里，但灯火通明，而餐厅延伸为绿色草坪，另一些塑像在树荫下，处于露天生活的亮光之下。他片刻间待在我们身边。阿尔贝蒂娜心不在焉地回答我对她说的话。她睁大眼睛看着这侍者。在几分钟时间里，我感到我所爱之人在我身边却心在别处。他们像是在单独进行秘密交谈，谈话因我在而变得无声无息，这也许是他们以前有过而我却不知道的约会的继续，或者只是他曾对她注视的目光的延续，而我只是碍手碍脚的第三者，在第三者面前总要不露声色。他被老板大声叫唤而离去时，阿尔贝蒂娜虽然仍在吃饭，却显然把餐厅和花园看成光亮的跑道，只见那奔跑的黑发神祇，跑到这里和那里，出现在不同的背景之中。我一时间心里在想，她是否会随他而去，把我独自留在这餐桌旁边。但在其后几天，我很快就永远忘记这难受的印象，因为我决定再也不去里弗贝尔，还让阿尔贝蒂娜对我作出保证，她对我肯定地说，她是第一次去那里，并说她决不会再去。而我则否认这腿脚轻捷的侍者只对她目不转睛，使她不至于认为因陪伴我而失去一次乐趣。我有时也去里弗贝尔，不过是独自前往，并在那里开怀畅饮，就像以前有过的那样。我喝完最后一杯酒时，看着白墙上画的蔷薇花饰，我把愉悦移到花饰之上。这世上唯有她为我而存在；我依次用游移不定的目光追逐她、抚摸她、失去她，

---

① 这是主人公第一次去里弗贝尔吃饭时看到的“长着一头黑色秀发的”侍者。参见本书第二卷第389—390页。

我对未来毫不在乎，只满足于我的蔷薇花饰，它像一只蝴蝶，围绕着另一只停着的蝴蝶飞舞，并将在最后的欢娱中跟这蝴蝶一起结束生命。然而，我认为危险的是，把一种即使是轻微的痛苦留在我身上，这痛苦就像平常的病痛，我们不会加以注意，但只要出现微不足道的意外事件，即无法预料和不可避免的事件，这病痛就会变得极其严重。这时间也许选得特别合适，可以跟一个女人分手，我最近感到的任何剧烈痛苦，都不会迫使我去问这个女人要镇痛剂，镇痛剂掌握在造成这种痛苦的女人手中。我因这些散步而平静下来，虽说我当时散步只是在等待第二天到来，而第二天尽管使我产生欲望，却不会跟前一天不同，散步的好处在于能跟一些地方脱离关系，那就是阿尔贝蒂娜此前所在的地方，我没跟她在一起的地方，就是在她姨妈家里，在她那些女友家里。有好处并非是因为真正开心，而是因为不安减少，而且减少甚多。因为相隔几天之后，我又想起我们曾在附近喝苹果酒的农庄，或者只是想起我们在旧城圣马尔斯前面走的几步路，我就想到阿尔贝蒂娜戴着草帽在我身边走着，她在我身边的感觉，使整修一新却显得无关紧要的教堂形象突然变得十分可贵，当沐浴在阳光中的教堂正面自己出现在我的记忆中时，仿佛有人在我心口贴上一个镇痛大膏药。我常把阿尔贝蒂娜送到帕维尔，不过是为了在晚上去找她，在黑暗中走到沙滩上躺在她的身边。当然啰，我不是每天都见到她，但我心里会想："如果她说出她的时间安排和她一生的安排，我会在其中占据首位。"我们经常一起度过好几个小时的时间，使我在这些日子里感到陶醉和温馨，因此，即使她在帕维尔跳下汽车，我要过一小时再派车去接她，我在车上也不感到孤独，仿佛她下车前在车上留下了鲜花。我可以不用每天见到她；我会高高兴兴地离开她，我感到这种高兴能延续好几天，具有镇静效果。但在那时，我听到阿尔贝蒂娜离开我时跟她姨妈或一位女友说："那么，明天八点半见。不能迟到，他们八点一刻就已准备好。"你喜爱的一个女人的谈话，就像一层覆盖着凶险地下水的土地;你随时会感到话里有一层看不到的水流,冷得刺骨;你会到处看到凶险的渗水,但水流却仍然深藏不露。听到阿尔贝蒂娜说了这句话后,我的平静立刻消失。我想对她提出要求,希望第二天上午见到她,以阻止她八点半的神秘约会,这约会只是用隐语在我面前说出。前几次她无疑会顺从我,但对放弃自己的计划感到遗憾,不过到后来,她会发现我每次都要打乱她的计划,于是,她们就什么都瞒着我。不过,我被排除在外的这些聚会,也可能不值一提,她们没邀请我,可能是怕我觉得某个女客庸俗或讨厌。不幸的是,这种生活跟阿尔贝蒂娜的生活紧密相连,影响的就不仅是我,它能使我平静,却使我母亲感到不安,母亲的承认则使我的平静消失殆尽。我回来时满意,决定有朝一日要结束这种生活,并认为结束这种生活只是取决于我的意愿,我母亲听到我叫司机去接阿尔贝蒂娜,就对我说:"你真会花钱。(弗朗索瓦丝的话简洁生动,说得更加有力:'钱花得精光。')你呀,"妈妈接着说,"可别像夏尔·德·塞维尼那样,他母亲谈到儿子时说:'他的手是坩埚,钱到里面就熔化[①]。'另外,我觉得你跟阿尔贝蒂娜一起出去的次数也实在是多。我要肯定地对你说,这样做太过分了,即使在她看来,也会显得滑稽可笑。我很高兴你这样能散心,我并不要求你不再去见她,但最终你们有可能无法相遇。"我跟阿尔贝蒂娜在一起的生活,并不是十分愉快,至少并未感到十分愉快,这种生活,我打算有一天能够改变,要选择心平气和的时候,但我在一时间又会觉得这种生活不可或缺,这时它却因妈妈的话而受到威胁。我对母亲说,她的话也许已使我推迟两个月作出她要求的决定,不然的话,这决定会在这个周末之前作出。妈妈笑了起来(为了不让我难受),笑她的劝告竟立即见效,并答

① 引自塞维尼夫人于1680年5月27日写给格里尼昂夫人的信,略有改动。原文为:"他的手是熔化钱的坩埚。"

应我不再重提此事，以免阻止我重现良好的愿望。但自从我外婆去世之后，每当我妈妈禁不住笑起来之后，笑声就会突然停止，最后显出近于呜咽和痛苦的表情，这也许是因为她在责备自己，竟会在一时间忘记丧母之痛，也许是因为这短暂的遗忘使她更清楚地回想起她那令人痛苦的思念。我外婆在我母亲心里，如同固定不变的观念，除想起对我外婆的这种思念外，我觉得这次还有跟我有关的另一种思念，即母亲担心我跟阿尔贝蒂娜的亲密关系会产生的后果，但这种亲密关系，她又不敢加以阻止，是因为我刚才对她说的话。但她显然不相信我不会受骗上当。她想起我外婆和她已有多少年不再跟我谈起我的工作，不再谈起更有益于健康的生活规律，但我说，只因她们再三劝告，弄得我烦躁不安，我才没有开始工作，而尽管她们默默顺从，我仍然没有继续遵循这种生活规律。[①] 晚饭后，汽车把阿尔贝蒂娜送了回来；这时天还有点亮，也不是那么热，但是，度过了炎热的白天之后，我们俩都希望能有从未感受过的清凉；这时，我们发热的眼睛，首先看到一弯新月升起（这月亮就像我去盖尔芒特王妃府那天晚上那样，当时阿尔贝蒂娜给我打了电话），如同轻薄的果皮，然后则像一瓣去皮的水果，有一把无形的刀在天上为这水果削皮[②]。有几次，是我去找我的女友，但时间稍晚，她就在曼恩维尔菜场的拱廊前等我。起初，我没有看到她，担心她不会来了，担心她听错了。正在这时，我看到她身穿白色蓝点短袖衫，轻轻一跳，跳进汽车，跳得像小动物，而不像姑娘，她坐在我的身旁。她立刻开始没完没了地抚摸我，活像一只母狗。夜幕完全降临，正如旅馆经理所说“天上星罗棋布”，如果我们不是带一瓶香槟酒到森林里去兜风，也不担心会被仍在光

① 法国七星丛书版后面另起一行。

② 主人公在去参加盖尔芒特王妃府的晚会时，也曾对月亮做这样的描绘。参见本卷第 37—38 页。

线暗淡的堤坝上闲逛的游客看到——不过，他们即使近在咫尺，也看不清黑色沙滩上的任何东西——我们就躺在沙丘下面；我第一次在大海前看到的那些姑娘，身体灵活，兼有女性、大海和运动员的优雅，我这时紧紧抱住这样的身体，在海边处于同样的背景之中，只见海面纹丝不动，被一条颤抖的光线一分为二；我们倾听着大海的声音，不厌其烦，乐趣如旧，它也许是在屏气，呼吸长时间停止，使人以为不再退潮，它也许最终在我们脚下发出期待的和推迟的低沉声音。我最后把阿尔贝蒂娜送回帕维尔。到了她家门前，我们得停止接吻，怕有人看到我们；她不想睡觉，就跟我一起回到巴尔贝克，然后我最后一次把她送回帕维尔；早期的汽车司机可以在任何时候睡觉。其实，我回到巴尔贝克，已是晨露潮湿之时，这次是独自一人回来，但仿佛女友仍在身边，等待我去一次次亲吻，而且要吻很长时间。我在桌上看到一封电报，或是一张明信片。又是阿尔贝蒂娜寄来的！她在凯特奥姆写好后寄出，当时我已独自乘汽车离开，她是要告诉我她在想我。我躺在床上把她写的文字又看了一遍。这时，我从窗帘上方的一道亮光看出天色已经大亮，我心里在想，我们整夜都抱一起，因此我们应该相爱。第二天上午，我在堤坝上看到阿尔贝蒂娜，心里非常担心，怕她回答我说她这一天没空，不能同意我提出的一起去散步的要求，因此，我尽量推迟提出这要求的时间。我更加不安的是，她显得冷淡，仿佛心事重重，只见她认识的一些人走过，她也许已安排好下午的活动，而我则被排除在外。我看着她，看着这迷人的身体，看着这粉红的面孔，把她那神秘莫测的打算呈现在我面前，这决定无法知道，并将使我的下午变得幸福或不幸。于是，一种思想状况和生活前景，一个姑娘以富有寓意和决定命运的形式呈现在我的面前。我最终作出决定，但尽量显得毫不在乎地问："我们是否一起去散步，今天下午和晚上？"而她对我回答说："很乐意。"于是，粉红的脸上，我长时间的不安突然被甜蜜的宁静所替代，使我觉得将永远赋予我雨过天晴般安逸的这种形式更加珍贵。我心里不断在想:“她真好,真是可爱!”这种兴奋不如喝醉后的兴奋想象丰富,比友谊的兴奋稍稍深沉,但要比社交生活的兴奋重要得多。我们没租用汽车,只是在维尔迪兰家设晚宴的那几天,以及阿尔贝蒂娜没空跟我一起出去的日子,我们才退掉小汽车,我乘此机会通知想见我的那些人,说我待在巴尔贝克。我准许圣卢在这些日子来看我,但仅仅是这些日子。因为他如突然前来,我情愿不去见阿尔贝蒂娜,也不愿冒险让他遇到她,我不想败坏我最近一段时间处于的平静而又愉快的状态,不想让我的嫉妒重现。只有圣卢走后,我才会平静下来。他也感到遗憾,只要我不叫他,他就决不会来巴尔贝克。而在以前,我羡慕地想到德·盖尔芒特夫人跟他一起度过的时光,因此花多大的代价我都想见到他!人们在我们眼中的地位在不断改变。这世界永远在不知不觉地前进,我们一时间看到他们一动不动,因时间过短,把他们带走的运动就未被看出。但是,我们只要在记忆中选择他们在相隔不远的不同时刻留下的两个形象,使他们没有变化,至少变化并不明显,那么,这两个形象的区别就可以衡量他们跟我们的距离的变化。圣卢对我谈到维尔迪兰夫妇时,我感到极其不安,生怕他请我要求维尔迪兰夫妇同意他去做客,由于我会嫉妒,这样就足以败坏我跟阿尔贝蒂娜在那里得到的种种乐趣。但可喜的是,情况恰恰相反,罗贝尔向我承认,他一点也不想认识他们。“不,”他对我说,“我觉得这种教权主义的圈子令人难受。”我起初不理解修饰维尔迪兰夫妇的形容词“教权主义的”是什么意思,但圣卢这句话的结尾使我看出了他的想法,他会使用一些词语,大家往往惊讶地看到,这些词语会被一些聪明人采用。“这种圈子,”他对我说,“搞成了小集团,搞成了圣会和宗派。你别对我说这不是小宗派;他们对圈子里的人甜言蜜语,对圈子外的人傲慢无礼。问题不是像对哈姆雷特那样，是生存还是毁灭[1]，而在于是自己人还是不是自己人。你是自己人，我舅舅夏吕斯也是。你要我怎么办呢？我向来不喜欢这一套，这可不是我的错。”

当然啰，我强加给圣卢的规定，即我叫他来他才能来看我，我也同样严格强加于其他所有人，即我在拉斯珀利埃尔、菲泰尔纳、蒙叙旺和其他地方逐渐认识的人；我在旅馆里看到三点钟的火车冒出浓烟，火车在帕维尔高低不平的悬崖上留下固定不变的条纹，并长时间留在绿色山坡上，我对来客是哪位毫不怀疑，他即将来跟我一起吃下午点心，而这时却仍像神祇那样，躲在一片小小的云层后面。我不得不承认，这位客人是事先得到我允许才来访的，但几乎每次都不是萨尼埃特，我往往因此而自责。但是，想到萨尼埃特的来访令人烦恼（他来访自然要比讲故事更令人烦恼），因此，虽然他比其他许多人更有文化，更加聪明，人也更好，但跟他在一起，看来非但无法得到任何乐趣，而且只会感到心情忧郁，这忧郁几乎无法忍受，而且会使你整个下午兴致索然。如果萨尼埃特坦率承认，他怕给人带来这种烦恼，别人也许就不会怕他来访。烦恼在我们要忍受的难受中是最轻的一种，他的烦恼也许只存在于别人的想象之中，也许是在别人的一种启示后才能感觉到，这种启示对他那讨人喜欢的谦虚产生了影响。但是，他竭力不让人看出没人邀请他，也不想让人看出他不敢未受邀请就去拜访。当然啰，他不像有些人那样做是对的，那些人在公共场所动不动就举帽致敬，他们要是已有很久没见到你，这时在一个包厢里看到你跟他们不认识的杰出人物在一起，他们就会悄悄走来大声向你问好，一面表示道歉，说他们这样是因为见到你既高兴又激动，并看出你结交了令人愉快的朋友，说你气色很好，以及诸如此类的话。但萨尼埃特恰恰相反，他胆子太小。他原可以在维尔迪兰夫人家或在小火车里对

---

① 引自莎士比亚悲剧《哈姆雷特》第三幕第一场。

我说，如果他不怕打扰我，他会很高兴到巴尔贝克来看我。这样的提议我就不会害怕。但他却与此相反，什么提议也不说，只是显出一张备受折磨的脸，目光坚不可摧，如同珐琅，但其中含有迫不及待的欲望，那就是如果找不到更有趣的人，他就要去看你，同时又不想让人看出这种欲望，只见他神色冷淡地对我说："您不知道这几天要干什么？我也许要去靠近巴尔贝克的地方。不过，这没什么关系，我只是偶然问您一下。"这种神色骗不了人，而我们在表达感情时使用的反话，可以十分清楚地解读，因此我们会想，怎么还会有人说这样的话："我收到众多邀请，不知该去哪家"，这是为了掩盖他们没有受到邀请的事实。而且，这种冷淡的神色，可能因其成分模糊不清，还会使你感到难受，而害怕烦恼或直率承认想去看你，决不会使你如此难受，也就是说，在彬彬有礼的交往中的这种难受和厌恶，在爱情中相当于一个恋人见一位女士并不爱她，假装向她提出要在第二天去看她，却又说他不是一定要去，或者不是这种提议，而是一种假装冷淡的态度。从萨尼埃特这个人身上，有一种不可言喻的东西散发出来，你会极其温柔地对他回答道："不，可惜这个星期，我以后向您解释……"于是，我没让他来，而是让另一些人来，这些人比他差得多，但没有他那种忧郁的目光，也不像他那样嘴巴紧闭，仿佛拜访苦不堪言，他嘴上对主人不说，心里却非常想去。不幸的是，萨尼埃特经常在弯弯的小火车里遇到来看我的客人，而客人又经常在维尔迪兰家对我说："您可别忘了，我星期四去看您"，而这一天恰恰是我对萨尼埃特说我没有空的那天。因此，他最终在想象中看到，生活充满着娱乐活动，即使不是故意跟他作对，也是在他不知道的情况下组织的。另一方面，由于人不会总是铁板一块，这样过于小心谨慎，也是一种病态的冒失。他唯一一次来看我，事出偶然，也未经我的同意，只见有一封信被扔在桌子上，不知是谁写的。片刻之后，我发现他听我说话时心不在焉。那封信，他完全不知道来自何处，却使他着了迷，我时刻感到，他两只珐琅般的眼珠子就要脱眶而出，被吸到那封信上，那封信不知是何人寄来，却正被他的好奇心磁化。这就像一只鸟必然要扑到一条蛇身上。最终他忍不住了，先改变信的位置，仿佛帮我整理房间。他这样做还觉得不够，就把信拿起来，翻过来又翻过去，仿佛是机械动作。他冒失的另一种形式，是把你缠住后就无法离开。由于那天我身体不舒服，就请他乘下一班火车，过半小时离开。他并不怀疑我身体不舒服，却对我回答说："我再待一小时一刻钟，然后就走。"此后，我感到难受的是，每次可能接待他时却没有叫他来。谁知道呢？也许我会消除他不好的运气，但其他人也可能会邀请他，他有人邀请，就会立即把我甩掉，因此我的邀请会有双重好处，既能使他开心，又能使我把他摆脱。

我接待客人的那些日子过去之后，我自然就不等待来访，汽车又来接阿尔贝蒂娜和我。我们回来时，埃梅站在旅馆的第一级台阶上，睁着激动、好奇而又贪婪的眼睛，不禁想看看我给司机多少小费。我虽说把硬币或纸币握在手里，埃梅的目光仍然能使我把手摊开。他片刻后把头转开，因为他小心谨慎，又很有教养，给他小恩小惠也会心满意足。不过，钱给了另一个人，他就会产生无法抑制的好奇，会垂涎欲滴。在这短暂的时间里，他全神贯注而又激动不已，如同孩子在看儒勒·凡尔纳的一部小说，或像饭馆里晚上的一位就餐者，坐在离你不远的地方，看到侍者在为你切野鸡肉，可他吃不起或不想吃，就在一时间抛开重要的想法，把目光盯住野鸡，这种目光，只有在恋爱和嫉妒时才会出现。

我们就这样一天天乘汽车出去兜风。但有一次，我乘电梯上楼时，电梯司机对我说："那位先生来过了，他留下一个口信让我转告您。"司机对我说这句话时，声音极其微弱，同时对我咳嗽，唾沫溅到我的脸上。"我感冒多厉害！"他又说了一句，仿佛我自己无法看出。"大夫说是百日咳。"然后他又对着我咳嗽。"您说话别累着了。"我装出善意的样子对他说。我怕得百日咳，要是得了这种病，再加上我容易呼吸困难，就会非常难受。但他却开始吹嘘，如同一个能人，说话时一直在咳嗽，却不愿被别人认为是病人。“没事，没关系。”他说。（我在想，对您可能没关系，但对我却并非如此。）“再说我马上就要进巴黎了”（好极了，但愿他走之前别把百日咳传染给我）。“听说，”他接着说，“巴黎非常漂亮，想必比这里和蒙特卡洛都要漂亮，虽说有些服务员，甚至是顾客，还有侍应部主任，他们在旅游旺季去蒙特卡洛，并常常对我说，巴黎没有蒙特卡洛漂亮。他们也许看走眼了，不过，能当上侍应部主任，应该不会是笨蛋；要接所有的订菜单，留好所有的餐桌，得要有能力才行！有人对我说，这比写剧本和写书还要难。”我们快要到我住的那层，但电机司机把我又降到底层，因为他觉得按钮不灵，但转瞬间又搞好了。我对他说，我情愿走上去，意思是说我不想得百日咳，不过没有明说。但司机在一阵亲切而有传染性的咳嗽中，又把我推进电梯。“不会再有问题了，现在，我把按钮搞好了。”我看他不断在说话，更想知道来客的姓名及其留下的口信，在谈到巴尔贝克、巴黎和蒙特卡洛哪个地方漂亮时，我对他说（就像对一个老是唱邦雅曼·戈达尔[①]的男高音歌手说：您最好给我唱德彪西）：“是谁来看我？”——“是昨天跟您一起出去的那位先生。我去拿他的名片，是在我的门房那里。”前一天我曾把罗贝尔·德·圣卢送到东锡埃尔车站，然后去接阿尔贝蒂娜，我以为电梯司机说的是圣卢，实际上却是汽车司机。他用“是跟您一起出去的那位先生”这句话来指汽车司机，就同时使我知道，一个工人跟社交界人士一样也是先生。这只是上了一堂词汇课而已。因为我对人从来不分等级。即使我听到有人称一个汽车司机为先生会感到惊奇，就像一星期前才获得爵位的 X 伯爵，听到我对他说“伯爵夫人看来累

① 邦雅曼·戈达尔（1849—1895），法国作曲家。创作的歌剧深受欢迎，如《若斯兰》（1888），并因其摇篮曲著称。在此为浮浅音乐的代表。

了”，就转过头来朝后面观看，看看我说的是谁，这只是因为还不习惯使用这个词；我从来不把工人、资产者和大贵族分门别类，我会不加区别地把他们都当作朋友，但对工人有点偏爱，其次是大贵族，这不是因为爱好，而是因为知道，可以要求大贵族对工人有礼貌，而对资产者却无法做到这点，或者是因为知道，大贵族不像资产者那样瞧不起工人，或者是因为大贵族愿意对任何人彬彬有礼，这就像美女喜欢微笑，因为她们知道别人喜欢看到。另外，我把普通百姓和社交界人士平等看待的态度，虽然社交界人士十分乐意接受，但我还不能说，这种态度总是会使我母亲称心如意。这不是因为她从人道出发对人们有某种区分，但只要弗朗索瓦丝心里难受或身体不适，她总是会受到我妈妈的安慰和照顾，而且既亲切又尽心，就像在照顾她最好的女友。但我母亲特别像我外公，因此不会不把社会上的人分成等级。贡布雷居民虽然善良和同情，虽然获得人类平等最美好的理论，但我母亲见一个贴身男仆在获得自由之后，有一次用“您”来相称，在不知不觉中不用第三人称来跟我说话，就会对这种越权行为十分不满，这就像在圣西蒙《回忆录》中，每当一个领主抓住借口，在一份公证文件上使用他无权使用的“殿下”称号，或者他不把欠款和他想逐渐赖掉的债务还给那些公爵，也会有同样的不满。有一种“贡布雷精神”，可说是根深蒂固，需要有几百年的善良（我母亲无限善良）和平等的理论，才能最终将其铲除。我不能说这种精神在我母亲头脑里的某些成分无法消除。她很难让一个贴身男仆去吻她的手，却会轻易给男仆十个法郎（而男仆得到这十个法郎，会比吻她的手要开心得多）。不管她是否承认，在她看来，主人就是主人，仆人就是仆人，只配在厨房里吃饭。她看到汽车司机跟我一起在餐厅吃晚饭，就不是十分高兴，并对我说：“我觉得你会有比司机更好的朋友。”这就像涉及婚姻大事时，她会说：“你会找到更好的对象。”这个汽车司机（幸好我从未想到要邀请他）是来告诉我，旅游季节派他到巴尔贝克来的汽车公司,让他第二天就回巴黎。这个理由,因为司机讨人喜欢,说话如福音书简明扼要,我们觉得想必符合事实。但并非完全符合。其实,他在巴尔贝克已无事可干。不管怎样,公司对这个依靠圣轮谋生的福音传道青年的诚实半信半疑,因此要他尽快回到巴黎。确实,这年轻使徒在对德·夏吕斯先生计算里程时使用神奇的乘法,相反,在向公司报账时却把他赚来的钱除以六。公司由此得出结论,要么在巴尔贝克已无人乘车出去兜风——在这个季节有这种可能——要么公司的钱被人窃取,不管情况如何,最好还是把他召回巴黎,而在巴黎事情也不是很多。司机的愿望是尽可能避开淡季。我已说过——当时我并不知道此事,如果知道,我就不会如此忧伤——他当时跟莫雷尔关系很好(但在别人面前,他们总是装出不认识的样子)。他被召回的那天,还不知道自己还有办法不走,从那天起,我们出去兜风就只好租一辆马车,有时为了让阿尔贝蒂娜好玩,也因为她喜欢骑马,我们就租马来骑。马车都很蹩脚。"真是破车!"阿尔贝蒂娜老是这样说。我往往喜欢独自待在车上。我不想给自己规定死期,但对这一生,我要责怪的不是它不让我工作,而是不让我娱乐。但有的时候,约束我的习惯会突然被舍弃,这往往是我以前的某个自我,就是想过欢快生活的自我,一时间取代了现在的自我。有一天,我把阿尔贝蒂娜留在她姨妈家里之后,特别想出去溜达,就骑马去看望维尔迪兰夫妇,我走的是树林中的荒野道路,维尔迪兰夫妇曾对我赞扬过这条道路美丽。这道路形如悬崖,接二连三上坡,然后被茂密的树丛紧裹其中,直插荒山野谷之中。一时间,我周围是光秃秃的岩石,我在石缝中看到的大海,浮现在我的眼前,仿佛是另一个世界的残迹:我认出这是为埃尔斯蒂尔两幅出色的水彩画提供背景的山景和海景,一幅是《诗人遇到缪斯》,另一幅是《青年遇到肯托洛伊》,我在盖尔芒特公爵夫人家看到过这两幅画①。我想起这两幅画，就觉得我处身之地是在这尘世之外，因此，我如像埃尔斯蒂尔描绘的史前青年那样，在散步时迎面遇到一位神奇人物，就不会感到惊讶。突然，我的马后腿直立；它听到了奇特的声音，我花费九牛二虎之力才把马控制住，没被摔倒在地，然后，我抬起全是泪水的眼睛，朝这声音传来之处观看，只见我上方五十来米处，有个生物用两只钢制大翅膀飞走，在阳光下闪闪发光，其形状难以看清，但我觉得像人。我十分激动，犹如希腊人首次看到半神半人。我也在哭，因为我准备哭泣，是在听出这声音来自我脑袋上方之后——飞机在当时还十分罕见——想到我就要首次看到飞机。于是，如同你感到报上出现一句激动人心的话，我只是在看到飞机后才热泪盈眶。然而，飞行员似乎对航道犹豫不决；我感到在他面前展开——如果我并未被习惯禁锢，就在我面前展开——一条条空间之路和人生之路；他飞得更远，在大海上空翱翔片刻，然后突然作出决定，仿佛被一种跟地心引力相反的引力吸引过去，如同返回故乡，只见金色翅膀微微一动，它就直插蓝天。

现在再来说汽车司机，他不仅要莫雷尔让维尔迪兰夫妇用汽车来替换他们的四轮无篷大马车（维尔迪兰夫妇对信徒们慷慨大方，要办到这件事相当容易），但比较难办的是用他这个汽车司机来取代他们的主要马车夫，那个多愁善感、思想悲观的年轻人。这件事在几天之内用下面的方式解决。莫雷尔先叫人把马车夫套车的必需品全都偷走。另一天马车夫找不到马衔，另一天找不到马衔索。后来他的坐垫不翼而飞，随后他的马鞭、毛毯、掸衣鞭、海绵和麂皮也下落不明。但是，他总是在邻居的帮助下设法解决；只是他老是迟到，维尔迪兰先生对他十分恼火，他因此而难受和悲观。

---

① 埃尔斯蒂尔这两幅水彩画的原型，拟是居斯塔夫·莫罗的《赫西奥德和缪斯》（1860）和《死去的诗人被肯托洛伊驮着》（1890）。参见本书第三卷第439页。

司机急于进门，就对莫雷尔说，他即将回巴黎。这样就得使出狠招。莫雷尔使维尔迪兰先生的仆人们相信，年轻的马车夫曾说要让他们全都落入圈套，并认为他肯定能制服他们六人，因此莫雷尔对他们说，他们决不能让他这样干。他本人不能介入此事，但他把情况告诉他们，让他们能先发制人。大家说好，乘维尔迪兰夫妇跟他们的朋友们出去散步的机会，他们就全都在马厩里朝那个年轻人扑去。我要转述的事，虽说尚未发生，但这些人物后来使我发生了兴趣，就是在有一天，维尔迪兰夫妇有个朋友在他们的乡间别墅度假，他当天晚上动身之前，大家想请他出去散步。

大家去散步时，有一件事使我感到十分意外。那天莫雷尔跟我们一起散步，他要在树丛中用小提琴演奏，但他对我说："您听好，我手臂疼，可我不想把这事告诉维尔迪兰夫人，您请她让一个仆人过来，譬如说豪斯勒，让他给我拿乐器。"——"我觉得叫另一个更加合适。"我回答说。"吃晚饭时需要他。"莫雷尔脸上显出气愤的神色。"不，我不想把我的小提琴交给随便什么人看管。"我后来才知道他这样选择的原因。豪斯勒是年轻马车夫非常喜欢的兄长，他要是留在家里，就会去帮助弟弟。在散步时，莫雷尔说话声音很轻，不让大豪斯勒听到我们的话。"他是个出色的小伙子。"莫雷尔说。"另外，他弟弟也是这样。他要是没有有害的喝酒习惯……"——"什么，喝酒？"维尔迪兰夫人想到自己的马车夫竟然喝酒，气得脸色发白。"您没有发现这事。我心里总是在想，他给你们驾车竟没有出车祸，真是奇迹。"——"他难道给其他人驾车？"——"您只要看到他翻过多少次车就行了，他今天脸上都是瘀斑。我不知道他怎么没在车祸中丧生，他把车辕都弄断了。"——"我今天没看到他，"维尔迪兰夫人说，她想到自己也可能出这种车祸，不禁浑身颤抖，"您使我难受。"她想早点结束散步回去，但莫雷尔却选了巴赫的一首有无数变奏的乐曲，以延长散步的时间。她回家后立刻去车库，看到车辕是新的，豪斯勒身上有血。她没有对他作任何批评，就对他说，她不再需要马车夫，并把钱给他，而马车夫也不想指责那些同伴，他见他们恨他，知道每天失窃的马具都是他们偷的，他看到忍耐的结果，只能让人看成被打死的死人，就要求离开，事情也就摆平。汽车司机在第二天进门，后来，维尔迪兰夫人（也只好雇用另一个）对他十分满意，竟把他当作绝对可靠的人热情地推荐给我。我不知内情，就在巴黎雇用了他，按日计薪；我把后来的事提前说出，这些事将在阿尔贝蒂娜的故事中叙说。此时此刻，我们在拉斯珀利埃尔，我第一次带女友去那里吃晚饭，德·夏吕斯先生则跟莫雷尔一起去，他自称是"管家"之子，他父亲有三万法郎的固定年薪，有一辆马车，手下有众多小管家、园丁、财务管理员和佃农。但是，我既然提前叙说后面的事，就不能让读者留下莫雷尔坏事做绝的印象。他这个人主要是矛盾重重，有些日子也会做真正讨人喜欢的事。

我得知马车夫被赶走，自然感到十分惊讶，但更加惊讶的是，看到接替马车夫的汽车司机，正是带阿尔贝蒂娜和我出去兜风的那位。但他对我讲了个十分复杂的故事，说他当时已回到巴黎，但那里有人请他为维尔迪兰夫妇开车，我听了丝毫没有怀疑。车夫被解雇是莫雷尔跟我交谈片刻的原因，是为了对我表明，他对那出色的小伙子的离开感到难过。另外，除了我独自一人之时，以及他喜出望外地朝我跳过来的时候，莫雷尔见大家在拉斯珀利埃尔都对我热情相待，感到自己是在故意疏远一个对他无害的亲密朋友，因为他对我过河拆桥又自断后路，使我无法对他装出保护者的样子（其实我根本不想装出这种样子），于是，他不再跟我疏远。我认为他态度的改变是因为受到德·夏吕斯先生的影响，由于这种影响，莫雷尔确实在某些方面不再像以前那样思想狭隘，而是更有艺术家的风度，但在另一些方面，他严格遵守大师的表现手法，这些手法十分动人，有欺骗性，只是暂时使用，因此，这种影响反倒使他更加愚蠢。德·夏吕斯先生对他说的事，确实是我唯一预料到的事。我如何猜到我后来才听说的事？（但这事我从未确信无疑，安德蕾所说的有关阿尔贝蒂娜的种种事情，特别是后来说的那些事，我总觉得靠不住，因为我们以前已经看到，她不是真心喜欢我的女友，而且还嫉妒她，）但不管怎样，如果确有其事，她们俩显然都瞒着我一件事：阿尔贝蒂娜对莫雷尔很熟悉。在马车夫即将被解雇时，莫雷尔对我改变了态度，也使我改变了对他的看法。我一直认为他生性卑鄙，我有这种看法，是因为这年轻人对我的态度，他在需要我时对我卑躬屈膝，而在我给他帮忙之后，就立刻显得傲慢，甚至仿佛对我视而不见。此外，他跟德·夏吕斯先生关系好显然是因为贪财，也是因为毫无结果的兽性本能，这种本能（在兽性发作时）未能得到满足，或者使情况变得复杂，他就会心里难受，但这种性格并非总是以丑陋的形式出现，而是充满着矛盾。它就像中世纪一本古老的书，错误百出，里面全是荒谬传说和淫秽内容，可说是非同寻常的大杂烩。我开始时认为，他那真正被视为大师的艺术，使他具有能超越精湛演奏技艺的优势。有一次我说想开始工作，他就对我说："工作吧，您要名扬天下[①]。"——"这是谁说的？"我问他。"是丰塔纳[②]对夏多布里昂说的。"他还知道拿破仑的一封情书[③]。"不错，"我心里想，"他有学问。"但这句话，我不知道他是在哪里看到的，也许是他在整个古今文学中知道的唯一一句话，因为他每天晚上都要对我说这句话。另一句话他对我说的次数更多，是为了不让我对任何人说出他的任何情况，这句话

① 原文为："工作吧，工作吧，我亲爱的朋友，您要名扬天下。"引自丰塔纳于1798年7月28日写给夏多布里昂的信，夏多布里昂则在《墓畔回忆录》第十一卷第三章中转引。丰塔纳在法国大革命恐怖时期流亡伦敦后与夏多布里昂结识。参见《墓后回忆录》上卷，程依荣译，花城出版社，第389页。

② 即路易·德·丰塔纳（1757—1821），法国政治家、作家。参见本书第二卷第283页注②。

③ 可能指拿破仑写给约瑟芬的情书，发表时名为《皇帝情意绵绵》、《关于爱情的对话》等等。

他觉得也有文学性，其实勉强能算法国话，或者至少是不能表达任何一种意思，也许只是对故弄玄虚的仆人有用，那就是：“你要怀疑多疑之人。”其实，从这愚蠢的箴言到丰塔纳对夏多布里昂说的话，我们也许能看到莫雷尔的部分性格，虽然形式多样，但并不像看上去那样矛盾。这小伙子只要能搞到钱，什么事都干得出来，而且毫无内疚——也许会奇怪地有点不快，甚至会过于兴奋，但决不能用“内疚”二字来形容——他只要有利可图，就能使别人全家痛苦乃至处于失去亲人的悲痛之中，这小伙子把金钱看得高于一切，高于普通人最自然的感情，善良就更谈不上了，但他看得比金钱更高的却是他获得的巴黎音乐学院一等奖证书，在笛子班或对位法学习班，别人决不能说一句冒犯他的话。因此，他怒气冲天，他的坏脾气只要面孔一板就会无缘无故地发作，是因为据他说到处都有欺诈（他也许认为他遇到心怀叵测之人的个别情况普遍存在）。他庆幸自己能从中脱身，是因为从不谈论任何人，却暗中玩弄自己的手法，对所有人都不信任。（我不幸的是，因我回巴黎后将会引起的后果，他不信任的“把戏”并未对巴尔贝克的汽车司机“玩弄”过，他也许看出司机是他的同类，也就是跟他的箴言相反，是个褒义的多疑者，这个多疑者在正人君子面前守口如瓶，但跟坏蛋则立刻会勾搭成奸。他感到——他的感觉也并非完全错误——这种不信任使他总是能置身于事外，进行最危险的冒险却不会被抓获，在牧羊女街的学院里[①]，别人对他毫无办法，甚至不能证明他参与此事，而只能用学习上的进步来压他。他只要工作，就能名扬天下，也许有朝一日能在这久负盛名的学院举办的竞赛中，成为人人敬仰的小提琴评委的大师。

但是，莫雷尔的脑子也许逻辑性太强，因此会在一些矛盾中发

① 1913年前，巴黎音乐学院位于牧羊女街（第九区），后迁至马德里街（第八区）。

现另一些矛盾。其实,他的本性真的像一张纸,你可以在上面朝各个方向折出皱褶,而且无法恢复原状。他似乎对自己要求相当高,写的字又十分漂亮,可惜拼写错误百出,他会花几个小时给自己的弟弟写信,但对自己的妹妹们不好,他是她们的兄长和支柱,而他的妹妹们却对他有失礼的言行。

夏季很快就要结束,我们在杜维尔下火车时,太阳因薄雾遮盖而光线暗淡,完全呈淡紫色的天空中只有一块红色。在这片茂盛的盐碱草地上,傍晚时分十分宁静,因此许多巴黎人到杜维尔来度假,其中大部分是画家,这时潮气很重,他们早早就回到自己的小木屋。好几栋木屋里已亮起灯光。只有几头母牛在外面,望着大海哞哞叫着,其他母牛对人更感兴趣,注意力转向我们的车子。只有一位画家在狭窄的高地上架起画架,设法画出这宁静的氛围和柔和的光线。那些母牛也许在无意中充当了义务模特儿,因为人们回屋之后,它们神色凝视,孤独地待在那里,正以它们独特的方式使傍晚散发出的休闲的强烈印象更加突出。几星期之后,当秋日流逝、白昼变得短暂,得在夜晚进行这种旅行时,季节的转换仍然令人愉悦。如果我下午出去转一圈,最晚得在五点钟回来换衣服,现在这个时候,圆圆的红太阳已落到这面过去令人讨厌的斜放的镜子中央,如同希腊火硝①,把我所有书柜上的玻璃映出的大海烧得通红②。我在穿无尾常礼服时,有个手势像念咒语,唤醒了我那灵活而又轻浮的自我,我跟圣卢一起到里弗贝尔去吃晚饭时,以及我以为能把德·斯泰马里亚小姐带到林园的岛上去吃晚饭的那天晚上,我就是这样,于是,我不由自主地哼起了当时哼的那首歌;我唱着歌就知道有时唱有时不唱的那个人是谁,我这时才发现此

---

① 希腊火硝在古代用于火攻敌船。

② “令人讨厌的镜子”,参见本书第二卷第239页;“书柜上的玻璃”,参见该卷第383页。

人其实只会唱这首歌。我第一次唱这首歌,是在我开始爱上阿尔贝蒂娜的时候,但我当时觉得我决不会了解她。后来在巴黎唱,是在我第一次占有她之后没过几天,我不再喜欢她[①]。现在唱时我又爱上了她,是在跟她一起去吃晚饭的时候,旅馆经理深感遗憾,他以为我最终将住在拉斯珀利埃尔,并离开他的旅馆,他确信自己曾听到别人说,那里热病流行,是因为贝克的沼泽地及其"退潮的"水。我高兴地看到生活多种多样,在三个方面扩展开来;另外,你在一时间又变得像过去那样,就是跟你后来在很长一段时间里不同,感觉不再因习惯而变得迟钝,并受到强烈印象的微弱冲击,这种印象使以前的印象全都黯然失色,正因为印象强烈,我们一时间像醉汉那样兴奋地对其恋恋不舍。这时天色已黑,我们乘上公共马车或普通马车,到火车站去乘小火车。在大厅里,卡昂法院首席院长对我们说:"啊!你们去拉斯珀利埃尔!哎呀,这维尔迪兰夫人真不像话,叫你们在夜间乘一个小时的火车,只是为了去吃一顿晚饭。然后,到晚上十点再乘火车回来,那时的风可大呢。看来你们是无事可干才这样。"他搓着手补充道。他说这样的话,也许是因为他对自己未被邀请而感到不满,也可能是因为"忙人"——即使是在忙一件蠢事——有一种满足感,他们"没时间"去做你们所做的事。

当然啰,这是理所当然的事,一个人撰写报告,整理账目,答复商务信件,注视证券交易所的行情,他如冷笑着对你说:"你无事可干,真好",就会有一种愉悦的优越感。但是,这种优越感也会显得倨傲,甚至会变本加厉(因为忙人也会在外面吃晚饭),假如您的消遣是写作《哈姆雷特》或者只是看书。在这方面,忙人缺乏考虑。他们对文化不感兴趣,偶然看到别人在搞文化,就觉得这样

① 参见本书第三卷第381—382页。但这里只是一种转瞬即逝的满足,称不上"占有"。

消磨时间实在可笑，而他们应该想到，在他们自己的行业里，正是这种文化使一些人出类拔萃，这些法官或管理人员也许并不比他们优秀，但看到这些人晋升迅速，他们就只好甘拜下风，并且说："看来他是个大作家，是鹤立鸡群的人物。"但主要是首席院长没有看出，我喜欢在拉斯珀利埃尔吃晚饭，其原因正如他正确地说出，虽说是在批评，那就是吃晚饭"是一次真正的旅行"，我觉得这种旅行很有吸引力，是因为旅行并非是其目的，决不是为了寻找乐趣，而乐趣则在于大家去聚会，不会因聚会中的整个气氛而有很大改变。现在天色已黑，我离开了已成了我的家的热乎乎的旅馆，跟阿尔贝蒂娜一起登上车厢，喘息般的小火车有时停留，车窗玻璃上有灯的反光，说明已到达一个车站。我怕科塔尔没看到我们，又听不到报站的叫声，就打开车厢的门，但冲进车厢的并非是那些常客，而是风、雨和寒冷。我在黑暗中看到田野，听到大海的声息，我们正在旷野之中。我们跟小核心相聚之前，阿尔贝蒂娜照着一面小镜子，镜子是从她随身携带的金制梳妆匣中取出。开始时，吃晚餐之前，维尔迪兰夫人有几次在晚饭前让阿尔贝蒂娜上楼到她的盥洗室去打扮，我在一段时间以来心里虽然十分平静，但要让阿尔贝蒂娜独自上楼，仍感到有点不安和嫉妒，我独自待在客厅里，人跟小宗派的人在一起，心里却在想我的女友在楼上干什么，感到极其焦虑不安，因此我在第二天就发电报请教德·夏吕斯先生，询问卡地亚首饰店最漂亮的梳妆匣是哪种，并在店里订购一只，阿尔贝蒂娜拿到后很开心，我也开心。这梳妆匣是我内心平静的保证，也是对我女友的关心。因为她肯定已经猜到，我不喜欢她在维尔迪兰家里离开我独自待着，她就在车厢里做好晚饭前的梳妆打扮。

在维尔迪兰夫人的众多常客里，现在最忠实的常客，在好几个月以来得要算德·夏吕斯先生。在东锡埃尔西站，旅客们能看到这个胖子每星期在候车室或站台上出现三次，只见他头发灰白，小胡子黑色，嘴唇上涂有红色唇膏，在旅游旺季结束时不如夏天显眼，因为夏日的阳光照得它更加突出，炎热又使唇膏有点液化。他朝小火车走去时，禁不住（只是出于行家的习惯，因为他现在因一种感情而变得贞洁，或者至少在大部分时间里忠贞）朝那些干重活的劳工、军人和穿网球服的青年偷偷看上一眼，那目光既蛮横又胆怯，随即低垂眼皮，眼睛几乎闭上，像正在数念珠做祷告的教士那样安详，又像爱情专一的妻子或教养有素的姑娘那样持重。信徒们确信他没有看到他们，因为他登上了跟他们不同的车厢（舍尔巴托夫王妃也往往这样），他就像一种人，不知道别人是否高兴被人看到跟他在一起，但你如想找到他，他会轻而易举地让你找到。这种情况在开始几次并未被大夫感觉到，大夫希望我们让他独自待在他的车厢里。自从他在医学界地位显赫之后，他以性格犹豫不决而自命不凡，说话时面带微笑，身体后仰，从单片眼镜上方看着茨基，想要开开玩笑，或是转弯抹角地抨击同伴们的看法："你们要知道，如果我独自一人，是单身汉……但由于我妻子的缘故，我心里在想，听了你们对我说的话之后，我是否能让他跟我们一起旅行。"大夫低声说道。"你在说什么？"科塔尔夫人问。"没什么，这跟你无关，这不是说给女人听的。"大夫回答时眨了眨眼睛，神色既自满又庄严，既不像对学生和病人那样绷着脸说笑话，又不像过去在维尔迪兰夫妇家里那样神色风趣而又不安，而是介于这两种表情之间，并继续低声说话。科塔尔夫人只听到"社团的"和"舌头①"这两个词语，前者在大夫的言语中指犹太种族，后者则指饶舌，科塔尔夫人得出结论，德·夏吕斯先生想必是饶舌的犹太人。她不知道大家为什么因此把男爵排斥在外，认为她作为小宗派的元老，有义务要求大家别让他一个人待着，于是，我们就朝德·夏吕斯先生所在的车厢走去，由科塔尔带领，他仍然不知所措。德·夏吕斯先生在一个角落里看一本巴尔扎克的书，他发觉

① 原文为 tapette，也可表示：娘娘腔的同性恋者。

了这种犹豫不决，但并未抬起眼睛。他就像聋哑人，能根据正常人感觉不出的气流得知有人已来到他们背后，他会预先知道别人对他冷淡，真可以说感觉极其灵敏。这种灵敏的感觉，由于在各个方面都会表现出来，德·夏吕斯先生就产生了想象出来的痛苦。这就像神经病患者，稍感凉意，就怀疑楼上有一扇窗开着，就开始发怒，并打喷嚏，而德·夏吕斯先生，如有人在他面前显得忧心忡忡，他就会得出结论，认为有人已把他议论此人的话转告。但是，你甚至不需要显得心不在焉，不需要露出阴沉的神色或是笑脸，他都可以想象出来。相反，真诚的神色却能轻而易举地向他掩盖恶言中伤，因为他不会这样做。他首次猜出科塔尔犹豫不决，信徒们以为他在低头看书，还没有看到他们，但他们十分惊讶的是，在他们走到近前时，他向他们伸出手来，但对科塔尔只是欠欠身子，并立刻把身子挺直，也没有用戴着瑞典手套的手去握大夫向他伸出的手。“我们在旅途中非要跟您在一起，先生，不能让您像这样独自待在小小的角落里。我们跟您在一起非常高兴。”科塔尔夫人善意地对男爵说。“我十分荣幸。”男爵神色冷淡，像背书那样欠身说道。“我十分高兴地得知，您最终选择这个国家搭起tabern...”她想要说 tabernacle（帐篷），但她觉得这是希伯来语词，跟犹太人说话时用会得罪对方，会被对方看成一种暗示。因此，她马上改口，准备在她熟悉的词语中选择一个庄重的词语，“要在这个国家定居，我的意思是说‘你们的神宅’（确实，这种神不属于基督教，是属于一种早已死亡的宗教，而且已没有信徒，因此不必担心会冒犯他们）。不幸的是，我们在开学之后，大夫要在医院里看病，我们决不能长期选择同一个地方居住。”她指着一个纸盒子对他说：“您看，我们这些女人，不如男人幸福，即使到我们的朋友维尔迪兰家这样近的地方去，也不得不带着一大堆累赘的东西。”在这段时间里，我看着男爵看的那本巴尔扎克的书。这不是一本偶然买来的装订精致的书，不像他在第一年借给我的那本贝戈特的书。这是他藏书中的一本，上面有题铭："我听候夏吕斯男爵的吩咐"，有时为了表示盖尔芒特家族成员喜欢读书，就用 In prœliis non semper（并非总是在打仗）取而代之，或者用另一题铭 Non sine labore（不努力一事无成[①]）。但我们很快就会在下文中看到，它们将被其他题铭替代，以取悦莫雷尔。科塔尔夫人在片刻之后转到一个她觉得更适合于男爵的话题。"我不知道您是否同意我的看法，先生，"她过一会儿对他说，"但我思想十分开放，在我看来，只要你真心信仰宗教，所有的宗教都好。我不像有些人那样，看到一个……新教徒就仿佛得了恐水症。"——"我听说，我信奉的宗教是真正的宗教。"德·夏吕斯先生回答道。"这是个宗教狂，"科塔尔夫人心里在想，"斯万更加宽容，但在一生的后期除外，他确实已皈依天主教。"然而，男爵跟他恰恰相反，正如大家所知，他不仅是天主教徒，而且有中世纪的那种虔诚。他的看法就像十三世纪的雕塑家，认为天主教会是活生生的群体，里面有一群人，他觉得事实上确实存在，有先知、使徒、天使和各种圣徒，他们待在圣子及其父母周围，待在上帝以及所有殉道者和圣师周围，这就是他们的教民，以浮雕形式出现，个个都挤在门廊里，或是在各个大教堂的厅堂里站得满满的。在他们这些人中间，德·夏吕斯先生选择了大天使米迦勒、加百列[②]和拉斐耳[③]为代人祈祷的主保圣人，他经常跟他们交谈，请他们向上帝传达他的祈祷，这些大天使都站在上帝的宝座前面。因此，科塔尔夫人的错误使我们感到十分开心。

我们暂且不谈宗教领域，而来谈谈大夫，他来到巴黎时听从农

---

① 这是雷兹枢机主教的话。

② 加百列是《圣经》中提到的三位大天使之一，希伯来文的含义是"上帝的人"。他和米迦勒是守卫教堂防止魔鬼潜入的守护天使。

③ 拉斐耳也是三位大天使之一，是站在宝座前侍奉主的七个天使之一。他负责将多比的祈祷传达给上帝，又奉上帝之命考验多比，治愈多比的眼病，引导并保护其全家。他是药剂师、医生和旅行者的主保圣人。

妇母亲的劝告，带的行李很少，然后专心学习，但学的几乎都是实用的知识，你想在医学生涯中有重大发展，就只好为此花费多年时间，因此他从未好好学习文化知识，他取得了更大的威望，而不是更多的经验，他按字面意思来理解“荣幸”二字，感到既满足又苦恼，满足是因为他有虚荣心，苦恼则是因为他是善良的小伙子。“这可怜的夏吕斯，”他在当天晚上对妻子说，“他对我说，他跟我们一起旅行感到荣幸，我听了难受。可以感到，这可怜虫没有朋友，他对别人卑躬屈膝。”

不久之后，信徒们不需要再由仁慈的科塔尔夫人带领，因为他们在德·夏吕斯先生身边时已能控制自己的情绪，而开始时他们多少有点局促不安。他在场时，也许他们在思想中不断回想起茨基透露的事实，并想到他们的旅伴中有人性欲奇特。但是，这种奇特的性欲对他们有一种吸引力。他们觉得男爵的谈话引人注目，但有些部分他们无法欣赏，而这种奇特的性欲却使男爵的谈话有一种味道，显得十分有趣，相比之下，布里肖的谈话就显得有点乏味。另外，从一开始，大家就喜欢承认他聪明。“天才可与疯狂为邻[①]。”大夫说，但如果王妃求知若渴，非要他再说下去，他就再也说不出来，因为关于天才的箴言，他只知道这一句，而且他显然无法像论证有关伤寒和关节炎的问题那样来加以论证。他医学上出色，个人修养却仍然不佳：“您别问了，王妃，您别问我，我到海边是来休息的。另外，您也听不懂我的话，您不懂医学。”王妃道歉后默无一言，她认为科塔尔是个讨人喜欢的男子，并知道名人并非总是容易接近。在这开始的阶段，大家最终认为德·夏吕斯先生聪明，尽管他有恶习（或者用大家通常说的名称）。现在，大家因这种恶习而弄不清此事，就认为他比其他人更加聪明。最简单的

① 十九世纪末，这种心理学的普遍看法，主要在意大利犯罪学家切萨雷·隆布罗索（1835—1909）的著作《天才和疯狂》（1864）中得到阐述。

箴言，德·夏吕斯先生在大学教师或雕塑家巧妙地怂恿下就会说出，涉及爱情、嫉妒和美，这是因为他的经验特殊、隐秘、高雅而又骇人听闻，他从自己的经验中取得这些箴言，因此这些箴言对信徒们来说有一种身在异乡般的魅力，而一种心理状态，跟我们的戏剧作品一直向我们描绘的心理状态相同，会使本国艺术家演出的一部俄国或日本的剧作具有这种魅力。他听不到时，大家会开个恶意的玩笑："哦!"雕刻家见一个年轻的列车员长着印度寺院舞女般的长睫毛，德·夏吕斯先生准会盯着他看，就低声说道，"要是男爵开始对这个查票员暗送秋波，我们就到不了终点站，火车就要倒开了。你们瞧瞧他看那列车员的样子，我们乘的就不再是现在的小火车了，而是'缆索列车'。"但实际上，如果德·夏吕斯先生没来，大家跟普通人一起旅行，身边没有他这样的人，就会有近于失望的感觉，只见他涂脂抹粉，大腹便便，与外界隔绝，就像来自异国他乡的一只可疑的盒子，其中散发出珍奇水果的香味，你只要想到会亲口吃到，心里就感到恶心。从这点来看，在德·夏吕斯先生上车的栎树圣马丁站到莫雷尔上车的东锡埃尔站这段短短的旅途中，男性信徒们感到更加满意。因为只要小提琴手没上车(只要女士们和阿尔贝蒂娜为了不妨碍他们谈话而坐在远处)，德·夏吕斯先生就不会拘束，不会显出要回避某些话题的样子，并谈论"大家通常称为伤风败俗的事"。阿尔贝蒂娜不会去妨碍他，因为她总是跟女士们待在一起，这是姑娘知趣，不愿意因自己在场而妨害别人自由交谈。她不在我身边我倒容易忍受，不过她必须跟我待在同一个车厢里。我对她不再嫉妒，也几乎没有爱恋，我不去想白天我没有看到她时她在做什么；相反，我在那里时，如果一道隔板就能掩盖不忠的行为，我就感到无法忍受，如果她跟女士们一起到隔壁车厢去，过一会儿我就无法坐在原处不动，即使会使正在说话的布里肖、科塔尔或夏吕斯感到不快，而我也无法对他们说明我走开的原因，我会站起身来，让他们待在原处，去看看隔壁车厢里是否发生不正常的事。在到达东锡埃尔以前，德·夏吕斯先生不怕别人听了刺耳，有时会直言不讳地谈论一种恋爱，他宣称这种恋爱对他来说不好也不坏。他说得十分巧妙，以显示他思想开放，并确信他的恋爱不会在信徒们的思想中引起怀疑。他认为，世上只有几个人“对他的事确信无疑”，这话后来成了他常说的话。但是，他心里在想，这种人不会超过三四个，而且没有一个在诺曼底海边。一个如此精明和不安的人竟会有这种幻觉，可能会使人感到惊讶。即使是他认为有点知情的那些人，他也庆幸他们只是隐约感到，他还根据他要对他们说的是这件或那件事，使某个人不像对话者那样猜疑，而对话者出于礼貌，就装出同意他说的话。即使他感到我可能知道或猜到他的事，他心里仍然会想，我脑子里的这种看法，比实际情况要陈旧得多，而且相当普遍，他只要否认某个细节，别人就会相信他，而与此相反，如果对总体情况的了解要早于对细节的了解，那么，这种看法就会使调查细节变得十分方便，它消除了隐藏的能力，使隐藏者无法再隐藏他喜欢隐藏的事。当然啰，德·夏吕斯先生受到某个信徒或信徒的某个朋友的邀请去吃晚饭时，总是转弯抹角地在他提出的十人名单中加入莫雷尔的名字，他十拿九稳地感到，他每次提出不同的理由，认为晚上跟莫雷尔一起受到邀请会感到高兴或舒服，晚宴的主人们就装出信以为真的样子，但同时用唯一相同的理由取而代之，那就是他喜欢莫雷尔，而他还以为他们并不知道。同样，维尔迪兰夫人似乎总是显出那种样子，好像完全接受德·夏吕斯先生出于艺术和人道的双重原因对莫雷尔感到兴趣，并且不断因男爵对小提琴手感人的善意表示感谢。然而，有一天，德·夏吕斯先生会感到十分惊讶，那天莫雷尔和他迟到了，因为他们没乘火车来，他听到老板娘说：“我们就只等这两位小姐了！”男爵会感到更加惊讶的是，由于他在拉斯珀利埃尔不大想动，活像小教堂的神甫、编目录的教士，有时（莫雷尔获准外出四十八个小时）会在那里接连睡上两夜。于是，维尔迪兰夫人给了他们两个相通的房间，为了不让他们拘束，就这样说："你们想奏点乐，就别拘束，这墙壁厚如堡垒，你们这一层楼又没有别人，我丈夫睡得很熟。"那几天，德·夏吕斯先生接替王妃到车站去接新来的客人，对维尔迪兰夫人未能亲自去接表示歉意，说她身体欠安，而且描绘得十分详细，客人们进来时面带忧色，但看到老板娘十分灵敏，身穿半袒露的连衣裙站着，不由惊叫起来。

这是因为德·夏吕斯先生在一时间成了维尔迪兰夫人信徒中的信徒，成了舍尔巴托夫王妃第二。对他在社交界的地位，维尔迪兰夫人远没有对王妃的地位那样肯定，她心里在想，王妃只想看到小核心，是因为她瞧不起其他圈子，只喜欢小核心。这种装腔作势正是维尔迪兰夫妇的特点，因此，他们不能交往的人，就全都称为讨厌鬼，无法相信老板娘会认为王妃铁石心肠，不喜欢优雅的事物。但她固执己见，并确信这位俄国贵夫人不跟讨厌鬼交往，是真心实意，按理智行事。不过，对维尔迪兰夫妇来说，讨厌鬼的数目正在减少。洗海水浴的生活，使一次介绍不会造成将来会在巴黎害怕的后果。一些杰出的男士来到巴尔贝克，没有把妻子带来，这样一切都会十分方便，他们来到拉斯珀利埃尔主动讨好主人，于是，讨厌鬼就变得可爱。盖尔芒特亲王就是如此，王妃不在身边，他也许不会像"单身汉"那样到维尔迪兰夫妇家里去，但重审德雷福斯案件的吸引力十分巨大，使他一口气上坡来到拉斯珀利埃尔，可惜的是那天老板娘出去了。另外，维尔迪兰夫人也不能肯定，他和德·夏吕斯先生是否属于同一个社交圈子，男爵确实说过，盖尔芒特公爵是他哥哥，但这也许是一个冒险家的谎话。不管他显得多么优雅和讨人喜欢，对维尔迪兰夫妇又是如此"忠心"，在邀请他时是否同时邀请盖尔芒特亲王，老板娘几乎犹豫不决。她请教了茨基和布里肖："男爵和盖尔芒特亲王一起来，行吗？"——"天哪，夫人，对其中一个，我觉得可以说行。[①]”——“但其中一个，对我又有何用?”维尔迪兰夫人生气地接着说道。“我问你们，他们一起来行吗?”——“啊！夫人，这种事很难弄清楚。”维尔迪兰夫人的话没有任何恶意，她对男爵的生活作风确信无疑，但她这样说，丝毫没有想到这事，而只是想知道是否能同时邀请亲王和德·夏吕斯先生，这样做是否合适。她使用这些固定熟语毫无恶意，这些熟语艺术界“小宗派”都提倡使用。为了用德·盖尔芒特先生来炫耀自己，她想在午饭后把他带去参加一个慈善活动，届时，海边的一些水手将展示开航操作。但她没有时间事事操持，就请信徒中的信徒即男爵代为办理。“您知道，不能让他们像模子那样待着不动，而要让他们走来走去，让大家看到船上忙碌的景象，我不知道这些事该怎么说。您经常去巴尔贝克海滩的港口，可以毫不费力地让他们把排练搞好。您对此应该比我更加内行，德·夏吕斯先生，可以让小水手们把事情搞好。但我们毕竟是在为德·盖尔芒特先生兴师动众。他也许是赛马俱乐部的一个笨蛋。哦！天哪，我在说赛马俱乐部的坏话，我好像想起来了，您就是赛马俱乐部会员。唉！男爵，您没有回答我，您是不是赛马俱乐部会员？您不想跟我们一起出去？拿着，这是我收到的一本书，我想您会感到兴趣。是鲁雄的书。书名有意思:《在男人之间》[②]。”

至于我，我看到德·夏吕斯先生经常取代舍尔巴托夫王妃去办事十分高兴，因为我跟王妃关系不好，原因既微不足道又高深莫测。有一天我在小火车上，跟往常一样对舍尔巴托夫王妃关怀备至，这时我看到德·维尔帕里齐夫人上了车。她要去卢森堡王妃家住几个星期，我由于每天都要见到阿尔贝蒂娜，所以一直没有回

---

① 法国七星丛书版不用句号，而用省略号。

② 这是法国作家、文学批评家亨利·鲁雄(1853—1914)的批评集。他于1891年任法国国立高等美术学校校长，1913年当选为法兰西语文学院院士。

答侯爵夫人和王妃的多次邀请。我见到我外婆的女友感到内疚，纯粹出于义务（同时又没有离开舍尔巴托夫王妃）跟她谈了很长时间。另外，德·维尔帕里齐夫人清楚地知道坐在我旁边的女人是谁，而我却对此一无所知，但夫人不想跟她认识。到了下一站，德·维尔帕里齐夫人离开了车厢，我甚至责备自己没有扶她下车；我又回来坐在王妃旁边。但是，就像有些人地位不大稳固，又生怕听到有人说他们坏话，怕被人瞧不起，常常会灾难临头，看法就因此发生变化。舍尔巴托夫夫人正在埋头看她的《两世界评论》，几乎没有回答我的问题，最后竟对我说我弄得她偏头痛了。我丝毫不知道自己犯了什么罪。我对王妃说再见时，她脸上并未露出平常的微笑，只是下巴一动，冷冷地打了声招呼，甚至没把手伸给我，并且此后不再跟我说话。但她得跟维尔迪兰夫妇说话，只是我不知道说什么话，因为只要我问他们，我是否有对舍尔巴托夫王妃礼貌不周之处，他们立刻异口同声地说："没有，没有！没有！绝对没有！她不喜欢别人亲热！"他们是不想使我跟她不和，但她却使人相信，她对别人的关心无动于衷，她没有这个世上的虚荣。只有看到政治家在大权在握后被认为是最正直、最强硬、最难以接近的人物，只有看到他失宠时面带恋人般的妩媚微笑，腼腆地乞求某个记者高傲地跟他打招呼，只有看到科塔尔挺直腰杆子（他的新病人把他看成铁杠），并知道舍尔巴托夫王妃表面上的高傲以及被大家公认的反故作风雅其实是一种失恋，是故作风雅的一种失败，你才会明白人类中的规则——当然有例外——是，强硬者是别人不想要的弱者，而强者很少会考虑别人是否愿意接受他们，他们的温柔则会被普通人视为软弱。

另外，我也不应该对舍尔巴托夫王妃严加评论。她这种情况极为常见！有一天，在盖尔芒特家族一个成员的葬礼时，我旁边站着一位杰出人物，他对我指了指一个瘦长而又英俊的先生。"在盖尔芒特家族的所有成员中，"他对我说，"此人最为奇特和古怪。

他是公爵的弟弟。"我冒失地回答说他弄错了,那位先生跟盖尔芒特家族没有任何亲戚关系,他名叫富尼埃—萨洛韦兹[1]。那杰出人物立刻背朝我转过身去,不再跟我打招呼。

有一位大音乐家[2]是法兰西研究院院士,又是政府高官,他认识茨基,因外甥女在阿朗布维尔而途经该地,就来参加维尔迪兰家的一次星期三聚会。德·夏吕斯先生(应莫雷尔的请求)对他特别亲热,尤其希望院士回到巴黎之后,能让他出席有小提琴手演奏的各种私人音乐会以及排练等活动。院士受到恭维,待人也十分亲切,就答应了此事并言而有信。男爵对这个人(而且此人只贪恋女色)的种种善意十分感动,感谢他提供的种种方便,使他能在外行无法涉足的正式场合看到莫雷尔,感谢这位著名艺术家为年轻的演奏高手提供种种演出和亮相的机会,情愿舍弃才能相同的其他小提琴手,而指定要他在将会特别引起轰动的独奏音乐会上演出。但德·夏吕斯先生并未感到,这一切他应当归功于那位大师,这大师理应得到双倍感谢,或者不如说是双倍有罪,因为他对小提琴手及其贵族保护人的关系一清二楚。他对他们的关系提供了方便,当然也并无好感,他无法理解其他爱情,只能理解对女人的爱,这种爱情为他所有的音乐作品提供了灵感,他对他们的关系提供方便,是因为对道德毫不关心,是因为职业上的宽容和热心相助,是因为社交上的殷勤和故作风雅。对这种关系的性质,他几乎没有怀疑,因此他第一次到拉斯珀利埃尔来吃晚饭时,谈到德·夏吕斯先生和莫雷尔,就像在谈一个男人及其情妇,他问茨基:"他们在一起的时间是否很长?"但是,他在社交界时间长久,不会让

① 富尼埃—萨洛韦兹,法国政治家,曾任巴黎警察局长,是业务艺术家协会创始人,曾为夏布里扬伯爵夫人于1912年5月29日举办的波斯式晚会绘制邀请信图案。他儿子罗贝尔(1869—1937)曾任贡比涅市长。

② 可能指加布里埃尔·福雷(1845—1924),1909年入选法兰西研究院,1905—1920年任巴黎音乐学院院长,他对女人的爱情为他的作品提供了灵感。

有关人士看出蛛丝马迹，如果在莫雷尔的同伙里传出流言蜚语，他就准备进行压制，并让莫雷尔放心，像慈父般对他说："现在，这是说所有人的闲话。"他再三说男爵的好话，男爵听了很舒服，而且觉得理所当然，虽然他无法忍受著名的大师有如此多恶习或美德。因为背着德·夏吕斯先生说的那些话，以及关于莫雷尔的"大致确实"的话，谁也不会卑鄙到向他转述。然而，这种简单的情况足以表明，即使这件事受到普遍诋毁，却无法在任何地方找到一个辩护人："闲话"也是如此，它或者针对我们，使我们觉得特别刺耳，或者把有关第三者的事告诉我们，这事我们并不知道，因此有心理上的价值。它阻止思想带着对事物虚假而又浮浅的看法沉睡不醒。它又以唯心主义哲学家施魔术般的灵活把事物翻转过来，使我们迅速看到蒙布遮住的反面上意想不到的一角。德·夏吕斯先生不会想到某个温柔的女亲戚说的话："怎么，你要梅梅爱我？你难道忘记我是女人！"然而，她对德·夏吕斯先生是真正出自内心喜爱。对维尔迪兰夫妇来说，他没有任何权利指望他们的喜爱和善意，他们在远离他时说的话（在下文中可以看到，不仅是说说而已），跟他想象中的话截然不同，也就是说并非只是他在场时听到的话的反映，对这种事，又怎么会感到惊讶？只有这些话用情深意切的题词装饰理想的小楼阁，德·夏吕斯先生有时独自去那里遐想联翩，这时他在片刻间把自己的想象融入维尔迪兰夫妇对他的看法。那里的气氛是如此舒适和友好，休息又使人精神如此振作，因此德·夏吕斯先生在睡觉之前会来此消除自己的烦恼，他走出楼阁时总是面带微笑。但是，对我们每个人来说，这种楼阁有两座，我们以为只有一座，但在这座楼阁对面还有一座，我们通常无法看到，却是真实的楼阁，跟我们知道的那座相对称，却又截然不同，其装饰跟我们想象的完全不同，仿佛由带有明显敌意的可恶象征构成，会使我们惊恐万状。德·夏吕斯先生简直会目瞪口呆，只要他进入这样一座敌对的楼阁，他进去是因为有某种闲话，就像走上后楼梯那样，只见套间门上涂有淫秽图画，出自不满的送货人和被解雇的仆人的手笔。但是，正如我们缺乏某些鸟所具有的方向感，我们也缺乏能见度感，如同我们缺乏距离感，我们以为人们对我们密切关注，其实恰恰相反，他们从未想到我们，而且毫不怀疑我们在这段时间里是其他一些人唯一关心的对象。因此，德·夏吕斯先生过着受骗上当的生活，如同鱼缸里的鱼，以为它在其中游的水扩展到鱼缸玻璃之外，而鱼缸给它展现的只是水的映象，他没有看到他旁边的阴暗之处有散步者在兴致勃勃地注视他做爱嬉戏，或是大权在握的养鱼人，在出人意料的不幸时刻——这时刻已对男爵推迟（对男爵来说，在巴黎，这个养鱼人将是维尔迪兰夫人）——会毫不留情地把他从喜欢的生活环境中拉出，扔到另一个环境之中。再加上民众只是个体的集合体，可以为这种严重、顽固而又令人困惑的失明提供更多的例子，但这些例子的各个部分全都相同。在此之前，这种失明即使让德·夏吕斯先生在小宗派里说出机灵得毫无用处的话，或者大胆得使人暗笑的话，却尚未在巴尔贝克给对他带来很大的麻烦，也不会带来很大的麻烦。小便中有点蛋白，有点糖尿，有点心律不齐，只要你没有发现这些毛病，就不会对继续过正常生活有所妨碍，只有医生才能从中预见到大病将临。现在，德·夏吕斯先生对莫雷尔的喜爱，不管是否是柏拉图式的精神恋爱，只有莫雷尔不在时才会使男爵愿意说出他觉得莫雷尔很美，而且心里在想，别人听到这话会觉得他心怀坦荡，他在这方面行事精明，即使被传到法庭作证，也不怕谈出详细情况，因为这些情况从表面上看似乎对他不利，正因为如此，就比剧中被告千篇一律的申明更加自然，也没有那样俗不可耐。在东锡埃尔西站到栎树圣马丁的旅途上，或在回来的这段路上，德·夏吕斯先生仍然那样无拘无束，喜欢谈论癖好显得奇特的人，他甚至还说："总之，我说奇特，但我不知道为什么这样说，因为这丝毫没有如此奇特"，以便表现出他跟听众在一起毫不拘束。他确实如此，但他必须掌握行动的主动权,得知道听众在暗中发笑,只因轻信或教养良好才没有笑出来。

德·夏吕斯先生在不谈他欣赏莫雷尔的美貌时,仿佛这种赞赏跟一种被称为恶习的爱好毫无关系,他谈论这种恶习,但仿佛并非是他的恶习。有时,他甚至毫不犹豫地说出其名称。他看了看他那本巴尔扎克的漂亮精装书,我问他最喜欢《人间喜剧》里哪部作品,他回答时把他的思想引向一种固执的想法:"哪一部都喜欢,还有那些短篇,如《图尔的本堂神甫》和《被遗弃的女人》[①],或者是长篇巨作,如《幻灭》系列。怎么!您不知道《幻灭》?写得好极了。卡洛斯·埃雷拉乘敞篷四轮马车途经城堡,就问城堡的名称,是拉斯蒂涅的,是他过去爱过的这个青年的住宅。于是,教士沉入遐想之中,斯万管它叫鸡奸的《奥林匹欧的悲哀》,真是风趣[②]。还有吕西安之死!我不记得是哪个风雅之士[③],有人问他一生中哪件事最难受,他回答说:'《交际花盛衰记》里吕西安·德·吕庞泼莱之死。'"——"我知道巴尔扎克那一年运气很好,而前一年却悲观失望。"布里肖插话说。"但是,我虽然可能使敬重巴尔扎克的人心里难受,但也不想——请上帝罚我——充当文学界宪

---

① 《图尔的本堂神甫》(1832)和《被遗弃的女人》(1832)均属于《人间喜剧》中"私人生活场景"。

② 德·夏吕斯先生对《幻灭》只有模糊的记忆。他说的是小说末尾吕西安·德·吕庞泼莱遇到化装成西班牙教士卡洛斯·埃雷拉的伏脱冷,以引出《交际花盛衰记》。当时,吕西安正准备跳到夏朗德河里自杀,卡洛斯唤起了他生的希望。不久后,两人乘上马车,从昂古莱姆前往巴黎。途中吕西安向教士指出拉斯蒂涅的乡间住宅所在,教士就停车观看,但并未询问其名称。伏脱冷曾在伏盖公寓(《高老头》)里认识拉斯蒂涅,并对他感到兴趣,但德·夏吕斯先生说他爱拉斯蒂涅,显然是夸大其词。伏脱冷爱的将是吕西安·德·吕庞泼莱。《奥林匹欧的悲哀》是雨果《光影集》中的一首诗,伤感地回忆起他跟朱丽叶·德鲁埃初恋时相会的地方。

③ 这风雅之士是奥斯卡·王尔德。在《谎言的衰败》(1891)这个对话中,维维安显然是作家的代言人,他说:"我一生中最大的悲剧之一是吕西安·德·吕庞泼莱之死。"对话中比较巴尔扎克和左拉,并称赞《幻灭》。

兵的角色,不想因语法错误而开违警通知书,我承认,这位即兴作品众多的作者,我觉得你们对他通宵撰写、骇人听闻的那些作品评价过高,我一向觉得他是一位不够细心的誊写者。我看过您对我们说的《幻灭》,男爵,看的时候拼命想跟加入秘密社团的人一样热情,可我在思想上只是承认,这些连载小说写得夸张,把两三个部分杂乱无章地拼凑在一起(《幸福的埃斯黛》、《歧途通向何处》、《老头恋爱的代价》①),一直使我觉得像《罗康博尔》②那样神秘,因无法解释的宠爱而取得并不稳固的杰作地位。”——“您这样说,是因为您不了解生活。”男爵说时更加恼火,因为他感到,布里肖既没有听懂他说的艺术家的理由,也没有听懂其他理由。“我十分清楚,”布里肖回答道,“您要像大师弗朗索瓦·拉伯雷那样说话,说我就像患了索邦的病,干索邦的事,像索邦的模样。然而,我跟同事们一样,喜欢一本书能给人以真诚的印象和生活的气息,我不像那些神职人员……”——“拉伯雷的一刻钟③,”科塔尔大夫插话说,不再显出疑虑的神色,而是显得自信而又风趣。“……他们立志从事文学,要根据树林女修院④的规定,听命于夏多布里昂子爵先生这位装腔作势的大师,严格按人文主义者的规定办事。夏多布里昂子爵先生……”——“夏多布里昂牛排烤土豆?”科塔尔大夫插话说。“他是这社团的保护人。”布里肖继续说道,并没有接过科塔尔大夫的玩笑,而大夫听了大学教授的话感到警觉,不

---

① 这是《交际花盛衰记》各部的标题。前两部在1844年发表时标题为《幸福的埃斯黛》和《老头恋爱的代价》。但在小说最后定稿后,《幸福的埃斯黛》改为《妓女们如何恋爱》。第三部、第四部的标题则为《歧途通向何处》和《伏脱冷的最后化身》。

② 即《罗康博尔的功绩》,是蓬松·迪·泰拉伊(1829—1871)的连载小说,共三十多部,发表于1857—1871年。罗康博尔原为小混混,后改邪归正,成为伸张正义者。但他的奇遇令人难以置信,由此产生法语中形容词“罗康博尔式”。

③ 即身上没钱却该付账的时刻。在《斯万家这边》中已提到科塔尔大夫喜欢使用这个短语。参见本书第一卷第199页。

④ 参见本卷第292页注①。

安地看了看德·夏吕斯先生。布里肖对科塔尔的话似乎没有感觉,而大夫的同音异义文字游戏,却使舍尔巴托夫王妃的嘴上露出狡黠的微笑。“跟教授在一起,完美无缺的怀疑论者的尖刻讽刺,永远理由充分。”她亲热地说,以表示医生的“话”她并非没有听懂。“智者必然会怀疑。”大夫回答道。“我知道什么[①]? 苏格拉底说:γνωθι σεαυτον[②]。这非常正确,凡事过分皆错。但我仍然十分惊讶,因为我想到,这话就足以使苏格拉底的名字流传至今。这种哲学里有什么货色? 总之货色不多。只要想到,夏尔科和其他医生做的工作要出色千倍,他们至少是靠某种本领,靠消除瞳孔反射,就像麻痹性痴呆综合征,可他们几乎被人遗忘。总之,苏格拉底并非异乎寻常。这种人无所事事,成天散步、争论。这就像耶稣基督所说:你们要彼此相爱[③],说得非常漂亮。”——“我的朋友。[④]”科塔尔夫人请求道。“当然啰,我妻子表示反对,女人都是神经官能症患者。”——“但是,亲爱的大夫,我可没患神经官能症。”科塔尔夫人低声说道。“怎么,她没患神经官能症? 她儿子生病时,她就有失眠的现象。但我毕竟承认,苏格拉底以及其他人,对于一种高雅的文化是必不可少的,要具有陈述的才能也是需要的。我给学生上第一课时总是引述 γνωθι σεαυτον。布夏尔老爹[⑤]知道这话,对我表示祝贺。”——“我不是为形式而形式的支持者,也不会在诗歌中押韵百万。”布里肖接着说。“但《人间喜剧》仍然缺少人情味,跟有些作品截然不同,那些作品中匠心胜过内

① 这是蒙田的座右铭。

② 希腊文意为“认识你自己”。这句座右铭刻在特尔斐阿波罗神庙的三角楣上,被苏格拉底采用。

③ 引自《新约·约翰福音》第十五章第十二节。

④ 法国七星丛书版不用句号,而用省略号。

⑤ 即法国医生夏尔·布夏尔。参见本卷第 383 页注②。

容，正如一本正经的奥维德所说[①]。你可以偏爱半山腰上一条小路，它通往默东本堂区[②]，也通到费尔内幽静的乡间住所[③]，去狼谷的距离——勒内在那里出色地承担着一位毫不宽容的主教的责任[④]——跟去雅尔迪的距离相同，奥诺雷·德·巴尔扎克虽然在那里被执达吏的助理们纠缠不休，还不断在为一个波兰女人撰写错误百出的东西[⑤]，就像在宣传莫名其妙的货色。”——“夏多布里昂比您说的要生气勃勃得多，巴尔扎克仍然是一位大作家，”德·夏吕斯先生回答道，他跟斯万情趣相投，不可能不被布里肖激怒，“巴尔扎克连这种强烈的爱情也知道，而大家却一无所知，或者对它研究只是为了进行谴责。即使不再提不朽的《幻灭》，《萨拉金》、《金眼女郎》、《沙漠里的爱情》乃至十分神秘的《假情妇》，也能证明我的话。我曾对斯万谈起巴尔扎克这种‘反常’的方面，他对我说：‘您跟泰纳的看法相同[⑥]。’我无幸结识泰纳先生。”德·夏吕斯先生补充道。他跟社交界人士一样，也有令人不快的习惯，说话时总要加上毫无用处的“先生”二字，似乎把大作家称为先生，

---

① 指奥维德《变形记》第二卷第五行诗：“太阳神宫殿巍峨，柱高擎天/金彩辉煌，铜光如火。/屋檐上铺有洁白象牙，/双扉门发出银色光芒；/但其中匠心胜过材料。”1913年12月10日，保罗·苏代在《时代报》撰文评论《在斯万家这边》时引用了这个诗句，误以为作者是贺拉斯。普鲁斯特对他批评书中的法语错误十分恼火，就在同年12月作出答复，并以牙还牙地指出他的这一错误。

② 拉伯雷曾在这个教区任职，被称为默东本堂神甫。

③ 费尔内位于日内瓦湖附近，伏尔泰曾于1758年至1778年在那里退隐。

④ 这住宅位于索市附近，夏多布里昂于1811年购买，在那里住了好几年。

⑤ 雅尔迪是巴尔扎克于1837年9月在巴黎郊区维勒达弗赖市镇买下的一小块地产和一座小屋的名称。波兰女人指韩斯卡伯爵夫人，巴尔扎克曾长期跟她通信，并于1850年娶她为妻。

⑥ 泰纳曾于1858年在《辩论报》上谈论巴扎贝克，坚持认为《人间喜剧》有病态和畸形的特点。他指出书中多次描写同性恋，如《金眼女郎》、《萨拉金》、《伏脱冷》、《沙漠里的爱情》等。《假情妇》为普鲁斯特所加，是中篇小说，描写两个朋友同时爱上一个女子，但跟同性恋毫无关系。《金眼女郎》则讲女子同性恋，主人公和吉尔贝特将在《重现的时光》中谈论这部作品。

就是给他颁发荣誉奖章，或者可以跟他保持距离，并让人清楚地知道，他们跟他并不认识[1]。“我不认识泰纳先生，但我觉得能跟他看法相同十分荣幸。”不过，德·夏吕斯先生虽然有社交界的这种可笑的习惯，却是十分聪明，如果以前的某次婚姻使他的家族和巴尔扎克的家族有姻亲关系，他也许会感到满意（而且会跟巴尔扎克一样满意），他还会禁不住吹嘘一番，仿佛这是屈尊俯就的出色表现。

有时，在栎树圣马丁后面一站，有几个年轻人上车。德·夏吕斯先生会情不自禁地朝他们观看，但由于他缩短对他们注视的时间，注视时也不让别人发现，因此他样子就像在隐藏一个秘密，甚至比真正隐藏秘密的样子还要特别，他仿佛认识他们，并在同意作出牺牲之后不由自主地流露出来，然后转向我们，如同有些孩子，在父母吵架之后，家庭教师不准他们跟同学打招呼，但他们遇到同学时不免要抬起头来，然后又处于家庭教师的严厉控制之下。

德·夏吕斯先生在谈论巴尔扎克时，影射《交际花盛衰记》中有《奥林匹欧的悲哀》的味道，然后说出这个希腊语词[2]，茨基、布里肖和科塔尔听到后相视而笑，也许主要不是讽刺，而是感到满意，参加晚宴者也许会如此满意，只要他们能使德雷福斯自己谈论德雷福斯案件，或者使皇后[3]谈论自己的统治。大家都想让他对这个话题再谈得深一点，但东锡埃尔车站已到，莫雷尔要上车跟我们相聚。在莫雷尔面前，德·夏吕斯先生谈话小心谨慎，茨基想让他再次谈论卡洛斯·埃雷拉对吕西安·德·吕庞泼莱的爱情，男爵就显出不快而又神秘的神色，这神色最终（看到大家不在听他说话）变得严厉，仿佛在伸张正义，就像父亲听到有人在他女儿面

---

① 法国七星丛书版中，从“他跟社交界人士一样也有令人不快的习惯……”至“……他们跟他并不认识”的这段文字置于括号之中。

② 指 pédérastie（男子同性恋）。

③ 可能指欧仁妮皇后。参见本卷第 112 页注②。

前说下流话。但茨基却非要继续这种谈话，只见德·夏吕斯先生两眼圆睁，像要脱眶而出，抬高嗓门，语气意味深长，一面指着阿尔贝蒂娜，虽说阿尔贝蒂娜无法听到我们的话，她在跟科塔尔夫人和舍尔巴托夫王妃聊天，男爵说时语气双关，就像在教训教养不良的人，他说："我觉得现在该谈点能使这个姑娘感兴趣的事了。"但我清楚地知道，对他来说，这姑娘不是阿尔贝蒂娜，而是莫雷尔，而他在其后说的话，也证明我的判断正确，他说这话，是请大家再也不要在莫雷尔面前谈这种事。"您知道，"他在谈到小提琴手时对我说，"他完全不是您可能会认为的那样，他是非常诚实的小伙子，一直十分谨慎、严肃。"听到这话，你会感到，德·夏吕斯先生认为性欲倒错对青年人十分危险，跟卖淫对妇女一样危险，感到他用"严肃"这个词来形容莫雷尔，如同用这个意思来形容小女工[①]。于是，布里肖想转换话题，问我是否还打算在安卡维尔待很长时间。我曾好几次对他指出，我不是住在安卡维尔，而是住在巴尔贝克，但都无济于事，他总是一错再错，因为他老是把这一沿海地区称为安卡维尔或巴尔贝克—安卡维尔。因此，有些人跟我们谈论同样的事物，使用的名称却有点不同。圣日尔曼区有一位女士，想说盖尔芒特公爵夫人，但总是问我是否有很长时间没见到泽纳伊德或奥丽娅娜—泽纳伊德，我开始时听不懂。也许德·盖尔芒特夫人过去有个亲戚名叫奥丽娅娜，为避免混淆，大家就叫她奥丽娅娜—泽纳伊德。也许最初只有安卡维尔有火车站，从那里去巴尔贝克要乘马车。"你们在说什么？"阿尔贝蒂娜这样问，是因为对德·夏吕斯先生刚才用父亲的庄重口气说话感到惊讶。"在说巴尔扎克，"男爵急忙回答道，"您今晚正好穿着卡迪央王妃的服饰，

---

① 这"严肃"二字，德·夏吕斯先生曾用于圣卢。参见本书第三卷第309页。

不是第一套，即晚宴服，而是第二套[1]。"这次见面，主要是要给阿尔贝蒂娜挑选服饰，我从她因埃尔斯蒂尔而形成的情趣中得到启示，画家十分欣赏简朴的风格，如果他没有这么多法国式柔和和柔弱，这种简朴就能称为英国式简朴。他最喜欢的连衣裙，往往呈现出各种灰色的和谐组合，就像狄安娜·德·卡迪央王妃的那条。几乎只有德·夏吕斯先生才能看出阿尔贝蒂娜的服饰的真正价值，他一眼就看出这服饰的罕见和价值，决不会说错面料的名称，而且能认得其制造商。只是他喜欢的女人服饰，比埃尔斯蒂尔所允许的色彩要稍微鲜艳和丰富一点。因此，那天晚上，她把母猫般粉红色小鼻子收缩，对我投以微笑中带有不安的目光。确实，她穿的灰色双绉裙子上面套着灰色啥味呢收腰上装，使人觉得阿尔贝蒂娜全身灰衣。但她示意让我帮她穿衣，因为她袖子的鼓起部分要弄平后才能穿上收腰上装，或者要卷起后才能脱下上装，她这时脱下上装，她的袖子是用苏格兰格子花呢做的，十分柔软，呈粉红色、淡蓝色、暗绿色和闪色，如同灰色的天空中有一道彩虹。她心里在想，这服饰德·夏吕斯先生是否会喜欢。"啊！"他高兴地大声说道，"真是眼前一亮，像是彩色棱镜。我向您祝贺。"——"只有先生才配得上祝贺。"阿尔贝蒂娜指着我客气地说，因为她喜欢显示我给她的东西。"只有不会穿衣打扮的女人才害怕颜色。"德·夏吕斯先生接着说。"女人可以光彩夺目又不显得俗气，可以温顺随和又不显得乏味。另外，您想显得远离尘世的原因，跟德·卡迪央夫人并不相同，因为她穿这套灰色服装，是要向德·阿泰兹灌输她的想法。"阿尔贝蒂娜对裙子的这种无声语言感兴趣，就向德·夏吕斯先生询问卡迪央王妃的情况。"哦！这是一种新

① 在《卡迪央王妃的秘密》中，卡迪央王妃在第二次跟德·阿泰兹见面时穿这套服饰，并描述如下："她的服饰呈现出各种灰色的和谐组合，有点像丧服，优雅中显得自然，穿这套服装的女人，只是因某种骨肉之情才存活于世，也许是为她儿子而生，她本人已经厌世。"请参见《巴尔扎克全集》中译本，人民文学出版社，第十一卷，第455页。

的优雅女子。”男爵用沉思的口吻说。“我看到过狄安娜·德·卡迪央跟德·埃斯巴夫人一起散步的那个小花园①。花园是我的一个表姐的。”——“他表姐的花园的各种问题，”布里肖对科塔尔低声说道，“就像他的家谱那样，对这位出色的男爵有价值。但是，我们无权在那里散步，也不认识那位夫人，又没有贵族的爵位，这跟我们有什么关系？”这是因为布里肖没有想到，有人对一条裙子和一座花园感兴趣，就像对一件艺术品感兴趣那样，没有想到在巴尔扎克的作品中，德·夏吕斯先生又看到了德·卡迪央夫人花园里的小道。男爵接着说下去，他在谈到那位表姐时对我说：“但您认识她。”他对我这样说是要讨好我，就像对一个被放逐到小宗派里的人说话，在德·夏吕斯先生看来，这个人即使不属于他那个圈子，至少跟他那个圈子经常来往。“不管怎样，您想必在德·维尔帕里齐夫人家见到过她。”——“是拥有博克勒城堡的维尔帕里齐侯爵夫人？”布里肖神色着迷地问道。“是的，您认识她？”德·夏吕斯先生冷冷地问道。“完全不认识，”布里肖回答道，“但我的同事诺普瓦每年都要在博克勒度过他假期的部分时间。我给他写信曾寄到那里。”我想莫雷尔会感兴趣，就对他说，德·诺普瓦先生是我父亲的朋友。但他脸上毫无表情，无法说明他已听到，他不把我的父母当一回事儿，完全不像谈到我外叔公时那样想拉关系，他父亲曾是我外叔公的贴身男仆，另外，我外叔公跟家里其他人都不同，很喜欢“假装客气”，给仆人们留下极好的回忆。“据说，德·

① 德·埃斯巴夫人是卡迪央王妃的知心朋友，她们常在王妃的花园里散步：“一八三三年五月初天气晴朗的一天，埃斯巴侯爵夫人和王妃如其说在散步，不如说在花园的草坪周围唯一的小道上兜圈子，时间是下午两点左右，她们沐浴在即将暗淡的阳光之中。”（参见《巴尔扎克全集》，人民文学出版社，第十一卷，第423页）巴尔扎克的人物和普鲁斯特的人物，其实是有联系的。卡迪央王妃的原型为科代莉娅·德·卡斯泰拉纳，其女儿为德·博兰古尔夫人，是德·夏吕斯先生的婶母德·维尔帕里齐夫人的原型之一。

维尔帕里齐夫人是个聪明的女人，但我一直不敢对她妄加评论，我的同事们也是如此。因为诺普瓦虽然在研究院彬彬有礼、和蔼可亲，却没有把我们中的任何人介绍给侯爵夫人。我知道她接待的只有我们的朋友蒂罗—党冉[①]，他跟她两家以前是朋友关系，加斯东·布瓦西埃[②]也受到过她的接待，因为她对一部论著特别有兴趣，就想跟他认识。他在她家里吃过一次晚饭，回来时就像给迷住了。不过，布瓦西埃夫人并未受到邀请。"听到这些名字，莫雷尔动情地笑了。"啊！蒂罗—党冉"，他对我说时显得兴致勃勃，而他听到有人说起诺普瓦侯爵和我父亲却兴致索然。"蒂罗—党冉，跟您的外叔公是好朋友。有一位女士想参加法兰西语文学院新院士入院演说会，要一张中央位置的票子，您的外叔公就说：'我给蒂罗—党冉写信去要。'当然啰，票子立刻就寄来了，因为您十分清楚，蒂罗—党冉对您的外叔公是有求必应，要是拒绝，您外叔公会对他报复。我也很高兴听到布瓦西埃这个名称[③]，因为就是在那里，您外叔公叫人给各位女士购买新年礼物。这事我知道，因为我认识当年负责购物的人。"他不止是认识此人，此人就是他父亲。莫雷尔在回忆我外叔公时某些情意深长的暗示，有些涉及到一件事，那就是我们当时并不打算一直住在盖尔芒特公馆，我们搬到那里去住，是因为我外婆的缘故。我们有时谈到可能要搬家。然而，要理解夏尔·莫雷尔在这方面对我的劝告，就得知道我外叔

---

① 保罗·蒂罗—党冉（1837—1913），初为法国记者，后为天主教保守的历史学家。著有《七月王朝史》（1884—1892），共七卷。1893 年当选为法兰西语文学院院士。

② 加斯东·布瓦西埃（1823—1898），法兰西公学院拉丁雄辩术教授。著有拉丁考古学和拉丁文学的著作，主要有《考古漫步：罗马和庞贝》（1880）和《新考古漫步：荷马和维吉尼》（1886），另著有《塞维尼夫人》（1887）。1887 年当选为法兰西语文学院院士。

③ 布瓦西埃是糖果店，位于巴黎嘉布遣修女大道 7 号。

公过去住在马尔塞布大道四十号乙①。正因为如此,虽说我在那不幸的一天说出了粉裙女士的事,使我父母和我外叔公闹翻,但在此之前,由于我们经常去我外叔公阿道夫家,所以在家里不说“在你们外叔公家”,而说“在四十号乙”。妈妈的堂表姐妹们自然就对她说:“啊！星期天就不能请到你们了,你们在四十号乙吃晚饭。”我如去看一个亲戚,家里就叫我先“去四十号乙”,我外叔公就不会因没有先去看他而生气。他是房东,他挑选房客实在挑剔,房客都是朋友,或者会成为朋友。上校瓦特里男爵每天来跟他一起抽一支雪茄烟,这样要修房子就更容易得到他的同意。通马车的大门总是关着。我外叔公如发现窗口上挂内衣或晾地毯,就会怒气冲冲地冲进门去,让房客立刻拿掉,行动比现在的警察还要迅速。但他最终还是把房屋的部分房间租了出去,自己只留两个层面的房间以及马厩。尽管如此,房客们善于讨他喜欢,称赞房屋维修良好,对“小公馆”的舒适赞不绝口,仿佛只有我外叔公住在里面,他听任别人这样说,并不断然否认,而他本该加以否认。“小公馆”肯定舒适(我外叔公把当时的新发明全都引进公馆)。但是,公馆没有任何非同寻常之处。我外叔公虽然假装谦虚,称其为“我的寒舍”,但只有他相信一种想法,或是向他的贴身男仆及其妻子以及马车夫和厨娘灌输这种想法,那就是巴黎的任何住宅在舒服、豪华和消遣方面都无法跟小公馆相比。夏尔·莫雷尔是带着这种想法长大的。他仍然有这种想法。因此,有些日子他即使没跟我说话,但我要是在火车上跟某人谈起我可能搬家,他马上会对我微笑,一面眨眨眼睛,显出心领神会的样子,并对我说:“啊！您应该搬家,搬到四十号乙那样的屋子去住！您在那儿一定舒服！可以说,您外叔公是这方面的行家。我可以肯定,巴黎的任何住宅

① 1900年前,普鲁斯特曾跟父母一起住在马尔塞布大道9号。他的外公外婆住在普瓦索尼埃尔区街40号乙。

都没有四十号乙这样好。”

在谈到卡迪央王妃时，德·夏吕斯先生神色忧郁，我因此感到，这篇小说使他想起的不仅是一个无足轻重的表姐的小花园。他陷入沉思之中，仿佛在自言自语。“《卡迪央王妃的秘密》！”他大声说道，“多好的杰作！多么深刻，又多么痛苦，这名誉扫地的狄安娜，是如此害怕她喜爱的男人知道她名声不好！多么不朽的真实，比我们看到的还要普遍，又有多么严重的后果！”德·夏吕斯先生说出这话时十分悲伤，但我们可以感到，他并不觉得这种悲伤毫无魅力可言。当然啰，德·夏吕斯先生并未确切知道他的生活作风在何种程度上被人所知，或者尚未被人所知，并在一段时间以来一直担心，他一旦回到巴黎，别人看到他跟莫雷尔在一起，莫雷尔的家人就会进行干预，这么一来，他的幸福就受到影响。在此之前，这种可能发生的事，在他看来也许只是极不愉快和难受的事。但男爵是出色的艺术家。一段时间以来，他把自己的情况跟巴尔扎克描写的情况混杂在一起，可说是躲藏在小说之中，但对他可能会有、他却无论如何也不会害怕的厄运，他感到一种安慰，那就是在他的焦虑不安之中找到了斯万以及圣卢会说的“很有巴尔扎克特点的”东西。跟卡迪央王妃等同起来，对德·夏吕斯先生来说变得轻而易举，是依靠思想上的移花接木，这对他来说早已习以为常，他也已提供过各种例子。而这种思想上的移花接木已经足够，只要把所爱的女人替换成小伙子，小伙子就像平常恋爱时那样，立刻会遇到社会上一系列复杂情况。当你因某种原因而在你的日程表或时刻表中作出一种永久性的改变，如把元旦推迟几个星期，或提早一刻钟敲响午夜十二点，但由于一天仍将是二十四小时，一个月仍将是三十天，源于时间度量的一切仍然不会变化。一切都能变化，却不会产生任何混乱，因为数字间的关系总是相同。因此，有些人采用“中欧时间”，有些则采用东方国家历法。包养一个女演员时有自尊心，在这种恋爱中似乎也起到一定的作用。

从第一天起，德·夏吕斯先生就得知莫雷尔是怎样的人，他当然知道莫雷尔出身卑贱，但我们喜欢的一个半上流社会女子，在我们看来并没有因为她是穷人家的女儿而失去魅力。相反，那些著名音乐家，他曾请人给他们写信，即使并非出于爱好，就像朋友们把奥黛特介绍给斯万时，在他面前把她描绘得比她本人更加难弄，更受人喜爱，而只是像司空见惯的那样给新手捧场，只见信中写道："啊！伟大的天才，会有崇高的地位，当然他年轻，但受到行家们的好评，一定会成绩斐然。"而那些不知道性欲倒错的人，却喜欢谈论男性之美："另外，看他演出很美，他在音乐会上比任何人都演奏得好，他头发漂亮，姿势高雅，面孔漂亮极了，那气派，就像是画上的小提琴家。"德·夏吕斯先生也是这样，他被莫雷尔弄得神魂颠倒，而莫雷尔则让他知道，有多少人对他发出邀请，因此，德·夏吕斯先生很高兴把他带回来，在高楼顶部为他建个小房间，他可以经常来此。剩余的时间，他希望他自由自在，他的职业生涯也需要如此，德·夏吕斯先生不管要给他多少钱，都希望莫雷尔继续干下去，这也许是因为盖尔芒特家族有一种十分普遍的想法，那就是男人总得干点事，一个人有才能才有价值，而贵族身份或金钱对人的价值毫无帮助，也许是因为他担心，小提琴手一直无所事事地待在他身边会感到厌倦。最后，他不想失去一种乐趣，即在某些大型音乐会时心里想到："此人现在有人喝彩，今宵将在我家里度过。"风雅之士在恋爱时，不管以何种方式爱恋，都会因虚荣心而对以前的优势不屑一顾，而以前的虚荣心曾因此而心满意足。

莫雷尔觉得我对他并无恶意，对德·夏吕斯先生也感情真挚，而且对他们俩丝毫没有肉欲，最终对我表现得热情、友好，活像轻佻女子，知道你不想跟她好，也知道你是她情夫的真挚朋友，不会想方设法让她情夫跟她闹翻。他不但跟我说话时如同以前的拉结，即圣卢的情妇，而且正如德·夏吕斯先生反复对我说的那样，他在我不在时谈到我所说的话，跟拉结对罗贝尔谈到我时说的话完全一样。德·夏吕斯先生最终对我说:“他非常喜欢您”,就像罗贝尔说:“她非常喜欢您。”如同外甥以情妇的名义请我吃饭,他舅舅也常常以莫雷尔的名义请我跟他们共进晚餐。另外,他们也跟罗贝尔和拉结一样大吵大闹。当然啰,夏利(莫雷尔)走后,德·夏吕斯先生就对他赞不绝口,反复洋洋得意地说,小提琴手对他是如此亲热。但仍然可以看出,即使在所有信徒面前,夏利也常常显出生气的样子,而不像男爵希望的那样总是显得高兴和顺从。由于德·夏吕斯先生软弱,原谅了莫雷尔失礼的态度,小提琴手后来对这种不快竟不加掩盖,甚至还装出不快的样子。我看到德·夏吕斯先生走进一节车厢,夏利跟他朋友中的几个军人在一起,乐师见德·夏吕斯先生进来就耸耸肩,并对他的战友们眨了眨眼睛。或者他假装睡觉,仿佛进来的人使他极其烦恼。要么他开始咳嗽,其他人则笑了起来,说话时旨在嘲笑,装出嗲声嗲气的样子,酷似德·夏吕斯先生那种男人;他们把夏利引到一个角落,但夏利最终回到德·夏吕斯先生身边,仿佛是迫不得已,而德·夏吕斯先生的心则被这种嘲弄刺痛。不可思议的是,他竟忍受这些嘲弄,他痛苦的形式每次都不相同,这就对德·夏吕斯先生重新提出幸福的问题,不仅迫使他提出更多的要求,而且使他要得到别的东西,先前的手段因一种可怕的回忆而变得邪恶。然而,这种场面后来不管如何令人难受,我们都得承认,起初,法国老百姓的天才为莫雷尔描绘出并使他具有的模式是简朴而又迷人,表面上坦率,甚至是毫无拘束的自豪,这种自豪感似乎是因为毫无私心。这些全都是虚假的,但这种态度的好处是对莫雷尔有利,因为爱恋之人总是不得不再三请求,并出价更高,相反,不爱之人则可以轻而易举地沿着一条毫不弯曲的美妙直线走下去。有这条直线,是因为莫雷尔这种人有特权,他的脸显得如此坦率,内心却极其闭塞,这张脸具有仿古希腊艺术的优雅，这种优雅盛行于香槟地区的大教堂[①]。虽说他装出骄傲的样子，但他在意想不到的时候看到德·夏吕斯先生，却在小宗派的眼里显得局促不安，只见他面孔通红，眼睛低垂，而男爵却心醉神迷，因为他觉得这样意味深长。但这只是不快和羞怯的表示。这不快有时会说出口来，因为莫雷尔虽说通常显得十分冷静、得体，但也常常会露出截然不同的面貌。有时，莫雷尔听到男爵对他说的一句话，甚至会用生硬的口气傲慢地进行反驳，大家听了都不舒服。但德·夏吕斯先生却伤心地低垂脑袋，不作回答，并觉得可以认为，爱子心切的父亲，对孩子的冷淡和粗暴丝毫不会介意，因此他仍然对小提琴手大唱赞歌。不过，德·夏吕斯先生也并非总是如此逆来顺受，但他的反抗通常达不到目的，主要是因为他一直跟上流社会人士一起生活，考虑到他可能会引起的反应，他就想到卑躬屈膝，这即使不是天生就有，至少是受教育所得。然而，他现在却看到莫雷尔具有平民百姓的微弱愿望，暂时显得冷若冰霜。德·夏吕斯先生不幸的是，他并不明白，在莫雷尔看来，最重要的莫过于涉及巴黎音乐学院以及在该院有良好名声的问题（后一个问题到以后会更加重要，但目前并未提出）。譬如说，资产者会轻易改姓，是因为有虚荣心，大贵族改姓则是有利可图。年轻的小提琴手恰恰相反，莫雷尔这个姓跟他获得的小提琴一等奖紧密相连，因而决不能改变。而德·夏吕斯先生希望莫雷尔一切都取决于他，连他的姓氏也是如此。他考虑到莫雷尔的名字是夏尔，跟夏吕斯相像，而他们见面的花园住宅名叫夏尔默，因此就想使莫雷尔相信，有一个琅琅上口的漂亮姓氏，也就有了一半的艺术名声，演奏高手应该毫不犹豫地使用“夏梅尔[②]”这个姓，以

---

① 可能指兰斯大教堂正面的雕塑，普鲁斯特对这些雕塑在第一次世界大战期间被毁感到遗憾。

② 在圣西蒙《回忆录》的姓氏索引中，夏梅尔这个姓氏置于夏吕斯后面，指路易·德·利尼，夏梅尔伯爵，是圣西蒙的朋友。

暗示他们的幽会地点。莫雷尔耸了耸肩。德·夏吕斯先生的最后理由,不幸是他补充了一句,说他有个贴身男仆就是用这个姓。他说出这话,年轻人勃然大怒。“过去有个时期,我的祖先因有国王的贴身男仆或膳食总管的称号而感到自豪。”——“过去也有一个时期,”莫雷尔自豪地回答道,“我的祖先曾下令砍下您祖先的头颅。”德·夏吕斯先生也许会十分惊讶,如果他能预料到,即使不用“夏梅尔”这个姓,他也可以认莫雷尔为养子,并把他拥有的盖尔芒特家族的一个爵位赐予他,只是正如我们在下文中看到的那样,他无法把这爵位给予小提琴手,但即使他能做到这事,小提琴手也会加以拒绝,因为他想到他的艺术名声跟他的姓莫雷尔联系在一起,跟外界对“等级”的评论联系在一起,因为他把牧羊女街远远置于圣日尔曼区之上。目前,德·夏吕斯先生只好请人给莫雷尔做几只象征性的戒指,上面刻有古代题铭:PLUS ULTRA CAROLS(前进,查理[①])。当然啰,面对一个对手,又是他不熟悉的那种,德·夏吕斯先生本应改变策略。但又有谁能做到?另外,即使德·夏吕斯先生做了蠢事,莫雷尔也不是没有做过。他们关系破裂,不仅是因为当时的情况,他后来无法待在德·夏吕斯先生身边,至少暂时如此(但这暂时却成为永久),是因为他只是卑鄙无耻的化身,别人对他强硬他就卑躬屈膝,别人对他温柔他就蛮横无理。他不但本性卑鄙,而且还因教育不良而患有伴有并发症的神经衰弱,在犯错误或有负担时会发作,在他应该体贴入微、和颜悦色和喜气洋洋以使男爵无法生气时,他却脸色阴沉、怒容满面并想要进行讨论,他明知别人不会同意他的看法,却怀着对立情绪坚持己见,但理由软弱无力,说话却声嘶力竭,更显得理由不足。他

---

① 普鲁斯特借鉴查理五世的座右铭:Plus Ultra Carol' Quint。(前进,查理五世。)法国七星丛书版写为:PLVS VLTRA CAROL'S,是因古代拉丁语用 V 代替 U,I 代替 J,如 Julius 写成 IVLIVS。另外,Charles(查理)按法语发音译成“夏尔”,即莫雷尔的名字。

很快词穷理屈，就杜撰论据，显得极其无知和愚蠢。他和蔼可亲，只是在想要取悦于人的时候，这时，他的无知和愚蠢几乎没有显露出来。相反，他脸色阴沉、脾气发作之时，他的无知和愚蠢就暴露无遗，并因不会使人难堪而变得令人厌恶。这时，德·夏吕斯先生感到十分烦恼，只好寄希望于明天情况会有好转，而莫雷尔却忘记是男爵使他过上豪华的生活，只见他面露揶揄的微笑说："我从未接受过任何人一件东西。因此，我不需要对任何人说一声感谢。"

在此期间，德·夏吕斯先生仿佛要跟一位社交界人士打交道，就继续怒气冲冲，也不知是真是假，但已无济于事。不过，他发怒并非总是如此[①]。譬如说有一天（是在这第一阶段之后），男爵跟夏利和我在维尔迪兰家吃了午饭回来，以为可以在东锡埃尔跟小提琴手共度黄昏和晚上的时间，但莫雷尔下了火车就跟他告别，并回答说："不行，我有事要办。"德·夏吕斯先生听了极其失望，他虽说尽量逆来顺受，我还是看到他落下的眼泪把睫毛膏融化，呆呆地站在火车前面。他显得十分痛苦，我和阿尔贝蒂娜本打算在东锡埃尔度过这一天的其余时间，我见此情况就在阿尔贝蒂娜耳边说，我不想让德·夏吕斯先生独自待着，我不知为什么总觉得他十分伤心。我亲爱的女友心胸开阔，同意了我的提议。我于是问德·夏吕斯先生，是否愿意由我来陪他一会儿。他同意了，但不愿因此而打乱我表妹的安排。我口气温柔地（也许是最后一次，因为我已决定跟她分手）对她下达命令，仿佛她是我的妻子："你自

---

① 德·夏吕斯先生杜撰的决斗，使人不由想起普鲁斯特差一点跟马塞尔·普朗特维涅的父亲在卡堡决斗。那是在1908年夏天，马塞尔·普朗特维涅把普鲁斯特写给他的信（参见本卷第417页注①）给他父亲看，他父亲就去见普鲁斯特。普鲁斯特不作解释，只是反复说："这年轻人年纪已大，应该了解自己做的事和说的话。"由于马塞尔·普朗特维涅尚未成年，普鲁斯特要跟他父亲决斗，并请阿尔通子爵和蓬夏拉侯爵当他的证人。这时，马塞尔·普朗特维涅在堤坝上遇到一位女士，那女士婉转地对他说，普鲁斯特是同性恋，他因此表示道歉，决斗也就避免。

己回去吧，我今晚再去找你。”我也听到她像妻子那样说话，准许我想怎样就怎样行事，并同意我的看法，因为她也很喜欢德·夏吕斯先生，如果他需要我，我可以去陪伴他。男爵和我往前走着，他摇摆着肥胖的身体，眼睛像耶稣会会士那样低垂，我跟在他后面，走到一家咖啡馆，那里给我们端上啤酒。我感到德·夏吕斯先生眼神不安地在想一个计划。突然，他要了纸和墨水，飞快地写了起来。他写了一张又一张，眼睛因狂怒的遐想而闪闪发亮。他写了八张纸。“我能否请您帮个大忙？”他对我说。“请原谅我把这封信封好。但必须如此。您去乘马车，要是叫得到，就乘汽车，这样更快。您肯定能在莫雷尔的房间里找到他，他是去换衣服的。可怜的小伙子，他在离开我们时想显得神气活现，但您要相信，他比我更加难受。您去把这封信交给他，如果他问您是在什么地方看到我的，您就对他说，您在东锡埃尔下车（这也是事实），是要去看罗贝尔，也许并非如此，但您要说您看到我跟一个您不认识的人在一起，说我当时怒容满面，您似乎听到要去请证人这样的话（我明天确实要决斗）。千万别对他说是我要您这样说的，您不要设法把他带来，但他如想跟您一起来，您也别加以阻止。去吧，我的孩子，这是为他好，您可以避免一场大悲剧发生。您走了之后，我就写信给我的证人。我已经妨害了您跟您表妹的散步。我希望她不会怨我，我觉得也是这样。她为人高尚，我知道她是那种人，会根据具体情况作出高尚的选择。您得代我感谢她。我个人受惠于她，我很高兴这样。”我对德·夏吕斯先生十分同情，感到夏利可以阻止这场决斗，他也许就是决斗的起因，如果真是这样，我就忿忿不平，他竟无动于衷一走了之，而不是助他的保护人一臂之力。我更加气愤的是，我来到莫雷尔的住房时，怒火升得更高，我听到了小提琴手的声音，他需要倾诉心中的快乐，正在尽情歌唱：“星期六晚上,下班之后[①]!"可怜的德·夏吕斯先生要是听到这歌声又会怎样?他希望别人相信,他自己也许相信,莫雷尔此刻正在难受!夏利看到了我,高兴得手舞足蹈。"哦!老兄(请原谅我这样叫您,过着军队里这种该死的生活,就养成了该死的习惯),看到您真走运!我晚上没事可干。我请您跟我共度这个晚上。要是您愿意,我们可以待在这儿,要是您喜欢,我们可以去划船,也可以奏乐唱歌,我说不上什么事我最喜欢。"我对他说,我必须在巴尔贝克吃晚饭,他希望我邀请他去,但我不愿意。"您这么匆忙,干吗要来?"——"我给您带来了德·夏吕斯先生的一封信。"听到这名字,他高兴的情绪随之消失,脸上显出紧张的神色。"怎么!我到了这里,他还要缠住不放。我可成了奴隶。老兄,您行行好吧。我不会把信拆开。您就对他说,您没有找到我。"——"您还是把信拆开,好吗?我想有重要事情。"——"根本没有,您不知道这老贼的骗人手法和恶毒计谋。这是一种手法,是要我去看他。好!我就是不去,我今晚要清静。"——"明天不是有一场决斗?"我问莫雷尔,以为他知道此事。"一场决斗?"他对我说时显出惊讶的神色。"我一点儿也不知道。不管怎样,我毫不在乎,这个卑鄙的老头,要是喜欢,会叫人把他杀掉。不过,您看,您说得我心里困惑,我还是看着他的信吧。您就对他说,您已把信留下,我要是回来会看到。"在莫雷尔跟我说话时,我惊讶地看着德·夏吕斯先生送给他的一本本妙不可言的书,这些书在房间里到处可见。小提琴手拒不接受的书,是带有"我为男爵效劳,等等"的题词,他觉得这种题词是对他的侮辱,如同表示一种从属关系,而男爵感情细腻,却在失恋,就变换题词,题词来自祖先,根据令人伤感的友谊遇到的不同情况而定,是向精装书装订工订购后制成。题词有时简短而

① 这是亨利·克里斯蒂内的著名通俗歌曲《来吧,宝贝》的第一句歌词,由费利克斯·马约勒于1902年11月在黄金国歌舞咖啡馆首次演唱。

又自信，如 Spes mea（我的希望[①]），又如 Expectata non eludet（他决不会辜负期望[②]），有时只是逆来顺受，如“我一定等待[③]”，有些则风流倜傥：Mesmes plaisir du mestre（与主人同乐），或是劝人贞洁，如有题词取自西米亚纳夫妇，饰有天蓝色塔楼和百合花，但含义改变：Sustentant lilia turres（塔楼是百合花的支持[④]）。最后，有些表示绝望，要跟在尘世不要他的那个人在天上相会：Manet ultima cœlo（我的最后归宿是在天上[⑤]）。德·夏吕斯先生吃不到葡萄，就觉得葡萄太酸，装出不想去找他没有得到的东西，他的一个题词说：Non mortale quod opto（我有神祇的壮志[⑥]）。但我来不及把所有题词都看一遍。

德·夏吕斯先生在写这封信时，显然因备受灵感恶魔的折磨而奋笔疾书，信的封蜡上盖有纹章的文字 Atavis et armis（靠祖宗和武器[⑦]），饰有狮形图案，以及两朵直纹玫瑰，莫雷尔打开封蜡后立刻看信，跟德·夏吕斯先生刚才写信时一样激动，他的目光在一张张字迹潦草的信纸上移动的速度，并不比男爵刚才书写的速度缓慢。“啊！天哪！”他大声说道，“这下可全啦！但在哪儿能找到他？天知道他现在何处。”我暗示，如果抓紧时间去，也许还可以在一家餐馆找到他，他刚才在那里要了啤酒，使自己平静下来。“我不知道是否能回来，”他对女佣说，并 in petto（在心里）补充

---

① “我的希望”是法王亨利三世的格言，但引得不完整，应为：Spes mea Deus（我的希望是上帝）。

② 这跟亨利四世的第一位妻子瓦卢瓦的玛格丽特（即玛尔戈王后）的格言相近。

③ 这是奥马尔公爵的格言。

④ 意思是：封建大领主（塔楼）是国王（百合花）的支持。这题词在此引用意思改变：强者（如夏吕斯）支持年轻的“花卉”（如莫雷尔）。

⑤ “归宿在天上”是亨利三世的格言。

⑥ 这是洛林的查理的格言，模仿奥维德《变形记》中诗句：“你的命运如凡人，你的壮志如神祇。”（第二卷第 56 句诗）

⑦ 这是路易十六的建筑部主任昂日维利埃伯爵的格言，也是普里夏克领主、王国军队少将达尼埃尔·德·蒙泰斯鸠的格言。

道："这要由事态的发展情况决定。"几分钟后，我们来到了那家咖啡馆。我注意到德·夏吕斯先生看到我时的神色。他看到我没有独自回来，我觉得他的呼吸和生命都恢复了正常。他那天晚上心情不佳，不能没有莫雷尔相伴，就胡编乱造，说有人向他报告，团里的两个军官在谈到小提琴手时说他坏话，他要派证人去见他们。莫雷尔看到会有丑闻出现，觉得可能无法在团里生活下去，就跑来了。在这方面，他并未完全弄错。德·夏吕斯先生为使自己的谎言显得更加真实，已写信给两位朋友（其中一位是科塔尔），请他们当他的证人。要是小提琴手不来，德·夏吕斯先生肯定会气得发疯，他（为了变悲伤为愤怒）就会派他的证人去找某个军官，对他来说，跟这个军官决斗会是一种解脱。在此期间，德·夏吕斯先生想起他的血统比法兰西王室成员还要纯，就心里在想，为一个膳食总管的儿子如此焦虑不安，实在是不大值得，因为他甚至不屑跟这个膳食总管的主人交往。另一方面，如果他只喜欢跟那些荒淫无耻之徒交往，而这种人有根深蒂固的习惯，不会给别人回信，不来赴约也不会事先通知，事后更不会道歉，但由于涉及的往往是做爱，情绪十分激动，其余时间他又十分不快、不安和生气，因此，他有时会感到后悔，为了一件小事竟写了许多信，后悔自己像大使和亲王那样一丝不苟，而大使和亲王即使使他感到无足轻重，至少会使他感到宁静。德·夏吕斯先生对莫雷尔的做法已习以为常，知道自己对他难以控制，但又不能混迹于一种生活，而要过这种生活，因庸俗而又习以为常的友谊得去很多地方，会占用很多时间，因此那里的人对这位被排斥在外而又徒劳地苦苦哀求的高傲大贵族，不会花一个小时的时间来陪伴，这时德·夏吕斯先生已确信无疑，乐师不会来了，他十分担心自己因做得过分而跟他闹翻，因此他看到莫雷尔后不禁叫了起来。但是，他感到自己是胜利者，就想把媾和的条件强加于对方，并从中获得可能得到的种种好处。"您来这儿干吗？"他对莫雷尔说。"那您呢？"他看着我补充道。

“我刚才特地叫您别把他带来。”——“他并不想把我带来。”莫雷尔说时天真地卖弄风情，朝德·夏吕斯先生转动着惯常忧郁、伤感得不合时宜的目光，那模样就像无法阻拦，想要抱吻男爵，并且想哭出来。“是我不顾他反对自己要来的。我来是因为我们的友谊，是要双膝跪下求您别干这种傻事。”德·夏吕斯先生欣喜若狂。对方反应强烈，使他十分冲动，尽管如此，他克制住自己。“您说出友谊二字不合时宜，”他语气生硬地回答道，“相反，友谊应该使您同意我的看法，而我认为不应该放过一个蠢货的无礼言行。另外，我要是听从考虑得更加周全的一种情感的祈求，我就会失去这种情感的力量，我给证人的信已经发出，我毫不怀疑他们会接受。您对我的所作所为总是像小傻瓜，我曾对您表示偏爱，您有权骄傲自大，但您没有这样，您因军队的规定必须生活在一群军士或仆人之中，但您没有让他们明白，我对您的这种友谊，是具有何种无以伦比的自豪动机，您曾想原谅自己，几乎是愚蠢地把不懂感恩看成一种优点。我知道在这方面，”他作了这个补充，是为了不让对方看出某些场面曾使他多么丢脸，“您错就错在被别人的嫉妒牵着鼻子走。您这样的年纪，怎么还像孩子那样（而且像教养不良的孩子）没有立即看出，我选中您，以及您因此有的种种好处，会引起各种嫉妒，没有看出您的同伴们要您跟我闹翻，是想对您取而代之？我以前觉得不应该把我收到这方面的信件告诉您，信都是您最相信的那些人所写。我看不起这帮仆从的主动接近，也看不起他们徒劳的嘲笑。我关心的只有一人，那就是您，因为我非常喜欢您，但喜欢是有限度的，这点您应该看到。”“仆从”二字在莫雷尔听起来十分刺耳，因为他父亲以前就是仆从，但正因为他父亲曾是仆从，用“嫉妒”来解释社会上各种不幸的遭遇，虽说简单化而又荒谬，却是经久不衰的解释，而且在某个阶级总是“管用”，肯定有效，这就像对剧场观众故伎重演，或是在集会上以教权有危险相威胁，使人信以为真，几乎像弗朗索瓦丝或德·盖尔芒特夫人的仆人们那样确信无疑，在他们看来，这是人类不幸的唯一原因。他相信他的同伴们设法窃取他的地位，因此对这次因诽谤而引起却是想象出来的决斗感到更加难受。“哦！真是失望。”夏利大声说道。“决斗后我就不能活了。但去找那位军官之前，他们不会来见您吧？”——“我不知道，我想会来。我已经派人告诉其中一个证人，说我今晚待在这儿，并说我会给他作出指示。”——“我希望他来之前您能变得理智，只是请您允许我陪伴在您身边。”莫雷尔温柔地对他提出请求。这使德·夏吕斯先生如愿以偿。但他起初还不肯让步。“您要是想在这里把‘爱得深，责得严’这句谚语付诸实施，那就错了，因为我非常喜欢的是您，即使在我们闹翻之后，我想要惩罚的仍是那些想要卑鄙地伤害您的人。在此之前，他们提出问题时含沙射影，竟敢问我，像我这样的人，怎样会跟您这种出身卑贱的小白脸来往，而我只是用我拉罗什富科家那些表兄弟的格言来加以回答：‘这是我的乐趣。’我甚至多次向您指出，这种乐趣会成为我最大的乐趣，但不会因您随心所欲的显赫而使我变得低贱。”这时，他显出近于发狂的傲慢神色，举起双臂大声说道：“Tantus ab uno splendor！（如此华贵因一人而得[①]）屈尊俯就并非降低身价。”他补充道，在自豪和欢快得发狂之后平静下来。“我至少希望，我的两个对手尽管地位不同，却有一种血统，使我让他们流血时毫无愧疚之感。我在这方面了解到一些秘密情况，使我放下心来。如果您对我还有几分感激，您反而应该自豪地看到，由于您的缘故，我又像我的祖先那样好斗，在身临绝境之时，在知道您是小坏蛋时，仍像他们那样说‘死对于我即生[②]’。”德·夏吕斯先生真心诚意地说出这话，不仅是因为喜欢莫雷尔，而且是因为好斗，他幼稚地认为这种爱好是祖先遗传，使

① 这是路易三世的寡妇洛林的路易丝的格言。
② 这是法兰西斯一世的著名战斗口号“他人死我即生”的变体。

他想到要决斗就兴高采烈，因此，想出这场决斗起初只是为了把莫雷尔骗来，现在要放弃决斗，他就会感到遗憾。他以前有过这种事，就立刻觉得自己勇敢，把自己跟盖尔芒特家族中著名的王室总管相提并论，然而，要是别人前去决斗，他就觉得这种行为微不足道。“我认为这将会令人满意。”他坦率地对我们说，说出每个字时声调一成不变。“看看萨拉·贝恩哈特在《雏鹰》里的演出[①]，那是什么？屁屁。穆奈—叙利在《俄狄浦斯》里的演出[②]？屁屁。他最多脸色苍白，那是在尼姆的圆形剧场演出时。但跟观看王室总管的后裔决斗这种前所未有的事相比，那又算得了什么？”只要想到这事，德·夏吕斯先生就不禁高兴起来，做出剑术中第四式防御动作，使人想起莫里哀[③]，我们为谨慎起见，把啤酒杯移到近前，担心两剑交锋时会使对手、医生和证人受伤。“这对一位画家来说，这多么引人入胜的场面！您认识埃尔斯蒂尔先生，”他对我说，“您应该把他带来。”我回答说，他现在不在海边。德·夏吕斯先生对我暗示，说可以给他发电报。“哦！我是为了他才说这话。”他见我没吭声就补充道。“在一位大师看来——我看他是大师——把家族这样振兴的例子画出来，总是一件有意思的事。而这种例子，也许一百年只有一个。”

但是，如果说德·夏吕斯先生想到要进行一场他开始时认为是杜撰的决斗就欣喜若狂，那么，莫雷尔想到那些流言蜚语会从团里的“乐队”传出去就胆战心惊，而由于决斗的传闻，那些闲言碎

---

① 萨拉·贝恩哈特于1900年3月15日在埃德蒙·罗斯唐的剧作《雏鹰》中扮演雏鹰的角色，获得巨大成功。该剧在那年上演237场。

② 让—叙利·穆奈（1841—1916），人称穆奈—叙利，法国演员，1874年为法兰西喜剧院的分红演员。俄端斯忒斯和哈姆雷特是他演出的最重要的角色。他于二十世纪初在索福克勒斯的悲剧《俄狄浦斯王》中扮演俄狄浦斯。但演出地点夏天在奥朗日市的古罗马剧场，而不是在尼姆市的古罗马圆形剧场。

③ 指莫里哀《醉心贵族的小市民》第二幕第二场中的剑术课。第四式防御动作是指用剑从右到左画个圆圈。

语会一直传到牧羊女街的圣殿。他仿佛已看到这个“等级”的人无所不知，他就越来越坚决要求德·夏吕斯先生别去决斗，而德·夏吕斯先生想到决斗就极其兴奋，继续做着击剑的动作。莫雷尔请求男爵允许他时刻陪伴身边，一直陪到后天，即预定决斗的那天，以便看住他，并竭力使他听进理智的声音。如此情意深长的提议，终于消除了德·夏吕斯最后的犹豫。他说他将设法找到摆脱困境的办法，并将在后天作出最后决定。德·夏吕斯先生这样做，没有立刻把事情解决，但至少能把夏利留在身边两天，并利用这段时间让他为将来作出承诺，作为他放弃决斗的交换条件，他说决斗是一种锻炼，而锻炼使他高兴，失去锻炼的机会他就会感到遗憾。在这方面他说的却是实话，因为他总喜欢去决斗场，只要是跟一个对手斗剑或开枪射击。科塔尔终于来了，虽说来得很晚，因为他喜欢当证人，但他还十分激动，看到路上有咖啡馆或农庄都要停下来，问别人能否把“一百号”或“厕所”指给他看。他到了那里，男爵立刻把他带到一间僻静的房间，因为他认为夏利和我不参加他们的谈话更符合规则，而他也善于让某一个房间临时用作御座厅或商议厅。他一旦跟科塔尔独处，就对他热情感谢，但对他说，再三说出的话实际上很可能不算数，并说在这种情况下，要请大夫去通知第二位证人，除非情况发生变化，这件事被认为已经了结。危险远离，科塔尔感到失望。他一时间想要显出气愤的样子，但他想起他的一位老师，当时医术上的成就最为出色，但第一次竞选医学科学院院士却仅以两票之差落选，就采取逆来顺受的态度，主动去跟当选的竞争对手握手。因此，大夫没有说出一句怨言，因为说出来也无法改变现状，他这个人胆子最小，在低声说出有些事不能听之任之后补充道，说这样更好，并说这种解决办法使他高兴。德·夏吕斯先生想要对大夫表示感谢的方式，就像他的公爵哥哥给我父亲理好外套的衣领，尤其像一位公爵夫人搂住平民女子的腰，只见他把自己的坐椅移到大夫的椅子旁边，虽说大夫使他反感。他不仅没有肉体的愉悦，而且还得克服肉体的反感，他就像盖尔芒特家族成员，而不像性欲倒错者，为跟大夫告别，他握住大夫的手，并抚摸片刻，如同善良的主人摸摸他马匹的嘴，并给它吃糖。但是，科塔尔虽然从未让男爵看出，他甚至隐约听到有人说男爵生活作风的坏话，但他在内心深处仍然认为男爵属于“精神不正常”的人（虽然他常常用词不确切，但他在谈到维尔迪兰先生的一个贴身男仆时仍然以最严厉的口气说：“他难道不是男爵的情妇？”），他对那种人了解不多，因此心里在想，这样抚摸手是即将进行强奸的前奏，决斗只是实施强奸的一种借口，他是被拉入陷阱，被男爵带到这僻静的客厅，并即将被奸污。他不敢站起身来，吓得坐在椅子上不敢动弹，他转动着恐惧的眼睛，如同落入野蛮人手中，弄不清这野蛮人是否吃人肉。最后，德·夏吕斯先生放开了他的手，并想跟他客气到底：“您跟我们一起来吃点东西，正如大家所说，这在过去称为喝一杯掺朗姆酒咖啡或掺烧酒咖啡，这种饮料，现在已是古董珍品，只有在拉比什的剧作里和东锡埃尔的咖啡馆里才能看到。一杯‘掺烧酒咖啡’对此地十分适合，是不是，对现在的情况也十分适合，您觉得怎样？”——“我是禁酒协会会长，”科塔尔回答道，“只要有外省的江湖医生路过这里，就会有人说我不以身作则。Os homini sublime dedit cœlumque tueri.（他使人有一张脸，能够仰视天空[①]。）”他补充道，虽说这句话跟当时的情况毫无关系，他说这话是因为他知道的拉丁语录少得可怜，不过他知道的语录已足以使他的学生们赞叹不已。德·夏吕斯先生耸了耸肩，把科塔尔带回我们身边，他已请大夫保守秘密，这秘密对他来说十分重要，因为这流产的决斗的理由完全是凭空想象出来的，因此决不能让此事传到那个军官的耳朵里，他是被胡乱牵扯进来的。我们四

---

① 这两句诗跟奥维德《变形记》中的诗句大致相同：“其他动物都低头看着大地，/他使人有一张脸，能够仰视天空。”（第一卷第85—86行）

个人在喝咖啡时，科塔尔夫人在门外等待她的丈夫，德·夏吕斯先生看得一清二楚，但不想把她叫来，这时她自己走了进来，跟男爵打了招呼，男爵把手伸给她，仿佛她是贴身女仆，他坐在椅子上没有动弹，既像国王接受大臣的敬意，又像故作风雅之徒，不想让一个不大优雅的女子在他桌旁坐下，也像自私自利的人，喜欢跟朋友们单独待在一起，不愿意被其他人打扰。科塔尔夫人就站着跟德·夏吕斯先生和她的丈夫说话。但也许是因为礼貌，即大家"要做的"事，并非是盖尔芒特家族成员专有的特权，会突然使脑子糊涂的人耳聪目明，并为他们指明道路，或者是因为科塔尔常常欺骗妻子，有时出于一种回报的思想，想要保护她不受别人冒犯，这时大夫突然眉头紧蹙，这可是我从未见到过的，他没有去问德·夏吕斯先生，而是像主人那样说："啊，莱翁昂娜，你别站着，坐下来吧。"——"但我是否打扰您了？"科塔尔夫人胆怯地问德·夏吕斯先生，他对大夫的口吻感到意外，因此没有回答。科塔尔第二次也不让男爵有回答的时间，再次自作主张地说："我叫你坐下。"

片刻之后，大家各奔东西，这时德·夏吕斯先生对莫雷尔说："这件事的解决比您希望的还要好，但我从这件事中得出结论，您不会做人，您服兵役结束后，我会亲自把您带给您的父亲，如同上帝派大天使拉斐耳把多比雅带给他的父亲①。"男爵说完开始微笑，显得威严，又很高兴，但莫雷尔想到会这样被带回家，并不喜欢，似乎不像男爵那样高兴。德·夏吕斯先生把自己比作大天使，

---

① 据《圣经后典·多比传》，多比是北加利利的犹太人，被掳到亚述首都尼尼微，因善于理财而致富，但始终虔诚信奉上帝。多比因燕屎落入眼中而失明。他向上帝祷告，上帝派大天使拉斐耳帮助多比父子。拉斐耳化作凡人亚撒利亚，在多比派儿子多比雅去玛代取一笔存款时，被选作旅伴。途中，多比雅在底格里斯河边洗脚被大鱼咬了一口，拉斐耳令他捉鱼并取出胆、心和肝。大天使又让多比雅在玛代娶其表妹撒拉。撒拉七次结婚，都在新婚之夜被恶魔阿斯摩得杀死新郎。多比雅按大天使吩咐，在新房里把鱼的心和肝放在香火上烧，驱走魔鬼，魔鬼被拉斐耳擒获。新婚夫妇返回尼尼微后，多比雅又按拉斐耳教导，用鱼胆敷在多比眼睛上，使父亲复明。

把莫雷尔当作多比的儿子，感到如痴如醉，就不再去想他说这话的目的是要进行试探，想知道莫雷尔是否像他希望的那样，同意跟他一起去巴黎。男爵因他的爱情或自尊心而陶醉，没有看到或装出没有看到小提琴手撅起的嘴，他让小提琴手独自待在咖啡馆里，并面带自傲的微笑对我说："您是否注意到？我把他比作多比的儿子时，他简直欣喜若狂！因为他十分聪明，立刻明白他从此之后将一起生活的父亲，并不是他的亲生父亲——他的亲生父亲想必是留有小胡子的丑陋的贴身男仆——而是他的精神之父，也就是我。他是多么自豪！他是多么自豪地昂首挺胸！他明白之后，感到多么高兴！我可以肯定，他每天都会说：'哦，上帝啊，您派真福的大天使拉斐耳去给您的仆人多比雅在漫长的旅行中当**导师**，请同意我们的要求，让我们，您的仆人，永远受到他的保护，得到他的帮助。'我甚至不需要对他说，"男爵补充道，他确信自己有朝一日会在上帝的宝座前面有一席之地，"我是上天派来的，这点他已经明白，但高兴得没说出口！"德·夏吕斯先生（他恰恰相反，虽然高兴，却依然口若悬河）没有注意到有几个行人转过头来，以为他是疯子，只见他举起双手，独自竭尽全力大声叫道："哈利路亚[①]！"

这次重归于好，只是在一段时间里消除了德·夏吕斯先生的痛苦，莫雷尔常常到很远的地方去参加演习，德·夏吕斯先生无法去看他，也不能派我去跟他谈，莫雷尔写给男爵的信是绝望而又温柔，他在信中肯定地说，他得要了却此生，因为他遇到一件可怕的事，需要两万五千法郎。他没有说是什么可怕的事，即使说了，也肯定纯属杜撰。对于这笔钱德·夏吕斯先生很愿意寄给他，但他感到，夏利有了钱就会把他甩掉，也会得到别人的宠爱。因此，他拒绝了，他发出的一封封电报语气生硬，不容置辩。他肯定这些电报已产生效果，希望莫雷尔跟他闹翻，因为他相信结果会完全相

---

① 希伯来文的音译，意为："赞美耶和华！"

反，他看出种种弊端会从这不可避免的爱情关系中产生。但是，如果莫雷尔没有任何回答，他就睡不着觉，一刻也无法安宁，有许多事情，我们虽然经历，却并不了解，有许多内心深处的真相，我们仍然不知道。于是，他对莫雷尔需要两万五千法郎的荒谬行为进行种种猜测，赋予其各种形式，并依次加上许多专有名词。我觉得此时此刻，德·夏吕斯先生（虽说在那个时期，他的故作风雅逐渐减少，即使没有被男爵对平民百姓越来越大的好奇心所超越，至少也是旗鼓相当）应该以怀旧的心情回想起社交界聚会刮起的色彩缤纷而又优雅的旋风，当时最引人注目的男男女女都在追求他，只是为了从他那里得到愉悦而不是私利，在聚会上，没有人会想到要"哄骗他"，没有人会杜撰一件"可怕的事情"，说如果不能立刻得到两万五千法郎，就准备自杀身亡。我觉得在当时，也许因为他不像我这样仍停留在贡布雷时代，既有封建领主的自豪，又有德国人的骄傲，因此他想必认为，你要跟一个仆人精神恋爱，不会不受到惩罚，认为民众跟社交界不完全相同，认为总的来说，他"不相信"民众，而我却一直相信他们。

小火车下一站是曼恩维尔，正好使我想起一件事，跟莫雷尔和德·夏吕斯先生有关。讲这件事之前，我应该说，在曼恩维尔停留（把一个优雅的旅客送到巴尔贝克，旅客不想打扰别人，就不喜欢住在拉斯珀利埃尔），不像我过一会儿要讲的情况那样使人难受。到达的旅客的小行李都在火车上，通常会觉得大旅馆远了点，但由于在到达巴尔贝克之前只有一些小海滩，别墅的条件都不好，如喜欢豪华和舒适的环境，路远点也只好忍受，但火车停在曼恩维尔之后，突然看到前面有一家豪华大旅馆，却并未想到这是妓院。"我们别到更远的地方去了。"他确信无疑地对科塔尔夫人说，科塔尔夫人被认为讲求实际，又会出好主意。"这正是我要的地方。巴尔贝克的旅馆肯定没有这家好，何必还要去巴尔贝克？我只要看外貌就知道，这里起居设备俱全，我完全可以把维尔迪兰夫人请到这里来，因为我打算报答她的盛情接待，专门为她举办几次小型聚会。我不住在巴尔贝克，她就不需要走那么长的路。我觉得这样做对她十分合适，而亲爱的教授，对您的妻子也十分合适。这里面应该有客厅，我们可以把那些女士请来。我们之间说说，我真不明白，维尔迪兰夫人为何要租拉斯珀利埃尔，而不是到这里来住。这里要比拉斯珀利埃尔那样的老房子更有益于健康，拉斯珀利埃尔肯定潮湿，另外也不干净，他们那里没有热水，你想洗澡也不行。我觉得曼恩维尔要舒适得多。维尔迪兰夫人完全可以在这里当女主人。不管怎样，人各有所好，我要在这里住下。科塔尔夫人，您不愿意跟我一起下车？我们得快点下车，火车很快就要开了。您要在这座房子里为我做向导，这房子也是您的房子，您会经常来住。这环境对您完全适合。"要让这不幸的旅客住口，真是极其困难，尤其是难以阻止他下火车，他这个人固执己见，往往弄错固执，非要下车不可，并拿起自己的行李，别人的话一句也听不进，直到大家对他肯定地说，维尔迪兰夫人和科塔尔夫人决不会到这里来看他。"不管怎样，我要在这里住下。维尔迪兰夫人给我的信只要寄到这里就行。"

涉及莫雷尔的往事，跟一件性质更为特殊的事情有关。以前还有过其他事情，但随着弯弯车一站站停下，列车员大声报出东锡埃尔、格拉特瓦斯特①、曼恩维尔等地名，我在此只是提到小海滩或军队驻地使我想起的事。我已经谈到曼恩维尔(media villa)，以及它因豪华妓院而具有的重要地位，妓院不久前才建成，并非没有引起那些家庭主妇的无效抗议。但在讲述曼恩维尔为何在我记忆中跟莫雷尔和德·夏吕斯先生有某种关系之前，我必须指出一种矛盾的情况(我在下文中还要详谈)，那就是莫雷尔十分重视他

① 格拉特瓦斯特现处于巴尔贝克和杜维尔—菲泰尔纳之间的铁路线上，而在前文中却并非如此。参见本卷第195页和第420页注①。

要有几个小时的自由，却把这些时间用在毫无意义的事情上，但这种情况，他却对德·夏吕斯先生作出另一种解释。他跟男爵玩弄不谋私利的把戏（他玩这种把戏毫无风险，因为他的保护人慷慨大方），他晚上的时间如想自己过，去给人上课或做诸如此类的事，他除了这个借口之外，还要面带贪婪的微笑说出下面的话："另外，我这样能赚四十法郎。这可不是小钱。请允许我去吧，您看，我有好处可捞。天哪，我没有您那样的年金收入，我得要挣钱，现在正是时候。"莫雷尔想要上课，也不能说完全不是心里话。一方面，说钱无黑白之分是错的。用新的办法挣钱，用旧的钱就会焕然一新。如果他真的是出去上课，上完课一个女学生会给他两个金路易[①]，这就跟德·夏吕斯先生手里掉下的两个金路易产生的印象完全不同。另外，如果最富裕的人为了两个金路易会走三公里的路，那么，一个仆人的儿子为同样的钱就会走十二公里的路。但是，德·夏吕斯先生往往对小提琴手是否真的去上课十分怀疑，因为这乐师提出的是另一种借口，说是完全不谋私利，却又荒诞不经。这样一来，莫雷尔就不禁展现出他生活的一种形象，不过是有意展现，但也是无意展现，他的生活十分阴暗，只有某些部分能让人看清。在一个月的时间里，他听从德·夏吕斯先生的安排，条件是晚上的时间自由支配，因为他想继续上代数课。上完课再来看望德·夏吕斯先生？啊，这是不可能的，代数课有时要上到很晚才结束。"甚至在凌晨两点之后结束？"男爵问道。"有几次是这样。"——"但学代数，看书也容易学会。"——"甚至更容易学会，因为课堂上我听不大懂。"——"那么？再说，代数对你毫无用处。"——"我很喜欢这个。这可以治好我的神经衰弱。"——"他夜里要请假，不可能是因为代数。"德·夏吕斯先生心里想道。"他会不会爱上了警察？"不管怎样，莫雷尔不管男爵如何反对，还

① 一个金路易相当于二十法郎。

是保住了晚上几个小时的自由，不管是要上代数课还是教小提琴。有一次，不是因为这两个原因，而是盖尔芒特亲王来这个海边小住几天，要去看望卢森堡公爵夫人，却遇到了这位乐师，但不知道他是谁，也不想让他对亲王有更多的了解，给了他五十法郎，要跟他在曼恩维尔的妓院共度良宵；这对莫雷尔来说有着双重的乐趣，既拿到德·盖尔芒特先生给的钱，又有一种感官的享受，因为周围都是袒露棕色乳房的女子。我不知道德·夏吕斯先生如何会想到发生的事和事情发生的地点，却没有想到诱惑者是谁。他妒火中烧，为弄清诱惑者是谁，就发电报给朱皮安，朱皮安两天后来了，而在下星期初，莫雷尔说他又不来了，男爵就问朱皮安能否买通妓院的鸨母，让他和朱皮安躲起来，使他们能亲眼目睹淫乱场面。“那就说定了。这事我去办，亲爱的。”朱皮安对男爵回答道。无法知道这种不安在何种程度上使德·夏吕斯先生心烦意乱，使他在一时间精神充实。爱情真的就这样使思想像地层隆起那样翻腾。至于德·夏吕斯先生的爱情，在几天前如同十分平坦的平原，在最远的地方也无法看到有突出地面之处，这时突然耸立起坚如顽石的群山，这群山是雕琢而成，如同有个雕塑家不是把大理石运走，而是在原地雕刻，形成一组巨大的雕像，名为愤怒、嫉妒、好奇、羡慕、仇恨、痛苦、高傲、惊恐和爱情。

然而，莫雷尔不会来的那天晚上来临了。朱皮安已把事办成。他和男爵将在晚上将近十一点时来，到那时会让他们躲起来。离这家华丽的妓院（人们从周围各个优雅之处来到这里）还有三条街，德·夏吕斯先生踮着脚走路，低声说话，请朱皮安说话轻点，生怕莫雷尔在里面听到他们的声音。然而，德·夏吕斯先生悄悄走进门厅之后，发现自己走到一个比证券交易所或拍卖行还要热闹的地方，他不常来这种地方，感到害怕和惊讶。他让挤在他周围的侍女们说话轻点，但毫无用处，另外，她们的声音也被一位年老的“助理鸨母”的介绍声和成交声盖了下去，只见她头戴深棕色假发，脸上像公证人或西班牙教士那样一本正经，每分钟都要发出雷鸣般的声音，不断让一扇扇门打开、关上，就像警察指挥车辆通行："请把先生带到二十八号西班牙房间。"——"不能再进去。"——"请把门再打开，那两位先生要叫诺埃米小姐。她在波斯大厅等候他们。"德·夏吕斯先生十分害怕，就像外省人要穿过一条条大道，这里可做个比较，渎圣程度远逊于古利维尔老教堂门廊的柱头上表现的主题[1]，只见年轻的女仆们用较轻的声音不知疲倦地重复着助理鸨母的命令，就像在乡下声音响亮的小教堂里听到小学生在进行教理问答。德·夏吕斯先生十分害怕，他在街上怕被人听到，确信莫雷尔就在窗口，这时听到有人在宽阔的楼梯上吼叫，也许已不是这样害怕，因为在楼梯上可以知道，从房间里不会看到外面的任何情况。最后，他结束了长时间的受苦受难，找到诺埃米小姐，她要让他和朱皮安躲起来，但她先把他关在十分豪华的波斯厅，在厅里看不到外面的任何情况。她对他说，莫雷尔要喝橘子水，等把橘子水给他端去后，立刻把这两位旅客带到一间透明的厅里。这时有人叫她，她像在故事里那样，说为了让他们消磨时间，会给他们送来一个"聪明的小妞"。因为有人在叫她。"聪明的小妞"身穿波斯晨衣，想要脱掉。德·夏吕斯先生请她别脱，她就叫人端来香槟酒，每瓶四十法郎。其实在这段时间里，莫雷尔跟盖尔芒特亲王在一起；他装出弄错房间的样子，走进一间房间，里面有两个姑娘，她们急忙让这两位先生单独待在一起。德·夏吕斯先生对这些事一无所知，他骂起人来，想打开房门，让人把诺埃米小姐叫来，小姐听到聪明的小妞对德·夏吕斯先生说出莫雷尔的详细情况，跟她告诉朱皮安的情况并不相同，就叫她滚开，并立刻派

---

① 不知道普鲁斯特想到的是哪座教堂，但他已在《在斯万家这边》中提到哥特式教堂中亚里士多德和维吉乐的塑像，而根据埃米尔·马勒，他们被交际花围在中间。参见本书第一卷第 151 页。

来“温柔的小妞”取而代之，但这个小妞并未向他们提供更多的情况，而是对他们说，这妓院办事十分认真，并且也要了香槟酒。男爵气得发狂，又让人把诺埃米小姐叫来，小姐对他们说：“是的，等的时间是长了点，那些女人装腔作势，他看来不想干任何事。”最后，在德·夏吕斯先生软硬兼施之下，诺埃米小姐走了，脸上显出不高兴的样子，走时对他们肯定地说，他们最多再等五分钟。这五分钟持续了一个小时，诺埃米小姐这才悄悄把怒气冲冲的德·夏吕斯先生和郁郁寡欢的朱皮安带到一扇微微打开的门前，并对他们说：“你们会看得十分清楚。不过，在这个时候，还不是十分有趣，他跟三个姑娘在一起，他在跟她们讲团里的生活。”男爵终于能从门缝里和一面面镜子里看到。但他有一种致命的恐惧，只好把身子靠在墙上。这正是莫雷尔，就在他眼前，但仿佛异教的奥秘和魔法依然存在，这不如说是莫雷尔的影子，是用防腐香料保存的莫雷尔，甚至不是像拉撒路[①]那样死而复生的莫雷尔，而是莫雷尔的幻影，莫雷尔的幽灵，莫雷尔的幽灵回来或被召到这个房间里（房间里的墙壁和长沙发都是巫术的标志），莫雷尔在离他几米远的地方，侧面朝他。莫雷尔仿佛像死后那样，血色全无；他在这些女人中间，似乎应该愉快地跟她们嬉戏，却脸色苍白，一动不动地坐着，显得很不自然；为了喝他面前那杯香槟酒，他无力的手臂慢慢伸出，然后又落下。你会有那种模棱两可的感觉，仿佛一种宗教在谈永生，但言下之意并不排除死亡。那些姑娘不断对他提出问题。“您看，”诺埃米小姐低声对男爵说，“她们在跟他谈他团里的生活，真有趣，对吗？”她说着笑了。“您满意吗？他很平静，对吗？”她补充道，仿佛在说一个垂死之人。那些姑娘的问题接连提

---

① 拉撒路是耶稣使其死而复生的人。他住在伯大尼，是马大和马利亚的兄弟，久病不愈。耶稣爱他们姐弟三人，他得知拉撒路的死讯，就赶到伯大尼的坟前，命人搬开挡住墓洞的石头，在向天父祈祷后大声呼叫：“拉撒路，出来！”已死的拉撒路果然复活，走了出来。参见《新约·约翰福音》第十一章第1—44节。

出，但莫雷尔死气沉沉，没有力气回答她们。连低声说出一句话这样的奇迹也没有出现。德·夏吕斯先生只有片刻的犹豫，便知道了真相，知道可能是因为朱皮安去谈此事时没谈好，可能是因为说给对方听的秘密泄露了出去，对方也决不会保守秘密，可能是因为那些姑娘生性嘴巴不紧，也可能是因为害怕警察，妓院的人就去通知莫雷尔，说有两位先生出了高价要见他，并把盖尔芒特亲王换成三个姑娘，却让可怜的莫雷尔待在那里，只见他浑身颤抖，惊慌得如同瘫痪，如果说德·夏吕斯先生看到他模模糊糊，他却把男爵看得一清二楚，因此就惊恐不安，说不出话来，不敢去拿酒杯，生怕失手让酒杯掉落。

另外，在这件事情上，盖尔芒特亲王的结果也并不好。当时妓院里的人请他出去，以免德·夏吕斯先生看到他，他因失望而感到气愤，却没有去想谁是这件事的主谋，他仍然不想让莫雷尔知道他是什么人，但恳求莫雷尔跟他在第二天夜里见面，是在他租下的一幢小别墅里，虽说他住在那里的时间不会长久，但他有一种古怪的习惯，跟我们过去在德·维尔帕里齐夫人家里看到的习惯相同，那就是在屋里饰有家族的大量纪念品，以便有自己家里的感觉。第二天，莫雷尔时刻回头观看，生怕受到德·夏吕斯先生的跟踪和监视，但没有发现任何可疑的行人，就走进了别墅。一个仆人请他进入客厅，并对他说要去通报先生（他的主人已叫他别说出亲王的姓氏，以免引起怀疑）。但是，莫雷尔独自待在客厅里，想在镜子里看看他的头发是否散乱，却如同出现幻觉。在壁炉上，那些照片被小提琴手一一认出，因为他在德·夏吕斯先生家里都看到过，那是盖尔芒特王妃、卢森堡公爵夫人、德·维尔帕里齐夫人的照片，他见到后先是吓得像泥塑木雕一般。同时，他看到德·夏吕斯先生的照片，照片的位置稍稍靠后。男爵仿佛在用奇特的目光盯着莫雷尔看。莫雷尔吓得像疯子那样，从最初的惊愕中醒了过来，感到这是德·夏吕斯先生给他设下的圈套，以考验他是否忠心，他于是四级一跨地冲下别墅的台阶，在公路上狂奔而去，这时，盖尔芒特亲王（他认为已对一个偶然相识的人进行了必要的培训，但心里仍然在想这样做是否谨慎，这个人是否有危险）走进客厅，却看到厅里空无一人。他怕有人抢劫，就拿着手枪，跟仆人一起对这幢并不大的别墅进行搜查，查遍了小花园的各个角落以及地下室，却无法找到他认为肯定在屋里的那个朋友，那个朋友已不见踪影。在下一个星期，亲王碰到过他好几次。但每次都是莫雷尔这个危险人物逃之夭夭，仿佛亲王比他还要危险。莫雷尔疑虑重重，一直无法消除，即使在巴黎，他只要看到盖尔芒特亲王就拔腿便跑。德·夏吕斯先生因此不用担心恋人会因不忠而使他绝望，还报了仇雪了恨，但他从未想到要报仇，更没有想到如何报仇。

但是，别人对我讲述的这件往事，已被其他往事所取代，因为诺曼底铁路公司[①]又要开动“老爷车”，继续在下面各站让旅客下车上车。

在格拉特瓦斯特，有时皮埃尔·德·维尔铸先生[②]会上车，他妹妹住在那里，他去那里跟妹妹共度下午的时间，他是克雷西伯爵（大家只管叫他克雷西伯爵），是个穷贵族，但出身极其高贵，我是经康布勒梅夫妇介绍认识的，不过他跟康布勒梅夫妇很少来往。他生活十分清苦，简直可以说贫困，我感到，抽一根雪茄，喝一杯饮料，对他来说都是十分愉快的事情，因此我在不能见到阿尔贝蒂娜的日子里，常常请他来巴尔贝克做客。他皮肤白净，眼睛湛蓝迷人，为人机灵，言词美妙，说话时嘴唇轻启，娓娓动听地谈论他显然熟悉的那种领主的舒适生活，也谈家谱。我问他戒指上刻的是什么，他面带谦虚的微笑对我说：“是一株青葡萄。”他怀着品酒的乐

---

① 原文为 B. C. N.。法国七星丛书版为 T. S. N.（诺南电车）。参见本卷第 195 页。

② 普鲁斯特借用路易·德·维尔铸（1629—1709）的姓。此人是克雷西伯爵，行政法院成员，法兰西语文学院院士，家族纹章是一株青葡萄。

趣补充道:“我们的纹章是一株青葡萄——这是一种象征,因为我姓维尔铸[①]——枝叶均为绿色图案。”但我觉得,我如在巴尔贝克只让他喝青葡萄汁,他准会感到失望。他喜欢喝最名贵的葡萄酒,也许是因为他自己买不起,因为他对自己失去的事物了如指掌,是因为喜欢,可能也是因为对自己的爱好夸大其词。因此,我请他来巴尔贝克共进晚宴时,他点菜内行而又精细,但吃得有点过多,喝得就更多,要温的酒他让人去温,要冰镇的就叫人去冰镇。晚饭前后,他要的波尔图葡萄酒或白兰地,都会指定酿造日期或编号,就像在为一块侯爵领地竖立标志,因为其他人一般都不知道,而他却一清二楚。

我是埃梅喜欢的顾客,他喜欢我请客时吃这种高档的晚饭,就对那些侍者叫道:“快,把二十五号桌摆好”,他甚至不是说“摆好”,而是说“给我摆好”,仿佛他是东道主。由于侍应部主任的习惯用语跟侍者领班、厨房副领班、办事员等人的用语并不完全相同,我要买单时,他就不断用手背对侍候我们的侍者做着抚慰的手势,如同在安抚一匹溜缰的马,并对侍者说:“(去结账)别走得太快,走得要慢,慢慢地走。”侍者拿着点的菜单要走时,埃梅生怕他叮嘱的话未被完全听从,就把他叫回来:“您等一下,我自己去算账。”听到我对他说这没关系,他就说:“我有一个原则,正如俗语所说,不应该斩客。”至于经理,看到我的客人衣服简朴,总是穿这一套,而且相当破旧(但他要是有钱,就无人能穿得像他那样漂亮,就是像巴尔扎克笔下的风雅之士),不过由于是我请客,他只是在远处察看,看看一切是否顺利,并用目光暗示,令人在放不稳的桌子底下垫木片。这并不是因为他不会像别人那样亲自动手,他最初曾是饭店的洗碗工,但他不想让别人知道此事。不过,只要情况例外,他有一天也会亲自去切火鸡。我那天出去了,但我得知

---

① 原文为 Verjus,意为“青葡萄”。

他干活时有司铎般的庄重，周围是一圈侍者，因敬畏都离餐具柜相当远，他们围观不是要学切菜的本领，而是要让经理看到他们，他们因赞赏而显得心满意足。他们也被经理看到（经理慢慢地切进祭品的肋部，目光仍全神贯注，如有特殊功能，想必已从中看出某种预兆），却又像根本未被看到。那祭司甚至没有发现我当时不在现场。他知道后感到懊恼。“怎么，您没有看到我亲自切火鸡？”我对他回答说，我至今没去过罗马、威尼斯、锡耶纳、普拉多博物馆[①]、德累斯顿博物馆[②]和印度，没见到过《淮德拉》中的萨拉[③]，我知道要顺从，会把他切火鸡的节目加入我的菜单。跟悲剧艺术（《淮德拉》中的萨拉）比较，显然是他唯一能理解的比较，因为他从我这里得知，在大型演出的日子里，大科克兰[④]同意演新演员的角色，甚至可以演一个只说一句话或一句话也不说的角色。“这是一回事，我为您感到遗憾。我什么时候再切火鸡？得要有一件大事，得要有一场战争。”（他到停战时确实又切了一次。）从那天起，历法改变，大家都这样说：“那是我亲自切火鸡后的第二天。”——“那是经理亲自切火鸡后一个星期。”这样，切火鸡的日子就像基督诞生日[⑤]或伊斯兰教历元年元旦[⑥]那样，成为其他人一种不同的历法的元年元旦，但它不像这两种历法那样被广泛采用，

---

① 普拉多博物馆在马德里众多博物馆里最负盛名。这是个绘画宝库，馆藏油画达三千件之多，特别值得欣赏的是贝拉斯科斯和戈雅的作品。

② 想必指德累斯顿茨温格尔宫的美术馆，藏有意大利、荷兰、德国、法国和西班牙画家的作品，如波提切利、拉斐尔、提香、韦罗内塞、伦勃朗、鲁本斯、弗美尔、华托、委拉斯开兹的作品。

③ 指扮演淮德拉的法国女演员萨拉·贝恩哈特。

④ 即康斯坦·科克兰（1841—1909），法国演员。参见本书第一卷第75页注①。

⑤ 《圣经》中并未记载基督出生年日期。在罗马统治者戴克里先称帝时，罗马修士狄奥尼修斯提出，基督诞生于罗马纪元753年12月25日，但学者将年代开端推迟7天，定在罗马纪元754年1月1日。

⑥ 伊斯兰教历以伊斯兰教创立人穆罕默德由麦加“希吉来”迁徙麦地那的那一年的岁首，即公元622年7月16日为伊斯兰教历纪元元年元旦。

而且使用的时间也没有这样长。

德·克雷西先生生活在悲伤之中,既因为不再拥有马匹,不能吃到美味佳肴,也因为只能跟那些认为康布勒梅和盖尔芒特是一家人的人交往。他看出我知道,现在自称为勒格朗·德·梅塞格利兹的勒格朗丹在那里没有任何权利,再加上他喝酒喝得兴奋起来,就感到非常高兴。他妹妹显出理解的神色对我说:"我哥哥只有跟您交谈时才会这样高兴。"他感到自己确实存在于世,是在发现有人知道康布勒梅家的人平庸和盖尔芒特家的人高贵之后,对此人来说,社交界确实存在。他如同拉丁语老学者,在世上所有图书馆都被烧毁之后,在一个愚昧无知的种族崛起之后,听到有人对他引述贺拉斯的一句诗,就会振作起来,对生活恢复信心。因此,他在走出车厢下火车时总要问我:"我们何时小聚一次?"这既是因为食客贪婪,也是因为博学者爱好美食,是因为他把巴尔贝克的聚餐看成谈话的一次机会,同时,谈的话题又是他之所爱,而且他不能跟其他任何人谈,从这方面看,我们的聚餐跟联盟俱乐部①和珍本收藏家协会②定期举办的菜肴特别精美的晚宴相似。谈到他的家族,他十分谦虚,我不是从德·克雷西先生那里得知这是个很大的家族,是拥有克雷西称号的英国家族在法国的直系分支。我知道他真的是克雷西家族成员之后就告诉他,德·盖尔芒特夫人的一个侄女嫁给了一个名叫查尔斯·克雷西的美国人,并对他说,我认为此人跟他毫无关系。"是毫无关系。"他对我说。"另外,我的家族也没有这样的名气,这就像很多美国人姓蒙哥马利、贝里、

---

① 联盟俱乐部由吉什公爵于1828年创办,设在格拉蒙街和意大利人大道的街角,1856年迁至马德莱娜大道,有五百名会员,在第二帝国期间十分著名。参见本书第三卷第244页注④。

② 珍本收藏家协会创办于1820年,其会员主要为贵族。皮雄男爵曾在该协会担任50年会长。会员最初为24名,1897年增至29名。

乔多斯[①]或卡佩尔，却跟彭布罗克家族、白金汉家族、埃塞克斯家族[②]或跟贝里公爵[③]毫无关系。”我有好几次为逗他乐而想对他说，我认识斯万夫人，她是轻佻女子，过去曾以奥黛特·德·克雷西的名字为人所知；但是，虽然阿朗松公爵不会在别人对他谈起埃米利安娜·德·阿朗松[④]时生气，但我感到跟德·克雷西先生还不大熟悉，不能跟他开这种玩笑。“他出身于一个很大的家族，”德·蒙叙旺先生有一天对我说。“他姓塞洛尔。”他又说，他那耸立在安卡维尔高地上的古老小城堡已几乎不能居住，而他虽然出生时十分富裕，现在却已破产，无力修缮城堡，但城堡上还能看到家族的古老格言。我认为这格言很美，可用于在这平地筑巢的一种急躁的猛禽，它想必将从这里飞出，或者今天在这居高临下的荒凉的退隐之地用于观看日落，等待即将来临的死亡。确实，从这两个意义上说，这格言确实像在耍弄塞洛尔这个姓氏，这格言是：**莫问时光流逝**[⑤]。

有时，德·谢弗里尼先生[⑥]会在埃尔蒙维尔上车，布里肖告诉我们，他的姓就像德·卡布里埃尔主教大人的姓，意思是“山羊集中地”。他是康布勒梅夫妇的亲戚，正因为如此，康布勒梅夫妇由

---

① 原文为 Chaudos，法国七星丛书版为 Chandos（钱多斯）。

② 蒙哥马利伯爵领地于 1630 年并入彭布罗克伯爵领地。阿瑟·卡佩尔（1632—1683），英国政治家，1661 年为埃塞克斯伯爵，1672—1677 年统治爱尔兰，1683 年因参与企图暗杀亲天主教政策的查理二世的麦酒店密谋案而被捕，在伦敦塔监狱自杀身亡。普鲁斯特认识其子伯思·卡佩尔。

③ 这是菲力蒲·马里·德·奥尔良（1844—1910）的爵位。他是内穆尔公爵路易·德·奥尔良和维克托娃·德·萨克森—科堡—哥达公主的次子。

④ 埃米利安娜·德·阿朗松是二十世纪初巴黎著名的轻佻女子。她曾在巴黎的牧羊女游乐场演出。发表诗集《面具后面》。她是第十三位于泽斯公爵雅克的情妇，公爵为她而破产，1893 年死于刚果，他家里人把他送到那里，是为了把他们分开。

⑤ Saylor（塞洛尔）跟 Sais l'heure（知道时间）谐音，跟这格言意思正好相反。

⑥ 原文为 M. de Chevrigny，法国七星丛书版为 M. de Chevregny（德·谢弗勒尼先生）。

于对风雅的看法有误，就经常请他来菲泰尔纳，但只是在他们没有可以炫耀的客人时才邀请他。德·谢弗里尼先生整年都住在博索莱伊，比邀请他的主人更像外省人。因此，他去巴黎住几个星期，连一天都不浪费，天天去看“应该看的东西”，结果是他有时看过的戏实在太多，脑子有点糊涂，有人问他是否看过某一出戏，他竟会说不出来。但这样糊涂的情况并不多见，因为他对巴黎的事物了解得十分详细，这是不常来巴黎的人的特点。他要我去看那些“新鲜事物”（“这值得一看”），不过他认为新鲜，是因为这些东西能使人度过美好的夜晚，而从美学上看，他却十分无知，甚至不知道这些“新鲜事物”有时确实能在艺术史上成为“新鲜事物”。这样，他就总是从一个方面来谈所有的事物，并对我们说：“我们有一次去巴黎喜歌剧院看戏，但那出戏没名气。它叫《佩利亚斯和梅丽桑德》。这毫无意义。佩里埃[①]一直演得很好，但最好看他演别的戏。相反，体育场剧院[②]演《城堡主夫人》[③]。我们又去看了两次，您别错过机会，这值得一看，另外，演得棒极了，演员有弗雷瓦尔[④]、玛丽·马尼埃[⑤]和小巴龙[⑥]。”他甚至对我说出一些我从未听

---

① 让—阿莱克西·佩里埃（1869—1954），法国演员。1892 年在巴黎喜歌剧院开始演艺生涯，1902 年在德彪西歌剧院扮演佩利亚斯的角色。普鲁斯特已在前文中谈到外省贵族对《佩利亚斯和梅丽桑德》的评价。（参见本卷第 223 页）

② 参见本书第三卷第 271 页注①。

③ 《城堡主夫人》是阿尔弗雷德·卡皮（1858—1922）的四幕喜剧。卡皮是记者、剧作家，1914 年当选为法兰西语文学院院士，同年任《费加罗报》政治部主任。《城堡主夫人》首演并非在体育场剧院，而是在文艺复兴剧院，时间是 1902 年 10 月 25 日。下面提到的三位演员并未出演这出戏。

④ 可能指西蒙娜·弗雷瓦尔，法国女演员，主要在圣马丁门剧院演出。

⑤ 玛丽·马尼埃（1848—1913），法国女演员。1867 年在体育场剧院开始演艺生涯，曾在王宫剧院、轻喜剧剧院、游乐剧院和奥德翁剧院演出。

⑥ 即路易·巴龙，人称小巴龙（1870—1939），著名演员路易·布舍奈（人称巴龙，1838—1920）之子。1893 年获巴黎音乐和朗诵学院颁发的喜剧一等奖，曾在奥德翁剧院、轻喜剧剧院、新戏剧院和王宫剧院演出。

到过的演员的名字，在名字后不加先生、女士或小姐，而盖尔芒特公爵却不会这样说，他用同样是既礼貌又蔑视的口吻谈到"伊韦特·吉尔贝小姐[①]唱的歌"和"夏尔科先生[②]的经验"。德·谢弗里尼先生不用这种说法，他直呼科纳利亚[③]和德埃利[④]的姓，就像他会说伏尔泰和孟德斯鸠那样。因为他对待演员就像对待巴黎所有的事物，贵族想要显得傲慢的愿望，已被外省人显得亲切的愿望所取代。

我在拉斯珀利埃尔第一次跟在菲泰尔纳仍被称为"年轻夫妇"——虽说德·康布勒梅先生和夫人早已不是青春年少——的这对夫妻一起吃晚饭之后，老侯爵夫人立即给我写了信，她的信只要看笔迹，就能在几千封信中一眼认出。她对我说："请把您优雅——迷人——可爱的表妹带来。这将会使人非常高兴，十分愉快。"收到她书信的人，总是看不到所期待的渐强，因此，我最终改变对这种渐弱的性质的看法，认为是故意渐弱，并从中发现传到社交界的一种反常的趣味，这种趣味使圣伯夫改变所有词的组合和所有较常用的表达法。这两种方法也许是不同的老师教育的结果，在这封书信中形成鲜明对照，第二种方法使德·康布勒梅夫人使用好几个平淡无奇的形容词，并用下行音阶表示，以免结尾为完美和谐。相反，我在这种渐弱中所看到的，不再是老侯爵夫人用这种渐弱时的讲究，而是每次由她那当侯爵的儿子或她的堂表姐妹

---

① 伊韦特·吉尔贝（1867—1944），法国女歌唱家，1885 年左右在有歌舞演出的咖啡馆开始演艺生涯，后成为著名歌唱家。

② 让—马丹·夏尔科（1825—1893），法国医生。参见本书第三卷第 314 页注③。

③ 欧内斯特·科纳利亚（1834—1912），法国演员。他在外省剧院演出十二年，后大科克兰发现此人，把他推荐给轻喜剧剧院。他于 1872 年出演阿尔丰斯·都德的《阿尔勒城姑娘》，1880 年进奥德翁剧院。

④ 埃米尔·德埃利（1871—1969），法国演员。1890 年获巴黎音乐和朗诵学院颁发的喜剧一等奖，同年 12 月在法兰西喜剧院开始演艺生涯，在《妇人学堂》中扮演贺拉斯一角。

们使用时的笨拙。因为在整个家族里，即使是远亲，也都以赞赏的心情模仿泽莉娅姑妈，三个形容词连用的规则十分流行，流行的还有说话时兴奋得要喘一口气。这种模仿已在家族中代代相传，家里如有小姑娘从孩提时起说话就要停下来咽一下口水，大家就会说："她像泽莉娅姑妈"，并感到她嘴唇上很快会长出浓毛，从而打算培养她可能会有的对音乐的爱好。康布勒梅夫妇跟维尔迪兰夫人的关系，很快因各种原因而不如他们跟我的关系。他们想邀请维尔迪兰夫人。"年轻的"侯爵夫人高傲地对我说："我看不出我们为什么不能邀请这个女人，在乡下，跟随便什么人都能见面，不会有问题。"但实际上他们相当担心，就不断问我，他们该如何实现他们礼尚往来的愿望。他们邀请阿尔贝蒂娜和我去吃晚饭，同时请了圣卢的几个朋友，都是当地的风雅之士，是古维尔城堡的主人，比诺曼底上流社会人士地位稍高，维尔迪兰夫人虽说装出不跟他们联系的样子，其实很想跟他们交往，因此，我劝康布勒梅夫妇邀请老板娘跟他们一起来做客。但是，菲泰尔纳的城堡主（胆小如鼠）生怕他们的贵族朋友不高兴，（又如此幼稚）担心维尔迪兰先生和夫人跟知识界之外的人在一起会感到无聊，（还墨守成规，虽有社会经验，但思想却未开通）或者怕把各种人混杂在一起会做出"蠢事"，因此他们声称，这些人一起来不行，这样"不合适"，最好在另一次晚宴时再请维尔迪兰夫人（还要把她小集团的人都请来）。下一次晚宴十分优雅，他们请了圣卢的那些朋友，在小核心中只邀请莫雷尔，以便德·夏吕斯先生能间接得知他们接待的显赫人物，另外，乐师也能为客人们消遣助兴，因为他们请他把小提琴带来。此外还请了科塔尔，因为德·康布勒梅先生说他活跃，而且在晚宴上"表现良好"，另外他还说，如果有客人生病，跟医生关系好就很方便。但他们只邀请他一人，是为了"开始时不请女人"。维尔迪兰夫人感到气愤的是，她得知小集团里两个人应邀去菲泰尔纳出席"小范围"的晚宴，却没有邀请她。她让丈夫作出傲慢的答复，他也立即表示同意，就说："**我们**那天晚上要在维尔迪兰夫人家吃饭"，主语用复数想必是要教训康布勒梅夫妇，并向他们表明，他不能离开科塔尔夫人。至于莫雷尔，维尔迪兰夫人没必要叫他行为无礼，此人本性如此，这也是她这样想的原因。如果说他在事关德·夏吕斯先生的欢娱时不受拘束，使男爵感到难受，那么我们已经看到，男爵的影响在其他方面更加明显，譬如说，他扩大了音乐知识，演奏风格更趋完美。但这还不仅是一种影响，至少从我们的故事来看是如此。相反，有一个地方，德·夏吕斯先生说的话，莫雷尔都会盲目相信并且照办不误。他是既盲目又热心，因为不仅德·夏吕斯先生的教导有误，而且这些教导只会对一个大贵族有用，所以被莫雷尔严格照办之后，就变得滑稽可笑。在这个地方，莫雷尔变得极其轻信，对他的主人百依百顺，这地方就是上流社会。小提琴手在认识德·夏吕斯先生之前，对上流社会一无所知，他完全接受男爵为他绘制的上流社会高傲的简略草图："有一定数量的家族占主导地位，"德·夏吕斯先生对他说，"首先是盖尔芒特家族，跟法国王室有十四次联姻，但高兴的主要是法国王室，因为法国王位本应属于阿尔东斯·德·盖尔芒特，而不是归于他的同父异母弟弟胖子路易[①]：[②]在路易十四统治下，我们在国王大弟殿下去世时挂上黑纱[③]，因为我们跟国王是同一个祖母[④]。但比盖尔芒特家族地位低得多的家族，可以举出的有拉特雷穆伊

---

① 胖子路易即路易六世(1081—1137)，法国卡佩王朝国王(1108—1137)。参见本书第三卷第548页注⑥。这里显然是作者杜撰，因为他说"德·夏吕斯先生的教导有误"。

② 法国七星丛书版用句号，而不用冒号。

③ 据圣西蒙《回忆录》，路易十四在大弟死后挂黑纱半年。

④ 路易十四的祖母是亨利四世的王后玛丽·德·美第奇(1575—1642)，他大弟的外婆是奥地利的马格丽特(1480—1530)。

家族，是那不勒斯国王和普瓦捷伯爵的后裔[1]，于泽斯家族并不古老，却是最早的贵族院议员[2]，吕伊纳家族虽说存在时间不长，却因跟大家族联姻而显赫[3]，还有舒瓦瑟尔家族[4]、阿古尔家族[5]和拉罗什富科家族[6]。还可以加上诺阿耶家族，虽说有图卢兹伯爵[7]、

---

① 拉特雷穆伊家族于十七世纪并入蒙莫朗西家族，其姓氏取自普瓦图一块封地的名称，在法国具有外国亲王的地位。无法肯定这个家族出自古代有统治权的普瓦捷伯爵。其祖先皮埃尔在1040年存活于世，可能是普瓦捷伯爵纪尧姆第三的孙子。拉特雷穆伊家族成员确实于1605年成为那不勒斯王室和阿拉贡家族的继承人，是因为弗朗索瓦·德·拉特雷穆伊于1521年跟阿拉贡国王费德里科三世的后裔安娜·德·拉瓦尔结婚，因此，路易十四承认该家族具有亲王的地位。

② 确实如此。于泽斯在十四世纪成为子爵领地的首府，子爵领地于1572年升为公爵领地。

③ 阿尔贝·德·吕伊纳的家族是外省家族，源于阿尔贝蒂家族，该家族约在十五世纪初来到弗内森伯爵领地。吕伊纳家族在十三世纪才开始出名。夏尔·德·阿尔贝(1578—1621)是国王的宠臣，1619年昂古莱姆和约签订后晋升为公爵和贵族院议员。他于1617年跟玛丽·德·罗昂结婚。他的儿子路易·夏尔先后娶路易丝·玛丽·德·塞吉埃和安娜·德·罗昂为妻。

④ 这个家族可能源于古代朗格勒伯爵或巴西尼和马恩河畔布洛涅伯爵于格，生活于十世纪末。德·舒瓦瑟尔元帅于1705年去世后公爵领地绝嗣。

⑤ 这是诺曼底著名家族，想要依附诺曼底首领罗隆的亲戚贝尔纳。罗隆是十世纪初统治诺曼底的绰号为长剑的纪尧姆一世的首相。

⑥ 该家族十世纪就已出名，是法国最显赫的家族之一。家族源于吕齐尼昂的领主于格第二，是因其孙子富科，即拉罗什的领主，也是家族的始祖。富科的直系后裔于1762年绝嗣。圣西蒙于1711年撰写诉状，以取得排在德·拉罗什富科前面的上首权。

⑦ 诺阿耶家族出自科雷兹省诺阿耶镇，起源于十一世纪，是法国最重要的贵族家族之一。路易—亚历山大·波旁(1678—1737)，图卢兹伯爵，被路易十四和德·蒙泰斯庞夫人认为婚生的次子，于1723年娶贡德兰侯爵的寡妇索菲·德·诺阿耶为妻，生有一子，为庞蒂埃弗尔公爵。他结婚最初保密，后来才公开。

蒙泰斯鸠家族[①]、卡斯泰拉纳家族[②],如无遗漏,也就是这些[③]。至于称为康布勒狗屎侯爵[④]或瓦特卡片[⑤]侯爵的小贵族,他们跟你们团里的小兵毫无区别。您去屉屉伯爵夫人家撒尿,或者到尿尿男爵夫人家拉屉屉,是一回事,您会损害自己的名声,把一块尿布当卫生纸用。这样不干净。”莫雷尔虔诚地听了这堂也许有点简略的历史课,他看待事物时,仿佛他就是盖尔芒特家族成员,希望有机会跟冒牌的拉图尔·德·奥弗涅家族成员相聚,用傲慢的握手使他们感到,他根本不把他们当一回事。至于康布勒梅夫妇,现在正好可以向他们表明,他们“只是他团里的小兵”。他没有答复他们的邀请,而是在晚宴那天晚上的最后一刻给他们发了封电报表示歉意,但心里十分得意,仿佛他像王族成员那样行事。另外,还得作一补充,那就是你无法想象,德·夏吕斯先生把性格上的缺点表现出来时,通常会使人感到如何难受,这时他吹毛求疵,甚至会显得愚蠢,虽说他平时精明。我们确实可以说,他的这些缺点如同一种间歇性精神病。有些女人乃至男人极其聪明,却有神经质的毛病,这种情况又有谁没有发现过?他们高兴、平静并对周围的人满意之时,会使别人欣赏他们珍贵的才能,他们嘴里说出的就是不

① 蒙泰斯鸠—费藏萨克家族是法国著名家族,出自古代费藏萨克伯爵。埃默里第一生活在十一世纪初。

② 卡斯泰拉纳家族是古老家族,出自十一世纪的阿尔勒和普罗旺斯伯爵蒂博,自十三世纪起分成好几个支族。

③ 但德·夏吕斯先生却忘了罗昂、波利尼亚克、杜尔福·德·洛尔热、格拉蒙、马耶等出自封建领主的公爵家族。这些家族的地位都高于卡斯泰拉纳、诺阿耶和蒙泰斯鸠家族。

④ 据康布勒梅侯爵说,康布勒梅家族跟阿拉什佩尔家族联姻,又通过阿拉什佩尔家族跟菲泰尔纳家族有姻亲关系(参见本卷第387—388页)。在《盖尔芒特那边》中,盖尔芒特公爵说,他的一个表姐是“狂热的保皇派,她是菲泰尔纳侯爵的女儿,在朱安党人的战争中起过一定的作用”(参见该卷第570页)。由此可见,康布勒梅家族跟盖尔芒特家族有亲戚关系。

⑤ 原文为Vatefairefiche,法国七星丛书版为Fatefairefiche(法特费尔菲舍)。

折不扣的真理。但他们只要有偏头痛，自尊心稍稍受到刺激，情况就会截然不同。头脑清楚的聪明才智，在变得粗暴、神经质和狭隘之后，就只会表现出恼怒、怀疑和卖俏的自我，会做出种种令人不快的事情。康布勒梅夫妇十分气愤，而在这段时间里，另一些意外事件也使他们跟小宗派的关系有点紧张。有一天，我跟科塔尔夫妇、夏吕斯、布里肖和莫雷尔在拉斯珀利埃尔吃晚饭，康布勒梅夫妇则去阿朗布维尔的朋友家吃午饭，他们在去的时候有一段跟我们同路，我们回去时我对德·夏吕斯先生说："您这么喜欢巴尔扎克，而且能在现代社会中看出他描绘的场景，您想必发现，康布勒梅夫妇出自《外省生活场景》。"但德·夏吕斯先生活像是康布勒梅夫妇的朋友，似乎被我的话得罪，突然打断了我的话："您这样说，是因为那妻子比丈夫高明。"他口气生硬地对我说。"噢！我并非想说她是外省的诗神[1]，是德·巴日东夫人[2]，虽说……"德·夏吕斯先生再次打断了我的话："您不如说是莫尔索夫人[3]。"火车到站，布里肖下车。"我们刚才对您做手势，但没用，您真叫人受不了。"——"怎么啦？"——"唉，您难道没有发现，布里肖狂热地爱上了德·康布勒梅夫人？"我从科塔尔夫妇和夏利的样子看出，小核心里对这事已没有丝毫怀疑。我觉得他们不怀好意。"啊，您没有发现，您谈到她时，他是多么局促不安。"德·夏吕斯先生接着说，他喜欢表明他对女人有经验，在谈论女人使男人产生感情时神色自然，仿佛这种感情正是他本人通常有的感情。但是，他跟

---

① 指婚前名为迪娜·皮耶德斐的德·拉博德赖夫人，《外省的诗神》的女主人公。她在贝里省开设沙龙，用冉·迪阿兹的笔名撰写文学随笔，曾跟艾蒂安·卢斯托同居，生有两个孩子，被她丈夫看作自己的孩子，后又回到丈夫身边。

② 德·巴日东夫人是巴尔扎克的小说《幻灭》中人物。她丈夫对她言听计从，在昂古莱姆有一公馆。因谣传德·巴日东夫人跟吕西安·沙尔东有恋情，德·巴日东跟德·尚杜尔先生决斗。她在丈夫去世后改嫁西克斯特·德·杜德·夏特莱。

③ 莫尔索夫人是巴尔扎克的小说《幽谷百合》的女主人公。她已婚，又有孩子，克制了自己对费利克斯·德·吐德奈斯的爱情，最后因病去世。

年轻人说话总是用模棱两可的父辈口吻，虽说他只爱莫雷尔一人，这种口吻跟他所说的男人对女人的看法相互矛盾：“哦！这些孩子，”他矫揉造作、抑扬顿挫地尖声说道，“什么事都得教他们，他们就像初生婴儿那样纯真，无法看出一个男人爱上一个女人。在您这样的年纪，我更加懂经。”他这样补充道，是因为他喜欢用黑社会的词语，这也许是他的癖好，也许他避免使用这些词语，等于承认他跟使用这些词语的人们经常交往，而他却不想让人看出这点。几天以后，我在事实面前只好承认，布里肖爱上了侯爵夫人。不幸的是他好几次同意去她家吃午饭。维尔迪兰夫人认为应该制止这种事。她看到进行干涉对小核心的政策有利，除此之外，她对这种解释以及他们引起的悲剧兴趣越来越大，是因为闲散无聊，这在贵族社会和资产阶级中都是如此。有一天，大家在拉斯珀利埃尔十分激动，是因为发现维尔迪兰夫人和布里肖销声匿迹了一个小时，并得知她对布里肖说，德·康布勒梅夫人在嘲笑他，他成了她沙龙的笑料，并说他这样下去会在晚年声名狼藉，会有损于他在教育界的地位。她甚至用动听的言语对他谈起跟他在巴黎同居的洗衣女工以及他们的小女儿。她说服了布里肖，他不再去菲泰尔纳，但十分伤心，有两天时间，大家以为他即将完全失明，他的病情变得非常严重，而且始终没有好转。然而，康布勒梅夫妇对莫雷尔十分气愤，有一次故意在邀请德·夏吕斯先生时没有请他。他们没收到男爵的回复，担心出了什么差错，觉得怨恨出不了好主意，就在稍晚时写信邀请莫雷尔，他们这样卑躬屈膝，使德·夏吕斯先生笑逐颜开，就向莫雷尔显示自己的能力。“您去为我们俩回复，说我接受邀请。”男爵对莫雷尔说。在晚宴那天，大家在菲泰尔纳的大客厅里等候。康布勒梅夫妇举办晚宴，主要是招待优雅潇洒的费雷先生和夫人。但他们又生怕德·夏吕斯先生会不高兴，因此，德·康布勒梅夫人虽说已由德·谢弗里尼先生介绍认识费雷夫妇，但在晚宴那天，她看到德·谢弗里尼先生来菲泰尔纳拜访他们，仍感到十分激动。他们杜撰种种借口，想让他尽快去博索莱伊，但为时已晚，他在院子里正好跟费雷夫妇交错而过，费雷夫妇看到他被赶了出来，感到不快，而他则羞愧难言。但是，康布勒梅夫妇无论如何也不想让德·夏吕斯先生看到德·谢弗里尼先生，认为后者像外省人，原因是他家里不重视举止、谈吐的分寸，这种分寸只有在外人面前才会注意，而外人恰恰看不出来。但大家都不喜欢让外人看到这种亲戚，因为这种亲戚的举止已跟大家完全不同。至于费雷先生和夫人，他们是人们所说的"十分优雅"的人士中的佼佼者。把他们看成这种人士的人们，认为盖尔芒特夫妇、罗昂夫妇和其他许多家族的成员无疑是十分优雅的人士，但他们的姓氏不必一一列举。由于大家都不知道费雷夫人的母亲出身名门，也不知道她和丈夫经常出入哪个极其封闭的小圈子，因此在说出他们的尊姓大名后进行解释或补充时总是说，他们是"最最优雅"的人士。难道是他们默默无闻的姓氏，使他们具有一种高傲的持重？尽管如此，费雷夫妇不会去见拉特雷穆伊家族成员会经常来往的那种人。康布勒梅老侯爵夫人在拉芒什海峡拥有滨海王后的地位，要有这种地位，费雷夫妇才会每年光临老侯爵夫人的一次下午聚会。他们请费雷夫妇吃晚饭，非常希望德·夏吕斯先生会对他们产生深刻印象。主人悄悄宣称他在应邀的客人之中。正好费雷夫人不认识他。德·康布勒梅夫人对此感到十分满意，脸上浮现微笑，如同化学家首次发现两种特别重要的物质的关系。门打开后，德·康布勒梅夫人看到莫雷尔一人进来，差点昏倒。莫雷尔就像来为部长道歉的传令秘书，又像出身平民嫁给王族的女子，因当亲王的丈夫身体不适而表示遗憾（德·克兰尚夫人在谈到奥马尔公爵时就是这样说的[1]），莫

① 贝尔特·德·克兰尚因奥地利皇帝弗兰西斯—约瑟夫的恩施被封为伯爵夫人，接替她姑妈科埃菲埃伯爵夫人，成为奥马尔公爵夫人的女伴，后掌管公爵府的事务。公爵去世后，她撰写并发表《奥马尔公爵，亲王和士兵》（1899）。

雷尔以极其轻松的口吻说："男爵不能来了。他有点不舒服，至少我觉得是因为这个原因；这个星期我没有遇到过他。"他补充道。最后这句话，简直使德·康布勒梅夫人绝望，她刚才对费雷夫妇说，莫雷尔时刻都能见到德·夏吕斯先生。康布勒梅夫妇装出一副样子，仿佛男爵不来反而使聚会增添一种乐趣，就不去听莫雷尔的话，而对客人们说："他不来就不来吧，对不对，这样只会更加愉快。"但他们心里十分气愤，怀疑是维尔迪兰夫人搞的阴谋，于是就针锋相对，等维尔迪兰夫人再次邀请他们去拉斯珀利埃尔时，德·康布勒梅先生不想错过重新看到自己的房屋以及跟小集团再次相聚的机会，就欣然前往，但独自一人，推说侯爵夫人无法前来感到遗憾，她的医生要她待在房间里休息。康布勒梅夫妇以为，夫妻俩只去一人，既是对德·夏吕斯先生的一次教训，又向维尔迪兰夫妇表明，他们无法对维尔迪兰夫妇礼貌周全，这就像过去王族的公主，如客人是公爵夫人，送客只送到第二个房间中间。几个星期之后，他们几乎闹翻。德·康布勒梅先生就此对我作了这样的解释："我要告诉您，德·夏吕斯先生真是难弄，他是彻头彻尾的德雷福斯派……"——"不是！"——"是的……不管怎样，他的堂弟盖尔芒特亲王是这一派，人们因此对他们大加谴责。我有些亲戚对这件事十分关注。我不能跟这些人经常来往，否则的话，我会跟家族里所有的人闹翻。"——"盖尔芒特亲王是德雷福斯派，那就更好，"德·康布勒梅夫人说，"听说圣卢要娶他的侄女为妻，而圣卢也是德雷福斯派。这甚至可能是他们要结婚的原因。"——"哦，亲爱的，别说圣卢是德雷福斯派，我们很喜欢他。不应该随便散布这种断言。"德·康布勒梅先生说。"您这样说，会让他在部队里吃苦头！"——"他过去是德雷福斯派，但现在已经不是。"我对德·康布勒梅先生说。"至于他跟德·盖尔芒特—布拉萨克小姐的婚事，是不是真的？"——"大家只是这样说，但您跟他关系好，应该知道这事。"——"我再次跟您说，他对我说过，他是德雷福斯派。”德·康布勒梅夫人说。“再说，这事可以轻易原谅，盖尔芒特家族成员一半有德国血统。”——“对于住在瓦雷纳街的盖尔芒特家族成员，您完全可以这样说。”康康说。“但圣卢是另一回事，他虽然有许多德国亲戚，他的父亲仍然首先要求得到法国大贵族的爵位，于一八七一年重新服役，在战争中英勇阵亡。我虽然对这种事要求严格，但无论从哪一方面看，都不应该夸大其词。In medio … virtus[①]（美德……中庸），啊！我想不起来了。这是科塔尔大夫常说的话。他总是胸有成竹。您这里应该有小拉罗斯词典[②]吧。”德·康布勒梅夫人不想再谈拉丁语语录和有关圣卢的事，因为她丈夫似乎认为她缺乏分寸，她就把话题转到老板娘，因为老板娘跟他们闹翻的事更有必要进行解释。“我们当时乐意把拉斯珀利埃尔租给维尔迪兰夫人。”侯爵夫人说。“只是她似乎认为，有了这房子，以及她能弄到的一切，她就有权享用我们的牧场、旧的帷幔，以及租约里根本就没有的所有东西。这是两件截然不同的事。我们错就错在没有请代理人或代办处来办理这些事。在菲泰尔纳，这倒并不重要，但我在这里就知道，我的什努维尔姑妈，要是看到维尔迪兰大妈在我的会客日披头散发地前来做客，准会面孔铁板。至于德·夏吕斯先生，他当然认识十分正派的人士，但也认识不三不四的人。”我问是什么人。德·康布勒梅夫人在我的追问下最后说：“有人说他包养了一位先生，名叫莫罗、莫里伊、莫吕，我也说不清楚。当然啰，跟小提琴手莫雷尔毫无关系。”她红着脸补充道。“我感到维尔迪兰夫人认为，由于她是我们在拉芒什海峡的房客，她就有权到巴黎来拜访我，我于是知道必须断绝关系。”

---

① 即 In medio stat virtus（美德在于中庸）。《小拉罗斯词典》又译为：également éloignée des extrêmes[（美德）同时远离两个极端]。

② 指《小拉罗斯词典》中粉红色书页，收有拉丁语短语及法译文。

康布勒梅夫妇虽说跟老板娘闹翻，但跟信徒们的关系仍然不错，他们跟我们乘同一列火车时，很乐意到我们的车厢里来。快到杜维尔车站时，阿尔贝蒂娜最后一次拿出她的镜子，有时觉得应该换手套，或是在片刻间把帽子脱下，用我给她的、被她插在头发里的玳瑁梳子梳理鸡冠形发式，让蓬松的头发鼓起，如有必要，则在像匀称的山谷般一直下垂到颈背的波浪形头发上重新盘起发髻。一旦乘上来接我们的马车，我们就不知道行至何处，道路上都没有路灯照亮，听到车轮发出的声音最响，就知道正穿过一个村庄，以为已经到达，我们又行驶在旷野之上，可听到远处的钟声，忘记自己身穿无尾常礼服，就在昏昏欲睡之时来到这长时间黑暗的尽头，由于行驶的路程，以及乘坐火车常有的意外事件，这黑暗仿佛把我们一直带到深夜，几乎驶过回巴黎的一半路程，突然间，马车在沙石更细的路上滑行之后，我们发现刚进入花园，突然看到客厅里和餐厅里灯光明亮，我们重新回到社交生活之中，听到钟敲八下，不禁往后退缩，以为时间早已过了八点，这时，只见许多佳肴和美酒，在身穿燕尾服的男士和袒胸露背的女士周围接连不断地端来，这晚宴光彩夺目，可跟城里真正的晚宴媲美，只是晚宴被两条长长的围巾围住，其性质随之改变，围巾色深而且特殊，由夜晚途经乡间和滨海的往返时间编织而成，这些时间因最初庄重被用于社交而发生变化。确实，我们回去时，只好离开明亮的大厅里光彩夺目而又迅速被遗忘的壮丽景象，登上马车，我设法跟阿尔贝蒂娜坐在一起，我的女友就不会离开我而跟别人在一起，这样坐往往还有另一个原因，那就是我们在黑暗的马车里可以做许多小动作，下坡时马车颠簸，即使我们抱在一起突然被一道亮光照到，别人看到了也会觉得情有可原。德·康布勒梅先生在尚未跟维尔迪兰夫妇闹翻时问我："雾这样大，您不觉得您会呼吸困难？我妹妹今天上午简直喘不过气来。啊！您也这样。"他满意地说。"这事我今晚一定告诉她。我知道我回去之后，她马上会问，您是否已有很久没有呼吸困难的问题。”另外，他跟我谈我的呼吸困难，只是为了谈他妹妹的呼吸困难，他让我描绘我呼吸困难的特征，只是为了更清楚地指出我跟他妹妹的区别。但是，尽管有区别，由于他妹妹的呼吸困难在他看来应当具有典型性，因此他无法相信，对她的呼吸困难“有效”的疗法，竟没有用来治疗我的呼吸困难，他还因我没有试用而感到生气，因为有一件事要比忌口还难，那就是不把忌口强加于人。“另外，我怎么说呢，我可是外行，您在此面对的可是权威，是知识的源泉。科塔尔教授对此有何高见？”[①]另一次，我又见到他的妻子，她说我“表妹”的样子怪里怪气，我想知道她说这话是什么意思。她否认自己说过这话，但最终承认谈的是一个人，她觉得曾看到此人跟我表妹在一起。她不知道这个人的名字，但最后说，如果她没有看错，这个人是银行家的妻子，名叫莉娜、莉内特、莉泽特、莉娅，总之是这类名字。我觉得她说“银行家的妻子”，只是为了使我不再追问。我想问阿尔贝蒂娜，是否真有此事。但我更喜欢装得像知情者，而不是像盘问者。何况阿尔贝蒂娜也不会对我作出任何回答，或者只是说“没有”，其中“没”说得过于犹豫，“有”又说得过于响亮。阿尔贝蒂娜从来不说会有损于她的事，而只是说其他一些事，但这些事却只能用有损于她的事来解释清楚，因为真相可说是一股无法看到的水流，源于别人对我们说的话和我们听到的话，而不是别人对我们说出的事情。因此，我肯定地对她说，阿尔贝蒂娜在维希认识的一个女子样子怪里怪气，但她对我发誓，说那个女子决不是我认为的那种人，从未让阿尔贝蒂娜做过坏事。但她在另一天又作了补充，当时我谈到我对这类女人感到好奇，她说维希的女士还有一个女友，阿尔贝蒂娜并不认识，但那位女士“**答应**给她介绍”。她答应给她介绍，那就是说阿尔贝蒂娜想要认识，或者说那位女士答应介绍是取悦于她。但是，我如在阿

① 法国七星丛书版后面另起一行。

尔贝蒂娜面前对此事提出异议，就会使人认为我是从她那里才获悉此事，我就会立即使消息来源中断，就不会再得到任何消息，也就不会担惊受怕。另外，我们是在巴尔贝克，而维希的女士及其女友住在芒通[①]，由于距离遥远，不会有任何危险，我的怀疑也就很快消除。[②] 德·康布勒梅先生在火车站叫唤我时，我常常刚好跟阿尔贝蒂娜乘黑暗之机亲热过，但不无困难，因为阿尔贝蒂娜怕天没全黑，就半推半就。"您知道，我敢肯定，科塔尔看到了我们，再说，即使没有看见，他也清楚地听到您喘气的声音，而且正是在大家说您有另一种呼吸困难的时候。"阿尔贝蒂娜在走到杜维尔车站时对我说，我们在那里乘小火车回去。但这次回去跟来时一样，给我留下某种富有诗意的印象，在我心中唤起进行旅游以及过新生活的愿望，我因此想要放弃跟阿尔贝蒂娜结婚的计划，甚至想彻底断绝我们的关系，而由于我们的关系在本质上充满矛盾，我觉得一刀两断更加容易。回去时跟来时一样，在每个车站，站台上总有一些熟人跟我们一起上车或向我们问好；对于转瞬即逝的想象的乐趣，起支配作用的是社交活动的持续乐趣，这种乐趣使人心平气和，烦恼全无。在到达各个车站之前，它们的名称（我第一天听到这些名称时曾浮想联翩，那是在我跟外婆一起旅行的第一天晚上）就已变得像人名一样，并在那天晚上失去了自己的特点，当时布里肖在阿尔贝蒂娜的请求下，向我们更全面地解释了这些名称的词源。我曾觉得某些以 fleur（花）结尾的名称有魅力，如 Fiquefleur（菲克弗勒尔[③]），Honfleur（翁弗勒尔[④]），Flers（弗莱尔[⑤]），

---

① 芒通是法国滨海阿尔卑斯省城市，与摩纳哥相近。

② 法国七星丛书版后面另起一行。

③ 菲克弗勒尔是法国厄尔省市镇。

④ 翁弗勒尔是法国卡尔瓦多斯省港口城市。

⑤ 弗莱尔是法国奥恩省城市。

Barfleur(巴夫勒尔[①]),Harfleur(阿弗勒尔[②])等,也觉得以 bœuf(牛)结尾的 Bricquebœuf(布里克伯夫[③])有趣。但经布里肖一说,“花”和“牛”全都没了(他是第一天在火车里告诉我的),他对我们说, fleur 的意思是 port(港口)[如同 fiord(峡湾)],而 bœuf 的诺曼底方言为 budh,意为 cabane(小屋[④])。他举了好几个例子,我以前感到特殊的东西因此变得普普通通,Bricquebœuf 也就跟 Elbeuf(埃尔伯夫[⑤])类似,甚至有的名称初次听到时跟地方一样特别,如 Pennedepie(佩纳德皮[⑥]),其中的古怪之处根本就不合情理,在我看来是从远古时代混合而成的一个粗俗词语,像某种诺曼底干酪那样好吃而又坚硬,我感到遗憾的是又在其中看到高卢词语 pen,意思是 montagne(山),既出现在 Penmarch(庞马尔[⑦])中,又出现在 les Apennins(亚平宁山脉)之中。火车每次停站,我都感到我们即使不用接待客人,也要跟一些朋友握手,就对阿尔贝蒂娜说:“您想知道哪些名称,赶紧去问布里肖。您曾对我说起 Marcouville-l' Orgueilleuse(自豪的马古维尔)。”——“是的,我非常喜欢这种自豪,那是一座自豪的村庄。”阿尔贝蒂娜说。“您会觉得它更加自豪,”布里肖回答道,“只要您不用法语形式,甚至不用中世纪拉丁语形式,就像在巴约主教的文件里看到的 Marcouvilla superba,而是用更加古老、跟诺曼底方言更接近的形式 Marculplinvil-

---

① 巴夫勒尔是法国芒什省市镇和渔港。

② 阿弗勒尔是法国滨海塞纳省市镇。

③ 布里克伯夫是法国卡尔瓦多斯省市镇。

④ 布里肖已在前面(第 304 页)谈过以 fleur 结尾的诺曼底地名,但并未谈过以 bœuf 结尾的地名。布里肖认为 fleur 跟丹麦语词 fiord 有关,但 fiord 并不表示 port(港口),而是表示 bras de mer, golfe(海湾)。

⑤ 埃尔伯夫是法国滨海塞纳省城市。

⑥ 佩纳德皮是法国卡尔瓦多斯省市镇。

⑦ 庞马尔是法国菲尼斯泰尔省滨海市镇。

la superba，就是 Merculph（梅古尔夫）村庄及其地产[①]。几乎所有以 ville（维尔）结尾的地名，您仍然会在其中看到粗暴的诺曼底入侵者的幽灵站在那里的海边。在阿朗布维尔[②]，您只是看到我们杰出的大夫站在车厢门口，而他显然丝毫不像古代斯堪的纳维亚人首领。但您要是闭上眼睛，就会看到著名的 Herimund（埃里蒙德）[Herimundivilla（埃里蒙德的领地）]。我不知道是什么原因，我们走卢瓦尼和巴尔贝克海滩之间的这些道路，而不走从卢瓦尼通往巴尔贝克老城的那些风景优美的道路，虽然如此，维尔迪兰夫人也许已乘车带您去那边兜过风。于是，您看到过安卡维尔或维斯卡尔村和图维尔，在到达维尔迪兰夫人家之前，是杜洛尔德[③]的村庄。另外，以前那里并非只有诺曼人居住。似乎德国人也一直来到这里 [Aumenancourt（奥默南古尔[④]），Alemanicurtis[⑤]]，我看到了那个年轻军官，我们别把这事告诉他，他知道了会不再愿意到他表兄弟家里去。那里还住有撒克逊人，证明就是 Sissonne（西索纳）泉水（维尔迪兰夫人最喜欢的散步目的地之一，而且很有道理），这就像英国有米德尔塞克斯[⑥]和韦塞克斯[⑦]。这是无法解释的事，被称为'流民'的哥特人似乎一直来到这里，来的甚至还有

① 马古维尔是伊利埃的地区名，圣马古夫是巴约市的区名，源于圣马古尔夫（或圣梅古尔夫）。梅古尔夫（490—558），诺曼底教士，南特伊修道院创办人，以治疗瘰疬病著称，在该地区被奉为圣人。

② 法国七星丛书版为：在埃尔蒙维尔……

③ 杜洛尔德是十世纪至十一世纪诺曼底诗人，拟为《罗兰之歌》作者。

④ 奥默南古尔是法国马恩省市镇。

⑤ 隆尼翁在《法兰西民族的起源和形成》中指出：Aumenancourt，Alamannorum Cortis。普鲁斯特在写这一页时显然参考了此书。

⑥ 米德尔塞克斯是英格兰旧郡，首府为布伦特福德，1965 年大部分划入大伦敦。

⑦ 韦塞克斯意为西撒克逊，是盎格鲁—撒克逊英格兰诸王国之一，约于 495 年建立在英格兰西南海岸。927 年国王埃塞尔斯基收复丹麦人所占地区，成为全英格兰国王。但不久后相继被维京人和诺曼人征服。韦塞克斯现已成为地理概念，一般指英国多塞特郡。

摩尔人,因为 Mortagne[①](莫尔塔涅)源于 Mauretania(毛里塔尼亚)。在 Gourville(古维尔)[Gothorumvilla(哥特人的村庄)]就留有其痕迹。另外,拉丁人也留有痕迹,如 Lagny(拉尼)[Latiniacum(拉丁区)]。"——"我要求解释 Thorpehomme(托普奥姆)。"德·夏吕斯先生说。"我知道 homme(男人)的意思。"他补充道,雕塑家和科塔尔听到后心照不宣地相互看了一眼。"但 Thorph 是什么意思?"——"这里的 homme 决不是您自然会想到的那种意思,男爵。"布里肖回答时狡黠地看着科塔尔和雕塑家。"homme 在此跟母亲给我的性别毫不相干。homme 是 holm,意为 îlot(小岛)。至于 thorph 或 village(村庄),可在上百个词里找到,我已用这些词使我们的年轻朋友厌烦。因此,在 Thorpehomme 里,没有诺曼人首领的名字,却有诺曼语词。您可以看到,整个地区都已日耳曼化了。"——"我觉得他夸大其词。"德·夏吕斯先生说。"我昨天去了 Orgeville(奥日维尔[②])。[③]"——"这次我要把刚才从 Thorpehomme 里拿走的 homme 还给您,男爵。我们不是卖弄学问,而是直言不讳,罗贝尔第一[④]在一张证书上提到奥日维尔时写下 Otgervilla,即 domaine d'Otger(奥特格的领地)。所有这些地名都是古代贵族的姓氏。Octeville-la-Venelle(奥克特维尔拉弗内尔[⑤])是封给 l'Avenel(阿弗内尔)的。阿弗内尔是中世纪著名家族。Bourguenolles(布格诺尔[⑥]),维尔迪兰夫人在有一天带我们去过,写的是 Bourg de Môles(莫尔镇),因为这村庄在十一世纪属于 Baudoin de

---

① 即 Mortagne-au-Perche(佩尔什的莫尔塔涅),法国奥恩省专区首府。
② 奥日维尔是法国厄尔省旧市镇,1854 年并入菲普市镇。
③ 法国七星丛书版不用句号,用省略号。
④ 拟为华贵者罗贝尔第一(? —1035),诺曼底著名公爵。
⑤ 奥克特维尔拉弗内尔是法国芒什省市镇。
⑥ 布格诺尔是法国芒什省市镇。

Môles(博杜安·德·莫尔),La Chaise-Baudoin(拉谢兹—博杜安①)也是如此;啊,我们到了东锡埃尔。”——“天哪,那么多中尉想要上车。”德·夏吕斯先生说时装出害怕的样子。“我说这话是为了你们,因为对我没有妨碍,我可要下车了。”——“您听到了吗,大夫?”布里肖说。“男爵怕军官们会从他身上踩过去。不过,他们聚集在这里有他们的任务,因为东锡埃尔正是Saint-Cyr(圣西尔②),是Dominus Cyriacus。在许多城市名称中,sanctus 和 sancta 被 dominus 和 domina 所取代。另外,这座平静的军事城市有时会显出圣西尔、凡尔赛乃至枫丹白露的假象。”

在(往)返路上,我要阿尔贝蒂娜穿得体面,因为我十分清楚,在阿姆南古尔③、东锡埃尔、埃普勒维尔和圣瓦斯特,我们要接待客人的短暂拜访。我对他们的拜访也不会感到不快,如在埃尔蒙维尔(埃里蒙德的领地),德·谢弗里尼先生会乘来接客人的机会拜访我,并请我第二天到蒙叙旺去吃午饭;在东锡埃尔,圣卢的一位可爱的朋友会突然进来,他是圣卢派来(因为圣卢没空),向我转达德·博罗季诺上尉、在好斗雄鸡餐馆用餐的一批军官或在锦鸡饭馆用餐的士官们的邀请。要是圣卢亲自来看我,只要他在这儿,我就用目光监视阿尔贝蒂娜,但不让别人觉察,不过我的警惕是徒劳的。不过我有一次中断监视。由于停车时间长,布洛克跟我们打招呼后立刻跑去找他父亲,他父亲刚继承叔父的遗产,租了一座名叫“骑士府邸”的城堡,觉得要有大贵族的气派,就只能乘坐驿站快车,由身穿制服的驿站马车夫驾车。布洛克请我陪他一直走到他父亲的马车旁边。“你快点走,因为这种四条腿的畜牲迫不及待。你是上帝的宠儿,你来了我父亲会高兴。”但我让阿尔

---

① 拉谢兹—博杜安是法国芒什省市镇。

② 圣西尔为法国军校名。

③ 阿姆南古尔拟为阿默农古尔(本卷第197页)和奥默南古尔(第527页)的别称。

贝蒂娜跟圣卢一起待在火车里，感到十分难受，我看不到他们，他们就会相互说话，到另一个车厢去，眉来眼去，动手动脚，只要圣卢在，我注视阿尔贝蒂娜的目光就不会离开。然而，我十分清楚地看到，布洛克请我帮忙，去向他父亲问好，他起先觉得，我要是没有其他事情，拒绝他就不够朋友，列车员已经说过，火车至少还要停一刻钟，而且几乎所有乘客都已下车，他们不上车，火车是不会开的；他接着清楚地看出，我在这种情况下的表现是最终的回答，我肯定是故作风雅。因为他不会不知道跟我在一起的那些人的大名。确实，德·夏吕斯先生此前曾说过，但他不记得或没想到当时说这话是要跟布洛克接近，他说："那就请把您的朋友介绍给我，您不介绍是对我不尊重。"后来他跟布洛克说了话，他看来对布洛克非常喜欢，还赠给了他一句话："但愿后会有期。"——"那么，这是无法改变的决定啰，您不愿走这几百米路去向我父亲问好？你去问好，他会非常高兴。"布洛克对我说。我愁眉苦脸，显得不够朋友，使布洛克更觉得他看出我不愿去问好的原因，我似乎感到，他认为我跟"出身高贵"的人在一起，对我的平民朋友的态度就完全不同了。从那天起，他对我就不再像以前那样友好，我感到更加难受的是，他对我的性格不再像以前那样欣赏。但是，为了消除他对我留在车厢里的原因的误解，我本应对他作些解释，就是我嫉妒阿尔贝蒂娜，但这种话要是说出口，我就会更加难受，还不如让他认为，我愚蠢地热衷于社交生活。因此，从理论上说，大家认为总是应该解释清楚，以免误解。但是，生活往往把种种误解组合起来，只有在少数情况下才能完全消除，为消除误解就得揭示某件事——当时的情况并非如此——但这样会使我们的朋友更加生气，还不如让他把想象的过错加在我们头上，或者要说出一个秘密——我刚才遇到的情况正是如此——但我们觉得泄露这秘密比误解更加糟糕。另外，我因为无法解释而不跟布洛克解释我为何不能陪他去，我如果请他不要生气，只会使他更加生气，因为这说明我已发现他会生气。这时毫无办法，只好向这种 fatum（命运）屈服，我命该如此，因为阿尔贝蒂娜在场，我无法陪他去，而他却认为是因为那些杰出人士在场，其实，那些人即使杰出百倍，我也只会去照顾布洛克一人，并对他毕恭毕敬。因此，只要一件小事（这里是让阿尔贝蒂娜和圣卢待在一起）意外而又荒谬地插在两种命运之间，就会出现这种情况，两种命运的生命线相互汇聚却产生偏斜，相距越来越远，永远无法接近。有些友谊比布洛克对我的友谊更加美好，但已被摧毁，无意中造成不和者却一直未能向受伤害者作出解释，否则的话，他的自尊心必然会恢复，他那消失的好感也会重现。

另外，比布洛克的友谊更美好的友谊也许是言过其实。他身上的种种缺点使我讨厌至极。而我对阿尔贝蒂娜的温情，因意外事件而使他的种种缺点变得忍无可忍。因此，我跟他说话时用眼睛监视罗贝尔，布洛克当时告诉我，他曾在邦唐夫人家吃午饭，说每个人谈到我都赞不绝口，一直说到“赫利俄斯[①]下落”。“好！”我心里在想，“邦唐夫人认为布洛克是天才，他对我的热情赞美，要比其他任何人的话都管用，一定会传到阿尔贝蒂娜耳边。她随时都会得知，我是个‘杰出’人士，奇怪的是她姨妈还没有把这话说给她听过。”——“是的，”布洛克补充道，“大家都称赞你，只有我一人默无一言，仿佛我在吃饭的地方把话也吃掉了，另外吃的也是家常便饭，就像罂粟为塔那托斯和厉司河的幸福兄弟、神祇许普诺斯所喜欢[②]，他用柔软的绳索缠住身体和舌头。这不是因为我对你的欣赏不如对那群饿狗，主人邀请我时也请了那群狗。但我

---

① 赫利俄斯是希腊神话中太阳神，每天乘四马金车在天空奔驰，从东到西，晨出晚没。

② 塔那托斯是希腊神话中的死神，睡神许普诺斯的孪生兄弟。厉司河是冥界河流，亡魂饮河水后即遗忘生前一切，故又译为忘川。勒孔特·德·利尔翻译的《俄尔甫斯颂歌》，第 82 首为“许普诺斯的香味……罂粟”：“你使灵魂平静，因为你是厉司河和塔那托斯的兄弟。”

对你欣赏，是因为我理解你，他们欣赏你，却对你并不理解。确切地说，我对你过于欣赏，所以不能在大庭广众之下这样谈论你，如这样谈论，我会觉得大声说出我内心深处的赞赏是一种亵渎。别人要问我有关你的事情，也会枉费口舌，一个神圣的廉耻女神，克洛诺斯之子的女儿[1]，叫我保持沉默。”我没有面露不满的不良嗜好，但那位廉耻女神，我觉得比克洛诺斯之子要廉耻得多，这种廉耻会使欣赏你的批评者不再谈论你，因为你端坐其中的秘密神殿里，会冲进一群无知的读者和记者，他们像不给你授勋的政治家那样廉耻，政治家这样做是为了不让你跟那些配不上你的人厮混，他们像不投你的票的法兰西语文学院学士那样廉耻，院士这样做是为了不让你蒙受毫无才能的 X 的同事的耻辱，最后像一些儿子那样廉耻，这种廉耻更加可敬也更为可恶，他们请我们别为他们品德高尚的已故父亲撰文，以便让死者能在沉默中安息，不让别人谈他们父亲生前的事情，不让别人为可怜的死者歌功颂德，但死者也许更喜欢别人嘴里说出他的名字，而不是别人恭恭敬敬地在他墓前献上花圈。

布洛克使我感到难受，是因为他不能理解我为何无法去向他父亲问候，他使我恼火，则是因为他向我承认，他在邦唐夫人家说的话使我被人瞧不起（我现在才明白，阿尔贝蒂娜为何从未对我提起过那次午宴，她为何在我对她谈起布洛克对我的友情时默不作声），因此，这年轻的犹太人给德·夏吕斯先生留下的印象就不止是不舒服。

当然啰，布洛克现在不仅认为，我一刻也不能离开风流雅士，而且认为我对他们（如德·夏吕斯先生）主动跟他接近感到嫉妒，就竭力制造麻烦，阻挠他跟他们交往，男爵感到遗憾的却是未能更

---

① 克洛诺斯之子指宙斯，他的女儿廉耻女神是埃佐斯。赫西奥德在长诗《工作与时日》中写道：“埃佐斯和涅墨西斯抛弃人类，加入神祇的行列。”

多地见到我的这位朋友。他通常不把这种想法表露出来。他先是不动声色地对我提出有关布洛克的几个问题,但说时漫不经心,仿佛装出有兴趣的样子,别人不相信他会听到回答。他神色冷淡,语调显得无动于衷、心不在焉,仿佛只是出于礼貌才对我说:"他显得聪明,他说在写作,他是否有才能?"我对德·夏吕斯先生说,你对他说:但愿后会有期,真是太客气了。男爵没有任何表情说明他听到了我的话,我于是又把这话说了四次,但他没有回答,我最终怀疑自己是否有幻听,因为我仿佛听到德·夏吕斯先生说的话。"他住在巴尔贝克?"男爵像唱歌般低声问道,又不像在提问,遗憾的是法语中只有问号而没有别的标点符号能用来结束这种显然不像问句的句子。确实,这种标点几乎只能为德·夏吕斯先生所用。"不,他们在这里附近租下了'骑士府邸'。"在得知他的欲望之后,德·夏吕斯先生装出瞧不起布洛克的样子。"真可怕,"他大声说道,极力说得像喇叭那样响亮。"称为'骑士府邸'的所有地方或房屋,都由马耳他骑士团骑士(我就是)建造或拥有,如同称为'圣殿'或'骑士封地'的地方,都由圣殿骑士团骑士建造或拥有①。我如住在骑士府邸,那就是理所当然的事了。而一个犹太人竟住在那里!不过,这事我也不觉得奇怪,这是出于一种渎圣的奇特爱好,是这个种族所特有的。一个犹太人只要有钱买城堡,总会选择隐修院、修道院、寺院和教堂。我跟一个犹太官员有过交往,您猜他住在哪里?主教桥②。失宠之后,他被派到布列塔尼的修道院长桥③。在圣周演出称为**耶稣受难**的亵渎性戏剧时,剧场里有一半观众是犹太人,他们欣喜若狂地想到,将要再次把基督钉上十字架,至少是拿出钉上十字架的画像。在拉穆勒音乐会上,有一天我

---

① 地名为圣殿的地方,以前是圣殿骑士地方分团的采邑,称为骑士封地的地方,大部分为耶路撒冷圣约翰骑士团骑士即马耳他骑士团骑士拥有。

② 原文为 Pont-l'Evêque,音译为:蓬莱韦克,法国卡尔瓦多斯省城市。

③ 原文为 Pont-l'Abbé,音译为:蓬拉贝,法国菲尼斯泰尔省城市。

的邻座是富裕的犹太银行家。那天演的是柏辽兹的《基督的童年》[①],他感到沮丧。但他听到"耶稣受难日的魔力[②]",就很快显出平时那种心满意足的表情。您的朋友住在骑士府邸,真是不幸!多么残忍!请您把路指给我看。"他补充道,说时又显出毫不在乎的样子,为使我有一天会去看看,我们古代的领地如何受到这样的亵渎。"真是不幸,因为他有礼貌,显得精明。他也许只缺没在巴黎的圣殿街居住!"德·夏吕斯先生说这些话,似乎只是想用新的例子来证明他的理论,但实际上他对我提出一个问题要达到两个目的,主要的目的是要知道布洛克的地址。"不错,"布里肖指出,"圣殿街原来叫圣殿骑士团封地街。关于这事,您是否允许我谈点看法,男爵?"大学教授说。"什么?什么看法?"德·夏吕斯先生口气生硬地说,因为对方的话使他无法了解情况。"不,没什么。"布里肖吓得回答道。"是关于巴尔贝克的词源,有人问过我。圣殿街以前称为巴克法庭街[③],因为诺曼底的巴克修道院在巴黎的那个地方有它的法庭。德·夏吕斯先生没有回答,装出没有听到的样子,这是他蛮不讲理的一种表现形式。"您的朋友住在巴黎的什么地方?由于四分之三的街名取自教堂或修道院名称,亵

① 柏辽兹(1803—1869),法国作曲家、指挥家、音乐评论家。是西洋音乐史上致力于标题音乐创作的浪漫派作曲家。主要作品有《幻想交响曲》、交响曲《罗密欧与朱丽叶》、传奇剧《浮士德的沉沦》、《安魂弥撒曲》等。《基督的童年》(1850—1854)是他的清唱剧,1902年3月28日耶稣受难日在科洛纳音乐会上演出,同日演出的有巴赫的《复活节康塔塔》和瓦格纳的"耶稣受难日的魔力"。

② "耶稣受难日的魔力"是瓦格纳的三幕歌剧《帕西发尔》最后一幕中的乐曲。那天是耶稣受难日的早晨,老骑士古内曼兹守卫着圣杯之林,认出走来的黑衣骑士是帕西发尔,就给他披上圣杯武士的披风。他从孔德里手中拿过金瓶,把里面的膏脂倾倒在帕西发尔头顶上,尊他为圣杯武士之王。新王即位后即捧清泉之水替孔德里施洗。这时可听到代表施洗的庄严动机,后插上一段悼念耶稣殉难的音色极美的音乐。参见本书第二卷第206页注④。

③ 原文为rue Barre-du-Bac,法国七星丛书版为rue Barre-du-Bec(贝克法庭街),其后Bac(巴克)均为Bec(贝克)。

渎行为有可能会继续下去。我们不能阻止犹太人住在马德莱娜大道、圣奥诺雷区或圣奥古斯丁广场。他们把住所选在巴黎圣母院广场、总主教府滨河街、夏努瓦奈丝(修女)街或万福马利亚街,只要不是出于恶意,就得体谅他们的难处。”我们不知道布洛克现在的住址,因此无法告诉德·夏吕斯先生。但我知道他父亲的办公室在白袍街。“哦!真是邪恶透顶。”德·夏吕斯先生大声说道,看来他在讽刺而又愤怒的叫喊中感到十分满足。“白袍街!”他笑着重复道,说时加重每个字的语气。“极其亵渎!您想想,这些白袍被布洛克先生弄脏后,就是乞丐兄弟的白袍,他们被称为圣母的奴仆,圣路易[1]把他们安置在那里。那条街上一直是一些修会的会址。这种亵渎尤其严重的是,在离白袍街近在咫尺的地方有一条街,街名我不记得了,那条街全都让给了犹太人,店门口写有希伯来文字,有做无酵面饼的作坊,有犹太肉店,完全是巴黎的 Judengasse(犹太胡同)。[2] 布洛克先生应该住在那里。当然啰,”他接着说道,语气夸张而又自豪,为了说出优美的话,就用因遗传而不由自主地作出的回答,使他后仰的脸具有路易十三时期老火枪手的模样,“我只是从艺术的角度来关心这些事。政治并非是我管的事,我不能谴责所有犹太人,因为布洛克么,有一个民族,在其杰出的孩子里有斯宾诺莎[3]。我也十分欣赏伦勃朗,不会不知道

---

① 即法王路易九世。

② 法国七星丛书版后面还有一句:德·罗什居德先生把那条街称为犹太区。据弗拉马里翁版的注释,这句话在打字稿中并未打出。罗什居德侯爵著有《漫步在巴黎的条条街道》(1910)一书。巴黎的费迪南—迪瓦尔街在 1900 年还称为犹太人街,后来才以塞纳省前省长的名字命名。但有一条犹太人居住的街道,名为罗齐埃街(意为:蔷薇),却被德·夏吕斯先生故意遗忘,因为布洛克后来改名为雅克·杜·罗齐埃,以为这样可以掩盖犹太人的身份。

③ 斯宾诺莎(1632—1677),荷兰哲学家。生于阿姆斯特丹的犹太商人家庭。1656 年因反对犹太教教义而被开除教籍。是唯物主义唯理论的主要代表之一。主要著作有《笛卡儿的〈哲学原理〉》、《神学政治论》、《伦理学》、《理智改进论》等。

经常出入犹太教堂能感受到美感[①]。总之,一个犹太区之所以美,是因为犹太人集中而且人多。另外,您可以肯定,这个民族既有讲究实际的本能和贪财,又有虐待的癖好,由于跟我对您说的犹太街近在咫尺,以色列肉店又在伸手可及之处十分方便,您的朋友才选择了白袍街。真是有趣！另外,那里住着一个奇特的犹太人,他把圣体饼放在开水里煮[②],他煮了之后,我想别人会把他放在开水里煮,这样就更加奇特,因为这似乎表明,一个犹太人的身体可以跟仁慈的上帝的身体价值相同。也许可以跟您的朋友作好安排,让他带我们去看看白袍街的教堂。您想想,路易·德·奥尔良被无畏者约翰刺杀之后,遗体就埋葬在那里,遗憾的是,无畏者约翰并未把我们从奥尔良派手中解救出来[③]。不过,我跟表兄沙特尔公爵[④]个人关系良好,但这毕竟是篡位者的家族,他们杀死了路易十六,使查理十世和亨利五世失去王位。再说,他们的祖先是国王大弟殿下[⑤],就跟上一代相像,大家这样称呼,也许因为这是最令人惊讶的老夫人[⑥],还有摄政王和其他人。这是什么家族!"这番反犹太人或亲希伯来人的言论——可从其字面意思或内含的意图中看出——被莫雷尔对我的截然不同的耳语所打断,令人啼笑皆非,

① 伦勃朗(1606—1669)不是犹太人,但曾住在阿姆斯特丹的犹太区。他的邻居和朋友梅纳塞·本·伊斯拉埃尔和莫尔泰拉是正统犹太教主持宗教仪式的会众领袖,反对斯宾诺莎。伦勃朗画有多幅描绘犹太教堂的作品。

② 以前的花园街上,有一幢屋子里住着犹太人约拿塔,他被指控并确认曾"在开水里煮上帝",就是把一个圣体饼放在开水里煮,但据说圣体饼因显圣迹而没有煮坏,由沙滩圣约翰教堂一直保存到法国大革命。那个犹太人被处决之后,他那进行谋杀和圣迹显示(1290)的屋子自然归王室所有。而那条街长期被称为"煮上帝街"。

③ 1407年11月23日,路易·德·奥尔良公爵在去看望他嫂子和情妇即路易六世的王后巴伐利亚的伊莎博时,被与他争夺王位的勃艮第公爵无畏者约翰派人刺死在巴尔贝特门附近。阿马尼克党和勃艮第党之间的内战由此爆发。

④ 指路易—菲力浦的孙子,即奥尔良公爵和海伦公主的次子(1840—1910)。

⑤ 指路易十四之弟菲力浦·德·奥尔良公爵。

⑥ 路易十四的大弟是同性恋,因此把他比作老夫人。

德·夏吕斯先生听到后大失所望。莫雷尔并非没有察觉布洛克的话产生的印象,在耳边感谢我把布洛克“打发走”,还恬不知耻地补充道:“他本想留下来,这可是嫉妒,他想取代我。这是犹太佬的做法!”——“我们原可以利用停车时间延长的机会,请您的朋友对某些宗教仪式作些解释。您是否能把他叫回来?”德·夏吕斯先生问我时,因怀疑而忧虑不安。“不,不可能,他乘马车走了,他还在生我的气。”——“谢谢,谢谢。”莫雷尔低声对我说。“这理由挺荒谬,一辆马车,总是可以追上,您完全可以乘汽车去追。”德·夏吕斯先生这样回答,仿佛别人应该对他百依百顺。但他发现我没吭声,就怀着最后的希望傲慢地对我说:“他的马车或多或少是想象出来的,是什么样的车?”——“那是一辆敞篷驿站快车,想必已到达骑士府邸。”德·夏吕斯先生眼看事情无法挽回,就只好逆来顺受,但装出开玩笑的样子。“我知道他们为什么看到四轮双座马车[①]会后退。这马车的乘客想必是受过割礼的犹太人。”大家终于发现火车就要开了,圣卢离开了我们。但是,唯有在那天,我上车进入我们的车厢时,他在不知不觉中使我感到痛苦,因为我想到,我在一时间要陪伴布洛克,就得让他和阿尔贝蒂娜待在一起。其他几次,他在场并未使我感到痛苦。因为阿尔贝蒂娜不想让我感到不安,即使并不情愿,也总是以某种借口不跟罗贝尔坐在一起,甚至坐得很远,无法跟他握手;他来了之后,她立刻把目光从他身上移开,并开始装模作样地故意跟其他乘客说话,这出戏她一直演到圣卢下车为止。因此,他到东锡埃尔车站来看望我们,并未使我感到任何痛苦,也没有感到任何拘束,而且每次都使我感到愉快,可以说他给我带来了这块土地的问候和邀请。从夏末起,我

① “四轮双座马车”原文为 coupé,也可表示“受过割礼的人”,后面的 recoupé 表示有两个 coupé,一是四轮双座马车,二是受过割礼的人。割礼是犹太教、伊斯兰教的一种仪式,把男性教徒的生殖器包皮割去少许,犹太教在婴儿初生时举行。

们从巴尔贝克到杜维尔的旅途中，我看到远处的紫杉圣彼得站，傍晚时分，那里的悬崖顶上，一时间玫瑰色光线闪烁，如同夕阳西下时的雪山，使我不再想起——我甚至不说会想起我第一天傍晚看到它奇特的景象时突然感到难受，真想登上返回巴黎的火车，而不想继续前往巴尔贝克——早晨能在那里看到的美妙景象，埃尔斯蒂尔是这样对我说的，那是在日出之前，彩虹的各种颜色都在悬崖上映照出来，在那个时刻，他曾多次叫醒一个小男孩，有一年他让这男孩替他当模特儿，让男孩赤身裸体站在沙滩上让他作画。紫杉圣彼得这个地名对我宣称，即将出现一个五十来岁的怪人，此人才华横溢，涂脂抹粉，我可以跟他谈论夏多布里昂和巴尔扎克。而现在，在暮霭之中，在以前曾使我浮想联翩的安卡维尔悬崖后面，仿佛它古老的砂岩变得透明，我看到的是德·康布勒梅先生一个叔叔的漂亮房屋，我知道这屋子的主人总是会高兴地接待我，只要我不想去拉斯珀利埃尔吃晚饭，又不愿回到巴尔贝克。因此，失去初时神秘的不仅是这个地区的一个个地名，而且是这些地方本身。这些地名已神秘减半，而神秘又被词源学用推理所取代，地名的神秘程度因此而降了一级。我们回到埃尔蒙维尔、圣瓦斯特、阿朗布维尔时，在火车停站时会看到一些影子，起初无法辨认，布里肖视力不佳，在夜里会看成埃里蒙德、维斯卡尔和埃兰巴尔德[①]的幽灵。但这些影子已走近车厢。原来是德·康布勒梅先生，他已跟维尔迪兰夫妇完全闹翻，他来车站送客人，并代表他母亲和他妻子来问我，是否愿意让他"把我劫持"，留我在菲泰尔纳小住几天，一位出色的女歌唱家即将去那里，要为我演唱格鲁克[②]的全部作品，然后有一位著名棋手要去那里，我可以跟他下几盘精彩的棋，但不会影响海湾垂钓和快艇游览，甚至可以去维尔迪兰家吃晚饭，侯爵

① 三人均为诺曼底征服者。

② 格鲁克(1714—1787)，德国作曲家。参见本书第三卷第491页注①。

以名誉保证，一定把我“借”给他们，并派车送我前往，这样岂不更加方便和安全。“但我无法相信，到这样高的地方，对您会有好处。我知道我妹妹会受不了。她回来时健康状况一定会恶化！不过，她现在的状况不是很差。[①] 确实，您发过一次病，而且十分厉害！明天，您就不能起床了！”他捧腹大笑，并非出于恶意，这就像他在街上看到瘸子自吹自擂，或是在跟聋子说话，就会不由自主地笑起来。“那以前呢？怎么，您已有半个月没有发过？您知道，这样太好了。确实，您应该到菲泰尔纳来住，您可以跟我妹妹谈谈您的呼吸困难。”在安卡维尔站，来的是蒙佩鲁侯爵，他没能去菲泰尔纳，因为去打猎了，他“上火车”穿着马靴，头戴插有雉鸡羽毛的帽子，与动身的人一一握手，同时跟我握手，并对我说，这星期哪天方便，他儿子要来拜访我，他感谢我能接待他儿子，我如能推荐他儿子读点什么，他会十分高兴；或是德·克雷西先生来作他所说的礼节性回访，只见他抽着烟斗，接受一支乃至几支雪茄，他对我说：“好啊！您怎么不对我说，我们下一次卢库卢斯[②]式聚会定在哪天？我们难道无话可说？请允许我提醒您，我们还有两个蒙哥马利家族的问题没有谈完。我们得把这个问题谈完。我就指望您了。”其他人来，只为买报。还有许多人跟我们说话，我总是猜想，他们来到离他们小城堡最近的火车站站台，只是为了跟熟人聊一会儿天。总之，社交生活的一幕幕场景，跟小火车一站站停车时相仿。小火车似乎意识到自己要起这种作用，就有点像人类那样亲切；它性格温顺，耐心地等待迟来的乘客，要它等多久就等多久，即使已经开车，也会停车让跟它招手的乘客上车；于是，他们喘着气跟在它后面奔跑，他们喘气倒跟火车相像，不同的是，他们追赶火

① 法国七星丛书版不用句号，而用省略号。

② 卢库卢斯（约前106—约前56），罗马统帅，以大摆筵席著称。参见本书第二卷第41页注①。

车要跑得飞快，而火车只是理智地减速。因此，埃蒙维尔、阿朗布维尔、安卡维尔，再也不会使我想起诺曼人残暴而又伟大的征服，因为它们不想完全消除无法解释的忧伤，我过去曾在潮湿的傍晚看到它们沉浸在这种忧伤之中。东锡埃尔！对我来说，即使在了解它并从梦中醒来之后，它仍然长时间留在这地名之中，它条条街道冰冷而又可爱，有灯光照亮的橱窗，有味美的家禽。东锡埃尔！现在这只是莫雷尔上车的火车站，埃格尔维尔［Égleville（Aquilœvilla①）］是舍尔巴托夫王妃通常等我们上车的车站，曼恩维尔则是在天气晴朗的晚上，阿尔贝蒂娜觉得不是太累而想跟我多待一会儿时下车的车站，在那里下车可从斜坡小路回去，几乎不比在帕维尔［Parville（Paterni villa）②］下车走的路多。这样，我不仅不会像第一天晚上那样，因独自一人而担惊受怕，而且不用担心她会醒来，也不必担心我会在新的环境中感到生疏，或者独自来到这块土地上会不习惯，这土地不仅盛产栗树和柽柳，而且处处友好，在旅途中形成长长的友谊之链，如同一系列青色山丘般时断时续，有时隐于起伏的岩石之中，或藏在大街的椴树后面，但在每一站都派来一位可爱的绅士，用热情的握手来中断我的行程，以免使我感到路途漫长，必要时陪我继续行路。另一位绅士将出现在下一个车站，因此，小火车的汽笛声让我们离开一位朋友，只是为使我们能见到其他朋友。在相距最远的城堡之间，火车在驶近城堡时的速度，几乎跟疾步行走的人相同，这距离变得如此之短，当城堡主站在候车室前的站台上叫唤我们时，我们几乎以为他们站在自己家门口或他们房间的窗前，仿佛省里小火车的铁道，只是省里的一条街道，而贵族孤零零的城堡，只是城里的一座公馆；即使在我听不到有人来道“晚安”的罕见车站，寂静也使人有充实之感，

① 这个词源显然是普鲁斯特想出来的。

② 参见本卷第430页。

既提供养料，又使人得到安慰，因为我知道，这寂静是因为一些朋友在邻近小城堡早早睡觉才有，我的到来会受到愉快的接待，只要我把他们叫醒并请他们接待。习惯充满了我们的时间，因此在几个月后，我们在一个城市只有片刻的自由，而在我们刚到达时，一天里有十二个小时可以自由支配，此外，即使偶然有一个小时的空闲，我也不会想到要去参观一座教堂，而我过去来到巴尔贝克，就是为了参观教堂，我也不会把埃尔斯蒂尔画过的一个景点，跟我在他家里看到的素描进行比较，而是到费雷先生家再去下一盘棋。这确实是不良影响，跟巴尔贝克这个地区有过的魅力一样，使它变成我真正熟悉的地方；它的地理位置，以及在沿海地区种植的各种植物，必然使我对这些各不相同的朋友的拜访具有旅游的形式，但他们也使这种旅游只具有一系列拜访的社交乐趣。同样的地名，过去曾使我十分兴奋，普通的《城堡年鉴》翻到芒什省这章，我竟然十分激动，如同看到火车时刻表那样，而现在，我对这些地名就像对火车时刻表那样熟悉，我如查阅《年鉴》，从巴尔贝克那页经东锡埃尔查到杜维尔，就像查阅通讯录那样，心里平静而又愉悦。这社交过多的山谷，我觉得山坡上都有一大群可见或不可见的朋友，夜晚诗意的叫声不再是猫头鹰或青蛙的叫声，而是德·克里克托先生的“好吗?”或布里肖的“再见”。那里的气氛不会再令人焦虑不安，而是充满人的气息，使人呼吸舒畅，甚至使人过于冷静。我从中受益之处，至少是看问题只会从实际出发。跟阿尔贝蒂娜结婚，在我看来简直是蠢事一桩。①

① 法国七星丛书版后面空两行接排。

第四章[1]

突然对阿尔贝蒂娜回心转意。日出时的忧伤。我立即跟阿尔贝蒂娜一起回巴黎。

我只等机会跟她最终一刀两断。一天晚上，妈妈因一个姨妈病危，要去贡布雷帮忙料理后事，将在第二天动身前往，就把我留下，并像我外婆希望的那样，让我多呼吸海边的空气，我就告诉母亲，我已做出无法改变的决定，不娶阿尔贝蒂娜为妻，并不再跟她见面。我很高兴能在母亲动身前夕说出这些使她满意的话。她并不瞒我，说她确实非常满意。我也要对阿尔贝蒂娜作出解释。我跟她一起从拉斯珀利埃尔回来时，信徒们陆续下车，有些在旧城圣马尔斯站下车，有些在紫杉圣彼得站下车，另一些在东锡埃尔下车，我感到特别高兴，并对她冷落，现在车厢里只剩下我们两人，我决定最终跟她进行这种谈话。另外，在巴尔贝克的那些姑娘中，我真正喜欢的是安德蕾，虽说她此时跟她女友们都不在，但她即将回来。（我喜欢跟所有这些姑娘在一起，因为在我看来，每个姑娘都像第一天时那样，有着其他姑娘的某种精华，仿佛出自与众不同的种族。）既然她过几天就要回到巴尔贝克，她当然会立刻来看我，到那时，为了能自由自在，我不愿意就不娶她为妻，以便能去威尼斯，但在此之前，她得完全属于我，我要采取的办法，就是等她来了之后，不对她显得过于亲近，我们在一起说话，我就对她说："真遗憾，我没能在几个星期前见到您！否则我就会爱上您；现在，我的

---

① 这一章曾以"结婚的计划奇特而又痛苦的原因"为题，刊登在1922年4月第4期《意向》杂志上。在第二次世界大战结束后，普鲁斯特曾把这一章题为"心灵的间歇（二）"，与第二次逗留巴尔贝克的开篇"心灵的间歇（一）"相对称。

心已给了别人。但没有关系，我们会经常见面，因为我对另一段爱情感到忧伤，您一定会来安慰我。”我想到这种谈话，心里就暗暗发笑，因为这样一来，我就使安德蕾产生错觉，认为我不是真心爱她；这样的话，她就不会对我感到厌倦，我就能愉快地享用她的温情。但由于这些事，就更有必要跟阿尔贝蒂娜认真地谈谈，以免行为不端，既然我决定把心思用在她女友身上，就必须让阿尔贝蒂娜清楚地知道我并不爱她。这话得立刻对她说，因为安德蕾随时会来。这时我们逐渐靠近帕维尔，我感到我们那天晚上已没有时间谈，最好把现已无法改变的决定推迟到明天再说。因此，我只是跟她谈我们在维尔迪兰家吃的晚饭。她穿上外套时，火车刚离开安卡维尔，即帕维尔前面一站[①]，这时她对我说："那么明天，再去维尔迪兰家，您可别忘了，您来接我。"我不禁相当生硬地回答道："是的，除非我要'甩掉'，因为我开始感到这种生活实在愚蠢。不管怎样，如果我们去那里，为了使我在拉斯珀利埃尔度过的时间没有完全浪费掉，我得请维尔迪兰夫人做出会使我兴致勃勃的安排，可以作为研究的题目，并使我感到快乐，因为那一年，在巴尔贝克使我快乐的事确实很少。"——"这样对我可不友好，但我不会责怪您，因为我感到您心烦意乱。那是什么快乐的事？"——"是维尔迪兰夫人请人为我演奏一位音乐家的乐曲，她对他的作品非常熟悉。我也知道他的一部作品，但似乎还有别的作品，我需要知道是否已经出版，是否跟早期作品不同。"——"是哪位音乐家？"——"我的小宝贝，我要是对你说他名叫樊特伊，你是否就舒服多了？"我们可能会说出各种各样的想法，但其中从未有真相出现，而在我们丝毫没有料到的时候，真相却从外面狠狠地刺中我们，使我们留下永久的伤痛。"您不知道您使我多么高兴。"阿尔

① 安卡维尔是帕维尔前面一站的看法，跟前文中说法不同。参见本卷第539—540页。

贝蒂娜回答时站起身来，因为火车即就要停车。“这使我感到的兴趣，不仅比您认为的要大得多，而且即使维尔迪兰夫人不说，我也可以把您想知道的情况全都告诉您。您还记得我对您说起过一个年龄比我大的女友，她曾像母亲和姐姐那样对待我，我跟她一起在的里雅斯特[①]度过我最美好的年月，几个星期之后我要去瑟堡跟她见面，我们将从那里出发一起去旅行（这有点怪，但您知道我多么喜欢大海），真好！那个女友（哦！完全不是您可能认为的那种女人！）您看，这真是非同寻常，她正是那个樊特伊的女儿最要好的女友，而我跟樊特伊的女儿几乎同样熟悉。我只是把她们称为我的两个姐姐。我高兴地向您表明，您的小阿尔贝蒂娜会对您了解这些乐曲有点用处，虽然您总是说我对音乐一窍不通，不过也有道理。”说着这些话，我们正进入帕维尔车站，离开贡布雷和蒙茹万是如此遥远，在樊特伊死后又过了如此长的时间，但一个形象却仍然在我心中躁动，这形象存留了这么多年，我即使以前把它存留时猜到它有危害性，我仍然会认为时间一长，它的危害性就会完全消失；如同俄瑞斯忒斯，众神让他不死，是要他在指定的日子里回国惩罚谋杀阿伽门农的凶手[②]，这形象保存在我内心深处，是用来折磨我，对我进行报复，谁知道呢？也许是因为我听任外婆死去；这形象会从它仿佛永远埋藏其中的黑夜中突然冒出，并像复仇者那样进行打击，为我开创一种可怕的、罪有应得的新生活，可能也是为了在我眼前展现恶行不断产生的恶果，这样做不仅是针对犯有恶行之人，而且还针对像我这样只是观赏或者以为是在观赏奇特而有趣的场景的人，唉！很久以前在蒙茹万的那个傍晚，我躲

① 的里雅斯特是意大利弗留利—威尼斯朱利亚区城市，的里雅斯特省省会，濒临亚得里亚海，因有众多民族居住，故有“小欧洲”之称。

② 在《奥德赛》中，荷马只是说俄瑞斯忒斯在其父阿伽门农被谋杀后第八年，杀死母亲克吕泰涅斯特拉及其情夫埃癸斯托为父报仇。（第三卷第306行诗）在后来的传说中，俄瑞斯忒斯在父亲被杀时获救，救他者为奶妈阿尔西诺娥或姐姐厄勒克特拉。

在灌木丛后面(就像我兴致勃勃地在听斯万的爱情故事时那样),冒着风险让这条注定是痛苦而且有害的认识之路在我心中变得宽敞[①]。与此同时,我对我最大的痛苦,有了一种几乎是自豪和快乐的感觉,这就像一个人,在受到打击后拼命跳起,跳到别人无法到达的高度。阿尔贝蒂娜是樊特伊小姐及其女友的女友,而樊特伊小姐的女友是同性恋老手,阿尔贝蒂娜的事我在疑虑重重中想象出来,如同一八八九年万国博览会上不起眼的听力器具[②],当时几乎无人指望它会使一幢房屋跟另一幢房屋取得联系,而现在的电话讯号却已在各条街道、各个城市以及乡村和大海上翱翔,把各个国家联系在一起。我刚才着陆的土地,是一片可怕的 terra incognita(陌生之地),意想不到的痛苦的新阶段由此展现。然而,这种如洪水般把我们淹没的真相,如果说跟我们微不足道的胆怯假设相比显得十分巨大,却已被我们的假设预感到。这也许就像我刚才获悉的事情,就像阿尔贝蒂娜的友谊,而樊特伊小姐,则是我无法想象的那种事,但我看到阿尔贝蒂娜在安德蕾身边而感到十分不安时,却隐约猜到那种事情。往往只是因为缺乏创造精神,我们才没有在痛苦的道路上走得很远。而最可怕的真相,在带来痛苦的同时也带来美妙发现的快乐,因为它只是使我们长期反复思考却又并未弄清的事情具有一种清晰的新形式。火车在帕维尔停车,因车厢里只有我们两个乘客,列车员虽感到报站无用,却因习惯而要报站,同时又想睡觉,就用有气无力的声音叫道:“帕维尔!”阿尔贝蒂娜坐在我对面,看到她已到站,就从我们所在的车厢里往外走了几步,并打开车门。但她做这个要下车的动作,使我心疼得无

---

① 参见本书第一卷第 159 页。

② 普鲁斯特弄错了。在 1889 年巴黎万国博览会上,高科技器材陈列在电话总公司馆,主要有供三千用户用的电话交换机。参观者最感兴趣的是爱迪生的留声机,以及四个听力室,跟巴黎主要剧场用电话联系,这电话称为剧场转播电话,普鲁斯特于 1911 年在他房间里安装。

法忍受，仿佛阿尔贝蒂娜的身体受到我身体的束缚，离我只有两步之遥，我和她之间在空间的这种距离，一位忠实的画家只能画出，但这种距离只是一种表象，要根据真实情况来描绘事物，似乎不应该把阿尔贝蒂娜画在离我有一段距离的地方，而是应该把她画在我的身上。她离我而去使我极其难受，我于是追上她，拼命拉住她的胳膊。“您今晚到巴尔贝克来睡，”我问她，“难道真的不行？”——“真的，不行。但我困得要命。”——“您就帮我个大忙……”——“那好，虽说我无法理解；这话您为什么不早点说？总之，我不走了。”我母亲已经睡了，我让人把阿尔贝蒂娜安置在位于另一层楼的一个房间里，然后回到自己的房间。我在窗前坐下，忍住没哭，因为我母亲跟我只有薄墙之隔，我怕被母亲听到。我甚至没有想到要关百叶窗，因为我一时间抬起眼睛，看到前面天空中显出残阳的红色余晖，我曾在里弗贝尔的饭馆里看到，是在埃尔斯蒂尔画夕阳的一幅习作上[①]。我想起我到达巴尔贝克的第一天，在火车上看到这景象是何等激动[②]，那天傍晚的同样景象并非预示夜幕降临，而是预示新的一天到来。但现在对我来说，任何一天都不会是新的一天，都不会在我心里唤起追求陌生幸福的欲望，而只会延长我痛苦的时间，直至我无力再忍受痛苦。科塔尔在安卡维尔[③]的娱乐场对我说出的真相，在我看来已毫无疑问[④]。我长时间以来对阿尔贝蒂娜的担心和模糊的怀疑，我对她整个人的直觉，以及我在欲望指引下的推理使我逐渐否定的事情，都是确有其

---

① 埃尔斯蒂尔曾送给里弗贝尔的饭馆老板一幅画，名为《海上日出》。参见本书第二卷第 405 页。

② 主人公第一次前往巴尔贝克时，在火车上看到日出。参见本书第二卷第 226—227 页。

③ 法国七星丛书版为：帕维尔，但在注释中认为是作者之误。

④ 指主人公看到阿尔贝蒂娜和安德蕾贴胸跳舞，开始怀疑阿尔贝蒂娜有同性恋嗜好。参见本卷第 206 页。

事！在阿尔贝蒂娜后面，我看到的不再是蓝色山峦般的大海，而是蒙茹万的房间，只见她倒在樊特伊小姐的怀里，发出她那陌生的淫荡笑声。因为像阿尔贝蒂娜那样漂亮，樊特伊小姐又有这种嗜好，怎么会不要阿尔贝蒂娜来满足她的嗜好？阿尔贝蒂娜并未生气而是同意的证据，是她们并没有闹翻，是她们的关系越来越好。阿尔贝蒂娜把下巴优雅地靠在罗斯蒙德肩上，笑嘻嘻地望着她，在她脖子上吻了一下，这样的举动使我想起樊特伊小姐，但在解读这一举动时，我却犹豫不决，不知是否应该认为，一个动作画出同样的线条，必然源于同样的嗜好，又有谁知道，阿尔贝蒂娜是否因为樊特伊小姐而具有这种嗜好？暗淡的天空逐渐明亮。在此之前，我醒来时看到一碗牛奶咖啡，听到下雨的声音、雷鸣般的风声，就会因这种微不足道的事物而微笑，但我这时感到，片刻后即将来临的白昼，以及其后的所有日子，给我带来的不会再是对陌生幸福的期望，而是我持续不断的痛苦。我仍然喜爱生活，我知道我将在生活中遇到的事情只会令人痛苦。我跑到电梯前，虽说还不到开电梯的时间，仍按铃叫唤值夜班的电梯司机，请他到阿尔贝蒂娜的房间去告诉她，我有重要的事要跟她谈，并问她是否能接待我。“小姐觉得还是她自己来为好。”他来对我回话说。“她一会儿就来。”确实，阿尔贝蒂娜很快就穿着便袍进来。“阿尔贝蒂娜，”我低声对她说，叫她别提高嗓门，以免吵醒我母亲，我们跟她只有一墙之隔，这薄墙在今天真是麻烦，我们只好窃窃私语，以前用来传递我外婆的意图，它会清晰地发出悦耳的声音，“我打扰您，真不好意思。事情是这样的。为了让您明白，我得告诉您一件您不知道的事。我来到这里时，已离开一个女人，我本应娶她为妻，她也准备为我抛弃一切。她今天上午要动身去旅行，一星期以来，我每天都在想，我是否有勇气不发电报告诉她我要回去。我现在有了这种勇气，但我却十分难受，认为自己会去自杀。正因为如此，我昨天晚上才问您，是否能回到巴尔贝克来睡。如果我应该去死，我也想跟您说声永别。”我任凭泪如雨下，我杜撰的事使流泪显得十分自然。“我可怜的小宝贝，要是我知道这事，我就会在您身边过夜。”阿尔贝蒂娜大声说道。在她的思想之中，根本就没有出现过这种想法，认为我也许会娶那个女人为妻，她就没有机会跟我“喜结良缘”，她是真心因一种忧伤而激动，我可能对她隐瞒这种忧伤的原因，而不是隐瞒忧伤的事实和程度。“另外，”她对我说，“昨天，从拉斯珀利埃尔回来的整个旅途中，我清楚地感到您一直烦躁和忧伤，我担心出了什么事。”其实，我的忧伤只是从帕维尔才开始有，而烦躁完全不是那种烦躁，幸好阿尔贝蒂娜跟忧伤混为一谈，其实烦躁是因为还要跟她一起生活几天而感到厌烦。她补充道：“我再也不离开您了，我会时刻待在这儿。”她正好给了我唯一的解毒药，也只有她才能给我这种解毒药，而当时毒素正煎熬着我，但毒素跟解毒药性质相同：一个温和，一个猛烈，但都出自阿尔贝蒂娜。此时此刻，阿尔贝蒂娜即我的毒素，正在使我的痛苦减少，而阿尔贝蒂娜又是解毒药，让我像康复病人那样舒服。但我在想，她即将动身，从巴尔贝克前往瑟堡，再从瑟堡去的里雅斯特。她又会故态复萌。我首先要做的事，是阻止阿尔贝蒂娜乘上船，设法把她带到巴黎。当然啰，去的里雅斯特，如果她想去，从巴黎动身比从巴尔贝克动身更加方便，但在巴黎我们能看到，也许我可以请德·盖尔芒特夫人对樊特伊小姐的女友间接施加影响，让她不要待在的里雅斯特，并让她同意担任一个职务，也许是在某某亲王的府上，我曾在德·维尔帕里齐夫人家见到过他，在德·盖尔芒特夫人家里也见到过。即使阿尔贝蒂娜想去他家看望她的女友，亲王因得到德·盖尔芒特夫人的通知，会不让她们见面。当然啰，我也会想到，在巴黎，如果阿尔贝蒂娜有这种嗜好，她也会找其他人来满足这种欲望。但是，每个嫉妒的想法都与众不同，并带有引起嫉妒之人——这次是樊特伊小姐的女友——的标记。因此，樊特伊小姐的女友仍是我一大心病。我过去想到奥地利，曾怀着神秘的激情，因为阿尔贝蒂娜来自这个国家（她姨夫曾任驻奥使馆参赞），该国的地理特点、居民的民族、名胜古迹以及旖旎风光，我均可在阿尔贝蒂娜的笑貌和风度中看出，如同在地图册和风景画册里看到，这种神秘的激情，我这时仍然感到，不过是因恐惧中迹象颠倒而感到。不错，阿尔贝蒂娜来自那里。在那个地方，她肯定能在每幢房子里找到樊特伊小姐的女友或其他女人。童年的习惯将故态复萌，三个月后会在圣诞节聚会，接着是元旦，这些节日本身已使我伤心，我在无意中回想起这些节日里感到的忧伤，因为过去在节日里，在元旦放假的所有日子，我一直跟吉尔贝特分开①。吃过时间很长的晚饭和午夜聚餐之后，大家都会快乐而又活跃，阿尔贝蒂娜将跟她那里的女友们在一起，摆出亲热的姿势，就是我曾看到她跟安德蕾在一起时的姿势，但阿尔贝蒂娜对安德蕾的友谊并无邪念，谁知道呢？也许是我曾看到走近樊特伊小姐的那些女人，而樊特伊小姐则在蒙茹万受到她女友的追求。樊特伊小姐的女友在扑到她身上之前胳肢她，我现在就把阿尔贝蒂娜热情洋溢的脸赋予樊特伊小姐，而对阿尔贝蒂娜，我听到她逃跑然后委身于女友时发出奇特而又深沉的笑声。跟我感到的痛苦相比，圣卢在东锡埃尔遇到阿尔贝蒂娜和我那天，她对圣卢暗送秋波使我感到的嫉妒又算得了什么？还有我在巴黎的嫉妒，那天我正在等待德·斯泰马里亚小姐的来信，我得到了阿尔贝蒂娜的初吻，却因想起教她接吻的陌生人而感到嫉妒②？这另一种嫉妒，由圣卢和某个年轻男子引起，实在是微不足道。在这种情况下，我最多担心有了情敌，我会设法压倒他。但这里的情敌却跟我不同，使用的武器也不同，我不能在相同的场地进行争斗，不能把同样的乐趣给予阿尔贝蒂娜，甚至无法确切想象出这种乐趣。在我们生活中的许多时刻，我们会

---

① 参见本书第一卷第 408 页。

② 参见本书第三卷第 380 页。

用一生的前途来换取一种本身没有价值的能力。我过去为认识布拉坦夫人，会不惜放弃生活中的一切优越条件，因为她是斯万夫人的女友①。今天，为阻止阿尔贝蒂娜前往的里雅斯特，我可以忍受种种痛苦，如果这样做还不够，我就会让她痛苦，让她与世隔绝，把她关起来，我会把她仅有的一点钱拿走，没有钱她就无法旅行。过去，我想去巴尔贝克，是因为想要观看一座波斯教堂，以及清晨的暴风雨，而现在我想到阿尔贝蒂娜也许要去的里雅斯特，就感到心痛欲裂，这是因为她将在那里跟樊特伊的女友共度圣诞之夜：想象在改变性质之后就变成敏感，因此就不会同时出现更多的形象。如有人告诉我，她此刻不在瑟堡或的里雅斯特，无法见到阿尔贝蒂娜，我就会高兴得流出眼泪，我的生活和她的未来就会有巨大的变化！然而，我清楚地知道，把我的嫉妒确定在这些地方是武断的想法，如果阿尔贝蒂娜有这种嗜好，她可以找其他女人来得到满足。另外，同样是那些姑娘，即使已在其他地方跟她见面，也许就不会使我心里如此难受。我感到，的里雅斯特和那个陌生的世界，是阿尔贝蒂娜寻欢作乐的地方，那里有她童年的回忆、友谊和爱情，那里散发出无法解释的敌视气氛，就像过去那种气氛，一直传到我在贡布雷楼上的卧室，是从餐厅里传来，我听到妈妈在刀叉声中跟客人们又说又笑，却没有上来跟我道晚安；这又像一幢幢屋子里使斯万感到的那种气氛，奥黛特在夜里要去那些屋子寻找难以想象的乐趣。我现在想到的里雅斯特，并非是民族多思、落日金黄、钟声忧伤的美妙之地，而是令人诅咒的城市，我真想把它立即烧毁，使它从现实世界中消失。这座城市如同尖刺，一直刺到我心里。听任阿尔贝蒂娜在不久后前往瑟堡和的里雅斯特，我感到十分害怕，即使留在巴尔贝克也是如此。因为现在，我的女友和樊特伊小姐的亲密关系，在我看来已几乎确定无疑，我感到阿尔贝蒂娜不跟我

① 参见本书第一卷第405—406页。

在一起的时候(有几天因为她姨妈的缘故,我整天都见不到她),她都在跟布洛克的那些表妹淫乱,也许是跟其他女人。想到她今晚就会去看望布洛克的那些表妹,我简直就像疯了一样。因此,她对我说有几天她不会离开我,我就对她回答道:"但这是因为我要回巴黎了。您不跟我一起回去吗?您不愿意跟我们一起在巴黎住一段时间[①]?"无论如何,不能让她独自一人待着,至少在这几天时间里不行,得把她留在我身边,以保证她不能见到樊特伊小姐的女友。这实际上是要让她单独跟我住在一起,因为我母亲利用我父亲即将外出视察的机会,觉得应该听从我外婆的一个遗愿,到贡布雷一个姨妈家去住几天。妈妈不喜欢这个姨妈,因为我外婆对这个妹妹十分体贴,而她对姐姐却没有妹妹的情感。就这样,孩子们长大了,回想起过去对他们不好的那些人,就会记恨在心。但妈妈变得像我外婆那样之后,就不再记恨;她母亲的一生,在她看来如同纯洁无邪的童年,她将从中提取种种回忆,其甘苦可用来调节她对一些人和另一些人采取的行为。我姨婆也许能给我妈妈说出某些极其珍贵的细节,但现在她也许很难得到,因为她姨妈病得很重(据说是患癌症),而妈妈感到自责,认为应该早些去看望她,而不应该只顾陪伴我的父亲,她还觉得又有了一条理由,可以去做她母亲会做的事,我外婆的父亲不是好父亲,在纪念他诞辰时,我母亲去给他上坟献花,因为我外婆上坟也献花。就这样,妈妈来到即将裂开的墓前,想对死者说些温馨的话,但我姨婆却没有来说。我母亲在贡布雷期间,会去做我外婆一直喜欢在她女儿监督下做的一些事。这些事还没有动手去做,因为我妈妈不愿在我父亲之前离开巴黎,不希望他想到我外婆去世而过于难受,不过他虽然难受,却不会像我母亲那样悲伤。"啊!现在这样可不行。"阿尔贝蒂娜

---

① 主人公决定离开巴尔贝克回巴黎,使人想起普鲁斯特于1913年8月突然跟阿戈斯蒂内利一起离开卡堡回巴黎。

对我回答道。“再说,既然那位女士已经走了,您又有什么必要这么快就回巴黎?”——“因为我在认识她的地方会更加平静,比在她从未来过的巴尔贝克更加平静,而我对巴尔贝克已非常害怕。”阿尔贝蒂娜到后来是否看出,那另一个女人并不存在,那天夜里我真的想要去死,是因为她冒失地向我透露,她跟樊特伊小姐的女友关系密切?有这个可能。有时我觉得可能是这样。不管怎样,那天早上,她相信那个女人确实存在。“您应该娶那位女士为妻,”她对我说,“亲爱的,您会幸福的,她肯定也会幸福。”我对她回答说,想到我会使那个女人幸福,我确实差一点要决定娶她;最近,我继承了一大笔遗产,可以让我的妻子过上十分奢华和快乐的生活,我差一点接受我所爱的女人献身于我。阿尔贝蒂娜刚使我感到巨大的痛苦,现在却对我温柔体贴,使我因感激而陶醉,这就像咖啡馆侍者给你倒了第六杯白酒,你就会乐意给他一大笔钱,我对她说,我的妻子会有一辆汽车、一艘游艇,但从这点看,阿尔贝蒂娜虽说很爱乘汽车和游艇,可惜不是我所喜欢的女人;我可以成为她十全十美的丈夫,但我们也许愉快地见面。不管怎样,我活像喝醉酒那样,不敢去叫唤行人,生怕挨打,我没有像跟吉尔贝特要好的时候那样,犯了冒失的错误(如果这算冒失),就是对她说,我爱的正是她阿尔贝蒂娜。“您看,我差一点要娶她为妻。但我又不敢这样做,我不想让一个年轻女子生活在一个极其痛苦、令人十分烦恼的人身边。”——“您简直疯了,大家都愿意生活在您的身边,您看,大家都来找您。在维尔迪兰夫人家,大家只谈论您一人,在上流社会也是如此,别人是这样对我说的。因此是那个女士对您不好,使您产生怀疑自己的这种印象。我看出是这么回事,她是个恶毒的女人,我讨厌她,啊!我要是能像她那样多好。[1]”——“不,她对我很好,非常好。至于维尔迪兰夫妇和其他人,我对他们毫不在

① 法国七星丛书版用省略号,不用句号。

乎。除了我爱她又拒绝她的那个女人，我只喜欢我的小阿尔贝蒂娜，只有她经常来看我，至少在最初几天是这样，”我这样补充道，以免把她吓坏，也为了能在那些日子提出更多的要求，“会给我些许安慰。”我只是含糊其词地提到结婚的可能，同时又说这是无法实现的事，因为我们的性格不合。我回想起圣卢跟“拉结主托”的恋爱，以及斯万跟奥黛特的恋爱，就仍然感到嫉妒，并不由自主地认为，我恋爱时不会被对方所爱，只有物质利益才能使一个女人爱上我。根据奥黛特和拉结来对阿尔贝蒂娜作出评价也许是荒唐的。但荒唐的不是她而是我；我可以唤起的是情感，但我因嫉妒而对情感过于小看。因为这种也许是错误的判断，可能就有了许多不幸，并会落到我们头上。“那么，我请您去巴黎，您不愿意啰?”——“我姨妈不希望我这个时候去。另外，即使我以后能去，我就这样住在您家里，难道不会显得滑稽可笑？在巴黎，别人会知道我不是您的表妹。”——“那好，我们就说我们刚订过婚。既然您知道这不是真的，那又有什么关系?”阿尔贝蒂娜的脖子完全裸露在内衣之外，显得结实，呈金黄色，皮肤粗糙。我抱吻了她，就像我抱吻母亲那样心地纯洁，以消除孩子般的忧伤，而我当时认为，这种忧伤永远无法在我心里消除。阿尔贝蒂娜离开我去穿衣服。另外，她已不再那样忠心耿耿；她刚才还对我说，她一秒钟也不离开我。（我清楚地感到，她的决心不会长久，因为我担心我们如留在巴尔贝克，即使在今天晚上，她也会离我而去，独自去看望布洛克的那些表妹。）然而，她刚才还对我说，她想要去曼恩维尔，下午再回来找我。她昨晚没有回去，可能有她的一些信件，另外她姨妈会感到不安。我回答道：“如果只是为了这事，可以派电梯司机去告诉您姨妈，说您在这儿，并把您的信拿来。”她既想显得听话，又不想受人控制，就皱了皱眉头，然后突然乖乖地说：“那就这样吧”，并把电梯司机派去。阿尔贝蒂娜刚离开我一会儿，电梯司机就走来轻轻敲门。我没想到，我跟阿尔贝蒂娜说话的那些时间，他竟去了曼恩维尔又回来了。他是来告诉我，说阿尔贝蒂娜给她姨妈写了便条，说要是我希望这样，她可以当天就去巴黎。另外，她做得不对，竟亲口叫他去办事，因为虽说是在清晨，经理却已知道此事，感到十分惊慌，就来问我，是否有什么事感到不满，是否真的要走，我是否可以至少再等几天，因为今天风很怕人（可怕）。我不想跟他解释说，我无论如何也要让阿尔贝蒂娜离开巴尔贝克，只要布洛克的表妹们仍在这里散步游玩，特别是唯一能保护阿尔贝蒂娜的安德蕾不在这儿，我也不想说巴尔贝克这种地方，快要断气的病人，即使会死在半路上，也不愿在这里再过一夜。此外，我还要先去说服旅馆里跟他有相同请求的人，玛丽·吉内斯特和塞莱斯特·阿尔巴雷知道我要走，眼睛都哭红了。（不过，玛丽发出激流般急促的哭泣声，塞莱斯特比较懦弱，叫她冷静，但玛丽低声朗读她知道的唯一一首诗《人世间丁香全都枯萎》，塞莱斯特再也忍不住了，泪水如瀑布般流到她丁香色的脸上；不过，我想她们当天晚上就已把我忘掉。）然后，在当地经营的小火车上，我虽说小心翼翼不让人看到，还是遇到了德·康布勒梅先生，他看到我的行李箱就脸色发白，因为他希望我后天去做客；他使我恼火，因为他想让我相信，我呼吸困难跟天气变化有关，十月份是医治这种病最好的时候，他问我，不管怎样，“是否能过一个星期再走”，这蠢话使我恼火，也许只是因为他的建议使我难受。他在车厢里跟我说话，每到一站，我都生怕遇到德·克雷西先生，他比埃兰巴尔德或吉斯卡德[①]还要可怕，总是要我请他吃饭，我也怕遇到维尔迪兰夫人，她更可怕，非要请我去做客。但这些事只是在几小时后才会有。我还没有到这种地步。我现在只要应付经理失望的抱怨。我把他

---

① 罗贝尔·吉斯卡德（约 1015—1085），诺曼底指挥官、政治家。诺曼底骑士家庭出生。1053 年率诺曼人联军击败拜占廷、伦巴第和教皇的军队。1071 年结束拜占廷在意大利南部的统治，把阿拉伯人赶出西西里。

打发走了，因为我怕他即使低声说话，最终也会把我妈妈吵醒。我独自待在房间里，就是这间天花板过高的房间，我刚来时待在里面，感到十分难受，我曾在里面满怀柔情地想念德·斯泰马里亚小姐，曾窥视阿尔贝蒂娜及其女友们像候鸟般经过时停在海滩上，在这幢房子里，我曾叫电梯司机把她找来，将她占有，却又毫不在乎，在这里，我曾体会到外婆的善良，后来得知她已去世；这些百叶窗下面，每天透进清晨的亮光，我第一次把百叶窗打开，是为了观看大海首批涌来的浪涛（这些百叶窗，阿尔贝蒂娜要我关上，以免让人看到我们抱吻）。我感到我自己的变化，是在把前后情况比较之后。然而，我们已对自己的变化习以为常，就像对别人感到习惯，但我们突然间回想起它们具有不同的意义，然后，它们失去了任何意义，而跟变化有关的那些事，即和今天的事完全不同的事，在同一个房间、同样的玻璃书柜之间演出的一幕幕各不相同的戏，以及心里和生活里因这些戏而发生的变化，似乎因环境不变显得更加清楚，因地点不变更加稳固。

有两三次，我在一时间想到，这房间和这些书柜所在的世界里，阿尔贝蒂娜显得微不足道，这世界也许是精神世界，这是唯一的现实，而我的忧伤则有点像阅读一部小说产生的忧伤，只有疯子才会终生忧伤下去；也许我只要稍有毅力，就能到达这现实世界，并像杂技演员穿过纸圈那样，超越我的痛苦后进入其中，不再去想阿尔贝蒂娜以前做过的事，就像我们看完一部小说之后，不再去想小说中虚构的女主人公的行为。另外，我最喜欢的情妇，从未配得上我对她们的爱情。这种爱情真实，因为我最看重的事是去看望她们，让她们为我一人所拥有，如果有一天晚上她们让我久等，我就会伤心得哭泣。但是，她们主要是能够唤起这种爱情，能把爱情推向顶峰，而不是爱情的形象。我看到她们的容貌，听到她们的声音，却无法在她们身上看出跟我的爱情相像并能成为这种爱情的理由的任何东西。然而，我唯一的快乐是见到她们，我唯一的焦虑是等待她们到来。似乎有一种能力跟她们毫无关系，是大自然附加在她们身上，这种能力，这种仿电能，对我产生的作用是激发爱情，也就是引导我所有的行动，引起我所有的痛苦。但与此完全不同的是这些女人的美貌、智慧或善良。如同电流会把你推动，我因爱情而心绪不宁，我经历过这些爱情，感受到这些爱情：我一直未能看到它们或把它们想象出来。我甚至要认为，在这些爱情里（我把爱情中常有的肉体愉悦置于一边，因为这种愉悦无法形成爱情），在女人的外表下面，我们像对若隐若现的神祇那样祈求的，正是女人身上附加的这种无形力量。这种神祇的仁慈，对我们来说是必不可少的，我们想要跟它们接触，却无法从中找到确实的乐趣。女人在幽会时，使我们跟这些女神有了联系，但女人没有做更多的事。我们答应要给首饰，要去旅游，如同许诺要献祭品，说出表示喜欢的套话和表示冷淡的相反套话。我们具有各种能力，可以得到新的约会，而对方也会欣然同意。然而，女人走后，我们却无法说出她穿的是什么衣服，我们发现自己甚至没有看过她一眼，那么，如果女人没有这种神秘的力量，我们难道会为她而花费如此多的精力？

视觉是多么骗人的感觉！一个人的身体，即使像阿尔贝蒂娜的身体那样被人所爱，而且离我们只有几米或几厘米，却使我们感到十分遥远。她的灵魂也是如此。但是，只要有什么事突然改变这灵魂跟我们所处的位置，并向我们表明，她爱的是别人而不是我们，那么，我们就会在我们错乱的心跳中感到，我们所爱的女人不是在离我们几步远的地方，而是在我们心中。是在我们心中，在不太深的表层。但是，“这女友就是樊特伊小姐”这句话，已成为芝麻开门的咒语，而我自己却无法找到，这咒语使阿尔贝蒂娜进入我那被撕裂的心的深处。她进去后门又关上，我即使寻找一百年，也无法知道如何才能把这门重新打开。

这句话，阿尔贝蒂娜刚才待在我身边时，我在片刻间不再听到。我像在贡布雷抱吻我母亲那样抱吻她，以消除我的焦虑不安，这时，我几乎相信阿尔贝蒂娜是无辜的，至少我没有一直在想我发现了她的恶习。但现在，我独自一人，这句话又开始回响，如同耳朵里的声音，只要别人停止对你说话，你就会立刻听到。她有恶习，我现在已不再怀疑。红日即将初升，其光辉照得我周围的事物起了变化，如同我一时间改变跟她的距离，使我再次更清楚地感到我的痛苦。我从未见到过如此艳丽而又痛苦的清晨。我想到所有冷清的景色即将在阳光下闪耀，而在昨晚，我还只想前去观赏，这时我不禁抽噎起来，而与此同时，不由自主地做出奉献祭品礼的手势，在我看来象征着血淋淋的献祭，我将要在每天早晨用所有的欢乐来献祭，直至我生命结束，这献祭不断隆重进行，在每天曙光初现之时，用我每天的忧伤和我创口的鲜血献祭，而太阳这金蛋，仿佛因平衡打破而被推出，打破平衡则是因凝固时密度改变，只见太阳长出胡须般的火焰，如同画上那样，一跃而冲破天幕，它在天幕后面时，我们感到它已颤动片刻，准备登台、冲出，并用浩然洪波般的光线，把天幕上神秘而又凝固的红色遮盖。我听到我自己的哭泣声。但此时此刻，房门出人意料地打开，我的心怦怦直跳，觉得看到我外婆站在我面前，如同我曾看到过的那种幻影，不过只是在睡梦之中看到。这一切难道只是一场梦？可我却是醒着。“你觉得我像你可怜的外婆。”妈妈对我说——因为是她——说时柔声柔气，仿佛为消除我的恐惧，她还承认跟她母亲相像，并露出甜美的微笑，显得自豪而又谦虚，这微笑从未想要卖弄风骚。她头发散乱，灰色发绺并未遮盖，弯弯曲曲地散布在她那不安的眼睛和苍老的面颊周围，她穿的也是我外婆的睡衣，因此在一时间我无法把她认出，并怀疑我是否睡着，我外婆是否死而复生。我母亲早已像我外婆，而不像我童年时所熟悉的笑嘻嘻的年轻妈妈。但我已不再想到那个妈妈。就这样，你长时间待着看书，就没有发现时间已经流逝，你突然看到周围的阳光，这太阳必然要经过一个个相同的相位，使人产生错觉，昨天傍晚在同样的时刻也有阳光，这太阳在其周围带来同样的和谐和融洽，为夕阳西下作好准备。我母亲面带微笑，向我指出错误，她因为跟她母亲如此相像，心里甜滋滋的。“我过来，”我母亲对我说，“是因为睡觉时似乎听到有人在哭。我就这样给吵醒了。但你怎么还没有睡过？而且你眼泪汪汪。出了什么事？”我一把抱住她的头说：“妈妈，是这样的，我怕你以为我反复无常。可首先，昨天我对你谈论阿尔贝蒂娜，话说得不是很恰当，我对你说的话不公正。”——“那又怎么样？”母亲对我说。她看到太阳升起，想起自己的母亲，不由凄然一笑，我外婆常常为我无法观赏这种美景而感到惋惜，母亲不想让我错过这个机会，就把窗子指给我看。但在妈妈指给我看的巴尔贝克海滩、大海和东升旭日后面，我带着妈妈已看出的绝望情绪，看到了蒙茹万的房间，只见阿尔贝蒂娜脸色粉红，像肥猫般蜷缩，鼻子显得淘气，坐在樊特伊小姐的女友坐过的地方，发出阵阵淫荡的笑声说：“好啊！有人看到我们，那就再好也没有了。我！我难道不敢朝这老猴吐唾沫？”这个场景我是在另一场景后面看到，那个场景在窗子里展现，只是这个场景上面的一块暗淡罩布，像映象般重叠其上。确实，这场景本身似乎十有八九并不真实，如同画出的图像。在我们面前，在帕维尔悬崖的凸出之处，我们曾在那里做传环游戏的小树林，呈斜坡状一直延伸到水面上还有一层金漆的大海，呈现出层林叠翠的画面，这如同那个时刻，往往是在傍晚时分，我跟阿尔贝蒂娜一起去那里午睡，我们起来时会看到夕阳西下。夜晚杂乱的雾气，如同粉红和蓝色布片，残留在充满晨光珠色碎片的海面上，只见一艘艘船只驶过，面对斜射的阳光微笑，阳光把船帆和艏斜桅顶照得发黄，就像晚上回港时那样：这想象出来的场景，游移不定而又冷清，只是在回忆夕阳西下，这夕阳西下并非像傍晚那样，由我经常看到的夜幕降临前几个小时构成，这场景脱离开来，被插了进去，比蒙茹万的可怕图像还要脆弱，无法把这图像消除、遮盖和隐藏，这是回忆与梦想的诗意而又虚幻的图像。“不过，”我母亲对我说，“你没有对我说过她一句坏话，你对我说，她使你感到有点厌烦，你感到满意的是不想娶她为妻的想法。这可不是哭成这样的一条理由。你想想，你妈妈今天就要动身，她的大宝贝竟这样伤心，她走了也放心不下。更何况，可怜的孩子，我没有很多时间来安慰你。行李即使准备好也没用，动身那天，时间总是不够。”——“不是这么回事。”于是，我盘算未来，仔细掂量自己的意愿，这才明白阿尔贝蒂娜对樊特伊小姐的女友情谊如此深长，而且时间又如此之长，确实不可能清白无辜，知道阿尔贝蒂娜已不是新手，正如她的一举一动向我表明，她生来就有沾染恶习的倾向，我已无数次不安地预感到这事，她想必不断沉湎于恶习之中（她此刻乘我一时不在的机会，可能正在干这种事），我于是对母亲说，我知道我使她难受，但她并未让我看出，只是因神色十分关切而显露出来，每当她衡量我感到忧伤或受到伤害的严重性，她就会显出这种神色，她第一次显出这种神色是在贡布雷，当时她终于来房间陪我睡觉，而此时此刻，这种神色跟我外婆允许我喝白兰地时的神色极其相像，我就对母亲说：“我知道我会使你难受。首先，我不像你所希望的那样会留在这里，而是要跟你在同样的时间动身。但这还算不了什么。我在这里感到难受，情愿回去。但你要听我说，你别太难过。事情是这样的。我弄错了，我昨天好心骗了你，我反复思考了整整一夜。我们一定要这样，我们现在立刻把这件事定下来，因为我现在清楚了，我再也不会改变主意了，我不这样就不能活了，我一定要娶阿尔贝蒂娜为妻。”

内容提要

所多玛和蛾摩拉(一)

“阴阳人首次出现,他们是未被天火毁灭的所多玛居民的后裔。”

突然揭示德·夏吕斯先生是怎样的人

我在楼梯上窥伺盖尔芒特公爵和公爵夫人回来,以便从他们那里得知,我收到盖尔芒特王妃举办晚会的请柬,是否有人想愚弄我(《盖尔芒特那边》,605—607)。观赏植物,等待昆虫来给植物授粉(4)。夏吕斯男爵来看望德·维尔帕里齐夫人(4)。对植物界规律的思考,花卉的授粉和自花传粉(5)。德·夏吕斯先生酷似女人的形象(6)。

夏吕斯–熊蜂和朱皮安–兰花偶然相遇(6)。同性恋的诱惑(7)。这惯常的序幕之后,他们走进朱皮安的铺子(8)。我冒着被人看到的风险穿过院子,来到隔壁的铺子,听到做爱的声音(10)。夏吕斯向朱皮安打听街区里跟他同类的男人(11)。夏吕斯叙说他如何跟踪恋人(12—13)。这个场景擦亮了我的眼睛,使我对夏吕斯的行为有了理解(16)。

这种阴阳人背负厄运,生活在欺骗之中(17)。同性恋者跟犹太人比较(18)。共济会和专业组织:特殊的嗜好使同性恋者聚集成不同的群体(21)。同性单恋者认为他们的恶习非同寻常(25),他们离开自己的父母,到乡下去居住,虽有几次艳遇,仍独自过着无精打采的生活(28)。大自然诡计多端,能确保昆虫使花卉受粉,如同奇迹使夏吕斯和朱皮安相遇(30)。我目睹的这个场景使我弄清,我在盖尔芒特公爵夫人家晚宴后跟德·夏吕斯先生的谈话为何奇特(《盖尔芒特那边》,583—598)(32)。后来,夏吕斯改善了朱皮安的社会地位,弗朗索瓦丝对此感到高兴(33)。所多玛城的可耻后裔在世界各地聚居(35)。

所多玛和蛾摩拉(二)

第一章(37)

盖尔芒特王妃府的晚会

一个夏日傍晚的协和广场(37)。沙泰勒罗公爵曾跟盖尔芒特王妃的传达恋爱(38)。王妃沙龙的创新(39)。我排队等待被传达通报(40)。沙泰勒罗公爵不得不向传达说出自己的身份(40)。我担心自己未被邀请(41),这种担心暂时被王妃的接待消除,但因必须请人把我引见给亲王而重又产生(42)。**德·夏吕斯先生在社交界:**男爵和西多尼亚公爵都独自滔滔不绝地说话(43)。男爵可以把我引见给亲王,但我怕他会对我生气(44)。**一个医生。**E教授再次获悉我外婆去世,并缠着我(《盖尔芒特那边》,330—332)(44)。医生和医学(45)。沃古贝尔侯爵,奥塞滨河街的柏拉图式同性恋(46)。我未能请他把我向亲王引见(49),但他向我介绍他的妻子,即帕拉丁公主的仿效者,并让我单独跟她待在一起(51)。

在花园里(52)。德·夏吕斯先生接待客人(52)。德·苏弗雷夫人为我引见,只是把我朝亲王推了过去(54)。德·阿帕雄夫人的姓氏,我好不容易才想起,她对我提出的向亲王引见的请求默不作声(56)。盖尔芒特公爵的新情妇叙尔吉-勒迪克公爵夫人在阳台上(57)。德·加拉东夫人向德·夏吕斯先生介绍她的侄子阿达尔贝(57)。我要德·夏吕斯先生把我引见给亲王的请求,因我说错话而没有结果(59),但德·布雷奥泰先生欣然同意,把我引见给主人(59)。亲王对我说话冷淡而又直爽(60),他把斯万拉到花园里面(60)。德·阿帕雄夫人、于贝尔·罗贝尔笔下的喷泉和弗拉基米尔大公的欢笑(61)。我走上楼梯,德·夏吕斯先生在楼上对我说话肆无忌惮(62)。我回到公馆(63)。我在跟王妃闲聊时,盖尔芒特公爵和公爵夫人走了进来(64)。土耳其大使夫人使我感到恼火(64)。盖尔芒特公爵夫人的眼睛闪现智慧的光芒(66)。贵族亲热的某些形式的适用范围和使用限制(67)。德·沃古贝尔先生和德·夏吕斯先生在谈话(68)。一个使馆的同性恋年轻职员都来跟夏吕斯打招呼,这唤起了德·沃古贝尔先生的欲望(69)。他的目光使我想起《以斯帖》(70)。德·阿蒙古夫人及其跟文学的关系(72)。盖尔芒特公爵夫人走在欣赏她的客人们形成的两堵人墙之间(73)。德·圣欧韦尔特夫人前来为她第二天举办的花园招待会招募客人(75)。她沙龙的衰败(75)。身穿黑裙、十分简朴的公爵夫人及其姓氏;德·盖尔芒特夫人对她态度傲慢(78)。

一个驻巴黎外交使团的多名同性恋成员走过,德·沃古贝尔先生面带微笑,盯着坐在莫莱伯爵夫人身边的德·夏吕斯先生看,但这微笑使男爵感到恼火(80)。在盖尔芒特公爵和公爵夫人旁边,布雷奥泰公爵和德·弗罗贝维尔上校对斯万和盖尔芒特亲王的谈话进行猜测(82)。沃古贝尔侯爵被盖尔芒特公爵夫人打发走(82)。德·弗罗贝维尔先生是盖尔芒特家的穷亲戚,德·圣欧韦尔特夫人是他的恩人(82)。盖尔芒特公爵对斯万支持德雷福斯派感到遗憾(84)。奥丽娅娜不是特别想见到斯万,因为他希望在临死前让她结识他的妻子和女儿(86)。德·朗布勒萨克夫人高雅而又过时的微笑(87)。布永公爵,德·维尔帕里齐夫人的弟弟(87)。巴伐利亚乐师被引见给盖尔芒特公爵(89)。盖尔芒特公爵夫人明天不去参加德·圣欧韦尔特家的花园招待会(89)。她的理由布雷奥泰理解,但使弗罗贝维尔发笑(90)。她换了座位,因为德·弗罗贝维尔先生使她感到厌烦(91)。我朝娱乐室走去,跟德·叙尔吉夫人的两个儿子迎面相遇,他们是他们母亲的两幅不同肖像(92)。西特里侯爵夫人认为一切都很无聊(93)。德·夏吕斯先生就像巫师,在跟德·叙尔吉夫人的一个儿子打牌(95)。斯万的脸上已出现死神(96)。圣卢一只手拍在我肩上(97)。夏吕斯是他的监督监护人(97)。他不知道舅舅是同性恋,认为他是唐璜式人物(97)。他对我称赞一家打炮屋,那里有德·奥热维尔小姐,并称赞普特布斯男爵夫人的贴身女仆(102)。德·叙尔吉夫人把两个儿子向男爵介绍(103)。其中一个儿子名叫维克蒂尼安,跟《古物陈列室》里的人物同名(104)。圣卢后悔自己曾站在德雷福斯一边(105)。夏吕斯男爵冷嘲热讽,用粪便般的粗俗词语来对德·叙尔吉夫人描绘德·圣欧韦尔特夫人的沙龙(107)。斯万对我谈论嫉妒(109)。

斯万和盖尔芒特亲王之间的奇特谈话(112),亲王得知德雷福斯案件的审理中有严重的违法现象(113),并确信德雷福斯是无辜的(116)。他发现盖尔芒特王妃也是德雷福斯派(118)。斯万认为跟他看法相同的人全都聪明(119)。他说我应该去看看吉尔贝特,但她对我来说如同死者(120)。我和斯万的谈话曾被德·夏吕斯先生的声音打断,他当时送德·叙尔吉夫人出去(113),后又被盖尔芒特公爵打断(117)。盖尔芒特王妃爱上了夏吕斯(121)。

我向盖尔芒特王妃告辞(123)。巴赞和帕拉梅德兄弟俩亲热交谈(124)。盖尔芒特公爵对夏吕斯说错话(125)。我跟盖尔芒特公爵和公爵夫人一起在公馆的楼梯上等马车(126);德·加拉东夫人因嫉妒而批评盖尔芒特公爵夫人(126);萨冈亲王向公爵夫人致意(127),奥尔维耶王妃姗姗来迟(127)。乘上马车前,盖尔芒特公爵夫人跟德·加拉东夫人打了招呼(129)。在四轮双座马车上,我在想普特布斯男爵夫人的贴身女仆(129),我想请公爵夫人把我介绍给普特布斯男爵夫人,她听了十分生气(131)。公爵想请我跟他们一起去参加化装舞会(131),但我情愿等待阿尔贝蒂娜,她将在《淮德拉》演出结束后来看我(131)。盖尔芒特夫妇的表兄德·奥斯蒙先生去世,但他们否认这个消息,并穿上化装服准备去参加晚会(132)。

阿尔贝蒂娜来访

我回到家里。弗朗索瓦丝对我说,阿尔贝蒂娜还没有来(132)。弗朗索瓦丝的女儿及其言语(134)。我在自己的房间里焦虑不安地等待阿尔贝蒂娜的到来(137)。阿尔贝蒂娜打来电话(138):对一个人有这种强烈的需要,我过去曾在贡布雷体会到(139);她最终决定来(140)。弗朗索瓦丝说阿尔贝蒂娜来了,但我听出她不希望她来(143)。我对她亲了一下,并把吉尔贝特的钱包送给她;请她喝橘子水(144)。阿尔贝蒂娜走后,我给吉尔贝特写信,但毫无激情可言(145)。盖尔芒特公爵转变为德雷福斯派(146)。

我第二次即最后一次去巴尔贝克逗留之前进行的拜访

仙女们及其住宅:描绘那些沙龙的感想,以及沙龙的历史(147)。维尔迪兰夫人和俄罗斯芭蕾舞(150)。以贝戈特和斯万夫人为核心的沙龙,有光彩夺目的配角光顾,社会地位在悄悄提升,但提升得可靠而又迅速(152)。吉尔贝特刚得到一笔遗产

(155)，奥黛特聪明，在社交界成为追逐的对象(155)。德·蒙莫朗西夫人的沙龙(157)；对贡布雷回忆的愉悦(158)。

来到巴尔贝克

巴尔贝克大旅馆经理亲自到车站来接我，并把各种消息告诉我。他的言语(161)。促使我再次来到巴尔贝克的愿望：维尔迪兰夫妇已租下拉斯珀利埃尔城堡，并请普特布斯夫人带她的贴身女仆去那里做客(162)。圣卢为我给康布勒梅夫妇写介绍信(163)。海滩上漂亮的陌生女子(165)。

心灵的间隙

我第一夜在房间里脱鞋时不由回想起我外婆在的时候，我终于感到我永远失去了她(168)。我感到痛苦的是，我以前曾使她难受。我的梦，我醒来，以及我痛苦的回忆(171)。经理向我转达阿尔贝蒂娜的口信，她在附近一个疗养地，但我不想见任何人(173)。对旅馆的新发现(174)。康布勒梅侯爵夫人派人给我送来折角名片，请我去她家做客，但我谢绝(175)。我母亲也来到巴尔贝克：我跟她一样痛苦，但我的忧伤不像她那样深切(178)。她像她的母亲(179)。在沙滩上，她遇到贡布雷的普桑夫人(181)。一个身穿制服的年轻服务员向我脱帽致意(183)。巴尔贝克旅馆就像剧院，穿制服服务员则像拉辛剧中合唱队里的年轻犹太人。《亚他利雅》的诗句(185)。我独自在房间里回忆我的外婆(186)。弗朗索瓦丝以及圣卢给我外婆拍的照片(187)。我对弗朗索瓦丝同情(188)。我从经理那里得知我外婆曾多次晕厥(189)。我独自在沙丘中间想念我外婆(190)。我常常想起她(190)。我再次见到阿尔贝蒂娜，她感到厌倦(191)。春天：鲜花盛开的苹果树(192)。

第二章(193)

第二次在巴尔贝克逗留

我因外婆去世而感到的忧伤逐渐减少(193)。阿尔贝蒂娜重又使我产生幸福的欲望(193)。变幻莫测的海洋(194)。我乘小火车去找阿尔贝蒂娜(195),但乘到曼恩维尔又不想去了,因为我又想起了外婆(196)。我听到英国山楂花的呼唤(196)。康布勒梅家发来的一封讣告(197)。我叫弗朗索瓦丝去找阿尔贝蒂娜,她来后我的悲伤随之消失(198)。帕尔马公主在巴尔贝克大旅馆(199)。阿尔贝蒂娜的那些女友的住址,我可以在这些地方找到她,这些住址把这个季节的十四个姑娘像鲜花般串连在一起(200)。我想见阿尔贝蒂娜,就叫电梯司机去找她(201)。电梯司机的民主自豪感,以及他使用词语时的错误(203)。一天晚上,他局促不安地对我说,阿尔贝蒂娜能在凌晨一点之前赶到我这儿(205)。

阿尔贝蒂娜在安卡维尔的娱乐场跟安德蕾跳舞(206)。科塔尔请我去维尔迪兰夫妇家,我谢绝了。杜·布尔邦大夫,科塔尔的竞争对手(207)。电梯司机去找阿尔贝蒂娜的那天晚上,她肯定不会来了,我反倒平静下来(208)。既好奇又痛苦地想知道她干的事(209)。阿尔贝蒂娜的秘密:她的轻浮只是表象(209)。跟她谈话时,她改变计划,以便跟我待在一起(210)。她说话前后矛盾(211)。

巴尔贝克的娱乐场,布洛克的妹妹和表妹走了进来(212)。阿尔贝蒂娜在镜子里看到的姑娘(213)。我觉得她变了。我气愤,也有休战之时,怀疑(214)。我想起奥黛特,并把她跟阿尔贝蒂娜比较(215)。

康布勒梅侯爵夫人来访，跟她的儿媳妇和巴黎的一位律师一起来(215)。阿尔贝蒂娜及其女友们跟我们待在一起(215)。侯爵夫人的儿媳妇对我热情而有礼貌，因为我是圣卢的朋友(217)。我跟她说话时模仿她的弟弟勒格朗丹(218)。贡布雷本堂神甫撰写的有关这一地区名称的词源的小册子(220)。谈论艺术(莫奈、埃尔斯蒂尔、普桑、德加、勒西达内)和音乐(德彪西、瓦格纳)(222)。那儿媳妇喜欢现代主义(224)。老侯爵夫人师从肖邦唯一活着的女弟子，才获得大师的演技(225)。儿媳妇的美学理论(229)。她对专有名词的独特发音(231)。她忘了自己是勒格朗丹的姐姐(233)。那律师的妻子和儿子在沙滩上散步(233)；他请我去观赏勒西达内的绘画(234)。法院首席院长扶老侯爵夫人上马车(235)。他对我解释说，他为什么对康布勒梅家的人冷淡(236)。

跟阿尔贝蒂娜进行解释。罗斯蒙德和吉泽尔告辞，让我跟阿尔贝蒂娜单独待在一起(237)。电梯司机忧心忡忡、面露惧色，因为我没有给他小费(238)。旅馆服务人员和小费(239)。阿尔贝蒂娜问我跟她有什么地方过不去(240)。我骗她说我已不再爱她，而是爱安德蕾。我对她态度生硬而又冷淡(240)。恋爱中的双重节律(241)。我无法再次爱上她(242)。我撇开对她的爱情(243)。我暗示她跟安德蕾的恶习使我十分痛苦。阿尔贝蒂娜对我断然否认她是女子同性恋(244)。我们所爱的人总是会向我们呈现两种主要个性，先是加重痛苦的毒药，后又成了消除痛苦的解药(245)。我回想起奥黛特的故事(246)。跟阿尔贝蒂娜重归于好，她想要抱吻我(246)。阿尔贝蒂娜给予我的这种虚假的幸福(247)。我跟阿尔贝蒂娜解释清楚后心里平静下来，又开始经常待在我母亲身边(247)。我回忆起贡布雷，想重读《一千零一夜》：有两个法译本(247)。跟阿尔贝蒂娜及其女友们一起去吃点心和散步(249)。我对一些陌生的年轻妇女的欲望(251)。

我对阿尔贝蒂娜嫉妒，担心她会在新来的女子(特别是普特布斯夫人的女仆)中找到同性恋(253)。阿尔贝蒂娜和安德蕾默契明显，设法消除我的怀疑(254)。**尼西姆·贝尔纳先生的乐趣**。布洛克的妹妹及其以前当演员的女友在大旅馆引起的丑闻(254)。她们受到布洛克的舅公尼西姆·贝尔纳先生的保护(255)。他在旅馆包养一个伙计。拉辛的诗句(256)。尼西姆·贝尔纳先生喜欢巴尔贝克这家圣殿般的豪华旅馆(259)。两个"女跑腿"：玛丽·吉内斯特小姐和塞莱斯特·阿尔巴雷太太，她们的文学语言(259)。布洛克的妹妹及其女友出丑闻时，旅馆经理没有干预，因此她们又故伎重演(264)。

所多玛和蛾摩拉(二)(续前)

第二章(续前)

蛾摩拉那边

海滩上陌生的少妇(267)。这身材苗条的少妇，似乎在娱乐场对阿尔贝蒂娜发出信号(267)。蛾摩拉的居民分散在世界各处，现又重新聚集在一起(268)。这少妇在诱惑布洛克的表妹(268)。阿尔贝蒂娜耍花招，旨在消除我的怀疑(269)：她对她姨妈的一个有同性恋嗜好的女友粗暴无礼(269)。

在火车站

尼西姆·贝尔纳先生和长着番茄脑袋的两个孪生兄弟

(270)。我想给阿尔贝蒂娜解闷，就请她陪我乘火车去东锡埃尔看望圣卢(272)。我应邀去拉斯珀利埃尔做客(272)：维尔迪兰夫人的星期三聚会是艺术作品(273)。在火车车厢里看《两世界评论》的老太太：她俗气而又显得自命不凡(274)。我们看望圣卢的时间短暂，我却觉得时间漫长，因为阿尔贝蒂娜只关注他一人(274)。过去的自我和失去的天堂(275)。我责备阿尔贝蒂娜对我冷淡(276)。

夏吕斯和莫雷尔首次相遇

在车站等待我们回去的火车(276)。我在车站看到德·夏吕斯先生，他已变老。他请我穿过铁道去叫一个军乐队员(277)。对莫雷尔奇特性格的初次描绘，他是我外叔公阿道夫的贴身男仆之子。德·夏吕斯先生出钱请他奏乐，并神色高傲地对他打量(278)。夏吕斯的小费，莫雷尔的蛮横动作充满阳刚之气(279)。圣卢的种种美德：看人的视角改变(279)。既然她显出对圣卢有欲望的样子，我就消除了她喜欢女人的想法(280)。

乘火车去拉斯珀利埃尔途中

我乘小火车前往拉斯珀利埃尔(281)。信徒们(科塔尔、茨基、布里肖)跟我会合(283)。维尔迪兰夫人终止布里肖的恋爱，因为这恋爱可能使他脱离小宗派(284)。维尔迪兰夫妇的沙龙开始羞怯地接近社交界：音乐圣殿(285)，卡普拉罗拉王妃(285)，客人们穿晚礼服(286)。萨尼埃特腼腆，他的玩笑总是无法引人发笑(286)。雕塑家茨基及其艺术才能(287)。布里肖在火车里寻找舍尔巴托夫王妃。科塔尔正好赶上火车，但跑得喘不过气来(289)。

农民被赶下火车(290)。舍尔巴托夫王妃，维尔迪兰夫人的信徒中的典范(294)。科塔尔忠心耿耿，几乎从不“甩掉”星期三聚会(295)。在他的想象中,这沙龙主导着贵族的优雅(296)。在火车上抽烟的俏丽姑娘(298)。不可避免的一天到了:维尔迪兰夫妇在那天晚上接待他们的房东康布勒梅夫妇(300)。信徒们很想认识康布勒梅夫妇,又不想承认(302)。布里肖谈词源:贡布雷本堂神甫的书不可信(303)。我认出看《两世界评论》的女士是舍尔巴托夫王妃(311)。她用俄语的大舌音发法语的小舌颤音(312)。马车夫到车站来接我们(314)。

维尔迪兰夫妇家的一次晚会

维尔迪兰夫妇以前的钢琴家德尚布尔已去世;维尔迪兰夫人只是把这事看作她的圈子里少了个人(315)。在高处看到的大海(316)。维尔迪兰先生在门口迎接我们:他刻薄地不准别人对他妻子提起德尚布尔(318)。萨尼埃特是维尔迪兰夫妇的出气筒(319)。小提琴手莫雷尔今晚把德·夏吕斯先生带来(320)。夏吕斯的癖好在远离他圈子的地方受到抨击,但这些传说跟他无关,是跟他同姓的一个人的事(321)。我对拉斯珀利埃尔的热情(323);我觉得维尔迪兰夫妇对此无动于衷。维尔迪兰夫人的模样已不再像斯万和奥黛特在她家里听小乐句时那样(324)。莫雷尔和夏吕斯进来(325),后者很像贵妇人(326)。莫雷尔请我隐瞒他父亲的仆从地位(327)。他的愿望得到满足后,立刻对我改变态度(329)。科塔尔走进客厅宣布康布勒梅夫妇驾到(330)。他们的肖像:德·康布勒梅先生的鼻子,他愚蠢,又难看得俗气(331)。德·康布勒梅-勒格朗丹夫人,高傲而又冷淡(332)。她想到自己会被介绍给男爵,心里十分激动(333)。康布勒梅侯爵只知道一则拉封丹寓言和一则弗洛里昂寓言,侯爵夫人把别人的名字说错(334)。维尔迪兰先生和礼仪。对客人们的介绍(335)。拉斯珀利埃尔的花园(336)。科塔尔眨眼睛被男爵误解(337)。性欲倒错者的自卫本能(338)。尚特皮的词源(340)。德·康布勒梅夫人的文化，她的故作风雅，她使用的词语高雅(342)。我呼吸困难变成了我和侯爵之间的一种联系方法(345)。我想到当天下午我跟母亲谈起与阿尔贝蒂娜结婚的问题(345)。德·康布勒梅夫人谈圣卢和夏吕斯(347)。布里肖再谈词源(348)。挪威哲学家(348)。萨尼埃特因说错《寻求风趣的女人》而受到维尔迪兰先生折磨(353)。又谈词源(358)。埃尔斯蒂尔跟小集团一刀两断(359)。维尔迪兰先生因让客人去餐桌就座时(335)没按规定办，想对德·夏吕斯先生表示歉意；对“自己人”的不同理解(362)。男爵露出微笑(362)。男爵列举其爵位和称号(363)。埃尔斯蒂尔画的花卉(363)。德·康布勒梅先生要给夏吕斯让座，夏吕斯用“盖尔芒特”的腔调加以拒绝(364)。康布勒梅夫妇对维尔迪兰夫妇在房屋陈设方面的改变并不赞赏(365)。康布勒梅老侯爵夫人的信，及其使用三形容词的规则(366)。男爵自豪地对康布勒梅夫妇说出别人称他为殿下(367)。叙说他的家族史(369,373)。维尔迪兰夫妇嘲笑布里肖，但又决定晚上对他热情(372)。夏吕斯兼有生理上的缺陷和精神上的才智：性欲倒错，但是盖尔芒特家族成员。莫雷尔和夏吕斯一起演奏(376)。男爵的艺术才能，他有丧妻之痛，但仍做出无耻的行为(377)。德·康布勒梅夫人对音乐的爱好(378)。布里肖谈论文学时大杂烩般的荒谬言论(380)。夏吕斯及其主保圣人圣米迦勒(381)。一盘两人玩的埃卡泰牌戏(382)。维尔迪兰先生向德·康布勒梅先生说出科塔尔教授的身份，德·康布勒梅先生听了感到惊讶(384)。科塔尔夫人睡着了(384)。安眠药(385)。科塔尔夫人醒来后感到尴尬(386)。德·康布勒梅先生对维尔迪兰夫人解释阿拉什佩尔家族的纹章(387)。继续玩牌戏(388)。老板娘希望延长晚会的时间(389)。德·康布勒梅先生对我赞扬一位犹太上校；“这很美”(390)。夏吕斯喜欢的是小草莓汁而不是橘子水，显示了他的嗜好(391)。老板娘站在旁边，夏吕斯非要坐着的原因(391)。维尔迪兰夫人和夏吕斯的第一次小型冲突(392),夏吕斯对她说盖尔芒特公爵是他哥哥,她惊讶得目瞪口呆(393)。维尔迪兰夫人劝我别去康布勒梅夫妇家(393),并请我把"表妹"阿尔贝蒂娜带来,甚至请我住在拉斯珀利埃尔(396)。萨尼埃特再次使维尔迪兰先生生气:萨尼埃特蠢得出奇(397)。科塔尔满意时几乎就像动物发泄兽欲后的满足(399)。我们在清凉的夜晚离开拉斯珀利埃尔(400)。科塔尔批评跟他竞争的同行杜·布尔邦大夫(400)。德·康布勒梅先生给马车夫小费(401)。德·康布勒梅夫人跟我告辞:她把圣卢说成圣卢普(402)。她丈夫见她戏弄人就发笑(403)。

第三章(405)

返回大旅馆

我第一次参加维尔迪兰家的晚会后回到旅馆(405)。在电梯里,患斜视症的穿制服服务员对我谈他的家庭,他家里的人都为贵族效劳(405)。对睡眠的思考(408)。睡眠和安眠药(410)。贴身男仆(411)。夏吕斯跟一个有娘娘腔的跟班一起在大旅馆吃晚饭(412),仆人都猜出这跟班的身份(414)。埃梅喜欢跟我"讨论"(415):他说不认识夏吕斯(416)。埃梅给顾客们提供的"服务"(417)。夏吕斯写给他的信(417)。

在巴尔贝克跟阿尔贝蒂娜在一起的日常生活。我跟阿尔贝蒂娜乘汽车出去(419)。我们穿过凉快的尚特皮森林(420)。我把帽子和面纱送给阿尔贝蒂娜(421)。汽车的速度使我们对距离有了新的认识(422)。我们出其不意地来到维尔迪兰夫人的住所(423)。维尔迪兰夫妇跟客人们一起进行的散步(424)。社交界人士来拉斯珀利埃尔拜访,在这乡村的环境中经受着深刻的变化

(426)。我拒绝维尔迪兰夫妇跟我们乘汽车一起回去,连失礼也在所不惜(429)。汽车驶过之处,神秘感随之消除(430)。莫雷尔和夏吕斯也是这汽车司机的雇主(431)。夏吕斯和莫雷尔在海边一家饭馆吃午饭(431)。莫雷尔想取代朱利安(432),并想取得一个黄花姑娘的贞洁(433)。对德·夏吕斯先生的关心,莫雷尔报以越来越冷淡和粗暴的态度(436)。阿尔贝蒂娜在圣约翰-拉埃兹画画时,我就乘汽车出去兜风,但我心里只想着她一人(437)。我在恋爱时追求一个个幻影(437)。一路上的树木仿佛劝我开始工作(438)。回去时,我们在自豪的马古维尔的教堂前经过,教堂修复过,因此埃尔斯蒂尔不会喜欢(439)。我们恋爱的生活(440)。我又开始对阿尔贝蒂娜嫉妒(440)。在里弗贝尔吃午饭:她睁大眼睛看着侍者(441)。我的不安消失:我的生活跟阿尔贝蒂娜的生活混杂在一起,具有镇静的效果(442)。我母亲的劝告使我推迟作出结束这种生活的决定(443)。我们夜里出去(444)。我对她上午的时间安排感到不安(445)。圣卢只是在我叫他时才来看我(446)。我没有邀请萨尼埃特,他使人讨厌(449)。电梯司机转达的消息,他患了百日咳(449),他对我说出"先生"这个词,只是对我上了一堂词汇课(450)。依靠圣轮谋生的福音传道青年(452);我想让阿尔贝蒂娜散心,但有时约束我的习惯会突然被舍弃(452)。我独自骑马出去溜达,我第一次看到飞机,自由的象征(453)。莫雷尔使出狠招,让维尔迪兰夫妇辞退马车夫,雇用他的朋友汽车司机(455)。莫雷尔对我改变了态度:他热情(456)。他性格中的矛盾(457)。夏季即将结束,夜间前往拉斯珀利埃尔(458)。阿尔贝蒂娜和她的梳妆匣(460)。德·夏吕斯先生在小火车里(461),他看巴尔扎克的书(461),他极其虔诚(463)。信徒们被他奇特的性欲所吸引(464)。夏吕斯谈论"不良嗜好"(465),但认为小宗派的人并未"对他的事确信无疑"(466)。维尔迪兰夫人无法确定男爵在社交界的地位(467)。我跟舍尔巴托夫王妃关系闹僵，是因为我在火车里遇到德·维尔帕里齐夫人（469）。一位大音乐家出于社交上的殷勤和职业上的热心相助，对夏吕斯和莫雷尔的关系提供了方便（470）。闲话（471），德·夏吕斯先生在维尔迪兰夫妇的圈子里过着受骗上当的生活（472）。德·夏吕斯先生、布里肖和科塔尔讨论巴尔扎克（鸡奸）和夏多布里昂（476）。在莫雷尔面前，德·夏吕斯先生谈话小心谨慎（477）。阿尔贝蒂娜的服饰跟巴尔扎克小说中卡迪央王妃的服饰相似（478）。我外叔公的住宅"在四十号乙"，是莫雷尔欣赏的公馆（482）。夏吕斯神色忧郁，把自己跟卡迪央王妃等同起来（483）。夏吕斯保护一个受人喝彩的乐师，感到心满意足（484）。莫雷尔跟拉结的相似之处（485）。

德·夏吕斯先生感到伤心。莫雷尔对男爵蛮横无礼（485）。夏吕斯想把莫雷尔的姓氏改为夏梅尔（486）。有一天，莫雷尔把男爵甩掉，因为他说"我有事要办"（488）。夏吕斯感到失望，就派我去东锡埃尔，把一封信带给莫雷尔（489）。夏吕斯杜撰决斗，想让莫雷尔回到他身边（490）。在莫雷尔的房间里，男爵送给他的一本本书（490），他看男爵写给他的信（491）。夏吕斯十分高兴：莫雷尔到咖啡馆来找他（493）。莫雷尔落入圈套，为维护自己小提琴手的名誉，他劝说夏吕斯别去决斗（494）。科塔尔作为证人被叫来（496）。夏吕斯对他到来表示感谢，大夫对男爵抚摸他的手这个动作有不正确的理解（497）。科塔尔夫人到咖啡馆来找我们（498）。莫雷尔和夏吕斯重归于好只是暂时的现象（499）。莫雷尔向夏吕斯要两万五千法郎，夏吕斯没给，因为他不相信民众（500）。

大西洋火车的一个个车站

曼恩维尔：豪华妓院（500）。幼稚的旅客想住在妓院（501）。

莫雷尔要有几小时的自由,以便去上代数课,或给人上小提琴课(502)。莫雷尔跟盖尔芒特亲王相遇,亲王给他五十法郎,要跟他在曼恩维尔共度良宵(503)。夏吕斯想到发生的事及其地点;他嫉妒,就把朱皮安叫来(503):他们去曼恩维尔监视(503)。在那里,男爵看到莫雷尔吓得血色全无,他把男爵看得一清二楚(505)。盖尔芒特亲王因失望而感到气愤(506)。第二天,莫雷尔来到亲王住的别墅(506)。他在那里看到夏吕斯的照片,以为是给他设的圈套,立刻逃之夭夭(506)。**格拉特瓦斯特**(507):克雷西伯爵,是个穷贵族,我请他来共进晚餐,以分享大旅馆的美味佳肴(508)。经理亲自切火鸡的日子(509)。德·克雷西先生在我身上发现,社交界确实存在(510)。**埃尔蒙维尔**:德·谢弗里尼先生,康布勒梅夫妇的外省亲戚,他喜欢巴黎和看戏(511)。再谈德·康布勒梅老夫人三个形容词连用的规则(513。另参见366)。康布勒梅夫妇和维尔迪兰夫妇的关系变得不大好:康布勒梅夫妇只邀请他们选的忠实客人(514):维尔迪兰夫人对此感到气愤(515)。夏吕斯为莫雷尔绘制了上流社会简略而又粗俗的草图,莫雷尔后来就以盖尔芒特家族成员自居(516)。布里肖爱上康布勒梅侯爵夫人,但维尔迪兰夫人加以制止(519)。莫雷尔独自跟费雷夫妇一起去康布勒梅夫妇家吃晚饭,康布勒梅夫妇怀疑是维尔迪兰夫人在搞阴谋,不让夏吕斯来(521)。康布勒梅夫妇对我解释,他们跟夏吕斯闹翻,是因为他是德雷福斯派(521),跟维尔迪兰夫人闹翻,是因为他们不愿接待她的来访(522)。从火车站到拉斯珀利埃尔,在黑暗中的漫长路程(523)。德·康布勒梅夫人用片言只语向我叙说阿尔贝蒂娜怪里怪气(524)。

我对阿尔贝蒂娜感到厌倦,想跟她一刀两断(525)。布里肖谈其他词源(526)。我们在沿路各车站接待客人的短暂拜访(529)。有一次遇到布洛克,他要我去跟他父亲打招呼,我拒绝了,因为我要用目光监视阿尔贝蒂娜(530)。布洛克认为我故作风雅(531),他在邦唐夫人家吃饭时没有夸奖我(532)。夏吕斯对布洛克感到兴趣(533)。他说的关于犹太人的话(535)。小火车一站站停车,跟社交生活的一幕幕场景相仿,在沿途形成友谊之链(540)。

第四章(543)

想要结婚的奇特而又痛苦的原因

我母亲前往贡布雷的前夕,我对她说决定跟阿尔贝蒂娜分手(543)。一天参加维尔迪兰夫妇举办的晚会后回去,在火车上谈起音乐家樊特伊,阿尔贝蒂娜说她跟樊特伊小姐及其女友很熟悉(544)。回忆起女子同性恋在蒙茹万的场景(545,另参见本书第一卷,159)。我刚才着陆的可怕的 terra incognita(陌生之地)(546)。我对阿尔贝蒂娜的态度突然改变:我请她跟我一起在旅馆过夜(547)。科塔尔在安卡维尔的娱乐场对我说出的真相,在我看来已毫无疑问(547)。日出时的忧伤:我在房间里感到痛苦(548)。我把阿尔贝蒂娜叫到我的房间,跟她谈起我本应娶其为妻的一个杜撰的女子(548)。阿尔贝蒂娜既是毒素又是解毒药(549)。我嫉妒樊特伊小姐(550)。我为何突然离开巴尔贝克,并想娶阿尔贝蒂娜为妻;为阻止她回到蛾摩拉,我想明天就跟她一起回巴黎(552)。我模糊地暗示结婚的可能性(554)。她得到姨妈的同意后决定跟我一起去巴黎(555)。得知我要走,旅馆里的人和德·康布勒梅先生都想挽留我(555)。爱情的无形力量(556)。阿尔贝蒂娜已进入我那被撕裂的心的深处(557)。我母亲像我外婆(558)。我对母亲说,我一定要娶阿尔贝蒂娜为妻(560)。我立即跟阿尔贝蒂娜一起去巴黎。

人名索引①

① 索引中黑体的页码表示有注释的页码,人名打上方括号的,表示正文中未出现,但在注释中出现。

地名索引

文艺作品名索引

译后记

《所多玛和蛾摩拉》这个标题在第一次世界大战期间才确定。它既不属于1913年开始发表并因战争而中断的《追忆似水年华》的版本，也不属于1914年后构思的“阿尔贝蒂娜的小说”。它是这两个系列之间的漫长过渡，并为“阿尔贝蒂娜的小说”做好准备。《所多玛和蛾摩拉》在整部小说中具有相对的独立性。目前的《所多玛和蛾摩拉(二)》，一方面跟社交界系列联系在一起，另一方面又跟爱情系列联系起来。确切地说，《追忆似水年华》的拐点是《所多玛和蛾摩拉(一)》。发现夏吕斯性欲倒错和对同性恋族类的论述，清楚地宣告盖尔芒特系列的结束和小说朝新的方向发展。在此之前，斯万是主人公在社交界和恋爱中的另一个自我，在此之后，这个角色由夏吕斯来扮演。这一卷最具有浪漫色彩，因此想象在其中的作用最大，是普鲁斯特作品中巴尔扎克色彩最浓的一卷。

地方的名称:所多玛和蛾摩拉

马塞尔·普鲁斯特大胆地进行所多玛和蛾摩拉之旅，并在《追忆似水年华》的中心部分加以叙述。所多玛和蛾摩拉之旅如同小马德莱娜蛋糕的滋味，是他灵感的源泉。在盖尔芒特那边度过很长时间之后，《所多玛和蛾摩拉(一)》的开篇和男子同性恋的发现如同序曲，其实却是小说收尾的开端。

“所多玛和蛾摩拉”这个标题，以及副标题“阴阳人首次出现，他们是未被天火毁灭的所多玛居民的后裔”，源于《旧约·创世记》，普鲁斯特因此成为创世的艺术家。在对所多玛和蛾摩拉进行历史回顾和科学分析的序曲中，他告诉我们，性欲倒错的本能在人的性别区分之前就有，而盖尔芒特公馆的院子及其从异国引进的植物，在某种程度上如同新的伊甸园。

普鲁斯特在寻找失去的时间之前，早已涉及同性恋的题材。1893 年，他撰文叙述一个女人在临死前忏悔自己的同性恋嗜好。这篇虚构文章题为《天黑前》（“Avant la nuit”），发表在同年 12 月的《白皮杂志》上，跟《所多玛和蛾摩拉》的某些段落有相似之处。《所多玛和蛾摩拉（一）》对同性单恋者有如下描述：

> 他只有一种乐趣，那就是前往附近的海滨浴场，向一位铁路职员打听消息。但铁路职员得到晋升，被派到法国另一端去工作；单恋者无法再去向他打听火车的时刻和一等车厢的票价，在回到自己的塔楼像格丽雪达那样遐想之前，在海滩上久久滞留[……]如不育的水母，在沙滩上慢慢死去①。

而在《天黑前》，那女人正是通过跟水母比较来解释自己的同性恋：

> 另外，你又会说，如果能使肉体享乐具有艺术性，如同男人和女人的身体都可能同样漂亮，那么，一个真正有艺术鉴赏力的女人为什么就不能爱上一个女人？对于真正有艺术鉴赏力的人来说，对肉体的喜爱或厌恶会因对美的欣赏而改变。

---

① 参见本卷第 28—29 页。

> 大多数人都会厌恶地避开水母，但米什莱觉得它们颜色好看，乐意把它们捡起。

《所多玛和蛾摩拉》的前文本，还可在普鲁斯特《驳圣伯夫》的随笔中看到。如在他题为“被诅咒的族类”这一章中，下面的文字清楚地预示《所多玛和蛾摩拉(一)》的开端，以及叙述者对同性恋的发现：

> 每天午饭之后，总有一位高大肥胖的先生，蓄着染色的胡子，上衣翻领饰孔上总是插着一朵花，摇摇晃晃地来到这里，那是凯尔西侯爵。他穿过院子，去看望他那盖尔芒特家的姐姐。[……]他来的时候我往往待在窗前，窗上有百叶窗，他看不到我，另外，他也从不抬头观看[①]。

不过，虽说两者的描述十分相似，发现同性恋的方式却并不相同。在《所多玛和蛾摩拉》中，叙述者得知夏吕斯是同性恋，是看到他在院子里引诱裁缝朱皮安，而在《驳圣伯夫》中，他看到凯尔西蒙眬睡去的模样，觉得他像女人，知道他属于那种被诅咒的族类。

同样，在《驳圣伯夫》中，普鲁斯特把被诅咒的族类跟犹太人进行比较，而对同性恋的这种看法，他后来置于《所多玛和蛾摩拉》的开头部分：

> 被诅咒的族类，像以色列人那样受到迫害，在不应有的屈辱中被打上共同的标记，最终具有共同的特点和同一族类的面貌，均有某些体貌上的特点，这些特点往往令人厌恶，但有

① 参见《驳圣伯夫》，王道乾译，百花洲文艺出版社，1992年，第172页。

时也不乏美感①。

普鲁斯特十分清楚，他对同性恋的描写从道德上看不无风险，因此在小说出版之前就对出版商强调，《所多玛和蛾摩拉》是他小说中不可分割的部分。他在小说出版之后，觉得必须对评论家强调，所多玛和蛾摩拉的题材在他的小说中占据中央的位置。因此，《时代》杂志的评论家保罗·苏代在批评《在斯万家这边》中对蒙茹万女子同性恋场景的描写有失体面之后，他就解释说，这个场景是整部小说的基础：

> 我的构思模糊不清，很难一眼看出，因为它要到很长时间之后才显示出来……但为了看出它极其严密，我只好提出您的一篇评论，您抨击《在斯万家这边》中某些模糊而又无用的场景，依我看这种评论缺乏根据。在您的思想中，这是两个姑娘的一个场景[……]，这场景在第一卷中确实无用。但对这场景的回忆，却是第四卷和第五卷的支柱（因它引起的嫉妒，等等）。删除这一场景，第一卷不会有很大变化，但我会因各卷的相互关系而失去整整两卷，因为这场景是这两卷在读者头脑里的基石②。

确实，《所多玛和蛾摩拉》是《追忆似水年华》的中央部分，但从《在斯万家这边》开始，已在准备和宣布故事的叙述，然后转入《盖尔芒特那边》，并在《重现的时光》中真正结束。其实，《所多玛和蛾摩拉》在普鲁斯特的眼里十分重要，据说他在有个时候曾想

---

① 参见《驳圣伯夫》，王道乾译，百花洲文艺出版社，1992 年，第 179 页。

② 这封信写于 1919 年 11 月 10 日。此前，普鲁斯特在给好友弗朗索瓦·莫里亚克的信中已谈到同样的问题。

把它用作小说的总标题[①]。

在开始所多玛和蛾摩拉之旅时，需要寻找能叙述这种旅行的语言。《在斯万家这边》中，主人公还不知道《圣经》中这两座城市的名称，因此，鲁森维尔就描写成被诅咒的城市，其命运跟所多玛相同：

> 我们前面的遥远地方，就是鲁森维尔，不管是乐土还是凶土，我可从未进入其内，有时，我们这里的雨已经不下，鲁森维尔却像《圣经》中的一个村庄，继续受到惩罚，听任暴雨的鞭挞，暴雨从斜向鞭打它居民的房屋[②]。

同样，斯万未作同样的旅行，不知道表示这种嗜好的词语，但要求奥黛特发誓"从未跟任何女人干过这种事情[③]"。

在《所多玛和蛾摩拉》之后，对《圣经》中这个地区的"语言地理"进行了研究，普鲁斯特才能说出东方国家的这些地名。这时，巴黎在战争中遭到轰炸，叙述者发现朱皮安的打炮屋就像《圣经》中被天火摧毁的所多玛：

> 我想到朱皮安的打炮屋，现在也许已化为灰烬，因为一颗炸弹在离我不远处落下，而我刚从那屋子里出来，德·夏吕斯先生原可以像先知那样在这屋子上写下"所多玛"三个字[④]。

普鲁斯特对这如此遥远的地区进行探索，并想使其合法化，就

---

① 参见莱昂-皮埃尔·坎特《马塞尔·普鲁斯特以其生平和作品》，西蒙·克拉出版社，1925年，第212页。

② 参见本书第一卷第152页。

③ 参见本书第一卷第362页。

④ 参见本书第七卷第144页。

援引其他文学作品。他在书中提到叙述者爱读的《一千零一夜》的两个法译本，并将其看作他写作计划的隐喻：《追忆似水年华》的这一卷，不像去除大胆露骨描写的加朗译本，而像更为完整的马德吕斯译本，其中"有些故事的主题违背道德，描写粗俗、露骨[①]"，可能会使有些读者反感。普鲁斯特想要表明，他并非是走得如此之远的第一位法国作家，十九世纪的某些作家，如巴尔扎克、波德莱尔和维尼，已在他之前走过这条道路，他在书中引述的语录和暗示就是明证。

普鲁斯特在寻找表示叙述者发现的那种嗜好（男子同性恋、女子同性恋、同性恋）的词语时，特别想借用巴尔扎克的用语，并在谈论巴尔扎克的手稿中解释他为何使用"姑妈"这个词。他觉得这个词特别适用于他的作品，因为他作品中的同性恋几乎都是年老的社交界人士：

> 姑妈！光是这个词就能看出他们的庄重和打扮；光是这个穿裙子的词，就能看到他们在社交界聚会上戴有羽饰，发出鸟儿鸣啭般的声音，属于一种不同的类型。"但是，法国读者希望得到尊重"，我不是巴尔扎克，就只好满足于"性欲倒错者"这个词[②]。

---

① 参见本卷第247—248页。

② 我说出"性欲倒错"这个词，就会加上注释：巴尔扎克以我很想能模仿的大胆，使用了唯一适合于我的词："噢，我知道了，"丝线说，"他有个计划！他是想来看看他那即将被处决的姑妈。"为了使大家对囚犯、警察和狱卒称之为姑妈的人物有个粗略的概念，只须将巴黎一所中央监狱的典狱长对已故的德拉姆勋爵所说的那句妙语重复一遍。勋爵在巴黎逗留期间，参观了所有的监狱。［……］典狱长陪他参观了整个监狱，即放风的院子、车间、牢房等之后，用手指着一个地方，并做出厌恶的样子。他说："大人，恕我不能奉陪，因为那里是姑妈们的地盘……""噢！"德拉姆勋爵说，"姑妈是什么人？"——"那是第三性别，勋爵大人。"（巴尔扎克《交际花盛衰记》，参见拙译本，花城出版社，1996年，第539—540页）

但普鲁斯特在为自己的作品选择标题时，却转向波德莱尔和维尼。他在评论《恶之花》的文章中指出，波德莱尔起初想把他的诗集取名为《莱斯沃斯的女人》，说明他对诗集中的蛾摩拉部分十分重视。他写信给雅克·里维埃尔，是在《所多玛和蛾摩拉（一）》发表之时，他在信中引述维尼《参孙的愤怒》的诗句，并确认女子同性恋和男子同性恋是死对头：

不久之后，躲到丑恶的王国，
女人自有蛾摩拉，男人则有所多玛，
相互间远远地投以恼怒的目光，
这两种性别都将分别消亡。

这些诗句，普鲁斯特多次在书中引述，以便像维尼那样，把男子同性恋和女子同性恋区分开来。在他小说的地理中，它们都有自己的一"边"。

院子这边—舞台左侧

《所多玛和蛾摩拉（一）》的舞台，是盖尔芒特公馆的院子，主人公先走到楼上一个小房间，选了一个很好的观察点。但他不久后离开那里，下楼来到楼梯上，通过微微关上的百叶窗即幕布朝外面观察，在行动开始之前，好奇地观看背景即院子里的植物。他像昆虫学家那样，窥视着可能会飞来授粉的昆虫。同时，他仿佛在想象的包厢里，听到朱皮安准备出去，即将登场。

在《追忆似水年华》的开头部分，普鲁斯特就已在构想这一戏剧场面。在"贡布雷"搭起了第一块台板：主人公的外婆来到朱皮安及其女儿的铺子,要他们替她织补钩破的裙子①。在《盖尔芒特那边(二)》,在盖尔芒特公爵夫人举办的晚宴上,普鲁斯特继续对这背景进行加工:在讨论院子里的花卉时,女主人说:

> 这种植物雌雄异株。我就像只有一条母狗。我需要为我的花找一个丈夫。否则的话,我就不会有孩子![……]有些昆虫可以做媒,就像为君主做媒那样,是通过第三方促成,未婚夫和未婚妻在婚前从未见过面。因此,我可以向您保证,我会吩咐仆人把我的植物尽量放在窗口,有时朝着院子,有时朝着花园,希望这不可或缺的昆虫媒人能够飞来。但这要有鸿运高照②。

"院子这边—舞台左侧,花园那边—舞台右侧",盖尔芒特公爵夫人确定了所多玛第一场的舞台空间。普鲁斯特在这个谈话中设置了隐喻,将用来描写夏吕斯和朱皮安的首次相遇。同样,普鲁斯特也在《盖尔芒特那边》中为这一场准备了布景,告诉我们木匠的工场跟朱皮安的铺子只有一板之隔,木匠因干活的声音太响已被解除租约,工场从此空闲③。而主人公正是通过这隔板才听到夏吕斯和朱皮安做爱发出的声音。

虽说舞台准备就绪,叙述者仍希望推迟演出:

> 然而,在楼梯上等待的结果,对我来说却非常重要,它使我看到的并非是一幅透纳的风景画,而是一种道德景观,十分重要,因此,此事还是等片刻之后再来叙说为好,现在先来说

① 参见本书第一卷第20页。
② 参见本书第三卷第540页。
③ 参见本书第三卷第387页。

说我得知盖尔芒特夫妇回来之后对他们拜访的情况[1]。

这幕布到《所多玛和蛾摩拉》才拉开。只见夏吕斯男爵上场，在台上慢慢走着，“他大腹便便，头发花白，在明亮的阳光下显得苍老[2]”。明亮的光线使他局促不安：他“在阳光下眯着眼睛”，舞台指示说他“眨着眼睛[3]”。这时，他的目光和朱皮安的目光相遇，朱皮安仿佛在回答另一个演员的一个动作，立刻开始扮演自己的角色，并跟对方“完全相称”：

> ［朱皮安］抬起脑袋，显出自负的仪态，放肆而又奇特地把手叉在腰上，并翘起屁股，摆出卖弄风情的样子，活像兰花在引诱凑巧飞来的熊蜂[4]。

这次相遇以粗俗的手势和面部表情以及眉来眼去开始，是一种哑剧［……］这哑剧“仿佛是经过长时间的排练[5]”。

这场所多玛的戏创造了一个新的剧种。这两个性欲倒错者有时演喜剧，就像莎士比亚剧中的两个姑娘乔装打扮成美少年，有时演悲剧，如同罗密欧和朱丽叶相爱，就得克服两个家族的仇恨，克服种种社会上和道德上的障碍。这新的剧种使主人公感到既奇特又自然，觉得它具有一种无法否定的美感。然而，它却是叙述者应该解开的一种谜。这相遇开始时，他甚至无法想起这东方城市的名称，这城市的天空在夏吕斯和朱皮安的眼睛里显示出来[6]。但他在一瞬间想起，曾在多年前偶然看到樊特伊小姐及其女友寻求

---

① 参见本书第三卷第607页。

② 参见本卷第4页。

③ 参见本卷第6页。

④⑤ 参见本卷第7页。

⑥ 参见本卷第8页。

蛾摩拉的乐趣,知道他当时跟现在一样,都在扮演窥视者的角色。然而,他当时看到的只是远处的模糊景象,而现在看到的景象,则跟他回忆中蒙茹万的景象叠合在一起。

同性恋做爱的场景,吸引了主人公的注意力,而在情人做爱的同时,熊蜂飞到了兰花上。一面是朱皮安和夏吕斯偶然相遇,一面是熊蜂奇迹般地飞来给兰花授粉,这两种景象同时描绘,是普鲁斯特使用的隐喻,用来描写同性恋的引诱。"斯万之恋"中"摆正卡特利兰花",成了斯万和奥黛特做爱的隐喻[1],而对朱皮安和夏吕斯来说,则是"摆弄兰花",他们以后的约会都是下午在朱皮安的铺子里,明亮的阳光和院子里的花卉,则如同舞台上的灯光照明和布景。

主人公开始理解花卉隐喻的间接言语,并因此能解读男爵和朱皮安的目光。首次解读时,他还兴致勃勃地为这哑剧想象出对话,为夏吕斯的手势增添话语,只见夏吕斯

> 目不转睛地盯着朱皮安看,就像要说:"恕我冒昧,但您背上拖着一根长长的白线",或者要说:"我不会看错,您想必也是苏黎世人,我觉得常常在古玩店里看到您[2]。"

但夏吕斯被对方理解之后,他的话就变得十分奇特:

> "我再次谈到有轨电车司机的事,"德·夏吕斯先生固执地接着说道,"是因为不管这样,在回家时都会有点用处。我有时确实像打扮成普通商人的哈里发那样走遍巴格达,屈尊

---

① 参见本书第一卷第232—233页。

② 参见本卷第7页。

俯就地跟随一个模样讨人喜欢的的美人①。”

对于所多玛的语言，主人公只理解一点，那就是同性恋感到需要“把他们词汇中的许多形容词从阳性变为阴性②”。因此，夏吕斯在谈到他跟踪的年轻男子时，用阴性名词 une jeune personne，但又强调只是“按语法规则行事”，并举了 Son Altesse（殿下）这个阴性名词的例子③。

然而，夏吕斯说出的这番话十分重要，不仅是因为主人公因此得知同性恋使用的词汇，而且得知他们的语音，因为夏吕斯的声音，以及他说出这些话的方式，显示了他的同性恋倾向：

> 一位临床医生不需要被观察的病人把衬衫撩起，也不需要听诊他的呼吸，只要听到他说话的声音就已足够。此后，我在沙龙里多次因听到一个人的语调或笑声而感到惊讶，此人虽说确切地模仿其职业语言或他那个圈子里的举止，装出庄重高雅或粗俗随便的样子，但我的耳朵练达，如同调音师对音域无所不知，只要听到他用走调的声音说话，就知道“这是夏吕斯式的人物”④。

主人公听到这种特殊的语音，就马上知道男爵的真实面貌，并立刻用“夏吕斯主义”来表示男子同性恋，而夏吕斯这个姓则成为性欲倒错者的同义词。其后，普鲁斯特对被诅咒的族类从理论上进行阐述，把这类人统称为“夏吕斯式的先生们⑤”，并把其中一位

①③ 参见本卷第 12 页。

② 参见本卷第 20 页。

④ 参见本卷第 68 页。

⑤ 参见本卷第 16 页。

称为“头发花白的胖子夏吕斯[①]”。在下文中，他把这种代称法用得更加复杂，创造了一个跟男爵同姓的勒布卢瓦·德·夏吕斯，此人也有相同的嗜好[②]。应该指出的是，一些同性恋者的姓或名都带有 Charl，如男爵 Charlus（夏吕斯）爱上 Charlie Morel（夏利·莫雷尔），他们的约会地点为 Charmes（夏尔默），男爵想把莫雷尔改名为 Charmel（夏梅尔）[③]。而在《女囚》中，普鲁斯特索性把专有名词当作普通名词来用：“一个不是男爵的夏吕斯[④]……”

主人公在观察盖尔芒特公馆的院子时，得知夏吕斯有两个面具，可以扮演男人的角色，也可扮演女人的角色。罗朗·巴特提议把倒错称为“这种画面，把两种截然不同的状况置于同一个物体之中，把一种表象变成其对立物[⑤]”。他认为，性欲倒错是这种倒错现象的典范，“因为它使人在同一个身体里看到男人和女人这两种截然不同的人叠合在一起[⑥]”。

普鲁斯特在《所多玛和蛾摩拉（一）》中对同性恋者进行理论分析，把性欲倒错现象加以扩展，把男子同性恋者跟犹太人进行比较。他把犹太人描写成男子同性恋者的难兄难弟，因为他们都担心受到迫害，并有可能被放逐。普鲁斯特把这种共同之处置于德雷福斯案件的历史背景。对德雷福斯采取何种态度，对同性恋的嗜好也会发表何种看法。在盖尔芒特王妃的晚会上，谈到德雷福

① 参见本卷第 21 页。

② 参见本卷第 321—322 页。

③ 参见本卷第 486 页。

④ 参见本书第五卷第 209 页。

⑤ 引自罗朗·巴特《寻找的一种想法》（1971），后收入论文集《寻找普鲁斯特》，瑟伊出版社，1980 年，第 34 页。巴特先转述主人公在小火车上看到一个相貌丑陋而又俗气的老太太在看《两世界评论》，以为她是哪家大型妓院的鸨母，等到小宗派的人上车之后，才知道她是舍尔巴托夫王妃，是维尔迪兰沙龙的明珠。然后，他谈了上述看法。

⑥ 出处同上，第 37 页。

斯案件，可以听到这样的话："说到德雷福斯派，听说冯亲王也是这一派①。"在谈到同性恋者时说的话也类似："说到夏吕斯，听说他也是这一类。"在这次晚会上，盖尔芒特亲王向斯万承认，他同情德雷福斯，而在这次密谈之后不久，他的同性恋嗜好被揭示出来。同样，圣卢声称他后悔跟德雷福斯派站在一起，并说："我是当兵的，当然首先要拥护军队②。"但他采取这种新的立场，也许是精心考虑的结果，是为了使别人不会怀疑他的同性恋嗜好，这种嗜好要到很久之后才揭示出来。

维尔迪兰的沙龙跟盖尔芒特王妃的沙龙完全不同，是德雷福斯派的沙龙，公开容忍同性恋。在海边的一次逗留期间，盖尔芒特亲王既背离自己的政治倾向，又背离自己的性欲倾向，他没有约好就去拜访维尔迪兰夫人（但她不在住所），并试图暗中引诱莫雷尔，但没有成功，因为夏吕斯男爵在监视莫雷尔。

把同性恋、犹太民族和德雷福斯派联系在一起，就有可能看错一个人的身份。科塔尔夫人知道夏吕斯性欲倒错，就认为他应该是犹太人，因此，她在火车里跟男爵谈话时，避免说出跟犹太人有关的词：

> "我十分高兴地得知，您最终选择这个国家搭起tabern..."她想要说tabernacle（帐篷），但她觉得这是希伯来语词，跟犹太人说话时用会得罪对方，会被对方看成一种暗示③。

同样，德·康布勒梅先生知道男爵的嗜好，认为他是彻头彻尾

① 参见本卷第84页。
② 参见本卷第105页。
③ 参见本卷第462页。

的德雷福斯派[1],就是间接指他是同性恋。

我们还将看到,夏吕斯本人也在使用这种手法来掩盖他真正的嗜好。他在火车上遇到布洛克之后,发表了一通表面上看反犹的言论,以掩盖这犹太青年在他心中唤起的同性恋欲望。他装出看不起布洛克的样子,但他的话有双重意思:这番“反犹太人或亲希伯来人的言论——可从其字面意思或内含的意图中看出[2]——……”因此,这些话显示夏吕斯采取的双重态度:他装出反犹主义者的模样,但与此同时,也显示了他那性欲倒错者的真正欲望。

所多玛的第二场戏在当天晚上演出,但背景不同,是在盖尔芒特王妃的晚会上,地点是她的公馆及其花园。盖尔芒特公爵夫人的晚宴之后,夏吕斯男爵对主人公描绘了盖尔芒特王妃的客厅,为这场戏做了准备。他解释说,王妃的公馆像阿拉丁的宫殿那样无法进入,只有他才有“芝麻开门”的秘诀[3]。他说时用了晦涩难懂的感叹句:“只要看看以斯帖的花园[4]!”

在《所多玛和蛾摩拉》的手稿中,有三次提到以斯帖的花园。男爵在那次晚会上遇到主人公时说:

> 您似乎并不知道,您是在世上最美的地方。您自以为喜欢拉辛,却没有像以利丝那样惊呼:“什么!这就是以斯帖的美妙花园[5]。”可惜的是,您没能见到最奇妙的花园,就是以斯帖姑妈本人。我们无法为了您而让她死而复生。

---

① 参见本卷第521页。
② 参见本卷第536页。
③ 参见本书第三卷第597页。
④ 参见本书第三卷第597页。
⑤ 这话并非出自以利丝,而是扎蕾丝所说。参见《以斯帖》第三场第一幕。

在稍后的手稿中，则是盖尔芒特公爵夫人说的话：

巴登亲王的姐姐、于贝尔的母亲住在这里时，她被称为以斯帖，斯万每次来都要说："那么，这就是以斯帖的美妙花园。"我感谢公爵夫人对我提起这个悲剧，它使我有了很大的提高。

不久之后，普鲁斯特在手稿中再次引述这个诗句：

然而，[……]德·夏吕斯先生跨过门槛，进入这古老宫殿，据盖尔芒特公爵夫人说是她表姐的公馆，俯瞰着"以斯帖的美妙花园"，这时，以斯帖看到以利丝后走出花园，跟以前的朋友德·沃古贝尔迎面相遇，不禁惊呼起来。

这三段引述《以斯帖》诗句的文字，在定稿本中均被删除，存留的只有《盖尔芒特那边》中夏吕斯神秘莫测的感叹。尽管如此，这个悲剧的诗句仍在小说中回响，而手稿中的文字则成为所多玛第二场戏的背景。拉辛的圣经题材的悲剧环境，特别适合于性欲倒错者的戏，是因为这种环境指出，男子同性恋族类和犹太民族有相似之处，都源于《圣经·旧约》。如同樊特伊的小乐句是奥黛特和斯万的爱情的国歌①，《以斯帖》和《亚他利雅》这两出悲剧，则在某种程度上成了同性恋的爱情的国歌。

在所多玛的第二场戏中，主人公仍是观众，但他已不再需要为演员撰写对话，因为拉辛的戏给他提供了诗句，可以用来解释性欲倒错者的目光。他在下午用话语来解释朱皮安和夏吕斯的目光，

① 参见本书第一卷第216页。

同样，他在晚会上也照此办理，用来解释出使狄奥多西国王的大使注视刚到巴黎的年轻使馆秘书的目光：

> 这个使馆的年轻人都来跟德·夏吕斯先生握手，德·沃古贝尔先生见到之后，显出赞赏的神色，如同《以斯帖》中的以利丝大声说道：
>
> 天哪！冰清玉洁的佳丽如此众多，
> 从四面八方蜂拥到我眼前。
> 而可爱的脸蛋上又是羞色尽现①！

然后，主人公用同样的方式来解读这位大使的眼睛里显出的欲望：

> 德·沃古贝尔先生一声不吭，我只是看着他的目光。我从童年时代起就能用古典作品的语言来表达哪怕是无声的表情和动作，这时就让德·沃古贝尔先生的眼睛说出诗句，那是以斯帖对以利丝说，末底改对信仰的宗教虔诚，非要把信仰跟他相同的侍女安排在王后身边。
>
> 但因他对我们民族热爱，
> 这宫殿里就来了许多锡永姑娘，
> 她们是娇柔的鲜花，在命运之风中东倒西歪，
> 像我一样被吹到异国他乡。
> 在见不到门外汉的地方，

① 参见本卷第69页。

他(出色的大使)用自己的学识和关心对她们培养[1]。

沃古贝尔和夏吕斯不再用目光说话之后,大使对男爵解释说,他丝毫不想让狄奥多西国王知道他的嗜好。这时,主人公仍然用《以斯帖》的语录来结束他们"时而无声时而有声"的谈话:

"啊!天哪,他只要有一点怀疑,那将是多么可怕!但我在这方面并不害怕。"我听到了这些话,因为我离他们不远,我不禁默默背诵:

国王至今仍不知我是何人,
这秘密一直让我守口如瓶[2]。

这三条拉辛的引语,可以说明普鲁斯特想让它们在《所多玛和蛾摩拉》中所起的作用。我们可以看出,普鲁斯特不断把拉辛的诗句变成话语,用来说明两个心照不宣的同性恋者交换目光的含义。在手稿中,普鲁斯特让德·沃古贝尔先生来诵读"国王至今仍不知……",而在定稿中则是主人公在默诵。另外,拉辛的话最初几乎只让夏吕斯说出,其实是指所有夏吕斯之流的人。如"他对我们民族热爱……",最初由夏吕斯说出,但后来让主人公默诵,用来解读沃古贝尔的目光。

在手稿中,拉辛的诗句用来指使馆的年轻秘书和餐厅里穿制服的年轻服务员。"天哪!冰清玉洁的佳丽如此众多……"由夏吕斯在走进巴尔贝克的餐厅时说出,而在定稿中,普鲁斯特把这些

① 参见本卷第70页。
② 参见本卷第70—71页。

诗句放到前面，由主人公默诵，用来解读沃古贝尔的目光。因有关巴尔贝克的文字中出现了空白，普鲁斯特就在打字稿中用手写加上一段，以说明大旅馆的场景，这是盖尔芒特王妃晚会上的所多玛场景在新的背景下的一种重复：

> 楼下则是男人的天下，由于服务员都极其年轻又无所事事，使这座旅馆活像一种业已定型并不断上演的犹太基督教悲剧。因此，我看到他们，就不禁默诵拉辛的诗句，当然不是在盖尔芒特王妃府想到的诗句，即德·沃古贝尔先生看着使馆的一些年轻秘书对德·夏吕斯先生致意时想到的诗句，而是拉辛的其他诗句，这次不是《以斯帖》的诗句，而是《亚他利雅》的诗句[①]。

因此，在这第三场中，所多玛的戏改换了布景，由巴黎移到巴尔贝克。以斯帖的花园变成亚他利雅的殿堂。其实，这场景的准备工作，普鲁斯特早已在做。在《在花季少女倩影下》中，主人公第一次逗留巴尔贝克期间，穿制服的年轻服务员开始站在台上排练：

> 但到下午，他们只是站在那里，就像合唱队队员，即使无事可干也要站在台上，以充当龙套。[……]至少[……]他们填补了情节上的空白，如同曼特农夫人的那些女学生，身穿以色列少女的服装，每当以斯帖或耶何耶大下场时就演出幕间短剧[②]。

---

① 参见本卷第 185 页。

② 参见本书第二卷第 278—279 页。

普鲁斯特在《所多玛和蛾摩拉》的打字稿和校样上所做的修改表明，性欲倒错者演的戏，正是《以斯帖》和《亚他利雅》的戏。普鲁斯特在打字稿上有关巴尔贝克的段落中删除了对《淮德拉》和《巴雅泽》引用的诗句，同时增加了《亚他利雅》的众多语录。

确实，在一张纸片上的手写稿上，普鲁斯特描写尼西姆·贝尔纳先生在大旅馆吃午饭的情景，特别强调这场戏的布景：

> 尼西姆先生多次上场，偷偷下场，以及在密谋策划和情节曲折时，夜里喜欢东方的氛围。如果说巴尔贝克旅馆的底楼在公开演出《以斯帖》或《亚他利雅》，那么，在底楼的条条走廊里，特别在其他层楼，似乎是用于《巴雅泽》的布景。

而在定稿中作了模糊的处理，他是这样写的：

> 他有东方人的祖传习惯，喜欢后宫，他晚上外出时，有人看到他对旅馆外转弯抹角的地方悄悄地进行探察①。

在拉辛的这出戏里，侍应部主任埃梅既是舞台监督又是导演②，而尼西姆·贝尔纳每天都去吃午饭，对被他包养的“伙计”扮演自己的角色。午饭时，他的以色列青年即合唱队成员，用《亚他利雅》的诗句跟他对话。大旅馆的这个布景，也用于夏吕斯男爵的一场戏，只见他朗诵《以斯帖》的诗句，跟康布勒梅家的表妹德·谢弗里尼夫人的跟班一起来吃午饭③。

这两场所多玛的戏，地点都是巴尔贝克旅馆的餐厅，热拉尔·

---

① 参见本卷第259页。

② 参见本卷第258页。

③ 参见本卷第412—414页。

热奈特会把尼西姆·贝尔纳的午餐称为“多次性”午餐，把德·夏吕斯先生的晚餐称为“一次性”晚餐，两场戏都是作者后来写在纸片上贴在手稿上，是叙述的统一体。在初稿中，叙述以夏吕斯跟德·谢弗里尼夫人的跟班共进晚餐开始，但接着写尼西姆·贝尔纳每天的午餐。普鲁斯特后来决定把巴尔贝克的这两个所多玛场景分开，尼西姆·贝尔纳的段落被置于一百多页之前，这样一来，这个题材就贯穿《追忆似水年华》的整个中央部分。

这两个场景之后，男演员下场，随之登场的是布洛克小姐及其当演员的女友，这两个女子同性恋来演一场蛾摩拉的戏。樊特伊小姐的女友曾说：“被别人看到，那不是更好[①]？”布洛克小姐及其女友也是如此：“她们觉得，让大家看到会使她们的乐趣增添一种反常的感觉，于是，她们就想在众目睽睽之下进行她们危险的色情嬉戏[②]。”

花园那边—舞台右侧

蛾摩拉的戏跟所多玛的戏不同，观众不再消极观看，而是积极参与：

> 它如同一座剧院，演员众多，十分热闹，连柱的勒脚处也是如此。顾客虽说只是一种观众，却随时会参加演出，但不是像某些剧院那样，演员在剧场里演一场戏，而是观众的生活仿佛展现在舞台上的豪华场景之中[③]。

① 参见本书第一卷第161页。
② 参见本卷第254—255页。
③ 参见本卷第184页。

主人公到达巴尔贝克之后，不再是冷漠的窥视者，只是企图解读他在舞台上看到的表演。蛾摩拉那边其实不是封闭的舞台，而是边界并未确定的地方。主人公第二次在巴尔贝克逗留，要研究一个新的地方，叙述者称之为蛾摩拉的 terra incognita（陌生之地①），那里有忧郁和痛苦，令人不安和犹豫不决。

在花季少女之地的旅行故事，在《所多玛和蛾摩拉》的下半部分讲述，也可题名为《心灵的间歇》。在海边度过的第二个夏天的故事，确实包括"心灵的间歇"的两个体验，在这两个烦躁的时刻，主人公回想起往事，感到痛苦和悲伤。第一个体验在刚到巴尔贝克时产生，主人公俯身脱鞋时，感到外婆死而复生；第二个体验是在巴尔贝克度过的最后一夜产生，是因阿尔贝蒂娜说出樊特伊小姐的名字引起。后一个体验是故事的结尾，使阿尔贝蒂娜和主人公一起返回巴黎。有趣的是，第一个体验引起的痛苦，跟主人公对阿尔贝蒂娜变化不定的感情交织在一起，而这种"有节奏的摇摆不定②"，即在失去外婆的悲伤和对阿尔贝蒂娜的同性恋嗜好的怀疑之间摇摆，在来到大旅馆的第一天晚上就已开始，并贯穿整个蛾摩拉部分。所多玛部分是以发现性欲倒错者的嗜好为开端，同样，"心灵的间歇"的第一个体验则是蛾摩拉部分的起点。普鲁斯特曾在 1912 年把《心灵的间歇》用作整部小说的书名，说明他对这部分的重视。心灵的间歇的这两个体验，也确实是普鲁斯特美学的核心部分，并插入普鲁斯特谈论无意识回忆、写作和死亡的话语之中。在小马德莱娜蛋糕的体验中，即在一杯茶水中重现整个贡布雷的体验中，普鲁斯特这样写道：

> 事实上，对于我来说，这一切已经消亡。

---

① 参见本卷第 546 页。

② 参见本卷第 243 页。

永远消亡？有这种可能[1]。

而在贝戈特去世时，如同听到这些话的回音：

他死了。永远死了？谁又会这样说呢[2]？

同样，在《重现的时光》中，主人公到达盖尔芒特王妃府后接连出现一系列无意识记忆，这时叙述者写道：

我现在生的欲望是如此强烈，以致我刚才脑子里三次出现过去的一个真实的时刻。

只是过去的一个时刻？也许远远不止[3]。

而在《所多玛和蛾摩拉》中想到外婆时：

我于是得知我永远失去了她。永远失去了[4]……

重复"永远失去了"，是对E教授的诊断的回音，他在《盖尔芒特那边》中对主人公说："您外婆没治了[5]"，而他在盖尔芒特王妃的晚会上问主人公："您外婆大人已经去世，是吗[6]？"

因此，如同无意识回忆的体验是写作灵感的源泉，心灵间隙的体验即对外婆去世的意识，启动了巴尔贝克的故事并使其成形。

---

① 参见本书第一卷第44—45页。

② 参见本书第五卷《女囚》第181页。

③ 参见本书第七卷《重现的时光》第181页。

④ 参见本卷第168页。

⑤ 参见该卷第331页。

⑥ 参见本卷第45页。

这种体验和写作有特殊关系，是因为主人公在梦中把他外婆和写书的计划联系在一起。在这梦中，他父亲向他转述跟他已故外婆的谈话：

> **她有时问起你的情况。我们连你要写书的事也对她说了。她显得开心，抹去一滴泪水①。**

外婆死而复生因其照片而具体化，这照片使她再次出现在主人公的房间里。这个细节十分有趣地再现了主人公见到的第一个蛾摩拉场景中的两个因素：死亡和照片。确实，他在观察蒙茹万的场景时，樊特伊因父亲刚去世而戴重孝，她的女友想对音乐家的照片吐唾沫②。照片似乎能使死者复活，樊特伊小姐因此做了件亵渎的事。

主人公在心灵间隙的第一次体验之后，乘火车在巴尔贝克地区旅游。小火车仿佛把外婆去世引起的悲伤跟对阿尔贝蒂娜的嫉妒联系在一起，因为在旅途中，蛾摩拉部分的这两种感情相互呼应。在乘火车的一次旅游中，可看到从一种感情转到另一种感情的一个例子（因为"即使在十分忧伤之时，肉欲也会重新产生③"）。主人公想要克制自己的悲伤，就去找阿尔贝蒂娜，但他放下车窗的蓝色窗帘时，却有了无意识记忆的惊人体验，因为他看到外婆坐在他面前。他感到十分难受，就放弃了要去找阿尔贝蒂娜的计划，立刻下车④。

巴尔贝克的一个海滩，是两条有轨电车（即小火车）线路的交

---

① 参见本卷第171页。

② 参见本书第一卷第159页和第162页。

③ 参见本卷第194页。

④ 参见本卷第195—196页。

叉点①,一条称为“巴尔贝克”,终点站为杜维尔-菲泰尔纳,另一条称为“巴-昂-格”,即从巴尔贝克经过昂热维尔到达格拉勒瓦斯特②。我们可以说,一条线路通往所多玛,途中有东锡埃尔和曼恩维尔车站,另一条通向蛾摩拉,其中有安卡维尔和帕维尔车站。确实,所多玛恋人夏吕斯和莫雷尔的爱情故事,跟阿尔贝蒂娜和女友们的故事以及主人公的嫉妒同时叙述,使这两个题材交织在一起。因此,这两条线路相交,巴尔贝克海滩就成为所多玛这边和蛾摩拉那边的换车地点,而普鲁斯特却在评论波德莱尔的文章中宣称这两个边无法联系在一起,认为只有在阿尔贝蒂娜失踪之后,主人公才知道莫雷尔对这两个边所起的中介作用。

蛾摩拉的戏首次演出是在安卡维尔车站。在这个车站,电气火车出了故障,主人公在站台上遇到科塔尔大夫。他们一起进入娱乐场,看到阿尔贝蒂娜和安德蕾跳舞时乳房贴在一起。这时,科塔尔用医生的目光来诊断这蛾摩拉的场景,并对主人公说,女人主要通过乳房来感受这种乐趣,主人公听了十分难受,并开始怀疑阿尔贝蒂娜有同性恋倾向。

东锡埃尔车站则是所多玛的一场戏演出的地点,因为夏吕斯在那里跟莫雷尔初次相遇。这场戏是所多玛第一场戏的重演,只是布景不再是盖尔芒特公馆的院子,其中一个人物朱皮安被莫雷尔替代。

所多玛最精彩的一场戏是在曼恩维尔火车站对面的豪华妓院演出。夏吕斯对莫雷尔产生怀疑,就跟朱皮安一起到这家妓院去监视莫雷尔。这时,夏吕斯下了台成为观众,从门缝和镜子里观看演出。死亡的题材又出现在这场戏里,因为男爵看到莫雷尔的“幽灵”有一种“致命的恐惧”:

---

① 参见本书第二卷第231页。

② 参见本卷第195页。

> 这正是莫雷尔，就在他眼前，但仿佛异教的奥秘和魔法依然存在，这不如说是莫雷尔的影子，是用防腐香料保存的莫雷尔，甚至不是像拉撒路那样死而复生的莫雷尔，而是莫雷尔的幻影，莫雷尔的幽灵，莫雷尔的幽灵回来或被召到这个房间里①。

这时，夏吕斯是在镜子里看到莫雷尔的映象。而在第二天，莫雷尔来到盖尔芒特亲王居住的别墅，也是在镜子里看到夏吕斯的照片，夏吕斯仿佛在用奇特的目光盯着他看，他以为是男爵设下的圈套，吓得拔腿就跑②。

曼恩维尔妓院的这场戏，可说是在为第七卷《重现的时光》中朱皮安打炮屋的戏做准备。在那场戏里，夏吕斯和朱皮安再次登场，主人公将从"小圆窗③"看到他们在重现《一千零一夜》里的一个故事，即"一个女人变成了母狗，自愿让别人打她，以便恢复原形④"。曼恩维尔的这场戏也带有东方色彩，因为夏吕斯和朱皮安要在"波斯厅"等待，一个身穿"波斯晨衣"的小姐被派来服侍他们⑤。

心灵间隙的第二次体验出现在巴尔贝克逗留的结尾部分，当时火车即将进入帕维尔火车站。阿尔贝蒂娜说出樊特伊小姐的名字，使主人公想起他在蒙茹万看到的蛾摩拉的种种形象⑥，这名字

---

① 参见本卷第505页。
② 参见本卷第506—507页。
③ 参见本书第七卷第126页。
④ 参见本书第七卷第143页。
⑤ 参见本卷第504—505页。
⑥ 参见本卷第545页。

也是芝麻开门的咒语,使阿尔贝蒂娜进入他的心的深处[1]。这时,科塔尔在安卡维尔的娱乐场说的话,对他来说已不再有疑问。

心灵间隙的这两次体验,在这里又交汇在一起,因为主人公确信他要对外婆之死负责,并认为阿尔贝蒂娜使他感到痛苦是因为他内疚。他外婆要报复,就回来惩罚让她死去的外孙[2],使他跟阿尔贝蒂娜一起过着备受折磨的生活。

主人公在盖尔芒特公馆的院子里窥视时,学到了许多植物学和昆虫学的知识,同样,他在樊特伊小姐的花园里躲在灌木丛后面偷看时,也有过新的发现:

> ……像我这样只是观赏或者以为是在观赏奇特而又有趣的场景的人,唉!很久以前在蒙茹万的那个傍晚,我躲在灌木丛后面(就像我兴致勃勃地在听斯万的爱情故事时那样),冒着风险让这条注定是痛苦而且有害的认识之路在我心中变得宽敞[3]。

不过,蒙茹万的图像只是模糊的回忆,用作夏吕斯和朱皮安相遇这场戏的远景,也是女子同性恋在安卡维尔的娱乐场贴胸跳舞的布景,但此刻在叙述者的眼里,则是巴尔贝克的景色中的主要背景:

> 在[……]巴尔贝克海滩、大海和东升旭日后面,我[……]看到了蒙茹万的房间,只见阿尔贝蒂娜脸色粉红,像肥猫般蜷缩,鼻子显得淘气,坐在樊特伊小姐的女友坐过的地方[……]。这个场景我是在另一场景后面看到,那个场景在

---

① 参见本卷第557页。

②③ 参见本卷第545—546页。

窗子里展现，只是这个场景上面的一块暗淡罩布，像映象般重叠其上①。

在巴尔贝克的这场蛾摩拉的戏，只是在主人公为消除痛苦而决定带阿尔贝蒂娜离开这被诅咒之地后才结束。他错误地认为，离开这个地方就将最终离开蛾摩拉的平原：

> 其实，离开巴尔贝克时，我还以为带着阿尔贝蒂娜就离开了蛾摩拉，唉！蛾摩拉是在世界各地都有②。

主人公说出"我一定要娶阿尔贝蒂娜为妻③"之后，幕布立刻落下，直至《女囚》中的第一句话：

> 清晨，我脸还对着墙壁，尚未看到大窗帘顶上那条光线的亮度，就知道那天的天气④。

但幕布再次开启，使蛾摩拉的戏能继续演下去，到那时，主人公和阿尔贝蒂娜首先将在《女囚》中扮演亚哈随鲁和以斯帖，然后在《阿尔贝蒂娜失踪》中扮演希波吕托斯和淮德拉，并结束他们的故事⑤。

主人公亲眼目睹的同性恋景象，使他增长了知识，对世界有了新的看法。《所多玛和蛾摩拉》这个标题，不仅是指男子和女子同

---

① 参见本卷第559页。
② 参见本书第五卷《女囚》第15页。
③ 参见本卷第560页。
④ 参见本书第五卷《女囚》第1页。
⑤ 参见《女囚》第10页和《阿尔贝蒂娜失踪》第39—41页。

性恋，而且还指普鲁斯特想描绘的某种社交圈子。这一卷除了研究同性恋之外，还谴责被称为“所多玛和蛾摩拉”的社交圈子。因此，男爵的真正本性被发现之后，立刻描绘夏吕斯在社交界的肖像，他不仅是阴阳人，而且也是盖尔芒特家族成员。在他身上，所多玛这边跟盖尔芒特那边连在一起。主人公在盖尔芒特公馆的院子里窥视他时，发现他年老后显出盖尔芒特家族的特征。但片刻之后，他显出了性格的另一面：“活像是一个女人①。”在《所多玛和蛾摩拉》中，夏吕斯不断转换角色。他首次进入拉斯珀利埃尔城堡的客厅时，走路的样子“像贵妇人②”，他用尖嗓子对女主人说他喜欢小草莓汁，主人公听到后说：“瞧，他喜欢男性③。”但他又像盖尔芒特家族成员那样行事，用强制的手势迫使德·康布勒梅先生不要站起来④，后又打断维尔迪兰先生的话，说他也是“布拉邦特公爵、蒙塔吉骑士侍从，以及奥莱龙、卡朗西、维亚雷焦和迪纳的亲王⑤”，并立刻看出这家主人还不习惯接待他这样高贵的客人。但在有的时候，普鲁斯特认为必须向读者指出夏吕斯扮演的确切角色。男爵抚摸科塔尔大夫的手，以感谢大夫前来为他决斗当证人时，普鲁斯特指出，他这样做“像盖尔芒特家族成员，而不像性欲倒错者⑥”。

在巴尔贝克的周围地区，巴黎生活场景像外省生活场景那样展现出来。演员还是那些，但他们因布景的改变而发生变化：

> 遇到某个社交界人士，在巴黎不会使我感到任何乐趣，而

---

① 参见本卷第6页。
② 参见本卷第326页。
③ 参见本卷第391页。
④ 参见本卷第364页。
⑤ 参见本卷第363页。
⑥ 参见本卷第496—497页。

在拉斯珀利埃尔，他途经菲泰尔纳或尚特皮森林远道而来，相遇的性质和重要性随之改变，成为愉快的意外事件。有时是我非常熟悉的一个人，我不用走一步就能在斯万家里见到他。但在这悬崖之上，他的名字却十分好听，如同在一座剧院经常听到的一位演员的名字，这名字用另一种颜色印在一次非同寻常的盛大演出的海报上，知名度因出人意料的情况而突然倍增①。

拉斯珀利埃尔城堡从一边看是森林，从另一边看是大海，但它也是两个表面上对立的社会阶层的相遇之处。在维尔迪兰夫妇的这个住所，斯万家这边即斯万和奥黛特初恋的社会阶层，令人惊讶地跟盖尔芒特那边连在一起，因为夏吕斯男爵成了维尔迪兰夫妇的信徒。这两个社会阶层的交合又用汽车来表示：汽车有时被夏吕斯和莫雷尔租用，有时被主人公和阿尔贝蒂娜租用，而汽车行驶的路线也出人意外，从梅塞格利兹驶向盖尔芒特，后来吉尔贝特在《阿尔贝蒂娜失踪》中也提议这样走②。主人公感到意外的是，这两个地方竟能这样连在一起，普鲁斯特手稿中的一段文字表达了这种感觉：

> 我如在贡布雷而不是在巴尔贝克乘汽车出去兜风，也许就会发现，盖尔芒特那边和梅塞格利兹这边并非相互对立，无法轻易相连，而我在整个童年时代认为，这就像化圆为方问题那样是自相矛盾和难以实现的计划：可以从梅塞格利兹前往盖尔芒特。

---

① 参见本卷第425—426页。

② 参见本书第六卷《阿尔贝蒂娜失踪》第268页。

表示所多玛和蛾摩拉的社交圈子的词语“是自己人”，也表示男子同性恋和女子同性恋，因此有时会产生误解。夏吕斯听到维尔迪兰先生说他“是自己人”，感到十分惊慌，但后来理解是指他们的信徒，这才放下心来[①]。同样，维尔迪兰夫人问夏吕斯是否“是这样的人”，也使男爵感到尴尬，其实她是问他第二天是否跟他们一起去阿朗布维尔郊游[②]。圣卢认为维尔迪兰夫妇的小宗派是一种令人难受的教权主义的圈子，“问题不是像对哈姆雷特那样，是生存还是毁灭，而在于是自己人还是不是自己人[③]”。

《所多玛和蛾摩拉》中对社会的研究，是在为《追忆似水年华》中的理论阐述做准备。社交聚会的讨论涉及普鲁斯特喜欢的重大美学问题，不过是以戏谑或幽默的口气来谈。如在拉斯珀利埃尔对安眠药的讨论，伴随着科塔尔夫人的轻轻打鼾声，普鲁斯特在主人公从这次晚会回来后进行的描述，是小说中谈论睡眠、做梦和醒来的内容最丰富的段落之一[④]。主人公独自乘车兜风时，决定不再去追求花季少女，以开始寻找失去的时间：

> 我的命运只是追求一些幻影，这些人的真实成分，大多存在于我的想象之中[……]。一个个幻影被追求、被遗忘，有时被再次追求，只是为了能见上一面，以便接触到转瞬即逝的虚幻生活，而巴尔贝克的条条道路都有这种幻影。想到一路上的树木，如梨树、苹果树和柽柳树，在我死后依然会生气勃勃，我仿佛听到它们的劝告，要在长眠的时刻尚未到来之时最终开始工作[⑤]。

① 参见本卷第362页。
② 参见本卷第394页。
③ 参见本卷第446—447页。
④ 参见本卷第406—412页。
⑤ 参见本卷第437—438页。

巴尔扎克的遗产:“姑妈”的小说

《追忆似水年华》最有趣的一些段落出现在《所多玛和蛾摩拉》中,说明普鲁斯特的作品中存在着戏剧性。戏剧性首先存在于对同性恋者的描写,证明是朱皮安和夏吕斯相遇时使用的隐喻和形象:他们被比喻成熊蜂凑巧飞到兰花上,又像相互示爱的两只鸟,“雄鸟要凑上前来”,雌鸟“只是梳理自己的羽毛[①]”。夏吕斯在对朱皮安投以询问的目光时,仿佛在对他说:“恕我冒昧,但您背上拖着一根长长的白线”,或者说:“我不会看错,您想必也是苏黎世人[②]。”这种戏剧效果,用来说明主人公的幼稚,因为他还不知道是怎么回事,这也是因为这两个男人的年龄和外貌差别巨大,还有他们在做爱后说的亲热或调情的话:朱皮安称夏吕斯为“大孩子”,并恭维他“屁股真大[③]”。

然而,普鲁斯特这样写的目的,并非像纪德指责他的那样,是要嘲笑同性恋者。朱皮安和夏吕斯这次相遇,在主人公看来并非十分可笑,而是觉得“其中的一切都美不胜收[④]”。普鲁斯特采取写实的态度,不愿意像当时的某些作品那样,对男人之间的恋爱展现一幅模糊不清和理想化的画面。另外,这种戏剧性的描绘也跟巴尔扎克一脉相承。普鲁斯特每次在书信中介绍自己的小说,总要使用“姑妈”这个词,并说这是巴尔扎克使用的词。他总是提到伏特冷在《幻灭》的末尾跟吕庞泼莱相遇,以说明应该从什么角度来看待夏吕斯和莫雷尔在东锡埃尔火车站相遇,并说《追忆似水年华》也是一部“人间喜剧”。

---

① 参见本卷第 8 页。

② 参见本卷第 7 页。

③ 参见本卷第 11 页。

④ 参见本卷第 30 页。

但是，这种戏剧性也会具有普鲁斯特所特有的形式。例如，主人公保持家庭的传统，把文学作品的语录用来解释日常生活中司空见惯的事，喜欢用拉辛的诗句特别是《以斯帖》中的诗句来解读某些同性恋者的想法和目光。在盖尔芒特王妃的晚会上，德·沃古贝尔先生看到一个外交使团中竟有如此多同性恋者，不禁显出赞叹的神色，主人公就想起《以斯帖》中的诗句。而在巴尔贝克大旅馆，夏吕斯跟一个跟班一起去餐厅吃晚饭，看到穿制服的年轻服务员从阶梯上走下来，就说出拉辛的诗句。

最后，戏剧性也因性欲倒错者必须保守秘密，但其他人物会有幼稚或怀疑的看法而产生。这种情况大多发生在维尔迪兰夫妇居住的拉斯珀利埃尔城堡里，以及信徒们回去时乘坐的小火车里，信徒们既好奇又不安地对夏吕斯进行观察，而夏吕斯则坦率地暴露自己的性欲倾向，并说这种人自古以来到处都有。然而，据主人公观察，夏吕斯并非如此简单。他无视别人的目光，总在暗中涉及他喜欢的话题，这可能也是大贵族的一种挑衅，用来嘲笑资产者的看法。其实，夏吕斯常常使维尔迪兰夫妇感到不快，倒不是因为他的性欲嗜好，而是因为他故作风雅，因为同性恋者的圈子，远没有贵族的圈子那样神秘和封闭。

对“被诅咒的族类”富有诗意的颂扬

这种戏剧性的介绍，是否想把同性恋者跟一种贵族或一种地位高的社会阶层等同起来？在《所多玛和蛾摩拉》的开头部分，同性恋者也确实跟“上帝的选民”进行比较。其实，正如谈论“被诅咒的族类”的段落所显示的那样，可以进行这种比较，是因为犹太人和同性恋者都受到社会排斥并过着不幸的生活。“被诅咒”就是必须生活在欺骗之中，对亲人们隐瞒他们生活中最重要的事。普鲁斯特阐述那些“没有母亲的儿子”和“没有友谊的朋友”的命运,不就是对同性恋的一种模糊的辩护和供认?不过,他的立场模棱两可,既进行辩护,又表示谴责。

进行辩护,是因为同性恋是一种气质的表现。熊蜂和花卉的隐喻表明,普鲁斯特采用当时某些科学家的论点,使用“阴阳人”这个术语。但与此同时,他也使用“恶习”这个词,这是否是道德上的谴责?其实,他以此表示神经质的一种变体。如果是对规范的一种偏离,那就不会使人反感。同样,对于阿尔贝蒂娜,如果说主人公感到嫉妒,那是因为女子同性恋展现的是一种陌生的世界:阿尔贝蒂娜和安德蕾贴胸跳舞被科塔尔发现,她们的“笑声响起,如同一个陌生的节日开始或结束时的和弦[①]”。然而,正如过去斯万嫉妒奥黛特,以及主人公等待母亲上楼来抱吻他时那样,在普鲁斯特描绘的世界里,最难以忍受的是你所爱的人快乐地跟另一个人待在一起。

在小说中,普鲁斯特引述了《圣经》中被上帝毁灭的两个城市,用来表达一种犯罪感,但另一方面,“阴阳人”使人想起两性畸形人的传说,据说因宙斯发怒而被劈成两半,由此产生了这种寻找自己缺少的一半的罕见恋爱。这种奇特的诗意,普鲁斯特在波德莱尔的作品中找到,也在陀斯妥耶夫斯基作品中罪犯的身上看到,由此产生普鲁斯特描述的另一种景象,那就是下地狱。

《所多玛和蛾摩拉》是一次下地狱

在《女囚》中,主人公对性欲倒错者的世界的探索,如同但丁在《神曲》中对地狱的探索。普鲁斯特同情“这位诗人[……]他必须穿过地狱中由硫磺和柏油构成的九个圈,投身于从天而降的大

① 参见本卷第207页。

火之中，把所多玛的几个居民从火中救出[1]”。实际上，主人公对性欲倒错者的世界越来越了解之后发现了新的圈：这种探索，大部分时间是用有趣或冷淡的口气说出，却变得越来越痛苦，而在下地狱之后，则揭出了阿尔贝蒂娜和樊特伊小姐过去的关系。她们的关系的揭示，显然是对主人公一贯好奇地窥视的惩罚：他在观察入地狱受苦者之后，自己也将受到折磨，那就是嫉妒的痛苦。

《所多玛和蛾摩拉》是一次下地狱，因为主人公在第一次“心灵间隙”时看到了死者的幽灵。俄尔甫斯虽得到冥后的同意，让他把妻子欧律狄刻带回人间，却因妻子回头观看而再次失去她，同样，主人公回忆起外婆活着时的情景，知道自己永远失去了她。由此展现出一系列悲伤的景象和梦境，使用了冥界的隐喻。他也再次看到无意识记忆的力量，但这次体验跟前几次不同，并非是幸福的体验，因为他意识到自己的缺失。同样，在第二次心灵间隙时，主人公再次体会到普鲁斯特的重要规律，即嫉妒使人意识到爱情。他没有嫉妒时，对阿尔贝蒂娜感到厌倦，并使她痛苦，而他现在发现，没有她就无法生活，于是就跟她一起回巴黎。

主人公第二次在海滨逗留期间，发现了外省贵族。他结识了康布勒梅家的人，获悉一种新的言语，如老侯爵夫人喜欢连用三个形容词，小侯爵夫人则喜欢改变别人姓名的读音[2]。除此之外，主人公用自己的词语来解读旅馆经理的话，而布里肖则对这新地区地名的词源作了大量论述。

---

① 参见本书第五卷第 199 页。

② 参见本卷第 230—231 页以及第 402 页。

康布勒梅老侯爵夫人连用三个形容词

叙述者在谈到康布勒梅老夫人的书信时说：

> 在那个时候，有教养的人们循规蹈矩，讲求对人客气，并遵循使用三形容词的规则。德·康布勒梅夫人把这两个规则结合在一起。第一个形容词用来赞美，但她觉得还不够，就接着用第二个（用于破折号之后），然后（在第二个破折号后）用第三个形容词。但是，德·康布勒梅夫人跟别人不同的是，她写信虽说是为了社交并显示文采，但在她的信中，接连用的三个修饰语不是渐强，而是渐弱①。

他收到她的信后得出结论：

> 收到她书信的人，总是看不到所期待的渐强，因此，我最终改变对这种渐弱的性质的看法，认为是故意渐弱，并从中发现传到社交界的一种反常的趣味，这种趣味使圣伯夫改变所有词的组合和所有较常用的表达法②。

圣伯夫喜欢词语的重复和出人意料的组合，在条件允许时加上一个古词或新词，如在长篇小说《情欲》中把德·夸恩夫人说成“一个贞洁、受保护和难以预料的人”。德·康布勒梅夫人的这种风格，在叙述者看来是两种教育的产物：“这两种方法也许是不同的老师教育的结果，在这封书信中形成鲜明对照，第二种方法使

---

① 参见本卷第366页。

② 参见本卷第513页。

德·康布勒梅夫人使用好几个平淡无奇的形容词，并用下行音阶表示，以免结尾为完美和谐[①]。”这两种方法，一种要形容词重复，另一种要选择罕见的形容词，一种追求多样化，另一种却寻求独一无二，因此，这两种方法无法调和，她也就不在二者中做出选择。

普鲁斯特在《驳圣伯夫》中说，这位批评家写作时“总是喜欢把词义弄出歧义[②]”。波德莱尔在《趣闻杂志》上写了一篇关于圣伯夫的未署名文章，说：“每一篇文章都是风趣幽默、欢欣、智慧、良知、嘲讽的杰作。”圣伯夫撰文对杂志主编表示感谢，但在文章结尾处说：“我向这位宽厚的匿名氏致敬并表示敬重。”在一个客套用语中，老侯爵夫人矫揉造作的笨拙和圣伯夫笨拙的矫揉造作显露无遗：“这也许是因为在她的思想之中，对人客气的愿望无法用丰富的想象和词汇表达出来，因此，这位贵妇发出三声赞叹，却只能使第二声和第三声赞叹成为第一声赞叹的微弱回音[③]。”

普鲁斯特不喜欢语言的歧义，即意义相左的词的组合，在模仿圣伯夫的文章中把这位批评家称为“机灵而又粗糙的句子修补者[④]”。但他同时也反对陈词滥调。如果说老侯爵夫人喜欢歧义，那么，她的儿媳妇则满口陈词滥调。她在谈到塞维尼夫人时问主人公：“您真的认为她有才华？” talentueuse（有才华的）这个形容词，因龚古尔兄弟用来形容法国女诗人安娜·德·诺阿耶而流行，但很快就变成陈词滥调。

罗斯金劝告年轻人在使用手法和词语时要简朴，认为“简朴能达到优美的效果[⑤]”。同样，普鲁斯特也喜欢“优美的简陋”，这

---

① 参见本卷第513页。

② 参见中译本，王道乾译，百花洲文艺出版社，1992年，第102页。

③ 参见本卷第366页。

④ 参见《〈温柔的储存〉序言》。

⑤ 参见罗斯金《芝麻与百合》，普鲁斯特翻译、注释、作序，布鲁塞尔，联合出版社，1987年，第90页。

就像阿尔贝蒂娜的连衣裙，因呈现灰色的深浅变化而显得十分罕见，德·夏吕斯先生则把她的裙子跟卡迪央王妃在第二次跟德·阿泰兹见面时穿的服饰进行比较[①]。法国画家欧仁·弗罗芒坦写道："我十分高兴地看到，有些画家做出了榜样，他们使用的色彩很少，而作品却富有表现力，我也因使用一个非常简单的词而获取某种立体感或色彩，这个词往往十分常用，十分陈旧，单独拿出来显得平庸乏味……"他由此得出如下规律："我们的语言[……]即使是普通词语，又是在通常的范围内，我也觉得其潜力是取之不尽的[②]。"但风格的这种崇高理想，很少有人能够实现。因此，普鲁斯特认为，圣伯夫的歧义过多，但弗罗芒坦又过于崇高，或者说不够艺术。那么，这问题又如何解决呢？

波德莱尔提供了解决的办法。这位诗人的诗句，普鲁斯特并非取自《秋天的歌》，而是取自福雷为这首诗谱曲的法国艺术歌曲[③]，但作曲家只选择了第一段的第一、三、四节和第二段的第一节。前三节是没有乐器插奏的旋律，然后是一段很长的钢琴曲，突出了第二段的第一节："我爱您长眼睛的暗绿光辉，/甜蜜的美，但如今对我来说全是苦涩，/您的爱情、壁炉和深闺，/在我心中都不如海上光芒四射的太阳[④]。"调式从小调变为大调，节拍从四拍转为三拍，速度在末尾慢了一半。另外，钢琴的主旋律在短暂的引子

---

① 参见本卷第478—479页。

② 参见罗斯金《芝麻与百合》，普鲁斯特翻译、注释、作序，布鲁塞尔，联合出版社，1987年，第90页，注1。

③ 为诗歌谱曲的法国艺术歌曲，法语中称为mélodie，柏辽兹首先用这个词来称呼他所作的歌曲，以区别于德国艺术歌曲和那种"旋律就是一切"的歌曲。法语是一种音乐似的语言，句子单词的发音基本上是均衡的，所有音节的发音强度和长度基本一致，许多词尾辅音都和下一个单词的词首元音联诵或者串联起来，所有的词汇听起来仿佛行云流水，宛如音乐一般。因此，法国艺术歌曲是音乐与语言的完美结合体。参见《法国艺术歌曲精选》（安徽文艺出版社，2013年）总序（周小燕撰写）和引言。

④ 参见《外国抒情诗赏析辞典》，北京师范学院出版社，1991年，第680页。

中十分清晰，第一节“我们即将陷入寒冷的黑窝”的动机，也是第三节“我听着每根枯枝掉落，浑身颤抖”的动机，但这些旋律并未在结尾处出现。相反，结尾在新的旋律周围展开，只有三个音符，但多次重现。因此，普鲁斯特喜欢的诗句“海上光芒四射的太阳”，也是福雷再现的波德莱尔诗中的太阳。诗人和音乐家在其中无法分离，如同絮利·普吕多姆的《人世间》[①]。

在《追忆似水年华》中，“海上光芒四射的太阳”被认为是无法模仿的完美诗句。这句诗在《在花季少女倩影下》概括了对海景的描写。主人公跟德·维尔帕里齐夫人一起乘车去兜风：“上车前，我已构想出我即将去寻找的大海图像，我希望图像中有‘光芒四射的太阳’，而在巴尔贝克，我看到的只是支离破碎的图像[②]……”在本卷中，娘家姓勒格朗丹的德·康布勒梅夫人跟她婆婆一起来巴尔贝克大旅馆看望主人公。“这时太阳西斜，海鸥已呈现黄色[③]……”主人公在对德·康布勒梅夫人说话时，模仿她弟弟爱用形容词和修饰语的言语。《在斯万家这边》中，矫揉造作的勒格朗丹“只能听到月光在寂静的笛子上吹出的乐曲[④]”，还引述笔触清纯的水彩画家保罗·德雅尔丹的诗句：“树林已黑，天空尚蓝”，并说：“难道不是目前的确切写照[⑤]？”在手稿上，主人公在跟勒格朗丹的姐姐谈论普桑的画作之后，指着大海上颤抖的金色阳光说：“我常常在想，这是否是波德莱尔想要说的‘光芒四射’，当时他说：‘对我来说没有比海上光芒四射的太阳更加珍贵。’[⑥]”这里可看出主人公和勒格朗丹不同的感觉：一个感觉纯真，另一个感

---

① 《人世间》，福雷的歌曲，作品第 8 号，第 3 首。另参见本卷第 263 页。

② 参见本书第二卷第 280 页。

③ 参见本卷第 221 页。

④ 参见本书第一卷第 128 页。

⑤ 参见本书第一卷第 121 页。

⑥ 参见普鲁斯特《练习簿》46 号。

觉麻木，一个陶醉于感觉之中，另一个受到智力的约束。

在手稿上，主人公继续说道："您知道，我在说诗歌《秋天的歌》。您也许知道福雷为这些诗句所写的美妙旋律。"但德·康布勒梅夫人并不知道《秋天的歌》，就引述福雷为絮利·普吕多姆的诗句写的旋律。在定稿中，这段文字只留下她谈海鸥时引述《信天翁》的一个诗句。勒格朗丹姐弟俩不知道波德莱尔，因为他们从未看出事物的真正诗意。他们崇拜词语，并因此对世界毫无感觉。

布里肖的词源

词源是《追忆似水年华》一个有趣的题材，但也是令人困惑的题材之一。许多读者觉得《所多玛和蛾摩拉》中布里肖对专名学的长篇论述毫无用处又枯燥无味，阅读时常常跳过不读。让·科克托把这种论述视为"踉跄而行"，并认为这是作家疲倦所致[①]。

词源学特别是专名学，是研究地名和人名的起源和演变的科学，像《追忆似水年华》中谈到的其他科学一样，在十九世纪末十分时兴。但是，法语语文学的这两个学科，在1870年后想要显得比德国科学高明，因此在意识形态中就显出漫画式的形象，比达尔文主义或医学更加滑稽可笑。地名学在当时是一门年轻的学科，附属于历史地理学。

《在斯万家这边》中，贡布雷的本堂神甫在拜访莱奥妮姑妈时解释了好几个地名[②]，依据朱尔·基什拉(Jules Quicherat)的一本小书，名为《论法国古地名的形成》(*De la Formation française des*

---

① 参见科克托《确指的过去，1951—1952年》，巴黎，伽利玛出版社，1983年，第一卷第272页。

② 参见本书第一卷第104 108页。

anciens noms de lieu)。在《所多玛和蛾摩拉》中,主人公第二次逗留巴尔贝克,对诺曼底的地名感到兴趣,就请布里肖作出解释。布里肖谈论词源主要有三段文字。第一段是主人公在维尔迪兰夫妇的信徒陪同下首次乘火车前往拉斯珀利埃尔的时候(第303—310页)。他得知德·康布勒梅夫人将参加晚会,很高兴有机会向她索取贡布雷本堂神甫的小册子。这一段都写在贴在练习簿上的一个纸片上[①],在打字稿上则作了两个补充。布里肖第二次论述词源,是在维尔迪兰夫妇的住所吃晚饭的时候(第341—358页)。这一段完全出自第一次撰写的手稿[②],只有对Pont-à-Couleuvre(蓬塔库勒弗尔/游蛇桥)的解释出自贴在练习簿上的纸片,普鲁斯特在打字稿上未作任何补充。另外,这一段论述的并非是诺曼底的地名。布里肖最后一次谈词源,也是手稿中就有,不过是写在纸片上贴在练习簿上[③]。那是在逗留巴尔贝克即将结束时,对往事的回忆跟小火车的那些车站联系在一起(第525—529页)。贡布雷本堂神甫不再提起,地名完全由布里肖作出解释。布里肖使小火车车站的名称跟古代贵族的姓氏联系起来,就不再具有诗意。这些名称失去了神秘感,使主人公不再遐想联翩。因此,词源学既能使人发现地方的真实情况,又使人感到失望。

《所多玛和蛾摩拉》第三章的最后几页,在回忆巴尔贝克地区时十分怀旧,这个地区从主人公第一次来到后已失去光环:“因此,失去初时神秘的不仅是这个地区的一个个地名,而且是这些地方本身。这些地名已神秘减半,而神秘又被词源学用推理所取代,地名的神秘程度因此而降了一级[④]。”叙述者回忆了神秘性消失的过程,但事情更加复杂,因为这些地方在主人公第一次逗留巴尔贝

---

① 参见普鲁斯特《练习簿》5号,第52张反面。

② 参见普鲁斯特《练习簿》5号,第77张反面—第89张反面。

③ 参见普鲁斯特《练习簿》6号,第109张反面—第110张反面。

④ 参见本卷第538页。

克时就已失去神秘感，而词源使它们跟诺曼底的征服联系起来，就有了些许魅力，但逗留时间一长，它们的魅力随之消失。夜里返回巴尔贝克时，一些影子走近车厢，“布里肖视力不佳，在夜里会看成埃里蒙德、维斯卡尔和埃兰巴尔德的幽灵”，但主人公知道这只是德·康布勒梅先生或度假时的另一位朋友：“因此，埃蒙维尔、阿朗布维尔、安卡维尔，再也不会使我想起诺曼人残暴而又伟大的征服，因为它们不想完全消除无法解释的忧伤，我过去曾在潮湿的傍晚看到它们沉浸在这种忧伤之中[1]。”由此可见，普鲁斯特对词源在失望中所起的作用的解释并非完全合理，因为我们知道，对这个题材的发挥并非列入最初的计划。这个题材的起源证明，它在小说中打开了一个缺口，同时也是《所多玛和蛾摩拉》这一卷对小说偏离中的一个偏离。

因此，布里肖的词源在《追忆似水年华》中是对部分和整体必须相互包容的有机、协调和独立的作品最强烈的质疑。这些词源是清单和目录中的一项，跟情节及其展开无关，因此可以像普鲁斯特那样加上，但也可以无缘无故地舍弃。

在《盖尔芒特那边》中，圣卢在布舍龙珠宝店为拉结订了一条项链，并对她说：“这条项链，除了我之外，没有人会送给你的，因为我已在布舍龙珠宝店订好，老板已答应只卖给我一人。”拉结回答道：“正是这样，你是想要挟我，你预防措施是做得滴水不漏。正如大家所说，Marsantes（马桑特）就是闪米特人的母亲，有着那个种族的味道[2]。”其实，Mater Semita（Marsantes 的词源）表示“主要的羊肠小道”，而不是表示 sémite（闪米特人）。民族主义者认为圣卢的母亲是闪米特人，是因为他是德雷福斯派，而他有这种观点是因为他那当演员的情妇。普鲁斯特说：说圣卢的母亲有犹太血

---

① 参见本卷第 540 页。

② 参见本书第三卷第 177—178 页。

统，社会人种志学者只发现她跟莱维-米勒普瓦家族即英国的德比家族有亲戚关系。这样，犹太血统的怀疑就落到圣卢的头上。但无风不起浪，至少在小说中如此：如果没有犹太血统，圣卢就将是性欲倒错者。

上述分析，主要参考弗拉马里翁版第四卷的引言，由埃米莉·伊尔斯-奥热（Emily Eells-Ogée）撰写，同时参阅了法国七星丛书版中安托万·孔帕尼翁（Antoine Compagnion）为该卷所写的出版说明（Notice）。法国学者的分析中多处涉及普鲁斯特的前文本，即《追忆似水年华》之前撰写的作品以及普鲁斯特的手稿、打字稿和校样上的修改，因此这样的分析是只看小说发表稿的译者无法独自写出的。但写完分析后，觉得这一卷中仍有问题无法解释。去年为译林社补译《蒙田随笔集》中卷的十几章之后，看了安托万·孔帕尼翁的《与蒙田共度夏日》（*Un été avec Montaigne*），觉得分析十分精辟，也知道他曾在法兰西公学做过关于普鲁斯特的系列讲座，就根据让·米伊的建议，首先阅读了他的《两个世纪间的普鲁斯特》（*Proust entre deux siècles*, Seuil, 1989），从中找到了这卷中一些问题的答案，就对上述分析作了补充。

本卷翻译中的理解问题，仍由让·米伊先生解答。例如，"Attrapez, Chochotte, dit Mme Verdurin. Et à part cela, le voyage s'est bien passé?"（*SG II*, p. 86）老译本译成："抓住，肖肖特，"维尔迪兰夫人说。"除此之外，旅途愉快吧？"（第 317 页）下文中又出现 Attrape 这个词："Attrape", dit tout bas Mme de Cambremer.（*SG II*, p. 129）老译本译成："骗人，"德·康布尔梅夫人悄声说。（第 356 页）同一个词，都是命令式，一处译成"抓住"，另一处译成"骗人"，这个词到底是什么意思？查了上海译文出版社的《法汉大词典》，Attrape！的意思是：<俗>怎么样，该听我的吧？或：怎么样，上当了吧？但用在这两句上，似乎不够清楚。米伊的解释是：这个词是取笑般或傲慢地告诉对话者，他刚才在谈话中处于下风。第一句中，维尔迪兰夫人这样说是因为德·康布勒梅先生开玩笑地说布里肖没有礼貌。第二句则是德·康布勒梅先生刚才向维尔迪兰夫人显示他的纹章学知识，他的妻子则强调指出这点。因此，我就都译成："认输吧。"（第 343 页和第 388 页）后面一句话，当然是说给维尔迪兰夫人听的。其次，康布勒梅老侯爵夫人到巴尔贝克大旅馆来看望主人公时有下面这句话：Il est vrai que la seule élève encore vivante de Chopin déclarait avec raison que la manière de jouer, le "sentiment" du Maître, ne s'était transmis, à travers elle, qu'à Mme de Cambremer...（*SG I*, p. 302）老译本译为："确实，肖邦的弟子就她一人还活在人世了，她有充足的理由断言，通过她，大师的演奏技巧及'情感'只传达给了德·康布尔梅夫人……"（第 207 页）从这个译文看，"肖邦仍活在世上的弟子"和"德·康布尔梅夫人"是同一个人。我原来也以为如此，但在编写人名索引时，发现法国七星丛书版的索引把"肖邦仍活在世上的女弟子"另列一条，觉得她跟德·康布尔梅夫人应该不是同一个人，这个看法在询问米伊后得到核实，就作了修改："确实，肖邦唯一活着的女弟子有理由宣称，大师的演技和'情感'通过她才传给了德·康布勒梅夫人……"（第 225 页）另外，cette bonne rosse d'Ovide（*SG II*, p. 227），老译本译成"奥维德那首高明的讽刺诗"（第 443 页）。其实，这里 cette bonne rosse 是 Ovide 的同位语，因此译成"一本正经的奥维德"（第 476 页）。

这一卷的开头有一句话：Mais à cette heure-là, qui était celle d'après le déjeuner, j'avais moins à regretter, car je n'aurais pas vu comme le matin les minuscules personnages de tableaux...（*SG I*, p. 63—64）老译本译成："不过，当时正值午餐过后，惋惜的心情倒减少了几分，因为若在上午，我准没有机会目睹这番情景……一个个

微缩成了油画上的人物……”(第 1 页)这里的 je n'aurais pas vu comme le matin. . . ,是“我不能像上午那样看到……”因为当时是下午,而这情景是公馆的仆人在上午打扫房间。其实,这情景在第三卷末尾已作了描写(拙译本第 607 页),如果看过第三卷,是不会出这个错的。

普鲁斯特在书中把同性恋者分成 organisations professionnelles(专业组织)和 solitaires (*SG I*,p. 84)两类,后者的意思是“孤独者”,是指只有一个性伴侣的同性恋者。原想译成“单恋型同性恋者”,但在《性学辞典》(樊民胜主编,上海辞书出版社,1998 年,第 247 页)中,这是指“素质性同性恋”,即对异性没有性兴趣的人。为此请教了北京朋友李玉民,他建议“不妨称‘同性单恋者’和‘同性群恋者’”,由于这一段说的是同性恋者,不会引起误解,就译成“单恋者”(第 22 页)。这一卷中,作者引用了梅特林克《花的智慧》、米什莱《海》、卢克莱修《物性论》等作品,谭立德和李玉民先后寄来他们译的《花的智慧》(漓江出版社,1997 年)和《海》(上海人民出版社,2011 年),译林社版权科赵薇则寄来该社出版的《物性论》的两个译本,使这些引语得以顺利译出。

普鲁斯特在谈到德·康布勒梅夫人时引述了莱布尼茨的话:le trajet est long de l'intelligence au cœur. (*SG II*,p. 85)由于没有上下文,词的意思难以把握,就购得朱雁冰的中译本:“从精神到情感的过渡进行得颇为缓慢。”(《神义论》,三联书店,2007 年,第 358 页)鉴于小说中后面一句是:Ce trajet, Mme de Cambremer n'avait pas été plus que son frère, de force à le parcourir. (这段路,德·康布勒梅夫人并不比她弟弟更有力气走完。)因此 trajet 译为“路程”,莱布尼茨的引语则改译成:“从精神到情感的路程漫长。”(第 341—341 页)这样跟法译文更加贴近,跟下文也能连得上。至于书名,则根据《大辞海·哲学卷》中“莱布尼茨”的条目译为《神正论》(第 435 页)。

普鲁斯特在本卷开头部分提到《一千零一夜》中哈里发何鲁纳·拉施德的一个故事,加朗的法译本题为《哈里发何鲁纳·拉施德的奇遇》("Les Aventures du calife Haroun-al-Raschid",加尼埃-弗拉马里翁版,第三卷第179—183页),马德吕斯的法译本为《拉施德在巴格达桥上的奇遇》("Les Rencontres d'Al-Rachid sur le pont de Bagdad",罗贝尔·拉丰丛书版,第二卷第647—694页)。国内有两个全译本,一是纳训的译本(共六卷,人民文学出版社,1982—1984年),二是李唯中的译本(共八册,宁夏人民出版社,2006年)。这个故事包含三个小故事,马德吕斯的法译本从第860夜讲到第876夜。李唯中的译本也是分夜的,但这几夜讲的不是这个故事。由于无法在中译本中找到这个故事,就加注简要介绍这三个小故事(第12页)。

作者在这一卷两次引用奥维德《变形记》中的诗句,均参阅杨周翰的节译本(人民文学出版社,1984年),同时参阅法译本(伽利玛出版社,1992年)。对于外国人名,由于法语有很强的同化作用,在翻译时先进行还原,如 Grande-Duchesse Eudoxie (*SG II*, p. 33),老译本按法语音译为"欧多克西大公夫人"(第269页),因 Eudoxie 还原成俄语名为 Евдокия,故改译成"叶夫多基娅大公夫人"(第291页)。

这一卷原文比第三卷少150页左右,原以为可以早些译完,结果却花了将近两年的时间,到2012年11月底才完成交稿。2013年10月初收到校样,校阅修改后于今年春节后收到改好的校样,立即核对内容提要和三个索引的页码,并对译后记作了修改补充。

去年是普鲁斯特的小说《追忆似水年华》第一卷《在斯万家这边》发表一百周年,国内组织了纪念活动,报刊上则发表文章。《生活》杂志2013年第1期发表了对小说1990年中译本的责编韩沪麟以及潘丽珍和我两个译者的访谈。4月14日,南京法语联盟和译林出版社联合举办普鲁斯特读者见面会，我和张新木和黄荭两位南京大学教授参加，我谈小说的翻译，张新木谈普鲁斯特美学的研究，黄荭谈普鲁斯特作品的接受，她那个月在《新法兰西评论》上发表题为《重现的普鲁斯特》(*Proust retrouvé*)的文章。我们还回答了听众提出的问题。由于见面会对外转播，我在几天后收到《文艺报》的约稿，撰文《重译〈追忆似水年华〉》，于7月10日普鲁斯特诞生之日见报，并附有"盖尔芒特王妃的楼下包厢"的译文。该报于同一天发表了黄荭题为《普鲁斯特的方舟》的文章。一星期后，吴岳添在《世界新闻报》上发表文章《普鲁斯特，用回忆战胜时间》，附有"超越巴尔扎克"和"中国的'文化事件'"两篇短文，对普鲁斯特在中国的译介作了简述。6月7日，北京大学法语系和法国驻华使馆举办国际研讨会，题为："阅读/翻译普鲁斯特，用法语、英语、汉语和日语"(Lire/traduire Proust en français, en anglais, en chinois, en japonais)，法国、美国、日本和我国学者依次发言。我应邀参加，谈了普鲁斯特的翻译，因邮路不通未能及时交稿，组委会给我定了题目："Pourquoi je traduis tout seul Proust?"(我为何独自翻译普鲁斯特小说[全书]?)

3月下旬，上海译文出版社发来邮件，说已购买莫洛亚《普鲁斯特传》的版权，并准备用我于1998年在浙江文艺出版社出的译本。我对十几年前的译本作了修改，对"译后记"和"普鲁斯特生平与创作年表"作了补充，在征得责编同意后，为《追忆似水年华》编写了十分详细的小说梗概。

11月14—16日，法国普鲁斯特之友协会在伊利埃-贡布雷举办纪念活动，协会秘书长米雷伊·纳蒂雷尔请我撰写书面发言，由中国留学生在活动时宣读。文章题为"Le centenaire de *Du côté de chez Swann* en Chine"(《在斯万家这边》发表一百周年在中国)，主要介绍国内纪念活动的情况。该文发表在2013年底出版的《普鲁斯特学刊》上。

这一卷的翻译，得到了各位朋友直接或间接的帮助，在此表示衷心的感谢。

徐和瑾

2014年5月28日于海上凉城